宣太后传奇

刘万里 著

江苏凤凰文艺出版社
JIANGSU PHOENIX LITERATURE AND ART PUBLISHING, LTD

目　录

第一章　两个男人的战争 ……………………………………………… 〇〇一

第二章　情窦初开 ……………………………………………… 〇一一

第三章　为爱私奔 ……………………………………………… 〇二一

第四章　初入王宫 ……………………………………………… 〇三一

第五章　安胎圣药 ……………………………………………… 〇四二

第六章　戴罪立功 ……………………………………………… 〇五二

第七章　相互残杀，一场阴谋 ……………………………………………… 〇七〇

第八章　合纵联盟　重逢 ……………………………………………… 〇八五

第九章　逃离 ……………………………………………… 一〇〇

第十章　陷害 ……………………………………………… 一一二

第十一章　暗杀 ……………………………………………… 一二三

第十二章　被逼离开秦国 ……………………………………………… 一三四

第十三章　燕国遇故人 ……………………………………………… 一四一

第十四章　秦武王举鼎而亡 ……………………………………………… 一四九

第十五章　芈八子离开燕国去义渠 ……………………………………………… 一五三

第十六章　送太子回秦国 ……………………………………………… 一五九

第十七章　去义渠 ……………………………………………… 一六六

第十八章　生死宴会 ……………………………………………… 一七三

第十九章　甘茂出走 ……………………………………………… 一八〇

第二十章　去宋国 ……………………………………………… 一九〇

第二十一章　兵变 ……………………………………………… 二〇一

第二十二章　远走 ……………………………………………… 二一〇

第二十三章　逐鹿中原 …… 二一六
第二十四章　诱骗楚怀王入关 …… 二二四
第二十五章　较量 …… 二三一
第二十六章　冲冠一怒为红颜 …… 二三七
第二十七章　心理阴影 …… 二四九
第二十八章　庆功大会 …… 二六〇
第二十九章　谋杀 …… 二六七
第三十章　反楚 …… 二八一
第三十一章　苏秦齐国遇刺 …… 二九三
第三十二章　和氏璧 …… 三〇〇
第三十三章　甘泉宫诱杀义渠王 …… 三〇五
第三十四章　出家 …… 三一二
第三十五章　范雎入秦 …… 三一九
第三十六章　炼长生不老的仙丹 …… 三二六
第三十七章　被迫退位 …… 三三〇
第三十八章　尾声 …… 三三五

第一章　两个男人的战争

瓢泼大雨，电闪雷鸣。

闪电如一条惊龙在楚国的都城上空遨游，“啪”的一声四分五裂，大地在颤抖，街道上雨水变成了一条河，一条又一条雨水汇集成滚滚浑浊的河流流向江河，江河暴涨，如万马奔腾。

王宫里异常安静，突然传出哭声一片。

楚宣王驾崩了。

离王宫不远的芈府，一个女人在鬼哭狼嚎，她的男人芈邑在房外转来转去，不时朝卧室里张望半天，他的夫人向氏要生了，他听到了夫人向氏撕心裂肺的喊叫，那叫声如刀如剑刮着他的心，一点一点，慢慢地刮着。终于，他听到婴儿的哭声。他长长地松了一口气，知道是夫人生了。

“老爷，夫人生了，是个千金。”丫鬟出来通报。

芈邑“哦”了一声，闷闷不乐地走了。

芈邑做梦都没想到的是，就是他的这个女儿，后来成了秦国的太后，也是掌控秦国四十多年的叱咤风云的人物——宣太后。

芈邑刚开始不太喜欢这个女儿，她生下来像个毛孩子，长相又丑，让人连看一眼的欲望都没有，他就随便给她起了一个名字，叫芈八子。后来他发觉芈八子越长越漂亮，而且聪明伶俐，心里慢慢开始接受她了。

芈八子三岁时，她母亲向氏又生了一个孩子，是个男孩，芈邑这次脸上终于露出了笑容。芈邑给儿子起了一个名字叫芈戎。

芈八子六岁这年，她永远不会忘记，那天父亲芈邑不在家，她跟弟弟芈戎在院子里玩耍，她的衣服弄脏了。她悄悄推开父母的卧室的门，看见母亲跟一个男人赤条条地躺在一起。她看了半天，好奇地问：“你们在干吗啊？”母亲和那男人开始慌慌张张地穿衣服。那个男人她认识，他叫魏淼，曾经带她和母亲一块出去游玩过。母亲跟魏淼在一起似乎有说不完的话，脸上总是挂满笑。她很少看见母亲在父亲芈邑面前这样笑过。

魏淼摸了摸芈八子的头说："下次我带你出去吃好东西，这事别告诉你父亲，好吗？"

芈八子虽点了点头，但她心里对母亲和魏淼充满了憎恨，这一幕在她心里留下了阴影。

魏淼望了向氏一眼，匆匆走了。

后来，芈八子无意之中还是把这事告诉给了父亲。这是第二年的开春，向氏又生了一个男孩，芈邑给儿子起了一个名字，但向氏不同意，她说："这么多年，我一直听你的，这次你就依我一回吧，孩子名字叫芈魏冉，小名就叫魏冉。"芈邑只好点了点头。

这时，芈八子进来了，芈邑高兴地带她去城里玩。芈八子就无意说起母亲跟魏淼躺在床上的事情。芈邑大吃一惊，问道："你看清了？"芈八子说："那男人没穿衣服，我认出了他就是魏淼。"芈邑一下瘫坐在地上，他顿时明白了向氏为啥要给孩子起名叫魏冉，这其中一定有隐情。别人都已知道了，他却一直被蒙在鼓里，原来向氏外面有人，向氏的相好就是魏淼。以前他听别人私下悄悄给他说过，向氏和魏淼曾经是恋人关系，但他不以为然，毕竟那是过去的事了，他相信向氏。如今看来，芈八子、魏冉和芈戎是不是他亲生的都很难说了。芈邑气冲冲地跑回家，他抓起向氏的衣服说："我问你，芈八子、芈戎和魏冉是不是我的种？"

向氏知道芈邑知道了一切，她嘤嘤地哭了。

"他们到底是不是魏淼的种？再不说，我打算休了你。"芈邑大声吼道。

向氏依然嘤嘤哭着。

"从今以后，你滚出芈府——"芈邑歇斯底里地说。

"我错了，求求你饶了我们母女和母子吧。事到如今，我也不隐瞒你了，芈八子和芈戎是我们亲生的，只有魏冉不是。事后我也知道自己错了，我现在之所以跟魏淼断绝关系、不再往来，就是因为想跟你一起好好过日子。"

芈邑拂袖而去，他要去找魏淼算账。魏淼睡了他的老婆不说，更让人生气的是向氏还给他生了一个孩子。芈邑咽不下这口气。

芈邑冲进魏府，拔出剑指着魏淼说："今天我要杀了你。"

"你为什么要杀我？"魏淼知道芈邑来找他的原因，他故意装糊涂。

“你好大的胆子，竟敢勾引我的老婆。”芈邑气得脸红脖子粗。

“向氏本来就是我的女人，我跟向氏从小两情相悦，谁人不知？只因我家境不好，是向氏迫于父母的苦苦强逼才嫁给你的。如果不是你……”魏淼讥笑着说。

“气死我了。”芈邑挥剑就朝魏淼刺去。魏淼一闪，拔出剑迎了上去，两剑相撞，冒出火花。

魏淼挑衅地说：“干脆我们今天做个了断，你敢不敢比武？你输了，就把向氏给我……”

芈邑鼻子一哼，说：“如果我赢了呢？”

“我离开楚国，永不回楚国。”

“好，看招。”芈邑剑一挥，一招长虹贯日朝魏淼刺去，突然乌云滚滚，狂风大作，地上的树叶被卷起漫天飞舞。

魏淼气沉丹田，大喝一声，树叶被卷了起来，在空中形成一个漩涡。突然树静风止，树叶哗哗落了下来。魏淼看着芈邑的剑直奔自己的咽喉而来，他头一仰，手中的剑在空中划了一道弧线，芈邑的一缕头发飘落了下来。

两人战了十几个回合也不分胜负，芈邑已明显感到体力不支，他知道再这样打下去，自己必将吃亏。他虚晃一剑，跳到一边，手一扬说：“这样打下去，难分胜负，要不我们找楚威王评评理，你看如何？不过，我量你没这个胆。”

“去就去，难道我还怕你不成？”魏淼说。

两人来到王宫，楚威王说：“你们找寡人有何事？”

芈邑就把魏淼和向氏的事原原本本说了出来。楚威王板着脸，扬了扬手说，“这是你们的私事，你们私下解决，寡人不好插手。”

两人倒退几步，准备告退。

“慢！”楚威王说，“男人要以天下社稷为重，寡人看你们很有闲心，寡人也知道你们从小习武，对兵法颇有研究，既然来了，就别走了。”

两人战战兢兢站在那里，手足无措。

楚威王说：“本来楚国和越王无疆商量好一起进攻齐国，但因齐国孟尝君的父亲田婴在中间挑拨，齐国便和越王讲和，一起进攻楚国。这倒罢了，齐威王与魏惠王在徐州会盟，互相承认王位，并相约合力讨伐楚国。此事让寡人极为愤怒，所以寡人已任命景翠为楚军统帅，先去攻打越国，然后再去消灭齐国与魏国。你们两人现在就去景翠那里报到吧。”

“大王，现在吗？”芈邑说。

“是的，寡人刚才已命令统帅景翠他们立即动身，现在赶上去还来得及。”楚威王递给他们一道手谕说。

两人接过手谕后，倒退着退了下去，然后立即快马加鞭地去追赶景翠的大军。芈邑一路走一路都在想：景翠是我的大舅，等到了军营，再寻找合适的机会来报复魏淼。几个时辰后，他们终于追上了景翠的大军。

“你们怎么来了？”景翠望着芈邑说，“我答应过你父亲，不让你上战场。”

芈邑递上楚威王的手谕说：“大舅，我们特来报到的。”然后指着魏淼说：“都怪他！”

景翠看了看楚威王的手谕说：“既然楚威王已答应了，我也没办法了，既来之则安之。说实话，你们来得正好，我这也缺将才。你们大概也知道我们这次行军的目的吧？”

“攻打越国，然后再去消灭齐国与魏国。”魏淼说。

“你对越国国王无疆有什么看法和意见？”景翠望着魏淼说。

“这个越王无疆，他是勾践六世孙，如今虽然越国日渐衰弱，但越王是个有野心的人，为人狂妄，”魏淼说：“如今他两面发兵向北攻打齐国，向西攻打楚国，想以此与中原各国争胜，巩固自己的地位。越王这样做，走的是一步险棋，一旦失败，越国将衰败，搞不好就会亡国。”

景翠微微一笑道：“你分析得有道理。”

芈邑不屑地说：“这个道理连三岁小孩都懂。”

这时副将唐昧和庄蹻走了过来，景翠说：“你们来得正好，我给你们介绍一下，这两位就是魏淼和芈邑，他们是楚王钦点的大将。”

唐昧和庄蹻拱了拱手，算是打过招呼了。

景翠就命令唐昧和庄蹻带领五千人马，为第一队先行，连夜赶往中龙山。芈邑和魏淼二人领兵五千，芈邑为主将，魏淼为副将，作为第二队随时接应。四人领令去了。景翠率领大军就地驻扎休息，准备第二天再出发。

唐昧和庄蹻立即带领人马出发了，芈邑和魏淼领兵相隔几十里路。芈邑故意放慢了行军的速度，他一路上都在琢磨如何报复魏淼，他已想了各种办法，但都一一否定了，总觉得欠妥。他认为要做就要做得干净漂亮，不留一点蛛丝马迹。

第二天，前方探子来报，唐昧和庄蹻带领的人马陷入了越军的包围，伤亡惨重。芈邑听了大吃一惊，就在他发愣时，唐昧已派人来请求支援。

魏淼说：“我建议我们各带一队人马，从左右反包围上去，杀开一条血路，然后解救唐昧和庄蹻，带他们冲出重围。”

芈邑鼻子一哼，说道：“你要知道，我是主将，你是副将，一切行动听我的，否则我可以先斩后奏。”

“要不我们先通报景翠大将军……”

芈邑打断魏淼的话说：“战场瞬息万变，我们要抓住机会，等你通报完毕，恐怕我们就错过战机了。我现在命令你带一千人马，翻过虎啸山，绕到越军后面，切断他们的退路，而我从正面杀过去。”

魏淼说：“这样欠妥，虎啸山是越军的地盘，山高林密，听说山下驻扎了大量越军，一千人马是不是太少了？再说来回迂回几百里，士兵们身体恐怕受不了，别说打仗，累都要累死……”

芈邑拍着桌子说：“你敢违抗命令！来人，拖出去斩了！”

魏淼拱了拱手说：“我只是建议，小的遵命就是。”

芈邑望着魏淼的背影，嘴角露出一丝笑，他知道魏淼这次是羊入虎口，有去无回。

魏淼连夜带着一千人马出发，他自己心里也非常清楚这是芈邑在故意刁难他，也明白这次凶多吉少，违抗命令是死，去增援也是死，何况这不是去增援，而是将自己送入虎口，让越军蚕食。魏淼越想心里越难受，他不由得想起了向氏，他俩从小一块长大，青梅竹马，两情相悦。魏淼长大后托人向向家提亲，但遭到向氏父母的反对。他们嫌魏淼家境不好，早已为女儿物色了王宫贵族中的一位公子芈邑。向氏迫于父母的苦苦强逼才嫁给了芈邑。在成亲的前一夜，魏淼想带向氏私奔，但向氏有点胆怯。魏淼见向氏犹豫不决，只好作罢，两人拥抱哭泣到天亮。就在这一夜，向氏把自己的第一次给了他，这是魏淼一辈子都无法忘掉的美好回忆。那晚树林里很寂静，挂着习习微风，月光穿过树叶的缝隙洒下斑斑月光，有几点落在向氏的脸上，落在她雪白的身体上……第二天，向氏嫁给了芈邑，魏淼离家出走了。他去了云梦山，拜鬼谷子为师学艺，后在相国推荐下在楚国暂时做了一个小官。当时楚王对他的才能还持怀疑态度，在观望中，或者更多地说他对魏淼的师傅鬼谷子有成见，所以魏淼在楚国一直得不到重用。后来魏国和齐国发生了马陵之战，这场战役其实就是鬼谷子的两个弟子孙膑和庞涓之间的较量。楚威王也耳闻了，他知道这将是战争史上设伏歼敌的著名战例，将会永远载于史册，于是他改变了对鬼谷子的成见，几次想请鬼谷子出山为楚国出谋划策，但都被鬼谷子婉言拒绝了。这次楚威王之所以让魏淼出兵就是想看看他的能力。

经过急行军，魏淼来到了虎啸山的北面，这里峰峦叠嶂，林木葱郁，峡谷幽深，云雾缭绕，给人神秘莫测之感。士兵们翻山越岭，在山里钻来钻去已疲惫不堪，信心开始动摇，有的士兵趁机偷偷溜走了。魏淼开始给大家鼓气，讲鬼谷子传授给他的那些道理，最后他说："相信我，我一定会带着大家活着回来的。大家原地休息吧。"

第二天，魏淼带着大家在遮天蔽日的森林里转来转去，他们迷路了，按照预定的时间他们是无论如何也赶不到了，看来只有等死了。魏淼也顾不得那么多了，先把士兵们带出山再说。他们像无头的苍蝇在山里转了几天，干粮也没了，好在山上野果很多，士兵们就以野果充饥。

魏淼心思重重地爬上山峦，他看见山下驻扎了很多帐篷，战旗飘飘。他仔细辨认了一下，原来是越军的大本营。魏淼大喜，带着几个人去侦查一下情况。

一个士兵说："我们绕道吧，这么多越军。"

魏淼说："送上嘴的肥肉，岂能不吃？"

"越军数量至少是我们的二十倍，跟他们拼，无异于以卵击石。"

魏淼笑了笑，"到时你就明白了，我们将杀得越军片甲不留，运气好的话，说不定越王无疆也在这里，趁机可以活捉他。只要活捉了越王，我们就是头功了，每个人都有赏钱。"

"都到这个时候了，还有心情开玩笑。"士兵垂头丧气地说。

"我没有开玩笑，我是认真的。"魏淼严肃地说。

魏淼带着士兵在山里又猫了两天，直到第三天，魏淼说："通过对天象的观察，今晚半夜时有大风，大家做好准备，今晚就行动。"接下来，魏淼把工作做了分工。半夜时分，果然起风了，两百弓箭手把火箭从东西两个方向射向越军的帐篷和粮草，火在大风的吹拂下，一会儿便熊熊燃烧起来。火光映红了天，越军惊慌失措、四处乱跑，埋伏在暗处的弓弩手纷纷射箭，越军倒下一片。接着四周又响起了楚军进攻的鼓声，兵败如山倒，越军慌不择路，有的被战马踩死，有的被拥挤的人踩死……

魏淼见一个军官模样的人在几个人的掩护下，朝东奔去。他隐隐听到有人在喊"保护好大王！"魏淼心想：难道那人就是越王无疆？魏淼带着几个人快马追了上去，他一边追一边放箭，几个随从掉下了马，被赶来的楚军杀死了。魏淼继续追赶，他拔出箭瞄准了马，手一松，"嗖"的一声射在了马屁股上，马扬起长蹄惊叫一声，把那人从马上摔了下来。赶上来的楚军活捉了那人，从他身上和携带的布袋里搜出了玉佩令牌和大印什么的，说道："这一定是个大官。"

魏淼望着那人说："我知道你是谁？你是越王无疆！当然，你不会承认的，不过没关系，我们会把你押回楚国，会有人认识你的。”

“我不是越王无疆。”

“请问，这些玉佩令牌和大印什么的，怎么在你身上？”魏淼厉声说。

“这……这……”

“别装了，我知道你就是越王无疆。”

“我就是越王无疆，有本事放了我，别玩阴的，我们好好打一场。”

“好不容易抓住了你，我怎么会放了你呢？”魏淼仰天哈哈一笑，“你终于承认你就是越王，把他押回去，送给楚王。”

魏淼押着越王回楚，路上遇见了景翠率领的大军，原来景翠率领大军解救了唐昧和庄蹻后，立即成功地对越军实行了反包围，痛歼了越军。

魏淼拱了拱手说：“禀报大将军，我们活捉了越王。”

景翠大吃一惊，跳下马，望着越王说：“果然是越王。”他用赞许的目光望着魏淼说：“不错，我会在楚王面前给你请头功的。”

芈邑的表情很难看，他镇定了一下自己的情绪，面露微笑说：“禀报大将军，是我派魏淼去偷袭越王的……”

“这功劳也有你一份。”景翠说。

“干脆一不做二不休，杀到金陵邑，占领越国。”芈邑说。

“好，我也是这么想的，活捉了越王，占领金陵邑，楚王一定会高兴的。”

景翠率领的大军包围了长江边的金陵邑，越军见越王被捉，均知大势已去，无心恋战，于是开城门投了降。

景翠率领的大军凯旋，楚威王亲自出城来迎接。魏淼在人群中看见了向氏，向氏也看见了他，两人相视一笑。他想过去跟她打声招呼，但芈邑就在他身边，他只好装作没看见，径直走了。

为了庆功，楚威王大摆宴席，犒劳三军，一一奖赏。当楚威王知道是魏淼孤军深入活捉了越王时，顿时对魏淼刮目相看，心想“鬼谷子的弟子就是不一般啊”。

宴席完毕，楚威王又把景翠和魏淼请到王宫叙旧。

楚威王对魏淼说：“这次活捉越王，你算头功啊！”

魏淼怕景翠不高兴，连忙说：“大王，要说头功，得给景翠大将军，是他领导和指挥有方，我们才能战无不胜攻无不克，才能活捉越王。”

景翠摸着胡须微笑不语。

楚威王哈哈大笑，说道："我现在任命你为景翠大将军的军师，你们两人好好配合。后面还有更大的行动等着你们去完成。"楚威王话题突然一转，"要不你去云梦山，请你师傅鬼谷子先生出山？"

魏淼拱了拱手说："禀告大王，我听说鬼谷子最近身体不适，行动不便，恐怕……"

楚威王叹了一口气说："那就回头再说。"

景翠插嘴说："大王，我听人说越国的金陵邑——不好意思，说错了，它现在是楚国的金陵邑，有王气，有天子气，有帝王气……如果迁都到金陵邑，楚国必将兴旺发达、欣欣向荣。"

楚威王说："你听谁说的？"

景翠本想说是听秦国和齐国几位风水大师说的，但他又怕楚威王多疑，怀疑他私下跟秦国和齐国有往来，只好说："回大王，我也是无意间听人说的。"

魏淼说："我听我师傅鬼谷子说过，金陵邑确实有王气……"

楚威王来了兴趣，笑着说："你师傅是怎么说的？"

魏淼侃侃而谈："鬼谷子先生说，风水的全部内容就是一个字'气'——'天地之气'。有'气'才能'无中生有'，才有'万物'，才有'变化'。'气'有瑞煞之分，有的气势如虹，气脉相连；有的死气沉沉，经脉闭塞。瑞气使人兴盛发达，富贵一生；煞气郁集则子孙贫困，甚至断子绝孙。王气又叫天子气、帝王气，是瑞气中最高贵、最难得的一种。王气与天地相通，上天入地，出神入化；在天则主宰宇宙，在地则统治人间，得王气者，得江山……"

楚威王说："这么说，难道我们真要迁都吗？"

魏淼说："现在谈迁都之事还太早。"

"为什么？"

"金陵邑确乃一个风水宝地，但它的'气'很诡异，一不小心这'气'就跑了，必须要想办法镇住王气。"

楚威王急了问："如何镇王气？"

魏淼说："我听我师傅鬼谷子先生说过，要镇金陵邑的王气，就必须埋黄金镇王气，这样就把王气永远留住了……我也去金陵邑看过，埋金的地点放在龙湾最合适不过。"

楚威王沉思了半天，四周看了看，然后说："这件事寡人就交给你们去办理，不要让外人知道。明天寡人亲自陪同你们去金陵邑看看。"

第二天，楚威王带着一马车黄金和一队人马朝金陵邑出发，景翠和魏淼前后护驾。

楚威王到达金陵邑后，站在清凉山上向西北方望去，看到庐龙山有一股紫气直射玉皇大帝所在的北斗星方向，光芒怪异，如点了蜡烛，把天际都照亮了。魏淼说："这可能就是王气，山里埋有宝剑，地下可能还有宝。在有王气的地方埋金，以镇压之。大王你看庐龙山紧靠江边，所以埋金地点选在龙湾最好。"

楚威王说："好，就照你说的去做吧。"

魏淼吞吞吐吐地说："鬼谷子先生还说过，庐龙山王气太重，物极必反，所以先让人凿泄庐龙山的王气。"

"山哪是好凿的？"

"我自有办法。大王可对外谎称在庐龙山四周埋了金人，谁挖到谁拿走。当地老百姓发财心切，听说后一定会纷纷赶到庐龙山的四周，胡乱挖凿。为了迷惑老百姓，我们再进一步让人散布谣言，称金人埋在山前、山后、山南、山北四个地方，这正是古代术士泄王气必选的'四维'。老百姓挖山热情一定会更加高涨，这样庐龙山就会凿得到处是窟窿，泄王气的目的就达到了。为求得一国之富，发扬愚公移山精神也值啊。"

楚王决定按此计行事。果不其然，发财心切的人纷纷赶到庐龙山的四周，胡乱挖凿，庐龙山凿得到处是窟窿，结果他们什么也没挖到。

魏淼的计谋真是高明极了，但最早的风水事件其实是桩千古骗局。今天可以见到的庐龙山与马鞍山原本是连在一起的一座山。据说就是因为楚威王的这个决定，这座山被老百姓挖断，形成了如今的两座山。

一切按计划行事，魏淼在龙湾勘探好了位置，然后派人看守，半夜秘密轮流挖坑，挖了几十米深的坑。月圆时分，在楚威王的见证下，魏淼和景翠把纯金的金人、金马、金牛和金条等埋进了坑里，然后填土，填平，盖上树叶，恢复当初的样子，不知晓此事的人看不出一丝痕迹。

忙完埋金镇王气后，楚威王满意地离开金陵邑，他在准备一场更大的战争。

芈邑没参加这次神秘行动，他的心里很难受，因为这魏淼在楚威王心里的位置已超过他了，他对魏淼充满了嫉妒和恨。其实，魏淼的行动他一直关注着，他还暗地里收买了一个士兵，监视着魏淼的一举一动。埋金镇王气的事，芈邑也耳闻了。为了打探事情的真假，他晚上故意灌醉了大舅景翠，景翠无意之中说漏了嘴，把埋真金的事说了出来。芈邑又问具体的埋金位置，景翠死活都不肯说出来。

芈邑又找到那个士兵，那个士兵参与了挖坑行动。然后，芈邑带着几个心腹悄悄赶到了金陵邑，找到大概位置，胡乱挖了几天几夜，终于找到了坑道。他们顺着坑道挖，又挖了几天几夜，终于挖到了金人、金马、金牛和金条等宝物。

芈邑把宝物收藏起来说："我们现在是一条船上的人，等回去后，我们大家平分吧。"

大家点了点头。

行走到半路，芈邑买了一坛酒和几只烧鸡。他悄悄在酒里下了药，等他们喝完酒、吃了烧鸡后，士兵个个如死人一般躺在地上，芈邑拔出刀趁机杀了他们。

芈邑独吞了这些价值连城的黄金。

芈邑又写了一封检举奏折给楚威王，说魏淼挖庐龙山泄王气，是为了挖断龙脉，金陵邑埋金镇王气是无稽之谈，魏淼的目的是得到这批黄金。楚威王听信他的谗言，立即派人去抓魏淼。

有人给魏淼通风报信，魏淼刚开始不信，坚持身正不怕影子斜。经不住朋友劝说，他自己也掂量了一下，觉得这种事解释不清楚，等解释清楚时说不定脑袋就搬家了。想来想去，最后他从后门逃跑了。魏淼知道楚国已没有他的立足之地了，他决定去秦国。

魏淼前脚刚走，楚威王亲自带人包围了魏府，士兵在魏淼的府上搜出了一个金人。这个金人，楚威王认得，就是埋在金陵邑地下的金人之一。

第二章　情窦初开

芈八子十一岁那年，楚威王得急病突然驾崩了，楚怀王熊愧继位。

祸不单行，就在这一年，芈八子的父亲芈邑也得疾病死了。芈邑临死前，给了向氏一个金人，他说："我最放不下的就是你和儿女，有了这个金人，你们下辈子就不用愁了。"向氏正要问这金人是从哪里来的，芈邑就断了气。向氏扑在芈邑身上伤心痛哭了一场，毕竟两人夫妻一场，好歹也有点感情。

掩埋了芈邑后，向氏的情绪一度低落，她自己也很奇怪，心里总是有意无意之间想到魏淼，也不知道他现在如何。每天晚上，她就躺在床上回忆跟魏淼在一起的点点滴滴，那时他们多么相爱，可命运总是这么捉弄人，相爱的人却无法走到一起。想到如今丈夫又死了，还有几个没成年的孩子，今后的生活怎么过啊！她越想越伤心。

一年后，向氏收到了魏淼的书信，魏淼在信中叙说了他的思念，希望她能带着她的孩子到秦国来，他在秦国等他，然后两人重新开始新生活。向氏流着泪把这封信看了无数遍，最后她做出了一个大胆的决定：离开楚国去秦国。

向氏问芈八子："我想带你们去秦国，你们愿意吗？"

芈八子是个懂事的孩子，她整天看着母亲愁眉苦脸，很想为母亲分担点什么。只要母亲高兴，她就高兴，她愿意为母亲承担一切，也许换一个环境，母亲的精神状态能好点。她爽快地说："好啊，我也想去秦国。"

向氏收拾完行李，包了一辆马车，带着芈八子、芈戎和魏冉，还有个亲戚的小孩叫向寿一起走。向寿的父母都死了，是个孤儿，向氏看他可怜就带上了他。

经过几天行走，她们来到了龙虎山，这里山高林密，云雾缭绕，溪声潺潺。向氏说："我们先休息下吧，吃点干粮，一鼓作气穿过这大山。如今世道不太平，我担心山里有强盗。"马夫一听说有强盗，死活不肯走了。向氏提出加双倍的钱马夫才勉强同意。马夫催马扬鞭，想一口气穿过这条山谷。突然马惊叫一声，从树林里窜出一伙五大三粗的人围住了马车，他们个个满脸横肉，手中的刀闪着寒光，为首的强盗脸上有个刀疤。刀疤男喝道："车上什么人，快快下来受死。"

几个孩子吓得浑身颤抖。向氏心里有点害怕，但在孩子们面前，她不能露出半点胆怯的样子。她跳下马车，故意装作拍了拍身上的尘土，大声吓唬他们说："你们吃了豹子胆吗？你们知道我是谁吗？小心我让你们的脑袋搬家！"

刀疤男一怔，看了向氏半天，仰天长笑，"我管你是谁，到了我的地盘就得听我的。"他刀一挥，杀了马夫。几个强盗冲上马车，拖出几个孩子。芈戎和向寿吓得哭了起来。

"别哭，再哭就杀了你们。"刀疤男喝道。

芈戎和向寿停止了哭泣。

向氏说："别为难孩子，有本事就冲我来。"

"这娘们，长得不错，抓到山上让弟兄们乐活乐活。"一个强盗说。

刀疤男走上去，头一歪，斜眼望着向氏身后的芈八子说："这个小姑娘也长得不错，一块带上山。"刀疤男头又一歪，指着芈戎、向寿和魏冉说："把这三个兔崽子杀了。"

向氏跪了下去，乞求道："我求求你们，只要你们放过这几个孩子，我什么都答应你们。只要你们放了我们，我给你们一大笔钱。"

刀疤男得意地说："钱呢？"

一个强盗从马车上搜出一个包裹，打开一看，惊叫起来，睁大眼睛半天说不出话来："金……金……"

"我们发财了。"另一个强盗说。

刀疤男一把抓过袋子，哈哈笑了起来："把女的带走，男孩子全杀了。"

向氏扑了上去，双手抓破了刀疤男的脸，刀疤男推开向氏，顺手扇了她两巴掌："再不听话，我连你也杀了。"

几个强盗按住三个男孩，他们哭叫着。

一个强盗举起了刀，脸上露出阴险的笑。

"——不要，我求求你们放了他们……"向氏喊叫着，声音有点嘶哑。

芈八子默默流着泪，她闭上眼睛不敢看。她听到了风声和树林里沙沙的响动，接着她听到了惨叫声，她睁开眼睛，看见芈戎、向寿和魏冉的身边躺着几个强盗，芈戎、向寿和魏冉完好无缺，一个威武的年轻英俊的男子站在她的面前，望着她微微一笑。芈八子的心开始怦怦地跳，她也曾幻想过未来丈夫的模样，而这位英俊的男子正是她心目中那个。她的脸红了，心跳得更加快了，她怀疑自己在做梦，神情有点恍惚。

"你是谁？竟敢来找死！"刀疤男用刀指着那个突然冒出的少年男子。

少年男子不答话，腾空而起，手中的剑如闪电、如蛟龙直奔刀疤男而去。刀疤男脸色大变，倒退三步，迅速朝右一闪，而少年男子的剑仿佛长了眼睛，迅速也朝右一拐。刀疤男本能地扬起手中的刀，刀剑相撞，"" 的一声冒出耀眼的火花，刀剑相撞声在静静的山谷里回荡，有几片红红的树叶纷纷落了下来，有一片落在剑上。少年男子剑一抽一送，剑插在红树叶上。

刀疤男脸色大变，他自知不是少年男子的对手，但他仗着人多，硬着头皮说："给我上，谁抓住这小子，我重重有赏。"

少年男子一把夺过袋子，对向氏喊道："快带他们上车。"

少年男子挥舞着宝剑，阻止着追上来的强盗。

向氏驾驶着马车带着孩子们跑了。

少年男子看他们走远，无心恋战。他突然腾空一跃，飞上马背，"驾"的一声追了上去。刀疤男带人追了上来，转过山谷，看见一支楚军队伍，只好悄悄退了回去。

少年男子追上马车。向氏驾驶马车的技术不太熟稔，马仿佛受了惊吓，朝山谷奔去。向氏的脸色都变了，手足无措，马车眼看就要掉下山谷。少年男子纵身一跃，落在了马车上，他"驾"的一声，紧紧抓住了缰绳，马扬起的前蹄收了回来。

"多谢公子……多谢……"向氏又惊又喜，有点语无伦次。

"不用客气。"少年男子拱了拱手说。

"请问公子贵姓，以后有机会一定重谢。"向氏说。

芈八子痴痴地望着少年男子，仿佛忘了刚才惊险的一幕。

"我哪是什么公子，我是穷人家的孩子，我叫苏秦。"少年男子说，"请问你们这是去哪里？"

"我们去秦国。你也是去秦国的吧？"芈八子笑着说。

"不是，我去云雾山找鬼谷子，想拜师学艺。"苏秦望着芈八子微微一笑，拱了拱手说，"就此告别，多保重！"

向氏面露难色地说："你看我驾车技术很一般，你能不能送我们一程？"

"帮人帮到底嘛，万一再遇见强盗，我们该怎么办？"芈八子望着苏秦轻轻地说，声音非常好听，就像微风拂过山谷。

"好吧。"苏秦坐上了马车，策马扬鞭往前赶。

芈八子望着苏秦的背，他背上有一把宝剑，她看见人们背剑都是剑柄在上、剑尖朝下，苏秦背剑却是反之，剑柄在下、剑尖朝上，斜跨于背。芈八子有点好奇，没话找话地说："苏秦哥哥，你背剑就跟常人不同。我敢肯定地说，将来你一定会是位大人物大英雄……"

苏秦呵呵一笑，"过奖了。"

山谷幽深，大家都沉默了。

芈八子的心里在翻江倒海，她在揣摩话题，该说什么，不该说什么，几次想开口，却都没说出来。最后她问了一个老生常谈的问题："你是哪里人？"

"雒阳人。"

"你家里都有啥人？"

"兄弟五人，兄代、厉、辟、鹄，我最少，故字季子……"

向氏说："你问这些干啥？"

芈八子脸红了，"随便问问。"

马车突然停了下来，苏秦跳下马车说："前面不远就是函谷关，我只能送你们到这里了。"

芈八子知道就此一别，能否再见很难说了。她依依不舍地说："干脆把我们送到咸阳吧。"

苏秦微微一笑，"不好意思，恐怕不行。"

向氏掏出一块玉佩说："一路幸亏有你，没什么感谢的，特送给你。今后有机会去咸阳找我们。"

苏秦推辞一番，勉强收下了。

芈八子脉脉含情地望着苏秦说："我母亲把贵重的东西都送你了，你总得送我一件吧，这样也有个念想。"

苏秦在身上摸了半天，什么也没摸出来。他环顾左右，最后摘了一片红红的树叶，递给芈八子说："我从小家穷，没啥值钱的东西可送你。这片树叶送给你，等以后我发达了，你拿着这片树叶来，我一定给你补上。"

芈八子咯咯笑了，"我跟你开玩笑的。"

苏秦拱了拱手，转身走了。

芈八子的目光痴痴望着苏秦的背影，情窦初开的少女，心里第一次有了喜欢的人，心里装满了幸福，对未来充满着憧憬，而这个人转眼就消失了，今后能否再见都很难说。她心里有种说不出的难过，有种想哭的感觉……向氏看透了芈八子的心思，她拍了拍芈八子的肩膀说："人都走了，快上车吧。"

芈八子望着母亲不好意思地笑了笑。

向氏也微微一笑，"这是个不错的小伙子，将来一定是干大事的人。"

魏冉和芈戎从马车上探出头说："将来我们也是干大事的人。"

芈八子鼻子一哼，不以为然地说："就你们那样子，能跟人家苏秦哥哥比吗？"

向寿模仿芈八子的语调说："苏秦哥哥——"停了停接着说："干脆就叫'情哥哥'，多好听。"

魏冉和芈戎哈哈笑了。

芈八子伸手要打向寿，向氏说："大家别闹了，前面就是函谷关了，过了函谷关就安全了。"

函谷关站满了身穿盔甲、全身武装的秦军，秦国军旗在风中哗哗地响。

向氏看见了魏淼在四处张望，她心里非常感动和惊喜，她没想到魏淼会来接她。她整理了一下自己的衣服和头发，喊了一声："魏淼——"

顺着声音，魏淼看见了向氏，他跑了过来，抓住向氏的手说："终于等到你们了。"

当着大家的面，向氏有点不好意思，她挣脱了魏淼的手。为了掩盖内心的慌张和惊喜，她指着芈八子说："这是我女儿。"

"没想到都长这么高了，跟你一样高了，都成大姑娘了。"魏淼笑着说，"这两个都不用说了，一个叫魏冉，一个芈戎，"他指着向寿说，"这位孩子是？"

向氏说："这是我娘家亲戚的孩子，他叫向寿，是个孤儿。"

"大家一路辛苦，我备有马车，先到前面一个镇子，吃点东西，然后直接回咸阳。"魏淼笑着摸了摸魏冉的头说，"等到了咸阳，我带你玩好吃好……"

魏冉和芈戎高兴地爬上马车。魏冉、芈戎、芈八子和向寿他们四人坐一辆，向氏和魏淼坐一辆。魏淼迫不及待地抓住向氏的手，轻轻地抚摸着。就在他拥向氏入怀准备亲吻时，向氏听到了芈戎的哭声，向氏喊道："停车。"

马车停了下来，向氏和魏淼跳下车，奔向另一辆马车。向氏掀开帘子说："芈戎，你怎么哭了？"

芈戎说："我要跟妈妈在一起，我担心妈妈不要我们了。"

"妈妈怎么会丢下你们呢？"向氏抱着芈戎坐上同一辆车。

吃完饭，他们立即马不停蹄直奔咸阳。

到达咸阳后，魏淼带着他们来到一处庭院，庭院不大，但很幽静，打扫得很干净，院子里的花开得正浓，香气沁人心脾。魏淼说："公孙衍比较欣赏我，在他引荐下，秦惠文王也比较器重我，听说你们要来了，秦惠文王特赐我一处庭院。"

用完晚餐，因一路奔波，几个孩子早已疲惫，魏淼吩咐管家把他们一一安顿入睡。久别相逢，向氏和魏淼有说不完的话题，两人都没睡意。魏淼说："我做梦都没想到，今生还能见到你，我感觉一直像在做梦。我想再确认一下，魏冉是不是我的亲生儿子？"

"不是你的，是谁的？你这个没良心的东西。"向氏打了魏淼一下说。

"我错了。"魏淼笑着说。

"你有什么打算？"

"什么打算？"

"我们两人……"

"我想好了，后天我们就成亲，你看如何？"

"你看着办吧。"

"我这样办。"魏淼扑上去，开始剥向氏的衣服，剥得一丝不挂。他吻遍她每一寸肌肤，向氏有了轻微的娇喘声。他用嘴堵住了她的嘴，两人开始在床上欢腾……

第二天，向氏起来得很晚，阳光穿过窗棂缝隙照射在她的床上。魏淼已上朝去了。她伸出白白的手去抓阳光，什么也没抓着，这些阳光仿佛钻进了她的心里，将她的心里填得满满的，满得如蜜一样溢了出来。她幸福地闭上眼睛，沉醉在爱的海洋里。

魏冉和芈戎醒来后没见母亲，他们慌慌张张找了过来。他们掀开被子看了看，他们不希望魏淼代替他们父亲的位置，他们要死死守住母亲。向氏知道他们在找什么，抿嘴笑了笑："大人之间的事，你们小孩懂什么？"

魏冉说："我现在都长大了，不再是小孩了。"

向氏故意逗他玩："明天我给你娶个漂亮媳妇，如何？"

魏冉生气了，不说话了。芈戎说："他不要，我要！"

向氏哈哈笑了。

这时魏淼推开门进来了，笑着说："你们在笑什么啊，这么开心。"魏冉和芈戎用目光紧紧盯着魏淼，不说话。魏淼环顾了一下四周："去把芈八子叫来，我有事跟你们商量。"芈八子打着呵欠走了过来，看来昨晚她没有睡好。

魏淼说："我给你们请了先生，从明天开始，他将教你们断文识字。如今诸侯林立，男人要立世，必须要能文能武。先生先教你们《论语》，然后再教诸子百家各种思想学术流派，比喻孔子、孟子、墨子、老子……"

魏冉说：“你骂人——老子，老子才不想断文识字。”

魏淼伸出巴掌说：“老子打你！”

向氏立即推开魏冉说：“老子是个人，别吓着孩子了。”

“从明天开始，你们都要给我好好学，不听话者，不但先生要打你们，我还要打你们。”魏淼说，“好了，你们去玩吧。”

孩子们一哄而散。

向氏说：“你现在在秦国，朝廷里关系是不是也很复杂？”

魏淼叹了一口气说：“我先给你讲一个故事。秦孝公在位时，重用商鞅，商鞅通过变法使秦国成为富裕强大的国家。政治上，商鞅改革了秦国户籍、军功爵位、土地制度、行政区划、税收、度量衡以及民风民俗，并制定了严酷的法律；经济上，商鞅主张重农抑商、奖励耕织；军事上，商鞅作为统帅率领秦军收复了河西。可是商鞅两次变法，树敌不少，首先旧贵族代表甘龙、杜挚等起来反对变法。后来太子嬴驷犯法，商鞅一视同仁，不但处罚了他，还把他的老师公孙贾施以‘墨刑’。后来公子虔因犯他法，受劓刑被挖去鼻梁，随后闭门八年不出。秦孝公卒，太子嬴驷继位，就是现在的秦惠文王。商鞅在秦国威望极高，家家户户都知道商君之法。惠文王对商鞅有所顾忌，于是公子虔等一帮人就乘机捏造谣言说商鞅造反。于是，惠文王便借此将对秦国有功的商鞅车裂而死，并族灭其家，巩固了自己的权利和地位。说实话，秦国只要有了商鞅，统一天下是迟早的事，可惜这样一位难得的人才，下场竟是车裂后示众。”

向氏惋惜地说：“太可惜了。”

魏淼说：“这种事我只对你一个人讲，不敢对外人讲。现在我不能把自己的本事使出来，只求平安，所以我见到人说人话，见到鬼说鬼话。我现在处处小心，不敢得罪任何人，就是见到看守王宫大门的，我也是笑脸相对，生怕一不小心得罪某个小人。”

“既然这样，我们还不如回到乡下。”

“我也想过，但现在情况不同了，我们有了孩子，我要让他们接受最好的教育，我会请些名师来给他们上课。等再过几年，存够了钱，再做打算。”

向氏无语。

魏淼说：“别说这些朝廷之事，还是说说我们两人之间的事吧。想来想去，我们之间的婚事还是尽快办吧。婚礼不要过于隆重，简简单单就行，你看可以吗？”

“没事，我是成过亲的人，只是委屈了你。”

“日子我都请人看好了，后天就是黄道吉日。”

“太快了吧，人家还没想好。”向氏嘴上虽这么说，其实心里乐开了花。

婚礼果然简单，魏淼只邀请了亲朋好友，摆了几桌就算正式成亲了。魏冉和芈戎心里却不高兴，赖在洞房里不走，非要陪妈妈睡。魏淼没办法，只好睡客房。这样僵持了几天。魏淼也不好生气，何况魏冉还是他的亲生儿子。他就整天笑脸陪着他们，给他们买好吃的好玩的，还带他们出去玩。刚开始他们什么都不要，慢慢地他们经不住美食和玩具的诱惑，开始接受了这些美食和玩具。他们逐渐发现，其实魏淼也不是什么“坏人”。他们开始接受了这位父亲。

向寿是个聪明的孩子，他知道寄人篱下不是长久之计，所以他发奋学习，希望将来能改变自己的命运。受向寿和芈八子的影响，芈戎也开始发奋读书，唯独魏冉天生调皮捣蛋，不好好学习不说，还鼓动向寿和芈戎作弄先生，或者逃课，接连气走几个先生。魏淼一气之下，打了魏冉一顿。魏冉扬言要离家出走，或者要跳河自杀。魏淼唉声叹气，生怕他做出什么出格的事，只好作罢，任其发展。他对魏冉心灰意冷，不抱任何希望。

转眼几年过去了，芈八子长大了，越长越漂亮，甚至有人说她赛过西施。经过这几年的学习，她知书达理，温柔贤惠，开朗活泼，但有时也泼辣，魏冉和芈戎就给她起了一个外号叫“小辣椒”。

一日，芈八子无意发现了先生有本《诗经》，这本书她早有耳闻，她偷偷拿了回来，如饥似渴地阅读。其中有几首爱情诗，让她的心如风筝一样飘在蓝天白云之上，又像脱缰的野马奔驰在辽阔的草原上……她的心里一直装着一个人，那个人就是苏秦。自上次分别后，她几乎每天心里都在想着他，好多次做梦都梦见了他。她恨不得去云雾山找他，也不知道他现在是否已学师完毕，离开了云雾山……她拿出那片红树叶，红树叶已干枯，但保存得很完整。这片树叶就是苏秦当年送给她的，苏秦的音容笑貌在她眼前出现，他说：“我从小家穷，没啥值钱的东西可送你。这片树叶送给你，等以后我发达了，你拿着这片树叶来，我一定给你补上。”她扑了过去，伸出手想抓他，结果什么也没抓到。她知道刚才出现了幻觉，不禁脱口而出：“死生契阔，与子成说。执子之手，与子偕老。”说完这句话，她已泪流满面。芈八子多么想找一个人来倾诉，她内心非常痛苦，感觉这个世界突然变得陌生起来。原先她是多么敬佩母亲，可母亲也变了，变得势利，变得现实。继父也变了，变得圆滑世故，甚至继父看她的眼光，她都感觉到异样。母亲总是有意或无意地说：“我像你这么大，早出嫁了。”她也曾偷偷听到母亲和继父之间的一次谈话，他们想让她嫁给秦惠文王，做个妃子。芈八子心里顿时明白，他们是在利用她，如果她嫁给了秦惠文王，那么继父的地位在秦国一下就提升和巩固了，今后他们就将过着衣食无忧的生活。芈八子心里非常生气，感觉到他们的自私。她在心里对秦惠文王充满了排斥，何况她也曾听说过商鞅这么好的人都被他杀了，他又怎会是位好国君呢？她不稀罕什么妃子，就是让她当王后，她也没一点兴趣，她的心里只有苏秦。只要能跟苏秦在一起，哪怕吃糟糠，她也愿意。

芈八子的心思被向氏看在眼里，向氏决定找她好好谈一次。

向氏说："我知道你心里想的什么，苏秦是个优秀的孩子，我也非常感谢他救了我们，但你想过没有，他毕竟是个穷人家的孩子，他能给你带来幸福吗？"

"我愿意！我相信他！"芈八子说。

"何况现在我们对他还一点都不了解，他是否喜欢你、是否成家，这一切你都不知道。做女人，有时要认命。"

"我不想听。"芈八子捂着耳朵说。

"如果你嫁给秦惠文王，你想过没有，将来过的将是什么生活？好多人都会羡慕死。为牵这根线，你父亲求爷爷告奶奶，托公孙衍等多人在秦惠文王面前说你如何如何好，秦惠文王才答应来见你一面。"

"要嫁，你去嫁，反正我不嫁！"

"别说，我要年轻二十岁，我非常乐意嫁给秦惠文王。"向氏顿了顿说，"下午秦惠文王就要来见你，你去准备下，梳下妆。"

芈八子冲进自己的房间，锁上门，躺在床上呜呜哭。哭够了，她又开始想苏秦，不知他现在好吗？她多么想此刻苏秦能出现在她的面前，她想扑在他怀里痛痛快快哭一场，然后跟他一块私奔，谈一场轰轰烈烈的恋爱。

"开门。"有人敲门，"我是你母亲。"

"什么事？"芈八子有气无力地说。

"先把门打开。"

"有事快说，我要睡觉了。如果是什么秦惠文王，就说我睡了，身体不舒服。"

"死丫头，快开门。"向氏生气地把门拍得咚咚响。

芈八子依然不开门，把被子蒙在头上。

向氏把门拍得更响了，芈八子的耳朵受不了，她气冲冲地把门打开了。向氏一把抓住芈八子的手就朝外拖。芈八子不情愿地来到客厅。

客厅里坐着一位三十多岁的男人，身穿便服，发髻挽得高高的，留着八字须，目光如鹰一样盯着她看，她知道他可能就是秦惠文王，而继父魏淼站在旁边，弯着腰面带微笑，一副奴才相。平常她看见魏淼在他们面前腰板挺得笔直，没想到到了这人面前就变成了这个样子，她甚至想到了魏淼上朝时见秦王的那副样子。芈八子把头偏向一边，做出对秦惠文王不屑一顾的样子。

向氏慌慌张张地说："大王，实在不好意思，这丫头身体不舒服，连妆都没化。"

惠文王呵呵一笑，"素颜最好。"惠文王被芈八子的美丽震慑住了，他心想素颜就这么美，如果再化妆，岂不更加漂亮？别的女人见了他，万般讨好他都来不及，而芈八子的冷淡反而让秦惠文王喜欢上了她。这是一个独特的女人，她激起了他的征服欲望。

魏淼说："快坐下，大王有话问你。"

芈八子想在秦惠文王面前留下不好的印象，故意说："我不认识字，说话比较粗野，希望大王不要介意，有话就说，有屁就放。"

秦惠文王一怔，尴尬地一笑。

魏淼面露难色，生怕秦惠文王生气，连忙说："你这丫头，怎么没一点教养？见了大王，也不行礼。"

芈八子说："他是你们的大王，又不是我的大王，我干吗要给他行礼？"

魏淼伸手要打芈八子，秦惠文王制止了："算了，她对寡人有抵触情绪，今天谈话就到此为止吧。"秦惠文王站了起来，转身走了。

魏淼和向氏弯着腰把秦惠文王送出大门。

送走了秦惠文王，魏淼和向氏一夜未眠，他们知道秦惠文王生气了，得罪了秦惠文王可如何是好？他们心急如焚，想不出更好的办法来。

第二天，秦惠文王托人捎来话，说他喜欢芈八子，喜欢她的这种脾气，随时可以进宫成亲。魏淼和向氏悬着的心这才放了下来。

第三章　为爱私奔

半夜时分，咸阳下起了雨。

雨打在房顶的瓦上发出美妙的咚咚声，就像半夜有人在弹琴，如泣如诉，如诗如歌，如梦如幻。芈八子就在这美妙的雨声中醒了。她似乎天生就喜欢下雨的夜晚，更喜欢在静静的夜里听雨打在瓦上的声音，更喜欢在雨夜里静静地想一个人。她听母亲说过，她出生时下着瓢泼大雨，电闪雷鸣。芈八子醒来后，再也无法入睡。她又想到了苏秦，往事又一幕幕在她眼前出现，她跟苏秦相处的每一个细节都一一呈现在眼前，苏秦的音容笑貌是那么清晰，仿佛他就站在她的身边。一日不见，如三秋兮。她跟苏秦已是1548天没有见了，如果照这样算，该是多少秋啊？她算了几次都没算出来，迷迷糊糊中她又睡了。

醒来时，已是中午，雨还在下着。丫鬟已敲了几次门，喊她起来吃饭，芈八子都装作没听见。

向氏怕发生什么意外，匆匆赶来，也来敲门。

“敲什么，还让人睡觉不？”芈八子不耐烦地说。

向氏听见了动静，放心地走了。

直到晚上，芈八子才从闺房里走了出来。

向氏喜笑颜开地亲自给她端上饭菜，“你尝尝，这是我亲手下厨给你做的。”芈八子尝了一口，向氏问：“味道不错吧？这是你小时候最爱吃的菜。”芈八子实在太饿了，顾不上说话，狼吞虎咽地吃了起来。向氏接着说：“我们母女好久没在一起谈心了，我们谈谈心吧。”

“我们能有什么好谈的？”

“你现在的样子就像我年轻时一样，一心想追求纯洁美好的爱情。我被迫嫁给你父亲，说实话，日子过得也不错。后来我嫁给你现在的继父，也是迫不得已，嫁汉嫁汉，穿衣吃饭，我总不能带着你们喝西北风吧……”

“你到底想要说什么？”芈八子说。

“女人要认命，要现实点，到了我这个年纪，你就会明白爱情不过是奢侈品而已。什么海誓山盟、海枯石烂、天长地久全是扯淡，爱情最终还是要落到穿衣吃饭、柴米油盐上。”

“别说了，我不想听。”

“我知道你喜欢苏秦，非他不嫁，我和你父亲商量过，我们尊重你的意见……”

“真的吗？”芈八子高兴得跳了起来。

“千真万确。”

芈八子抱住母亲亲了一下。

“你父亲派人去了云雾山找苏秦，鬼谷子说他早就下山回家了。你父亲也是鬼谷子的弟子，鬼谷子的话自然可信。你父亲又派人去苏秦的家乡雒阳，他哥嫂说苏秦已病故了……”

芈八子“啊”的一声瘫倒在地上，半天她才反应过来，刚好魏淼回来了，她站了起来，一把抓住魏淼的手说：“父亲大人，你告诉我，苏秦是不是死了？”

魏淼头偏向一边，伤心地说：“孩子，认命吧。”

芈八子的泪水“哗”的一下落了下来，她转身跑了。

芈八子在家里闷了半个月，茶饭不思，日渐消瘦，沉默寡言。她的泪水都哭干后，就不再哭了，而是整天傻笑。魏淼和向氏看她疯疯癫癫的样子，心里也难过，他们就带芈八子出去散心。如此反复几次，芈八子的心情也慢慢好多了。

魏淼和向氏看时机成熟，就给芈八子做思想工作，讲人生的大道理，说秦惠文王如何如何好。最后魏淼说：“你也不小了，该成亲了。秦惠文王很喜欢你，你就嫁给他吧！”他们没有想到的是，芈八子爽快地答应道：“好啊！女人反正都是要嫁人的，我想明白了，嫁给大王，今后你们衣食无忧，你们也如愿了。”芈八子心里有气，她对母亲和魏淼也有气，如今苏秦已死了，她心里仅存的一点希望也破灭，但她现在也没更好的办法，也不想在这个家里待了，只想早一点离开这个家。魏淼和向氏虽然听出了芈八子话中带刺，不免有点尴尬，但芈八子答应要嫁给秦惠文王，他们心里还是非常高兴的。

接下来的日子，魏淼和向氏都在为这场即将到来的隆重婚礼准备着、忙碌着。他们脸上整天都乐开了花，走路腰也直了，说话嗓门也大了，连街坊邻居也开始跟他们套近乎了。

还有三天，芈八子就要嫁给秦惠文王了。

芈八子在家闷得慌，独自上街闲逛。她感觉身后有人在跟踪她，她猜想一定是魏淼派人在监视她。她猛地一回头，果然是魏淼的手下。她装作没看见，钻进人群里，穿过几条小巷，甩掉了尾巴。

芈八子在一个茶摊前坐了下来，突然她发现一个人的背影像是苏秦，她追了上去，对着背影忍不住喊道："苏秦！"

那人一回头，果然是苏秦。

芈八子扑了过去，思念让她失去了理智，她紧紧抱住了苏秦。苏秦不好意思地说，"请问小姐是？"

"我是芈八子，你在龙虎山救过我们啊。"

"哦，我想起来了，"苏秦说。

"你不是死了吗？"

"我现在不是活着的吗？"苏秦笑着说，"你找我有事吗？"

芈八子点了点头。

"这里说话不方便，你跟我到前面一家饭馆，我们找个包间。"苏秦说。

芈八子跟着苏秦进了饭馆，他们找了一个包间，随便点了几个菜。苏秦说："有人监视我，我好不容易甩掉他们，没想到遇见了你。"

"他们为什么要监视你？"

"说来话长，我离开云雾山，来到咸阳就是想谋个一官半职，我游说秦惠文王兼并列国，称帝而治。惠文王认为时机不成熟，讨厌说客，未采纳我的建议，还把我赶了出来。当今之世，舍我其谁也？没想到我在鬼谷子那里学的东西，在秦惠文王面前没有一点作用。"

又是秦惠文王，芈八子绕开话题说："我听我继父说，他派人去找你，说你早已病故了。"

"你继父是谁？他为何要找我？"

"我继父就是魏淼。"

"原来是他。"苏秦站起来欲走。

"等等，听我把话说完。"芈八子说，"你们认识？"

"魏淼也曾是鬼谷子的学生。我刚来咸阳找过他，他对我很冷淡，多次劝说我离开咸阳，去魏国或齐国发展，他是怕我抢了他的位子！”苏秦叹了一口气说。

“应该不是这样的，”芈八子急急地说，“魏淼说你死了，原来是他骗了我。事到如今我就直说了，我也不怕你见笑，自你在龙虎山救了我们后，我就暗暗喜欢上了你，想念你几千次几万次，夜夜梦你，心里发誓非你不嫁。魏淼让我嫁给秦惠文王，我是千万个不愿意。他们为了让我死心，就故意编造假话说你病故了。我真的以为你死了。那段时间我茶饭不思，日渐消瘦，沉默寡言，疯疯癫癫。这一切都是为了你。万般无奈之下，我才答应他们嫁给秦惠文王。”

苏秦拱了拱手说：“恭喜啊！”

芈八子的泪水流了出来，“早知道你没死，我说什么也不会答应嫁给秦惠文王。”

“能嫁给秦惠文王，是多少女人梦寐以求的事。”

“别说风凉话了，”芈八子望着苏秦说，“我只问你一句话，你喜不喜欢我？”

“有那么一点点。”

“到底喜不喜欢？”

“喜欢。”

“你带我走吧，离开秦国……”

“这……这也太快了，只怕我不能给你带来幸福……”

“原来你也是个孬种，你有种就爱我，你有种就娶我！”

这时伙计把饭菜端了上来，苏秦说：“芈小姐，先吃饭吧。”

“你吃吧，我没心情吃饭。”芈八子再次鼓起勇气说，“现在我必须要把我内心的想法告诉你，我喜欢你，不是一般的喜欢，是非常非常的喜欢。自上次分别后，我几乎天天都想你，为你憔悴，为你茶饭不思，为你失眠，就是晚上做梦也全都是你。我多么想能和你‘执子之手，与子偕老’。只要能跟你在一起，我愿意跟你浪迹天涯，就是吃糟糠我也愿意……”

芈八子的表白，让苏秦感动不已，他没想到，原来有一个女孩子一直在思念他，他有点受宠若惊，长这么大，他是第一次面对女人火辣直白的表白，何况是个漂亮的女人。他的心乱了，内心里有股甜甜的味道：一个女孩都放下了面子，他还有什么犹豫的？苏秦说：“你都想好了？”

“想好了。”

“那你怎么向秦惠文王交代？”

“我又不喜欢他，跟他交代什么？”

“毕竟他是一国君王，他会放过你和你的家人吗？”

“管不了这么多了，我只想跟你在一起。想想他们骗我，说你死了，想到这我就来气。只要我们离开秦国，他们对我们就没办法了。”

苏秦想了想说：“我还有点事情要处理，明天中午我在南门外的树林里等你，我带你回雒阳。”

“不见不散，”芈八子站起来，满眼含情地望着苏秦说，“我先回去，准备一下，免得他们怀疑。”

“那我就不送你了。”苏秦站起来说。

“告别一下，”芈八子扑进苏秦的怀里，这是她朝思暮想的怀抱，她感到他的胸怀暖暖的，如春风般，“要是永远这样该多好啊！”

苏秦在她额头吻了一下。她如一只小鸟欢快地飞走了。

芈八子的心情很好，她哼着歌，蹦蹦跳跳地回家了。她刚一进门，向氏就问：“你死到哪去了？”

芈八子想到母亲和魏淼骗她的谎话，心里很生气，但想到明天就要离开他们了，她内心就原谅了他们，她笑着说：“出去玩去了。”

“后天就要出嫁了，你还有心情去玩？走，到我房间看看，我给你准备了几套嫁妆，你看看喜不喜欢。”

芈八子来到母亲的房间，她穿上红红的新娘装，对着镜子照了照，非常满意。她想象着穿着新娘装跟苏秦成亲的情景，忍不住“扑哧”一声笑了。

“你笑什么？”母亲问。

“想到后天就要成亲了，我心里高兴。”芈八子不想让母亲看出来，明天将有一件惊天动地的事发生——私奔，她将跟着苏秦偷偷离开秦国，去雒阳，做他的女人。

母亲呵呵笑了。

院子里，魏冉、芈戎和向寿三人正在讨论什么问题。他们见芈八子走了过来，站起来纷纷向她问好。想到以后可能再也见不到他们了，她心里有种依恋，真有点舍不得这几个弟弟，叮嘱道：“姐走了后，你们要好好照顾自己！”

魏冉说：“姐姐嫁给了大王，今后一定要把我们三兄弟好好提拔一下，起码也要给个大官当当。”

“当你个头啊，”芈八子在魏冉的头上拍了一下说，“不好好学，只想当官，给你个官，你也不会当。一个不努力的人，别人想拉你一把，都找不到你的手在哪里。”

芈戎和向寿哈哈笑了。

魏冉不服气地说："别说丞相，就是当大王，我也会当。我会把秦国治理得井然有序，路不拾遗，夜不闭户……"

魏淼咳嗽了一声，走进院子，说："混账东西，说这种话就不怕被别人听到，小心掉脑袋。下次再说，我打断你们的腿。"

三人一哄而散。

魏淼望着芈八子笑了笑，"这两天要好好休息，别到处跑了。"顿了顿，他接着说："你也早点睡吧，我去给你母亲汇报一下后天的婚事，让她知道朝廷里是如何安排的。"

芈八子点了点头。

芈八子回到房间，简单地收拾了一下行李。她特地把那套红红的新娘装塞了进去，她要等跟苏秦成亲时再穿。想想明天就要跟苏秦远走高飞，芈八子兴奋得无法入睡，半夜醒来几次，只盼天早日亮。东方露出了鱼肚白，她才迷迷糊糊小睡了一下。醒来后，她去茅房，在院子里四周看了看，发现门口有几个人，看来是魏淼安排的人，专门负责来监视她的，防止她跟苏秦接触，防止她离开芈府。如果带着行李离开芈府，必然会引起他们注意，看来要想离开这个院子，得另想办法。

芈八子看见芈戎在院子里，向他招了招手。芈戎来到了她的房间，芈八子递给他几枚钱说："我们玩个游戏吧，你带着这个包裹，在南门外等候，有人会对你说'道可道，非常道；名可名，非常名'，然后你说'无，名天地之始；有，名万物之母'，然后你把这个包裹交给他，你的任务就算完成。"

芈戎半信半疑地提着包裹从后门走了。

接着芈八子悄悄也从后门空着双手溜走了。

芈戎来到南门，正在四处张望，一个人来到了他的面前，说："道可道，非常道；名可名，非常名。"芈戎说："无，名天地之始；有，名万物之母。"两人拱了拱手，芈戎把包裹交给那人，那人匆匆走了。那人来到南门外，把包裹交给了芈八子，芈八子掏出几枚钱给了那人，"谢谢你帮忙。"那人接过钱走了。

芈八子来到树林里四处张望，迟迟没见苏秦，他该不会不来吧？她心里自我安慰：他会来的，一定会来的。如果他不来，下次遇见他，一定要杀了他，让他知道羞辱一个女人的下场。

太阳穿过树林的空隙发出五颜六色的光，在树林里旋转着、闪耀着。一只鸟儿在树枝上跳跃，芈八子心情烦躁，捡了一个小石子朝小鸟扔去，小鸟"嗖"的一声飞走了。接着传来了马蹄声，由远而近，芈八子仔细一看，是苏秦，他还是倒背着一把剑。芈八子扬着手说：“我在这里。”苏秦在她面前停了下来，跳下马，扶她上马，然后他纵身上马，扬鞭向前，扬起阵阵尘土。

“你带我回雒阳吗？”芈八子问。

“是的。”

“魏淼知道你家在雒阳，如果他发现我走了，他会派人找过来的。”芈八子说，“要不我们去云雾山吧？”

“下山时我信誓旦旦对师傅鬼谷子说，我一定会在咸阳谋求到一官半职的，结果呢？结果空手而归，还被秦惠文王嬴驷羞辱，我哪有脸见他？”

“什么空手而归，不是还有我吗？”

“是啊！”苏秦哈哈大笑，“听说蜀国和巴国的风景不错，小吃很有特色，要不我们先去蜀国和巴国玩玩，然后再回雒阳，你看如何？”

“好啊！听你的！”芈八子说。

“坐好了。”苏秦说，“为了防止他们追赶上来，我们得多赶路，离咸阳越远越好，走得越远越好。”

马儿一路狂奔，转眼来到了山脚下。

芈八子紧紧抱住苏秦的腰，头靠在他背上，闭上眼睛，满脸幸福地说：“我把新娘装都带来了。要不先休息一下，我穿上新娘装，我们就在树林里拜堂成亲？”

苏秦说：“得快点赶路，我总觉得身后有人。”

“你多虑了，他们不会这么快发现的。就是追赶，一时半会也追不上来。”芈八子跳下马，钻进树林里去换新娘装。一会儿，她钻了出来问：“好不好看？”

苏秦眼前一亮，他目光直了，不由得夸道：“你好漂亮，就像一团红红的火，将我燃烧！又像天边红红的晚霞，让我沉醉……”

“别贫嘴了。”芈八子笑着说，“你看山谷里开满了各种野花，鸟语花香，溪声潺潺，阳光灿烂，要不我们就在这里拜天地，结为夫妻！你敢不敢？”

“谁说我不敢？”苏秦摘了一朵野花，递给她说，“送给你的！”

“你这是在向我求婚吗？”芈八子接过花，调皮地笑着说。

“是的，嫁给我吧！”

“如果你能保证一千年、一万年，永远地爱我，我就嫁给你。”芈八子伸出舌头说。

“我发誓，永远爱你！”苏秦举起手说。

芈八子拉着苏秦的手说："青天在上，大地为证，青山为媒，我愿与苏秦永结连理，白首不离。"接着她拽了一下苏秦的手，说："快说啊！"

苏秦大声说："青天在上，大地为证，青山为媒，我愿与芈八子永结连理，白首不离。"

两人拜了天地，然后双方对拜。双目对视的瞬间，苏秦看见芈八子的眼里全是天真和清纯，如一潭清澈可见底的湖水，他拥她入怀，吻了一下她的眼睛，她的眼里全是泪水，他尝到了咸咸的味道。他的嘴唇顺着她的脸颊滑到她的嘴上，两人久久地吻着，忘了时间，忘了一切。幸福如花一样在芈八子的心里盛开，她的眼里只有爱情，《诗经》里的那些优美爱情诗句曾给了她无限的憧憬，爱情是她的唯一，爱情是她的全部，两人只要真心相爱她就心满意足了，那些物质的东西她从没曾想过，她对它们更是不屑一顾。为了爱情，她愿意奉献一切，哪怕生命。

两人滚到草坪上，两张嘴紧紧地粘在一起，初吻原来是如此美好。双方都有了窒息的感觉，芈八子推开他，大口大口地喘气，看着天上悠悠的白云从头上飘过。苏秦的手伸了过去，开始解她的衣服，一颗又一颗纽扣被解开，雪白雪白的身子露了出来，白得耀眼……

马蹄声由远而近，苏秦爬了起来，整理了一下衣服说："你待在这里别动，我去看看，该不会是你父亲派人追了上来吧？"

"这里有一匹马。"有人喊道。

"估计他们就在这附近，谁要抓到苏秦，我将重重有赏。"

苏秦仔细一看，果然是魏淼带着一帮人追了上来。苏秦退了回去，抓住芈八子的手说："快走，是魏淼他们。"两人慢慢摸到马前，苏秦打晕一个人，一步跨到马上，伸手把芈八子拽上马，扬鞭而去。

"他们在这里。"一个人喊道。

"快追！"魏淼大声喊道。几十匹马追了上去，扬起满天尘土。

魏淼边追边在后面喊道："芈八子，只要你回来，我可以原谅你。"他接着又喊道："苏秦，快快停下来，我有话跟你说。"

苏秦依然马不停蹄。

"我是不会回去的，你们就死了这条心吧。"芈八子说。

"苏秦，我最后一次警告你，立即停下来。"魏淼喊道。

"再快点，甩掉他们！"芈八子对苏秦说。

苏秦双腿一夹，马如闪电般开始飞奔。魏淼拔出箭，瞄准了马的屁股，他手一送，箭“嗖”的一声飞了出去，深深插在马的屁股上，马受了惊吓，扬起前蹄，把他们甩了下来。几个人围了上来，苏秦拔出剑牵住芈八子的手杀出重围，朝山上跑去。魏淼跳下马，带领着人追了上去。

苏秦带着芈八子在树林里钻来钻去，芈八子的新衣挂了几个口子，她惋惜不已。苏秦说：“以后我给你做一套比这还漂亮的衣服。”芈八子不小心崴了脚，她说：“我走不了，别管我了，你快走吧。”苏秦说：“我不会丢下你的，要走，一块走。”苏秦弯下腰，背着芈八子就走。

魏淼紧紧跟在后面，他跑到一块大石头上，占据有利的地势，拔出箭瞄准了苏秦的腿。他手一松，箭飞奔而去，射在了苏秦的腿上。苏秦“啊”的一声，腿一弯，一下栽在地上，背上的芈八子从坡上滚了下来，几十个人冲上去，分别抓住了他们。

苏秦被捆在一棵大树上。

魏淼仰天长笑，用剑指着苏秦说：“你好大的胆子，竟敢带我女儿私奔，你这是自找死路。”

“不关他的事，是我让他带我走的。”芈八子说。

“你闭嘴。”魏淼喊道，转身对苏秦说，“苏秦小弟，看在我们同出一个师门的分上，我可以饶你一死，但有个条件。听说鬼谷子有本书，好像是《鬼谷子》或《本经阴符七术》什么的，它融汇了鬼谷子毕生学术研究的精华，特别是书中的纵横之术，谁要掌握了，就可以统领天下，听说他把书传授给你了？”

“胡说，鬼谷子从不示人，他怎么会传授给我呢？你是知道的，孙膑聪明过人，是他得意的弟子，要传的话，他只会给孙膑。”

“马陵之战，庞涓自杀，孙膑名扬天下。奇怪的是孙膑隐身而退，离开了齐国，也不知道他现在去了哪里？”魏淼套苏秦的话。

“听说他隐居了，在写《孙膑兵法》。”

魏淼不屑地说：“马陵之战不过是瞎猫碰上死耗子，他运气好而已，就他那水平，难道还想写出一部《孙子兵法》？”

“你别不服气，你十个魏淼也抵不过一个孙膑，《鬼谷子》或《本经阴符七术》你不配拥有。”苏秦说，“不过不好说，鬼谷先生传授给张仪也有可能，张仪这人工于心计，上蹿下跳，会耍手腕。”

“你想骗我？”魏淼生气地一鞭子抽打在苏秦的身上，“我让你不老实。少装糊涂，快交出来。”

“我说的都是真的。”

“别打了，”芈八子扑了过去说，“要打就打我，这一切都是我的主意。”

“滚开！”魏淼厉声喊道。

几个人把芈八子拖开，芈八子一边挣扎一边说：“魏淼，你变了，变得我几乎都不认识你了，不知当初我母亲是怎么看上你的？我母亲瞎了眼。”

“我以前是个正直的人，非常讲原则，可现实的生活让我处处碰壁。现在衡量一个人成功与否的标准，就是看他是否官大钱多。我不是圣人，我不能免俗，人是会变的，人要学会走捷径，这样才能容易成功。”

“你还会找冠冕堂皇的理由，我为你感到羞耻。”芈八子说。

“你还小，说这些你不懂，等你到我这个年纪，你什么都明白了。现在不跟你扯这些，把她押下去。”魏淼说。

“你卑鄙无耻！”

魏淼不理她了，他扬起剑指着苏秦说：“今天我要亲手杀了你。请你理解我的苦衷，我不想杀你，是你逼我的。”魏淼扬起剑说。

芈八子再次扑了过去说：“你要杀了他，我立即死在你面前。”

魏淼犹豫了一下，他真怕芈八子做出傻事来，他不想人财两空，更不希望自己的前途转眼消失。魏淼沉思了一下说：“我可以不杀他，但我有两个条件，一是他必须永远离开秦国；二是你必须要嫁给秦惠文王。”宝剑刺进了苏秦的腿上，苏秦满头是汗，死死咬着牙。“你再不答应，我先杀了他，然后再杀掉你。你不让我安生，我也让你不好过。”魏淼哈哈大笑，拔出剑又刺，简直像个疯子。

“我答应你。”芈八子哭着说。

魏淼哈哈笑了：“这就对了。”接着头一偏，喊了一声“松绑”。

苏秦满身是血躺在地上，芈八子想去扶，魏淼一把抓住芈八子，拖住了她。几个人把苏秦扶上马，一个人用刀在马屁股上刺了一下，马驮着苏秦跑了。

芈八子被带回了咸阳，一路上她早已哭成了泪人，她担心着苏秦的生死。回到咸阳时，她嗓子都哭哑了。明天她就要嫁给秦惠文王嬴驷了，芈府早已是张灯结彩，做好了一切准备。芈八子想逃跑，但她发现她的屋前屋后都有人在监视她，连去茅房都有丫鬟跟着，她知道逃跑是不可能的了。嫁给秦惠文王，芈八子的心里是千个万个不愿意，她真想一死百了，可一想到苏秦，她又下不了决心。她相信只要活着，还会跟苏秦相逢的，还是会有机会重新开始的。

第四章　初入王宫

芈八子出嫁的这天，下着小雨。

芈八子是被捆着塞进花轿的，芈八子是妃子，走的是王宫的侧门，只有正宫娘娘才有机会走正门。

唢呐鼓声响个不停，人们的欢呼声很大，但芈八子充耳不闻，她的心里在流血，她的心里只有苏秦，她多么希望苏秦此刻能出现在她的面前，能带她走。她多么想知道，苏秦此刻是否已平安地回家了，他身上的伤口会不会感染？……

秦惠文王已娶了十多个妃子，拜堂成亲的环节就省掉了，仿佛这是多此一举。芈八子直接被抬进了后宫，被牵亲娘子带到一处庭院。秦惠文王大摆宴席，在前殿陪文武大臣喝酒，谈论天下大事。

芈八子一个人待在洞房里非常寂寞，肚子又饿。今天一天她都没有吃饭，她几次都想掀开头上的红盖头，母亲临走时千叮咛万嘱咐，红盖头一定要新郎揭，否则女人就会一辈子不幸福。她掀起红盖头一角，看见洞房内全是金玉珍宝，富丽堂皇极了。洞房为敞两间，东面靠北墙为天子宝座，右手边有象征“吉祥如意”的玉如意一柄。前檐通连大炕一座，炕两边为紫檀雕龙凤，炕几上有瓷瓶、宝器等陈设，炕前左边长几上陈设一对双喜桌灯。东暖阁内西北角安放龙凤喜床，喜床上铺着厚厚实实的红缎龙凤双喜字大炕褥，床上用品有明黄缎和朱红彩缎的喜被、喜枕，其图案精美，绣工精细，富贵无比。床里墙上挂有一幅喜庆对联，正中是一幅牡丹花卉图，靠墙放着一对百宝如意柜。

“有人吗？”芈八子喊道。

“夫人，有何吩咐？”一个十六七岁的小姑娘推门走了进来，“从现在开始，我是你的贴身丫鬟。”

芈八子端详了她一眼，看她身材苗条，模样俊俏，非常可爱，心里便有点喜欢她，有种一见如故的感觉，便说道：“我一个人也寂寞，陪我说说话，你叫什么名字？”

“回夫人，我叫管筱雨。”

“别这么客气，估计我们差不多大吧？”芈八子报了生辰八字，管筱雨也报生辰八字，两人竟是同年同月生，芈八子比管筱雨大几天。芈八子说：“以后就叫我姐姐吧！”管筱雨说：“夫人，这怎么好意思呢！”芈八子说：“没什么，你叫我夫人，我浑身起鸡皮疙瘩。要不这样，有人时你喊我夫人，没人时就喊我姐姐。”

管筱雨说：“好啊！”芈八子又问：“你是哪里人？”管筱雨说：“雒阳人。”芈八子一惊，说，“怪不得，听你说话的声音有种熟悉的感觉，苏秦也是雒阳人，你认识他吗？”管筱雨说：“岂止认识，他是我的表哥。”芈八子“啊”了一声，来了兴趣，“太巧了，给我讲讲苏秦的故事。”管筱雨迟疑了一下说：“其实也没什么可讲的，他家兄弟姊妹多，家里穷，他从小就是个聪明的孩子。为了改变命运，从小他就喜欢读书，常常读到半夜，读书欲睡，他引锥自刺其股，血流至足……后来他去云雾山拜师学艺，到了秦国本想寻求一官半职，结果被秦惠文王赶了出去。”

不知不觉天色已晚，雨也越下越大，两人越聊越开心，但每次管筱雨聊到苏秦时总是躲躲闪闪，不愿多提，有意无意找个话题岔开。

“圣上驾到！”宫人喊道。

管筱雨给芈八子盖好盖头，起身退了出去。

醉醺醺的秦惠文王被侍寝的宫人带到房间，脱下冕服，换上便衣。芈八子被宫人引入帐内，然后宫人也退了出去。

秦惠文王东倒西歪地走了过来，连盖头都懒得掀起，他指着芈八子说：“寡人见你第一面就喜欢上了你，寡人知道你不乐意嫁给我，这反而激发了寡人征服你的欲望。天下寡人都能征服，还不能征服你这个小女人？”秦惠文王见没动静，接着说，“你以为你是谁啊？寡人让你看看我是谁？”

秦惠文王按住芈八子，一股股酒味弥漫了过来。芈八子推开惠文王说：“嬴驷，你再这样我可喊人了。”

秦惠文王哈哈笑了起来：“洞房花烛良宵，你喊破天也没人理你。”

秦惠文王开始撕扯芈八子的衣服。芈八子挣扎着，浑身无力，她的衣服一件件被剥落，挣扎到最后已是浑身无力。秦惠文王把她压得死死的，她只有默默地流泪……这一夜，对芈八子来说，是她一生中最痛苦最漫长的一夜。这一夜她只有泪水和屈辱，这一夜她没心情听雨，这一夜她想的全是苏秦。同时一个信念支撑着她，只有活下去，才有机会见到苏秦。

第四章　初入王宫

第二天，秦惠文王带她去拜见惠文后魏纾。秦惠文王要娶芈八子，魏纾当初是反对的，心里非常不乐意，但她的反对苍白无力，有些事她是无法改变的。

魏纾见秦惠文王和芈八子来了，装作没看见。身边的丫鬟在给她捶腿，魏纾“哎哟”一声，大骂道：“死丫头，你会不会捶腿？下手这么狠，小心我剁了你的双手。”小丫头站在一边哭。魏纾指着芈八子说：“你来给我捶腿。”芈八子心里不高兴，但她忍住了，微微一笑，蹲了下来，轻轻地揉了揉，然后轻轻地捶腿。魏纾一脸得意地对小丫鬟说：“看到没，得向这位新来的丫鬟学习。”秦惠文王张嘴想说这是他新娶的妃子，还没说出来，魏纾接着说：“去给我端盆洗脚水来。”芈八子知道魏纾这是给她下马威，她微微一笑，站了起来，在丫鬟的带领下端来了洗脚水，温度刚好，水温温的。芈八子说：“魏夫人，请洗脚！”魏纾把脚伸进盆里，大叫一声：“你这是成心想要烫死老娘啊。”魏纾端起洗脚水，全部泼在芈八子身上。魏纾的这个动作太突然了，连秦惠文王都大吃一惊。秦惠文王说：“这是寡人新娶的妃子，不是什么丫鬟。”魏纾连忙递上毛巾说：“不好意思，我以为是新来的丫鬟。”然后拉着芈八子的手说：“妹妹，我真的不是故意的，我不知道你是我家嬴驷新娶的妃子。”魏纾不说秦惠文王也不说大王，而是说“我家嬴驷”，是故意说给芈八子听的，别人不可以这样叫，只有她可以这样叫，以显示她才是王后，才是这后宫里的老大。

“没事，没事。”芈八子笑着说。芈八子满肚子都是火，这简直欺人太甚，但她想到了苏秦，忍住了。她接着说：“魏夫人，要不要我再去给你端盆洗脚水？”

“妹妹，不用了。”魏纾笑着说。

“魏夫人，如果没什么事，我就先回房，换衣服去了。”芈八子说。

这时魏纾的儿子嬴荡、嬴壮和女儿嬴（易王后）跑了进来，魏纾冷冷一笑：“好啊，改天我们再聊。”

芈八子走了，秦惠文王跟了过去。魏纾喊了一声：“嬴驷，回来！我有话跟你说。”秦惠文王只好退了回去。芈八子忍住泪水，几乎是跑回房间的。

“姐姐，外边雨早停了，你衣服怎么湿了？”管筱雨问。

“这是魏纾给我的下马威，她别高兴得太早了，到时我会慢慢还给她的。”芈八子换下湿衣服说。芈八子的自尊心受到了伤害，咽不下这口气，她给自己鼓劲，自己劝自己：不但要好好活下去，还要跟魏纾斗下去，因为自己还年轻，年轻就是资本，有的是机会。

“我听说这个魏夫人有来头，原是魏国人，是魏国公主，秦惠文王去宋国时认识的。”管筱雨说。

“怪不得她目中无人，以自己出身高贵而自居。”芈八子叹了一口气说。

“姐姐，别生气了，生气伤身子。”管筱雨说，“我给你讲一个故事吧。一个烦恼的人去拜访智者。他问：‘我如何才能变成一个让自己快乐同时也能让别人快乐的人？’智者送给他四句话：‘把自己当成别人，把别人当成自己，把别人当成别人，把自己当成自己。’这个烦恼的人学会了换位思考，然后放大自己细微的幸福，缩小仰望别人的高度，终于如愿，从此再没烦恼。”

“你听谁讲的？”

“苏秦讲的，他说做人的最高境界就是让自己快乐的同时也要让别人快乐。”

“又是苏秦，他还说了什么？”

“他还说‘小不忍则乱大谋’。”

芈八子微微一笑，“这话原是孔子说的，可不是他说的。”

“我知道是孔子说的，想逗姐姐笑一笑，姐姐终于笑了。”

“呵呵，有机会我一定要把自己变成一个让自己快乐同时让别人不快乐的人，这叫穿别人的鞋，让他们无路可走。”

两人哈哈笑了。

这一晚，秦惠文王没回来。芈八子的心情非常复杂，有股难言的味道。她也说不清是什么味道，心里感觉总是空落落的。

几天后，芈八子带着丫鬟管筱雨回娘家。向氏拉着女儿的手问长问短，“大王怎么没来？他对你好不好？……”芈八子淡淡地说：“大王忙，他对我很好。”向氏说：“家里来了一位客人，他也是鬼谷子的学生，我带你去见见他。”一提起鬼谷子，芈八子就想到了苏秦，但她知道那人不会是苏秦，不耐烦地说：“他是谁？我不想见他。”向氏笑着说：“你去了就知道，那人说一直想见你，等有机会一定要拜访你。还说如果你回来，一定要通知他，没想到刚好今天你回来了。”

芈八子看在苏秦的面子上，跟着母亲来到客厅。魏淼笑着说：“女儿回来了。”芈八子不理他，她心里非常痛恨他，是他拆散了她跟苏秦的婚姻。她望了望魏淼旁边的男子，这位男子很年轻，眉清目秀。他拱了拱手说：“在下张仪，刚到秦国，特向娘娘请安。”

“你就是张仪？我怎么没听苏秦提过你？”芈八子说。

“本人才疏学浅，哪能跟苏秦相提并论？”张仪尷尬地一笑。

魏淼望着芈八子说："张仪这人太谦虚了，他饱读诗书，满腹韬略，是鬼谷子的得意门生，将来一定会成大器。"

芈八子不接魏淼的话："你怎么也来到了秦国？"

张仪说："说来话长，离开鬼谷先生后，我回到魏国。因为家境贫寒，求事于魏惠王不得，远去楚国，投奔在楚相国昭阳门下。昭阳率兵大败魏国，楚威王大喜，把国宝和氏璧奖赏给了昭阳。一日，昭阳与其百余名门客出游，饮酒作乐之余，昭阳得意地拿出和氏璧给大家欣赏，传来传去，最后和氏璧竟不翼而飞。大家认为我张仪贫困，一定是我拿走了和氏璧。我根本没拿，肯定不会不承认。昭阳严刑逼供，我被打得遍体鳞伤，始终不承认。昭阳怕出人命，只得放了我。我回家养伤半年，伤口愈合后，我没有回到魏国，而是来了秦国。我听说惠文王即位后，继续坚持秦孝公时代'任人唯贤'的方针，许多别国的士纷纷投向秦国，所以我也动心了。就在此时我收到了苏秦的一封信，他邀请我去赵国。"

"苏秦去了赵国？"芈八子又惊又喜，"他还好吗？"

"他很好，只是他的野心很大，出使赵国便游说赵肃侯，提出韩、魏、齐、楚、燕、赵六国联合起来抵抗秦国的主张，如此一来，六国一体，秦国一定不敢从函谷关出兵侵犯，赵国的霸主事业也就成功了。赵肃侯采纳了苏秦的'合纵'主张，资助他去游说各诸侯国加盟，以订立合纵盟约。我到赵国呈上名帖，请求会见苏秦。但是，苏秦却对我不理不睬，招待我的时候也只是给我仆人和侍女所吃的饭食，并且还当众羞辱我，说张仪那么有才能，竟弄得穷愁潦倒到这种地步，是不值得收留的，说完就把我打发走了。我去见苏秦，本以为是旧交，可以求得好处，谁知反而受到羞辱，一气之下，想到各国中只有秦国才能威胁赵国，于是便来到了秦国。"

"苏秦应该不是这样的人，"芈八子淡淡地说，"我明白你的意思，你是想让我在惠文王面前给你美言几句？"

"张仪可是匹千里马，现在就等伯乐了，惠文王就是伯乐。"魏淼讨好地说。

"娘娘不仅人长得漂亮，还是一个聪明人。"张仪笑着说。

"我刚到王宫，人微言轻，秦惠文王不一定听我的，不过我试试看。"芈八子看在苏秦的面子上，不好拒绝，只好委婉地如此说。

张仪拱了拱手说："谢谢！来日一定重谢！"

魏冉、芈戎和向寿听说芈八子回来了，欢喜不已，围住了姐姐。芈八子对张仪说："失陪了。"然后跟他们一块离开了客厅。

魏冉说："哪天我们去王宫转转，我还没去过王宫呢。"

芈戎说："听说王宫金碧辉煌，养着奇花异草，地面都是用黄金铺的金光大道，走在上面金光闪闪……"

魏冉说："改天我去偷偷拿几块黄金回来。"

向寿说："不可能用黄金铺地面。"

三人争了起来，管筱雨在一旁听了"哧哧"笑了。三人有点不好意思，这才注意到了管筱雨。魏冉说："这位小姐长得很漂亮，请问你是？"管筱雨落落大方地说："我叫管筱雨，是姐姐的随身丫鬟。"芈八子说："你们别小瞧她，她十分聪明可爱、善解人意，读的书不比你们少。她可以用一句话来概括经典著作。"三人用怀疑的眼光望着管筱雨。芈八子说："给他们说说，让他们也好好学学。"管筱雨不好意思地说："大家听听而已，我只随便说说：《周易》——领袖群经，神龙见首；《尚书》——尧舜禹汤，昭如日月；《诗经》——所谓天籁，在此一方；《周礼》——天地四时，百官居位；《论语》——半部治天下，布衣成圣贤；《仪礼》——尊卑有序，亲疏有别；《礼记》——六艺之教，中庸之道；《春秋左传》——跌宕不群，纵横自得；《孝经》——百善之首，立国之基；《尔雅》——聚类释名，经纬百科……"

三人惊呆了。

芈八子说："把诸子百家著作也给他们说说。"

管筱雨说："《老子》——道不可道，玄之又玄；《孙子兵法》——知己知彼，百战不殆；《文子》——杂糅百家，道为其旨；《关尹子》——九阳至极，大道其成；《管子》——九合诸侯，一匡天下……"

三个情窦初开、懵懵懂懂的少年顿时对管筱雨刮目相看，充满了好感，敬佩不已，说话也不大大咧咧、信口开河了。

向寿说："这些书你都看过吗？"

管筱雨说："我虽喜欢读书，但这些书好多没读过，我都是听苏秦哥哥说的。你们知道吗？他从小就喜欢读书，常常读到半夜。读书欲睡，他就引锥自刺其股，血流至足……"

"管筱雨这是谦虚，从今以后你们要好好读书。"芈八子故意这样说，她是希望弟弟们多读些书，故意给他们树一个榜样。

芈八子提议去河边转转，大家一致赞同。江面上小舟穿梭，几只鸟儿在江面上飞翔，偶尔蜻蜓点水般掠过江面，叼起几只小鱼，然后飞到对面的草丛里消失了。他们在江边走累了，坐在岸边绿油油的草地上，欣赏着两岸的风景。

向寿情不自禁地脱口而出："子在川上曰：逝者如斯夫！不舍昼夜。"

"别在这里卖弄学问了，"魏冉望着管筱雨说，"听我现场吟诗一首：关关雎鸠，在河之洲。窈窕淑女，君子好逑。参差荇菜，左右流之。窈窕淑女，寤寐求之。"

管筱雨脸红了。

芈戎笑着说："估计你就只会这首诗？"

"我还会《子衿》《风雨》《采葛》《褰裳》《木瓜》《狡童》《桃夭》《伯兮》……"魏冉只是偷偷翻看了芈八子的《诗经》，根本没仔细看过，只记得标题而已。

向寿笑着说："什么叫不知羞耻？这就叫不知羞耻。"

大家哈哈笑了。

月上中天，银光似水，倾洒在江面上，粼粼的波纹反射出清冷的银辉，江水已失去往日的汹涌和湍急，却有着祥和的境界。芈八子说："时间不早了，我们回吧。"

大家踩着月光，走在小路上。晚风习习，魏冉、芈戎和向寿三人围在管筱雨身边问这问那，都在没话找话说。

第二天，芈八子和管筱雨回到了王宫。几天后，魏冉、芈戎和向寿三人也来到王宫，他们说是来看姐姐的，其实是想看管筱雨。经过短短的接触，他们对管筱雨充满了好感，只想见她一面，只想跟她说说话。

三人来到王宫，守卫拦住了他们，不让他们进。刚好魏淼上朝，他对守卫士兵说："他们是我孩子，想去见他们姐姐。"

守卫士兵这才放行。

魏冉一路都低着头，他自言自语："王宫怎么地面没有铺黄金啊？"

向寿说："你也不想想，铺黄金不怕小偷惦记？"

芈戎说："是啊，再说那需要多少黄金。"

魏冉说，"你们听说过楚威王打下金陵邑，埋金镇王气的故事吧？据说金陵邑的地下埋藏了很多金马、金牛、金人……件件都是无价之宝，等我将来当了秦国的将军，我一定拿下金陵邑，把这些宝物全部挖出来。"

芈戎说："我听父亲芈邑说过。对了，我家有个金人，该不会是父亲从金陵邑挖的吧？"

向寿说："应该不会，这可是掉脑袋的事，估计你父亲芈邑没这么大的胆子。"

魏冉说："我听说母亲把金人给了魏淼，魏淼为了升官，把它送给了王宫里的某位高官。将来有一天，我们三人说不定会在王宫立下足，干一场轰轰烈烈事业，到时自然就会有人给我们送金人什么的。”

芈戎心里也是这么想的，但嘴上说：“你行，我恐怕不行。”向寿只顾抬头看王宫的宫殿，一不小心踩空，一个趔趄，迎面撞上了一个少女。这少女跟他年龄差不多大，少女眼看就要跌倒，向寿纵身一跃，扶住了少女。少女躺在他的怀里，四目对视，向寿的心怦怦直跳，少女的脸也红了。

向寿松开手，拱了拱手说：“对不起，我不是故意的，请多多原谅！”

“没事！”少女转身欲走。

“请问姑娘芳名？”

“我是嬴虔的小女儿，我叫嬴冰。”嬴冰挥了挥手，笑着走了，一步一跳，如一只轻盈的蝴蝶。

向寿看呆了，他心里有点喜欢上这个姑娘了。他这种喜欢跟喜欢管筱雨不同，他对管筱雨充满好感，更多的是敬佩，而对嬴冰却是那种说不出来的喜欢。

他们三人又穿过几座宫殿来到后宫，又被守卫拦住了不让进。魏冉说找他姐姐，报了姐姐的名字，守卫进去禀报了。一会儿，芈八子出来了，把他们三人领了进来。芈八子说：“这是后宫，女人们待的地方，你们千万不要乱逛，要不是看你们几个是乳臭未干的孩子，才不会放你们进来。”

三人点了点头。

“你们找我有啥事？”芈八子说。

“姐姐，我们只想来看你，没啥重要事。”魏冉说。

芈戎说：“对对对，只想过来看看姐姐。”

魏冉四周看了看说：“怎么没见管筱雨呢？”

芈八子笑着说：“你们怎么突然关心起她来了？”

魏冉嘿嘿一笑说：“我有个问题不胜其解，想问问她。”

芈八子说：“怎么突然想学习了？就你那点心思，你以为我不知道。管筱雨身体不舒服，我让她躺在床上休息去了。”

魏冉脸一下红了，问：“我们可以去看看她吗？”

芈戎说：“是啊，我们去看看她。”

芈八子点了点头。

三人来到管筱雨的房间，管筱雨看见他们来了，立即坐起来说：“你们怎么来了？”

魏冉说："听姐姐说你病了，我们三人特意来看你。"

"谢谢！"管筱雨说。

芈八子望着魏冉说："别绕弯子了，你不是有问题想问筱雨吗？"

魏冉摸了摸后脑勺，想了想说："其实也没什么……"

芈八子说："我就知道你能有什么问题，天生就贪玩，不好好学习……"

魏冉感到自尊心受到了打击，想了半天才说："我真有个问题，前几日看了老子的书，其中有句话一直不知道啥意思：'上善若水。水善利万物而不争，处众人之所恶，故几于道'。"

芈八子抢着说："我来背下句：居善地，心善渊，与善仁，言善信，正善治，事善能，动善时。夫唯不争，故无忧。"

魏冉和芈戎吃惊地说："原来姐姐也会啊。"

芈八子得意地说："别小瞧你姐姐，好歹你姐姐也读了几年书。筱雨，给他们讲讲什么意思。"

管筱雨说："这里实际说的是做人的方法，即做人应如水，水滋润万物，但从不与万物争高下，这样的品格才最接近道……"

魏冉连连点头，"说得好，有道理。"其实他的心里一点也不赞同老子的观点，做人怎能如水？做人要有自己的主见，如水只能随波逐流，没有目的和方向，做人有啥意思。他要做人上人。

他们讨论了半天。最后魏冉和芈戎说："听了管筱雨一番话，胜读十年书。以后我们可以常来请教吗？"

管筱雨望了芈八子一眼，无语。芈八子说："可以啊。"

后来，魏冉和芈戎又来了几次，经过跟管筱雨的多次接触，他们两人同时爱上了管筱雨。魏冉鼓起勇气抄写了一首《诗经》里的一首诗："彼采葛兮，一日不见，如三月兮。彼采萧兮，一日不见，如三秋兮。彼采艾兮，一日不见，如三岁兮。"然后塞在了管筱雨枕头下。管筱雨晚上睡觉时，发现了白布上的这首诗。看着这熟悉的诗，她想到的是苏秦，往事一幕幕出现在眼前。

小时候管筱雨常跟在苏秦的屁股后面，就像一个尾巴，哥哥长哥哥短地叫。苏秦从小就喜欢读书，常常读书到半夜。她听了大人们讲苏秦读书欲睡，他引锥自刺其股，血流至足的事，心里顿时充满了对苏秦的敬佩和爱慕。慢慢地她发现自己爱上了他，她把这份情一直深深埋在心里。她常常去他的书房，借书看，有什么不懂的就请教他。

一次，她偷偷抄了这首“彼采葛兮，一日不见，如三月兮。彼采萧兮，一日不见，如三秋兮。彼采艾兮，一日不见，如三岁兮”，然后塞在了苏秦枕头下。接下来的几天，她一直心神不安，她不知道苏秦看后心里会是怎么想的，如果苏秦不喜欢她，今后怎么面对他……一串串的烦心事让她茶饭不思。她忍不住了，又去找苏秦，苏秦跟平常一样，没见什么异常。她鼓起勇气问他看到那首诗没，他淡淡地说看到了。她还想继续问，苏秦把话题岔开了。

后来，苏秦去云雾山拜师学艺去了。管筱雨每天都在想他，梦中也全是他。一年后，因苏秦母亲生病，他回到了雒阳。管筱雨见了苏秦又激动又高兴，她说：“你好吗？”苏秦说：“还可以。鬼谷先生德高望重，博学多才，他对我要求很严。”管筱雨笑了笑说：“那就好。”顿了顿，她鼓起勇气说：“我喜欢你。”苏秦说：“谢谢。”管筱雨又说：“你喜欢我吗？”苏秦还是说“谢谢”。管筱雨连问了几遍，苏秦还是两个字“谢谢”。管筱雨脚一蹬，生气地走了。她是那么爱他，爱到发狂发疯，可她不知道自己在他心里到底有没有位置，他的心里又是怎么想的。后来，她慢慢想明白了，自己不配苏秦，他之所以不正面回答她的问题，是怕他伤了她的心。她越想心里越生气，不知今后该如何面对他。最后她决定离开雒阳，去咸阳当丫鬟。她在离开前，给苏秦写了一封感人的信，信中表达了她的爱、她的思念，希望他找到幸福。

管筱雨到了咸阳后，下定决心要彻底忘了苏秦。她每天忙忙碌碌，可还是有意或者无意之中，苏秦就从她的脑海里跳了出来，往事依然还是那么清晰，仿佛就发生在昨天。随着时间的流逝，她的心也慢慢开始平静，对他的思念也不那么强烈了。她要把他埋葬在心里，埋葬一辈子，她的心就是他的坟墓，墓碑上只有三个字：我爱你。

两年后，她做梦都没想到，苏秦会突然出现在她的面前，他说他已学业完成，想在咸阳找份事干。他还说，其实他的心里一直有她，在云雾山拜师学艺的日子里，他终于明白，他是爱她的，希望她嫁给他。

管筱雨又惊又喜，望着英俊潇洒的苏秦，她落泪了。如果几年前他说这些话，她会毫不犹豫地跟他走。这些年来，她想明白了，过去的一切都无法挽回了，那个过去回不去了，甚至那份冲动也淡了。她觉得自己跟他之间有道无形的墙、有道无形的鸿沟，她爬不过去、跳不过去，她感觉自己不配他了。

当苏秦拥她入怀时，她在他怀里痛痛快快哭了一场，她多想永远能躺在他的怀里，但理智告诉她必须要拒绝他，他们不是一路人。她推开他说：“你走吧，其实我根本不喜欢你，我们不合适。”

“为什么？”

“不为什么，反正就是不喜欢你。”

“你不说出理由来，我今天就不走。”

“你这人脸皮就是厚，我要嫁也要嫁给王公贵胄，怎么会嫁给你这个穷光蛋呢？”

苏秦一气之下走了，管筱雨望着他的背影落泪了。

第二天，苏秦又来了。苏秦说：“如果你愿意，我现在就带你回雒阳成亲。”管筱雨有点动心了，差点脱口而出：“我愿意跟你走。”苏秦接着说：“实话告诉你吧，有个女孩在城门外树林里等着我，她可是大户人家的女儿，她爹还是朝廷里的一个大官……”

管筱雨听了心里非常生气，她说：“祝福你。”

苏秦望了她一眼，跳上马飞快地走了。她呆呆望着他背上倒挎的宝剑，望着他远去的背影，直到他的背影消失，直到马蹄声远去。她又流泪了，一切都结束了。她知道苏秦将会永远地离开她，也许在生命中不再出现，一切一切都将成为过去，成为伤心的痛。

第五章　安胎圣药

阳光明媚，庭院里的奇花异草散发出浓郁的香味，浓郁的香味弥漫在整个庭院里。

芈八子走进管筱雨的房间，管筱雨正在发呆。芈八子夺过她手中的白布，展开一看是《诗经·采葛》，管筱雨起身欲抢："姐姐，快给我。"芈八子围着桌子边跑边念："彼采葛兮，一日不见，如三月兮。彼采萧兮，一日不见，如三秋兮。……"管筱雨脸红了，停止了追赶："姐姐别念了。"芈八子把白布藏在身后，笑着说："给我说实话，这是哪个情哥哥给你的？"管筱雨噘着嘴说："哪有什么情哥哥？"芈八子扬起白布说："这字看起来眼熟，但不是你的字啊，快告诉我，是哪个公子给你的？"管筱雨说："姐姐别逼我了，我不想说。"芈八子说："我们是好姐妹对不？你不告诉我，你就把我当外人了。"管筱雨犹豫了半天，低下头说："是魏冉写的。"

芈八子又惊又喜，惊的是魏冉学会追女孩子了，喜的是魏冉长大了，然后笑着说："这兔崽子长大了。"接着又说，"看来他喜欢你，你喜欢他吗？"

"我一直把他当弟弟看待，我怎么会喜欢他呢？"

"也是，他吊儿郎当的，怎配得上你？"芈八子望着管筱雨的眼睛说，"那你发什么呆呢？"

"既然姐姐把话说到这里，我就明说了，这首诗让我想起一个人。"

"他是谁？"

"我说了，姐姐不要生气，不过我跟他已结束了。"

"急死人了，他到底是谁？"

"苏——秦。"管筱雨一字一顿地说。

芈八子一下蒙了，仿佛遭到电击一般，她没想到两人爱的是同一个人，怪不得以前提到苏秦，她总是吞吞吐吐。一股浓浓的醋意在芈八子的心里弥漫，她恨不得抽管筱雨两巴掌，但她忍住了，她手足无措，脸上的笑也僵住了。

管筱雨就把事情的前前后后，通通告诉给了芈八子。最后她说："我跟苏秦缘分已尽，故事刚刚开始就已经结束了。生命中有很多缘分，都是可遇而不可求的。若有缘，不请自来；若无缘，求也无用。其实缘分，顺其自然最好。"

芈八子的心里五味杂陈，此刻她是多么想念苏秦啊，当初她是多么爱苏秦啊，可是现在她却嫁给了惠文王，难道她跟苏秦之间的缘分已尽？芈八子不寒而栗，她不甘心，内心里有种声音在告诉自己：缘分要靠自己争取，她跟苏秦之间缘分没尽，一切都还有机会，一切都还有希望，一切都会重新开始。她相信苏秦一定会在生命的某个角落里等着她。如果苏秦此刻出现，带她走，她会毫不犹豫跟他走，纵然浪迹天涯，她也愿意。

芈八子很快原谅了管筱雨，爱没有错，爱是每个人的权利，她可以爱苏秦，管筱雨也可以爱苏秦，何况她跟苏秦已结束了，而她芈八子是不会轻易放弃的。她要痴痴等待着他，让故事继续下去，让人生精彩下去。

"你先出去，我想单独待一会儿。"芈八子心乱如麻，不想多说话，她只想静一静。

"姐姐，我看你身体不舒服……"管筱雨看她脸色苍白，干呕不已，不知道是退还是留。

"我说话你没听明白吗？"芈八子大声说道。

管筱雨只好退了出去，她不敢走远，站在门外，等待着吩咐。

阳光打在碧绿碧绿的树叶上，闪着光。几只蜜蜂在花丛中嗡嗡地跳着舞蹈，一只花蝴蝶停在一朵红红的花上，一动不动，似乎在观看它们的表演。那只花蝴蝶太漂亮了，管筱雨的目光被深深吸引了过去，她轻手轻脚走了过去，伸出两根手指想抓住它。她屏住呼吸，离它越来越近，眼看就要抓到，花蝴蝶突然飞走了。管筱雨在花草丛中追逐着，那只蝴蝶似乎故意跟她做对，飞上了高高的树枝，似乎在故意挑衅她。她跳起来去抓，花蝴蝶又飞走了，她满院子追赶，累得满头大汗。

"你在干什么？"秦惠文王站在亭子里，望着她笑着说。

管筱雨吓了一跳，立即给秦惠文王行了一个大礼，"大王万岁！"

"你家主人呢？"

"回大王话，娘娘身体不舒服，在床上休息呢。"

"你不去照顾她，站在这里干什么？"

"我错了。"

"寡人去看看她。"

秦惠文王走进芈八子的房间。芈八子躺在床上见秦惠文王来了，便要起来。秦惠文王摆了摆手说："不用起来，听说你不舒服，我过来看看，要不叫太医过来给你看看？"

芈八子坐了起来说："大王，我没事。"

两人说了一会话，芈八子看秦惠文王心情好，就跟他提了张仪的事，说张仪是个难得的人才。秦惠文王说："我知道了。"

第二天，魏淼又在秦惠文王面前大力引荐张仪。张仪被秦惠文王拜为客卿，直接参与谋划讨伐诸侯的大事。当时公孙衍担任秦国的大良造。秦惠文王想看看张仪的能力，就派他和自己的弟弟嬴华带兵攻打魏国。没想到他们一举拿下了魏国的蒲阳城。张仪乘机推荐自己的连横政策，建议秦惠文王把蒲阳归还魏国，并且派公子繇到魏国去做人质，而他将利用护送公子繇入魏的机会与魏王接近，游说魏王投靠秦国。入魏后，张仪对魏王说："秦国对待魏国可是真心实意的好啊！得到城邑后归还不说，还送人质来到魏国，魏国怎么说也不应对秦国失礼呀，应该想办法来报答一下吧？"魏王问道："怎样报答呢？""秦国只喜欢土地，魏国如果能送一些地方给秦国，秦国一定会把魏国视为兄弟之国。如果秦魏结成联盟，合兵讨伐其他诸侯国，魏国将来从别的国家取得的土地肯定会比送给秦国的土地多很多倍。"魏王被张仪说动了心，于是把上郡十五县和河西重镇少梁献给了秦国，从此秦魏和好。张仪的连横政策首战告捷，秦惠文王对张仪非常欣赏，让他代替公孙衍担任大良造，而公孙衍因得不到重用遂离秦奔魏。

一个多月后，芈八子发现自己怀孕了。宫人早已报告给了秦惠文王，秦惠文王让太医令李醯给芈八子号了号脉，一切正常。秦惠文王更加宠爱芈八子了。

王后魏纾也知道芈八子怀孕了，心里充满了嫉妒，她无形之中感觉到了芈八子对她的威胁。

魏纾带着丫鬟去看芈八子，魏纾一见她，拉着她的手笑着说："恭喜妹妹有喜啊！"

"谢谢魏夫人关心！"芈八子说。

"我吩咐下人每天给你做好吃的：看你的身子多单薄，得好好补补。"魏纾说，"刚好我这里有个十全大补汤方子，它用人参、灵芝、鹿茸、雪莲、熊胆粉等熬制，明天我让丫鬟给你熬制好端来。"

芈八子很感动，说："魏夫人对我这么好，我不知道怎样感谢才好？"

"我还有个安胎圣药，专门让太医令李醯亲自为你配制的，它用黄芩、白术、当归等配成。黄芩性寒，有清热燥湿、泻火解毒、凉血止血、除热安胎的功效，适用于怀胎蕴热之胎动不安。而白术有扶正固本的功效，为治疗妊娠胎动不安的常用良药……"

“姐姐懂得真多。”芈八子说。

“我是过来人，将来你生几个孩子就知道了。”

“这个就不用麻烦姐姐了，我让管筱雨熬制。”芈八子说。

“也行，刚好我有现成黄芩、白术、当归等等，等下让丫鬟给你送过来。”魏纾说笑着说，“你好好休息，我先走了。”

芈八子把她们送到门外。

一会儿，魏纾的丫鬟翠儿把安胎圣药拿了过来。管筱雨接过安胎药交给了芈八子。

管筱雨多了一个心眼，她说：“魏夫人的为人我也耳闻一二，奇怪的是为什么她突然对姐姐你这么好？”

“妹妹多虑了。”芈八子说。

“我在王宫待的时间比你长，有些事不得不防，还是多个心眼比较好。刘夫人为何一直流产？我私下听人说是魏夫人让太医令李醢在安胎药里做了手脚。”

芈八子一惊，打开中药材说：“魏夫人应该不是这种人吧？”

管筱雨看了看说：“我不懂医，不认识这些中药材。”

芈八子说：“城东有家中药铺，掌柜姓姜，他跟我继父魏淼有些交情，明天你去找找他，让他看看。”

管筱雨点了点头。

第二天，管筱雨悄悄带着这些药材去了城东的中药铺。姜掌柜仔细看了看，望了望管筱雨一眼，说：“这些是轻粉、斑蝥、马钱子、蟾酥、川乌、草乌、藜芦、巴豆、甘遂、大戟、芫花、三棱、莪术等。这些都是孕妇禁用药，也是打胎常用药。”

管筱雨“啊”了一声：“那就重新给我拿一服安胎药。”

姜掌柜说：“好啊，我这里有上等的黄芩、白术、当归等等，请放心服用。”

管筱雨回去后，把姜掌柜的话一字不漏地告诉了芈八子。芈八子听了非常生气，她冲了出去想去找魏纾理论。管筱雨拦住说，“你不能去，你一去就会打草惊蛇，说不定她又会想出什么阴招来。我们假装什么都不知道，下次她拿来的药材我们就偷偷藏起来，说不定以后还可以作为证据。”

芈八子想了想，说：“你说的有道理，先看看再说。”

几天后，魏纾带着丫鬟翠儿又来看芈八子。魏纾握着芈八子的手说：“你服了我的药后，感觉如何？”

芈八子心想如果说实话，魏纾不会善罢甘休，先稳住她再说。她笑了笑说：“我服了你送我的安胎圣药后，不知为何刚开始肚子老痛。”

魏纾拉着芈八子的手说：“这就对了，这说明你身上毒气很重，它在排毒，你连服几次，慢慢就好了。我知道你身子虚，又带了一些安胎圣药和大补药。”

“谢谢！”芈八子笑着说。其实她恨不得把魏纾大骂一顿，吐她满脸的口水。

魏纾拍了拍芈八子的手说：“瞧你的小手，又白又嫩，太招人爱了。”

芈八子说：“魏夫人，我好羡慕你，能有这么好的几个儿女。”

一提起儿女，魏纾顿时来了兴趣，得意地说：“是啊，我的儿子公子荡、公子壮和公子雍聪明可爱，女儿更是貌美如花……长子公子荡将来要继承王位的。你说一个女人，最大的成就和幸福不就是看到自己的儿子当王……”

“恭喜你啊！这确实让女人羡慕啊！”芈八子说。

“要想得到圣上的宠爱，只有给他多生几个儿子，这样女人才有地位……”魏纾笑了笑。

芈八子摸了摸肚子，盯着魏纾说：“我估计肚子里是个男孩，他在我肚子里每天折腾得很欢。”

“是吗？”魏纾笑了笑，笑得很不自然，“记得把我给你的安胎药，按时熬、按时喝哦。”

“魏夫人，放心，我一定会按时给芈夫人熬制的。”管筱雨说。

“这丫头一看就聪明伶俐，逗人喜欢。”魏纾夸赞道，“那我就先走了。”

随后的几天，管筱雨故意在院子里熬药。丫鬟翠儿过来说：“你在熬药啊？”管筱雨说：“是啊。”翠儿揭开盖子说：“这药不错，满院子都是药的味道，真好闻。”管筱雨说：“要不你尝尝？”翠儿连连摆摆手说：“我又没怀孕，我尝它干吗？”管筱雨故意把烟朝翠儿扇去，翠儿揉着眼睛匆匆走了。

这天晚上，秦惠文王来到了芈八子的房间。秦惠文王说：“我知道你有喜了，寡人非常高兴。满院子都是药味，你这是熬安胎药吧？”

芈八子点了点头。

“这种事怎么能让你自己做呢？我让太医令李醯每天准时给你熬制。”秦惠文王说。

芈八子哭了，哭得很伤心。

“你哭什么？”

芈八子心里想，这种事到底告不告诉秦惠文王？不告诉秦惠文王，她心里憋得难受，咽不下这口气。魏纾这人太阴险太毒，不打打她嚣张的气势，说不定她回头还会想出更阴险的办法来。她要告诉魏纾，芈八子不是好欺负的。芈八子犹豫了半天，决定豁出去了，她说："有人要害我，有人要打掉我们的孩子。如果不是我自己熬制，恐怕孩子早没了，说不定我命早也没了。"

"是谁？吃了豹子胆了。"秦惠文王生气地说。

"这事就算了吧，只怕大王也为难。"

"无法无天，你告诉我，我给你做主。我立即下令把他抓起来，直接砍头。"

"还是算了，圣上为诸侯之间的事够操心的，我不想给圣上添堵。"

"急死我了，快告诉我。"

"她就是王后魏纾。"

秦惠文王一惊，"不会吧。"

芈八子拿出药材说："你看，这些都是魏纾给我的，我让管筱雨拿着这些药材去找姜掌柜辨认了，他说这些是轻粉、斑蝥、马钱子、蟾酥、川乌、草乌、藜芦、巴豆……这些都是孕妇禁用药，也是打胎常用药。"

秦惠文王看了一眼药材，站起来生气地说："岂有此理，寡人现在就去找她。"

芈八子说："你千万不要说是我说的。"

"我知道。"秦惠文王冷着脸走了。

接下来的几天，芈八子都在等待着秦惠文王，秦惠文王却没有出现，芈八子有种预感，感觉到了情况不妙。直到那个下雨的清晨，芈八子看见秦惠文王从魏纾的房间走了出来，芈八子跟了过去，叫了一声"圣上"。秦惠文王站住了，板着脸说："你找寡人何事？"芈八子说："这里说话不方便，能否到我房间一叙？"

秦惠文王来到芈八子的房间，板着脸，一脸严肃，说道："今天寡人就把话挑明吧，本来我想为你做主，但没想到你是一个工于心计的人。"

"你不懂你的意思，请把话说明白。"芈八子有点莫名其妙，急急地说。

"你还装糊涂？"

"大王这话让我越来越糊涂。"

"你为了争宠，自己弄了些打胎药，然后嫁祸给魏纾，说是她给你弄的，我说的对不对？"

"我冤枉啊！"芈八子头一下大了，有种天晕地转的感觉，她没想到魏纾倒打一耙，"要不你把魏夫人叫来，我们当面对质。"

"我一天忙得很，哪有时间听你们闲扯？"秦惠文王不耐烦地说。

“不信你可以去问姜掌柜，这安胎圣药真是魏夫人给我的。”

秦惠文王转过身说：“你知道吗？我最不喜欢不诚实的女人，特别是满嘴谎言的女人。”

“大王，我说的都是真的，我没有半句假话。”芈八子急急地说。

“还在狡辩。”秦惠文王拂袖而去。

芈八子没想到魏纾是这种人，心里越想越生气。她带着管筱雨去找姜掌柜。药材店关门了，芈八子心想大白天怎不做生意，觉得有点蹊跷，就问隔壁一家商铺。老板说，姜掌柜死了，人们在河里发现了他的尸体，说他是酒后失足落水而死。芈八子大吃一惊，这也太巧了，姜掌柜的死难道跟魏纾有关系？芈八子心里只是怀疑而已，毕竟她没有证据证明这事跟魏纾有关系。

芈八子回来后感到浑身发冷，王宫她一刻也不想待了，姜掌柜的死一定跟魏纾有关系，说不定魏纾已想出了更毒的办法来对付她，她不知道该怎么办才好？她感觉魏纾的目光布满了她的四周，柔柔的目光藏着刀、藏着箭，这刀这箭在她眼前飞舞，密密麻麻，如芒在背、如刺在喉。她有种窒息的感觉，浑身颤抖不已。

“姐姐，你怎么了？”管筱雨走过来问。

芈八子把自己的担忧讲了出来，管筱雨帮她分析：“姐姐说得也有道理，待在王宫，魏纾在饭菜里随便做点手脚，肚子里的孩子就凶多吉少。我看要不这样，你先回娘家待着，一旦孩子生下来，如果是个男孩，圣上自然喜不自禁，他会亲自把你接回来的。”

芈八子觉得管筱雨说得也有几分道理，便收拾行李回娘家。

马车在魏府面前停了下来，向氏见女儿回来了，四周瞅了瞅，问：“圣上没陪你回来？”

“圣上很忙，他没时间。”

芈八子闷闷不乐在娘家待了半个月，向氏和魏淼心里不乐意了。向氏觉得芈八子心里有事，故意套话说：“你跟圣上是不是闹矛盾了？”芈八子说：“没有。”向氏说，“既然没有，那就快回去吧，娘家不是久留之地，你也不怕圣上休了你？”芈八子说：“我巴不得他休了我。”向氏生气了，“你说的这是什么话，你快回去吧。”芈八子说：“我实话告诉你吧，如果我回去，恐怕肚子里的孩子保不住，只有待在娘家，我才能安全地把孩子生下来。”向氏说：“你的话听得我越来越糊涂，到底是怎么回事？”芈八子就把事情经过一一说了出来。向氏听完后破口大骂魏纾：“这个女人太毒了，看来有她在，你今后的日子不好过，先把孩子生出来再说。”芈八子叹了一口气说：“都怪你们，当初要不是你们阻拦，我嫁给苏秦，哪能受这些气？”向氏安慰道：“别急，慢慢来，说不定将来，你代替她的位置当王后呢，搞不好还将成为太后呢……”芈八子不屑地说：“我才不稀罕什么王后，什么太后。”向氏笑着说：“我要再年轻二十岁，有机会我一定要去争王后，你想想当上王后多风光，门庭若市车马喧，亲朋好友也跟着沾光……”站在一边一直没说话的魏淼插话说：“你去啊，现在还来得及。”向氏说：“去就去，你以为我不敢？”两人你一句我一句开始抬杠，吵了起来。

芈八子说：“好了，别吵了。我打听一件事，城东中药铺的姜掌柜，他的事你们听说了没？”

魏淼说：“听说了，姜掌柜这人不错，诚实本分。他们说他是酒后失足落水而死，但据我了解，姜掌柜这人根本不喝酒。”

芈八子说：“我一直怀疑这事跟魏纾有关，只是没有证据。父亲大人，如果有时间，能不能偷偷帮我调查一下？”

魏淼说；“我劝你还是算了吧，就算这事真的跟王后有关，你想想，谁敢去查啊？搞不好自己脑袋就掉了。”

向氏笑着说：“别提不高兴的事了，我去亲自给你炖鸡汤，好好补补身子。”

院子里魏冉、芈戎和向寿围住管筱雨在讨论什么，向氏见了有点不高兴，她喊了一声：“管筱雨，来帮我杀鸡。”

管筱雨应了一声，走了过去。

向氏把刀和鸡递了过去，管筱雨拿着刀，手不停地颤抖叫道：“我不敢杀鸡。”

魏冉、芈戎和向寿三人围了过去。

向氏喝道：“你们三人看什么，滚远点。”

魏冉跑过去，夺下刀和鸡，把鸡按在地上，一刀把鸡头剁了下来，鸡血溅了他一脸，鸡的身体还在地上抖动着。管筱雨闭上眼睛，不敢看。

向氏骂道：“兔崽子，杀鸡也不是你这样杀的啊。”

魏冉嘿嘿笑了。

管筱雨去厨房烧水，魏冉和芈戎也跟了过去，帮忙劈柴烧火。向氏说：“你们两个去书房读书去，别在这里添乱。”芈戎说：“母亲大人，我们看了一天书，都快要累死了，让我们休息一下吧。”魏冉也说：“求求你了。”向氏笑着说：“我懒得管你们了。”言下之意默许了。

向氏头一偏，问管筱雨：“你会做滋补鸡汤吗？”

管筱雨说："我会做一款女人汤。"

"说说看。"

"鸡肉里放入黄芪、党参、红枣、当归、圆肉、枸杞、人参、板栗等等，一块熬制。汤中的黄芪和党参均有补气作用，红枣和当归补血活血，圆肉安神养心，枸杞养肝护肝、清肝明目……是一款非常适合女人滋补养生的佳品。"

"好，家里这些材料都有，就照你说的来做。"向氏说。

下人也过来帮忙，把鸡放在木桶里的开水里烫，然后褪毛洗净，除内脏，再用清水浸泡，以便去除鸡肉的血水和杂质。剩下的工序就由管筱雨来操作了。她把黄芪、党参、红枣、当归、圆肉、枸杞、人参等及葱姜蒜塞进鸡的肚子里焖煮。半个时辰后香味已满屋飘散。魏冉、芈戎和向寿翕动着鼻子说："好香啊！"

接着大火转为温火又煮了半个时辰，管筱雨揭开锅盖，浓浓的香味扑了出来。魏冉惊呼道："太香了，我能尝尝不？"向氏说："你又没怀孕，你尝什么？"魏冉闭上嘴，把口水咽了下去。

"马上就好。"管筱雨撒上葱花，调入盐和白胡椒，然后拍了拍手说，"好了。"

下人把鸡汤舀到大碗里，用毛巾抱着准备给芈八子端去。向寿说："还是让我给姐姐端去吧。"魏冉和芈戎也争着要端。向寿抢了先，端着大碗就走。

"慢点，别烫着。"向氏说，"别偷吃！"

向寿来到芈八子的房间说："姐姐，我把鸡汤给你端了过来。"

"好香！"芈八子说。她尝了一口，大叫一声："好烫！"

"都怪我，刚一出锅，就给你端来了。"

"没事，凉一下就好了。"

"姐姐，我问你一件事，嬴虔这个人你知道吗？"

芈八子想了半天说："我来王宫不久，听说过此人，不太了解。"

刚好管筱雨走了进来说，"嬴虔可是位大名鼎鼎的人物，他是秦孝公的大哥，曾当过秦惠文王的老师。秦孝公用商鞅变法，他因纵太子犯法而被劓刑，嬴虔被割了鼻子后一直闭门不见人。"

"姐姐你是怎么知道的？"

"我在王宫待的时间长，对这些自然就知道一二。对了，你打听这些干吗？"

"我随便问问。"向寿说。

"不对啊，你一定有什么事瞒着我？"

“没有啊。”

管筱雨笑着说：“我知道你心里在想什么，你打听嬴虔是假，打听他的小女儿才是真吧？”

向寿的脸一下红了，自那次无意见到嬴冰后，他已暗暗喜欢上了她。

管筱雨说：“我只知道嬴虔的小女儿叫嬴冰，人很聪明，是个不错的女孩子。”

芈八子说：“这女孩我见过一面，人是不错，懂礼貌懂规矩。”芈八子心想，向寿如果能娶到这个女孩将是他前辈子修来的福分，她对向家也就有了交代了，有机会一定要从中撮合。

每天向氏都让丫鬟熬制滋补汤，同时亲自熬制安胎药，别人熬制她不放心，万一做了手脚怎么办？她非常担心芈八子肚子里孩子的安危，这孩子是她的希望，不能有半点闪失，所以黄芩、白术、当归等等药材她亲自采购，亲自熬制。

几个月过去了，芈八子的肚子挺了起来，行动也不方便了。

一个飘雨的黄昏，芈八子生了，是个男孩。

向氏悬着的心终于放了下来，芈八子也松了一口气。

秦惠文王知道芈八子给他生了一个儿子，心里非常高兴，连夜赶了过来，送上了各种营养补品。

秦惠文王抱着自己的孩子，喜笑颜开。

“大王，孩子还没名字呢，要不圣上给孩子取个名字吧。”芈八子说。

“寡人嬴驷又添一男孩，叫嬴则或嬴稷都可，”秦惠文王想了想说，“稷，从禾从畟，稷为百谷之长，因此人们奉稷为谷神，社稷指国家。我希望他将来能坐镇天下，就叫嬴稷吧。”

向氏和魏淼拍着手掌说：“这名字好啊，不愧是大王，这名字起得大气又有学问。”

秦惠文王哈哈笑了。

向氏和魏淼陪着也笑了。

孩子满月，秦惠文王亲自来到魏府，把芈八子接到了王宫。

芈八子这一生不当紧，两人高兴，朝夕相处，再接再厉，精力充沛的芈八子接连又生下两个儿子，名叫嬴芾和嬴悝。

第六章　戴罪立功

芈八子接连生了三个孩子后，母爱让她坚强起来，她把全部的精力都放在孩子身上，慢慢地她几乎忘了了苏秦，只是偶尔还会想起他。这一切也许是命，她认了，她逃不过命运的安排。

芈八子打开抽屉，她拿出一片干枯的树叶，树叶虽然发黄，但仍保留着红色的痕迹，她不由得又想起了苏秦，苏秦的音容笑貌在眼前出现，甚至他的每句话都在耳旁回荡，而回荡最多的就是这句话：“我从小家穷，没啥值钱的东西可送你，这片树叶送给你，等以后我发达了，你拿着这片树叶来，我一定给你补上。”这句话在她的心里已重复了千百遍，每次临睡时这句话就在她脑海里冒了出来，仿佛这句话不在脑海里过一遍就无法入睡。

管筱雨牵着嬴稷和嬴悝的手走了进来，芈八子立即把树叶放进了抽屉里，她看见嬴稷满身泥土，问：“稷儿，你的衣服怎么这么脏呢？”

嬴稷哇哇哭了起来。

“怎么回事？”芈八子问。

“王后魏纾的儿子嬴荡和嬴壮欺负嬴稷，把嬴稷按在地上当马骑，”管筱雨说，“我过去制止，没想到嬴荡和嬴壮蛮不讲理。我把他们强行拖了下来。”

芈八子生气地说：“他们简直欺人太甚，老的欺负人，小的也学会欺负人了，我找她们理论去。”

“算了吧。”管筱雨说。

“管筱雨，你给我出来。”院子里有人大喊大叫。

管筱雨走出去一看，没想到竟是魏纾带着嬴荡、嬴壮和几个丫鬟赶了过来。管筱雨知道来者不善，她面带微笑地说：“魏夫人来了。”

魏纾板着脸说：“你好大的胆子，竟敢打太子和公子，太子将来要继承王位，你这是欺君之罪。”

“我没有打太子荡和公子壮啊。”管筱雨说。

“你打了。”嬴荡和嬴壮异口同声地说。

“我没有，你们怎么颠倒黑白？”管筱雨委屈地说。

“你还嘴硬，给我打！”魏纾大声说。

丫鬟扑上去扇了管筱雨几巴掌。芈八子过去拉，另一个丫鬟扑上来又扇了管筱雨一巴掌。芈八子见她们人多势众，这样闹下去，管筱雨肯定会吃亏，好汉不吃眼前亏。她给管筱雨递眼色说：“还不快给魏夫人道歉。”

管筱雨委屈地说：“我错了。”

魏纾鼻子一哼：“给我跪下。”

管筱雨站着不动，一个丫鬟过来踢她的腿。

“住手！”一个男子一把推开丫鬟，“你们凭什么打人？”

“你是谁啊？滚远点！”魏纾喝道。

管筱雨抬头一看，原来是魏冉，心里充满了一丝感激。魏冉头一扬，不屑地说：“我不管你们是谁，谁要欺负管筱雨，我就跟他们急。”魏冉扇了丫鬟一巴掌，捡起地上的一块石头，瞪着眼睛，像一只发怒的老虎，“你们再不滚，我就砸死谁。”

魏纾见魏冉像只疯狗，生怕他失去理智，伤害自己的孩子。她让孩子们先走，然后指着魏冉说，“你等着。”就匆匆走了。

“谢谢你！”管筱雨感激地望着魏冉说。

“别客气！”魏冉得意地说。

“你闯了大祸了。你知道她是谁吗？她是王后，她不会善罢甘休的，你还是赶快离开这里吧。”芈八子说。

“我才不怕她。”魏冉说。

“你快走吧！”管筱雨说。

魏冉说：“是他们欺负我的外侄嬴稷和嬴显，理亏的是他们，我们有什么好怕的？有理走遍天下。”

“是啊。”芈戎附和地说。

芈八子望着魏冉和芈戎说：“你们找我有什么事？”

芈戎说：“也没什么事，顺便路过，过来看看你。”

“没什么事，那你们就先回吧，我先回房午睡下。”芈八子说，“管筱雨，你送他们一下吧。”

管筱雨把他们送到门外。魏冉说：“你看今天阳光这么好，要不陪我们在外边逛逛？”

“好啊！”管筱雨说。

魏冉望了芈戎一眼，走到管筱雨的身边小声说：“我这里有块玉佩，送给你。”

“你干吗要送我玉佩？”管筱雨说。

“我喜欢你，你知道吗？”魏冉鼓起勇气说出这句话，说完后他的心里很慌乱，不敢看管筱雨，目光落到一边。

芈戎也走了过来说：“我这里也有一块玉佩，送给你。”

管筱雨哈哈笑了起来，指着魏冉和芈戎说：“你们两个小屁孩，你们心里想的什么，我都知道。实话告诉你们吧，你们两个都不是我喜欢的类型，你们还是把心思放在学习上吧。”

魏冉急急地说：“可我就是偏偏喜欢你。”

芈戎红着脸说：“我也一样。”

管筱雨笑着说：“现在说这个有点早，等你们当了将军再说吧。”管筱雨顿了顿，故意逗他们说：“除非你们把楚国的国宝和氏璧送我，我才稀罕呢！”

魏冉说：“等我有一天当了将军，我攻下楚国，不但把和氏璧送你，还要把金陵邑的宝物全部挖出来送你……”

管筱雨格格笑了：“我刚才看见两头牛活蹦乱跳，现在突然躺在地上死了，你知道这是为什么吗？”

芈戎抢着说：“这是为什么？”

管筱雨说：“吹牛呗，牛被吹死了。”

芈戎哈哈笑了起来。魏冉急红了脸说：“不信，到时我会让你看看。”

这时管筱雨看见了翠儿，翠儿用手指了指魏冉，然后消失了，接着一群黑衣人朝他们冲过来。管筱雨猜测一定是魏纾派他们来收拾魏冉和芈戎他们的，她急忙喊道：“你们快走！”

黑衣人包围了过来，挥刀就朝芈戎和魏冉砍去。魏冉见情况不妙，喊道：“快跑！”芈戎和魏冉跑进一条小巷子，那伙人紧紧追了上来。芈戎跑得慢，黑衣人追上来把他按在地上拳打脚踢。魏冉停住了脚步，大喊道，“放了他，有本事冲我来！”

其中一个人用刀架在芈戎的脖子上，望着魏冉嘿嘿一笑，说：“你跪下，要不然我就杀了他。”

“你们欺人太甚了，你们知道我是谁吗？我父亲是朝廷里大名鼎鼎的大将军魏淼。”

黑衣人狂笑起来，手一用力，“魏淼算个屁！快跪下！”

魏冉看见芈戎脖子上的血印，咬着牙跪了下来。接着一高一矮两个人走了过来，拽住魏冉的衣服，把他拖到芈戎面前，又是一番拳打脚踢。打累了，一个人说：“主子说了，出了事，她负责，干脆把他们杀了算了。”

又一个人说：“把他们押到城外的树林里解决掉算了。”

魏冉和芈戎被押到树林里，魏冉猜测他们一定是魏纾派来的，一直在琢磨着如何逃跑。魏冉佯装肚子痛，蹲在地上，一个人踢了他一脚，喊道：“快起来。”

魏冉一闪，顺势一转身，夺过那人的刀，一刀砍下那人的手，那人痛得嗷嗷叫。魏冉杀红了眼，挥刀扑了上去，连杀死两人，其他人见了纷纷逃窜。

这时官兵突然出现了，魏冉和芈戎转身就跑，无奈官兵太多，包围了他们，他们只好束手被擒。管筱雨和芈八子大汗淋淋地跑了过来，拦住他们说：“请问他们犯了何罪？”

一个侍卫说：“他们杀了人，带回去审问。”

芈八子说：“他们一定是被人陷害的，你就放了他们吧。”

侍卫说：“是不是被人陷害，我们带回去审问就清楚了。请让开。”

侍卫推开芈八子，押着魏冉和芈戎走了。

芈八子匆匆回到魏府，把魏冉和芈戎被抓的事告诉给了魏淼。向氏一听就嘤嘤哭了，魏淼心里很着急，向氏一哭，他就特别烦躁，发火道：“哭哭哭，你就知道哭。”

芈八子说：“他们是正当防卫，要不你去找找刑部的张大人，探探风声，让他通融一下。”

向氏说：“是啊，去晚了怕刑部给他们动刑，屈打成招。”

“这事我比你们还急，我现在就去找他，”魏淼望着芈八子说：“你先回吧，如果有什么困难，我再找你。”

芈八子回到王宫，她担心着魏冉和芈戎的安危，一夜都没睡踏实。第二天，她派管筱雨去魏府探听消息。直到下午时分，管筱雨才回来，她说：“魏淼大人已找了刑部的张大人，张大人说这事比较为难，魏夫人特叮嘱他这事要严查严办。”

芈八子对管筱雨说：“准备点吃的，带点换洗衣服，我去牢房看看他们。”

管筱雨点了点头。

芈八子和管筱雨带着东西去牢房，守卫拦住不让进。管筱雨掏出一些钱塞了过去，努了努嘴说："这位就是大王的夫人，通融一下。"

守卫看了芈八子一眼，他知道自己只是个看门的，谁也得罪不起，何况这是大王的夫人，今后说不定还有事求人家。他脸上立即堆满笑，"你可以进去，但不要耽搁太久。"

管筱雨说："谢谢了！"

牢房阴暗潮湿，散发出各种难闻的味道。芈八子捂着鼻子走了进去，她看见芈戎和魏冉被吊在那里，打得浑身是血，样子非常可怜。他们看见芈八子，都用自己最大的力气说："姐姐，救救我们啊！"他们的声音在芈八子听来是那么苍白无力，就像溺水的人在拼命地挣扎。芈八子忍住泪水说："放心吧，我会想办法救你们出去的。"

管筱雨安慰道："别怕，你们是正当防卫！"

魏冉望着管筱雨一时不知道说什么好，他心里有好多话要说，却一时不知道从哪说起，最后只说："谢谢你来看我。"

管筱雨笑了笑说："没事的，你们俩再坚持几天，估计就会出来的。"

芈八子把吃的东西和衣服递了过去，又说了一会话，然后匆匆告别。

走出牢房，芈八子对管筱雨说："看来魏夫人这次要定我这两个弟弟死罪。不行，我得亲自去找大王。"芈八子转身直奔王宫，秦惠文王正在跟文武大臣讨论国事，守卫的士兵拦住了她，芈八子厉声喝道："你知道我是谁吗？让我进去，否则我让你滚蛋！"

守卫的士兵面露难色说："请多包涵，小人也是奉命行事，如果随便让人进去，万一发生什么意外，小的会掉脑袋的。"

芈八子朝里冲，守卫的士兵拦住了她说："对不起，请回吧。"

芈八子见硬冲不是办法，笑了笑说："我不进去，我在宫殿外边等候总可以吧？"

管筱雨说："她可是大王的夫人，小心夫人在大王面前告你一状。"

守卫的士兵说："小人这也是为了大王安危着想，大王正在跟文武大臣讨论国事，要不你们在外等候吧。"

芈八子和管筱雨站在宫殿外，里面传来了争吵声。她们听得清清楚楚，听声音好像是张仪和司马错在争吵，听了半天，才听明白了。

蜀国结盟充国开始攻打苴国和巴国，苴国和巴国派使节来向秦求救。巴国和蜀国都曾参加了周武王伐纣的战争。武王克殷后，曾封宗姬于巴国，爵之以子，建国在汉水中游。巴国在春秋时和邻近的鄾、邓、申、楚等国都有交往，和楚还有婚姻关系。如今巴蜀相攻，秦惠文王欲趁机灭蜀国，却因韩国侵秦而举棋不定。

张仪说："大王，我主张先攻韩国，劫持周天子，挟天子以令天下，以建立王业。"

司马错说："大王，鄙人建议先攻蜀国。蜀国现在野心勃勃，我得到情报，蜀国的计划是要先灭苴国，再灭巴国，然后再灭秦国。鄙人认为伐韩国将导致诸侯合纵对秦，秦国要统一天下，扩张领土、增加财富和施行仁政，这三条缺一不可，当然要从最容易的扩张开始。充国是个弹丸之地，一挥手就灭了。蜀国虽然富庶，地盘不小，却是蛮夷番邦，僻处边疆，以秦国之强取之如探囊取物，其他国家也不会干预，反之东进则必然招致六国的联手抗击。伐蜀则既可得其人力、物力以充实军备，又可占据有利地势顺水而下攻楚，得蜀则得楚，楚亡则天下并矣。拿下蜀国，不仅扩张了领土，还可得到财富，一举两得。"

张仪说："大王心里也明白，蜀道之难，始终是笼罩在大王头上的一个巨大的阴影，有句话，不知道该不该讲？"

"爱卿，但讲无妨！"

张仪说："大王，若要出兵伐蜀，必须要清除这一道令人望而生畏的天然屏障，如果贸然出征，秦蜀之间的险山恶水，无异于秦国大军的墓葬之地……"

秦惠文王眉头紧锁。

张仪接着说："听说苏秦游说列国，被燕文公赏识，出使赵国。苏秦到赵国后，提出合纵六国以抗秦的战略思想，并最终组建合纵联盟。如今苏秦任'从约长'，兼佩六国相印。只要大秦劫持周天子，挟天子以令天下，其他六国谁敢不听？"

司马错说："秦军一旦取得蜀国之后，再一举南下巴渝，灭掉了苴国巴国。至此，秦国北有上郡，南有巴蜀，东有黄河与函谷关，秦之统一六国、拥有天下已成定局，唯时间的早晚而已。再说如今的周天子不是以前的周天子了，他说话就像放屁一样。"

张仪生气地指着司马错说："你……你……"

司马错说："你跟苏秦同是鬼谷子的弟子，你们是不是串通好了，韩国进攻秦国是个诱饵，只要秦国一出兵，其他几个联盟的国，就可以共同来对付大秦？"

张仪说："一派胡言，实话告诉你吧，苏秦邀请我去赵国，帮他共同扶持赵国。于是我前往赵国，呈上名帖，请求会见苏秦。但是，苏秦却对我不理不睬，招待我的时候也只是用给仆人和侍女所吃的饭食，并且还当众羞辱我，说张仪那么有才能，竟弄得穷愁潦倒到这种地步，是不值得收留的，说完就把我打发走了。我那次去见苏秦，本以为是同门师弟，可以求得好处，谁知反而受到羞辱，一气之下我就走了。我跟苏秦有过节，你说我会跟他串通吗？"

张仪和司马错两人争得脸红脖子粗，几乎要动起手来。秦惠文王说："两位爱卿说的都有道理，从长远利益考虑，寡人想来想去，司马错分析得很有道理，寡人决定攻打蜀国和兖国，寡人下令，司马错为大将军，张仪、都尉墨獾为副将……"

"遵命！"

芈八子站了半天，她听到他们提到苏秦，内心非常激动。苏秦这个名字让她刻骨铭心，她曾想尽各种办法来忘记他，她以为自己已经做到了，他离自己的生活越来越远了，只是偶尔在夜深人静的时候想到他，或者在梦中遇见他。如今听张仪和司马错提到了苏秦，她的内心开始膨胀，往事如潮水般涌了过来。她失去了理智，几次想朝里冲，但咬着牙忍住了。她看时候差不多了，趁守卫不注意，突然冲了进去。

秦惠文王望着芈八子说："你怎么来了？"

"我找大王有事相求。"

秦惠文王挥了挥手，文武大臣都退了下去，"什么事这么急着要在这里说？"

芈八子说："我的两个弟弟被抓了，他们这是正当防卫，有人却要置他们于死地。"

"谁啊？"

"她是王后魏纾。"

"你可有证据？"

"我猜测的。"

"你这是胡闹，没有证据，怎么能证明这事跟王后有关？"

"这事明摆着的，上次王后魏纾害我，难道大王忘了？我弟弟平时又没仇人，那帮人无缘无故为何打他们？再说当时王后的丫鬟翠儿怎么也这么巧在现场？"

秦惠文王沉思了一会儿说："这事你要不说，寡人还真不知道，等寡人问问情况，情况属实，寡人一定秉公执法。"

芈八子见秦惠文王把话说到这个份上，只好点点头，说了一声"谢谢大王"，转身就走了。

芈八子刚走下台阶，就遇见了魏淼。魏淼说："我去找刑部的张大人，他一直躲着我，好不容易找到他，他也说他没办法。女儿啊，你一定要想办法救救他们啊，他们可是你的亲弟弟。"

芈八子说："我知道，我刚找了大王。"

魏淼说："大王说了什么？"

芈八子说："大王也是刚知道此事，他说他一定秉公执法。"

魏淼说："好，我等你好消息。"

芈八子每天在宫里等候着秦惠文王，可他一直没来。芈八子等不及了，急急地又去找秦惠文王。

芈八子见了秦惠文王开门见山地说："上次大王过问的事，不知道情况如何？"

秦惠文王说："你先坐下，听寡人慢慢说。大秦的法律很严，当初寡人当太子时，一不小心触犯了大秦的法律，商鞅一视同仁，不但处罚了寡人，还把寡人的老师公孙贾施以'墨刑'。后来我父亲秦孝公的大哥公子虔因犯他法，公子虔受劓刑被挖去鼻梁，随后闭门八年不出……"

芈八子说："我知道大王的意思，大王是想告诉臣妾，王子和草民犯法，待遇是一样的，是吧？"

"是的，王亲国戚犯法，寡人若不能一视同仁，你让寡人将来如何统一天下？"

"这是两码事，他们是被逼的，如果他们不自卫，生命就将受到威胁。请问大王，如果有人打你左脸，你是否应该把右脸迎上去？如果有人把刀架在大王的脖子上，大王你该怎么办呢？"

"这……这……"秦惠文王说，"你看这样行不，寡人准备派司马错和张仪攻打蜀国，你两个弟弟跟随他们一块攻打蜀国，算是戴罪立功。寡人在王后面前也好交代，就说发配他们，让他们好好反省……你看这样行不？"

芈八子心想只要不治他们死罪，让他们吃点苦也好。她点了点头说："谢谢大王，臣妾听大王的。"

芈戎和魏冉当夜就被悄悄提了出来。姐弟相逢，芈八子心里说不出的高兴，"你们两个出去锻炼一下也好，再说我跟张仪也打了招呼，让你们做他的随身侍卫，保护他的安全。说白了，是张仪保护你们的安全。"

魏冉不以为然地说："我们都长大了，还要他来保护，笑话。"

"姐姐这不是担心你们吗！"

芈戎笑着说："姐姐，我听说蜀国、苴国和巴国多美女，是不是？"

芈八子轻轻拍了芈戎一下："都这个时候了，你还有心开玩笑。等你立功回来，姐姐给你物色一个绝世佳人，如何？"

魏冉淡淡一笑，不语。

这时魏淼走了过来，上下打量了魏冉和芈戎一眼："你们两个总算出来了，我也就放心了。不过你们这次出去打仗，越过秦岭、龙门山脉灭蜀，也要倍加小心。自古就有蜀道之难，难于上青天之说，要想翻越秦岭入蜀，需用长达数月的时间且不说，单就其艰险而言，也是令人闻之色变。能在路途中保全性命抵达目的地，可不是一件容易的事了……”

芈戎不耐烦地说：“我知道了。”

这年秋天，司马错与张仪、都尉墨獾等人率军三十万伐蜀。张仪作为先锋，率领十万大军翻越秦岭，他带领着魏冉和芈戎日夜兼程，迅速攻下南郑要塞，继而踏上了沿江边崖壁铺设的临江栈道。

石牛道是从正面打通秦、蜀之间的通道。这些道路是在龙门山脉与秦岭天堑的绝壁沟壑间凿石筑路而成的，其工程之艰险，耗费之巨大，在今天的人们看来，简直是匪夷所思。从北至南，金牛道上最著名的险关，在大秦境内有金牛峡、五丁关、西秦第一关等；经黄坝驿入蜀以后，则有七盘关、清风峡、朝天关、明月峡、石柜阁、葭萌关、剑门关等。另外在白龙江一线还有古白水关、飞鹅峡等险隘。这些险峡重关，雄锁于古金牛道的要害处。一路上雄关当道，险隘叠起，云栈连绵，恶水滔滔，历来行旅之人无不望而生畏，行之胆寒。葬身于险崖恶途、失命于狼虫虎豹者，亦不在少数，千真万确是蜀道之难，难于上青天！

张仪本来对攻打蜀国就有满肚子的怨言，他憋得慌，便对魏冉和芈戎说：“蜀国与秦国之间断断续续，展开了长达一百多年的冲突与较量。你们可别小瞧蜀国，蜀国曾一度越过了渭水，攻秦至雍。说实话，我们要感谢蜀国，要不是他们修建石牛道，我们行军也不会这么快。”

魏冉和芈戎说：“我们孤陋寡闻，不像张将军博学多才，想必石牛道一定还有什么奇闻趣事或典故什么的？”

张仪呵呵一笑，“你们问对人了，关于这石牛道，还真有传说。”

芈戎说：“说来听听。”

张仪咳嗽了一声说：“其实秦惠文王一直想攻打蜀国，蜀国也想吞并秦国。秦惠文王见蜀国第十二世开明王朝国力衰退，蜀王杜芦荒淫无道，便欲伐蜀，但苦于崇山阻隔，无路可通。秦惠文王深知蜀人有崇信巫术鬼神的迷信传统，于是心生一计，请人凿刻了五个巨大的石牛，赠送给蜀王。秦王派人在石牛尾下放置黄金，每头牛还像模像样地安排了专门的饲养人员。蜀人一见，以为是天上神牛，能屙黄金。蜀王大喜，便派国中五个有移山倒海之力的著名大力士，开山辟路，一直将石牛拖回成都。这就是‘五丁开山’的传说，而这条拖送石牛的道路，就是石牛道。”

魏冉说："大王真聪明！"

张仪四周看了看，小声说："这只是一个传说而已，别当真。关于'五丁开山'的传说还有另一个版本。"

芈戎说："想必后面的版本一定更精彩。"

张仪说："秦王知道蜀王好色，于是许嫁五位中原美女于蜀。蜀王闻之大喜，遂遣五丁力士开山辟路迎之。当这五位神力猛士返回到梓潼地界时，见有一条大蛇钻入石穴。其中一人掣住蛇尾，奋力拔之不出，于是五人齐力拔之，以致山崩地裂，五丁及那五位美女同时被压入山下。不管是为金牛也罢，为美女也罢，总之，贪财好色的蜀王不惜国库亏空、劳民伤财，辛辛苦苦建成的金牛古道，却是一条自毁家园的灭亡之道。当秦王得知他精心设计的美人之计得逞、自古险绝的蜀道已经打通之后，他图谋已久的大事，中原铁骑滚滚西去，挥戈踏平剑关之时，已指日可待了。"

魏冉和芈戎哈哈笑了，说："这叫聪明一世糊涂一时。"

队伍连夜急行军，芈戎有点受不了了。他把魏冉拉到一边悄悄地说："别说打仗，这跋山涉水的我都受不了。秦国也没啥待的，总受窝囊气，要不我们跑吧，回楚国。"

魏冉说："我们这是戴罪立功，跑了，性质就不一样，就会连累了姐姐。姐姐今后怎么在秦国立足啊？"

芈戎说："反正我受不了这种罪，吃不好，睡不好，这哪是人过的日子？"

魏冉拍了拍芈戎的肩膀说："小不忍则乱大谋。亏你还是我哥，这点道理都不懂。"

芈戎低下头，不好再说什么。

秦军先头军队越过沔水，来到了米仓山，进入了苴国和巴国的交界处，这里山高树密，道路艰险。

张仪说："大家要提高警惕，小心有埋伏。"

树林里突然出现了响动，接着哗哗响一片。

张仪拔出剑说："谁？"

树上跳下一个壮汉和一个身材苗条的姑娘，汉子说："是秦国的张将军吗？"

张仪说："正是本人。"张仪指了指身边的墨獾说："这是都尉墨獾。"

汉子向张仪和墨獾行了礼说："我叫巴图尔，是巴国的四公子，这是我的小妹，她叫巴巫云。我们接到密报，专程在此迎接你们。"

张仪收起剑说："你们来得正好，我们对这一带地形不太熟悉。"

芈戎痴痴望着巴巫云，被她的美貌震撼了。他听说巴国蜀国多美女，今日一见，果不其然。他朝巴巫云走去："你好，你好——"脚却踩空了，一下趴在巴巫云的脚前。巴巫云抿嘴笑了："快起来，你这份大礼，我可受不起。"

芈戎的脸一下红了。

巴图尔扶起芈戎，转身对张仪说，"我带了一千人在此恭候秦军，前面不远处已安扎了帐营，准备了一些酒菜。等打败了蜀国，我父王巴王一定要摆宴席，好好犒劳三军。"

芈戎为了化解刚才的尴尬，鼓掌说："秦国和巴国联手，消灭蜀国不费吹灰之力……"

张仪知道秦国每次挑战蜀国，均没有占到什么便宜，这次能否顺利消灭蜀国，他心里也没底。看在芈八子和魏淼的份上，他也不好说芈戎什么。他怕芈戎再说出什么狂妄之话，便打断芈戎的话说："四公子，带我们走吧，这一路奔波，我们确实没好好吃一顿饭。"

巴图尔伸了伸手说："请吧。"

到达营地，秦军立即安营扎寨，生火做饭。夜幕降临，天上有一弯月牙儿，山谷里刮来一阵风，有点冷。熊熊篝火燃烧起来，群山如傀儡一般若隐若现。

巴图尔端了一碗酒递给张仪说："这是我们的巴乡清酒，请将军品尝一下。巴乡清酒酿造时间长，冬酿夏熟，色清味重，为酒中上品。"

张仪有点多疑，怕他们在酒中做手脚，摆了摆手说："军中一般不让饮酒，何况我不会喝酒。"

巴图尔有点尴尬。芈戎见状夺过碗，一口饮尽，大喊一声："好酒！真乃好酒！"

张仪瞥了芈戎一眼，然后把目光落到巴图尔的脸上说："巴人勇猛、剽悍、善战、能歌善舞世人皆知，听说巴渝舞很有名，要不让人给我们跳一段正宗的巴渝舞？"

"没问题！"巴图尔拍着胸脯说。

巴巫云吆喝一声，一群人身披盔甲，手持矛、弩箭，口唱賨人古老战歌，乐舞交作，边歌边舞。舞者有36人，沙锣一道，鼓手随后，一面击鼓，一面呐喊，不断变换队形，浩浩荡荡，威武雄壮。巴巫云的舞姿如梦，她全身的关节灵活得像一条蛇，可以自由地扭动，完全没刻意做作，每个动作都自然流畅，仿佛出水的白莲。芈戎的目光一直随着巴巫云的身体在移动。他看呆了，情不自禁地朝她身边靠去。借着酒劲大声说："我喜欢你，我见你第一眼就喜欢上了你。"

巴巫云淡淡一笑，"你喝多了吧！你是个男人吗？"

芈戎说："我当然是个男人。"

巴巫云说："巴国人刚勇尚武，而你不过是个小屁孩……"

"要不我们比试一下？"

"好啊。"

芈戎拔出剑朝巴巫云刺去，巴巫云一闪，一脚踹在芈戎的屁股上。芈戎朝前冲去，一下趴在地上，嘴啃在地上，满嘴都是泥。巴巫云咯咯笑了，其他人也一哄而笑。

芈戎爬起来不服气地说："再来！"

张仪摆了摆手说："点到为止，下面我们商量一下正事，请四公子把蜀国的情况给我们简单介绍一下。"

"请跟我来。"巴图尔说。

张仪和墨獾尾随着巴图尔来到帐篷里。巴图尔说："现在蜀国和充国的主力正在攻打巴国，苴国在充国的外围也布置了一支军队，等待着秦军的到来，好共同消灭充国。"

墨獾说："充国现在情况如何？"

巴巫云说："本来川中只有巴蜀两大国。在春秋中期，一位巴王在征讨楚国的战争中俘虏了一名楚国女子，因其貌美，十分宠爱，带回江州后封为爱妃。楚妃为巴王生下一个小王子，从此遭到巴王后忌妒。巴王和楚妃去世后，小王子为避国中陷害，带领一批拥护自己的士兵、百姓向北出走，一路上经历了巴军的围追堵截和洪水、寒冬等自然灾害，历尽艰辛，终于到达了潜水上游的一处小平原。小王子将其视为风水宝地，于是定都于此，让百姓在此安居乐业，耕地播种，一年后此地果然粮食盛产，仓廪充实。因此小王子定国号为'充'。充国日渐强大，打退了巴国多次围剿进攻，后来的巴王不得不承认充国是从巴国独立出去的国家。"

墨獾说："我不是问这些。"

巴图尔说："还是我来说吧，充国大部队已开拔，都城的总兵力顶多一万人左右。充国地势平坦，只有小丘陵，无险可守……"

张仪说："太好了，只要我们攻下都城，杀死充王，充国的军队就无心恋战，蜀国军队就会军心涣散，这样秦国、巴国、苴国三国联军就可在一马平川的平原上直奔蜀国都城，活捉蜀王杜芦。"

巴图尔哈哈大笑。

墨獾说："苴国的军队现在在哪里？"

巴图尔在地上画了一张草图，然后指着地面说："就在这个方位。"

张仪沉思了一下对巴图尔说："兵贵神速，宜早不宜迟，现在通报司马大将军已来不及了。这事我替他做主了，我们对充国来个突袭。我是这样想的，你派人通知苴军明天夜里子时在西门发起进攻，秦军在东门同时发起进攻，你则化装成当地平民混进城里，看见我们攻城你就在城里接应和乱烧房子，造成充军恐慌，让他们无心恋战。”

巴图尔说：“这办法不错，我现在就去派人通知苴军。”

巴巫云说：“还是我去吧，苴国的几个王子我都熟悉。”

巴图尔说：“好，你要多加小心。”

巴巫云说：“放心吧，我从小在山里长大，再说我对充国地形也比较熟悉。”

第二天，巴图尔带了一拨人混进了充国的都城，张仪和墨獾带着秦军也埋伏在充国的附近。夜幕降临时，他们带着士兵偷偷来到了充国都城东门城墙附近。子时一到，秦军发起了进攻，苴军在西门也发起了进攻。城里的房子被巴图尔点燃，熊熊大火照亮天空。充军面对数十倍的对手无心恋战，城门很快被攻破。苴军和秦军如潮水般涌进城里，直奔王宫，杀死了充王，火烧了宫殿。

魏冉和芈戎第一次作战，刚开始有点胆怯，杀了几个充军后，他们信心倍增，浑身充满力量，有种初生牛犊不怕虎的感觉。苴国的士兵们冲进王宫，开始哄抢金银财宝和女人。

张仪摇了摇头，无语，他也没办法阻止这些疯狂的苴军。

站在张仪旁边的芈戎看见了巴巫云，他正要喊她一声，却见巴巫云朝另一个男人跑去，两人拥抱在一起。

“他是谁？”芈戎心里酸酸的，问身边的巴图尔。

“他是苴王的五公子苴牧，从小就跟我妹妹认识，算是我妹妹的心上人。”巴图尔说。

芈戎说：“苴国是蜀国的分封国，第一代君主是蜀王杜尚的王弟杜葭萌，所以五公子应该姓杜啊？”

巴图尔说：“苴国大王是本该姓杜，改为苴姓就是为了跟蜀国一刀两断，就像我们巴国，在周武王伐纣时有功，被封为子国。我们首领为姬姓宗族，按说我国子民该姓姬，后来我们还不是改为巴姓？”

“原来如此。”芈戎望了巴巫云一眼说。

首战大功告捷，秦军来到了苴国都城土费城，整顿休息，等待着秦军的大部队到来。

第三天，司马错率领的大军来到了土费城，苴王率领文武大臣开城门亲自去迎接。苴王五十开外，身材魁梧，脸上堆满了笑，向司马错行了大礼，“大将军一路辛苦了，我们特为你们准备了酒菜，为你们接风洗尘。”

司马错作了一个揖，“苴王客气了，支持苴国消灭蜀国是大秦义不容辞的责任。”

苴王哈哈一笑，“请吧。”

司马错也做了一个请的手势，鼓乐响了起来，苴国百姓夹道欢迎。司马错用赞许的目光望了张仪和墨獾一眼，“不错，我一定在秦王面前给你们请头功。”

墨獾谦虚地说：“司马将军领导有方，我们岂敢贪图首功？”

张仪也附和道：“是啊。”

司马错得意地哈哈大笑。

王宫很豪华气派，大家推辞一番，然后各自坐下。苴王坐上席，苴王的右边依次是司马错、张仪和墨獾，左边是巴图尔、巴巫云和苴王的几个儿子等等。苴王做了简单的发言，然后对司马错说：“大将军，你讲几句。”司马错摆了摆手说：“我没什么可讲的，客随主便。”苴王的五公子苴牧说：“大将军，你是远道的客人，你就随便说几句吧！”司马错见盛情难却，端起酒杯说：“蜀王刚愎自大，他一直认为蜀强秦弱。蜀王兴兵于葭萌关，依仗葭萌关的险要地势与秦军对峙周旋。秦军虽强，也是无计可施。有一次蜀王要在‘褒’地举行军事操练，还专程飞扬跋扈地传话给秦惠文王，要他前来观看。蜀王以为可以通过这样的武力炫耀威吓秦国人，殊不知正是通过这次显摆，秦惠文王看透了蜀国军力的外强中干与蜀王的自大愚昧，并对蜀人的军事部署、行兵布阵等作战方式了如指掌。又有一次，蜀王率领万余随从过汉中平原，深入到边境秦岭的褒谷一带狩猎，可见其耀武扬威至极，丝毫没有把秦国放在眼里。这一次，三国联手，我一定要让他知道大秦的厉害。”司马错顿了顿，接着说：“大家吃好喝好，鼓足干劲，一口气消灭蜀国！”苴王端起酒杯哈哈一笑，“为消灭蜀国，干杯！”

“为消灭蜀国，干杯！”大家异口同声地说。

三天后，三国军队在司马错的率领下准备直奔蜀国的都城成都。

蜀王得知盟友充国被灭的消息，非常气愤，亲自率领大军在葭萌关布下了天罗地网，准备跟秦军决一死战。

葭萌关是由中原入蜀的要隘，是历代兵家必争之地，守住剑阁关必须先守住葭萌关。

司马错也得知蜀王在葭萌关驻扎了重兵，亲自指挥。司马错率领三军在葭萌关附近安营扎寨，然后他带人爬上山头勘察地形，只见关前关后，山峦重叠，危岩峭壁，树木萧森；一条石阶小道，曲折盘桓而上，险峻雄伟。

芈戎说：“这里山势又高又险，一人把着关口，上万人也打不进来。”

魏冉说：“乌鸦嘴，快呸呸！”

苴牧说："大剑山和小剑山之间有阁道三十里，中断处两旁断崖峭壁，壁高千仞，直入云霄，天开一线，峰峦倚天似剑；绝崖断离，石壁高耸，有如刀砍斧劈，两壁相对，其状似门。蜀军在此垒石为关，以为屏障，阻止大军进关。这道关隘成了入蜀的必经之道，是入蜀咽喉、军事重镇。"

司马错紧锁眉头四周看了看，望了望张仪和巴图尔说："你们对攻打葭萌关有何建议？"

巴图尔说："我们推荐你为三军的总指挥，我们一切听你的。"

苴牧说："我没啥意见。"

司马错想了想说："我是这样打算的，墨獾挑选两千勇士从正面佯攻，张仪带八百勇士翻山越岭，迅速占领牛头山，巴图尔和苴牧各自带领几百士兵从两翼攀岩上去。进入葭萌关后，点火为信号，秦军从正面强攻，巴军和苴军在里面接应，张仪带兵在牛头山用弓箭手朝蜀军乱射。只要占领葭萌关，剑阁关的蜀军自然守不住，然后士兵要快速通过阁道，进入旷野河谷，主动权就紧紧抓在我们手中了，蜀军的败局就成定局了。"

张仪笑着说："大将军的主意不错，跟我想到一块去了。"

司马错微微一笑，"下面大家回去分头准备。"

夜色如墨，晨星寥落。

巴图尔和苴牧各自带领士兵从两翼开始攀岩上去。战鼓响起，墨獾挑选的两千勇士从正面佯攻，秦国勇士不停呐喊假装攻城，如此反反复复，折腾到天亮，蜀军士兵被折腾得筋疲力尽。守葭萌关的是蜀王的儿子安阳王，他年轻气盛，见秦国士兵如此反复，气得大骂："龟儿子，有本事，就冲过来啊！别当缩头乌龟！"

墨獾怒目圆睁："有本事，你就打开关门，老子好好教训你一顿。"

安阳王指着墨獾说："有本事，你就上来！"

两人开始对骂，骂累了，双方的士兵接着开始对骂。

天微微亮时，墨獾看见葭萌关里飘出了浓烟，他转身对司马错说："大将军，现在可以开始进攻了吗？"

司马错微微一笑，"这一仗很关键，我相信你。"

战鼓响起，这次鼓声如雷，早已等不及的士兵开始进攻。葭萌关的蜀军开始放箭，冲在前面的苴国士兵纷纷倒下。第二拨巴国士兵开始发起了进攻，一批又一批的巴国士兵倒下。这时，占领牛头山的张仪开始朝山下放箭，箭如雨点般射向蜀军，蜀军顿时大乱。巴图尔和苴牧各自带领几百士兵已悄悄摸上葭萌关，厮杀声一片。

墨獾拔出剑，大喊一声："冲啊！"

秦军踩着尸体跟随着墨獾冲了上去，呐喊声一片。安阳王见情况不妙，叮嘱手下副将一定要坚守，他自己则带领几个人朝阁道跑了。

葭萌关很快被占领，一批蜀国士兵被活捉。

三军如潮水般朝剑阁涌去，在剑阁关遭遇到了蜀军的顽强抵抗，双方伤亡很严重，剑阁里堆满了尸体。最终三军气势如虎，蜀军节节败退，退到了葭萌关外的旷野河谷上摆开了龙门阵。

司马错率领大军来到了旷野河，双方排兵布阵，相隔几百米。司马错大声喊道："蜀王杜芦，快快下马受死！"

蜀王骑在马上，狂妄地说："你们别高兴得太早了，谁输谁赢还不一定。"

安阳王挥着大刀说："有本事，你们就过来。"

"你爷爷来也！"巴图尔挥舞着大刀冲了过去。安阳王"驾"的一声，马如闪电，他也挥舞着大刀冲了上去，两马侧身而过，只听""的一声，火星飞溅。两人大战三十回合，不分胜负。巴巫云心知这样打下去，哥哥占不到便宜。她双腿一夹，马"嗖"的飞奔了过去，她挥舞着宝剑冲了上去。芈戎为巴巫云捏了一把汗，恨不得冲上去保护巴巫云。苴牧见巴巫云冲了上去，也策马冲了上去。蜀军也冲出几位大将迎了上来。巴军和苴军见自己的首领都冲了上去，不知谁先喊了一声"冲啊"，巴军和苴军如潮水般冲了上去。蜀军也不甘落后，双方在河谷展开了厮杀。

张仪望了司马错一眼说："我率领秦军也冲上去。"

司马错微微一笑，"别急，再等等。"

"都什么时候了，趁机杀蜀军个片甲不留。"

"再等等。"

巴军和苴军跟蜀军打得你死我活，双方均伤亡惨重。芈戎和魏冉也蠢蠢欲动，几次催问，张仪急了，对司马错说："大将军，再不出马，恐怕巴军和苴军就坚持不住了。"

司马错拔出剑，对墨獾说："传我命令，左右两军同时冲上去。"

战鼓响起，战旗飘飘，墨獾和张仪带领着吼叫的士兵冲了上去，秦国士兵如潮水般卷了过去。蜀国士兵顿时溃不成军，丢盔弃甲，旷野河岸到处都是蜀军的尸体。蜀王见大事不妙，带着安阳王开始撤退。张仪在后乘胜掩杀，穷追不舍，未给蜀王半点喘息之机，从葭萌关一直追至武阳，终于将蜀王全军包围。

半夜时分，天黑风急，蜀军在东边发起了突围，秦军迅速又追了上去。芈戎和魏冉睡意正浓，这几天他们太累了，趁天黑就躲到一边睡觉去了。突然一声响动把他们惊醒，魏冉翻身而起，拔出剑说："谁？"

响声突然停止，魏冉捡了一块石头朝草丛扔了过去，接着传来一声惨叫："别扔了！我们出来。"一胖一瘦两个男人走了出来，芈戎厉声喝道："你们是干啥的？"

"路过的，附近的山民。"瘦小的男人战战兢兢地说。

芈戎说："胡说，看你们穿着打扮哪像山民，一定是王宫里的达官贵人。"

"我们真是山民，"胖子见只有芈戎和魏冉两人，脸上堆满的笑突然转阴。他突然一转身，腰上的剑迅速在空中画了一道弧线，直奔芈戎的咽喉，"我让你们死！"

魏冉把芈戎一推，身子顺势一个倒挂金钩，踢在胖子的手上，胖子手上的剑飞了出去，插在一棵树上，剑柄不停地颤抖，在静静的夜里嗡嗡作响。胖子转身就跑，魏冉把手中的剑扔了过去，剑像长了眼睛，直直钻进胖子后背，他大叫一声倒在地上。芈戎跑过去一看，那人死了。他用绳子绑住缩在一旁发抖的那个瘦小的男人。芈戎问他什么，他装聋作哑什么也没说。

天亮时，秦军打扫战场，一一辨认尸体，看看有没有蜀王和安阳王。

张仪见了魏冉和芈戎，斥责他们道："昨晚你们跑到哪去了？"

芈戎说："我看见几个蜀军沿着小路奔跑，和魏冉一路追赶，终于杀了一个，活捉了一个。其他一伙人见情况不好就跑了，因天黑，我们人少就没敢追！"

巴巫云望了芈戎一眼说，"你们见蜀军突围，是不是吓得尿裤子，躲到一边去了。"

芈戎指着地上的尸体和捆绑在树上的那个男人说："你也太小瞧人了，他们就是我的战利品。"

巴巫云望了望绑在树的那个男人，又望了地上的尸体一眼，吃惊说："呀呀呀呀……"

巴图尔走了过来说："怎么了？"

巴巫云指了指地上的尸体，努了努小嘴。

巴图尔仔细看了，又望了望绑在树的那个男人说："地上死的好像就是蜀王杜芦，树上绑的就是蜀太子吧？"

那个廋小的男人不语。

"你说不说？再不说我一刀劈了你！"巴图尔把刀架到他的脖子上。

"我说……我是蜀太子，地上那人是我父王杜芦。"

“你们两个立大功了，”张仪拍了魏冉和芈戎一下，“把蜀王的头砍下来，我给你们请功！秦惠文王将会重重奖赏你们！”

芈戎得意地望了巴巫云一眼。

蜀王被杀，蜀太子被捉，蜀王儿子安阳王见大事不妙，于是带领一支残部南逃。

为彻底消灭蜀国，司马错将兵分为两路，墨獾带领十万秦军直奔蜀国老巢成都，他则带领着二十万秦军南下，继续围剿逃跑的安阳王，然后定于两军在江州城会合。

墨獾带领的秦军一路势如破竹，很快占领成都。经历了上古蚕丛、柏灌、鱼凫，到杜宇开创的开明十二世王朝那漫长岁月的古蜀王国，自此便在中原铁蹄的践踏下，宣告结束了。张仪沿潜江而下追安阳王残部，一直追到江州。安阳王跑得很快，进入了大群山，进入了楚国和僰国的地界。张仪只好作罢。安阳王辗转南迁，最后一直流亡到交趾（今越南北部），才在这南方酷热之地找到了一块残喘之地，终于在此扎下根来，建立了一个新的王国“蜀朝”。当然，这是后话了。

蜀国由蜀族人蜀望帝杜宇建立第一个蜀国（鱼凫氏）开始，到蜀王杜芦（开明氏）瓦解，共十三位君王在位，存在七百二十九年。蜀国灭亡，秦惠文王传旨：贬蜀王子弟为侯，以陈庄为蜀相，张若为蜀国守。

第七章　相互残杀，一场阴谋

一场大雪突然从天而降，潜水两岸白茫茫一片。

都尉墨獾和司马错率领的大军在江州会合，司马错召集秦国的几个将领在一起秘密开了几次会，每次都神神秘秘的。

魏冉和芈戎感觉到了空气中的异样，从空气中他们闻到了血腥的味道。他们几次询问张仪，张仪总是笑而不语。

几天后，司马错率领二十万秦军沿潜江而上，都尉墨獾则率领十万大军屯兵江州城，随时待命，对楚国虎视眈眈。

司马错率领的秦军来到苴国，苴王开城门迎接，大摆宴席招待秦军。

几天后，司马错设宴回请苴王，苴王带着他的几个儿子及文武大臣准时赴宴。苴王走到门口时，被魏冉和芈戎拦住了，“将军规定，不能随身携带兵器入宴。”

五公子苴牧推开魏冉说：“这是苴国的地盘，哪有你说话的地方，滚开！”

“这是大将军的命令，我们当差的哪敢不听，”芈戎说，“还请苴王和公子多多包涵。”

苴王皱了皱眉，心里虽有点不高兴，但秦军灭了蜀国，去了他的心头之患，帮了苴国的大忙，为了顾全大局，他交出身上的宝剑说：“苴牧，休得无礼，交出宝剑吧。”

苴牧和随同的大臣都交出了随身携带的武器，穿过几个走廊，进入大堂。

司马错早已坐在那里恭候。他热情地邀请苴王和他的大臣入座，然后端起一碗酒说：“感谢苴王，感谢苴国的子民对我们细心的照顾，要不是你们在粮草上大力支持我们，我们也不能顺利消灭蜀国。来，我敬大家一碗酒！”

“大将军客气了，要不是大秦的鼎力相助，苴国和巴国说不定就被蜀国吞并了。”苴王端起酒一口饮尽。

接着张仪也站了起来说：“我知道苴国人善饮酒，我也敬苴王和在座的各位大臣一碗。”

莒王和大臣们又一口饮尽。

莒牧年轻气盛，酒量好，他又开始回敬司马错和张仪等。几碗酒下去后，气氛一下活跃了，不像最初那么压抑了，大家开始信口乱讲了。

莒王又跟司马错碰了一下，试探地问："如今蜀国也消灭了，不知大将军今后有何打算？"

司马错端起茶杯品了一口茶，意味深长地说："莒国的茶叶果然名不虚传。"

莒王说："我已给大将军和秦王准备好了上等的茶叶，到时请大将军给秦王送去。"

司马错呵呵一笑，"其实大秦早已计划好了，秦王也采纳了我的建议'先灭蜀，继灭楚，而得天下'，下一步就是准备消灭楚国，所以大秦希望还是秦莒两国继续联手对付楚国。"

莒王松了一口气，"没问题！"

司马错大声说："诸位，为了助兴，我让大秦的武士们给大家表演一段剑术如何？"

"好啊，大家欢迎！"莒王拍手说。

三十位全副武装的大秦武士手拿宝剑走了上来，音乐响起，一柄柄剑，舞起了片片寒风，银光乍起，矫若飞龙，似水波荡漾，如火树银花，像蛇一样，遍地游走，如鹰一般，翻飞翱翔，似雪莲迎风绽放，似明月光芒照耀，似山间溪水悦耳动听，大家的目光都被这绝美的剑术吸引着。突然，司马错手中的碗掉在地上，"嘭"的一声碎了。音乐停了，武士们如莲花一样盛开，他们迅速包围了莒王和他的大臣。"你们想干什么？"莒王脸色大变。

司马错仰天哈哈大笑，"你们现在被俘虏了，快把你的兵符交出来，否则你和你的大臣们只有死路一条。"

"大将军，你别开这种玩笑了。"

"我没有跟你开玩笑，其实大秦早就想吞并莒国了。"司马错说，"诸位都是聪明人，别再反抗了。我告诉大家，莒国王宫现在已被大秦士兵占领了，而你们已被大秦士兵重重包围，你们唯一的出路就是投靠大秦。"

大臣们战战兢兢，不敢言语。

莒牧夺下一个武士手中的剑，朝司马错冲去。莒牧步子有点踉跄，他酒有点喝多了，"你们这群骗子，我要杀了你们。"

几个武士用剑拦住了莒牧，其中一把剑插在了他的背上。莒牧奋力反抗，又一把剑穿透他的身体，鲜血溅了武士一脸。

“求求你们放过他，我愿意交出兵符。”苴王说。

司马错接过兵符，使了一个眼色，一个武士手起刀落，苴王的头被砍了下来。司马错说：“我现在宣布，苴王被废，苴国变为苴郡。”

苴王被废的消息传到巴国，巴王震惊不已，立即召集文武大臣商量对策。巴巫云说：“听说秦国的计划是‘先灭蜀，继灭楚，而得天下’，秦国要攻打楚国，巴国是绕不过去的一道坎，所以我们要现在开始加强戒备，严防秦军对我们巴国发动突然袭击。”

巴图尔说：“秦国也没啥可怕的，庸国和巫咸国还不是被我们灭了？特别是巫咸国的盐泉还不是一个一个落在了我们巴国手中。”

“巴国现在成为新的食盐垄断者，估计秦国早已对我国三峡众多的盐泉虎视眈眈了。”巴巫云擦了擦泪水说，“他们杀了五公子苴牧，我要为他报仇。”

巴图尔说：“妹子，你放心，这仇我一定要为你报，要不我们也设宴，邀请司马错和张仪来赴宴，然后也把他们这群龟儿子杀了。”

巴王说：“现在秦国的势力不可小视，杀个司马错和张仪还不是小菜一碟。我们要静观其变，考虑对付秦国的办法。”

这时，大臣禀报：“巴王，张仪求见！”

“他们来了几个人？”

“三个人。”

“让他们进来。”

张仪带着魏冉和芈戎走了进来。张仪行了礼后说：“巴王，我这次来，是想给你通报一下苴国的情况，苴国处处跟秦国做对，废掉苴王也是无奈之举。”“少在这里狡辩，你们灭了苴国，下一步打算灭掉巴国是不是？你们杀了五公子苴牧，我也要杀了你。”巴巫云拔出剑就要朝前冲。

“你们误会了，听我把话说完。”张仪说。

巴巫云杏眼圆睁，牙齿咬得格格响，一步一步朝张仪走去。芈戎冲上去说：“巴姑娘，先别生气，冷静一下好吗？”巴巫云用剑指着芈戎说：“好狗不挡道，滚开！”

巴王咳嗽一声，大声说：“休得无礼，快快退下。”

巴巫云脚一顿，不情愿地退了下去。

张仪说：“巴王，我这次来，司马大将军让我给你带来了一封信，希望我们继续合作，共同对付楚国。楚国这些年来，占领了巴国不少的盐泉，并攻下巴国都城，巴国被逼迁都，这种深仇大恨，我想巴国一直想报仇，夺回盐场。”

巴图尔走上去接过信，递给了巴王。

巴王看了看信，故意说道：“巴人以刚勇尚武而著称于世，人们都知道巴人善战好战，当年巴人也参加了讨伐商纣王的战争。巴人的善战使中原的诸侯们大开眼界。巴人英勇善战，和周武王的军队一起迫使纣王军队阵前倒戈，终于打败商纣王，功不可没。”巴王顿了顿继续说：“巴、蜀、秦、楚之间，展开了一场长达三百多年的合纵连横，彼此结盟、背弃、征战，这种事我见多了。如果有人胆敢对巴国来阴的，我让他吃不了兜着走。几百年来，一部巴人的历史，就是一部战争史。如果有人敢打巴国的主意，那巴国也不是好惹的。”

张仪听明白了巴王话中有话，哈哈一笑说：“是啊，巴国是一个神秘莫测的部落，战争对于巴人来说，几乎就是生命的全部。对于每一个巴国男子来说，血腥的搏杀和死亡的荣耀贯穿了他的一生。”

巴王摸着胡须，微微一笑。

张仪接着说：“楚国一直是大秦的心头之患，两国联盟共同对付楚国，你这是帮大秦，同时也是帮你们巴国自己。你想想，一旦赶走楚国，夺回你们的盐场，巴国必将更加强盛。”

巴王沉思了一会说：“容我考虑一下。”

张仪说：“我们可以拟定一个草案，两国互不为敌，建立军事同盟，然后大秦会派人和司马大将军共同来巴国签正式协议。巴王你看怎么样？”

楚国也是巴国的心头之患，巴王心里也在盘算着，两国共同对付楚国也是一盘妙棋，等灭了楚国，然后再对付秦国，把秦军赶走，然后杀到咸阳，活捉秦王。巴王想到此处，不由得哈哈笑了，“没问题，空口无凭，立字为据。”

巴国找来白布和笔墨，张仪起草了两份草案，然后双方画押。画押完毕，巴王笑着说：“你们一路辛苦了，本王给你们准备了薄酒，今晚要好好痛快喝个够啊。”

芈戎一路奔波，肚子早已在咕咕响了，一听有好酒好菜，立即说道：“好啊！”

张仪坐上席，巴王和他的几个五大三粗的儿子作陪。菜很丰盛，喝的酒还是巴清酒。巴王说：“这是巴国的名酒，香醇浓郁，当年是向周王朝交纳的贡品，要不品尝一下？”

张仪说：“我不太会喝酒。”

“要不品尝一点点？”

“好吧。”

巴王的儿子不屑地望了张仪一眼，他们瞧不起不会喝酒的男人。巴图尔故意给张仪倒了满满一碗酒。

“合作愉快！”巴王端起酒说，“来，我们喝一个！”

张仪皱着眉头，咂着嘴巴说：“好酒！”

巴王的几个儿子开始轮番敬张仪。巴巫云闷闷不乐地离开了酒席，芈戎借上茅房跟了出去。巴巫云沿着山间小路朝山上走去，然后坐在一块大石头上，望了月牙儿一眼，嘤嘤哭了起来。

芈戎轻手轻脚走了过去，想安慰她几句。巴巫云突然转身，手上的短剑抵在了芈戎的脖子上问：“你是谁？”

“巴姑娘，别冲动，我是芈戎。我看你郁郁寡欢、心事重重，怕你做出傻事，我就偷偷跟了上来。”

“姑奶奶想静一下，你给我滚开。”巴巫云收起短剑说。

“我知道你现在很伤心，要不我陪你谈谈心吧？”

“我们之间有什么好谈的。你告诉我，是谁杀的五公子苴牧？”巴巫云盯着芈戎的眼睛说。

“不是我，不是我！”芈戎摆了摆手说，“是秦国的几个武士。”

“你实话告诉我，秦国灭了苴国，是不是下一步准备消灭巴国？”巴巫云说。

“这个我真不知道。不过根据目前的形势，秦国主要的对手是楚国，秦国需要帮手，应该不会打巴国的主意。”

“你说得也对，巴国盛产盐巴，好多国家都盯着巴国的盐巴。我看巴国和秦国迟早会有一战……”

“别说这些让人不高兴的话，”芈戎打断巴巫云的话，“说说高兴的事吧。”

巴巫云叹了一口气说：“我能有什么高兴的事，我跟五公子苴牧原本打算开春后就订婚，没想到他……”

芈戎本想安慰她几句，一时找不到话题。他脱下披肩给巴巫云搭上说：“天冷，别冻坏了身子。”

巴巫云的心里有一丝感动：“谢谢！”

芈戎没话找话地说：“巴国是一个神秘莫测的国家，我对巴国很感兴趣，你给我谈谈巴国的历史吧。”

巴巫云的眼里有股自豪感，“说来话长，我简单给你说说。”

“洗耳恭听！”

“巴国是一个与盐颇有渊源的国家，巴人在江水边创造了一个‘不耕而食，不织而衣’的‘极乐世界’。他们生于江边，善于行船，泛舟奔走，原以捕鱼为生，与三峡两岸的农牧民交易往来十分密切。巫咸国垄断了三峡一带的盐巴资源后，巴人转而成为水上商人，乘着独木舟贩卖巫盐，成为巫咸国的经销商，巴人由此也获得了‘水上流莺’的美誉。后来，巴国消灭了巫咸国，垄断了三峡一带的食盐，逐渐强盛，控制的地盘不断扩张。巴人不仅能歌善舞，而且作战勇猛顽强，被人们称为‘神兵’。他们曾在商、周、楚、秦等强大部族的包围中不断征战。在荒莽的大巴山、秦岭中，巴人的军队靠他们强健的四肢翻山越岭，跨江涉水，在极为艰难困苦的生活条件下，自强不息，世代繁衍。他们在与外族的血腥搏杀中，书写着自己的历史……”

“巴国真了不起，不愧是个伟大的国家。”

“你先回去吧，回头我再给你讲，我想一个人静静。”

芈戎回到屋里时，见张仪和魏冉已趴在桌子上，看来是被他们灌醉了。巴图尔见了芈戎说：“你掉到茅坑里去了，半天都不出来。来，喝酒！”

芈戎说：“我酒量不行，平时我不喝酒的，沾酒就醉。”

巴王几个五大三粗的儿子按住芈戎说：“你不喝，就从我们几个兄弟胯下钻过去，我们就放你一马。”

芈戎见这阵势，只得端起酒一口饮尽，然后装醉，一头栽在桌子上。巴王几个儿子哈哈大笑起来。

天一亮，芈戎扶着张仪和魏冉偷偷跑了。

半个月后，大秦特使魏淼来到了蜀地。芈戎和魏冉见了父亲非常高兴，有说不完的家常话，最后他们问道：“姐姐她现在好吗？”魏淼说：“她很好，她还让我给你们捎话，让你们听司马错和张仪的话，好好表现，早日立功。她听说你们杀了蜀王、活捉了蜀太子，为你们高兴。现在整个大秦都知道你们两个大英雄了，等你们回去后，秦惠文王还要亲自重重奖赏你们呢！”

芈戎和魏冉高兴得手舞足蹈。

第二天，司马错和张仪带着魏淼一行十几人去巴国。

巴国对这次两国签协议非常重视，亲自出城去迎接，然后把他们带到王宫。魏淼说：“秦王特命我给巴王带了四羊方尊一个、玉雕立马一对。”魏淼手一挥，芈戎和魏冉抬着两个大盒子走了上来，然后打开，呈给巴王过目。巴国摸了摸四羊方尊和玉雕立马，喜笑颜开，“这东西价值连城，回头转告秦王，我非常感谢他送我这么贵重的东西。”

双方落座后，拿出最初的草稿协议展开了讨论和补充。他们在关键问题上发生了争执，互不相让。连续讨论了三天，最后各让一步，达成了协议：秦国士兵可以屯兵巴国；两国士兵可以相互学习和操练；等开春后，向楚国发起进攻。

秦兵屯兵巴国后，两国士兵相处得也很融洽，司马错和张仪见了巴王也客客气气，有说有笑。其实司马错和张仪一直在秘密策划如何活捉巴王、消灭巴国。通过几天的明访和暗访，他们已初步摸清了巴国的兵力布置情况，准备寻找机会动手。

奇怪的是秦兵屯兵巴国后，士兵出现了上吐下泻、精神萎靡不振的情况张仪刚开始以为是士兵水土不服就没太在意。半个月后，士兵依然是这样。他心里在琢磨：士兵来到蜀地以前并没有出现此种情况，难道是巴国在提供的粮食和蔬菜上做了什么手脚？他偷偷用这些饭菜喂猫喂狗，结果猫狗也出现了这种症状。他又让随军大夫检查了这些粮食和蔬菜，并没发现异常。病从口入，张仪派人秘密监视伙夫，因为伙夫中添了一些巴人来帮忙。

一天，大伙夫故意走开，小伙夫趁机掏出身上的东西倒进锅里。这一切都被在外监视的芈戎和魏冉看见了，他们冲进来，按住了小伙夫，然后悄悄带到了张仪面前。刚开始他什么也不说，芈戎和魏冉对他轮番拳打脚踢，然后掏出刀子说要活剥了他，他才一下跪在地上说出了实情。他们是受巴王委派来的，名义上是帮秦军做饭，其实是安插在秦军军队各阵营里的奸细。他们专门在饭菜里放巴豆、夹竹桃、双子柏等之类的有毒药材，目的是让秦国士兵失水、惊厥、疲倦、呕吐、昏迷，甚至死亡，最终的目的是让秦国士兵丧失战斗力，然后把这些士兵斩尽杀绝。

张仪立即派人把司马错和魏淼叫来商量对策，然后支走了魏冉和芈戎。

芈戎悄悄趴在窗外偷听，听到司马错说：“没想到巴王也留有一手，如果不是我们发现得早，恐怕都成了巴国人的刀下之鬼了。这事先别声张，装作什么都没发生。”张仪说：“大将军，你说我们该怎么办？”司马错说：“后天是农历三十，巴国人对这一天非常重视，他们要祭神祭祖。等他们祭神祭祖毫无防备之时，我趁机控制巴王。你则带精兵强将冲进来，其他军营的士兵也同时控制巴军的军营，力争把他们消灭。”后面声音越来越小，芈戎听不清楚了。

芈戎心里不由得为巴巫云的性命担忧起来，他承认自己已喜欢上了她。他恨不得立即把这消息告诉巴巫云。只要巴巫云愿意，他可以带她走，去楚国，只要能跟她在一起，就是浪迹天涯他也愿意。秦国背信弃义，灭了苴国，他心里本来就有意见，如今又想消灭巴国。如果消灭了巴国，下一个就是楚国，楚国之后还有齐、燕、赵、魏和韩，恩恩怨怨何时了？他突然厌倦了战争，厌倦了打打杀杀的生活。他多么想逃到一个与世隔绝的岛上，岛上只有他和巴巫云两人，然后生一堆孩子……

魏冉看见了鬼鬼祟祟的芈戎，喊了一声："你在干吗？"

"我没……没干吗。"芈戎神色慌张地说。晚上，芈戎失眠了，他想到管筱雨，他知道管筱雨不喜欢他，他们两人之间不可能有结果。管筱雨在他脑海里一闪而过，立即他又想到了巴巫云，她的一举一动、一笑一颦都在眼前出现，想想后天巴国可能会灭亡，她就要被抓住砍头，他的心里有种说不出痛，但又束手无策。

第二天，芈戎借故说肚子不舒服，想去街上抓点药。他来到王宫外，希望能遇到巴巫云，让她不要参加明天的祭神祭祖活动。他等了半天，终于看见巴巫云从王宫里走了出来。他尾随了上去，走到一条僻静的街道，追了上去，喊了一声："巴姑娘——"

巴巫云停下脚步，一回头见是芈戎，微微一笑，"你是在叫我吗？"

芈戎点了点头。

"你找我什么事？"

"其实也没……没什么"芈戎结结巴巴地说，"我只想见你一面……"

巴巫云咯咯一笑，落落大方地朝前走两步，然后站住了，伸了伸脖子说："我脸上有花？你看吧。"

两目对视，芈戎心里有一丝慌乱，低下了头。

"看也看了，你快滚吧！"巴巫云说。

"明天祭神祭祖活动，你不要参加……"

"凭什么我不能参加？"巴巫云打断芈戎的话，"这是我们家里的事，关你屁事！我不想见到你，再不滚我打断你的腿！"

芈戎叹了一口气，无奈地走了。

祭神祭祖这天，王宫焕然一新，彩旗飘飘，潜水岸边的台子早已搭好。其实巴王一直在期盼这一天，他早已做了安排，先祭盐水神，然后再祭祖，等到半夜时巴军将突袭秦国军营，杀死秦军将领，砍下他们的人头来祭祖。

芈戎这天心急如焚，坐立不安。他偷偷跑出军营，又在王宫外等候。巴巫云终于出来了。他给了一个小孩几枚钱，让他捎个话，就说是五公子苴牧的亲人，有重要的事商量，让她去城外的小树林等候。小孩跑过去把话捎到了。巴巫云四周看了看，然后快步去了城外的小树林。

小树林很安静，几只小鸟在树上跳跃。巴巫云四周看了，没看见什么人，这时芈戎走了过来说：“巴姑娘，这么巧啊，你也在这里。”

巴巫云眉毛一挑，“本姑娘今天没心情陪你聊天，我劝你还是早点离开巴国吧。”

芈戎呵呵一笑，“你千万不要参加今天的祭神祭祖活动。”

“这是巴国一年之中最隆重的节日，我必须要参加，你有什么资格管我？”

芈戎本想把秦国的事情全盘托出，但想了想忍住了，“你衣服后面有个东西，我帮你拍掉。”芈戎走过去，趁巴巫云不注意，一拳打晕她，用布塞住她的嘴，捆住她的手脚，然后把她抱到一个低凹处，用树枝树叶盖住了，然后得意地吹着口哨走了。

江面的锣鼓已响了起来，一群头戴白虎面具的巴人跳起了巴渝舞，他们手舞足蹈，不停地变换阵势，嘴里在不停地呐喊，声音在山谷里久久回荡。看热闹的人围了里三层外三层，秦国的士兵穿着便衣也围在人群里看热闹。

天空突然飘起了雪。

鼓声停止，巴王跪了下来，他准备祭奠盐水女神。巴王连磕了三个头，然后站起来，抓了几把盐撒在河里。鼓声举起，一位穿着华丽衣服的少女开始翩翩起舞，她的双眼满含泪水。接着一位头戴白虎面具手拿大刀的彪形大汉走了上来，他嘴里叽叽呱啦，也跳起了舞，突然他扬起大刀，砍下少女的头，血如水柱般喷出，喷在了白虎面具的头上。少女的头在地上滚动，眼睛还在动。台下的人开始欢呼。一群人冲上台，嘴里嗷嗷叫着。他们从尸体上割下肉，用肉上的血擦着雪亮的刀。

站在台上的魏淼，腿有点颤抖。他问张仪：“他们这是干吗？”

“活人祭奠，他们相信血淋淋的、热乎乎的脑袋能够让神灵得到满足，而以鲜血擦过的刀，将会得到神灵的保佑，战无不胜……”

地上的尸体，很快成了骨架。接着头戴白虎面具的男子捡起骨架装进框子里准备沉河。司马错闭上了眼睛，不忍心再看。

这时有人上来禀报，王宫着火了。巴王大喝一声：“还站在这里干吗？快去灭火。”巴图尔带着一帮人跳下台，灭火去了。站在巴王身边的张仪和魏淼突然冲过去，张仪一手揽住巴王，一手把匕首架在他的脖子上。魏淼挥着宝剑大声喊道：“大家都别动，只要你们一动我就杀了巴王。”

几个武士想朝上冲，魏冉也挥着剑说：“大家都别动。”

匕首陷进了巴王的肉里，一丝丝的血流了出来。巴王声音嘶哑说：“大家都退后，千万别上来。”

一帮手拿兵器的秦国士兵冲进人群，朝巴国的大臣们砍去，鲜血飞溅，人群顿时大乱。几万秦军包围了祭台，同时十几万秦军也包围了王宫。芈戎见几个巴国士兵冲上去想救巴王，于是跳上台保护着张仪和魏淼朝后退。巴军士兵冲进人群，开始跟秦军厮杀，他们个个如狼似虎，手中的短剑招招见血，但因秦国士兵众多，以一打十，巴国还是处于下风。

突然冒出一群头戴白虎面具、身穿甲胄、手握短剑的巴国士兵，他们勇猛地冲入秦军阵地，在与秦军贴身格斗时发挥短兵相接的优势，每杀一个人他们都似狼一样号叫一声。而秦兵的刀剑砍在藤条制成的甲胄上往往不能拔出来。就在犹豫的一瞬间，巴人一个箭步上前，手中的短剑就插在了秦兵的身上。他们如秋风扫落叶一样扑了上来，秦兵纷纷后退。

张仪见情况不妙，手上一用力，巴王痛得大叫。张仪说："快让他们速手被擒，否则我就砍掉你的脑袋去喂狗！"

"勇士们，快放下武器，投降吧！"巴王喊道。

巴人站住了："巴王，别怕，我们来救你了。"

芈戎一剑刺在巴王的腿上，巴王一声惨叫。芈戎举起剑大声喊道："你们再不放下短剑，我就真杀了你们的巴王。"

"巴国的勇士们，放下短剑吧！"巴王的声音带着哭腔。

其中一个头戴白虎面具的巴人，跪了下来，"巴王，我们对不起你了。"说完他举起手中的短剑朝脖子上一抹，然后倒在了地上。

其他戴白虎面具的巴人也跪了下来，朝巴王磕了一个头，然后集体举起手中的短剑自杀了。

巴王老泪纵横。

鹅毛大雪开始铺天盖地，盖住了地上的血迹和无数的尸体。

秦国士兵占领了王宫，巴图尔也被活捉，同时被俘虏的还有几万巴国士兵。

打扫战场时，芈戎想起了巴巫云，他朝城外的小树林跑去，拿开树枝，从雪里抱出一动不动的巴巫云。他伸出指头放在她的鼻孔下，还有气。如果他再来晚一步，她就会被大雪掩埋，活活窒息而死。芈戎开始掐她的人中，她动了动，突然坐了起来，咳嗽一声问："我怎么在这里？"

"我……我……"

"我要去参加祭神祭祖活动，"巴巫云站了起来，"我回头找你算账！"

"别去了！"芈戎一把抓住巴巫云冰冷的手。

“为什么？”

芈戎擦了擦落在脸上的雪花说：“秦国兵变了，捉活了巴王和你的几个哥哥……”

巴巫云一巴掌推开芈戎，“你胡说八道，小心我撕烂你的嘴。”

“我说的都是真的。”

“我不信，我现在就去找父王。”

芈戎拦住巴巫云，“秦国士兵现在到处抓你呢，你去了不是自投罗网吗？”

巴巫云蹲在地上呜呜哭了。

芈戎安慰道：“你先在山上找个地方躲起来，我们再想办法，留得青山在，不怕没柴烧。一有你父王和哥哥的消息，我再来告诉你，好吗？”

巴巫云点了点头，“我知道山上有几处山洞，这是父王当年藏粮食和兵器的地方，除了我的哥哥们，几乎没有外人知道。”

芈戎跟着巴巫云沿着山间羊肠小道来到了山洞，山洞里很宽敞，里面有床及一些日常用品。芈戎见时候不早了，有点依依不舍地说：“明天我再抽时间来看你。”

巴巫云感激地看了芈戎一眼：“我不知道说什么好，谢谢你了。”

芈戎挥了挥手走了，他的心里有种说不出的甜蜜。

芈戎回到帐篷里，张仪、司马错和魏焱正在商量下一步的对策，魏冉生气地说：“你到哪去了？”

“打扫战场时，我肚子不舒服，跑到树林里拉肚子去了。”芈戎望着张仪试探地问：“将军这次用兵入神，活捉了巴王和他的几个儿子，不知将军如何处理他们？”

张仪望了芈戎一眼，目光落到司马错的身上，高兴地说：“灭了巴国，下一步秦国将接管巴国的盐泉。有了蜀巴这块富饶的后方基地和粮仓，至此，秦国北有上郡，南有巴蜀，东有黄河与函谷关，再加之商鞅变法所创造的经济政治条件已渐臻成熟，秦统一六国、拥有天下已成定局，唯时间的早晚而已。要不我们干脆灭了郪国算了？”

司马错沉思了一下说：“连续征战，粮草也缺，士兵也累了。原先的郪国东边、南边是巴国，西边是蜀国，北边是苴国，巴国和蜀国没有打郪国的主意，就是因为郪国盘踞在郪江流域的山高岭峻里，易守难攻。如果贸然攻打，会得不偿失。如今郪国已被大秦包围着，只要大秦按兵不动，封锁他们的出路，郪国就会乖乖俯首称臣的。”

张仪笑道：“还是大将军厉害！不知道大将军如何处置巴王和他的儿子及一些重臣呢？”

司马错微微一笑，“我怕夜长梦多，准备后天押送巴王和他的儿子及一些重臣去咸阳。”

“这主意不错。”

“给大王送这么大的一份礼物，大王会高兴不已，不但会给我们升官，还会重赏我们的。”

张仪哈哈笑了。

芈戎笑着说：“押送巴王回秦国，路途遥远，押送时千万不能出什么差错啊。”

司马错说：“本将军将亲自押送他们去咸阳。”

芈戎说：“离家三个月了，我有点想家了，有点想我的芈姐姐了。”

张仪说：“你和魏冉随你的父亲跟司马大将军一块回咸阳，顺便也负责押运。”

芈戎故意说：“我舍不得张将军，要不我留下来陪你吧。”

“不用了，你回去也好，留在我身边万一出什么差错，我跟你姐姐和你父亲也不好交代。”张仪说。

晚上，芈戎失眠了，他满脑子都是巴巫云，后天他就要回秦国了，留下她怎么办？他真有点舍不得巴巫云。他在床上翻来覆去，一直折腾到天亮，才迷迷糊糊地睡着。一觉醒来，太阳已到头顶，街道和山坡的雪已开始慢慢地融化。芈戎想去找巴巫云，但魏冉一直跟在后面脱不开身。直到傍晚，芈戎见没人，跑到伙房拿了几个馒头就朝山上走去。山洞里没人，芈戎大吃一惊。他在山洞里转了一会儿，巴巫云才回来。芈戎高兴地说：“你去哪里了？我还以为你再也不回来了。”

“我去城里转了一圈，打听了一下情况。我还打听到了巴国有支打散了的队伍跑到山上躲了起来。”

“你好大的胆子，你不知道秦国士兵正在四处通缉你吗？”

“最危险的地方，往往是最安全的地方，何况我穿的是村姑的衣服，他们一般人认不出我来。”

芈戎把馒头递了过去说：“你还没吃饭吧？”

“谢谢，我已吃了。”巴巫云说，“我现在终于想明白了，巴国、苴国、秦国三国在葭萌关攻打蜀国时，司马错让巴国、苴国士兵朝前冲，让他们故意去送死，是为了保存秦军的实力。原来秦国早就计划好了，先灭蜀国，然后再灭苴国、巴国。秦国这招太阴险了。”

“其实我对秦国的所作所为也有怨言。”芈戎叹了一口气说。

“对了，你有什么计划？”

“明天，秦军将押送巴王和你的哥哥及一些重臣去咸阳，由司马错亲自押送。我和弟弟魏冉也一同回咸阳，顺便也押送。”

“你知道他们走哪条道吗？”

“自然会走石牛道，剑阁关。”

巴巫云望着芈戎的眼睛说：“如果我在剑阁关设伏兵，解救我的父王，你会帮我吗？”

芈戎把头偏向一边：“我劝你打消这个念头，秦兵对这次押运做了周密安排。何况负责押运的都是军中的精兵强将，个个武艺高超。”

“就是刀山火海，我也要去。”巴巫云一边收拾行李一边说。

“你要去哪里？”

“别管我。”巴巫云收拾完行李，转身就走，走了几步回头说，“如果你肯帮我，我就嫁给你。”

芈戎追了几步，见巴巫云转眼消失在山的转弯处。

芈戎闷闷不乐地回到营房，晚上又失眠了。第二天一亮，负责押运的秦兵就出发了，前后都是秦兵，队伍拉得好长。芈戎目测了一下，大概有四五百人。芈戎看见了囚笼里的巴王和巴图尔，他们目光呆痴，精神萎靡，就像变了一个人似的。

行走了两日，来到了剑阁关。芈戎抬头一望，群山连绵，壁立千仞，横亘绵延，云雾缭绕。他心里在想：巴巫云会在这里出现吗？此刻他又希望在这里见到巴巫云，又怕在这里见到巴巫云。

司马错说：“前面就是剑阁关，大家原地先休息一会儿，然后一鼓作气快速通过。”

连续行走，士兵早已疲惫不堪，个个都瘫软在地上。

“出发！”司马错大喊一声。

队伍走进了剑阁道，突然乱箭飞出，走在前面的士兵倒了下来，受伤的战马开始嘶叫，接着一队人马冲了出来。芈戎看见冲在前面的是巴巫云，她身穿甲胄，左右挥舞着宝剑，两边的秦军纷纷倒下。司马错说：“保护好囚犯。”秦军围住了最前面的巴王。芈戎看见了巴巫云，巴巫云也看见了她。两人目光匆匆而过，芈戎的目光落到了后面囚车里的巴图尔的身上。巴图尔在里面挣扎着企图冲出来。就在这一念之间，芈戎萌发了想救巴图尔的想法，因为巴巫云说过如果他肯帮她，她就嫁给他。芈戎朝巴图尔走去，给他递了一个眼色，一巴掌拍在囚车上，“别喊叫！”同时他把钥匙递了进去，然后用背拦住囚车，故意大声喝道：“都给我老老实实待着。”

巴巫云用剑指着司马错说：“老东西，快滚开，不然我连你一块杀了！”

“好大的口气，真不知天高地厚！”

司马错身后冲出一个个秦兵，他们挥舞着长剑拦住巴巫云和那些巴人，然后开始了厮杀。

巴图尔冲出囚车，然后又砸了几辆囚车。见囚车被砸，魏冉带人围了上来，巴图尔夺过一把大刀，砍倒几个士兵，然后朝巴王冲去，他也想救父王。巴王的囚车被士兵们重重保护着，巴人不能靠近一步。

巴人伤亡过半，山谷里飘荡着血腥味。

巴王大声喊道：“你们快走，别管我了。”

巴图尔依然朝前冲。

“求求你们，快走，再不走就来不及了！巴国不能断了根！巴国全靠你了！”巴王声嘶力竭，仿佛字字带血。

巴图尔如狼大叫一声，怒睁着圆眼，眼里冒着火。士兵倒退了几步，巴图尔对巴巫云递了一个眼色，两人大喊一声：“杀啊！”他们挥舞着大刀杀出一条血路，后面的巴人也跟着突了围。

巴图尔和巴巫云冲出重围，后面的追兵紧紧追了上来。

“我们分开跑吧，能跑出一个算一个，总比两个被抓好！”巴图尔说。

巴巫云点了点头，两人开始分头逃跑。

芈戎带着一队人马紧紧地追着巴巫云。巴巫云跑到山顶一处悬崖处，山下云雾缭绕，深不见底。一看前面没有路了，后面又有追兵，她眼睛一闭，准备跳下去。一个声音传了过来，“等等，千万别跳！”巴巫云睁开眼一看，原来是芈戎。芈戎迅速抓住她的手，两人站立不稳，巴巫云的身子压在了芈戎的身上。

“别救我，让我跳下去算了。”巴巫云哭着说。

“你这样死了，太不值了！你知道吗？你哥哥巴图尔要不是我暗中帮忙，他能跑出来吗？”芈戎小声说。

“你为什么要救我们？”

“因为我喜欢你，因为你说过如果我肯帮你，你就嫁给我。”

“我随便说说而已，你别当真。再说你是秦国大有前途的有为之士，而我是巴人，我们根本不可能在一起！”

“只要能跟你在一起，我愿意跟你浪迹天涯！”

两个秦兵走了过来，芈戎说：“我抓住了她，快把她押下山。”

士兵押着巴巫云下山，芈戎跟在身后，他脑子一片浑浊，不知道该怎么办好。如果把巴巫云交给司马错，她只有死路一条。芈戎心急如焚，拔出刀看了看四周没人，他迅速干掉这两个士兵。就在抬头的瞬间，他大吃一惊，因为刚才这一幕都被魏冉看见了，魏冉张大嘴巴说不出话来。

芈戎心里明白，如果司马错和张仪知道他杀了秦兵，暗中帮助巴图尔，又放了巴巫云，秦国一定会把他碎尸万段。与其这样，还不如离开秦国，跟巴巫云远走高飞。他为这个大胆的决定高兴，又有点迷茫，如今他也没退路了。芈戎扶起巴巫云说：“我们走！”

魏冉拦住说：“你们去哪里？”

芈戎用剑指着魏冉说：“看在你是我弟弟的份上，我不杀你，快让开——”

魏冉收起剑，两人拥抱了一下。

魏冉看见芈戎带着巴巫云拐入另一条山路，转眼消失在树林里。

天空突然又飘起了雪……

第八章　合纵联盟　重逢

巴王被押回咸阳，举国欢庆。

秦惠文王亲自出城去迎接，款待将士们，还按军功爵位重重奖赏司马错等诸位将士。魏冉更是被重用，被提拔为宫廷侍卫。

离家三月，魏冉有点想家，请假回家几天。向氏见了魏冉喜极而泣，抱着他说："回来就好，回来就好。"向氏突然想起了什么，朝后望了望，问："芈戎呢？"魏冉低下头不语。芈戎带着巴巫云走后，魏冉没有告诉任何人事情的真相。魏冉上报时说是芈戎追赶巴人到悬崖边与巴巫云搏斗时两人不慎掉下悬崖，以身殉职。如果他如实禀报，就会连累到自己，同时也会连累到父母。

向氏问魏淼："芈戎怎么没回来呢？"魏淼不想把芈戎已死的消息告诉向氏，怕她承受不起丧子之痛的打击，编了一个谎言说："他现在跟张仪在一起，任务繁忙，走不开。你知道吗？他跟魏冉杀死了蜀王，还活捉了蜀太子，秦惠文王还表扬嘉奖了他们俩呢。"

向氏笑了，她为两个儿子自豪。

傍晚时分，芈八子带着贴身丫鬟管筱雨来到了魏府。芈八子进门就对母亲向氏嚷道："听说父王和弟弟立功回来了，我特意赶回来，看看他们。"

向氏笑呵呵地拉着芈八子的手开始拉家常。魏冉和向寿走了过来，向芈八子行了礼。芈八子围着魏冉绕了一圈说："不错啊，现在你终于长大了，变得成熟了。"向寿说："早知道如此，我跟他们一块出征。"向氏说："你现在好好读书，以后有的是带兵打仗的机会。"魏冉心里在想：姐姐不问芈戎，难道她已知道了消息？他扫了管筱雨一眼，心里怦怦地跳。几月没见，他觉得管筱雨越来越漂亮了，想跟她打个招呼又不好意思开口，于是望着芈八子笑了笑说："姐姐，最近可好？"芈八子微微一笑："还好吧。"站在旁边的管筱雨插话说："自你们走后，王后魏纾岂能善罢甘休？魏纾这人心狠手毒，她总是在找事，好在姐姐不搭理她，她一时也没什么办法。听说她在背后使阴招，想让姐姐母子分离，把公子稷送到燕国当人质，这不是在姐姐心上刮肉吗？”

魏淼刚好从外边进来，听到了他们的谈话，插话说：“秦惠文王的女儿嫁给燕文公的太子，如今太子即位为燕易王，秦惠文王的女儿自然就成了王后。据我了解，燕易王后心地善良，有这样一位异母姐姐照顾，没什么担心的。”芈八子说：“问题是稷儿太小，万一有三长两短怎么办？”魏淼安慰道：“燕国不是同样有太子到秦国做人质吗？不用担心什么，男孩子早早出去锻炼一下，说不定今后就能成大事。”

管筱雨也安慰道：“也是啊，有些事当时看来是坏事，以后会发展成好事。”

芈八子突然问道：“父王，你和张仪、苏秦都是鬼谷子的弟子，想必你们也知道什么，我听说燕易王后跟苏秦认识，是真的吗？”芈八子说完就有点后悔了，她心里一直在下决心忘掉苏秦，不提苏秦，可不知道自己为什么突然又想到了苏秦。这句话没过脑子，情不自禁地脱口而出，看来苏秦一直在她心里。

“他们好像见过几次面，当时燕易王后还没嫁到燕国，具体情况我不太清楚。我猜测当初苏秦接近燕易王后，是为了得到大王的重视吧。”

芈八子说：“苏秦应该不是这样的人吧？”

魏淼说：“苏秦聪明好学，颇有心计，所以他深得鬼谷子喜欢。据说苏秦下山时，鬼谷子把《太公阴谋》《太公金匮》《太公兵法》《本经阴符》送给了苏秦，特别是《本经阴符》，是鬼谷子用毕生心血写的一部奇书，据说谁得到此书就可以统一天下、飞黄腾达。我跟鬼谷子学了这么久，连《本经阴符》都没见过。张仪虽然见过，但没机会去研读。”

“只怪你不好学，你现在对苏秦是羡慕嫉妒恨吧。”魏冉笑着说。

魏淼说：“我对他是有偏见，你看他手拿这几本破书，自以为了不起，游说秦王，结果被大王赶走了。他流浪街头，穷困潦倒，活该！”

芈八子说：“我听说苏秦游说六国，六国达成合纵联盟，团结一致。苏秦被任命为从约长（联盟长），并且担任了六国的国相，同时佩戴六国相印。”

魏淼说：“这些我也耳闻了，我知道他现在是多么的风光。合纵成功后，苏秦自楚北上，向赵王复命，途经洛阳。车马行李、各诸侯送行的使者颇多，气派比得上帝王。连周显王听到这个消息都感到害怕，为他清扫道路，并派人到郊外犒劳。苏秦的家人也匍匐在地，不敢仰视。我还听说，当年苏秦到燕国去时，曾向人借钱一百做路费，如今富贵，就偿还了百金。如果当初鬼谷子把这几本书给我，我早就当国相了，也免得在秦国受气，看人脸色了。”

芈八子的心里五味杂陈，不知道该说什么好了。

魏冉说：“大王这次不是也嘉奖你了吗？”

“又没给我升官，嘉奖我不稀罕。”魏淼说。

“得了便宜还卖乖，小心这些话传到大王耳朵去了。”向氏说：“我求求你们，在家里别谈国家大事。”

“好吧，我们不谈了。”芈八子把魏冉拉到另一间房子里，然后盯着魏冉的眼睛说，“芈戎怎么没回来？”

“他……他……怎么人人见了我，都问同样的问题？”

“我听大王说，芈戎在跟巴人搏斗时掉下了悬崖，大王准备奖赏芈戎和他的家人。我让大王暂时先瞒住母亲，等时机合适再告诉她……”

“我也是这么想的。”

“但我从你的眼睛里看出你有隐情。你实话告诉我，芈戎到底是死是活？”

“我不是说过吗？他不小心掉下了悬崖。”

“我一直不相信芈戎死了，感觉他还活在世上。”芈八子眼睛红了。

吃完饭，魏冉在庭院散步，院子里飘着迎春花的香味，一晚月牙儿挂在树梢上。魏冉看着管筱雨的房间还有灯光，他呆呆地站着，目光有些迷离。

管筱雨准备关窗户，看见了魏冉。管筱雨打开门说：“你怎么还不睡？”

“睡不着，要不陪我走走？”

“好啊！”

两人默默走了一会儿，在一棵树下的石凳上坐了下来。魏冉说：“管姑娘，我知道你喜欢《诗经》，最近还在读吗？”

“经常读，你怎么突然问起这个？”

“我最近也背了一首。”

“读来听听。”

“好啊，这首叫《郑风》，出其东门，有女如云。虽则如云，匪我思存。缟衣綦巾，聊乐我员。出其闉阇，有女如荼。虽则如荼，匪我思且。缟衣茹藘，聊可与娱。”魏冉念这首诗时眼睛一直默默地看着管筱雨，管筱雨的脸微微有点红了。魏冉想抓管筱雨的手，几次伸了出去又缩了回来。他鼓起勇气接着说：“你知道吗，我在蜀国和巴国的时候，每天晚上都非常想你……”

管筱雨站了起来慌张地说："时候不早了，我先回去了……"

魏冉傻傻地望着管筱雨的背影，心里有种说不出的痛苦。他多么想知道管筱雨的心里到底是怎么想的，他在她心里有没有位置，她喜欢的男人又是哪种类型……

第二天，魏冉随同芈八子和管筱雨一同进宫。

后宫庭院鲜花盛开，几只蝴蝶在花丛中飞舞，芈八子坐在亭子里发呆。在宫中，她听到有人说苏秦来秦国了，正在朝廷里拜见秦惠文王。芈八子的心里又开始起伏，往事一幕幕在脑海中出现。随着时间的流逝，有些事情她已看淡了，不愿再提及，但她心里又不得不承认，苏秦一直活在她的心里，一直埋葬在她的心里。如果再次相见，也许没了当初的那份激动和狂热了。她很想知道苏秦来秦国的目的，两人有没有再见面的必要……

管筱雨走了过来，叫了一声"姐姐"，芈八子半天没有反应过来。管筱雨又叫了一声，芈八子才反应过来问："什么事？"

"我听说苏秦来秦国了。"

"他来了，关我什么事？"芈八子故意说，"你心里是不是还有他？"

"我早就放下他了。"管筱雨脸微微一红，"我刚才遇见了魏冉，他说大王跟苏秦见面了，两人好像还发生了争执。大王脸色很不好，板着脸，脸色很难看。"

"是吗，苏秦走了吗？"

"还没呢，他好像还要在咸阳待几天才走。"

芈八子说："跟我一块去咸阳宫，我要见大王，看看是什么事，让大王如此不高兴。"

管筱雨笑着说："姐姐怎么突然关心起大王来了，我看姐姐是想去大王那里打听一些有关苏秦的消息吧。"

"闭嘴！"芈八子说。

芈八子带着管筱雨来到秦惠文王的书斋。早有奴才通报了，芈八子进屋向秦惠文王行了礼，然后问道："大王，臣妾见你脸色不好，龙体欠安吧，要不好好休息？"

秦惠文王叹了一口气说："寡人哪有心情休息啊？"

"说来听听，也许臣妾能帮你分担一些。"

秦惠文王指着案上的公文说："苏秦合纵六国，被赵肃侯封为武安君，又是从约长。如今他把合纵盟约亲自送到寡人手上，只要大秦攻打赵、韩、齐、魏、燕、楚中一国，其他五国就要联合起来对付大秦。如今大秦可以不窥伺函谷关以外的国家，但怎么能保证六国突然有一天不进攻大秦呢？如今寡人也老了，身体也不太好了，寡人为大秦的未来担忧啊。寡人不想让大秦的江山葬送在自己的手里。早知如此，当初寡人不该把他赶出秦国，没想到他真是位难得的人才。”

芈八子说：“我一个女人，对天下大事不懂，不过臣妾倒有一个主意。”

“说来听听。今天我跟文武大臣都谈论过这个问题，结果争论不休，也没想出更好的对策。”

“张仪跟苏秦同出一师门，他应该很了解苏秦。要不把张仪请回来，听听他的意见，看看他有什么妙招，可以破解六国的合纵盟约？”

“对啊，寡人怎么没想到？”秦惠文王叹了一口气说：“张仪现在在巴蜀，那边情况也复杂，需要得力人手去巩固，我怕他一走，巴蜀叛军趁机又发生暴动。”

“大王可以再派司马错大将军去巴蜀啊。”

“寡人再考虑下，如果让张仪回咸阳，等他接到寡人的命令，再回咸阳，一去一回，恐怕也得一个月，时间来不及啊！苏秦明目张胆来大秦，把合纵盟约亲自送到寡人手上，这不是向寡人挑衅吗？寡人哪能咽下这口气？寡人为这事愁死了，一个月恐怕寡人早就积郁成疾、一命呜呼了。”

“臣妾还有个想法，我父亲也是鬼谷子的学生，我也认识苏秦，要不我让父亲在魏府里宴请他，我想这点面子苏秦还是会给的。到时臣妾看看能从他嘴里套出什么话来，这样我们好再想对策。”

“寡人能有你这位爱妃、贤内助，寡人很高兴。好的，这事就交给你去办，告诉你父亲，所有开支不让你家出。”

芈八子应了一声，行了一个礼，然后退了出去。芈八子又去找魏淼，把大王和自己的想法告诉给了魏淼。他一听立功的机会来了，高兴地拍着胸脯答应了，“我现在就去找苏秦。虽然我跟他曾有过节，但我相信他是个大量的人，再说我跟他是同门，按年龄我比他大，是他长辈，他要是不给我面子，我自有办法。实在不行我绑也要把他绑来。”

傍晚时分，魏淼捎话过来，苏秦已答应明天下午准时去魏府赴宴。

想到明天就可以见到苏秦，芈八子又开始忐忑不安了。她翻出衣服一件件地穿，让管筱雨帮她参谋哪件衣服好看，一直折腾到半夜才睡。第二天，芈八子又早早起来开始化妆打扮盘头发。她发现了头上有根白头发，吃了一惊，拔了下来，心里不由得感慨时光好快，她跟苏秦已是十多年没见了，再见面有没有陌生感？双方还能一眼认出对方吗？芈八子打扮完毕，想带管筱雨一起去，想想当年管筱雨也喜欢过苏秦，怕节外生枝，多了一个心眼，说道：“今天我回娘家有点私事，你就不用陪我了。”

管筱雨点了点头，把芈八子送上马车。

芈八子来到魏府时，苏秦正在跟魏淼谈话。芈八子望了苏秦一眼，发现苏秦没啥变化，只是看上去比以前成熟稳重多了。芈八子的心开始扑通扑通地跳。她镇定了一下情绪，走了上去说：“武安君，这么巧啊，什么风把你吹来了？”

苏秦见是芈八子，吃了一惊，站了起来说：“你还是那么漂亮！”

魏淼笑着说：“苏秦老弟，你来寒舍，寒舍蓬荜生辉，饭菜都已准备好了，请入席吧。”

苏秦也做了一个请的手势，“大哥，请！”

菜肴很丰盛，天上飞的、地上跑的、水里游的都有，再加上各种野味，看得人眼花缭乱。苏秦坐主席，魏淼坐左边，向氏紧靠在魏淼旁边，芈八子坐右边。魏淼端起酒杯说：“我跟苏秦老弟多年没见。当年发生了那些不愉快的事，我心里一直也很内疚，当年要不是我阻挠，你跟小女早已成亲，所以这杯酒，我先赔罪，希望老弟多多包涵。”

苏秦端起酒杯说：“过去的事都已过去了，不要再提了。来，大家共同端起酒杯！”向氏和芈八子站起来也端起了酒杯。几杯酒下肚后，气氛也活跃了，大家话也多了。芈八子今天是豁出去了，她连敬了苏秦几杯。苏秦来者不拒，端起来就喝。站在旁边的丫鬟不停地给他们倒酒。

魏淼说：“你这次来秦国，专门给大王送合纵盟约，大哥很敬佩你，我就不明白你是怎么想到合纵盟约这步棋的？”

苏秦呵呵一笑，“我说过，今天只叙旧喝酒，不谈天下大事。”

魏淼讪讪一笑说：“好，不谈天下大事，来，喝酒！我们单独再喝三杯！”

魏淼有点喝多了，说话开始结结巴巴，“我听张仪说，鬼谷子写了一部奇书，叫什么《本经阴符》。我还听说，谁得到此书就可以统一天下，飞黄腾达。给哥哥说句实话，你下山时，鬼谷子把它送给你了，是吗？”

苏秦微微一笑，“鬼谷子先生确实送了我《太公阴谋》《太公金匮》《太公兵法》什么的，但没有你所说的什么《本经阴符》。我听鬼谷子先生说过，他确实想写一部什么奇书，也许正在写，也许写完了。”

魏淼哈哈一笑，“原来是这样啊。说实话，我不太喜欢那老东西。他对我很偏心，从不正眼瞧我一眼，而他对你和张仪就不同，对你们因材施教、有问必答，对我却是不管不问……下次要是让我遇见了那个老不死的，我非抽他几个大嘴巴。”

向氏拦住魏淼让他不要说了，魏淼却偏要说。向氏只好对苏秦说：“他喝多了，请别见怪。我扶他去休息，让小女陪你！”

“没事！”苏秦望了芈八子一眼，芈八子喝了几杯酒，面如桃花。苏秦的目光有点迷离，呆呆地望着芈八子。芈八子被看得不好意思了，莞尔一笑，问：“怎么，不认识我了？”

“岂敢，岂敢，我发觉你今天特别漂亮！”

“是吗？我再敬你一杯！”

苏秦摆了摆手，笑着说：“不喝了，除非我们喝交杯酒。”

“来吧，喝就喝！”

苏秦只是随便一说，没想到芈八子当真了，只好端起酒杯。两人手挽手、目光对视的瞬间，芈八子的心颤抖了一下。她闭上眼睛仰头一口喝了。她步子有点踉跄，故意朝他靠去。他扶正她的身体说：“你喝多了，不能再喝了。”

“我今天高兴！这些年你过得好吗？”芈八子幽幽地说。

苏秦叹了一口气说：“当年我离开秦国，回到家乡身无分文，人们都瞧不起我。我就刻苦攻读《阴符》，时时想起鬼谷子先生的‘小人谋身，君子谋国，大丈夫谋天下’这句话。一年后，我萌发了游说列国的愿望。无奈没盘缠，我就四处借钱，没人愿意借给我。我只好承诺，谁要能借我一百，我就偿还百金。好不容易借到一百，我就开始游说列国。不知道吃了多少闭门羹，遭受了多少白眼，每天我就靠两个馒头和冷水充饥，晚上就睡在大街上，甚至还在大街上当个叫花子。功夫不负有心人，我到燕国后，被燕文公赏识，于是他资助我车马金帛，让我前去游说赵国……”

芈八子的眼里涌出了泪水，“没想到你吃了这么多苦，如果当初我跟你走了，我不会让你遭受这么多罪的。”

“这些年，你过得好吗？”苏秦说。

“还凑合吧。”芈八子叹了一口气，突然嘤嘤哭了。

苏秦一时慌神了，不知道该怎么办好。他伸出手想摸芈八子的头，几次都缩了回来。芈八子抬起头说：“我有个问题想问你，你是怎么想到合纵盟约这步棋的？如果要破解这步棋，该如何去做？”

“你一个女子，了解这干吗？”苏秦醉眼微睁。

“我只是好奇，随便问问。也许天下没人能破解你的这步棋，你真厉害！”

“要破解我的这步棋，除非鬼谷子先生。”苏秦醉醺醺地说，“今天我把合纵盟约交给秦王，他脸都气绿了，哈哈！”

“当年大王把你赶出秦国，你一直记恨在心，你现在是为了报复他，是吗？”

“随你怎么想，反正明天我就要离开秦国，去赵国。”苏秦醉眼蒙眬，想去拥抱芈八子，结果一头栽在桌子上呼呼大睡。芈八子趴在苏秦的身上，呜呜大哭。

芈八子醒来时天已大亮，苏秦早已走了。芈八子把昨天的情景又回忆了一遍，虽然没有套到苏秦的话，但记得他说他的师傅鬼谷子可以破解这步棋。芈八子立即回宫，把见苏秦的情况汇报给了秦惠文王。秦惠文王又把魏淼叫到王宫，三人开始讨论对策。最后秦惠文王说：“要不我们请鬼谷子出山，让他帮助大秦。”魏淼说：“鬼谷子怕人打扰，去秦头楚尾的云雾山躲了起来。他每天在山上看书、打坐、冥想，不与世人来往，过着与世隔绝的生活。上次我把大王的意思转告给了他，他自称身体多病，拒绝了。”秦惠文王说：“为表诚意，寡人派你再去请他下山。寡人多次想提拔你，又怕大臣们不服，如果这次你把此事办成了，寡人提拔你为宰相。”魏淼无奈地说：“遵旨。”芈八子说：“臣妾也一块去吧。上次我许了愿，我刚好也去道观还愿，也许我能帮上什么忙。臣妾也想看看这位传说的高人是否三头六臂。”秦惠文王哈哈一笑，“爱妃就代表寡人去，再加上魏爱卿又是鬼谷子的弟子，我想鬼谷子应该不会拒绝的吧！”魏淼想说不一定，想想还是忍住了。秦惠文王接着说：“你们有啥要求，尽管提出来。”芈八子说：“没什么要求，我再带上丫鬟和魏冉、向寿。”秦惠文王说：“没问题，我给你们带些金银财宝布匹，算是给鬼谷子的见面礼。当然，为了你们安全，我还给你们配一些武将跟随。”魏淼拱了拱手说：“谢谢大王！”秦惠文王摆了摆手说：“你们现在就去准备，下午就出发。”

咸阳宫外阳光很灿烂，马车队准备好了，秦惠文王亲自把他们送上马车。向寿听说要去拜访鬼谷子，一路兴奋不已。他问芈八子：“人们都说鬼谷子通天彻地，人不能及。一曰数学，日星象纬，在其掌中，占往察来，言无不验；二曰兵学，六韬三略，变化无穷，布阵行兵，鬼神不测；三曰言学，广记多闻，明理审势，出词吐辩，万口莫当；四曰出世，修真养性，却病延年，服食异引，平地飞升。姐姐，你说这是真的吗？”

“兵法家尊鬼谷子为圣人，纵横家尊他为始祖，算命占卜的尊他为祖师爷，道教则将他与老子同列，尊为王禅老祖。反正他是一位高人。”

“我好敬佩他，有机会我一定要好好向他请教！”

“我之所以带你和魏冉，就是想让你们好好学习，让你们知道天外有天、山外有山……”

向寿和魏冉异口同声地说：“谢谢姐姐！”

第八章　合纵联盟　重逢

经过几天的日夜兼程，他们一行来到了云雾山山下。云雾山云雾缭绕，风光宜人，空气清新，河溪纵横，泉瀑相间，滩潭点缀。魏淼怕打扰到了鬼谷子，只带了不到十余人上山，其他人在山下待命。他们顺着谷底小溪而上，谷中飞瀑轰鸣、柳石密布，谷底溪水潺湲、曲折蜿蜒，溪边水草摇曳、藓苔斑斑。溪谷两岸峭壁、山石秀丽，仿佛鬼斧神工雕琢而成的巨大盆景。步入谷中深处，奇石、怪树、古藤即刻闯入眼帘，林间溪水潺潺动人心弦，一步一景的神奇美景让人仿佛不小心掉进一个梦幻般的世界。

管筱雨走累了，坐在石头上大口大口地喘气。魏冉摘了一朵花，走了过去说："这地方太美了，鬼谷子真会选地方。我要是能跟你住在这深山老林里多好啊！"

"想得美！"管筱雨说。

"我喜欢你……"

"我得去追姐姐去了。"管筱雨站起来说，然后朝芈八子跑去。

众人来到云雾山，这里清溪水清如碧，波光粼粼，峰峦叠嶂，林木葱郁，山谷幽深，沟壑纵横，瀑布飞泻，云雾蒙蒙，神秘莫测。漫山遍野的花竞相开放，似绮丽的彩带飘动在青山幽谷之中，又如烂漫的花海，热烈动人。峰回路转，他们看到林海里有一处土房子，这里环境幽静，野趣弥漫。

站在鬼谷岭上，放眼望去，蓝天上飘满了白云，四面群峰低伏，云海翻涌，山峰若隐若现，就像无数的航船、无数的岛屿，飘浮在汪洋大海上。这时候云动船摇，水动岛飘，鬼谷岭森林变成了一片偌大的苍茫碧海。

魏淼指着白云深处的一处房子说："这就是鬼谷子住的地方。"一路上魏淼都沉默不语、闷闷不乐，能否请动鬼谷子他心里没有底。

芈八子情不自禁地说道："这里枯藤缠树，飞瀑连环，轻云飘逸，薄雾缭绕，风景独秀，仿若仙境。"

"请问，你们找谁？"一个童子拦住了他们。

"鬼谷子先生在吗？"魏淼问道。

"师傅到山上采药去了。"

"什么时候能回来？"

"不知道啊，也许十天半月才能回来。"

他们在山上待了两天，魏淼有点急了，再这么下去他不好给秦王交差。他相信鬼谷子一定就在这附近。他站在树林里大声喊叫："师傅，我是魏淼，你快出来吧！你要是不出来，我就不走！"

童子说："鬼谷子先生喜欢清静，你别喊了，你们快走吧！"

魏淼依然不停喊叫，他还让跟随的几个武士也跟着喊叫。

山上飘来了歌声："问山何所有？岭上多白云。云是山岭的屋，山岭是云的家。浩浩云雾、铺海百里。在云海的涌动中，在虚幻的仙境里，在云山雾嶂的深处，隐藏着许多世人罕见的神奇……"

魏淼笑道："是鬼谷子先生！"

芈八子、魏冉和向寿都笑了。

一个白头白眉的老人飘然而至，他炯炯有神的目光扫了大家一眼，微微一笑。魏淼行了大礼，"师傅，徒儿魏淼特来拜访您！"

鬼谷子说："我正在山上闭目养神，你鬼哭狼嚎的声音让我受不了。"

魏淼不好意思地说："还请师傅见谅！"然后指了指芈八子说："这是我的小女芈八子，她也是秦王的爱妃。"芈八子落落大方地走了过去向鬼谷子行了大礼，"久闻鬼谷子先生大名，今日一见，果然气质非凡，敬佩！"然后又把魏冉和向寿介绍给了鬼谷子。介绍完毕，她又让魏冉把秦王赐的黄金玉帛等等拿来呈上给鬼谷子。鬼谷子看了一眼，淡淡地说："我不稀罕这些东西，你拿走。如果大王想送我东西，就让他把王宫里诸子百家的书送给我。"

魏淼尴尬地一笑，"我这次上山，是——"

鬼谷子摆了摆手，打断魏淼的话说："我们下盘棋吧！"

童子在一棵古树下的石桌上摆好了棋，鬼谷子和魏淼走了过去，芈八子、魏冉、向寿和管筱雨也围了过去。鬼谷子指了指棋子对魏淼说："你是远道而来的客人，你先走吧！"

"那我就不客气了！"魏淼执子，"当"的一声下了。

鬼谷子也执子跟上。魏淼一边下棋一边问："前段时间我还见过苏秦和张仪，最近有孙膑的消息吗？"

"马陵之战，庞涓死了，孙膑随后离开了齐国，隐居在山中著书立学，在写一部兵书。"

"那你对他们是如何评价的？"

"庞涓为人心胸狭隘，而孙膑心地善良，为人更加质朴。"

"当年孙膑学成下山去了齐国，成了齐国谋士，在齐国和燕国的一次对决中，孙膑成为燕国的俘虏。由于孙膑是当时齐国特别重要的谋士，为了救出他，齐国就跑到你隐居的山上去寻找先生你，希望你能够运用自己的能力将徒弟救出来。我现在终于明白了，当先生得知孙膑被捕的消息之后，没有犹豫便答应了齐国的请求，下山成功地救出了被俘获的徒弟孙膑。”

鬼谷子自言自语：“弈棋离不开棋子，你们各自掌握的一百八十个棋子，置于盒中永远都是死棋，只有置于局中，才会生动，才会我中有你、你中有我。若是一子落错，轻则失地损兵，重则全局皆输，是以任何落子，必谋定而后动。”鬼谷子的棋子落地有声，“哈哈，我赢了。”

魏淼不服气地说：“我们再来一盘？”

鬼谷子笑着说：“其实你有很多机会赢我，但你没把握好机会，机会一旦错过，也许就错失了很多。我们比比剑吧。”

魏淼说：“你年事已高，我赢了也不光彩，要不让魏冉和向寿比画一下，你给他们指点一下！”

鬼谷子眼睛一瞪，“你嫌我老？”

芈八子走了过去说：“他不是这个意思，他是想让年轻人跟你学点本事。”芈八子做了一个手势，魏冉和向寿一个鹞子翻身，站在了鬼谷子面前说：“请师傅多指教！”

鬼谷子摸着胡须望着两个年轻人说：“不错，不过我可不是你们的师傅，点到为止！”

魏冉和向寿开始了比剑，两人身如电闪，剑如蛟龙上下翻飞，阳光打在剑上银光闪闪。两人你来我往大战了几十回合，一时难分胜负。鬼谷子突然喊道：“停！”魏冉和向寿收回剑，向鬼谷子作了一个揖“请师傅指教！”鬼谷子笑道：“两人身手都不错，不过双方都有破绽，如果让对手抓住你们的破绽，后果不堪设想。就剑道而论，天下只有三剑。圣剑又名天道之剑，以道为背，以德为锋，以阴阳为气，以五行为柄，上可断天光，下可绝地维。贤剑又叫天子之剑，以万民为背，以贤臣为锋，上应天道，下顺地理，中和民意。俗剑又叫人剑，以精钢为锋，以合金为背，以冷森为气，上可斩头颅，下可剁双足，中可破腑脏。”

向寿佩服得五体投地。他见机会难得，问道：“师傅，我有心障，有很多妄念，请问如何破解？”

“这个世上，只有两种人心无妄念，一是死人，二是神人。你两者都不是，有此妄念，为何要控制它呢？”鬼谷子微微一笑，“常言道，人无完人。此话是说，凡人皆有心障，或表现为此，或表现为彼。目中无人，自吹自擂，不求甚解，好高骛远，争风吃醋，自作聪明，凡此种种，心障在于自负；行为孤僻，极少说话，也很少与人合群，此心障在于无自信。修道之本，就在于去除心障。去除心障，在于自觉，自觉之至，在于觉他。自觉不易，觉他也就更难了。也就是说，他障易除，心障却是难除。人无自信，他人怎么能使他自信呢？无自信者需要悟道，修心；自负者也需要悟道，修心。山不在高，在仙；水不在深，在龙；读书不在多，在精，在领悟，故此能修得其道。”

向寿似懂非懂地点了点头。

鬼谷子说："你们远道而来，想必也饿了，我这里备有斋饭，请吧！”

魏冉望了望馒头和稀饭，皱了皱眉头，不情愿地拿起一个馒头，狠狠地咬了一口。向寿喝了一口稀饭，望着鬼谷子说："师傅，我还有个问题想请教，什么是江湖？”

魏冉瘪了瘪嘴，笑着说："净问一些三岁小孩问的问题，幼稚。”

鬼谷子说："当你饿的时候，有的人会把馒头分给你一半，这是友情；有的人会把馒头让给你先吃，这是爱情；有的人会把馒头全给你，这是亲情；有的人会把馒头藏了起来，对你说他也饿，这就是江湖。”

魏焱拍着手叫好，说："鬼谷子先生，如今天下，七国纷争，不知道你怎么看？”

鬼谷子说："观天下就如观这远山，不能单靠眼睛，要用直觉，要用心。观远山，不必上远山；看深谷，也不必下深谷。反过来说，若是真的上了远山，你只会观不见远山，看不到深谷。就好比钻进林中，但见树木，不见林莽。要想看到林莽，唯有站在此处绝顶，用眼望下去，用直觉望下去，再用心望下去。天下分合，可有两种，一是名分实合，二是名合实分。武王分封，当属名分实合。西周初年，天下大势是，周天子威服四方。周公制礼，诸侯皆受王命，礼乐有序，西周四百年因而大治。然而，平王东迁之后，情势有所变化，周室式微，诸侯坐大，天下大势开始走向名合实分，终成今日不治乱局。”

魏焱点了点头。

“如果把天下比做大海，风向是时，因风而动的潮流是势。把握时势，就是弄潮。天下时势，扑朔迷离，神鬼莫测，瞬息万变。天下不治，在于人心不治。人心不治，在于欲念横溢。欲治天下，首治人心；欲治人心，首治乱象。治乱不过是个手段，治心才是务本正道。若是我等只为治乱而治乱，只以强力统一天下，纵使成功，天下非但不治，只会更乱。”

魏焱插话说："如果韩、魏、楚、赵、齐、燕六国联合起来，对付秦国，请问秦国该怎么办？”

“所谓合纵，就是保持力量均衡。秦人若是无力，合纵反而不成。秦人只有张势蓄力，保持强大，六国才有危机感，才乐意合纵。六国只有合纵，秦人才会产生惧怕，才会努力使自己更强。秦人越强，六国越合；六国越合，秦人越强，天下因此而保持均势，方能制衡。天下诸事，皆因选择，亦皆由选择。人生之妙，正在于此。万事万物，涉及决断的只有两种，一是易决之事，一是不易决之事。易决之事就是当下可断之事，天下诸事，大多属此。易决之事可分五种：一是值得做之事；二是崇高、美好之事；三是不费力即可成功之事；四是虽费力却不得不为之事；五是趋吉避凶之事。不易决之事，两害相权取其轻，两利相权取其重。”

魏淼听得一头雾水，“鬼谷子先生，能否说具体些？”

“老子曰：道可道，非常道；名可名，非常名。无，名天地之始；有，名万物之母。故常无，欲以观其妙；常有，欲以观其徼。此两者，同出而异名，同谓之玄。玄之又玄，众妙之门。”鬼谷子站起来说。

魏淼笑着说：“我这次来是代表秦王——”

鬼谷子摆了摆手说：“别说了，我知道你这次来的目的。实话告诉你吧，我是不会下山的。”

“秦王说，只要你下山，他可以赐你黄金万两，还给你封官，也可以满足你所有的愿望。”魏淼笑着说。

“本人非常想下山，但我年事已高，身体多病，不便下山。你回去向秦王问好，表达我的歉意。”

“师傅，我求求你了，跟我一块下山吧！”魏淼跪了下去。

“你就是跪几天几夜，我也不会随你下山的。”鬼谷子拂袖而去。

魏淼突然站了起来，一个箭步冲过去，左手抱住鬼谷子，右手用剑横在他的脖子上。魏淼直呼鬼谷子的大名，“王诩，别动，我告诉你，我这刀刃可锋利了，别怪我不客气了。来人啊，把他绑起来！”

魏冉和向寿站着没动。魏淼又喊了一声，魏冉和一个士兵走了过去，用绳子捆住了鬼谷子的手和脚。鬼谷子吼道：“你们想干吗？”魏淼装着一副无奈的样子说：“我这是没办法，你不下山，我就完不成大王交给我的任务，我只好把你绑下山。”

芈八子一时也没办法，她走了过去说：“如今天色已晚，山路崎岖，悬崖峭壁，我看等明天天亮再走吧。”

魏淼想了想说：“也好。”鬼谷子被押到一间屋里，魏淼故意试探着问：“听说你写了一部《本经阴符》，传给了苏秦和张仪，是不是？”

“我根本没有《本经阴符》。”

“你胡说！我听说有了《本经阴符》就可以破解合纵六国的办法，我还听说苏秦的这些鬼点子都是你给他策划的，对不对？”

鬼谷子哈哈一笑。

“王诩啊王诩，当初你为什么对我偏心，不把真本领传授给我？”魏淼用剑指着鬼谷子，他心里却也在琢磨：如果我拿到了《本经阴符》，我就可以破解合纵六国，秦王会大大赞赏奖赏我，给我封大官，我就可以在王宫里呼风唤雨，独当一面。想到此处，他大喝一声：“快点交出来，否则我就杀了你！”

“要杀要剐随你的便，我为有你这样一个徒弟感到耻辱。我还是把这句话送你：欲多则心散，心散则志衰，志衰财思不达也。”

魏淼押着鬼谷子来到一处山洞，洞外涓溪潺潺，水瀑飞泻，遮住了洞口，洞内则曲折蜿蜒，别有洞天。魏淼知道鬼谷子常常在这里修道，洞里一定有什么好东西。

“快点交出来，别以为我不敢杀你。”魏淼在洞里转来转去，发现桌上有竹简，双眼大发异光。他翻来翻去，拿起一卷竹简，惊叫起来：“这是什么？这不是《本经阴符》吗？”

鬼谷子说：“这可是我用心血写的，求求你别把它拿走！”

魏淼举起剑得意忘形地狂笑起来，“王诩啊王诩，对不起了。”

“慢！”芈八子走了过来对魏淼小声说，“大王是让你请鬼谷子先生下山的，如果你杀了他，大王怪罪下来，你我都交不了差！”

魏淼收起剑，拿着《本经阴符》对魏冉和向寿说：“我把这老东西交给你们，给我看好，明天一早押他下山。”

夜已深了，魏冉趴在桌上鼾声四起，向寿没有一点睡意。他非常敬佩鬼谷子，能跟他同住一室，他心里说不出的兴奋。他望着墙角的鬼谷子说：“师傅，你睡了吗？”鬼谷子说：“要死的人了，如何睡得着？”向寿突然萌发了要救鬼谷子的想法。他看到洞口的两个士兵在打瞌睡，捡起地上的木棍，打晕了他们，然后返回洞里去解鬼谷子身上的绳子，“鬼谷子先生，你快走。”鬼谷子愣了一下，在门外接应的童子抓住他的手就走。向寿看着他们消失在茫茫的夜色中，嘴角露出一丝微笑，然后装睡。

第二天，魏淼来到洞里，看见地上躺着的士兵，感觉出了问题。他冲进洞里，没见鬼谷子。向寿还在装睡。魏淼踢了向寿和魏冉一脚，喊道：“起来，鬼谷子呢？”

向寿和魏冉揉了揉眼睛："不知道啊？"

"给我去追，掘地三尺，也要找到他！"魏淼气急败坏地说。

众人跑到洞外，望着绵绵的群山手足无措，魏冉说："就我们几个人，在这群山里找一个人，无异于大海捞针。"

魏淼想想也有道理，再说手上有《本经阴符》，回去好好研究一定可以找到破解合纵六国的办法。

魏淼带着大家下山，准备回咸阳。一会儿，他们来到溪谷，溪谷两岸峭壁、山石秀丽，林间溪水潺潺动人心弦，小道上槐柳遮天蔽日，覆盖整个沟谷。步入密柳深处，天空突然飘起了小雨……

第九章　逃离

芈戎带着巴巫云逃到了楚国。

当年父亲芈邑死后，母亲带着姐弟们离开楚国时，芈戎才九岁，转眼间他已长成大小伙子了。楚国在他的记忆里是模糊的，但家园在他的记忆里却是非常清晰的。芈戎来到了小时候曾经住过的地方，院墙早已坍塌，牌楼还在，院子已破烂不堪，杂草丛生，已无法再住人了。

芈戎望了巴巫云一眼，巴巫云一路不说话，无论怎么逗她，她都哭丧着脸。望着心爱的女人，他不能让她露宿街头，但身上钱财已不多了，楚国已没有什么亲戚。想来想去，他想到了舅公景翠，他知道景翠深受楚王的赏识，爵位是执圭，官职已经是柱国。他决定先去找舅公景翠，等落下脚再做打算。

芈戎带着巴巫云来到景府，景府果然不是一般之地，红红的大门气势十足，庭院楼台也豪华大气。芈戎通报了自己的大名，管家见他衣服破乱，准备撵他走。芈戎连忙说自己是芈邑的儿子，让他再去通报。一会儿，管家走了出来说：“你们进来吧。”

芈戎和巴巫云尾随着管家绕了几个庭院来到了客厅，管家说：“请吧——”

芈戎和巴巫云来到客厅，他们看见一个六十开外、头发已白的男人，还有一个保养得很好、看起来非常年轻的女人。芈戎估计他们就是舅公舅婆，向他们行了礼，问了好。

“你们怎么突然回楚国了？”景翠问。

芈戎编了一个借口说：“秦国我待不下去，说实话，我不喜欢秦国，更不喜欢秦国的饮食……”

“你回楚国，有啥打算？”

“没啥打算，反正我不打算回秦国了。”

“不回去也好，秦国一直狂妄自大，之所以要消灭蜀国、巴国，屯兵江州，目的是为下一步进攻楚国做准备。现在可好，苏秦合纵六国，秦国如今只能当缩头乌龟了。”

第九章 逃离

“我就是从蜀国巴国过来的，司马错和张仪心狠手毒，对他们斩尽杀绝……”芈戎望了巴巫云一眼，看她眼里有泪，立即住口了。

“你母亲还好吧？”景翠问。

“还好，改嫁了，嫁给了魏淼……”

“一提魏淼就来气，他胆大包天，竟敢挖楚威王埋藏在金陵邑镇王气的金银财宝，差点让景翠掉了脑袋……”舅婆挥着手中的手帕说。

“过去的事都过去了，不要再提了。要不在我手下干吧？”景翠说。

“我考虑一下。”芈戎叹了一口气说。

景翠指着巴巫云说：“这位是？”

“刚认识的一位朋友。”芈戎说。

“你们还没吃饭吧？”

“还没。”

景翠对夫人说：“快去吩咐下人去做点饭。”夫人不情愿地对丫鬟挤了挤眼说：“去吩咐厨子给他们做几个菜。”

一会儿，丫鬟端上来几个剩菜。巴巫云动了几筷子就没胃口了。芈戎实在饿了，管不了那么多了，狼吞虎咽。吃完后，芈戎抹了抹嘴说：“听娘亲说当年楚威王在金陵邑埋金镇王气，是你和魏淼负责这事的，是吗？”

“是有这事。”

“我有个疑问，在金陵邑埋金不会是随便埋的，一定有什么窍门。”芈戎说。

“当然，楚威王请了方士，根据周易八卦，埋哪都是有讲究的。”景翠突然醒悟过来，“对了，你问这，干吗？”

“好奇，随便问问而已，”芈戎说，“我一直奇怪，父亲芈邑手里怎么会有金人什么的。”

景翠开始比画说：“是这么长、这么宽、这么高……”

芈戎点了点头。

景翠陷入了沉思，凭他对魏淼的了解，就是借给他一百个胆子，他也不敢去挖楚威王镇王气的黄金，何况挖了就是死罪，全家就会遭殃。魏淼的心里比谁都清楚，那么谁会去挖呢？想来想去，他怀疑到了芈邑，有可能是芈邑指使人挖的，然后嫁祸给魏淼。如今芈邑死了，死无对证，他心里只是在猜测而已。景翠打量了芈戎一眼：“你听没听你父亲说过什么，家里还有什么宝贝？”

“我只见过金人，隐隐听父亲说过，他还有金马、金牛什么的，但从不示人，也不告诉任何人。我还听说金陵邑埋了很多金，他只得到了很少的一部分。”

“你家里的金人还在吗？”

“魏森到了秦国，为了升官，好像把金人送给了公孙衍、樗里疾或者甘茂。具体是谁，我也说不准。”

景翠说：“我还有事，不陪你们了。你们先在我这里住下，我让下人给你们安排房间。”

“谢谢舅公舅婆。”

芈戎在房间里待了一会儿，顿感无聊。他想到了金陵邑埋金的事，偷偷溜进了景翠的书房，找到了《周易》，偷偷藏在身上。他正要出门，听到了脚步声，便立即藏了起来。景翠推门走了进来，他刚坐下，夫人也跟着走了进来，她板着脸说，“我讨厌芈家，芈戎的亲娘偷人，哪个不知道？芈戎可能是个杂种，你让他们滚吧，我怕他又生出什么事端。你看他不停地打听楚王埋金的事，一看就是来者不善。上次魏森偷偷挖宝，连累到你了，要不是大臣给你求情，恐怕你脑袋早就搬家了。”

景翠不耐烦地说：“知道了，你先回房吧，我想清静一下。”

芈戎躲在那里全都听到了，他没想到他在舅婆的眼里是臭狗屎，不招人待见。他心里很难受，几次忍不住差点站起来要跟景翠理论一番。

“景大人，黄歇和李园在门外等候，他们要拜见你。”门外有仆人通报。

景翠说：“知道了，让他们在客厅等着，泡上上等好茶，我一会儿就到。”

芈戎看见景翠走了，悄悄走了出来。他看见景翠和夫人去了客厅，接着几个仆人朝他走来。他身子一缩，用屁股推开了一扇门，立即走进去关上门。一个丫鬟问道：“你是谁？”芈戎捂住她的嘴让她别吱声，丫鬟吓得浑身发抖。外边没了动静，芈戎下意识打开抽屉，里面有金饼、钱物和一些金银首饰。丫鬟突然喊叫：“有贼——”芈戎一把按住她，捆住了她的手脚，朝她嘴里塞了一块布，然后扔到床上。芈戎心里猜想这一定景翠和他夫人的卧室，一想到舅婆说的那些话，他心里就来气。他把金饼和钱物装进布袋里，然后悄悄溜出去。

芈戎找到巴巫云，拽着她的手就走。他们来到一家客栈，看见有两匹好马拴在那里。芈戎给巴巫云递了一个眼色，两人纵身上马，一刀削断缰绳，双腿一夹，两匹马如闪电般飞驰而去。等客栈里的人跑出来时，马早已跑得无影无踪了。

两人一路狂奔，风在他们耳边呼呼作响。好久没过这种刺激的生活了，巴巫云积压在心头的郁闷一扫而光。夕阳映红了树木，身后的尘土在阳光下像云在飘动。夕阳坠入了河里，他们来到了河边。巴巫云捡起一块石头扔进河里，微波荡漾，水中的夕阳四分五裂。芈戎牵过马，两匹马开始喝水，不时相互抬头望一眼。

芈戎说："你在夕阳下，特别漂亮！"

"你意思是说我平时不漂亮？"

"我不是这个意思。"

"你就是这个意思。"

"好了，别闹了，前面不远处有村庄有集市，今晚我们好好吃一顿，再美美睡一觉，然后去金陵邑挖宝，等我有了钱，我就娶你……"

"我可没说要嫁给你，再说父王和我的几个哥哥生死不明，哪有心情谈这事？"

"是啊，我错了。等我们有了钱，我们可再拉起一支队伍，重新开始。"

巴巫云终于笑了。

两人上马，一路狂奔，来到了一个小镇上，这里山清水秀。两人在一家客栈住了下来，芈戎开始通宵达旦地研读《周易》。第二天一早他们就快马加鞭，来到了金陵邑。芈戎站在清凉山上向西北方望去，看到庐龙山光芒怪异。他们又来到了庐龙山，庐龙山上有块碑，上刻："不在山前，不在山后，不在山南，不在山北，有人获得，富了一国。"

巴巫云说："看来金陵邑确实埋有黄金，不在山前，不在山后，不在山南，不在山北，意思是埋在山的东西两边？"

"楚王不会这么傻，你看山的东西两边已被挖得千疮百孔。"

"那会埋在哪里呢？"

"在《周易·说卦传》中有关于八卦图卦位具体位置的类象属性说明，比如像'乾为马，坤为牛，震为龙，巽为鸡，坎为豕，离为雉，艮为狗，兑为羊'。又有'乾为首，坤为腹，震为足，巽为股，坎为耳，离为目，艮为手，兑为口'等等。如果将上述八卦类象组合在一起，便有了'乾，马首；坤，牛腹；震，龙足；巽，鸡股；坎，豕耳；离，雉目；艮，狗手；兑，羊口'。"

"你说的这些我听不懂，你就直说黄金埋在哪？"

"我跟你直说吧，其实我也不知道。"

两人回到客栈，芈戎又开始研究《周易》。第二天，他们又去清凉山，一坐就是半天。连续去了几天，巴巫云急了，"你到底知不知道啊？"

芈戎说："埋金是厌胜术的一种，意在用一物镇压另一物。五行金木水火土之间存

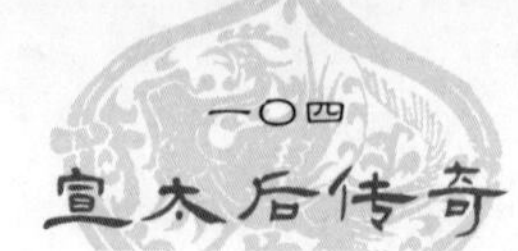

在相生相克的关系，金是克木的，埋金自然是针对木而言的，那么，金陵的王气怎么会有木的属性呢？我推测，按五行理论，东西南北中五个方位，就分别对应五行的木金火水土，楚国在西方，五行属金；当时吴越在东方，五行属木。西方的王气压制东方的王气，就要用金来克木，埋金也就在五行道理之中。按照我的推理，楚王埋金的位置应该在龙湾。”

巴巫云说：“就算位置找到了，凭我们两人，如何能挖到宝贝？”

芈戎说：“我们有钱，可以请人挖。”

巴巫云说：“要速战速决，楚王一旦得到消息，就会派重兵来围剿我们。”

两人正要离开，一位彪形大汉带着一群人围住了他们，为首的壮汉说：“你就是芈邑的儿子芈戎？”

“我就是，你们怎么认识我的？你是？”

壮汉狂笑起来，“终于找到你了。我就是地头蛇姜子龙。来人啊，把他们绑起来，沉河喂鱼。”

芈戎拔出刀，朝四周一看，突然冒出上百人手拿砍刀围住了他们。芈戎心里明白，如果硬拼自己会吃苦，他收起刀说：“我和你无冤无仇，你为什么要杀我？要死你也让我死个明白。”

姜子龙哈哈一笑：“当年芈邑找了几个士兵挖宝，其中有个士兵就是家父。芈邑挖到了金人、金马、金牛和金条等宝物，为了独吞这批宝物，他就杀了这批士兵，恰好这一幕被我的一个远方亲戚看到了。那时我还小，发誓长大后要为家父报仇。等我长大后，才知道芈邑已死了，你们全家都搬到秦国去了，我没能亲手报仇心中一直悔恨，发誓要杀了他的家人。今日恰好遇见了你，我岂能放过你？你可能还不知道吧，我也只是听说，芈邑得了财宝，把挖财宝的事嫁祸给了一个叫什么魏犇的人。有句话叫什么来着，天作什么，自什么，不可活。”

旁边的人说：“天作孽，犹可恕；自作孽，不可活。”

“小军师，别以为你识文断字就了不起了，老子知道，不想说而已。”姜子龙踢了那人一脚，接着说，“芈邑得了宝物，多少人惦记。后来有江湖大盗几次去偷，都没能成功。后来芈邑突然死了，其实是被一个大盗用毒箭刺了他一剑，剧毒弥漫了他的身体，不治而死，对外宣称是得疾病而死。”

“你胡说，我怎么从没听亲娘说过？”

“芈邑这人不相信任何人，何况你亲娘偷人，自然他不会告诉她。”

芈戎气得牙齿咬得咯咯响，拔出剑说："你信口雌黄，我跟你拼了。"

巴巫云按住他的手小声说："好汉不吃眼前亏，先稳住他们，寻找机会。"

"你是怎么找到我的？"芈戎收起剑说。

"景翠景府里有我的亲戚在里面当差，我自然知道。你偷了景府里的财物，景翠也在派人四处找你呢。"

"我本想把你送到景府领赏，考虑到你是景翠的亲戚，又怕他轻饶你，还不如我把你处死算了。"

巴巫云想了想说："这位大哥，想不想发财？"

"废话，谁不想发财？"姜子龙得意地一笑，"你是谁？"

"你别管我是谁，你要想发财，就得听我的，"巴巫云摆了摆手，"借一步说话。"

两人来到一棵树下，巴巫云说："当年芈邑只是得到了一少部分财宝，还有大量财宝埋在地下。实不相瞒，我们这次来金陵邑就是为挖楚王财宝的。但我们人手不够，需要你的配合，挖到财宝，三七分，你三我七，怎么样？"

姜子龙半信半疑地说："多少人想挖，山都挖空了，都没能找到财宝，我凭什么相信你？"

"我自有办法，你只说，你愿不愿意配合。"

姜子龙摸了摸头，然后伸出巴掌说："五五分，怎么样？"

"成交。"

姜子龙走了过去，握了握芈戎的手，算是和好了。姜子龙又跟他的小军师在一起嘀嘀咕咕说了半天，然后朝巴巫云走来，"这位姑娘，怎么称呼？"

"我姓巴，你就叫我巴姑娘。"

"好，巴姑娘，你说什么时候动手？"

"今晚天黑就动手。"

"我能帮你什么？"

"你派人准备工具和帐篷，今晚就驻扎在龙湾。"

天黑时分，芈戎指了几个位置让他们挖，结果里面都是岩石。芈戎一一否定，岩石下不可能埋藏宝物。折腾到天亮，都没找到位置。姜子龙急了，"你是不是在耍我们？我告诉你，挖不到宝物，你们的小命就没了。同时我也警告你，我已派人监督你们，你们别做逃跑的打算了。"

芈戎说："别急，要是好挖，别人早挖走了，哪还有我们的好事？"

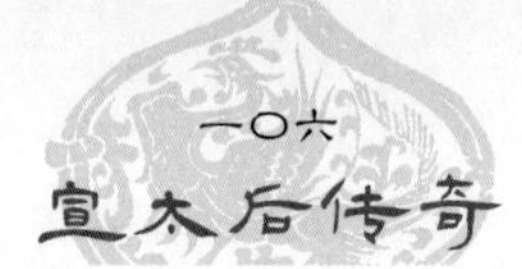

怕引起别人怀疑，白天他们睡觉，晚上通宵达旦地挖，挖了三夜，才找到坑道，这里土质松软，顺着坑道挖，又挖了几天几夜，终于挖到了金人、金马、金牛和金条等宝物。姜子龙望着这些宝物，大喜，抱着芈戎狂笑不已，“这下我们发财了。”

突然有人禀报，楚军来了。原来姜子龙有个手下，对姜子龙一直不服，为了领赏偷偷告了密。景翠率领大军赶了过来，为首的就是楚国名将唐昧。

芈戎说：“快把这些宝物装上马车。”

宝物装好后，巴巫云驾驶着马车飞驰而去。芈戎和姜子龙的兄弟们断后，边战边退。马车来到了江边，前面已没有路了，芈戎和姜子龙带着几个兄弟们追了上来。巴巫云说：“怎么办？”

姜子龙指着河边草丛说：“那里有条小船，我们快点把宝物搬上船。”

楚军追了过来，人们慌张跳上船，船太小，坐不下这么多人，有几个人抓着船舷不松手，“求求大哥带我们一起走吧。”

姜子龙拔出刀朝他们的手砍去，几声惨叫，他们跌进了河里，“对不起弟兄们了，否则我们都走不了。”

船上坐了十个人，一会儿船驶入河中心，楚军追上来了，他们开始放箭，可惜强弩之末，好多箭离他们还有几米远时，纷纷掉进了河里。姜子龙拼命地划动双桨，一会来到了岸边。

“大哥，我们该怎么办？”一个兄弟问。

“先进山再说。”

几个人抬着两个大箱子进入了深山老林里，山路崎岖，行走缓慢，每次走到十字路口，芈戎都要做下标记。姜子龙警戒地问：“你这是干吗？”

“楚军岂能放过这些宝物，他们自然会追上来。我沿途做标记，就是为了把楚军引向另一条山路。”芈戎说。

姜子龙跷起大拇指说：“还是你聪明！”

大家一口气在山中奔波了几日，肚子饿得咕咕叫了。一个兄弟说：“我饿得前胸贴后背，谁要给我一个馒头，我给他一块黄金都愿意。”

姜子龙给大家打气，“大家坚持下，等到了山下，我让你们大块吃肉大碗喝酒，然后每人分黄金千两，回家修房子娶老婆……”

姜子龙的几个手下拍手叫好。饿了他们就在山上采集了一些野果子充饥，渴了就喝山泉水，然后一口气又奔走了两日，来到了楚国的边界处。

姜子龙说：“这下安全了，大家好好歇一下。”

芈戎和巴巫云刚坐下，姜子龙和他的弟兄们就把刀架到了他们的脖子上。芈戎举起手说：“你们想干吗？”

“杀了你们。”姜子龙说。

“我们可是说好了的，五五分成，你怎能言而无信？”芈戎说。

“我现在改主意了。”姜子龙哈哈大笑。

巴巫云说：“我知道姜大哥是位讲义气之人，如果没有我们，你们也得不到这批宝物。你看这样行不？宝物我们不要了，你全拿去，前提是不要杀我们，放我们一条生路。”

小军师说：“这娘们说的也有道理，放他们一条生路，如果没有他们，我们也得不到这批宝物。”

姜子龙大喝一声：“快滚，下次让我遇见，非杀了你们不可。”

巴巫云抓着芈戎的手，飞快地朝山下跑去。跑了一截路，巴巫云站住了，小声说：“我们悄悄绕回去，尾随着他们，去看一场好戏。”两人从山后绕了过去，看见姜子龙他们在论坛如何分配这些宝物的事。小军师说：“大家兄弟一场，好聚好散，就照姜大哥意见来，姜大哥五成，我两成，剩下的你们六个人分。”

“凭什么啊？我不同意！”一个胖子说。

“我也不同意！”一个瘦子说。

小军师说：“现在时间不早了，我看前面有个山洞，大家先进去休息一下，明天继续讨论分配这些宝物的事。”

巴巫云看他们走了，尾随了过去。夜晚降临，巴巫云说有点冷，芈戎说要不生火取暖。巴巫云说不行，会被他们发现的。芈戎说：“那我抱抱你。”巴巫云没说话，芈戎把巴巫云拥在怀里，直到天亮。

天亮时窸窸窣窣的声音把芈戎惊醒，他推了推巴巫云，巴巫云醒了。芈戎指着山洞说：“快看。”山洞里走出两人，各自扛着一只大箱子，奇怪的是另外六个人没见出来。等他们走远，芈戎和巴巫云跑到山洞里一看，大吃一惊，原来其他六个人都已死了，都是脖子上有伤口。巴巫云说：“据我猜想，姜子龙和小军师两人为了平分财宝，半夜趁他们熟睡时合伙害死了其他六人。我们快点追上他们，看看他俩又会耍什么花招。”

两人跑出洞外，尾随了上去。

小军师说：“大哥，我累了，没想到这些财宝这么沉，咱们休息一下吧。”

姜子龙说：“好啊！”

小军师说："大哥，今后有什么打算？"

姜子龙说："回老家啊，有了这些钱财，我修个大院子，比王宫都气派，然后娶十个老婆，金盆洗手，从此过逍遥自在的日子。"

小军师说："我也一样。想想我们兄弟一场，就此别过，各奔东西，我还真有点舍不得。"

姜子龙说："我也舍不得兄弟啊。"

突然小军师趁姜子龙不注意拔出刀，一刀捅了过去，拔出的瞬间，鲜血飞溅了小军师的一脸，接着他第二刀又捅进了姜子龙的身体。姜子龙一拳打翻小军师，拔出刀朝小军师走去："你为什么要这样对大哥？"小军师说："我不这样，大哥也不会放过我的，我知道大哥也想独吞这些财宝。"小军师爬起来就跑，姜子龙捂着伤口就追，追了几步，姜子龙一头栽在地上死了。小军师扑在箱子上狂笑不止，"我发财了，发财了……"

巴巫云手拿宝剑走了过去，小军师大吃一惊，挥着刀说："你别过来！"

"你杀死了你的弟兄们，留你这种人，有何用？"巴巫云说。

小军师跪了下来："求求你别杀我，这两箱东西都是你的。"巴巫云一步步朝他走去，他抓起地上的土撒向巴巫云，巴巫云眼前一黑。小军师从地上弹了起来，纵身一跃，手中的刀直奔巴巫云。芈戎把手中的剑朝小军师扔去，剑插在了小军师的胸口上。小军师站住了，嘴里在流血，望了芈戎一眼，歪倒在地上死了。

巴巫云打开箱子看了看："这么多东西，携带不方便，要不我们埋葬一部分，等我们回头再来取。"

芈戎说："这样也好。"

两人选了一个隐蔽的地方，用刀和剑挖了一个深坑，把部分财宝放了进去，把泥土埋上去，然后用树叶盖住，不留一丝痕迹。临走时，芈戎搬了一个大石头做记号，再把四周的山脉深深记在脑海里。

两人下山后，步行了几个时辰，终于来到一个小镇，街上人来人往，服装各异。路口有一家客栈。芈戎和巴巫云来到客栈，要了几个小菜和一壶米酒。芈戎问："这是哪里？"店主说："一看你们就是外地人，这是夜郎国。"

吃完饭，芈戎掏钱时不小心把布袋丢到了地上，露出了黄灿灿的黄金。旁边几个吃饭的惊叫了一声。芈戎匆匆付了钱，问店主："这附近有马市场没，我准备买两匹马？"店主说："前面不远处的小河边就是马市场。"

芈戎和巴巫云来到马市场，挑选了两匹好马，然后顺路朝北奔去。不一会儿后面传来了马蹄声。芈戎回头一看，其中一个就是在客栈吃饭时遇见的一个人，他带着一批人追了上来。芈戎说："我们可能被他们盯上了，快走。"两人挥鞭，马如箭一般飞奔起来。后面的人也在快马加鞭，其中一个人喊道："你们跑不了了，快把黄金留下，饶你们一死。"

芈戎和巴巫云朝山间小路奔去，山高树密，遮天蔽日。前面没有路了，突然跳出一伙人，手拿大刀。巴巫云看他们打扮不像当地人，个个衣帽不整，回头一望，后面的人也追了上来。

芈戎说："各位好汉，报上名来，要死也要死个明白。"

"少废话，我们是打劫的，把东西留下，快快滚蛋。"

"休想，不想活的，来啊！"芈戎喊道。

巴巫云说："听你们的口音，看你们的打扮，你们好像是蜀国人吧？"

"别管我们是哪里人，反正今天你们死定了。"其中一个人挥着刀说。

"慢！"突然跳出一个壮汉说："妹妹，我是巴图尔，没想到我在这里能遇见你。"

巴巫云一惊，随即跳下马，欢呼着朝巴图尔跑去，两人紧紧拥抱在一起，有种从鬼门关逃出来的喜悦。

"你怎么在这里？"

"我跑出来后，在茫茫的大山里一直没有找到你。后来我在山里走啊走啊，遇见了安阳王的残部，我就跟随了他们。没有生活来源，我们只好一路走一路打劫。"

后面的追兵赶了上来，看见他们亲热的样子，哈哈一笑，"原来是自家人。"巴图尔带着他们上山，山上有处废弃的道观，沿途悬崖峭壁，地势险要。来到道观，坐在正中的一个男子望着他们，巴图尔正要介绍，巴巫云拱了拱手说，"这位不是安阳王吗？幸会幸会！"

"我如今是丧家之犬，哪是什么安阳王。"安阳王嘿嘿一笑，指着芈戎说，"这位公子是？"

巴巫云说："他是秦国的……"

安阳王打断她的话说："一提秦国就来气，来人，把他拖出去斩了。"

巴巫云拦在芈戎的面前说："我和哥哥能从剑门关跑出来，多亏他出手相救。哥哥，你说是不是？"

巴图尔说："确实是他打开我的囚牢，我才能乘机跑了出来。"

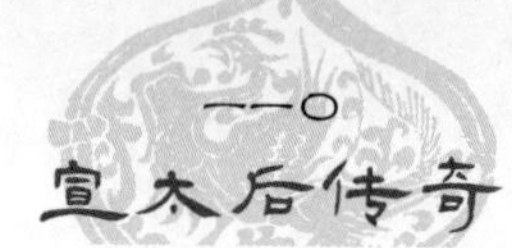

芈戎说："就为这，我跟秦国已撕破脸了。如今秦国我是回不去了，楚国也回不去了……"

安阳王哈哈一笑，"秦国的敌人就是我们的朋友，以后跟着我混吧？"

"跟你？"

安阳王说："你别小瞧我，我只是暂时落难，这是我们暂时的落脚点。我们准备继续南下，选好地盘，建立了一个新的王国'蜀朝'，然后准备进攻秦国，夺回本来属于我们蜀国的土地，为我死去的父王和家人报仇。"

巴图尔擦了擦泪说："巴国也被秦国吞并了，我也想夺回巴国的土地。如今父王和兄弟生死不明……"

"别说了，你的心情我理解，"安阳王拍了拍巴图尔的肩，然后挥了挥手说："上酒菜，为这两位客人接风，顺便商量下一步该怎么办。"

酒是山下的散酒，菜都是他们在山上打的野兔、野鸡、野猪。同是天涯沦落人，大家心心相通，无话不谈。安阳王说："我打算重建一个'蜀朝'，现在缺的就是钱财。"巴巫云想到父王和兄弟被押到秦国，凶多吉少，心里说不出的痛苦，本想说她在山上埋藏有黄金，但考虑到今后如果重建巴国，需要大量钱财，便挤出一丝笑，"钱财好办，我支持你，重建蜀国，消灭秦国。"她把金牛、金马、金饼、金条拿了出来，摆在桌子上说："够不够？"安阳王双眼放光，差点就要给巴巫云跪下了。"太感谢了，等我建立了蜀国，我一定重谢。"巴图尔说："你哪来的这些东西？"巴巫云笑着说："我不告诉你。"巴图尔说："你今后有何打算？"巴巫云说："我要去秦国刺杀秦王，为我父王报仇。"巴图尔说："我跟你一块去。"巴巫云说："不用了，我一个人就可以了，你帮安阳王重建蜀国吧，到时说不定我们里外还可配合，消灭秦国。"安阳王说："一个人怎么行，我派几个弟兄跟你一块去。"巴巫云说："谢谢，真不用了，我自有办法去刺杀秦王。"

芈戎说："秦国我比较熟，要不我陪你一块去吧。再说我姐姐芈八子是秦王的妃子，你完全可以有机会接近秦王。"

"我可不想连累你姐姐。"巴巫云说。

"反正你走到哪，我就跟到哪！"芈戎说。

"有芈公子陪你也好，一路上还可照顾你。就这么定了。"巴图尔说。

"我可把话说到前头，到了咸阳，我们就分手。"巴巫云说。

"行。"只要能跟巴巫云在一起，芈戎先答应再说。

一一一

第九章 逃离

大家在一起继续喝酒，芈戎有点喝多了，趴在桌子上一动不动。安阳王手下几个兄弟在跟巴图尔拼酒。巴巫云默默转身走了，去了山顶，一轮皓月当空，群山霭霭，她独自坐在山顶发呆。

“巴姑娘，你怎么在这里呢？”安阳王突然出现在她的身旁，她吃了一惊。

“你怎么也来了？”

“我看你闷闷不乐，又喝了不少酒，我不放心，就悄悄尾随在你身后。”

“我只想一个人静静，你回去吧。”

“我陪你说说话，好吗？明天你就走了，也不知道何时才能相见。”

巴巫云叹了一口气，叹气声在静静的山顶很响亮。

“我很想知道，你这些宝物是从哪来的？”

“楚王金陵邑埋金的故事想必你也听说过吧？我和芈戎把楚王的宝物挖了出来。”

“多少人去挖，都空手而归，没想到你这么厉害，想必黄金很多吧？这么多宝物，你们两人怎么搬得动啊？”

“我给你的只是一小部分，好多我都藏了起来……”巴巫云知道自己说漏了嘴，立即改口说：“我跟你开玩笑的，你想想，凭我们两人如何能挖得楚王的宝物？”

两人都沉默了，望着对方不语。

过了好久，安阳王说：“五公子苴牧死了，我知道你很伤心。其实我也很伤心，五公子也是我的好朋友。我们三人从小就认识，我和他都喜欢你，但你的父王喜欢五公子，为了你的父王你只好答应这门婚事。我尊重你的选择，于是我发誓不再见你，就是为了你的幸福，哪曾想，五公子他……”安阳王突然哭了。

安阳王擦了擦泪，激动地抓住巴巫云的手臂说：“其实你心里喜欢的是我，对不对？你知道吗？我心里一直有你，我喜欢你……”安阳王抱住巴巫云就想亲吻她，她躲闪着，推开安阳王说：“你喝多了，我先走了。”

“我没喝多，我真的喜欢你！”安阳王望着巴巫云的背影说。

第二天一早，巴巫云和芈戎就上路了，巴图尔和安阳王依依不舍地送别，一直送到山下的山谷才告别。

“一路保重！”安阳王深情地望着巴巫云说。

“谢谢！祝你早日建立蜀国，早日消灭秦国！”巴巫云挥着手说。

山间小路鲜花盛开，溪水潺潺，阳光明媚，蝴蝶飞舞……

第十章　陷害

魏淼回到咸阳，整天开始研究《本经阴符》。有些句子他看不明白，所以一时半会他也没破解合纵六国的办法。秦惠文王本来想请鬼谷子下山，结果没能把鬼谷子请来，秦惠文王心里很不高兴，给魏淼下了最后的通牒，让他半月内务必要写出一个破解合纵六国的办法。

秦惠文王心急如焚，整天待在王宫里批阅奏折，芈八子看秦惠文王每天如此劳累，就让管筱雨给他熬制各种补品，她亲自给秦惠文王送去。秦惠文王很感动，握着芈八子的手说："寡人最近心乱如麻，有你相伴，寡人心情好多了。"

芈八子笑了笑说："大王的身体很重要，只有身体好，才有精力统管天下。"

秦惠文王说："魏淼这人办事让我一点都不放心，我让他请鬼谷子，结果还是没请来。"

"这事不能全怪魏淼，魏淼都把鬼谷子绑了起来，结果半夜他跑了。我看鬼谷子根本就没有来秦国发展的打算。"

"希望魏淼能早日破解《本经阴符》的玄机，找到破解合纵六国的办法。"

"但愿如此。"

"说实话，我对魏淼不抱太大的希望。我已派人让张仪速速回大秦，商讨对策了。"

"张仪回来也好，召集大臣们好好再商讨一下。"

这时门外有人通报王后来了。王后魏纾走了进来，向秦惠文王行了礼。她看见了芈八子在，心里很不高兴，冷冷地说："怎么你也在这里？"

"我怎么不能在这里？"芈八子说，"我是给大王送补汤来的。"

"巧了，我也是给大王送汤来的。"魏纾吩咐丫鬟翠儿把汤端了上去，"大王，趁热快点喝。"

秦惠文王说："先放在这里吧，我等下喝。"

"等下冷了就不好喝了。"

管筱雨插话说："大王刚刚已喝了姐姐给他熬制的人参鸡汤。"

魏纾眼睛一瞪："这有你说话的地方吗？滚远点！"

翠儿抿嘴笑了。

秦惠文王不耐烦地对魏纾说："你还有事吗？没事你们先回吧，我还有事要处理。"

魏纾狠狠地望了芈八子一眼，带着丫鬟翠儿退了下去。魏纾闷闷不乐地回到屋里，唉声叹气。翠儿说，"芈八子现在得宠了，你看她趾高气扬的样子，没把你放在眼里，以后说不定骑在你脖子上拉屎拉尿。得给她点颜色看看。"

魏纾问："你有什么办法？"

"从她身边的人下手，让她心神不定，让她生不如死，让她时时感觉到痛苦。"

"你是说从她父亲魏淼下手？"

"魏淼是她的继父，他们之间感情也一般。"翠儿顿了顿接着说，"同是丫鬟，我就看不惯管筱雨。她自以为识文断字，不把我们放在眼里，建议就从管筱雨下手。首先把她赶出王宫，再把她弟弟魏冉和她的母亲和继父魏淼通通赶走，最好能治他们个死罪，到时看她还能猖狂起来不？"

魏纾说："其实这些我也想到了，只是妨于大王的面子，我才没有下手。再说我的儿子嬴荡将来要继承王位的，她也不能把我怎么样。"

翠儿说："芈八子这人颇有心计，不得不防。如今她得宠了，就怕她一时哄得大王开心，大王重新另立太子……"

魏纾惊出一身冷汗，"你说王后我该怎么办？"

翠儿不好意思地一笑："我也没有更好的办法，但我们可以接近她，向她示好，然后寻找机会下手，不露神色就把她收拾了。"

魏纾小声地说："这事就交给你去办吧。"

翠儿点点头说："王后，你就放心吧。"

第二天开始，翠儿见了管筱雨嘘寒问暖，姐姐长姐姐短地表现得很亲热，时不时还送些小礼物给她。翠儿还常常带管筱雨去她的房间说些悄悄话，翠儿说她们都是丫鬟，以后要互相照顾互相帮忙。慢慢地管筱雨也对翠儿放松了戒备，没了成见。翠儿拿出王后的首饰说："我让你开开眼，这是玉质项链二联璜组玉佩，这玉佩据说是卞和从三清山采玉雕琢而成，仅次于和氏璧，但同样价值连城，是大王送给王后的。"管筱雨接过来惊叹不已，在自己的脖子上比画了几下说："我要有这项链就好了。"翠儿挂在管筱雨的脖子上，拿来铜镜说 :“你看你戴上这条项链就跟仙女一样漂亮。”管筱雨得意地转了几下身子，裙摆翩翩起舞，宛若仙女在飞舞，非常美丽动人。这时王后咳嗽了一声进来了，管筱雨脸一红，匆匆取下项链悄悄递给翠儿。王后面带笑容，拉着管筱雨的手说 :“你长得漂亮，又聪明伶俐，要是能跟我当丫鬟就好了。”管筱雨不好意思地一笑说，“多谢王后的夸奖，翠儿也不错啊。”王后笑着说 :“要是能把你们合成一个人就好了。对了,芈八子现在如何？她还好吗？”管筱雨说 :“芈姐姐她现在很好。”王后叹了一口说 :“她对我一定有成见，以前我也做了一些对不起她的事，也请她多多包涵。女人吗，何必为难女人？只要我们冰释前嫌，我们还是可以做好姐妹的。”管筱雨说 :“王后的话我一定会转告她的,时间不早了,我也该走了。”翠儿把管筱雨送出门，又说了几句客气的话，然后才依依不舍地告别。

管筱雨回去后，把王后的话告诉给了芈八子。芈八子淡淡地一笑，“王后这人表面一套，背后一套，面子上过得去就行，不要得罪她，但也要提防她。”

“我知道了。”管筱雨点了点头说。

第二天，翠儿过来捎话，说王后想跟芈八子一块出去上林苑游玩。芈八子沉思了一下，一口答应了。

晚上，芈八子失眠了，她自己也奇怪自己怎么会失眠，直到后半夜才睡着。迷迷糊糊中她被管筱雨叫醒，揉着蒙眬的眼睛说 :“大半夜叫我有什么事？”管筱雨说 :“姐姐，你睁开眼睛看看，天已大亮。王后的丫鬟翠儿刚来通知姐姐了，她们在南门已备好了马车，就等姐姐你了。”

芈八子“哦”了一声，匆匆起来穿衣洗脸化妆，然后带着管筱雨来到南门。

“芈妹妹你终于来了，我还怕你不来呢！”王后魏纾一笑，嘴角挂着一丝让人不易察觉到的诡异。

“王后吩咐的事，妹妹哪敢不遵命啊！”芈八子咯咯一笑。

“上车吧！”王后说。

王后和丫鬟翠儿坐一辆马车，芈八子和管筱雨坐一辆马车，再加上随从等等，共十辆马车浩浩荡荡出发了。

几个时辰后，她们来到了上林苑，这里宫殿林立。她们穿过亭台楼榭，来到了兰池宫。这里湖波荡漾，水清波翠，楼阁倒映，湖中还有几座岛屿等景观。王后和芈八子一行纷纷坐上兰舟漫游，湖中小鸟掠过水面，激起几丝涟漪，这些涟漪很快被兰舟荡起的波浪淹没。湖中岛屿边多平沙，沙上有成群的鹈鹕、鹣鸪等，岛中有几棵树，树干粗达两人余围，望起来重合如盖。

船在湖中小岛旁停了下来，王后和芈八子下船后来到了湖中的亭子里。早有宫人在亭子里等候，亭子里已摆满了水果。王后和芈八子在亭子里坐下，王后说："妹妹吃点水果。"丫鬟把水果递了过去。王后又说："快给妹妹倒杯水喝。"丫鬟端着一杯热水走了过来，身子一歪，水全倒在芈八子身上，芈八子疼得叫了起来。王后嘴角露出一丝微笑，然后板着脸打了丫鬟一巴掌，对丫鬟吼道："这点小事都办不好，滚远点！"芈八子说："王后，算了。"王后指着丫鬟说："看我回头如何收拾你。"丫鬟捂着脸退了下去。其实这一切都是王后安排的。王后转身对芈八子说："公子稷在燕国还好吗？"芈八子心里一酸，"稷儿太小，也不知道他现在情况如何？"王后微微一笑，"我女儿已是燕国的王后，有这样一位姐姐照顾你的儿子，没啥担心的。"芈八子感激地望着王后说："谢谢王后，有王后这句话我就放心了。"

众人在亭子里坐了一会儿，然后又各自坐船去湖中游玩。碧水蓝天，湖中起风了，风吹在芈八子半湿半干的衣服上，她感觉有点冷，打了一个喷嚏。管筱雨说："有风，有点冷，怕感冒，姐姐我们还是回吧。"王后淡淡一笑道："时候还早，难得出一次宫，再玩一会儿。"芈八子不好说什么，只好陪着王后游玩，直到夕阳快落山时他们才打道回府。

当天晚上，芈八子就发烧生病了。

王后知道后，立即派翠儿送来了姜汤不说，还亲自来看望芈八子。经过这次，王后和芈八子的关系一下融洽了很多，翠儿和管筱雨也成了无话不谈的好朋友，两人走得更亲密了。

转眼，时令已进入秋季，阴雨绵绵。

雨刚停，秦惠文王为了散心，只带了几个人去上林苑。苏秦合纵六国让他非常恼火，鬼谷子不肯下山，张仪迟迟没回来，魏淼一时半会儿也破解不了《本经阴符》，偌大的秦国难道没有高人吗？他准备小住几天，不让任何人打扰，好好想想大秦的未来。

秦惠文王刚刚一走，后宫里都在传言，王后的玉质项链二联璜组玉佩丢了，这可是大王送给王后的，价值连城，一旦抓到偷窃者就是死罪，要掉脑袋的。

芈八子和管筱雨也听到了传言，感觉后宫里弥漫着一种不祥的味道。

宫廷卫士开始在后宫里搜查，每一个妃子的房间都不放过。

卫士包围了芈八子的庭院，有几个卫士准备朝里冲，被管筱雨拦住了，"放肆，芈夫人的房子也敢搜。"

“你一个丫鬟，快让开！”一个魁梧的男子走了出来，管筱雨认识他，他叫苟訾，是王后跟前的人。

“狗奴才，难道你怀疑是芈夫人偷了王后的玉佩？”管筱雨说。

“小的不敢，我也是奉王后的旨意，后宫每位娘娘都要查。”苟訾望着管筱雨得意扬扬地说，“王后从来没怀疑这些妃子，只怕手下下人，手脚不干净！”

“你怀疑我？”管筱雨指着自己的鼻子说。

“不好说。”苟訾说。

几个卫士又要朝里冲，管筱雨伸手拦住不让进，芈八子走了出来，大喊一声：“你们到底想干什么？给我滚远点。”

苟訾拱了拱手，说明来意。管筱雨对芈八子说：“姐姐，身正不怕影子斜，他们想搜就让他们搜，以免落得人口实。”

芈八子板着脸说：“你们搜，如果搜不出来，我让你们好看。”

苟訾手一挥，几个卫士冲进了管筱雨的房间。他们开始翻箱倒柜，苟訾也跟着进去了，他在管筱雨的衣服里发现了王后的玉佩。苟訾拿着玉佩质问道：“这是什么？”

“你们一定搞错了！”管筱雨顿时懵了，王后的玉佩怎么会在自己的房间里呢？一定是有人栽赃陷害她，这又会是谁呢？想来想去，只有翠儿进过她的房间。

“你还想抵赖，人赃俱获，来人，把她带走！”苟訾冷冷地说。

“你们这是栽赃陷害！”管筱雨大声地喊道。

“你们一定误会了，她是我的人，你们休想从我这里带走。”芈八子指着苟訾说，“回去告诉你们的主子，等我问清楚了是怎么回事，我再告诉你们主子。”

苟訾说：“芈夫人，小的也是奉命行事，等我们调查清楚了，如果真不是管筱雨偷的，我们会毫发无损地把她送回来。”

苟訾把话说到这份上，芈八子只好眼睁睁地看着管筱雨被带走。

芈八子觉得这事有点蹊跷，她是了解管筱雨的，她不可能做出偷王后玉佩之事，可王后玉佩就是在她的房间被搜出来的。芈八子想来想去，理不出一个头绪，后来她又慢慢推理，这背后一定还有一个更大的阴谋，一定是有人故意把玉佩放在管筱雨的房间里，目的是想把她赶出王宫……芈八子想到此处，浑身颤抖了一下。她突然想到了魏冉，他是宫廷侍卫，负责宫廷安全，他一定应该知道此事。

芈八子立即去找魏冉，开门见山地说明来意。

魏冉着急地说：“你不说，我还真不知道此事。”

芈八子说："按说这事也归你管啊。"

魏冉说："大王不在，我估计这一切都是王后安排的。估计这次凶多吉少，你先在这里等一下，我派人去打听一下。"

过了一阵，魏冉回来了，他说："我已打听到了，他们确实抓了一个偷王后玉佩的女人。这个女人已招供了，承认了，听说将要执行死刑。"

"不可能，一定是他们屈打成招、栽赃陷害的。"

"我也是这么想的，要不我化装成蒙面人，等他们执行时，我救下管筱雨。"

"这样不妥，万一败露，你的前程就完了。你去安排一下，我要见见管筱雨。"

"王后的人在看管，恐怕有点难度。"

"管筱雨是我的人，就算死，我见她一面总算可以的吧。"

魏冉带着芈八子来到大牢。苟訾拦住他们说："王后交代了，任何人不准见管筱雨，明天你们可以替她收尸。"

魏冉赔着笑，把苟訾拉在一边说："你就通融一下吧！"然后偷偷给苟訾塞钱。

苟訾推开魏冉说："魏侍卫，你我都是当差的，不是我不帮你，我也有难处。万一王后知道了，我可是要掉脑袋的。"

芈八子见无法见到管筱雨，决定去找王后，结果去了几次，都被翠儿拦住说王后不在。芈八子心里清楚，王后在躲避着她。芈八子心急如焚，看来能救管筱雨的只有秦惠文王了，可他又不在咸阳宫里。情急之下，她决定去上林苑找秦惠文王。

芈八子带着魏冉，快马加鞭直奔上林苑。

天色已晚，秦惠文王坐在那里正在发呆，早有宫人通报芈八子来求见。秦惠文王说："我谁也不想见，只想静静。"

芈八子想硬闯，几次都被人拦住了。芈八子不罢休，只好在门外等候。她站了一夜，直到第二天早晨，秦惠文王走出门外想透透气，芈八子冲了过去，一下跪在他的面前："大王，臣妾求求你，你一定要办法救救我的丫鬟管筱雨。"

"她一个丫鬟，值得你这样吗？"

"大王，管筱雨虽是我的丫鬟，但我们情同手足，她平常对我照顾得无微不至，是我的贴心姐妹。"芈八子擦着泪水说。

"起来吧，到底是怎么回事？"秦惠文王说。

芈八子就把事情经过原原本本说了出来。秦惠文王说这事就交给樗里疾去处理吧。芈八子说恐怕来不及了，不如先让魏冉把管筱雨提出来，换一家牢房，然后再等大王去调查，还管筱雨一个清白。秦惠文王掏出令牌递给了芈八子。芈八子接过令牌激动不已，说了声“谢谢大王”，然后和魏冉立即快马加鞭回咸阳。

魏冉拿着令牌直奔牢房，苟訾拦住了不让进。魏冉拿着令牌扬了扬说：“看好了，这是大王的令牌，我要带管筱雨走。”

苟訾对着令牌行了大礼，然后嘿嘿一笑，“魏侍卫，你来晚了一步。”

魏冉一把抓住苟訾的衣领说：“你什么意思？”

“我也是遵王后的吩咐，昨晚已秘密把她处决了。”

魏冉顿时感觉天昏地暗，管筱雨是他喜欢的女人，转眼间就阴阳两界，想到从今往后再也见不到她了，他的心里在冒火，眼里也在冒火。他用力地抓着苟訾。苟訾痛得叫了起来：“轻一点！我也是没办法啊，这一切都是王后的主意。”

跟在魏冉身后的芈八子一听管筱雨死了，也觉得天昏地转，心里恨死了王后。她咬着牙说：“管筱雨现在在哪？我要替她收尸。”

苟訾说：“管筱雨秘密处死后，扔进渭河喂鱼了。”

魏冉一脚踹倒苟訾说：“你等着，回头我跟你算账！”

魏冉冲出王宫，直奔渭河。芈八子也跟了过去，他们顺着河流下游寻找，找了两天一无所获。芈八子叹了一口气说：“看来她的尸体早已被冲到下游，冲到魏国或韩国了。”

魏冉说，“我不相信管筱雨死了，我相信她还活着。”

芈八子眼睛红红的。

“姐姐，你先回吧！”魏冉继续沿着下游寻找。

魏冉失魂落魄地找了七天，来到了渭河和河水的交界处，河水的对面就是魏国，魏冉望着滚滚而去浑浊的河水，一屁股坐在河水边号啕大哭。

天阴沉沉的，好像要下雨了。

魏冉哭够了，擦了擦泪水，忧伤的目光含着痛苦无奈和憔悴。他迈着沉重的步子踉踉跄跄地顺着渭河朝回找。河边草丛里的几只小鸟被他惊飞，他的目光随着鸟在移动，鸟消失在山的那头。他的目光慢慢收回。他看见了一个白衣女子，模样有点像管筱雨，不由得加快了脚步。女子行走得很快，魏冉追了一会儿，眼看就要追上，在前面树林里那白衣女子突然消失没见了。就在魏冉东张西望时一把剑抵在了他的背上，“你干吗鬼鬼祟祟一直跟着我？”

魏冉突然明白了那白衣女子不是管筱雨，心里很不爽快，生气地说：“大路朝天各走半边，这路又不是你家开的，凭什么我不能跟在你后面？”

“你还狡辩，转过身来。”白衣女子命令道。

魏冉慢腾腾地转过身来，他的目光落在了她的脸上，他被她的美貌震撼了，他没想到在这荒郊野地竟能遇见一位绝世佳人，“小姐，你这是干吗？我可不是强盗。看你好面熟，我们是不是见过面？”

“我们见过？我怎么不认识你？”

“我看你，怎么越来越像巴国的某个人？”魏冉摸着头，想了想说，“你就是巴国巴巫云？”

“胡说，什么巴国，我从没去过巴国，我是魏国人。”白衣女子收起剑说，“看你也不像坏人，你穿着秦国的军服，你在秦国当差？”白衣女子其实就是巴巫云，她穿着魏国的服装，又特意打扮了一下，简直判若两人。

“是的，我是秦国的宫廷侍卫。”

“哦，这么说秦王的安全也是你来负责？”

“不完全是，也有那么一点点关系。对了，你一个女孩子，这是去哪里？”

“我父母都死了，家里没有亲人，这次逃荒我打算去咸阳，就是想当一个宫女，混口饭吃。你能帮我介绍一下吗？”

“还不知道姑娘芳名？”魏冉有点为难，宫女是要经过层层挑选和审查方可进宫的，如果发生意外，介绍人要负连带责任。

“我叫白雅洁，公子怎么称呼？”

“我叫魏冉。”

“看你精神萎靡不振，是不是发生了什么事？”

魏冉叹了一口气说：“其实也没什么。刚好我也回咸阳，我们一路同行吧，这样我也可以照顾你。”

巴巫云点了点头。

两人默默无语，行走了一会儿，巴巫云说：“你说你是宫廷侍卫，你就给我讲讲宫里的事吧？”

“没什么好讲的。”

“刚才你说巴国，我想起来了，我在魏国听说秦国灭了巴国，还活捉了巴王，是有这么回事吗？”

魏冉望着巴巫云说：“你怎么对这事感兴趣？”

“随便问问而已。”

“以后别打听这事，巴王和他手下的大臣们迟早会被砍头的。”

巴巫云一怔，大步朝前走，又开始默默不语。

两人来到了咸阳，巴巫云说：“我没亲人，求求你，带我进宫吧！”

魏冉有点为难，但看她楚楚可怜的样子，越看越像巴国的巴巫云。他的心动了一下，“我姐叫芈八子，刚好她身边缺丫鬟。我跟她说一声，你先找个落脚的地方再说，你看可以吗？”

巴巫云笑着说：“好啊，谢谢公子了。”

魏冉带着巴巫云去拜见姐姐芈八子。魏冉说明了情况，芈八子拉着巴巫云的手，心里非常高兴，“看你蛮可爱的，就做我的丫鬟吧！”

巴巫云点了点头头说：“谢谢！”

魏冉见芈八子和巴巫云说得高兴，便告辞了，刚走到庭院里突然下起了雨，院子里静悄悄的。小翠突然冒了出来，抓住魏冉的手说：“魏哥哥，你是我心目中的大英雄，我一直都很钦佩你，有个问题我想请教你一下。”小翠拖着魏冉就走。

“有啥就在这说，拉拉扯扯，让人见了多不好。”魏冉说。

“到我屋里说吧，你不去我就不松手。”小翠紧紧抱住了魏冉。

“好好好，把手松开，我去。”

小翠邻着魏冉来到她的房间，魏冉见桌上摆满了酒菜，望着小翠说：“你这是干吗？”

小翠满眼柔情，微微一笑说道：“事到如今我就不隐瞒了，我心里一直喜欢你。我知道你喜欢管筱雨，如今她不在了，我知道你心里一定也很痛苦。其实我也非常伤心，要不先喝一杯，缓解一下心中的痛苦。”

这段时间以来，魏冉一直没能吃一顿饱饭。他看着酒菜，犹豫了一下，端起酒杯，闭上眼睛，一口饮尽。

小翠立即又给他斟满。魏冉一口气连喝了三杯。小翠拍着手说：“好酒量，我就喜欢痛快的男人。”在小翠的劝说下，魏冉又喝了好几杯，他的心里非常痛苦，只想以酒来掩埋内心的痛苦，喝到最后他感觉头有点晕，眼睛也发飘。他把小翠当成了管筱雨，紧紧抱住了小翠。小翠把他扶到了床上，魏冉抱住小翠倒在床上呼呼大睡。

迷迷糊糊中魏冉被推醒，他睁开眼睛，看见身边躺着一个一丝不挂的女人。魏冉急忙说：“你是谁？”他急忙下床准备穿衣，那女人抱住魏冉娇声娇气地说：“魏公子，

别走啊——”

荀訾带着人突然闯了进来，堵住了魏冉，得意地说：“你好大的胆子，竟敢睡王后的丫鬟，来人，把他抓起来。”

魏冉被绑了起来，他心里顿时明白了，晚上陪自己喝酒的明明是小翠，可小翠不见了，床上却躺着一个陌生的女人，看来这一切都是小翠演的戏，幕后的主子一定就是王后。王后有人证物证，看来自己这次凶多吉少。

魏冉被关进了大牢，等候处理。

后宫里都在传言，魏冉睡了王后的丫鬟。芈八子知道这个消息后，觉得这事很蹊跷，几次想去见魏冉都没能成功。令她没想到的是她的继父魏淼也被抓了起来。魏淼迟迟破解不了《本经阴符》，秦惠文王给他规定的限期已过，酒后他发了一些牢骚，没想到这些话传到了秦惠文王的耳朵里，魏淼就被抓进了大牢。芈八子更没想到的她的弟弟向寿也被莫名其妙地抓了起来。

芈八子听说魏冉、向寿和魏淼要被砍头，顿时急了。她去找秦惠文王，几次都被通报秦惠文王没在。她知道秦惠文王故意在躲避着她，她只好在秦惠文王必经的路口等着。天色已晚，芈八子看见秦惠文王从宫殿里走了出来。她追了上去，跪在了秦惠文王面前，求道：“大王，我求求你放了他们……”

秦惠文王转身欲走，芈八子抱住秦惠文王的腿哭了起来，“如果他们有个三长两短，我也不活了。”

秦惠文王说，“大秦法律岂能儿戏，当年寡人犯法而受刑，就连寡人的师傅嬴虔也被牵连而受劓刑，王子犯法，庶民同罪。”

芈八子站了起来说，“既然这样，我也不活了，我就死在大王面前。”说罢就准备朝墙上撞去。

“快去拦住她！”秦惠文王说。

跟随的侍卫抓住了芈八子，芈八子挣扎着说：“放开我，让我死吧！”

秦惠文王叹了一口气说：“本来要治他们死罪了，这样做是为了给文武大臣们看看的。现在我放他们一马，死罪免了，但活罪难逃。”

芈八子跪了下来说，“谢大王不杀之恩。但这事还请大王明察，他们一定是被冤枉的……”芈八子见秦惠文王脸色变了，怕秦惠文王改变主意，立即笑着说：“我只是随便说说而已，大王不要介意。”

秦惠文王板着脸说：“还有什么事没？”

“没了，臣妾再次感谢大王不杀之恩。”芈八子弯腰行了大礼。

秦惠文王拂袖而去。

几天后，芈八子知道了魏冉和魏淼被贬到蜀侯国去了，向寿被贬到巴郡去了。秦惠文王给了他们戴罪立功的机会，意思是把蜀侯国和巴郡治理好了就可以回来，否则就永不许回来。芈八子跑到城门外，望着黑压压的乌云，她的心里空荡荡的。他们走时，芈八子都不知道，没能为他们送行，心里充满了愧疚和痛苦。

天空突然飘起了雨，芈八子傻傻站在雨中……

第十一章　暗杀

咸阳又飘起了雨，芈八子心里一直闷闷不乐，自己的亲人都被赶出了咸阳，也许下一个就会轮到自己的。她心里也明白，这一切都是王后在背后搞鬼。

巴巫云端着饭菜走了进来，“芈夫人，你已三天没吃东西了，再这样下去，也不是办法啊。”

芈八子躺在床上，眼睛死死望着屋顶，没有吱声。

巴巫云又重复了一遍。芈八子有气无力地说 ：“放在那里吧。”

巴巫云摸了摸芈八子的额头说 ：“这么烫，看来芈夫人生病了，我去通知太医。”

“不用了，我也不想活了。”

这时有人通报大王驾到，巴巫云匆匆退了出来，刚走到门口就跟秦惠文王撞了一个满怀。巴巫云站立不稳，身子朝后倾斜。秦惠文王一个箭步走了上去，抱住了巴巫云。巴巫云望着秦惠文王盈盈一笑，她的目光似乎有电，仿佛电到了秦惠文王。四目对视，秦惠文王从她明媚的眼睛里仿佛看到了深不见底的碧绿深潭，深潭里有倒影，有蓝天白云……巴巫云知道那人就是秦惠文王，是秦国灭了巴国，他是罪魁祸首，是他害得她家破人亡。巴王如今是秦国的阶下囚，估计被他们折磨得快要死了。她恨不得立即杀了秦惠文王为父亲报仇，但现在时机不成熟，就算杀了秦惠文王自己也无法脱身。想到此巴巫云咯咯一笑。秦惠文王半天才回过神来，“你是谁？寡人怎么没见过你？”

巴巫云整理了一下衣服，行了大礼，“我是芈夫人的丫鬟白雅洁，新来的。我不知道你就是大王，还请大王恕罪。”

秦惠文王哈哈一笑，“免礼！芈夫人在吗？”

“在呢。”

秦惠文王走进芈八子的房间，芈八子躺在床上一动不动。他知道芈八子在生气，低声说 ：“寡人这次也是没办法啊，你要多体谅寡人。”

芈八子依然不吱声。

秦惠文王笑着说："管筱雨虽走了，寡人看新来的丫鬟白雅洁懂事乖巧、善解人意，也是一个不错的丫鬟。"

芈八子叹了一口气，滚出几滴泪，"可怜的管筱雨，我心里难受，没想到王后会对一个丫鬟下毒手，她分明是做给我看的。"

秦惠文王安慰道："好了好了，别伤心了，现在养好身体最重要。你放心，魏冉和向寿不会有事的。年轻人嘛，锻炼一下，今后说不定我会委以重任的。"

芈八子见秦惠文王这样说，她破涕笑了。两人说了一会话，秦惠文王见她身体虚弱，再说下午朝廷还有事，张仪回来了有要事汇报，同时他还要召集嬴虔、司马错、甘茂等召开一个小型会议，商讨如何应对苏秦的合纵六国的办法不服。

秦惠文王走时看了巴巫云一眼，巴巫云嫣然一笑，行了一个礼"大王慢走！"

秦惠文王又看了巴巫云一眼，呵呵一笑，走了。

过了一会儿，一个人鬼鬼祟祟走了进来。巴巫云说："谁？"

那人也不说话，把巴巫云拉到一边，用手指着她的鼻子说："没想到你是这种人，半路上你偷偷把我甩了，没想到我们又见面了吧！"

"芈戎！"巴巫云张大嘴巴。

"我姐姐呢？"

"刚睡了。"

"我劝你还是放弃刺杀秦王吧，秦宫防卫严密，凭你一个人是不能完成这个任务的。"芈戎说，"现在最主要的任务是救出巴王，先救出巴王再考虑其他事。"

"你放心，我不会连累你们的。"

"我不是这个意思。"

巴巫云说："你知道我父王被关在哪里吗？"

"我刚回来，还不清楚。我帮你打听一下，说不定我姐姐知道呢。"

屋里传来可咳嗽声，"白姑娘，是谁在外边说话？"

"姐姐，是我。"芈戎跑了进去。

"你……你……"芈八子大吃一惊，"你别吓唬姐姐了，他们不是都说你死了吗？"

"我掉下山谷，被人救了。你看我不是好好的吗？"芈戎伸了伸手，动了动腿。

"让姐姐看看。"芈八子抱住芈戎哭了。芈戎又问魏冉、向寿和魏淼的情况，

芈八子告诉他魏冉和魏淼被贬到蜀侯国去了，向寿被贬到巴郡去了。两人开始拉

家常，不知不觉天色已晚，月光穿过窗子照射了进来。芈八子来到院子里，看到了一轮明月。她便吩咐巴巫云把饭菜端到院子里的亭子里，一边吃夜宵一边赏月。

吃完夜宵，巴巫云又端来了水果。芈戎看巴巫云忙前忙后，有点心痛，说："坐下来，歇歇吧。"

芈八子笑着说："今晚月色很好，白姑娘，要不给我们表演一个节目吧。"

巴巫云说"好啊"。她拿出笛子吹了起来，刚开始吹得如飞鸟行空如急流冲浪，一会儿又像树上的鸟儿唱歌一样，清澈、悦耳、嘹亮，宛如溪水，潺潺流过沟涧，叮叮咚咚地敲出许多音符，仿佛让人置身于山林间。画面虽美，却也只是一幅画，而这笛声，真的从画中流出。彼岸花开，生生相错，唯有这绕耳的笛声还在诉说着凄美故事。碧波湖畔，红桃绿柳，盈盈一水，脉脉无语，不知这样无奈地横亘了多久。笛声轻起，比相思更浓，比幽怨更深，自笛声飘起的那一刻，便记载和传递了物是人非的牵牵绊绊。灯火阑珊，笛声轻绕，逆流而溯，那情那景依然停驻在笛声起时，银河迢迢，佳期如梦，金风玉露，秋水难断，唯笛声不残，幽幽绕耳。优美的笛声把秦惠文王吸引了过来，他站在一边偷偷看着。巴巫云看见了惠文王，吹得更加卖力了。

芈戎看呆了，他没想到巴巫云的笛子吹得如此好，使劲地鼓着掌，"再来一个！"

巴巫云说："好啊，那我就跳支舞吧。"

那踏节的盘和鼓已经摆好，巴巫云从容而舞，形舒意广。开始的动作，像是俯身，又像是仰望；像是来，又像是往。是那样的雍容不迫，又是那么惆怅，实难用语言来形容。接着舞下去，像是飞翔，又像步行；像是站立，又像斜倾。不经意的动作也绝不失法度，手眼身法都应着鼓声。纤细的罗衣随风飘舞，缭绕的长袖左右交横。轻柔姿态飞舞散开，曲折的身段手脚合并。轻步曼舞像燕子伏巢，疾飞高翔像鹊鸟夜惊。美丽的舞姿闲婉柔靡，机敏的迅飞体轻如风。天上一轮明月，月下的女子时而抬腕低眉，时而轻舒云手，手中扇子合拢握起，似笔走游龙绘丹青，玉袖生风，典雅矫健。乐声清泠于耳畔，手中折扇如妙笔如丝弦，转、甩、开、合、拧、圆、曲，流水行云若龙飞若凤舞。

"好好好！"秦惠文王看得如痴如醉，忍不住鼓起了掌。

巴巫云仿佛受了惊吓，停下了舞步，面色绯红，楚楚可爱。她向秦惠文王行了一个礼说："大王见笑了。"

芈八子起身迎接秦惠文王，"大王，你怎么来了？快快请坐。"

"今天寡人心情很好，夫人和魏焱把张仪推荐给寡人。张仪果然是个人才，今日

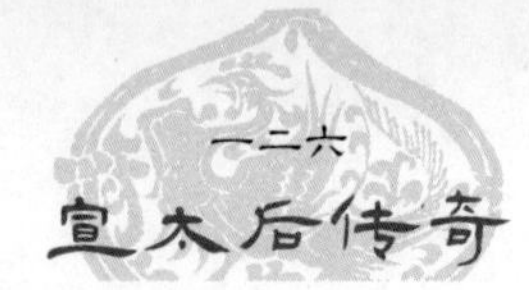

他的一番话，让寡人茅塞顿开，受益多多。”秦惠文王坐下后笑道：“跳的不错嘛，干脆到宫里专门为寡人跳舞。”

“如果大王愿意，小女愿意天天为大王跳舞，消除大王的疲劳。愿大秦早日消灭六国，统一中原。”巴巫云嫣然一笑。

秦惠文王哈哈大笑，“嘴真甜，我喜欢。”

芈八子心里非常不乐意，但她不好说什么。

第二天，巴巫云来到了王宫，专门为秦惠文王跳舞。好几次，巴巫云都想冲过去，夺过他身上的宝剑把他刺死，但她又不敢贸然行动。秦惠文王的身边有好多武士。她怕万一失败，不但报不了仇，还把在自己的性命搭进去。

一个细雨微微的晚上，巴巫云为秦惠文王跳了一支舞。秦惠文王走过去揽住她的腰说，“今晚留下陪寡人，可以吗？”

巴巫云用含情脉脉的目光望着秦惠文王，“你可要给我一个名分哦。”

“我早已想好了，我娶你当妃子。”

秦惠文王抱起巴巫云正要朝睡房走去，门外差人通报，张仪求见。秦惠文王虽然不高兴，但他知道张仪见他是关于江山社稷的事，有些事不好当着大家面说，他想私聊，秦惠文王放下巴巫云，手一挥，巴巫云退了下去。

巴巫云下去时，遇见了张仪，两人目光对视了一下。她匆匆低下头，怕张仪认出她来。当初她和哥哥巴图尔共同迎接张仪，秦国、巴国、苴国三国联合消灭了蜀国。没想到司马错和张仪翻脸不认人，趁苴王大摆宴席招待秦军之时，杀了苴王和苴王的儿子，也就是她的情人苴牧。接着张仪跟巴国拟定一个协议，两国互不为敌，建立军事同盟。没想到秦国背弃信义，接着灭了巴国，活捉了巴王。如今想来，巴王不该求救于秦国，这简直是引狼入室，搬起石头砸自己的脚。

巴巫云行走匆匆，她的心里很慌乱，如果张仪认出她来了，她该如何化解和应对？在拐弯处，她的肩膀被人拍了一下，她吓了一大跳。见是芈戎，她生气地说：“怎么又是你？我托你打听的事，怎么样了？”

“我就是为这事来的。我已打听到了，你的父王和他的大臣被关在秦岭山中一个荒郊的破茅草屋中，四周都有人看管，让他们自生自灭。”

“你带我去吧。”

芈戎有点为难，左右看了看说：“跟我来吧，我带你去见一个人。”

两人一前一后出了王宫，穿过几个小巷，来到一家客栈。巴巫云说：“如果你不怀好意想欺负我，我就对你不客气了。”

芈戎也不说话，把巴巫云推了进去。她正要发火，看见屋里坐着一个人，她仔细一看竟然是巴图尔，她扑了过去，高兴地说：“哥哥，你怎么来了？”

芈戎关上门退了出去。

巴图尔说：“安阳王蜀泮在南部建立了瓯雒国，私下里正在联系韩、魏、楚三国，准备屯兵雍谷关，向秦国发起进攻，而我也正在联系鄁国、僰国、蜀国、巴国、苴国的原子民，准备夺回我们的土地，重建家园。”

“我现在的任务是什么呢？”

“混进王宫，接近秦王。”

“我现在已混进王宫了。”

“很好，等我们消息，现在先别杀秦王，在我们决定发起进攻前，你再杀了秦王。然后韩、魏、楚三国向秦国发起进攻，王宫必定大乱，而我们趁机也发生暴动。蜀相陈庄和巴郡也想叛秦，我们借他们之手把秦军赶出巴国。”

“我现在就想立即杀了秦王，我怕夜长梦多，昨日我在王宫里见到了张仪，他的眼睛如鹰，我怕他认出我来。”

“现在刺杀秦王不是时候，等候通知吧。”

巴巫云伤心地说：“哥哥，你知道吗？我们的父王和他的大臣被关在秦岭山中一个荒郊的破茅草屋中，四周都有人看管。秦王是想让他们自生自灭，想饿死他们……”

巴图尔生气地拍了一下桌子，在屋里转来转去。

“我想去看看他们。”巴巫云说。

“你不能去，你的身份不能暴露。”巴图尔说。

“哥哥，你放心吧，我会说服秦王，跟秦王一块去山上踏春或打猎。然后你在峡谷埋伏几个人，我把秦王引过来，你们活捉秦王，威逼他把父王放了。待父王他们平安离开秦国后，你再把秦王放了。”

巴图尔摸了摸头说：“这个主意不错，巴人历来就是为了生存和荣誉而战，我们要对得起自己的祖先廪君，对得起族徽——虎图腾这个氏族的神圣标志。”

巴巫云和巴图尔的手紧紧握在一起，他们在相互鼓励对方。

巴巫云第二天去找芈八子，芈戎也跟着来了。巴巫云说：“芈夫人，现在春暖花开，你带我们去山中踏青吧，整天待在王宫会把人憋出病来的。”

芈戎也说：“是啊，姐姐，你带我们出去玩吧！最好能把秦王也叫上。”

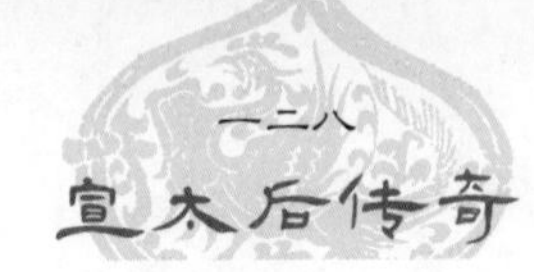

“叫大王干什么？”芈八子问。

芈戎笑着说：“姐姐，这你就不懂了，跟大王一块出去踏春，这将是多么高的荣誉，后宫里的人还不将另眼看你。王后以后也得敬你三分。再说这还可以增加你们两人之间的感情。”

芈八子呵呵笑了，轻轻打了芈戎一下，“你小小年纪不学好，竟然知道这些？”

巴巫云说：“芈戎说得非常有道理！”

“好吧！等大王来后，我把你们的想法说出来，我们一块去踏春。”芈八子说。

当天晚上，秦惠文王来到芈八子的房间，芈八子说了自己的想法，没想到秦惠文王满口答应。第二天，咸阳宫外几辆马车悄悄出发了，秦惠文王和芈八子坐一辆，巴巫云和芈戎坐一辆。秦惠文王没有惊动别人，只让嬴华带着十几个人负责他们的安全。

嬴华骑着马在前面开道。

马车顺着山间马道进入深山，山间树木茂密，溪水潺潺，陡峭的山峰上飘着白云。马车一路颠簸，他们来到一处观景台，纷纷下车。芈八子站在秦惠文王的旁边，指着远处的瀑布说：“大王你看，瀑布上空有彩虹！”

秦惠文王赞不绝口，面对如此美景说：“山上开满野花，真是连看看也赏心悦目。白姑娘，为寡人吹一曲，想必在寂静的山谷中听来，一定又是一番滋味。”

巴巫云拿出笛子说：“献丑了！”巴巫云上山时一直在观察，她不知道巴图尔埋伏在哪里，今天进山的线路也是秦惠文王临时定的，巴巫云提前也不知道秦惠文王走哪条道路。巴图尔通过马车轮子印应该会知道大概方向，刚好她可以用笛声传递她所在的具体位置。笛声幽幽，飘荡在山谷。山林里传来了一声老鹰的叫声，巴巫云感觉到巴图尔就在附近。

一曲吹毕，秦惠文王说：“我带你们去个地方。”

大家纷纷坐上马车，缓慢行驶了半个时辰，前面没有路了，只好下车步行。翻过一座贫瘠的山包，来到一处荒芜之地，这里布满了大大小小的石头和几处破茅草屋，四周有岗哨，有士兵在走动。嬴华走了过去，跟士兵说了几句，士兵拿起鼓敲了几下。

从破茅草屋里走出一群衣着破烂、蓬头垢面的男男女女，他们目光呆滞，整整齐齐排好了队，接受秦惠文王的检阅。秦惠文王面带微笑望着他们，目光从他们的脸上一一扫过，最后落到一个苍老的男人脸上，“巴王，这日子过得还不错吧？”

巴王没说话，双眼充满着疑虑。巴巫云认出来了，那个巴王就是自己的父王，如今他已骨瘦如柴，被他们折磨得不成人样了。巴王也认出了自己的女儿，但他只能装

作不认识。他的眼里滚出几滴泪来。巴王身边的几个大臣和几个女人也被折磨得面黄肌瘦，穿着破烂的衣服，几乎跟乞丐一模一样。

“大王问你话呢！”一个士兵挥起鞭子抽打在巴王的身上。巴巫云浑身颤抖了一下，她感觉鞭子像抽打在自己的身上，钻心般的痛。

秦惠文王挥了挥手，士兵举起鞭子收了回来。芈八子看不下去了，她说：“大王，你带我们到这里来干吗？”

秦惠文王说：“没别的意思，我之所以要到这里来，是在提醒我自己，时时刻刻要奋发图强，让大秦繁荣昌盛、兵强马壮，否则一旦亡国，下场也会跟他们一样……”

芈八子“哦”了一声。看着他们，她的心里有点难受，但她没有办法。巴巫云强忍住泪水，面带微笑，不愿别人看出她的心思。

秦惠文王接着说：“寡人想把这里建成一个反思基地，定期组织文武大臣来参观，秦国如果不努力，一旦亡国，下场会跟他们一样，说不定比这还惨……”

山谷里突然传来了虎啸声，马开始惊慌起来。嬴华拔出剑说：“保护好大王！”山上突然起风了，虎啸声越来越大，马惊慌逃窜。嬴华看见树林里冒出一群黑影，戴着白虎面具朝这里奔来。嬴华冲了过去，拦住了他们，问：“你们是何方人士，报上名来，饶你们不死。”

白虎面具人也不答话，挥着刀砍了上来。巴巫云知道他们是哥哥巴图尔身边的人，是巴国的勇士。

巴巫云抓着秦惠文王的手说：“大王，别怕，我保护你。”巴巫云领着秦惠文王朝山谷跑去。突然冲出来一个人，头戴白虎面具，推开了巴巫云，手中的刀子架在了秦惠文王的脖子上，说：“大家住手，统统放下刀子，否则我杀了秦王。”巴巫云从那人的一举一动中认出了那人就是巴图尔。

嬴华带人跑了过来，“有话好商量，你有什么条件，我们统统答应。”

“站住！放下兵器，否则我就杀了秦王。”巴图尔喊道。

嬴华站住了，放下长剑，“只要你不杀大王，我们可以好好商量。”

巴图尔吼道：“这里没有你说话的地方，我要跟秦王谈一笔交易，只要你放了巴王和他的大臣，把巴国还给我们，我就放了秦王。”

“我答应你的条件。现在就可以放了巴王他们，给他们准备些衣服和干粮，然后送他们上路。”秦惠文王知道如果不答应，自己必将死在他的剑下，与其这样，还不如先答应他的条件，静观其变。

巴王说："别管我们，杀了秦王，为死去的巴人报仇。"巴王和他的大臣们开始吼叫："杀了秦王。"有几个人想朝秦王冲去，但被士兵们拦住了。

巴图尔用剑指着秦惠文王说："辛苦你了，只要我们平安到达米仓道，到达巴国，我自然就放了你。"巴图尔押着秦王、芈八子、芈戎和巴巫云，跟着巴王他们一道下山。嬴华带人远远跟着，同时派人抄近道去咸阳宫禀报。

到达山下平原后，早有人准备了马车衣物和干粮，秦惠文王被捆绑住手脚塞在马车里，由巴图尔亲自看管，芈八子、芈戎和巴巫云也被捆住了手脚塞在另一辆车里。马车浩浩荡荡出发了，一路颠簸，天黑时到了汉中米仓道。巴图尔怕夜长梦多，不敢住店，日夜兼程赶路。

嬴华带人一直远远跟着。嬴虔已派魏章带了一支队伍暗中尾随，听候嬴华的指挥。

米仓道盛产茶叶，商周初期，朝廷每年将茶叶直接运送到宫廷，供王公将相、达官贵人们享用。几百年来，运茶马帮商贩背二哥造就了米仓古道沿途古镇、驿栈车水马龙的繁荣与兴旺。

连夜奔波，巴图尔有点困了，他们来到一家驿栈，准备休息一下明早再出发。这时插着各家商号大旗的马帮在镖局的护送下，和着声声响铃及粗犷的山歌，进驻大小驿栈。同时，背二哥背着布匹、火纸、茶叶、银耳等等也来到了驿栈，驿栈顿时人满为患。

巴图尔半夜起来去解手，他刚走到茅房，突然从背后冒出两个人，用刀抵在他的背上，威胁道："别动！否则杀了你！"

"你们是谁？"巴图尔举起手说。

这时突然喊杀声一片，那些背二哥和镖局的人拿着刀冲进了巴王和巴图尔的房间。巴图尔突然一转身拔出刀杀了两个人。一个少年挥着刀奔向巴图尔，刀光剑影中，两人展开了厮杀。

巴巫云也听到厮杀声，她身上的绳子绑得很松。她解开绳子，然后给芈八子、芈戎也解开了绳子。她说："我们赶紧走吧。"她拉开门，门外躺着好几个人。她捡起地上的剑。她知道秦惠文王就在隔壁，想过去寻找机会趁机杀了他。她冲进秦惠文王的房间，惊慌失措的芈八子、芈戎也跟着她进来了，慌慌张张地关上门。秦惠文王被绑在柱子上，露出惊恐的眼神，乞求说："快快帮我解开绳子。"巴巫云举起剑想杀了秦惠文王，门突然被撞开，巴巫云本能地收回剑，用剑指着门。巴图尔冲了进来，步子蹒跚，他身上流着血，他身后跟着的一群人也拿着刀冲了进来，保护着秦惠文王。巴图尔的目光里充满着哀愁，他对巴巫云眨了眨眼，示意她动手杀了他。她明白哥哥的意思，他现在已没机会杀秦王了，只有她杀了他，才能取得秦王的信任，以后才有机会刺杀秦王。巴巫云下不了手，她的手在颤抖。巴图尔朝前一扑，扑向巴巫云手中的剑，剑深深插进了巴图尔的身体，他面带微笑地躺在地上死了。

巴巫云表情木然，她忍住泪水不让它流出来。

秦惠文王望了巴巫云一眼，心里充满了感激。芈八子走过去抓住秦惠文王的手说："大王，你没事吧？"

秦惠文王呵呵一笑，"没事！把巴王他们统统杀了。"

"报告大王，魏章和嬴华已杀了巴王。"

魏章和嬴华向秦惠文王行礼，说："大王受惊了，臣等护驾来迟了。"

"免礼！等回咸阳宫后我将重重奖赏你们。"秦惠文王说。

芈戎看见了向寿，惊呼不已。嬴华说："这次护驾，向寿功不可没。他接到密报后，连夜组织士兵化妆成背二哥和马帮及镖局的人。没有他帮忙，我们不会这么顺利地把他们全部杀了。"

向寿谦虚地说："这都是我应该做的。"

秦惠文王笑着连说了三个"好"字，"跟我们一块回咸阳吧。"

向寿行了一个礼，"谢谢大王！"

芈八子抱住向寿欢天喜地地问长问短，两人有说不完的话。

天一亮，秦惠文王带着大队人马浩浩荡荡直奔咸阳。

秦惠文王回到咸阳后，重奖了护驾有功的将士。巴巫云刺杀了巴图尔，重奖不说，还得到了秦惠文王信任和宠爱，他准备纳她为妃子。巴巫云表面上看上去很开心，其实她的心里非常痛苦，想到哥哥的死，想到父王的惨死，她常常在深夜里痛哭，恨不得立即杀了秦惠文王，为哥哥和父王报仇。好几次她都在梦中杀了秦惠文王，醒来后万般惆怅和寂寞。如此反反复复几次折腾，巴巫云病了。秦惠文王嘘寒问暖，又让太医给她看病。巴巫云只好强装笑脸应付着秦惠文王。她只受了风寒，吃了几服药后，身体很快痊愈了。

秦惠文王选好了日子，他要迎娶巴巫云。芈戎急了，他偷偷找到巴巫云，说："你是知道，我是爱你的，你不能嫁给他，我们私奔吧！"巴巫云摇了摇头说："我知道你的心意，谢谢你对我的照顾。你知道，我的仇还没报，等我报了仇，如果你没娶，我就嫁给你！"芈戎哭着说："你说的都是真的吗？"巴巫云说："当然是真的，今后还要你帮忙呢，有什么消息请立即通知我。"芈戎说："巴图尔走时跟我交代了，如果他不在了，会有人来找我联系的。”巴巫云笑着说：“那就好。”巴巫云为了安慰芈戎，主动抱了抱芈戎。芈戎感动不已，这是她第一次主动拥抱他，他愿意为她下刀山下火海。芈戎说：“有件事我一直没敢告诉你，当时张仪、司马错和巴王共同祭祀时，张仪已设好了局，是我一剑刺在巴王的腿上。巴王那声惨叫至今还在我耳旁回荡，我现在非常后悔没能救下巴王他们。”巴巫云叹了一口气说：“过去的事都已过去了，我理解你，千万别放在心上。”芈戎说：“你这么说我就放心了，今后我都听你的。”

这一天终于来到了，咸阳宫焕然一新，挂满了灯笼。

巴巫云坐着轿子从侧门进入了咸阳宫。巴巫云打扮得非常漂亮，一身红衣，盖着红盖头。她心里非常焦躁不安，芈戎昨天已通知了她，韩、魏、楚三国已秘密汇集在函谷关，原蜀国、巴国的那些老部下也在策划暴动，匈奴、西戎和义渠也准备反对秦国，就等她今晚刺杀秦惠文王。只要秦惠文王一死，各路军队就将大举进攻秦国。芈戎已为巴巫云备好了车马，他将在宫外迎接她，两人一同去韩国。

宴席完毕，已是深夜。巴巫云怀里揣着锋利的匕首，她的心忐忑不安。秦惠文王来了，她听到他的脚步声了，她的心跳得更加厉害了。

“爱妃，我来了。”秦惠文王揭开红盖头，面带笑容。

巴巫云微微笑了。

“时候不早了，睡吧。”秦惠文王哈着酒气说。

巴巫云面露羞色，“大王，我给你更衣吧。”

秦惠文王推开巴巫云的手，“寡人今天喝多了，有点累了，寡人先睡了。”说完，他和衣躺在床上，立时鼾声四起。

巴巫云心里暗暗高兴，想不到刺杀秦王如此容易。她摸出匕首，掀开被子，举起匕首狠狠朝秦惠文王胸口插去。秦惠文王大叫一声滚下床。四周的灯光突然亮了起来，嬴华带人冲了进来，包围了巴巫云。

巴巫云大吃一惊，她没想到秦惠文王已布好了局，等着她朝里钻。

秦惠文王板着脸说：“没想到张仪说的是真的。刚开始张仪说你是巴王的女儿，寡人一直不信。直到你杀了巴王的儿子救了寡人，寡人就更不信了。但张仪用脑袋担保，缠着寡人配合他用这计策，寡人只好答应了。亏得我穿着厚厚的盔甲，否则就被你刺死了。”

“不错，我就是巴王的女儿，我要为他报仇……”巴巫云手中的匕首突然飞了出去，直刺向秦惠文王。嬴华推开秦惠文王，匕首深深插在他身后的柱子上，匕首尾部还在

不停地晃动，发出嗡嗡的声音。

秦惠文王生气地说：“把她拿下，好好审问，看看她还有没有同伙。”

巴巫云站着没动，嘴里流出了血，血越来越多，她突然倒在地上，原来她咬舌自尽了。秦惠文王抱着她伤心地哭了，决定要厚葬她。

等候在咸阳宫外的芈戎迟迟没见巴巫云出来。直到天亮也没见到巴巫云，他知道巴巫云一定出事了。如果秦惠文王知道他是巴巫云的同伙，他将必死无疑。他翻身上马离开了咸阳宫……

第十二章　被逼离开秦国

转眼几年过去了，秦惠文王的身体日渐差了，整天头部感觉昏昏沉沉，四肢乏力，小腿浮肿，吃不下饭。这些年来，天下也发生了不少大事：嬴疾攻取魏国的焦，在韩国的岸门击败韩军，斩首万级，韩将犀首逃走；同年，封公子通于蜀；燕王哙让国于其相子之，燕国大乱；秦惠文王与魏王会于临晋；嬴疾攻打赵国，虏赵将庄；魏章攻楚国的丹阳，虏楚将屈丐，斩首八万；楚国围韩国的雍氏，嬴疾帮助韩国攻打齐，又帮助魏攻燕国。

公元前 313 年，秦惠文王遣张仪赴楚，阴行反间计，诱使楚国绝齐国。然后又设计激怒楚怀王，诱使楚国冒险出兵攻秦。秦军在丹阳大败楚军，得楚地汉中，取地六百里，设置汉中郡，解除了楚国对秦国和巴蜀的威胁。楚国从此一蹶不振。就这样，秦国的关中、汉中、巴蜀连成一片，秦国对六国形成了居高临下的压迫形势。同时，秦国伐取义渠二十五城，在西北地区占有了大片的优良牧场。秦国又派使臣公孙衍欺骗齐国和魏国，和它们联合攻打赵国，打算破坏合纵联盟。齐、魏攻打赵国，赵王就责备了苏秦。苏秦很害怕，便请求出使燕国，发誓一定报复齐国。苏秦离开赵国以后，合纵盟约便瓦解了。这样秦惠文王不但在军事上取得了胜利，扩大了疆域，而且针对犀首并相六国、发动东方诸国合纵攻秦的形势，采用了张仪的连横之策，实行分化瓦解、各个击破的策略，打退了六国的进攻，取得了政治外交上的胜利，为后来秦王嬴政扫灭六国创造了有利条件。

公元前 311 年，秦惠文王嬴驷病逝于咸阳宫，年仅 43 岁。

谁来继承王位呢？惠文后魏纾想让儿子嬴荡继承王位。文武大臣意见不统一。太子嬴荡身强体壮，勇武好战，喜好跟人比角力，属于有勇之人。次子嬴壮秉性也跟他哥哥嬴荡十分相似。嬴稷有勇有谋，文质彬彬，但他是芈八子的儿子，又在燕国做人质，让他继承王位历来又没有这个规矩。嬴显和嬴悝更不用说了。惠文后怕夜长梦多，找来大臣匆匆商议，让太子嬴荡以大王的身份给秦惠文王出殡。大家没有更好的办法，只好同意。

秦惠文王出殡这天，嬴荡以大王的身份出现。芈八子心里明白，嬴荡继承王位基本已成了事实。嬴荡成了秦王，他的母后魏纾还不把尾巴翘上天？魏纾今后不会让她过上安宁的日子了。

果然嬴荡很快登基，正式继承了王位，改秦国号为武王，所以人们也称他为秦武王。

一朝天子一朝臣，秦惠文王一死，公孙衍回来了，与嬴疾、甘茂、公孙奭等人一起商量，想把受宠的张仪挤走。只要张仪在，他们就没有出头之日。其实早在嬴荡身为太子时就不喜欢张仪。等到他继承王位后，很多大臣在他面前指责张仪，说他为人不讲信用、反复无常，靠出卖自己的国家图谋国君的恩宠，如果大王再任用他，恐怕会被天下人所耻笑等等。所以嬴荡将张仪、魏章等驱逐至魏国。嬴荡新任命了一批大臣，如甘茂为左丞相、嬴疾（樗里疾）为右丞相等等。

秦武王身强体壮，勇力超人，重武好战，常以斗力为乐。凡是勇力过人者，他都提拔为将，置于身边。乌获和任鄙以勇猛力大闻名，秦武王就破例提拔他们为将，给予其高官厚禄。齐国人孟贲，力大无穷，勇冠海岱，陆行不怕虎狼，水行不避蛟龙，一人同时可制服两头野牛。听说秦武王重用天下勇士，孟贲西赴咸阳面见秦武王，被任用为将，与乌获、任鄙享受一样的待遇。

嬴荡登基后，韩、魏、齐、楚、越怀着不同的目的来祝贺武王嬴荡即位为新的秦王。嬴荡亲自接见越国使者，与越国达成了夹击楚国的密约，以此制楚。越国在勾践灭吴后成为东南大国，国力强盛，此时是仅次于楚国的第二大国。楚、越水土相接，人文相近，彼此以为害，一直都在谋划消灭对方。武王荡重齐使，示秦、齐夹击韩魏之形，以此绝韩魏趁武王新立攻秦妄想。武王嬴荡使叔公嬴疾与韩使欢娱，叙秦韩之好，以此羁縻韩国。嬴疾的母亲，韩女也。武王后乃魏女，是秦惠王与魏襄王结盟时定下的姻亲。此时，齐国孟尝君为齐相，压迫魏国。魏国权衡利弊，在秦齐之间左右摇摆。武王亲自与魏襄王在临晋相会，稳住魏国。通过一系列紧张的外交活动，武王嬴荡稳住了周边邻国，使其不能趁秦新君初立图秦。武王在稳定周边邻国后，开始着手解决秦中央的魏籍权臣问题。

嬴荡忙得焦头烂额，好在有左右丞相甘茂和嬴疾为他出谋划策。

王宫忙得不可开交，后宫里也很忙。

巴巫云刺杀秦惠文王嬴驷没能成功，王后魏纾听到了一些小道消息，说芈戎是巴巫云的同伙。她还派人暗中打听，说芈戎杀了秦兵，暗中帮助巴图尔，又放了巴巫云。她把这一切都告诉给了秦惠文王，想趁机打压芈八子。秦惠文王派人去抓芈戎，芈戎早已不知踪迹。那时张仪还没离开秦国，空口无凭。秦惠文王找来张仪相问，张仪对芈八子和魏厽有感恩之心，要不是他们引荐，他在秦国也不会有今天的权高位重。他对芈戎表扬了一番，还说当时好多士兵有目共睹，是芈戎一剑刺在巴王的腿上，控制住了巴王，他怎么会是巴巫云的同伙呢？司马错也证实张仪所说属实。

王后再提芈戎的事时，秦惠文王就制止了她的谈话，意思此事已过去了，不要再提了。如今，秦惠文王死了，她的儿子继承了王位，她的心里非常得意，一直在寻找机会和理由把芈八子赶走，把她的亲人一个个赶走。

秦惠文王嬴驷走后，芈八子心里非常伤心。秦惠文王十九岁即位，以宗室多怨，诛杀卫鞅。公元前 325 年改“公”称“王”，并改元为更元元年，成为秦国第一王。秦惠文王当政期间，北扫义渠，西平巴蜀，东出函谷，南下商於，为秦统一中国打下坚实基础。嬴驷慧眼识珠、任贤用能、甄拔人才，这是嬴驷取得重大政绩的关键。他不仅重用嬴华、异母弟嬴疾等秦人，也重用了大量的外籍能臣，诸如公孙衍、张仪、甘茂、魏章、司马错等人。如果嬴驷不能识人善任，不能不拘一格地重用人才良将，是绝对不会取得重大政绩的，也许他绝对不会彪炳史册。如今嬴稷在燕国做人质，嬴显和嬴悝还小，魏厽和魏冉虽然从蜀侯回来了，向寿也从巴郡回来了，但嬴荡即位后，他们不被重用，官职也降了。她听说安阳王蜀泮勾结蜀相陈庄叛秦，发动兵变，杀死蜀侯公子通。儿子被杀，秦惠文王非常震惊和生气，立即派司马错领命带着魏厽、魏冉和向寿南下去协助平定蜀乱，杀了陈庄。安阳王蜀泮命大逃跑了。她不由得为他们性命担忧起来，她知道下一步也许就该轮到她了。她知道魏纾不会轻易放过她的。

连夜雨终于停了，天晴了，芈八子连续几天都窝在屋里，感觉身上都长霉了。新来的丫鬟水儿陪她来到院子里透透气。突然院子里传来了哭声，芈八子走过去一看，嬴悝被公子雍和公子壮按在地上，拳打脚踢。水儿过去想把公子雍和公子壮拉开，公子壮一把推开水儿，大声说：“滚开！我哥哥是大王，小心我弄死你。”水儿吓得不敢动了，站在那里手足无措。

芈八子看着自己的小儿子头上在流血，再不制止将会出人命。她走了过去，想把公子壮拉开。公子壮使劲一推，芈八子一个趔趄，差点撞在墙上。公子雍继续打着嬴悝，芈八子冲了过去，给了公子雍一个巴掌。

“打人了。”翠儿故意大喊大叫。

翠儿冲过来，她想打芈八子。嬴荡当了秦王，他母后魏纾自然成了太后，狗仗人势，翠儿胆子无形中也大了，想在魏纾面前邀功。就在她刚举起巴掌时，芈八子抢先一步，一巴掌扇在翠儿的脸上。翠儿转了一个圈才站住，水儿站在一边发愣。

"狗奴才，滚！"芈八子大声喊道，"你们以后再敢欺负嬴悝，我打断你们的腿。"

翠儿赶紧牵着公子雍和公子壮走了。

翠儿在主子魏纾面汇报了公子雍和公子壮被打的经过，还添盐加醋了不少，说芈八子骂她不是个东西，仗着儿子是大王，耀武扬威，还说要打断公子雍和公子壮的腿。魏纾一听，火冒三丈，便要去找芈八子理论和对质。翠儿心里有点发虚，她劝阻道："太后，芈八子这人蛮不讲理，跟她计较，伤了身子不值，还不如我们想办法把她赶出秦国。"魏纾一听觉得有道理，就去找儿子秦武王嬴荡。魏纾痛哭流涕地来到王宫，嬴荡问："母后，是谁惹你生气了？"魏纾说："还有谁，芈八子她殴打公子雍和公子壮不说，还辱骂我。儿啊，你一定要为我出出气。"嬴荡说："我现在烦心事够多的了，身体欠佳，巴蜀在叛乱，韩、魏、赵、楚已在虎视眈眈盯着我，你就不要给我添乱了吧。"魏纾哭得更厉害，说："就凭她辱骂太后这一件事，就可以治她死罪。我白养了你这个儿子。你母后被人欺负，你不管不问，传出去不让天下人耻笑？"嬴荡叹了一口气说："这事你看着办吧，不要做得太过分就行了。"

魏纾有了这句话，兴高采烈地走了。

一会儿，苟訾带着几个卫士把芈八子押进了牢房。牢房又阴暗又潮湿，里面散发出难闻的味道。

"放我出去，我犯了什么罪？"芈八子大喊大叫。

苟訾得意地说："你就老老实实待在这里反省吧，别大喊大叫的，没人理你的。"

大门"咣当"一声关上了。

夜晚来临，芈八子躺在潮湿的牢房里的草上，感觉非常寒冷，草也是湿的，好像有人提前故意在草里泼了水，不时有老鼠在她面前跑来跑去。有一只肥硕的老鼠不怕人，瞪着眼睛望着芈八子。她吓得大喊大叫，整晚都不敢闭上眼睛。如此折腾几晚上，再加上又饿着肚子，她神经衰弱，彻底崩溃，一下病倒了。

苟訾发现芈八子没有大喊大叫，送的发霉的馒头也没吃，打开门一看，芈八子躺在地上人事不知，浑身发着烧。他立即把情况汇报给了魏纾。

魏纾恨不得芈八子立即死去，但如果芈八子死了，她又不好向秦武王嬴荡交代，传出去对她声誉也不好。她让小翠把太医令李醯叫来，李醯是她的心腹。魏纾说："太医令，我拜托你一件事，芈八子如今生病了，你在药上做点手脚，让她死得天衣无缝，就说她是暴病而亡，这样外人知道跟我们也没关系。”

李醯说：“你让我弄死她，我担心万一传出去，我恐怕就无法在王宫里待了。”

“有太后我在，你怕什么？”魏纾不高兴地说。

李醯左右看了看，小声说：“太后，我倒有个办法……”

“什么办法？快讲。”

“扁鹊不是到了秦国吗？干脆让他给芈八子看病，然后在他开的处方药中，我们调包，换上各种毒药，让他身败名裂。”李醯心里非常嫉妒扁鹊。扁鹊原名叫秦越人，因为他医术高超，被认为是神医，所以当时的人们借用了上古神话黄帝时神医“扁鹊”的名号来称呼他，如此一来大家反而忘了他的原名，都叫他神医扁鹊。扁鹊少时学医于长桑君，尽得其医术禁方，擅长各科，有丰富的医疗实践经验，反对巫术治病，总结前人经验，创立望、闻、问、切的四诊法。当时，扁鹊的切脉技术高超，名扬天下，连蔡桓公和魏文王都请他看过病。扁鹊看病行医有“六不治”原则：一是依仗权势、骄横跋扈的人不治；二是贪图钱财、不顾性命者不治；三是暴饮暴食、饮食无常者不治；四是病深不早求医者不治；五是身体虚弱不能服药者不治；六是相信巫术、不相信医道者不治。他遍游各地行医，擅长各科，在赵国为“带下医”（妇科），至周国为“耳目痹医”（五官科），入秦国则为“小儿医”（儿科），著有《内经》和《外经》。

“我懂你的意思！”魏纾笑着说。

“谢谢太后。”其实李醯是有私心的，他跟扁鹊都学医于长桑君，算是同门师兄弟。李醯决定除掉扁鹊这个心腹之患。前几天秦武王嬴荡患病，召请扁鹊前来医治。李醯和一班太医赶忙出来劝阻，说大王的病处在耳朵之前、眼睛之下，这样的病状扁鹊未必能除，万一出了差错，将使大王耳不聪、目不明。扁鹊听了气得把治病用的砭石一摔，对嬴荡说：“大王同我商量好了除病，却又允许一班蠢人从中捣乱，假使你也这样来治国理政，那你一举就会亡国！”嬴荡听了只好让扁鹊治病。结果李醯长期治不好的病，到了扁鹊手里，顿时化险为夷。嬴荡大喜，想封扁鹊为太医令。李醯知道后，担心扁鹊日后超过自己，便在武王面前极力阻挠，称扁鹊不过是“草莽游医”。嬴荡半信半疑，但并没有打消重用扁鹊的念头。

“快去把扁鹊请来。”魏纾说。

一会儿，扁鹊来了，向魏纾行了大礼。魏纾指了指躺在木板上的芈八子说：“神医，看看她还有没有救啊？”

李醯故意说："扁鹊连虢国死去的太子都能救活，一个小女人岂能难倒神医？"

魏纾好奇地问："你真能把死人救活？"

扁鹊说："那次我路过虢国，见到那里的百姓都在进行祈福消灾的仪式。我就问是谁病了。宫中术士说，太子死了已有半日了。我问明了详细情况，认为太子患的只是一种突然昏倒不省人事的'尸厥'症，鼻息微弱，像死去一样，便亲去察看诊治。我让弟子磨研针石，刺百会穴，又做了药力能入体五分的熨药，用八减方的药混合使用之后，太子竟然坐了起来，和常人无异。我继续调补阴阳，两天以后，太子就完全恢复了健康。我哪能救活死人？只不过能把应当活的人治愈罢了。"

扁鹊开始给芈八子切脉，然后取出银针扎穴位，一会儿芈八子睁开眼醒了。扁鹊开始询问病情。芈八子欲言又止。扁鹊示意李醯和魏纾离开。魏纾离开了后，李醯说："神医，你怕我偷师学医吗？我正想请教呢！"扁鹊简单问了几句，然后开了处方，让李醯按照处方去熬药。

李醯匆匆熬了药，端着黑乎乎的药递给芈八子。芈八子端起药正要喝时，扁鹊说："慢。"他把芈八子手中的碗端了过来，闻了闻，手抖动了一下，碗掉在地上碎了。扁鹊说："不好意思，不小心掉在地上了。"扁鹊转身就走了。

李醯心里暗暗责备扁鹊坏了他的好事，更坚定了要除掉扁鹊这个心腹之患的想法。他把自己的想法告诉给魏纾，魏纾默许了，让苟訾去找两个刺客，准备刺杀扁鹊，顺便得到《内经》和《外经》这两部书。

李醯去找扁鹊，想从扁鹊嘴里套一些信息，好制定下一步计划。

但扁鹊早已走了，离开了秦国。

扁鹊从那碗药里，什么都明白了，他知道如果不离开秦国，自己凶多吉少。李醯怕扁鹊代替了他当太医令，加上当着嬴荡的面跟李醯闹僵了，李醯会记恨在心的，说不定李醯还会派人来刺杀他。好在扁鹊有先见之明，如果晚走一步，真的就会死在李醯手下。

经过这件事后，芈八子仿佛一下子成熟多了，说话办事谨慎多了，生怕有什么把柄落在魏纾手上。人在屋檐下不得不低头。她每天压抑地生活着，心里非常痛苦，她知道自己是魏纾案板上的一条鱼，只要魏纾不开心，随时就会被宰杀。与其这样每天痛苦地生活，还不如离开；与其被魏纾赶走，还不如自己主动提出来。

"我想离开秦国。"芈八子主动向魏纾提出。

"在秦国不是好好的吗？干吗要离开呢？"魏纾假惺惺地说。

“我想去燕国看稷儿，我想陪陪他。”

“也好。”

第二天一早，芈八子独自一人悄悄离开了咸阳宫。她回头一望，泪水涟涟，此去一别，也许再也回不来了。

第十三章　燕国遇故人

芈八子经过千辛万苦，风雨兼程，跋山涉水穿过魏国和赵国，终于来到了燕国。一路的心酸和劳累只有她自己心里清楚，但在她见到儿子嬴稷那一刻，她觉得值了。

嬴稷长大长高了，见了母亲，喜极而泣，母子俩紧紧拥抱在一起，有说不完的话。

“母后，你这次是专门来看我的吗？”嬴稷说。

“是啊，这次来了，我打算不走了。”芈八子淡淡一笑。

“父王走后，孩子没能前去祭拜，心里一直很愧疚，”嬴稷擦了擦泪水说，“嬴荡哥哥对你还好吗？我的几个弟弟都还好吗？”

“还好！别光说我了，说说你自己吧。”芈八子不想把自己在秦国吃的苦诉说给嬴稷，她怕他小小年纪心里承受不了，不想给他增加负担。

“我在燕国很好，每天看看书、骑骑马、练练剑，衣食无忧，日子过得还蛮开心的。燕太后和易王后姐姐对我都挺好的，一直把我当亲人对待。”

“那就好。”芈八子说，“你姐姐呢？”

“我来迟了，还请见谅！”一阵笑声从楼阁间传了过来。

“原来是易王后，好多年没见了，依然美丽大方。我给你请安了。”芈八子回头一看，原来是易王后。

“使不得，使不得。”易王后赶紧制止，拉着芈八子的手，“快请坐下！”

两人寒暄了几句后，话题又转到秦惠文王身上，两人泪水涟涟。芈八子说：“你父王为大秦江山日夜操劳，正是大干事业的时候却英年早逝，驾崩得太早了。”

“是啊，父王驾崩时才四十三岁。”易王后声音有点哽咽，“明年或者后年清明，我想回趟秦国，祭拜一下父王。”

芈八子抹着泪水没有吱声。

易王后说：“你我都是女人，自然也明白女人的苦处。我母后这人我了解，她一定处处为难、万般刁难你了吧？”

“没有没有，魏夫人对我挺好的！”芈八子摆了摆手说，“大王走后，我很悲伤，只想出来散散心，看看儿子而已，没有别的意思。”易王后是魏纾的亲生女儿，当着她女儿的面，她不能说魏纾的坏话，只能说魏纾的种种好处。

“那就好，”易王后鼻子抽动了几下，擦了擦泪水，笑了笑说，“燕易王知道你来了，特在王宫里安排了家宴，为你接风洗尘。”

“太客气了，谢谢了！”

“走吧！”

芈八子和嬴稷跟着易王后来到王宫，身后跟着几个丫鬟。

大殿的四周，古树参天，绿树成荫，红墙黄瓦，金碧辉煌。殿内的金漆雕龙宝座上，坐着一位睥睨天下的王者，他就是燕易王。左右两边的每个人的台前都摆满着水果和甜品，三脚铜酒杯都已倒满了酒。中间一群歌女在跳着舞，歌舞升平，衣袖飘荡；鸣钟击磬，乐声悠扬。台基上点起了檀香，烟雾缭绕。

易王后和芈八子落座后，燕易王手一挥，音乐停了下来，歌女纷纷退场。燕易王轻轻咳嗽一声，说道：“欢迎远道而来的客人，也是我夫人的娘家人。来，大家共同端起酒杯。”

“谢谢燕易王和易王后的款待！”芈八子环视了一下大殿，参加聚会的大都是燕易王的家人。当她目光落到一个男子身上时，她的手颤抖了一下。她没想到苏秦也在燕国，十几年没见了，苏秦依然那么风度翩翩。这些年失去了联系，她原本早已把苏秦忘了，可见到他的那一刻，往事一幕幕又再现了，心中的旧情一下复原了，她心中有千言万语想向他诉说。她望着苏秦笑了笑，苏秦也望着她笑了笑。

“燕太后怎么没有来呢？快快去请！”燕易王突然想起了什么。

“禀告王上，本宫已去请过，燕太后说她身体不舒服，想休息一下。”易王后说。

燕易王拍了拍手，音乐响起，一群歌女又开始在大厅中间跳舞，长袖飘荡，乐声悠扬。

苏秦低着头，不敢看芈八子的目光。芈八子的心咚咚地跳着，虽然他们装作不认识，但芈八子的心里充满着甜蜜，就像当初他们相识相恋时的那种甜蜜。如今，秦惠文王已死了，秦国她也回不去了，她无牵无挂了，如果苏秦再说我带你一起走吧，去周游列国，去浪迹天涯……芈八子依然会跟他走的。燕易王和易王后说了什么，她全都没有听进去，心里满是甜蜜的味道，时不时用眼睛的余光扫苏秦一下。她感觉苏秦也在看她，她的心跳得更厉害了。

第十三章　燕国遇故人

宴会散场后，苏秦离开了，芈八子跟了过去。苏秦走得飞快，转眼就不见了。

芈八子心里不由得骂了苏秦几句。

“芈夫人，我看你今天好像不太高兴，是我们招待不周吗？”跟在身后的易王后说。

“没有，可能是我一路奔波，劳累了吧。”

“我好几年都没回咸阳，心里还真有点想念，想念家乡的那种味道。你从咸阳过来，给我讲讲家乡的亲人们的故事吧。”易王后说。

两人坐在台阶上，芈八子就一一给她道来，不知不觉一弯月牙儿升了起来，大殿的四周影影绰绰，不时有宫廷卫士在巡逻。

芈八子笑着说：“该讲的我都讲了。对了，今天有个人好面熟，就是燕易王旁边的那个人，一时想不起他是谁了。”芈八子想知道苏秦的消息，但她又不好意思说她跟苏秦认识。

“他，你都不认识？他可是大名鼎鼎的苏秦先生。燕太后非常敬佩他，我也非常敬佩他。”易王后说。

“是吗？”

“我听燕太后说，苏秦师从鬼谷子，学成后，外出游历多年，潦倒而归。苏秦的家人，甚至家里的仆人都嘲笑他、看不起他，认为他想靠搬弄口舌谋生是不可能的事情。苏秦的自尊心受到了伤害，自惭形秽，整天在家里刻苦攻读《阴符》。一年后，他首先跑到秦国，鼓励秦国统一天下。但当时父王刚杀掉了商鞅，朝廷内部诸事纷乱，觉得统一天下的梦想太遥远了。苏秦口若悬河说了半天，引不起父王半点兴趣。苏秦只好灰头土脸地离开了秦国。后来他去赵国，没想到赵国当时的相国奉阳君不知为何原因，十分讨厌苏秦，对苏秦的话自然也没有兴趣。连续失利，让跟随苏秦的人都失去了信心，在去燕国的路上，他的随从时时都想离去，这让苏秦十分苦恼。到了燕国之后，他连见燕文公的机会都找不到，一年之后才见到了燕文公。他对燕文公陈述燕国的危机，指出合纵政策对燕国的好处。燕文公甚为感动，毅然决定启用苏秦，拜他为上卿，并赠予许多马车和金银作为他的资金。此后，在燕文公的财力、物力支持之下，这个苏秦还就真的不辱使命，把齐、楚、韩、赵、魏五个国家给说服了。自此，苏秦被任命为从约长，并且担任了六国的国相，同时佩戴六国相印。他亲自写一封联盟声明，递交给秦国，使秦十五年不敢出函谷关。”

“我也耳闻过一些，秦惠文王当初把苏秦赶出秦国。事后他为此后悔不已。在任贤用能、甄拔人才这反面，这是他唯一一次看走眼。”芈八子说。

“燕文公特别欣赏苏秦，把他当成了我家的座上宾，王宫后园他可以随便进入。燕文公去世前，特意叮嘱我夫君燕易王，万事都要听苏秦的建议。所以我夫君也非常尊敬苏秦，还委以重任。”

天色已晚，寒气袭人。

易王后说：“你早点睡吧，我带你去客房。”

芈八子确实有点累了，躺在床上就睡着了。半夜醒来，她怎么也睡不着了。她把在秦国的事重新捋了一下，心里还是非常憎恨魏纾。转眼她又想到了苏秦，当年她不知道自己哪来的勇气去跟苏秦私奔。当初要不是魏淼阻挠，她也许真的就跟苏秦在一起了。这么多年来，她心里一直恨着魏淼，秦惠文王几次想提拔魏淼都被她劝阻了，为此她跟母亲的关系也闹僵了。原本她以为今生再也见不到苏秦了，今生再也不会跟他有任何瓜葛了，可今日一见，她平静的心又翻起了涟漪。她决定找苏秦好好谈谈，以前她强装笑颜，为别人活着，如今她要为自己活，不会在乎别人的评价了。

接连十几天，芈八子都没见到苏秦。她就问易王后，易王后说苏秦去了齐国。芈八子还想问苏秦去了齐国会回来吗，想想忍住了。她去找嬴稷打探消息，嬴稷说估计是为了结盟的事吧。一问三不知，她也就懒得问了。

一个月后，苏秦回来了，芈八子心里大喜。她去找苏秦，但苏秦似乎故意躲避着她。她去宫殿外等，好不容易见到苏秦出来了，苏秦却装作没看见她，转眼就消失了。

芈八子不罢休，躲在宫殿外。天色已晚，她见苏秦出来了，四周看了看，神色慌张，然后匆匆走了。芈八子跟了过去，苏秦去了燕太后屋里。芈八子停住了脚步，心里在想，他去燕太后屋里干吗？她隐隐约约听到了苏秦和燕太后的调笑声，一会儿房间的灯灭了。芈八子木木站在那里，直到半夜，苏秦都没见出来。要不是巡逻的士兵走了过来，她会一直等到天亮的。

芈八子无法接受眼前的事实，她还是想当面问问他，他们之间还有没有可能，如果没有她也就不抱幻想，早点死了心。

直到第三天的一个安静的午后，阳光很好，苏秦独自一人在后花园的亭子里欣赏荷花。芈八子悄悄站在苏秦的身后，吓了他一大跳。苏秦见是芈八子，转身欲走。芈八子哭着说：“你为何要躲着我？”

苏秦讪讪一笑，“没有啊。”

“我问你，这些日子你去了哪里？”

“我去了齐国。燕文公病逝时，齐国趁机攻打燕国，夺取了十座城池。我为了报答燕文公的知遇之恩，遂出使齐国，利用燕易王为秦国女婿这点来游说，让齐国归还了侵占燕国的土地。”

“你的嘴跟张仪一样，用三寸不烂之舌游说诸国，你们两人都创下赫赫功名……”

苏秦突然哭了。

“你为何哭泣？”芈八子问。

“我刚得到消息，张仪在魏国病逝了。”苏秦伤心地说，“当初张仪找到小弟帮忙给他弄个一官半职，因受到我的冷遇怒而向秦，得到秦王信任被任命为丞相。为此，张仪赌着一口气，专门和我对着干，我‘合纵’，他就‘连横’。虽然张仪最后基本上达到了目的，然而，张仪到死也不会知道，这只不过是我使的一个激将法而已，就连他当初到秦国谋生的盘缠钱还是我给他的呢。只是我并没有让张仪知道罢了。张仪有知，岂不愧煞老脸乎？”

芈八子吃了一惊：“你这样做的目的是什么？”

“为了我自己。”

“为了你自己？”芈八子又一惊。

“是的。我穷困潦倒，家人朋友都瞧不起我，游说秦国、赵国碰壁，好在燕国收留了我。我知道靠一张嘴混饭吃，最好就是把天下这盆水搅得越浑越好。要使自己长久地立于不败之地，必须要有势均力敌的对手，必须让各国始终感到威胁的存在。没有强秦的威胁，就不会有我卖弄‘合纵’的市场，‘纵约长’也就没有存在的必要了，这是我不愿意看到的。我必须要找一个专门和自己对着干的人，他就是张仪。只有这样我的六国相印才能挂结实、挂长久。其实早在张仪找我的时候，我就设下了这个圈套。表面上我对张仪爱答不理，甚至在礼节上怠慢他，用傲慢的语言激怒他，并让他到秦国去试试看。那是因为我知道张仪在我这里吃了闭门羹之后，一定会找机会出这口恶气，如此，这个世界一定会被弄得一刻也安定不了了。这样一来，我不但自己始终有用武之地，张仪也一定会因此而飞黄腾达。事实正如我预料的那样，张仪到秦国后，为秦王竭尽忠智，穿梭于列国之间，目的只有一个，那就是‘你苏秦不是看不起我张仪吗？今儿老子就让你瞧瞧是你苏秦有本事还是我张仪有能耐’！”

“你的对手死了，所以你伤心？”芈八子心里五味杂陈，眼前的这个男人让她越来越看不透了。

“是啊，张仪是我的好兄弟，我心里对他非常愧疚。”

“天下大事我不懂，我只想问你，这些年你过得好吗？”

“你说呢？”

“你身挂六国相印，风光无限，衣锦荣归故里时散发千金，赏赐给亲戚和朋友……我知道你过得很好，但我还是想你亲口告诉我。”

“我过得很好。”苏秦叹了一口气说，“没别的事我就告辞了。”

芈八子见苏秦要走，从背后抱住他说：“别走嘛，我还有话问你。”

“先把手松开，别人看见不好，”苏秦急了，“有话快说，我还有事。”

“秦惠文王去世，秦武王即位。我现在无牵无挂，不想在秦国待了……”芈八子想暗示苏秦，她想跟他重新开始，想跟他走。

“你想说什么？”苏秦故意装糊涂。

芈八子急得跺了跺脚，“你这木头脑袋，我跟你直说吧，我想跟你走，我想做你的夫人。”芈八子鼓起勇气说完这话时，脸红得似三月的桃花。

“过去的都过去了，不可能重新开始了。再说我最近将离开燕国，也许永远离开燕国。我打算去齐国发展，何况我的弟弟苏代、苏厉也在齐国，三弟兄联手，什么事都能干成。”

“那你就带我去齐国吧？！”

“等时机成熟再说吧。”苏秦沉思了半天，望着树上的一只鸟说。鸟望了苏秦一眼，“嗖”的一声飞到另一棵树上去了。

“你在燕国不是好好的吗，干吗要离开？”芈八子流着泪说。

“你就别问了。”

“连我都不能说吗？”

苏秦吞吞吐吐地说：“如果我不离开燕国，恐怕有性命之忧。最近我心神不定，感觉身后总有人盯着我，梦中也总是被人追杀。”

芈八子安慰道：“也许是你最近日夜操劳过度，好好休息几天也许就没事了。”

苏秦又叹了一口气。

突然传来一声咳嗽声，芈八子回头一看，是一位风韵犹存、衣着艳丽的女人。苏秦和那女人对视了一下，神色慌张地说：“我碰巧在庭院里遇见了芈八子，没曾想又遇到燕文夫人，看来今天是个好日子，怪不得我看见喜鹊在鸣叫呢。”芈八子心想，这个燕文夫人估计就是他们所说的燕太后，立即行了礼。

燕太后说：“你就是从秦国来的那个夫人，叫什么芈八子。”

芈八子点了点头。

燕太后笑着说："我在屋里憋得慌，看阳光如此美好，出来走走，没耽误你们聊天吧？"

苏秦笑着说："燕文夫人客气了。我还有事，先走一步。"

芈八子和燕太后第一次见面，双方不熟，为避免尴尬，她也匆匆告辞了。

芈八子从燕太后望苏秦的目光里看出了什么，凭一个女人的直觉，她觉得燕太后和苏秦之间一定有故事。再想想那天晚上，苏秦去燕太后屋里彻夜未归，她更加坚信他们之间一定有故事。有机会，芈八子想当面问问，他跟燕太后到底是什么关系？他离开燕国的真正原因是什么？为什么他今天说话吞吞吐吐，目光躲躲闪闪，心里一定有什么难言之隐，难道是燕太后给他施加了压力或者说了什么，所以他才要离开燕国，不愿带她走？芈八子越想越乱，理不出半点头绪，她还是想要当面问问苏秦。

夜幕降临，一弯月牙儿挂在天上。

芈八子在苏秦屋外一棵大树后徘徊，一直犹豫要不要推门进去，进去后又说什么呢？当面质问又有点不妥，她一直在想见面后该说什么，想好了几句话又一一推翻。就在她鼓起勇气想进去时，苏秦出来了，他向四周看了看，神色慌张，然后匆匆朝后院走去。芈八子悄悄跟了过去，发现苏秦直奔燕太后的后宫而去。芈八子在一处假山后藏了起来，后宫她进不去，她就在远处窥视着。

夜已深，苏秦一直没出来。

芈八子在假山后待了一晚上，直到天亮，苏秦才出来。芈八子又悄悄跟在苏秦后面，看到他回到自己的屋里。她生气地冲了进去。

"你怎么来了？"苏秦大吃一惊。

"我问你，昨晚你干什么去了？"

"你在跟踪我？"

芈八子哭着说："当初你那么喜欢我，为何现在对我冷如冰霜？你是不是心里有人了，那个人就是燕国太后？你的胆子也太大了，万一别人知道，你就不怕掉脑袋吗？"

"事到如今，我就直说了，我承认我是喜欢燕文夫人，对不起燕文公。当初我落难时，是燕文公收留了我，我对他一直感谢不尽。后来，燕文公死后，燕文夫人对我有意，面对这么漂亮的女人，哪个男人不动心呢？"

"然后，你们就偷偷摸摸在一起了，是吗？"

"是的。"苏秦叹了一口气说，"我跟燕易王的母后偷偷来往，燕易王已知道了此事。我帮他从赵国手中收回燕国的土地，按说燕易王要给我封官奖赏，但他什么都没表示，反而对我越来越客气了，他越是客气我就越是担心被杀。为表示对恩人燕文公的歉意，我就提议前去齐国以提高燕国地位，其实我就是去做卧底，想趁机搞垮燕国的死对手齐国。燕易王已同意。我准备收拾行李，今天就离开燕国。”

芈八子伸出双手捶打着苏秦，然后扑在他怀里伤心地哭泣，问道 :“带我走，好吗？”

苏秦推开芈八子，坚决地说 :“不行，我说过我们之间的事都是过去的事了，过去已回不来了。何况我现在这种处境，不配谈情说爱。你走吧，来生我们再续前缘吧。”

芈八子哭成了泪人。

下人进来通报，燕太后已准备了马匹和干粮，芈八子只好擦干泪水匆匆走了。

芈八子站在门外远远的地方观望着，她看见苏秦提着东西走了出来，燕太后也来送行。她看着苏秦和燕太后在说着什么，依依不舍。

苏秦坐上马车，向燕太后挥手告别。

芈八子望着马车走远，知道也许今生再也不见不到苏秦了。她曾以为真情会在两人心间永驻，曾以为两人一辈子都要爱下去。但终究，时光会逝去，人心也会变淡，走着走着便忘了曾经，想着想着便走错了地方。天下没有不散的宴席，终有一天还是要面对分离，面对这情深缘浅的现实，甚至分道扬镳，不再相见，她的泪水奔涌而去……

第十四章　秦武王举鼎而亡

公元前307年，秦国甘茂带兵攻打了半年才占领了韩国重镇宜阳。

其实秦国早就想攻打韩国。韩国军事重镇宜阳，是周国与韩国阻挡秦国东进最为重要的屏障。秦军若想兵出函谷关，首先必须掌控此地，才可以保证物资与兵员的输通顺畅。甘茂则认为“伐宜阳，定三川”是秦国挺进中原、成就帝业的关键所在。秦国担忧的是韩国和魏国联盟，所以甘茂自请入魏国，与魏王达成协议，魏国不再偷袭秦军，而且还会出兵助秦，所以秦国才敢攻打宜阳。秦国攻占宜阳，秦武王嬴荡大喜，带领着任鄙、乌获、孟贲三个大力士及一班勇士到宜阳巡视，然后直入洛阳观看九龙神鼎。

周赧王遣使郊迎，使者向嬴荡致天子问候之意，并声称天子在王城将备盛礼迎接秦武王。嬴荡谢辞使者，不敢与周王相见。他知道九鼎在太庙之中，遂前往观看。入太庙，见九个宝鼎一字排列，甚为壮观。那九鼎是大禹收取九州的贡金，每州各铸成一鼎，鼎上载其本州山川人物及贡赋田土之数，足耳俱有龙纹，又称“九龙神鼎”。夏传于商，商传于周，迁之于洛邑。迁时，用卒徒牵挽，牛车负载，不知重量几何。

嬴荡围着九鼎观览一番，赞叹不已。九鼎名称各不同，鼎腹有荆、梁、雍、豫、徐、扬、青、兖、冀（即古九州名）九字相别。秦武王指雍字一鼎叹道：“此雍州之鼎，乃秦鼎也，寡人当携归咸阳。”守鼎的官吏说：“大王，此鼎定于此，未曾移动，每鼎有千钧之重，无人能举。”

嬴荡回头问任鄙、孟贲和乌获道：“你们三位，能否举起此鼎？”

任鄙知道嬴荡恃力好胜，婉言推辞说：“我只有百钧之力，此鼎重千钧，无法举起。”

乌获也摇摇头说：“我也无法举起。”

嬴荡生气地说：“亏你们还自称大力士，我看你们不配，丢大秦的脸面。”

孟贲笑道：“大王，我试试。”孟贲于是用两根粗绳系在鼎耳之上，伸开双臂，套入绳索之中，狠狠喝道："起！"那鼎离地半尺，重重砸在地上。由于用力过猛，孟贲眼珠迸出，眼眶流出了血。

嬴荡笑道："虽然勉强举起，但也太费力了。你既然能举动，难道寡人举不动？"

任鄙进谏道："大王万乘之躯，不可轻试！"

嬴荡不听，卸下锦袍玉带，束缚腰身，更用大带扎缚其袖。任鄙和乌获拉着他的袖子苦苦劝谏，嬴荡大怒道："你自己不能举，难道妒忌寡人之力吗？"任鄙见嬴荡发怒，不敢再谏。嬴荡大踏步向前，亦将两臂套入绳索中，说道："孟贲勉强举起，我偏要举起再行走几步。"于是尽平生之力，屏一口气，喝声："起！"那鼎亦离地半尺。正要迈步，不觉力尽失手，鼎坠于地，正压在武王右足上，"咔嚓"一声，将其胫骨压断。众人急忙把他扶归公馆，嬴荡疼痛难忍，血流不止，挨至半夜，气绝而亡。嬴荡即位时曾言："得游巩、洛，生死无恨。"今日果然死于洛阳。

周赧王闻变大惊，急备美棺，亲往视殓，哭吊尽礼。秦人奉丧以归。

嬴荡的棺材运到咸阳，魏纾悲伤不已，立即召集文武大臣商讨此事。

"扁鹊在虢国能救活死去的太子，他有起死回生之术，要不派人去请扁鹊？"太医令李醯提议，他知道嬴荡已死，他想借刀杀了扁鹊。

十万火急，魏纾立即派嬴华去请扁鹊。扁鹊不肯来，嬴华就把扁鹊和他的徒弟子阳、子豹、子越一块押到了咸阳宫。

太医令李醯领着扁鹊来到了嬴荡的尸体旁，扁鹊看了一眼，尸体已发出臭味了。他皱了皱眉头，跪在了魏纾面前，"太后，我无能为力，你就饶了小人吧。"

"把他拖出去斩了。"魏纾生气地说。

"太后，你乱杀无辜，传出去不怕天下人笑话吗？"扁鹊说。

嬴虔替扁鹊求情，对魏纾说："秦国除重视治理国家的人才外，对大夫也很尊重。扁鹊名扬天下，杀了他，对秦国影响不好，今后还有哪个大夫敢到秦国来呢？现在最主要是先把大王安葬了，好重新立新大王。"

魏纾叹了一口气，挥了挥手，扁鹊和他的弟子匆匆退了下去。

李醯不罢休，一直想寻找机会刺杀扁鹊，一来他担心自己的太医令被扁鹊代替，二来诸侯列国都知道扁鹊，而不知道李醯。李醯早已心怀不满，充满了嫉妒和恨。扁鹊早已成了他眼中的钉肉中的刺。他派了两个刺客跟踪扁鹊，却被扁鹊的弟子子豹发觉，暂时躲过一劫。扁鹊打算离开秦国，他们沿着骊山北面的小路走，路上遇见一个打扮扁鹊成猎户的样子的人晕倒在路上。扁鹊走过去想去看看，子豹劝道："师傅，还是赶路要紧吧，李醯这人诡计多端，心狠手毒，还是小心为好。”扁鹊说：“我一生周游列国，到各地行医，就是要为民解除痛苦。”扁鹊走了过去，蹲下身子，拉起那人手腕准备号脉。那人突然翻身而起，将手中的匕首插进了扁鹊了身体，扁鹊什么都明白了，“你是李醯派来的？”那人说，“不错。李醯还说了，只要你交出《内经》和《外经》，我就给你留个全尸。”扁鹊说：“休想！”树林里突然冒出几个衣着打扮成猎户的人。扁鹊说：“子豹，你们快走，别管我了。”扁鹊掏出银针扎进了那人的双眼。子阳、子豹、子越冲过来想要救扁鹊，扁鹊大声喊道：“你们快走！”子豹的包裹里装着扁鹊的《内经》和《外经》，这是扁鹊毕生的心血。他咬咬牙，转身走了。几个猎户围住了扁鹊，一代名医就这样惨死在同行李醯的手下。

安葬了嬴荡后，魏纾又下令将孟贲五马分尸，诛灭其族。因任鄙能谏，任为汉中太守。乌获贬职，降为普通士兵，戴罪立功。

魏纾又召集文武大臣商讨新王的事。嬴荡无子，有八个嫡庶兄弟。魏纾和武王后打算从魏纾的亲生儿子公子壮、公子雍两人中挑选一人继承王位。让谁继承王位呢？魏纾犹豫不决。她私下找到德高望重的右丞相嬴虔，想听听他的意见。嬴虔认为公子壮跟他哥哥嬴荡一样，有勇无谋，公子雍胆小怕事。两人都有点不合适，但又没其他人选，只能选公子壮。

魏纾又找到左丞相甘茂，甘茂跟嬴虔意见差不多，认为公子壮、公子雍两人不是最佳人选，但他建议让公子雍继承王位。其实甘茂心里有人选。公子通被谋反的陈庄杀害后，公子恽就被派到蜀地当蜀侯。公子恽有勇有谋。但甘茂心里清楚，他不是魏纾所生，如果推荐公子恽，必然会遭到魏纾和武王后反对，得罪了她们对自己不利。

魏纾再次召集大臣们商议，大臣们也持有不同意见，有支持公子壮的，有支持公子雍的，还有一部分大臣私下认为可以从芈八子的儿子中或其他夫人的儿子中挑选。当然，持有最后一种意见的大臣心里也清楚，这有点不现实，因为魏纾和武王后这一关首先就过不了。

持有最后一种意见的人是魏厽、向寿和魏冉，他们已先后回到了咸阳，特别是魏冉臂力过人、豪爽猛断。武王即位后，在自己熟悉的亲戚中选拔大臣，特别重视军事人才。尽管魏冉是武王的挂名舅舅，但两人实际年龄相差不多，性情相投。且魏冉矫健力大，与好力的武王终日在一起习武。这样魏冉与武王的另一位重要大臣也就是武王的叔叔嬴疾走得很近，两人私人交情也不错。魏冉就被顺理成章地提拔为将军，执掌大权，卫戍咸阳。他们三人都有自己的打算，想让在燕国做人质的嬴稷回来继承王位。

嬴稷一旦成了秦王，不仅芈八子可以回到秦国，他们在秦国也可以站稳脚了，今后的事业发展更不用说了。

魏厶和魏冉私下召集他们的心腹商议。魏厶最初把自己的命运压在女儿芈八子身上。当初他阻挠芈八子跟苏秦私奔，想尽办法把芈八子嫁给了秦惠文王嬴驷，没想到为这事芈八子一直记恨在心，他一直得不到重用。嬴稷是个明事理的人，他一定会懂得感恩的。从外孙嬴稷身上，魏厶看到了自己光明的前途和未来。魏厶说："公子壮、公子雍是花花公子，只知道吃喝玩乐，大秦的社稷交给他们，后果不堪设想。为了大秦的社稷，我认为嬴稷是不错的人选。"

向寿说："我认为有道理，大秦的社稷不能交给他们。嬴稷知书达理，是最佳人选。"

魏冉说："我们散布谣言，给秦国施压，就说如果他们要立魏纾的儿子称王，燕、赵、齐、宋四国就联合起来攻打秦国。"

几个心腹表示大力支持，寿烛和公孙衍也表示支持。魏厶便一一做了分工：魏厶和向寿秘密前往燕国，接嬴稷回秦国；寿烛去韩国、赵国、宋国，让他们给秦国施压；公孙衍时时关注王宫，打探消息；魏冉则加强王宫的保卫工作，只要嬴稷一回到咸阳，就随时准备着发动政变。

第十五章　芈八子离开燕国去义渠

芈八子望着苏秦的马车走远，那一刻她的心死了。她恨死了苏秦，仿佛在那一瞬间她看透了一切。她擦干泪水转身匆匆离开，没想到和一个人撞了一个满怀。她抬头一看，那人身形强健彪悍，留着八字须，披肩头发，部分头发卷着，还扎着两条辫子，腰上系着好看的腰带，腰带上还挂着几个玉佩，从穿着打扮上看不像燕国人。她脸一下红了，连说对不起。

那人哈哈笑了，“该说对不起的是我，我感觉在哪见过你？这也许是我们的缘分吧。请问怎么称呼？”

“我叫芈八子。”芈八子低下头说。

“你的名字太难听了，以后我就叫你芈美人算了。”

芈八子脸红了，转身欲走。

“我话还没说完呢。我先自我介绍一下，我是义渠王，从义渠来的，以后你叫我义渠王就是。”

芈八子见义渠王有点狂，一副不知天高地厚的样子，便故意说：“你说的那个义渠就是被秦国伐取二十五城的那个义渠？义渠国内乱，秦国趁机平定义渠内乱，义渠便臣服于秦，义渠以国为秦县，以君为秦臣，正式成为秦国属地的那个义渠？”

义渠王气得脸红脖子粗，“你怎么知道得这么详细？”

“天下人谁不知道啊？”芈八子反问道。

“我告诉你，这只是暂时的，我不但要夺回我的二十五城，还要灭了秦国。”义渠王握着拳头说。

“好大的口气。”芈八子不屑地说。

“你等着，我这次来燕国就是为这事来的，我打算联合东方五国伐秦。”义渠王说，“我先去找燕王谈正事，回头再找你。”

芈八子随口一说："好啊。"没想义渠王当真了，当天晚上就去找芈八子。芈八子本不想见他的，但想想反正也没啥事，加上一堆烦心事，就当散散心，就跟义渠王一块出去了。

一轮满月挂在天上。

义渠王笑着说："此时此刻如果是在我们义渠的草原上，那才美啊。你想想，一轮满月，草原上野花盛开，再加上一堆篝火，男男女女围着篝火跳着欢快的舞蹈，吃着牛羊肉，喝着美酒……"

芈八子有点陶醉，"真的吗？我还没有去过草原。"

"当然是真的！你敢不敢跟我一起去草原？"

芈八子没吱声。

义渠王哈哈笑道："我早就料到你没这胆。我还想让你当义渠王后，你更没有这个胆了。"

芈八子说："你这激将法，对我没用。再说我们才认识多大一会儿啊，我对你一点都不了解，我干吗跟你去义渠？"

"如果你跟我回义渠，我一定把你当草原上最美的女王对待，你要天上的星星月亮，我都想办法给你弄下来。"

芈八子笑着说："我劝你死了这条心吧，你知道我是谁吗？"

"我已打听到了你的情况，你原是秦惠文王的夫人，如今秦惠文王已死了，你被王后赶了出来，对吗？"

"你怎么知道的？"

"我连这点消息都打探不到，还有脸面当义渠王吗？"

"现在我虽然落难，但我依然还是秦国的夫人。你被秦国打得到处跑，难道你就不怕秦国吗？不记恨秦王？"

"被秦国打得到处跑的不是我，是我的长辈和兄弟。我告诉你，我一点都不怕秦国，"义渠王手舞足蹈地说，"我说过，我要夺回我们的城池，我还要灭了秦国。"

芈八子鼻子一哼，冷笑了一下。

义渠王指着芈八子说："你等着，不信走着瞧。"

芈八子转身微微一笑，"没什么事，我可走了，我这人最讨厌吹牛的人。"

义渠王伸开双手说："好了，我不扯这些了，说正事，我见你第一眼就喜欢上了你，你说该怎么办？我还是那句话，敢不敢跟我一起回义渠。我等你五天，你好好考虑，如果你愿意，五天后我带你回义渠。”

义渠王说完转身就走了。

芈八子望着义渠王的背影说：“我现在就告诉你，你别做梦了，明天就滚吧。”

第二天中午，芈八子和嬴稷正坐在庭院里聊天，他们做梦都没想到的是魏淼和向寿突然出现在他们的面前。芈八子又惊又喜，拉着向寿的手说：“你们怎么来了。”

魏淼笑着说，“你母亲非常担心你，让我来看看你，还给你带了不少好吃的东西。”

“谢谢！我的母亲身体还好吧？”芈八子经历了这些事后，慢慢也原谅了父母，认为他们也不容易。

“她很好，每天都在念叨你。”魏淼说。

“你们到燕国不仅仅是为来看我们母子俩的吧？”

魏淼四周看了，小声说：“回屋说吧。”

魏淼跟着芈八子进屋了。魏淼关上门说：“秦国出大事了，秦武王举鼎死了，目前消息还被封锁着的。秦武王无子，太后魏纾想让公子壮和公子雍继承王位，没想到这两人都想当王，互相争斗。太后也为难，不知如何是好。而我和你弟弟魏冉想把公子稷秘密接到秦国，让公子稷当王，这样你就可以回到秦国，名正言顺地当太后了。”

芈八子心里非常高兴，但表面上非常镇静，“你们秘密来到秦国，估计手续不全，燕易王会同意稷儿回秦国吗？”

“不是还有易王后吗？”魏淼拿出精美的金银首饰说，“这些都是给易王后的，你让她说通燕文夫人，再让她们去给燕易王做工作，我想燕易王会同意的。”

“如果燕易王不同意，我愿意留下来做人质。”芈八子说。

“别逗了，你想做人质，人家还不要呢？”魏淼说，“宜早不宜迟，你快快去见易王后吧，定下来后，我们好回秦国。”

芈八子正要出门去找易王后，易王后倒自己送上门来了。芈八子把魏淼做了介绍，然后拿出精美的首饰递给易王后，表达了这些日子自己和嬴稷对她的感谢。易王后说照顾是应该的，说什么也不要，推来推去，最后还是收下了。

芈八子说嬴稷想回秦国，想让她帮忙在燕易王面前说说好话。易王后有点为难，她说其他事她可以帮忙，唯独这件事她无能为力，她从不过问王宫里的事。

芈八子把燕易王拉到一边说：“本来不想告诉你的，事到如今我就直说了吧，你的弟弟秦武王嬴荡已驾崩了，嬴稷作为弟弟，应该回去看哥哥最后一眼。”

燕易王突然哭了，伤心地说：“当年父王去世我没能回去，心里一直很愧疚，这次我一定要回去。你放心吧，我现在就去找燕易王，我要带着公子稷一块回秦国。”

芈八子面带微笑，“多谢易王后。”

魏淼见易王后走远了，不高兴地说：“易王后的母后就是魏纾，魏纾天生多疑，她一旦知道我们把嬴稷接了回去，恐怕嬴稷有生命危险。不能带易王后。”

“易王后是个心地善良的女人，跟她母后不一样。魏冉是个聪明人，等我们快到咸阳时，魏冉自然会有办法的。”

魏淼叹了一口气说：“秦武王有八个嫡庶兄弟，除了公子稷、公子显和公子悝外，还有五个竞争对手，这五个对手都不好对付。说实话，我还真为嬴稷担忧。其实我最担心的还是韩国、赵国、宋国不配合，孤军作战，很难站稳脚跟。”

芈八子突然想起了什么，“我听义渠王说，他打算联合东方五国伐秦。”

魏淼眼睛一亮，“你认识他？”

“刚认识，不太熟悉。”

“如果他肯帮忙，内有魏冉，外有义渠王和五国施压，就会事倍功半。”

芈八子陷入了沉思，不言不语。

易王后面带微笑地走来了，芈八子还在发愣，“芈夫人，想什么呢？”

芈八子回过神来，笑着说：“我在想燕易王会放人吗？”

“燕易王同意了，我刚提到公子稷，燕易王就说什么也别说了，赵武灵王派代郡郡相赵固跟他面谈了，他同意由赵固护送公子稷回秦国。”易王后说。

“你回秦国，他也同意了？”芈八子说。

“刚开始不同意，我苦苦哀求，他终于答应了。”易王后笑着说。

魏淼说：“易王后，我们明天一早出发，你回去收拾行李吧，我去会会郡相赵固。”魏淼领着向寿和嬴稷一块走了。

庭院里只剩下芈八子一人，她独自徘徊，心事重重，不知不觉来到了义渠王住的房子附近。

芈八子迟迟不见义渠王出来，便故意哼起了小曲。义渠王突然在芈八子身后出现了，芈八子吓了一跳，质问道：“人吓人，吓死人，你知不知道？”

义渠王嘿嘿笑了，“下次不敢了。”

“还下次，没有下次了，我明天就离开燕国回秦国了。”

“真的要走吗？”

“当然是真的。”

义渠王急了，语气加重，呼吸也急了："我再问你一遍，你敢不敢跟我回义渠，现在？"义渠王盯着芈八子的眼睛，接着说："我知道你是一个胆小的人，不敢跟我回义渠。"

芈八子笑着说："我可以去义渠，但你必须答应我两个条件。"

"别说两个条件，一千个条件我都答应。你说，什么条件？"

"我去义渠，你要封我为王后，今后你还要听我的话。"

义渠王哈哈大笑，"我答应你，其实你提的这两个条件，我在见你第一眼时就这么想了。"

芈八子嫣然一笑，"你真坏！"

义渠王笑着说："要不我们现在就走？"

芈八子说："好啊！等我回去跟稷儿告个别，你去准备马车和干粮吧。"

义渠王高兴得像个孩子似的手舞足蹈地走了。

芈八子去找魏淼，她知道他们在郡相赵固的房间里。她推门进去后，向赵固行了礼："稷儿的事全靠你帮忙，一路还要你照顾，我代表稷儿向你表示感谢。"

"芈夫人客气，我只是奉赵武灵王之令如此而已。"赵固说。

"你有没有问赵武灵王，让你护送公子稷回秦国的目的？"芈八子试探地问，她心里清楚，嬴稷回秦国知道消息的人越多，嬴稷就越不安全。

"小人只是奉命行事，我的任务就是平安地把公子稷送到秦国，至于其他事我没兴趣，不该问的我自然不会问。"赵固笑着说。

"那就好。"

"芈夫人不跟我们一块回秦国吗？"

"前段时间我才从秦国过来，最近身体欠佳，我怕路途遥远受不了。我打算过一段时间再回秦国。"芈八子心里清楚，如果她跟嬴稷一块回去，魏纾一定起疑心，怀疑嬴稷回来的真正目的。

"母亲，你不是答应我们，跟我们一块回吗？"嬴稷说。

"你们先回，我随后就到。"芈八子站了起来，拥抱了嬴稷一下。嬴稷比她高一个头了，还有点不好意思。

芈八子望了魏淼一眼，魏淼拱了拱手说："郡相，我们告辞了，明早天不亮就要出发，你早点休息。"

赵固把他们送到门口。

向寿和嬴稷回房早早睡了，芈八子把魏淼拉到一边说："我打算去义渠。"

"你疯了吗？"

芈八子说："你听我说，我这是为了稷儿，义渠王联系东方五国伐秦，内外接应，这是多么好的机会啊！为了让稷儿当上王，为了万无一失，我必须这么做。"

魏淼沉默一会，笑着说："我发觉你现在成熟稳重了，不像以前干什么都毛毛糙糙了。"

"我问你，为啥赵武灵王主动派郡相赵固护送稷儿回秦国？"芈八子说。

"也许是寿烛去了赵国，说服了赵武灵王，赵武灵王害怕强大的秦国，做了一个顺水人情而已。"

芈八子分析道："事情不像你想的那么简单，从赵固的眼里我已看出，他已知道赵武灵王让他护送稷儿回秦国的真正目的。这是一个阴谋，说真的我很佩服赵武灵王，他知道秦武王死了，秦武王有八个嫡庶兄弟，个个都想当王。他们把稷儿送回秦国，就是想让王位争夺战拉开，让他们互相残杀。他们这样做的目的就是想把秦国搞垮，然后趁机联合其他几国吞并秦国。"

"士别三日，当刮目相待。"魏淼说。

"咸阳宫见。"芈八子说完就走了。

义渠王备好了马车，到处找芈八子，他怕芈八子突然变卦，宜早不宜迟，他要立即马上离开燕国。当他见到芈八子时，喜不自禁，做了一个请的手势，"王后，请上车吧！"

芈八子望着马车，没动。

义渠王一愣，突然明白了，他弯下腰，芈八子踩着他的背上了马车。

一弯月牙儿挂在树梢。

第十六章　送太子回秦国

天微微亮，赵固和他的士兵带着嬴稷等一行人浩浩荡荡出发了。大将军乐毅亲自保驾护航。

易王后左右看了看问：“芈夫人呢？不是说好了一块去秦国的吗？”

赵固说：“禀告王后，芈夫人临时有事，改变了行程，我们不等她了，先走一步。”

向寿坐在嬴稷的身边，他的任务就是一步不离地跟着嬴稷，保证他的人身安全。

经过几天的日夜兼程，他们进入了赵国的地界。乐毅跟他们一一道别。赵固给大家鼓气说：“大家加油吧，到了代郡后，我好好款待大家，然后把补给带充足。”

魏淼笑着说：“大家加油吧！”

易王后随身携带的丫鬟，也许是第一次出远门，一路兴奋不已，欢声笑语。

几个时辰后，他们来到了代郡，赵固已派人提前通报了，早有官员在城外迎接他们。易王后、嬴稷、魏淼和向寿被视为最尊敬的客人招待，满桌都是山珍海味。一路奔波，他们确实有点疲乏了，都毫无顾忌放开了吃。魏淼附在向寿的耳边说：“你别喝酒，时时刻刻提高警惕。”向寿点点头。

好客的赵固不停地劝魏淼和嬴稷喝酒，喝到半夜，大家都有醉意了，考虑到明天还要出发，酒席散了。回客栈的路上，向寿发现有人尾随着他们，他心里在琢磨：他们是谁派来的人呢？难道是赵固？他很快推翻了，不可能是他，他的主要任务是负责嬴稷的安全，嬴稷一旦出事，他也交不了差。难道是秦国派来的杀手或者是赵国的探子？向寿躺在床上越想越乱，干脆不想了。他一时又睡不着，他想到了嬴虔的小女儿嬴冰，嬴冰是位美丽善良的女孩，越长越好看，他一直把这份情深深埋在心里，不敢表露。等这次完成任务后，他一定要向嬴冰表白，如果再不主动，恐怕就没机会了。嬴冰早已到了出阁的年纪，据说上门提亲的公子还不少呢。

门突然传来响动，一个黑影摸了进来，向寿拔出剑大喝一声：“谁？”

那人转身欲走，向寿追了出去，大声喊叫“抓刺客”。向寿追了几条街，黑影不见了，他怕对方使用调虎离山之计，因为嬴稷还在客栈里，便回到了客栈。他见魏淼提着宝剑在门口，“姨公，你怎么站在这里？”

“我在保护公子稷。抓到刺客没有？”魏淼说。

向寿摇了摇头，直接进屋，看见嬴稷安然无恙地躺在床上睡觉，才松了一口气。他摇了嬴稷一下，“公子稷，你没事吧？”

嬴稷睡眼蒙眬，揉了揉眼睛说：“这么早就要出发，让我再睡一会儿吧。”显然刚才发生了什么，嬴稷一概不知。向寿叹了一口气，心想：要不是我保护你，恐怕你早就见阎王了。

客栈外脚步声一片，赵固带人包围了客栈。他匆匆冲到嬴稷的房间，看见嬴稷，才松了一口气说：“吓死我了，好在公子稷没事。谁这么大的胆子，在我的地盘上竟敢刺杀公子稷？我立即派人去查这件事。”

魏淼说：“郡相，我们现在还是赶路要紧，至于刺客以后再议。”

赵固摸了摸胡须，笑着说：“有道理！要不我带你们去赵都拜见赵武灵王，如何？”

“时间仓促，任务紧，等以后有机会再说吧！”魏淼笑着说。

“好吧！”

魏淼招呼大家立即出发，这次赵固调集了上千的士兵护送他们，让大将军赵造亲自保驾护航。队伍声势浩大，犹如长龙。

魏淼望着庞大的队伍，心里很担忧：恐怕他们还没到达秦国，咸阳宫的人都知道公子稷要回来了，魏纾知道后岂能袖手旁观？他想让赵固不要兴师动众，但赵固要坚持这么做。他说他要保护公子稷的安全，如果公子稷在赵国出事，岂不让赵国人耻笑他？魏淼见反对无效，不再言语了。

又是几天马不停蹄的奔波，转眼到了赵国和魏国交界处了，赵固让大家停下来休息和进餐，然后赵造亲带领着士兵回去了。如果让这些全副武装的士兵进入魏国，恐怕要引起不必要的误会，所以他只留下了少部分精兵强将跟随他。

赵固见大家吃饱了，便让大家换上了魏国的服装，马车只留下两辆，易王后和她的两个丫鬟坐一辆，嬴稷和魏淼等坐一辆。赵固骑马在前面开道，向寿则骑马和一些士兵断后。

进入魏国后，大家都提高了警惕，小心谨慎，一路默默无语。穿过几条河后，进入山谷，他们离秦国越来越近了。赵固望了望山谷，峡谷幽长，树木茂密，遮天蔽日，

第十六章　送太子回秦国

两边悬崖笔直，山峰上飘荡着几丝薄雾，若隐若现，给人神秘之感。赵固挥手让大家停了下来，悬崖勒马，马长嘶一声，声音在山谷里回荡。魏淼走了过来，问道："郡相，怎么了？"

赵固说："此地凶险，我担心有埋伏。"

魏淼说："你担心秦国王后或几个公子在此设伏想刺杀公子稷？"

"我可没这么说，我只是担心而已。我的任务是安全把公子稷送到秦国，至于其他，不是我操心的事。"

"穿过这条山谷，再越过河水，就到了秦国地界，你的任务就算完成了。"

"把公子稷送到咸阳宫，我的任务才算完成。"赵固说，"大家快速穿过峡谷，不要久留。"赵固挥了挥手，让几个人在前面开路。

行走到峡谷中间，树林里突然乱箭飞出，走到前面的几个人惨叫几声倒了下来。赵固大叫一声："保护好公子稷和易王后！"

突然跳出几个头戴面具的人拦在中间，其中一个人大声喝道："留下买路钱，快快滚蛋！"

赵固用剑指着他们说："你们是谁派来的？说出来我饶你们不死。"

头戴老虎面具的人狂笑起来，"好大的口气，我们是杀人不眨眼的土匪强盗。兄弟们，上。"

赵固剑一挥，领着士兵冲了上去。峡谷里刀光剑影，厮杀声一片，一会儿就堆满了尸体。赵固身经百战，武功高强。那几个头戴老虎、豹子、豺狼面具的人也不是省油的灯，他们围住了赵固，虽刀刀致命，但赵固总能化险为夷。有几个人朝马车冲去。魏淼虽然年纪大了，但也是身经百战之人，他挥剑刺死冲在前面的人。向寿年轻气盛，冲过来帮助魏淼，他左右挥舞着刀，斩落几人。

魏淼说："别管我了，保护好公子稷！"

向寿大声说："放心吧！"向寿朝马车冲去，挥刀砍倒几个冲向马车的人。

魏淼边战边靠近赵固，突然声东击西，一剑刺在戴豹子面具的人的胸口上。戴豺狼面具的人一愣，赵固的剑从他脖子轻轻划过，他慢慢地倒下了。赵固的手下挥着刀吼叫着冲了上来，戴老虎面具的人见势不好，转身就跑。魏淼追了上去，把手中的剑扔了过去，剑在空中飞着，直直插在那人的腿上。他尖叫一声，单腿跪了下来。魏淼捡起地上的刀，把刀架到那人脖子上说："快说，是谁派你们来的？"

"我们是土匪强盗。"

“再不说，我就一刀砍下你的头。”魏淼举起刀。

“我说，我们是太后和公子壮派来的。”

“你们怎么知道消息的？”

“早有探子把公子稷要回秦国的消息传到太后的耳朵里了。”

魏淼手起刀落，砍下了那人的头。

赵固叹息说：“杀了可惜，留下作为证人多好啊，到时太后和公子壮有口难辩啊！”

魏淼擦了擦脸上的血说：“把我都气糊涂了，是啊，我怎么没想到呢？”

赵固清点人数，他的手下死了十几个，好在公子稷和易王后没事。他长松一口气，然后召集大伙快速离开峡谷。离开峡谷后，接着坐渡船过河水，终于来到了秦国。

踏上秦国土地的瞬间，大家心里都非常高兴和踏实，只有魏淼心里明白，也许陷阱和阴谋早已在等待公子稷了。魏纾早已盯上公子稷了，其他几个公子同样也对公子稷虎视眈眈，路上所遇见的刺客就已说明了一切。

“秦人白起，叩见魏大人！我们是将军魏冉派来迎接你们的。”一个穿着布衣的人走了过来对魏淼说。

魏淼见白起气度非凡、相貌堂堂、精神矍铄，心里不由得暗生欢喜，凭他的眼光，这是一个可塑之才。他看了看四周，发现周围有不少布衣，“他们都是你的人吗？”

“是的。”

“你是来迎接我们回咸阳的吗？”

“将军交代了，咸阳宫危机重重，不能回咸阳宫，让我们先带着你们去骊山行宫。晚上有客人要见你们。”

白起赶着破马车在前面带路，魏淼领着大家远远地跟着。远山朦胧可见，魏淼大声说：“前面就是骊山行宫，大家到了那里好好吃一顿好好睡一觉，好不好？”

赵固的手下欢呼不已。

行宫外旗帜飘荡，门口站满了手持长戟的兵卒，佩带强弓的军士列在后面，魏冉站在最前面，欢迎嬴稷归来。

嬴稷和易王后走下马车，魏冉向他们行礼和问好。

赵固带领着手下刚走到行宫外，白起就走了过来对赵固说：“郡相，请跟我来吧，我们已为你们备好了酒菜。”

赵固和他的手下从侧门进入一个大院子，门突然被关上了，楼阁四周突然冒出了无数的弓箭手和手持长戟的兵卒。赵固大惊，“你们想干吗？”

第十六章　送太子回秦国

已换上战袍的白起，站了出来说："大家先别慌，我们不会为难你们的，我们是保护你们的，以防意外。请大家待在这里，不要出去，否则这些弓箭不长眼睛，会把你们扎成马窝蜂的。"

赵固大声喊道："放我们出去，我们的任务还没完成，我们要护送公子稷去咸阳。"

白起说："你的任务已完成了，交接手续我们很快会提供给你，并提供给你马匹和干粮，然后你带着你的人回燕国。如果你带着你的人闹事，就别怪我们不客气了。"

赵固顿时泄了气，"我们饿了，你们不至于把我们关在这里饿死吧。"

"你放心，一会儿就有人给你们送吃的。"白起说。

易王后用完餐后，被带到了后院，四周也布满了兵卒，说是保护她的安全，实际上是被看管起来了。

魏冉带着嬴稷来到了正宫。魏冉谈了谈咸阳宫的形势，然后说道："你的叔公嬴疾是朝廷重臣，他的话很有分量，你们好几年都没见了吧，他想见见你，实际上是想考察你一下。等下见了他，不要慌，我估计他会问你一些治国安邦的问题。你先好好考虑一下。"

魏冉说完退了下去，留下嬴稷一个人在宫里。

半个时辰后，魏冉又进来了，对嬴稷说道："公子稷，你叔公来了。"

嬴稷立即起身，看见一个面带微笑的白发老人朝他走来。几年没见，他没想到嬴疾头发都白了，差点没有认出来。嬴稷对嬴疾行了大礼，"叔公好。"

嬴疾平易近人地说："免礼。我跟随你父王秦惠文王南征北战，没想到你父王先走一步。如今我也老了，大秦的江山要靠你们年轻人了。"

嬴稷说："叔公在我眼里依然年轻！秦人谚语：'力则任鄙，智则樗里（嬴疾）。'以后还请叔公多多指教！"

嬴疾哈哈笑了，"如果让你当秦王，你打算怎么治理秦国？"

嬴稷说："父王和叔公是我学习的榜样，你们北扫义渠，西平巴蜀，东出函谷，南下商於。如果我当王，我要继续扩疆拓土，壮大实力，吞并六国，统一天下。我认为父王取得重大政绩的关键，是识人善任，不拘一格地重用人才良将。我也将网罗天下人才，让他们为我大秦尽其才。"

嬴疾面带微笑，"继续说。"

"我有句话，不知该不该说，说出来怕叔公不高兴。"

"我都这把年纪了，但说无妨。"

"叔公当年反对商鞅变法，不可否认商鞅通过变法使秦国成为富裕强大的国家。如果我当王，我将继续推行商鞅那套，让秦国继续富裕强大，使百姓安居乐业，成为路不拾遗、夜不闭户的国家。"

"当年我和公孙贾、甘龙、杜挚陷害商鞅造反，商鞅被你父王处以车裂后示众，被诛灭全族。如今想来，我非常后悔，这恐怕是我一生中唯一做的一件错事，人非圣贤，孰能无过。知错能改，善莫大焉。"

"叔公，你的胸怀和胆识，让晚辈佩服。"

嬴疾站起来哈哈笑了，"告辞了。"

魏冉走了过来说："右丞相，这里有后门，我送你回咸阳。"

魏冉领着嬴疾走后门，后门通向山外，外面有马车等候着。魏冉小心地问："右丞相，你觉得公子稷这人如何？"

"很不错，通过我的观察，公子稷是最佳人选，他比公子壮、公子雍有眼光和胆识。为了大秦江山，老臣会暗中帮你们。"

"有丞相这句话我就放心了。"魏冉说，"丞相，请上马车，有些事我还想请教一下。"

两人坐上一辆马车。嬴疾笑着说："最近有什么消息？"

魏冉说："蜀侯公子恽带着大队人马回到了咸阳，不过怕节外生枝，我只让公子恽和他的护卫进城了，他的大队人马还驻扎在城外。"

"我听说了，你做得非常对。公子壮和公子雍已开始干仗了，你就装作什么都不知道，坐山观虎斗，让他们打吧，打到两败俱伤，你就可以坐收渔翁之利。"

魏冉说："如今甘茂、司马错和任鄙都站在公子壮这边，他们的势力不可小瞧。特别是甘茂不好对付。"魏冉知道右丞相嬴疾和左丞相甘茂面和心不和，当年甘茂还是嬴疾引荐给秦惠文王才被重用的。如今甘茂在朝廷里受宠，总是压着他一头，他心里很不爽，两人经常对着干。

嬴疾说："甘茂是一个见利忘义的小人，这种人不可用。倒是司马错和任鄙这两人可以争取过来。"

"司马错是我的老师，我曾跟随他一同消灭蜀国、巴国。他这人我很了解，争取过来应该不是什么难题。任鄙现在是汉中太守，他跟乌获关系很好。乌获贬职，现在是戴罪立功阶段，已被召集在我手下，做我的警卫。他现在是一个普通士兵。如果我让他说服任鄙，应该问题也不大。"

嬴疾说："你应该培养和提拔一拨年轻人为你所用。"

魏冉哈哈笑着说：“我发现了一个文武双全的人才，他叫白起。白起是秦国郿县人，出身贫寒，屡建奇功，只要好好培养，他日必成大器。”

嬴疾微微一笑说：“芈戎和向寿也不错！对了，芈戎现在在哪里呢？”

“他离开秦国后，我也不知道他去了哪里。芈戎早年在楚国犯事，肯定不敢回楚国。”

不知不觉快到了咸阳，怕引起别人怀疑，两人匆匆告别，嬴疾从东门进入咸阳城，魏冉从南门进入。

咸阳城里异常平静，这平静下面其实暗流涌动，随时将有血雨腥风来临。

第十七章　去义渠

月牙儿挂在树梢。

义渠王亲自驾驶着马车，他的心里有种说不出的激动和兴奋，浑身充满着力量，因为后面的马车上坐着他喜欢的女人芈八子。义渠王恨不得立即回到他的国家、他的地盘，马车被他赶得飞快，随从被他甩得远远的。

天微微亮时，他们就已离开了燕国的地界，进入了赵国。他们披星戴月一路马不停蹄地奔走，转眼穿过赵国进入了茫茫的大草原。

一路颠簸，芈八子有点头晕呕吐。义渠王心疼地说："大家休息一下，把马都快跑坏了，给它们也补充一点草料。"

随从的一个叫翟曹园的走了过来，递上水和干粮说："大王，吃点东西吧。"

义渠王接过东西，说："等马吃饱后，你先走一步，派人来迎接王后。"

翟曹园笑着说："大王，你放心吧，我一会儿就出发。"

义渠王说："去准备一下吧。"

义渠王朝芈八子走去，把水和干粮递给芈八子，"喝点水吧，吃点东西！一路辛苦你了。"

芈八子微微一笑，"我不辛苦，辛苦的是你。"

义渠王哈哈一笑，"等你到了我的地盘，我让你大口吃肉、大碗喝酒。"

芈八子吃了东西、喝了水后，感觉好多了，她心里一直在挂念着嬴稷，也不知道他们一路还顺利吗，是不是已到了咸阳宫？嬴稷如果到了咸阳，她又为他的安危担忧起来。魏纾这个人，她太了解了，心狠手毒，什么事都干得出来。她肯定会想尽各种办法让她亲生的儿子继承王位，嬴稷一定会遭到她的排挤和打压，甚至会有杀身之祸。如此一想，她便说道："我现在没事了，大家出发吧！我想大口吃肉、大碗喝酒。"

义渠王哈哈笑了。

第十七章　去义渠

一望无际的草原上空飘着朵朵的白云，草丛里开满了五颜六色的野花，马蹄踩着野花，微风拂动着芈八子的衣裙，她心里有种说不出的兴奋和激动，同时也有一丝寂寞和孤独。她一路上欣赏着美景，尽量不去想那些不愉快的事情。

草原上传来了歌声，义渠王兴奋地说："我的人来接我们了。"

芈八子抬眼望去，突然感觉这里的天空特别蓝、特别可爱，空气也是那么清新。在天底下，一碧千里，而并不茫茫。四面都有小丘，平地是绿的，小丘也是绿的。羊群一会儿上了小丘，一会儿又下来，走在哪里都像给无边的绿毯绣上了白色的大花。那些小丘的线条是那么柔美，就像没骨画那样，只用绿色渲染，没有用笔勾勒，于是，到处翠色欲流，轻轻流入云际。这种景色，既使人惊叹，又叫人舒服，既让人愿久立四望，又让人想坐下低吟一首小诗。在这景色里，连骏马与大牛有时候都静立不动，好像在回味着草原的无限乐趣。

义渠王突然放开喉咙，高歌一曲，歌声在草原上空飘荡着。

草原上一队人马越来越近，义渠王看见走在前面的就是翟曹园。翟曹园如一道闪电朝他们奔来，"驾"的一声捏住马绳，马高高扬起前蹄停住了。他从马上跳了下来，向义渠王行了大礼，"大王，我们来迟了。"

义渠王哈哈一笑，"来得正好！我骑马也骑累了，正好跟新王后坐坐马车。"

"好嘞！我亲自来驾马车。"翟曹园说。

这时迎接的一群人涌了上来，向义渠王问好。几个人推开翟曹园，"你也辛苦了，驾马车还轮不到你呢。"

"这个女人好漂亮！"有人望着芈八子笑道。

义渠王哈哈一笑，"我给你们介绍一下，这位是我女人，新的王后。"

众人纷纷向芈八子行礼，芈八子脸一下红了。

翟曹园大声说道："出发吧，以后有的是时间聊。大王现在饿了，一直想念着草原上的羊肉和酒呢。"

马车在辽阔的草原上奔驰着，一行人围着马车唱着草原上粗粗犷豪迈的歌。

天色已晚，他们一行终于到达了驻地，大地上点缀着密密麻麻的白色帐篷。人们从帐篷里跑了出来，围了上来。义渠王召集小头目开了一个简短的会议，汇报了他的这次成果。他走访的几个诸侯国，唯独燕国没有公开表态，义渠王心里也明白，秦惠文王的女儿嫁给了燕易王，燕国也算是秦国的女婿。

芈八子站在草原上，抬头望了望天空，一弯月牙儿挂在天空，满天都是星星，仿佛伸手就可以把星星摘下来。几堆篝火燃烧起来，篝火上烧烤着几只整羊，羊油滴在火上滋滋地响。义渠王从帐篷里走了出来，看见正在发呆的芈八子，邀请她来到篝火旁的桌子上坐了下来，其他几个小头目也依次坐了下来。翟曹园把烧烤好的羊肉用刀割了几块，递给了义渠王和芈八子。其他几个头领也分到几块羊肉。几个女人上来给他们倒满了酒。

义渠王端起碗说："我今天有个好事要告诉大家，草原上将有一位新的王后，她就是这位美丽大方的女人——芈王后。"

芈八子站了起来朝大家点了点头，人们欢呼着"芈王后"。

义渠王接着说："今晚大家放开吃，放开喝，放开跳！义渠国存在了几百年，我们有光荣的历史。西周末年，义渠兵临镐京城下，杀死周幽王于骊山，从此义渠人宣布脱离周王朝的统治，正式建立郡国。秦国是我们的对手，先人们也曾参与中原纵横争夺之战。四百余年来我们祖先跟秦国交战无数次，如今秦国夺取了我们二十五城，明天我们将要为荣誉而战，收回我们的土地、我们的牧场，杀入秦国，活捉秦王。"

人们欢呼起来。

"干杯！"义渠王端起碗一口而干。

"今天难得大家这么高兴，但我不会喝酒，我意思一下。"芈八子抿了一口。

义渠王笑着说："做王的女人不喝酒怎么行呢？"

芈八子莞尔一笑，"我真的不会喝酒。"

"不喝也行，那你就喝奶茶，但前提是你必须把这块羊腿吃完。"义渠王说。

芈八子望了大羊腿一眼，娇滴滴地说："人家是女人嘛！你也不体谅一下！"

义渠王哈哈笑了，"你先吃，吃不完的留给我。"

翟曹园打趣地说："我们大王可从不吃女人剩下的东西，太阳从西边出来了。"

义渠王笑着说："去去去，大家喝酒。"

翟曹园笑着说："秦国想收买我们大王，送绸缎千匹、美女百人，被我们大王拒绝了。如今想想，大王的话很有道理，我们攻下了秦国，绸缎岂止千匹，美女岂止百人……"

芈八子白了义渠王一眼，"原来大王也是好色之人，也想妻妾成群啊。"

人们哈哈笑了起来。

喝完酒，吃完羊肉，大家纷纷围住篝火跳起了舞。翟曹园陪着义渠王依然在不停地喝酒。翟曹园见喝得差不多了，提议让义渠王和芈八子也去跳舞。芈八子说不会跳，义渠王抓住芈八子的手说："走，我教你。"义渠王连拖带拽把芈八子推到人群中，另

第十七章　去义渠

一个女人抓住了芈八子的手，人们围成一个圈围着篝火不停地转，不停地踢腿和晃动手臂。篝火熊熊地燃烧，不时冒出点点火星。慢慢地芈八子学会了简单的动作，跟得上他们的节奏了。她踢着腿，晃动手臂，跟着他们不停地围着篝火跳着，心中的忧愁一扫而光。

月牙儿偏西了，篝火慢慢地变小了，人们也纷纷退场，进入了各自的帐篷。草原上顿时安静下来，晚风轻轻刮过，芈八子打了一个冷战。义渠王一直紧紧抓住芈八子的手，生怕她跑了似的。义渠王指着自己的帐篷说："有点冷了吧，进我的帐篷吧。"芈八子顺着义渠王的手指望去，那座帐篷呈圆形尖顶，顶上和四周以一两层厚毡覆盖。她没说话，跟着义渠王进入他的帐篷，帐篷里的光线比外面略微暗了点。帐篷里的灯光似乎是暗色的，但还是清楚得很。

义渠王从背后抱着芈八子说："今晚就做我的女人。"

芈八子掰开义渠王的手，坚决地说："不行。"

"我是真心地喜欢你的！"

"等你攻下咸阳城，我就做你的女人。"

"我等不及了。"义渠王抱住芈八子，扔在床上，然后开始脱自己的衣服。

芈八子紧紧抓住自己的衣服说："你必须先答应我的条件。"

义渠王说："你说的话我一直记着的，要封你为王后。其实见你第一眼，我就把你当王后了。你说今后要我听你的话，没问题，你让我朝东，我绝不朝西。你让我进攻秦国，我明天就率领队伍和其他几个部落去攻打秦国，何况魏国、韩国也答应联合起来进攻秦国。"

"男子汉大丈夫，你说话要算数！"芈八子说。

"一个吐沫一个钉，本王说话自然算数，绝不食言。"义渠王说。

芈八子闭上了眼睛。

义渠王吹灭了灯，四周一片漆黑。

义渠王像一匹饿狼扑了上去，把芈八子卷在身下。

瞬间，芈八子什么都看不见了，更别说浑浊的颜色。黑暗往往给她带来恐惧、空洞。黑夜里，没有任何一样物体陪衬，没有它们给予她的精神与方位支柱，她甚至可以想象自己飞上了天或跳下了悬崖，再加上下面气垫的不平稳和暖绵绵，使她更加觉得自己掉入泥潭，挣扎着，却又无法自拔。她仿佛在鲜花盛开的草原上看见了苏秦，只是一个背影，她像是对他着了迷，被他牵引着，她跑了过去，紧紧地抱住了苏秦……

义渠王满意地睡去，鼾声四起。

芈八子睁开眼，向四周环顾了一圈，四周没有一个亮点，都是纯正的黑色。她叹了一口气，眼睛里有泪水。她睡不着，胡思乱想，想到了秦惠文王，想到了苏秦，想到了嬴稷，想到了嬴显和嬴悝。她突然明白，作为一个女人，儿子才是她的全部，男人只是她生活中的点缀而已，什么爱情，什么金钱，什么地位，都是可遇不可求的东西，只有权力才能满足她一切，有了权力，就有了一切……她为自己的想法大吃一惊，发觉自己变了，变得自己都不认识自己了。

迷迷糊糊中她睡着了，直到外边的吵声把她惊醒。她一偏头，义渠王早已走了。她掀开门帘，刺眼的太阳光刺痛了她的眼睛。她揉了揉眼睛，看见义渠王正在召集队伍，准备出发。

“你们这是去哪里？”芈八子走了过去问。

“去秦国，”义渠王说，“你回帐篷里吃点东西，我们一会就出发。”

“我也要去。”芈八子坚决地说。

“打仗是男人们的事，你去干吗？”

“我偏要去！”芈八子撅起嘴说，“我可以给你们做饭啊。”

“好好好，我答应你。”义渠王说。

芈八子吃了点东西，浩浩荡荡的队伍出发了，翟曹园率领着先头部队在草原上奔驰着，黑压压一片。

义渠王把芈八子护上马，自己再纵身上了马。义渠王说：“坐好嘞！”芈八子紧紧抱住义渠王的腰，义渠王扬起鞭子，“驾”的一声，马如闪电一样奔驰起来。

“我真想永远带着你，奔驰在茫茫的大草原上，一辈子！”义渠王说。

“是吗？”芈八子把脸靠在义渠王的背上，“你骗人的。”

“我发誓，我说的是真的！”

“我也是。”芈八子的心里并不爱义渠王，但她现在需要这个男人帮她，帮她回到秦国，帮她儿子嬴稷成王。一旦嬴稷成为秦王，那么她就是女人们羡慕嫉妒的太后，万人崇拜的太后，掌握别人命运和生死的太后。

义渠王听到这句话，浑身充满力量，他双腿一夹，马跑得更快了。

先头部队停了下来，义渠王追了上去，问道：“前面什么情况？”

“前面发现了大批秦军。”翟曹园说。

义渠王跳下马，扶芈八子下马，让她站在这里别动，他走到小山包前观察了一下

敌情，然后把翟曹园和另一个头目叫了过来。他命令翟曹园和另一个头目从左右两侧分别进攻，他带着一拨人从正面进攻。

翟曹园和另一个头目各自带着队伍绕了过去，义渠王挥舞着大刀冲了过去。义渠人善骑射，在奔驰的马上飞舞着大刀如在平地上一样。秦军没有防备，面对突然的袭击，他们四散逃窜，被义渠军队打得丢盔弃甲、横尸遍野。义渠王杀得兴起，接连攻下城邑，准备一鼓作气再拿下几座城池。芈八子心里操心的却是自己的儿子嬴稷，她劝道："大王，我们直接进攻咸阳吧，一旦攻下咸阳城，整个秦国不都是你们的吗？"

义渠王一想也有道理，于是改变了路线，连夜直奔咸阳。他们一路气势汹汹，如滔滔洪水横冲直撞，杀得秦国丢盔弃甲。

义渠王带领的大军转眼快到了关中平原，跟魏国和韩国汇合，三军联合如虎添翼，气势汹汹直奔咸阳。

芈八子对义渠王说："我求你一件事，我想进一趟咸阳城，我想见见我的儿子。"

"太危险了，不行。等我们拿下咸阳城，你再见他也不迟啊！"义渠王说。

"等你们包围了咸阳城，我们再想混进城就不容易了。我这几天眼皮老跳，魏纾要立她儿子为王，我的稷儿凶多吉少，你一定要帮我。"芈八子说。

"你让我散布消息：如果要立公子壮、公子雍为王，他们将攻入咸阳，吞并秦国。这个消息我早已散布出去了。"

"我必须要进城，我意已定。"

"我陪你一块进城。"

"我自己一个人就可以了。"

"你是我的女人，我不放心。"义渠王说，"我带上几个人，穿上秦人的衣服混进城。"

"你随便。"

义渠王把翟曹园叫来，吩咐了几句，等他们进城后，三军再包围了咸阳城，先别急于进攻，等他消息。

义渠王带了十个人，穿上秦人衣服，跟着芈八子来到了城下。城门外开始戒严，进城人员要严格盘查。守门士兵感觉义渠王他们形迹可疑，开始盘问："一看你们就是不是秦国人，从哪来的？证件呢？"

芈八子走了过去笑着说："他们是我的家丁，把你们魏将军叫来。"

"你以为是谁啊？叫谁都没用。"守门人不屑地说。

芈八子扬手一巴掌打在那人的脸上，"快把魏将军叫来！"

那人捂着脸，不敢说话了。

这时一个人走了过来笑着说："原来是芈夫人，快快进城，我带你去见魏将军。"

"你认识我？"

"我们见过一面，请以后在魏将军面前多多给小人美言几句。"

芈八子呵呵笑了，"你去忙你的吧，我自己去找魏将军。"

芈八子来到了魏府，她让义渠王在外边等候，独自进去了。刚好魏冉和嬴稷都在，魏冉见了芈八子，走了过去问道："姐姐，你怎么也来了？"

"我是去搬救兵了。现在义渠和魏、韩三国马上就要打到咸阳城了。听说楚、赵、宋、齐也在蠢蠢欲动，所以秦国要尽快让新王登基。"芈八子说。

魏冉说："我明白你的意思。"

嬴稷走过来，拉着芈八子的手说："谢谢母亲，母亲辛苦了！"

芈八子摸了摸嬴稷的脸说："稷儿瘦了。不过你放心，有你舅舅帮忙，稷儿一定会成为秦王。"

"我尽力而为，不过我没想到姐姐有这么大的本事，联合了三国。如果公子壮成为秦王，就让他们进攻秦国，我们再趁机杀了公子壮。"

"姐姐哪有这等本事？这都是义渠王的功劳。"

"他人呢？"

"就在魏府门口。"

魏冉说："今晚魏纾要在王宫里举行宴会，时间紧，我还有其他事情要处理。你去告诉他，让他带领军队快速赶到咸阳城，围而不攻，在城外待命。事成后，我要请他好好喝酒。"

芈八子说："好，我现在就去告诉他。"

第十八章　生死宴会

嬴稷住在骊山行宫的消息，魏纾很快就知道了。

魏纾带着公子壮及大队人马去骊山亲自迎接嬴稷和自己的女儿易王后。

魏纾质问魏冉："为什么不带我女儿来见我？"

魏冉没想到消息这么快就泄露了，说不定魏纾已在他的身边安插了眼线。魏冉微微一笑，"魏太后，我们这是为易王后的安全考虑，我正想把易王后送入咸阳宫，没想到你就来了。小人特向你赔罪。"

"我听说，公子稷也回来了？"

"是的。"

"快带他们来见我。"

魏冉对白起挥了挥手，白起下去后，一会儿带着易王后进入大殿。易王后见了魏纾热泪盈眶，两人紧紧拥抱，有说不完的家常话。站在一边的魏纾连嬴稷正眼都没瞧一眼，仿佛嬴稷是空气，她没看见。嬴稷咳嗽一声，魏纾头一偏，扫了嬴稷一眼，目光又落到易王后的脸上说："等下我们回咸阳宫，好好说说话。"魏纾接着说："原来是公子稷啊，几年不见，长高长大了，我都不认识了。"嬴稷向魏纾行了大礼，这时隔壁的院子里传出吵闹声，魏冉笑着说："他们是护送易王后的赵国人。"

魏纾"哦"了一声，"让他们头领来见我，我要好好感谢他们。"

魏冉没办法，只好让白起和乌获把赵固带来。赵固被放出来时，乌获指着赵固，眼睛一瞪说："等下进去不要乱说，否则别怪我不客气。"赵固看着五大三粗、满脸横肉的乌获，心里有一丝胆怯。

赵固进去拜见魏纾，然后说道："鄙人是奉赵武灵王之命令，特护送公子稷和易王后回秦国的。"

魏纾心里非常埋怨赵武灵王，怪他多事，嘴上却说道："谢谢你们赵武灵王，见到他后，请带去我的问候。”

赵固拱了拱手说：“一定带到。”

‘你们还有什么事吗？如果没有的话，我让他们准备干粮。现在你们就可以去就餐，吃饱后，就可动身回赵国了。”

“谢谢太后，其实我们早就想回赵国了。”赵固说。

魏纾笑着说：“你们先去吃饭吧。”

向寿领着赵固下去了。

魏纾接着说：“要不我们也在这里吃个便饭，然后动身回咸阳宫。晚上我准备好了盛宴款待公子稷和我女儿。”

易王后笑着说：“母后，不必客气！我能见到母后，心里就非常开心了。”

一会儿，丫鬟端着饭菜送到了大厅，魏纾和易王后一边用餐，一边聊家常。

魏冉退了出来，他感觉到了情况的严重，魏纾似乎已察觉到了什么，今晚一定会发生大事。他找了一个没人的地方，把魏淼和向寿叫了过来，耳语了一番，让他们立即回咸阳宫找嬴疾。

魏纾和易王后用完餐后，赵固带着他的手下早已走了。魏纾有个午睡的习惯，她小息了一会，起来就出发了。魏冉带着大队人马保护着魏纾的安全。

魏纾一回到咸阳宫，那里就阴雨霏霏了。

魏冉立即找嬴疾、嬴华、寿烛、魏淼和公孙衍商量。嬴疾说：“今晚的保卫工作由司马错负责，看来今晚确实要发生大事。据我的内线禀报，今晚在宴会上，魏纾要宣布重大决定，宣布新的大王人选。你们说，这么重要的事，我一个右丞相却一点都不知道。”

寿烛说：“右丞相不知情，左丞相甘茂可能什么都知道哦。”

魏冉说：“让司马错来负责安全，这不明显是对我起疑心了吗？宜早不宜迟，干脆今晚我们借此机会，挟持魏纾和公子壮等人，拥立公子稷为新的秦王。”

嬴疾摸着胡须不语。

公孙衍说：“我还听说，汉中太守任鄙带着人马已秘密进城了。”

魏冉说：“客卿寿烛跟司马错关系不错，如果你能说动他，今晚行动让他睁一只眼闭一只眼，让他站在我们这一边，公子稷一旦称王，这左丞相的位置可就是客卿你的了。”

寿烛摆了摆手说：“我只是一个客卿，左丞相甘茂还不会恨死我，这样做太不仁义了。”

魏冉说："你也不想想，公子稷成了秦王，甘茂还会有脸在秦国待吗？"

嬴疾鼻子哼了哼，对寿烛说："客卿，魏将军说得很有道理。"

寿烛说："我去试试看。"说完寿烛就走了。

魏冉对公孙衍说："公孙将军，你早早就跟随秦惠文王，也是位德高望重的功臣，当年从魏国收回河西之地，功不可没。大秦的江山不能葬送在那些平庸之人手中。不知将军有何高见？"

公孙衍谦虚地说："高见倒谈不上。我听说义渠王带领着大队人马联合其他几国一路势如破竹正朝咸阳赶来，他们扬言，如果要立公子壮、公子雍为王，他们将攻入咸阳，吞并秦国。我们就借机造势，让满朝文武大臣都知道这事，拖延魏纾的计划，我们再寻找机会。"

魏冉说："我也听说了。夜长梦多，不能再等了。"魏冉没有提见到义渠王和芈八子一事，怕日后落下私通义渠的把柄。

"看来魏将军胸有成竹了，说来听听。"嬴华说。

魏冉说："今晚我带人封锁咸阳宫，严禁外人进入。右丞相，我挑选十余位精兵强将，你将他们带入王宫，埋藏在大梁上。"

嬴疾说："没问题。"

魏淼说："那我呢？"

魏冉说："你和嬴华、向寿带着士兵在宫殿外待命，随时准备冲进王宫。而我则会在咸阳宫外驻扎大批军队，随时接应。"

嬴疾叹了一口气说："也不知道，寿烛跟司马错谈得如何了？"

魏冉说："不管如何，今晚必须行动，我们要抢在他们前面。"

魏冉把白起叫来，让他带着十余位高手跟嬴疾走了。

雨停了，咸阳宫外挂满了红灯笼。宴会如期举行，重要大臣都来参加宴会了。魏纾坐在首席，两边是她的儿子及其他公子，公子恽也在座。他们个个表情都很严肃，心里都很忐忑不安。依次下去就是左右丞相嬴疾和甘茂，然后就是司马错、公孙衍、寿烛、魏冉等等。嬴疾望了甘茂一眼，甘茂故意把目光挪到别处，大厅里的气氛很压抑，静悄悄的，仿佛都能听到自己的心跳声。

唯独魏纾兴高采烈，今晚有重大的决定将由左丞相甘茂宣布，那就是谁是新的秦王。其实好多人心里都有谱了，不出意外将是公子壮。音乐响起，宫女开始翩翩起舞，个个身姿婀娜，嬴稷却没有心情欣赏。其他几个公子面部表情沉重，也根本没心情欣赏，他们个个眼里都冒着火，恨不得把对方生吞活剥了。

魏纾拍了一下手，宫女退了下去。魏纾笑着说："蜀侯公子恽特意带了一些巴渝酒，请大家品尝一下！"

公子恽站了起来笑着说："我不远千里带来，请大家品尝！"

宫女一一给他们倒上酒，魏纾的嘴角露出一丝狞笑。她已让太医令李醢专门给嬴稷配置了毒酒，如果嬴稷死了，那么就嫁祸给公子恽，这酒是他送的，趁机也可除掉公子恽。

魏纾望了嬴稷一眼，端起酒杯说："本太后破例饮酒，请大家端起酒杯，一干而尽！"

嬴稷端起酒杯，正准备要喝，一个武将冲了进来报告，"禀告太后，义渠王联合魏国、韩国，带领着大军杀了过来。他们正在攻打北门。他们扬言，如果要立公子壮、公子雍为王，他们将攻入咸阳宫，吞并秦国。"

魏纾脸色变了，大声说道："岂有此理！当年被我大秦赶得四处逃窜，如今他们太嚣张了，我要灭灭他们的威风！"

右丞相嬴疾站了起来道："我们先答应他们的条件，等他们退兵后，我们再想计策。"

魏纾不高兴地说："右丞相，难道你怕他们不成？当年你的威风哪去了？"

嬴疾不语。

司马错站了起来说："我愿意领兵去阻击他们，打败他们！"

魏纾说："好！你和公孙衍一块去守城，最好提着义渠王的人头来见我。"

司马错和公孙衍领命而去。

魏纾笑着说："大家继续喝酒！"

魏冉猜到魏纾会在酒里做文章。他之前无意从一个太医嘴里得知李醢在偷偷配制毒酒。他不停地向嬴稷眨眼睛，示意他别喝。魏冉端起酒杯做了一个喝酒的样子，其实他一滴都没喝。嬴稷端起酒杯，用宽大的袖子遮住，把酒倒在了地上。

"下面有请左丞相甘茂，宣布一个重大决定。"魏纾接着说。

魏纾望了甘茂一眼，甘茂站了起来说："今晚老臣代表太后宣布，公子壮将为新的秦王……"

甘茂话还没说完，公子恽掀翻了桌子，要不是规定参加宴会不准带兵器，他就早冲了过去。突然几个武士冲了进来，其中一个武士扔了一把剑给公子恽。公子恽接过剑拔出剑大声喊道："活捉公子壮和魏纾这个女人！"

魏纾身边的护卫拔出剑保护着公子壮和魏纾，大殿里顿时大乱，人们纷纷逃窜。

魏冉把嬴稷拉到一边，实则是为了保护他。

一会儿，大殿里躺下了几个士兵的尸体。

公子悝砍倒了几个护卫，但其他护卫拼命在保护着魏纾和公子壮，他一时近不了身。魏纾好像早有准备，宫殿里埋伏了不少武士，他们冲了出来，包围住了公子悝和他的手下。

魏纾厉声道："活捉公子悝，等候处置！如有反抗，格杀勿论！"

公子悝见情况不妙，只好放下宝剑，素手被擒。

大殿里一片狼藉。公子悝和他的手下被押走了。魏纾望了嬴稷一眼，转身欲走。魏冉拍了三下巴掌，白起和几个武将从大殿大梁上从天而降。魏纾一愣，不知发生了什么事，白起的宝剑已架在她的脖子上了，公子壮的脖子上也横着一把刀。

魏冉挥了挥手说："大家都别走，先坐下，右丞相有话要说。"

嬴疾站了起来说："老臣一直陪着秦惠文王出生入死，才有了大秦今天的江山。现在外敌入侵，为了大秦，我宣布公子稷为新的秦王，不知大家有没有意见？"

一个大臣站了出来说："我反对，公子稷太年轻，还是次子公子壮比较合适。"

"把他押下去斩了。"魏冉大声喝道，"右丞相说得很有道理，我支持公子稷为秦王。"

五大三粗的乌获走上来押着那个大臣下去了，一会儿就又提着人头上来了。

魏冉望了望四周，大臣们的脸色顿时变了，有的不敢看魏冉的目光，知道他这是杀鸡给猴看。大殿里顿时安静了下来。过了一会儿，魏冉独自拍手欢呼。

掌声寥寥，魏冉望了望其他几个大臣，寿烛和魏淼鼓起了掌，其他大臣纷纷鼓起了掌。

魏冉把嬴稷推上龙椅。就这样，年仅十七岁的嬴稷继承了王位，史称秦昭襄王。

人们齐声欢呼"大王万岁"。

这时魏冉把芈八子推了出来，"好事连连，嬴稷的母后也从燕国回来了。因嬴稷年幼，先由他的母后垂帘听政，以后我们就改称'芈夫人'为'宣太后'。"

芈八子朝大家微微一笑，"我希望以后大家同心协力，支持新秦王，支持大秦的事业，让大秦国富民强，让大秦的领土不断扩张，直到吞并天下各诸侯国，天下只有一个秦王。"

嬴疾颔首微笑，"说得好！"

各文武大臣也纷纷表态，支持新秦王，支持新太后。

这时向寿进来报告，公子悝带着手下跑了。

“还不快去追？”魏冉问。

“追了，追到半路，我们遭到一伙不明身份的人伏击，不敢久留，只好退了回来。”向寿说。

“怎么处理魏纾、公子壮和公子雍？”魏淼问。

“丞相，你说该怎么处置？”魏冉问嬴疾。

“先关押起来，等候处置。如今天下诸侯都在看着大秦，如果杀了他们，恐怕天下大乱，还落个不仁不义的罪名。”嬴疾说，“目前最主要的任务是让城外的三军退兵。”

一个士兵进来报告，北门吃紧，北门快要被攻破了。

魏冉命令嬴华、魏淼和向寿带兵去支持，他一会儿亲自临阵指挥。

魏冉给姐姐芈八子交代了几句。他怕节外生枝，让白起和乌获留下照顾嬴稷，然后自己身披盔甲、腰挂宝剑带着上千人直奔北门。魏冉到了北门一看，护城河上架着浮桥，穿着魏国、韩国服装的士兵冲过浮桥，城墙上的弓箭如雨点纷纷射下，护城河里填满了尸体，鲜血染红了湖水。有的士兵冲过浮桥，踩着梯子攀爬城墙，眼看还有几步就要爬上城墙，却被城墙上的秦兵用长戟推倒梯子，或者被长刀捅下去，惨叫一片。

天空飘起了雨，刮起了风，风雨中飘荡着血腥的味道。

魏国、韩国见久攻不下，只好收兵，明日再战。

第二天，雨停了，战鼓声又响了起来，魏国、韩国又准备发起进攻。

芈八子来到了城墙上，她朝魏冉走去。魏冉看见了芈八子，小跑过去问道：“姐姐，你怎么来了。”

芈八子说：“义渠王怎么不讲信誉？他不是答应了我，只要稷儿成王，他们就退兵吗？”

魏冉说：“姐姐，你太天真了，几百年来，义渠和大秦一直都是打打杀杀，都想吞并对方。义渠王的话你怎么能当真呢？你这是引火上身。”

芈八子固执地说：“我不相信义渠王是这种人，你派人喊话，我要去跟义渠王谈谈。”

“你一个女人去谈判，这不让人耻笑吗？大秦的男人都死光了，也轮不到你去谈判。再说你年轻漂亮，这不就是羊入虎口吗？”

“我求求你了，让我试一试。如果谈判成功，我太后的威信不就一下树了起来吗？今后谁也不敢对我指指点点了，必将刮目相看。”

魏冉想了想说：“姐姐的话虽有一定道理，但我还是不放心。”

芈八子板着脸说：“从小到大姐一直照顾着你，你怎么不听姐的话呢？就算姐求求你了！”

魏冉见芈八子执意要去，也不好再劝阻了。他说：“我答应你，我派白起和乌获陪你一块去。”

“我一个人就可以了，不用带人。”

“你要这么说，我就不同意你去了。”魏冉说完转身欲走。

“姐答应你还不行吗？”芈八子抓住魏冉的手说。

魏冉派人喊话，要跟义渠王谈判。刚开始，没人理会，城墙上的士兵都开始异口同声地骂义渠王是个孬种。义渠王听见了，脸都气绿了，站在城墙下说：“老子不是吓大的，有种你就派人下来。”

城门打开了，吊桥慢慢放下，芈八子带着白起和乌获走出城门，走过吊桥。他们过去后，吊桥升了起来，城门也立即关上了。

芈八子被带到了义渠王的帐篷里，义渠王见是芈八子，大吃一惊，“怎么是你？”

芈八子扬起巴掌，抽打在义渠王的脸上，“你说话不算数，你还是不是男人？”

义渠王摸着脸挥了挥手，帐篷里的警卫全退了出去。义渠王说：“我有苦难言。我只想收回我们的城池，吓唬一下秦国，没打算攻打咸阳城。因为目前条件还不成熟，就算攻下咸阳城，秦军一旦反扑，我们补给线太长，将功亏一篑。但这魏国和韩国的将军非要进攻咸阳城，我也是没办法啊。”

芈八子说：“你想想，我儿现在已是秦王了，我也是太后了，而我又是你的女人，一旦我怀上你的孩子，如果他成了秦王，你不费一兵一卒，就占有了大秦。”

义渠王摸着头，嘿嘿笑了。

芈八子说：“今后大秦和义渠互不为敌，你趁机壮大你的军队，一旦时机成熟，你就可以接管大秦……”

芈八子的一番话让义渠王信以为真，当场表态：“我答应你，明天就退兵。”

“如果魏国和韩国的将军不答应呢？”芈八子问。

“我自有办法，你不用操心。如果他们不答应，我就杀了他们。”

芈八子扑进义渠王的怀里娇滴滴地说：“大王，我在咸阳城里等你哦。”

义渠王拍了拍芈八子的肩膀说：“你先回，等我好消息。”

第二天，三军果然退兵了。

芈八子的声誉一下树立了起来，本来对她持怀疑态度的人一下改变了看法，认为这是一个了不起的女人，大秦有希望了。

第十九章　甘茂出走

一轮红日从天边的云里升了起来，光线穿过宫殿的窗棂射在王宫里的龙椅上，射在嬴稷的脸上，这是他第一次上早朝。他早早坐在龙椅上翻阅着奏折，奏折翻得噼里啪啦响，他一个字都没看进去，内心里充满了喜悦和激动。他心里明白，自己能坐上秦王的位子，多亏舅舅魏冉、叔公嬴虔、母后芈八子等人的帮助。他心里充满了感恩，他要发愤图强，不辜负他们的期望和厚爱。

早朝的时间到了，芈八子坐在了嬴稷的旁边。嬴稷说："母后，你怎么来了？"芈八子说："你还年幼，我不放心，我和你舅舅会帮助你的。等你翅膀硬了，我们自然就会放手的。"文武大臣纷纷来到大殿里，分成左右两边站立。嬴稷见大臣们都到齐了，不好再说什么，便微笑面对大家。大臣们开始行礼，齐声欢呼道："秦昭襄王万岁，秦王万岁！"

嬴稷摆了摆手，"免礼。"然后听了大臣们的一些工作汇报，他听完后心里欢喜，说道："关于如何处理魏夫人、公子壮和公子雍，大家谈谈意见。"

大臣低着头，没人说话。

甘茂站了出来，拱了拱手说："大王，老臣认为，如果你刚当王就大开杀戒，恐怕朝廷会人心惶惶，天下人也多有怨言。如果大王网开一面，给他们一次机会，诸侯各国也会对大王另眼想看。"

嬴虔和魏冉一直想把甘茂排挤走，他们心里知道，如果放了他们，就有可能放虎归山留后患。他们正要插话，嬴稷说："寡人觉得丞相说得有道理，先放他们一马，毕竟是兄弟，我也下不了手。"

嬴稷挥了挥手说："传令下去，放了他们，好生招待伺候他们。"

嬴虔正要站出来表示反对，有人上来禀报，"韩国相国公仲侈求见。"

"宣他上来。"嬴稷说。

—八—

第十九章　甘茂出走

公仲侈急急走了上来，向嬴稷和芈八子行了礼，递上文书说：“楚怀王由于一直怨恨秦国在丹阳打败楚国的时候，韩国坐视不救，于是就带兵围攻韩国雍氏。韩王派微臣到秦国告急求援。”

芈八子说：“韩国不是跟秦国断绝关系了吗？前些日子还派兵攻打咸阳，怎么如今又想到了秦国？”

公仲侈拱了拱手说：“太后，这其中一定有什么误会，韩国怎么敢攻打秦国呢？一定是下面的一个将军私做主张勾结魏国和义渠。这事我回去禀报韩王，韩王一定会严查的。”

芈八子心知肚明，说：“但愿如此！本太后是楚国人，跟楚国关系也不错，你说我会派兵去支援韩国吗？”

“这这这……”公仲侈急得一时无话可说。

甘茂便替公仲侈说话：“大王，公仲侈正是因为渴望得到秦国援救，所以才敢于抵抗楚国。眼下雍氏被围攻，秦军不肯下肴山救援，公仲侈将会轻蔑秦国的见死不救，看不起秦国。韩国就有可能同楚国联合。楚国和韩国一旦联合形成一股力量，魏国就不敢不听它的摆布。这样看来，楚、韩、魏攻打秦国的形势就会形成了。大王您看坐等别人进攻与主动进攻别人相比，哪样有利？”

嬴稷犹豫不决，偏头望着芈八子说：“母后，你说这件事该怎么办？”

芈八子皱着眉头说：“相国公仲侈说得不无道理，让秦军出肴山去救韩国。”

嬴稷说：“好。”

公仲侈欢天喜地地告退了。

甘茂抢了风头，嬴虔心里很不爽。他建议道：“既然太后决定要救韩国，那就让左丞相甘茂带兵出征吧。”

甘茂笑着说：“老臣老了，司马错、公孙奭、公孙衍、嬴华、魏淼和向寿都可以带兵啊。我看右丞相老当益壮，不如你带兵吧。”

嬴虔望了魏冉一眼，说：“不是我不想带兵，本人身体最近欠佳。”说完，他故意大声咳嗽几声。

魏冉笑着说：“两位丞相都别争了，我建议还是左丞相甘茂带兵去救援最合适。”

芈八子说：“就这么定了，左丞相甘茂现在立即带兵去救援韩国。”

甘茂只好领命而去。

魏冉宣布退朝，大殿里只剩下魏冉和芈八子。芈八子皱着眉头说：“要是弟弟芈戎在，我们这一家算是全了。不知你有没有芈戎的消息，我想请他来帮我。”

魏冉叹了一口气说：“自巴巫云死后，芈戎伤心痛绝，离开了秦国，从此便无消息了。”

“估计他会去哪国？”

“不好说，反正楚国他不敢回去了。芈戎的胆子够大的，楚威王在金陵邑埋金镇王气，芈戎把这些宝贝挖了出来。这种行为比挖了楚威王的祖坟还严重。楚王下令要活捉芈戎，生剥了他的皮。”魏冉说。

“那时不是都在传言，说是魏淼挖的吗？”芈八子说。

“后来我才知道，是芈邑挖的，他栽赃陷害魏淼挖的。后来据说芈戎也组织一批人去挖了，得宝物无数呢。”魏冉说。

“那批宝物，现在在哪里呢？”

“我也不知道，只要找到芈戎就知道了。”

“你派人去打听芈戎的消息，一有消息，赶紧派人把他请来。现在秦国正是用人的时候，让他在我身边，我这个姐姐也就放心了。”

“姐姐，放心吧，我一定把他找来。”魏冉说，“你觉得甘茂这人如何？其实，我跟右丞相都有点不喜欢他。虽然他也是有才的，但是太过自私，是一个见利忘义的小人，大概在他的眼里，没有什么比自身的利益更加重要。”

“他最初跟随秦惠文王，后又为秦武王嬴荡……”

魏冉打断芈八子的话说：“嬴荡还没被立为太子的时候，甘茂就为王后出谋划策，让王后在秦王眼里成为一个识大体的王后。在嬴荡成为秦王之后，他更是极尽迎合之能，完全没有考虑到国家的治国之道。你被逼走去燕国，也是甘茂的主意。你说，这种人怎么能重用呢？”

芈八子说：“我明白你的意思，甘茂毕竟是元老了，不明不白把他赶走，有点说不过去，我们得让他主动提出来，离开秦国。这次派他带兵去救援韩国，就是在提醒他，现在的秦国，是我太后说了算。”

魏冉跷起大拇指说：“还是姐姐厉害，佩服！”

芈八子笑着说：“少拍马屁，原秦武王身边的人，特别是公子壮、公子雍身边的人要严加提防。”

“我知道，收拢为我用者，不能用者弃之或杀之。我觉得司马错和任鄙就是难得的人才，我得去会会他们。”

第十九章　甘茂出走

“你去吧。”芈八子说。

芈八子见魏冉走了，正要退去，太医令李醯突然来求见。他见了芈八子，跪了下来，痛哭流涕地说：“太后，我错了，我是来向你赔罪的。”

“太医令，何罪之有？扁鹊之死，跟你有关？”

李醯摆了摆手说：“真的不是我，他跟我同出一师傅长桑君，我怎么会害他呢？我今天说的是另外一件事。”

“什么事？”

“几天前，魏夫人设宴招待各位，魏夫人让我在酒里下了毒，想毒死公子稷，说错了，想毒死秦昭襄王，幸亏秦昭襄王没喝。”

芈八子望着李醯冷笑了一下，她心里清楚，李醯见他的靠山倒了，他这是想表忠心，寻找新的主子。

“太后，我也是被逼的，我也是没办法啊。请你饶恕我的罪过，今后我一切都听你的，为你当牛当马。”

“魏夫人还让你干了一些什么，统统说出来，也许我会饶你一命，继续让你做太医令。”

“当年太后有孕，魏夫人让我在安胎药里做了手脚，想打掉太后肚子里的孩子……”

“我知道这事。”

李醯头上开始冒冷汗。

芈八子接着说：“要不是我的丫鬟管筱雨拿着所谓的什么安胎圣药让姜掌柜辨认，恐怕胎儿早已胎死腹中。后来你们派人杀了姜掌柜，又把魏冉和芈戎抓起来，想嫁祸给他们，是不是？”

李醯急急地说：“姜掌柜可不是我杀的，是魏夫人派她的心腹苟訾杀的。这事真的跟我没关系。我还知道姬夫人的死，也跟魏夫人有关……还有管筱雨也是被栽赃陷害的，魏夫人的玉佩是她让翠儿藏在管筱雨的房间。魏冉、向寿和魏淼被关进大牢，差点被砍头，这一切都是魏夫人和甘茂策划的。”

“你先下去吧。”芈八子心想，秦惠文王在世时一直强调，王子犯法，与庶民同罪，留着李醯还有用，到时可以指证魏纾。罪名一旦成立，就可以不动声色地把她赶走，甚至杀了。

“太后，我这次亲自为你配制了延年益寿又美颜的秘方……”

“你配制的我敢吃吗？”

“太后请放心，我用脑袋担保，出了问题，你只管砍了我的脑袋。”

芈八子指着李醯说：“看看你所做的一切，你的脑袋早就该砍了。”

“太后饶命，我知道错了。”李醯跪在地上不停地磕头。

“你先下去。”芈八子挥了挥手说。

李醯倒退着小心翼翼地走了。

刚才，芈八子无意提到了管筱雨，她心里又想到了聪明可爱的管筱雨。人们都说她死了，这么多年过去了，芈八子一直不相信，相信她还活着。如果活着，她应该早已嫁人了。晚上，芈八子做了一个梦，梦见了管筱雨，醒来后万般惆怅，如果管筱雨能在身边多好啊，她们可以谈谈心，化解她心头难言的愁绪。芈八子把向寿叫来，谈了自己的想法。向寿说：“姐姐，刑部的张大人早已离开秦国，去了楚国。当年执刑的好像是苟訾，他可是魏纾的心腹，我把他抓来问问。”

“这种事，你还亲自动手？让你手下把他带来，我要亲自问问。”

向寿憨厚地一笑，“也是。”向寿立即传话下去。

芈八子关心地问：“魏冉都成家了，你也不小了，是不是也该成亲了？有没中意的女孩子，或者让姐姐给你介绍一个？”

“谢谢姐姐关心，我的事你不用操心。”

“我知道你喜欢嬴冰，但她父亲嬴虔好像不太喜欢你。我听说嬴冰要出嫁了，将要嫁给国尉司马错的小儿子。”

向寿点了点头，不语。

这时苟訾被带了进来。苟訾战战兢兢地跪了下来，“奴才给宣太后请安！”

芈八子打量着苟訾，“你知道本太后叫你来的目的吗？”

“小人不知，请太后明示！”

“本太后问你，你要如实回答，当年管筱雨是被你抓走的，后来就失踪，你对魏冉说管筱雨秘密处死后，扔进渭河喂鱼了，这是真的吗？”

苟訾是个明白人，他的主子魏纾大势已去，老实交代才有出路。他擦了擦额头的汗说：“魏夫人本想让我杀了管筱雨，我见财眼开，把她卖到宋国了。”

“她现在在宋国什么地方？”

“这个我真的不知道，我只知道宋国君主宋康王戴偃荒淫酷虐，在诸侯各国挑选美女供自己淫乐。”

芈八子生气地说：“如果管筱雨有三长两短，我不会饶过你的。你知道今后该怎么做了吗？”

苟眢不停地磕头，“我以后听太后的。我会秘密监视魏夫人和公子壮的，有什么情况我会随时向你禀报的。”

芈八子说：“你以后不必亲自告诉本太后，你直接找向寿就是。”

苟眢向芈八子磕了头，然后退了下去。

芈八子接着说：“你以后搜集整理魏纾的罪证。如果她敢造反，就把她的罪证公布出来，这样可以名正言顺地杀了她，也可服众。”

向寿说：“我知道。”

芈八子说，“魏冉一直喜欢管筱雨，所以关于管筱雨的事，千万不要告诉魏冉，我怕他做出什么蠢事来。”

“姐姐，你放心吧。”

“刚才苟眢提到宋国君主宋康王，你知道这个人吗？”

“知道一点点，人们把宋康王比作商纣王，宋康王的舍人韩凭妻何氏，貌美如花，宋康王就将她霸为己有。没想到何氏多才多艺，她还做了一首诗《乌鹊歌》，被天下传唱：‘南山有乌，北山张罗。乌自高飞，罗当奈何！乌鹊双飞，不乐凤凰。妾是庶人，不乐宋王！’这个宋康王非常迷信武力，特别喜欢勇武的人。他东伐齐，取五城；南败楚，取地三百里；西败魏军，取二城；灭掉滕国，取其地。号称‘五千乘之劲宋’，受到齐、楚、魏国的忌恨，也必将是秦国的心头之患。”

“等秦国内部安顿好后，我要会会这个宋康王。”

“前方传来捷报，甘茂带领军队下肴山去救韩国，楚国军队闻讯后立即撤离了，估计明天甘茂就回来了。”

第二天，甘茂果然回来了，他来拜见秦昭襄王嬴稷和宣太后芈八子。甘茂汇报了情况，然后大臣们展开了讨论，最后芈八子决定派嬴虔和甘茂去攻打魏国皮氏，向寿和公孙奭去平定宜阳。

向寿带兵很快就平定了宜阳。驻守宜阳后，向寿准备据此攻打韩国。攻打韩国前，他决定去楚国拜见楚怀王，楚国毕竟是自己出身之地，或多或少还是有感情的。

向寿先到了楚国，楚怀王听说向寿是宣太后的娘家亲戚，与秦昭襄王从少年时就很要好，所以被秦昭襄王敬重，便优厚地礼遇向寿。

向寿拜见楚怀王和想攻打韩国的消息，公孙奭已秘密禀报给了韩王，韩相公仲侈立即派苏代去找向寿面谈。

苏代是苏秦的弟弟，他和苏厉、苏秦是他们兄弟五人中最有出息的三人，人称“三苏”。苏代是纵横家，跟苏秦一样能说会道。他通过公孙奭见到了向寿。向寿说：“如果你有什么事，直接去找秦王和宣太后。”

苏代笑着说：“我知道你跟秦王从小一块长大，关系不错，你说话，秦王听啊。”

向寿严肃地说：“有些事，秦王都做不了主，何况我呢？”

“别开玩笑了，”苏代开门见山地说，“我知道你想攻打韩国。我告诉你，野兽被围困急了是能撞翻猎人车子的。您如果攻破韩国，虽使公仲侈受辱，但公仲侈仍可收拾韩国局面再去秦国，他会自认为一定可以得到秦国的封赐。现在您把借口送给楚国，又把杜阳封给下小令尹，使秦、楚交好。秦、楚联合，无非是想再次攻打韩国，韩国肯定要灭亡。韩国要灭亡，公仲侈必将亲自率领他的私家徒隶去顽强抵抗秦国。希望您深思熟虑。”

向寿说：“我联合秦、楚两国，并不是用来对付韩国的。您替我把这个意思向公仲侈申明，说秦国与韩国是可以合作的。”

苏代回答说：“我愿意向您进一言。人们说尊重别人所尊重的东西，才能赢得别人对自己的尊重。秦王亲近您，比不上亲近公孙奭；秦王赏识您的智慧才能，也比不上赏识甘茂。可是如今这两个人都不能直接参与秦国大事，而您却能与秦王对秦国大事作出决策，这是出于什么原因呢？是他们各有自己失去信任的地方啊。公孙奭偏向韩国，而甘茂偏袒魏国，所以秦王不信任他们。现在秦国与楚国争强，可是您却偏护楚国，这是与公孙奭、甘茂走的同一条路。您靠什么来与他们相区别呢？”

向寿静静听着，无语。

“人们都说楚国是个善于权变的国家，您一定会在与楚国结交上栽跟头，这是自惹麻烦。您不如与秦王谋划对付楚国权变的策略，与韩国为友而防备楚国，这样就没有忧患了。韩国与秦国结好必定先把国家大事交给公孙奭，听从他的处理意见，而后会把国家托付给甘茂。韩国，是您的仇敌。如今您提出与韩国为友而防备楚国，这就是外交结盟不避仇敌啊。”

向寿说：“是这样，我是很想与韩国合作的。”

苏代笑着说：“甘茂曾答应公仲侈把武遂还给韩国，让宜阳的百姓返回宜阳，现在您一味想着收回武遂，很难办到。”

向寿说：“既然如此，那该怎么办呢？武遂就终究不能得到了？”

苏代回答说：“您为什么不借秦国的声威，替韩国向楚国索回颍川呢？颍川是韩国的寄托之地，您若索取并得到它，这是您的政令在楚国得到推行而拿楚国的地盘让韩国感激您。您若索取而得不到它，这样韩国与楚国的怨仇不能化解就会交相巴结秦国。秦楚两国争强，您一点一点地责备楚国来使韩国逐渐向您靠拢，这大大有利于秦国。”

向寿听了后，掂量着利弊，一时下不了决心，便顺口说：“怎么办好呢？”

苏代立即答道：“这是件好事啊。甘茂想要借着魏国的力量去攻打齐国，公孙奭打算凭着韩国的势力去攻打齐国。现在您夺取了宜阳作为功劳，又取得了楚国和韩国的信任并使它们安定下来，进而再诛伐齐国、魏国的罪过。这样做了，公孙奭和甘茂的打算便都将化为泡影，他们在秦国的权势也就会进一步削弱。”

向寿想了想说：“这事我得好好想想，想想如何给秦王汇报。”

向寿没想到的是甘茂已抢先一步向秦昭襄王提出把武遂归还给韩国的建议。

向寿和公孙奭竭力反对这么做，但没有成功。向寿和公孙奭因此而怨愤，常在秦昭王面前说甘茂的坏话。甘茂知道后，心里非常恐惧，怕有不测，便停止攻打魏国的蒲阪，乘机逃亡而去。嬴虔与魏国和解，撤兵作罢。

甘茂逃出秦国，路上恰巧碰上苏代。当时，苏代正替齐国出使秦国。两人便去客栈喝酒，甘茂说：“我在秦国获罪，怕遭殃祸便逃了出来，现在还没有容身之地。我曾听说贫家女和富家女在一起搓麻线的故事，贫家女说：‘我没有钱买蜡烛，而您的烛光幸好有剩余，请您分给我一点剩余的光亮，这无损于您的照明，却能使我同您一样享用烛光的方便。’现在我处于困窘境地，而您正出使秦国，大权在握。我的妻子儿女还在秦国，希望您拿点余光救济他们。”

“请丞相放心，我一定会让他们好好照顾他们的。”

“我现在哪是什么丞相，早已无家可归了。”

“你可先去齐国，齐国正在招揽天下英才。我的哥哥苏秦也在齐国，你去找他，等我回来，我和苏秦一块把你引荐给齐湣王。”

“太感谢了。”

苏代喝了一口酒说：“说实话，我非常敬佩你，你的确是个贤才！秦惠文王明智，秦武王敏锐，张仪善辩，你都能够一一迎合他们，取得十个官位而没有罪过，这是一般士人难以做到的。”

甘茂叹了一口气说：“没想到我也有失算的时候，我一直支持魏夫人立公子壮为秦王，没想到却让公子稷成了秦王。你想想，公子稷身边的人能放过我吗？那些被我得罪的人一定会趁机落井下石。”

苏代叹了一口气说："你的心情我能理解，每个人都有自己的难处，回头我再跟你说。"

两人拥抱了一下，然后拱了拱手，依依不舍地告别了。

苏代出使到达秦国。

芈八子望着苏代默默不语，这个人长得跟苏秦有几分相像，她心里又想到了苏秦，有点发呆有点走神。至于苏代跟嬴稷谈了什么，她一句话都没听进去。直到嬴稷呼喊母后，她才回过神来，不好意思地笑着说："如果其他大臣没有意见，那你就看着办吧。"嬴稷笑着说："好，寡人同意了。"苏代笑着说："没想到秦昭襄王年纪轻轻，做事这么有魄力，敬佩！"

嬴稷哈哈笑了。

苏代见完成了任务，借机说道："大王，甘茂是个不平常的士人。他在秦国居住多年，连续三代受到重用，从肴塞至鬼谷，全部地形何处险要何处平展，他都了如指掌。如果他依靠齐国与韩国、魏国约盟联合，反过来图谋秦国，对秦国可不算有利呀！"

嬴稷说："既然这样，那么该怎么办呢？"

苏代说："大王不如送他更加贵重的礼物，给他更加丰厚的俸禄，把他迎回来。假使他回来了，就把他安置在鬼谷，终身不准他出来。"

"大王可以赐给甘茂上卿官位，再加丰厚的俸禄，请甘茂回大秦。"丞相嬴虔说。他非常了解甘茂，现在就是给甘茂封最大的官，给更加丰厚的俸禄，甘茂也没脸面回秦国了。

芈八子说："好。大王可以赐给甘茂上卿官位，再加丰厚的俸禄。"

文武大臣开始退朝。芈八子留下苏代，看了看四周说："苏秦在齐国还好吗？"

"很不错，在齐国做客卿，齐湣王非常重用他。"

"那就好。"

"需要我带什么话给苏秦吗？"苏代也耳闻了一些他们两人之间的故事。

"不用了。"芈八子叹了一口气说，"我已派人带着相印跟着你一块到齐国迎接甘茂。"

"甘茂的家人都在秦国，我希望太后也能照顾一下他们。"

"甘茂为大秦做了不少贡献，他的家人我们自然会照顾的，人之常情嘛。"

"好，我告辞了，现在准备就回齐国。"苏代心里在暗笑。

苏代回到齐国后，直接去找苏秦，甘茂果然在苏秦的住处。苏代拿出相印说："秦

国想请你回去做上卿，再加丰厚的俸禄。”

甘茂冷冷地一笑，“我怎么有脸回去呢？即使回去了，夹在他们之间，我做人也难，也不开心。”

苏秦说：“不回去正好，我可以把你推荐给齐湣王。”

苏代说：“我也正是这个意思。”

苏秦和苏代联袂将甘茂推荐给齐湣王。

苏代对齐湣王说：“那个甘茂，可是个贤人。现在秦国已经赐给他上卿官位，带着相印来迎接他了。由于甘茂感激大王的恩赐，喜欢做大王的臣下，因此推辞邀请不去秦国。现在大王您拿什么来礼遇他？”

齐王说：“好。寡人也安排他为上卿，把他留在齐国。”秦国也赶快免除了甘茂全家的赋税徭役来同齐国争着招揽甘茂。秦国是做给别人看的，他们也想招揽天下英才。

甘茂最终也没能够再到秦国，后来死在魏国。

甘茂离开秦国后，魏冉没有食言，客卿寿烛果然成为丞相。

但寿烛没有想到的是，第二年，他的丞相位子就被罢免了，由魏冉担任丞相。

第二十章　去宋国

芈八子自当上太后后，感觉身体一直不舒服，呕吐恶心，什么东西都不想吃，她就宣太医令李醯进殿。

李醯小心翼翼地看了芈八子一眼，“太后，我看你脸色苍白，可能是最近没休息好，要不让我给你号号脉？”

“先别急，最近有没有什么新消息？”

“太后，目前还没有。魏夫人和公子壮、公子雍常常聚在一起，好像在商量什么事。奇怪的是，最近一直没见公子雍。有人说他出城了，不知道去了哪里。”

“你以后把他们每天接触的人都一一记下来，直接向魏冉报告。”

“小人明白。”李醯讨好地笑着说，“小人一直想给太后亲自配制延年益寿的方子，同时也好给太后补补身子，让我给太后号号脉，这样我就知道如何搭配了。”

芈八子把雪白的手腕伸了过去。李醯聚精会神地号脉，突然喊道：“太后，有喜了！”

“有什么喜！”芈八子一愣。

“这……这……”李醯望着芈八子，突然想起了什么，说话开始结结巴巴。

“你确定?!”芈八子想到在草原上跟义渠王的那一夜，她什么都明白了。但秦惠文王已去世多年了，如今她突然有身孕，传出去，天下人岂不耻笑？

“太后，小人非常确定。”李醯小心翼翼地说。说完后，李醯开始后悔，他怕芈八子杀他灭口。

芈八子笑着说：“我想起来了，前些日子老梦见秦惠文王，他跑进了我的卧室，紧紧抱着我，没想到果然本太后有喜了……”

李醯是个聪明人，立即顺着芈八子的话说：“原来如此，恭喜太后！”

芈八子盯着李醯的眼睛说：“好好干，我会继续让你当太医令。本太后有喜的事，如果让第二个人知道，你知道你的下场是什么吗？”

“知道。但几个月后，小人不说，大家的眼睛也看出来了。”

芈八子心情烦躁地说：“这事还用你说吗？我自有安排。”

李醯知趣地退了下去。

芈八子坐在那里发呆。几个月后肚子将要挺起来，她怎么有脸面对大臣们？她想尽快把手头上的事干完，然后找个借口出去躲一躲，等生完孩子再回来。在走之前，她必须要把嬴稷的事理顺，让他没有后顾之忧。她首先想到的是让嬴稷尽快成家，于是她亲自起草了简书，让人立即送到楚国去。

这时向寿和魏冉来找芈八子。芈八子见他们两人没什么重要事，就谈了自己的打算。嬴稷也不小了，她想加强和控制秦楚两国之间的联盟，让嬴稷娶楚国的公主，她已给楚怀王熊槐写了简书，表达了秦王想娶楚国公主的打算。

向寿说：“嬴稷知道这事吗？”

芈八子说：“这事我做主，不用征求他的意见。”

魏冉笑着说：“姐姐这样做，是不是有点霸道？”

芈八子说：“我这是为他好，怎么说是霸道呢？我身体不舒服，先去休息了。”

几天后，楚国使者送来了国书，楚怀王同意把叶阳公主许配给嬴稷，成亲的日子都已定了下来，几天后楚国士兵将护送叶阳公主到秦国。

嬴稷知道消息后，内心非常苦闷。他把向寿和魏冉叫来一块喝酒。向寿说：“要是芈戎在就好了。”魏冉说：“是啊，姐姐一直在找他，想把他请回来呢。我派人去打听，他们说芈戎可能在鲁国或者中山国。我还听说楚国人也一直在找他，想活剥他祭祖呢。”向寿说：“芈戎胆子也够大的，楚王在金陵邑埋金镇王气，他却把金陵邑的宝物弄走了。”魏冉说：“我听说当年吴国和越国也在金陵邑埋了不少宝物，这么说来金陵邑地下全是宝物。据我推测芈戎只是挖了一小部分，等时机成熟，我将带兵占领金陵邑，把里面的宝物全部挖出来。”向寿和魏冉哈哈笑了起来。

嬴稷却闷闷不乐。魏冉问道：“大王，今天怎么了，心情不好？”

嬴稷叹了一口气说：“楚怀王把叶阳公主许配给寡人，寡人一点不高兴，因为寡人心里有喜欢的人了。”

“她是谁？”向寿问。

“她是燕易王手下大臣的一位女儿，她叫姬梦蝶。我在燕国当人质这么多年，跟她朝夕相处，感情日渐升温，我答应要娶她。”

向寿说：“要不我让易王后给你说说？”

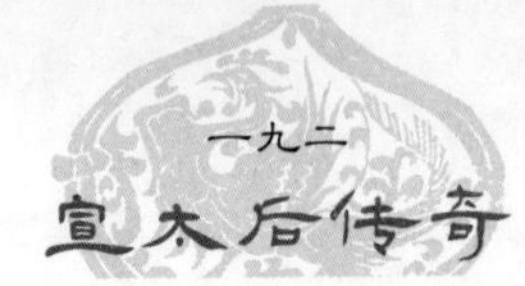

魏冉说："不妥！姐姐这人我了解，她已答应楚国，你就认命吧。"

嬴稷喝了一口酒，生气地说："寡人找你们来，是想让你们帮寡人的，没想到你们一点都不帮寡人，大不了我不当这个秦王。"

向寿哭丧着脸说："你的心情我非常理解。这么多年来，我喜欢嬴冰，但我出身卑微，眼看她就要出嫁了，我的心现在就像刀割一样，但我又没办法。好了，不说这些了，喝酒。"

几杯酒下肚后，魏冉想到了管筱雨，虽然魏冉成家了，但他一点也不喜欢现在的妻子。管筱雨虽然死了，但一直活在他的心里，她常常在梦里出现。

三人都心事重重，向寿喝多了，拍着魏冉的肩膀说："我告诉你一个秘密，管筱雨她还活着，她在宋国的王宫里，具体干什么我不知道。"

魏冉的酒醒了一半，"你说什么？"

"管筱雨她还活着，当年她被苟訾卖到宋国去了。"向寿说。

魏冉突然哭了起来，"宋康王的外号叫商纣王，他把舍人韩凭妻何氏霸为己有，天下人皆知。听说他造了一座鹿台，地基三里见方，高逾百丈。他把搜刮来的各国美女们聚集在台上，供自己宴饮狂欢。"

魏冉哭够了，拍着向寿的肩膀说："哥哥求你一件事。"

"什么事？"

"我打算去救管筱雨，顺便把芈戎找回来。"

"姐姐是不会答应的，现在各国都对秦国虎视眈眈……"

"你别说了，我去意已定。咸阳的治安就交给你了，你要保护好秦王和姐姐的安全。私下里我已找了司马错和任鄙，他们表示也支持秦王。你遇事多找右丞相嬴虔和上将军嬴华商量，他们可是智多星啊。"

"我知道了。"

魏冉站起来哈哈笑了，转身就走。

"你去哪里？"

"我去找苟訾算账。"

魏冉歪着身子走了。他来到了后园，大声呼叫着苟訾的名字。苟訾慌慌张张跑了出来，问道："将军，有何吩咐？"魏冉抓着苟訾就打，苟訾跪地求饶。魏冉问道："管筱雨她现在在哪里？"苟訾说："她在宋国，具体在宋国哪里，我真的不知道。"魏冉对苟訾拳打脚踢，苟訾如杀猪般嚎叫。一直跟在魏冉身后的向寿过来劝阻，魏冉依然不罢休。苟訾和向寿怕出人命，赶紧派人去叫芈八子。芈八子匆匆赶过来，呵斥道："住手。"魏冉说："姐姐，这种人该死，当初他是怎么害你的，这么快你都忘了？"芈八子说："听姐姐的话，先放过他，我回头再给你解释。"魏冉气呼呼地走了。

第二天，魏冉带着白起和乌获悄悄离开了秦国。他们一路风雨兼程，穿过魏国和韩国，来到了宋国。

三人骑着马，快速行走在通向宋国的古道上。凛冽的西风扑打着他们的面孔，掀起他们的鬓发。魏冉顾目四野，但见哀鸿遍野、骷髅遍地，一片兵荒马乱后的悲惨景象。夕阳西下，暮野四合。他们走到一棵枯藤缠绕的老树下，惊起树上几只昏鸦盘旋而起，聒噪不休。顺着小路，他们进入了茫茫的群山，这里峭壁林立、峰峦叠嶂、沟谷连绵，瀑布声在山谷里回荡。天色已晚，方圆几十里无人，看来今晚就要露宿在树林里了。这时突然传来歌声，他们顺着歌声走去，在一座半山腰处看见了一间茅草屋。他们把马系好后，快速走了过去，看见一个老者正坐在长凳上打草鞋。

魏冉拱了拱手说："老先生，我们路过，能否讨口水喝？"

"水在缸里，自己去舀。"老人头也不抬，只顾打草鞋，嘴里自言自语，"方生方死，方死方生，方可方不可，方不可方可；因是因非，因非因是……"

乌获小声说："这个老人是个疯子。"

白起指着乌获说："你看你四肢发达，就是个粗人，不懂。我看这位老人是个隐士，是个高人。"

"我怎么是个粗人？你才是个粗人。"乌获不服气地说。

白起说："我从小就熟读《孙子兵法》，你知道什么是'一曰道，二曰天，三曰地，四曰将，五曰法……'"

"别争了，"魏冉望了老人一眼，觉得这位隐士果然非同一般，试探着问："听你口音，你好像是楚国人？"

"你也是楚国人？"老人反问。

"我原本是楚国人，家境败落，便去了秦国，"魏冉说，"请问高人尊姓大名。"

"我叫庄子。"老人淡淡地说，"祖上系出楚国贵族，后因楚国动乱，遭人陷害，便迁至宋国，并在宋国与老乡惠子结识，推荐我做过地方漆园吏，后来我就隐退了。"

"久闻大名，久仰！"魏冉拱了拱手说，"先生怎么辞官隐退了？"

"伴君如伴虎，宋康王是从他哥哥宋剔成手中篡位的，宋康王想杀宋剔成，宋剔成逃到齐国，于是宋康王自立为国君，"庄子说，"宋康王刚愎自用，听不进正确意见，过着穷奢极欲的生活，使用炮烙等酷刑镇压人民。这样的君王，我当然要辞官。人生天地之间，若白驹过隙，忽然而已。天地与我并生，万物与我为一。岂不逍遥快哉！”

“要不我推荐你到秦国去做官，如何？”

“楚威王让我做官，我拒绝了。孟子也曾想引荐我到邹国做官，也被我拒绝了。”庄子说：“人应像鹌鹑一样起居，以四海为家，居无常居，随遇而安；像鸟一样饮食，不择精粗，不挑肥瘦，随吃而饱；像飞鸟一样行走，自在逍遥，不留痕迹！我宁愿像乌龟一样在泥塘自寻快乐，也不受一国之君的约束。我一辈子不做官，只求永远自由快乐。”

“你说的是邹国人孟子？”魏冉见劝说不了庄子，只好没话找话地说。

“是的。邹国随时会被鲁国吞并，他自身都难保了。”庄子说，“齐国创办了稷下学宫，稷下学宫集中了儒、墨、道、法、兵、刑、阴阳、农、杂各学派的学人，他们著书立说，开展学术研究，形成了前所未有的百家争鸣。我就是在那里认识孟子的。孟子推崇孔子，反对杨朱、墨翟，而我推崇老子。虽然我们政见不同，见面常常争得面红脖子粗，但私下里我们还是好朋友。小人则以身殉利，士则以身殉名，大夫则以身殉家，圣人则以身殉天下。故此数子者，事业不同，名声异号，其于伤性以身为殉，一也。”

“家父就出自鬼谷子的门下，请问你对鬼谷子有何见解？”

庄子说：“鬼谷诡秘，社会纵横、自然地理、宇宙天地玄妙；其才无所不窥，诸门无所不入，六道无所不破，众学无所不通。孙膑、庞涓、苏秦、张仪等皆出其门下。如今鬼谷子已死了，我也早已不问世上的是非、善恶、得失、祸福、生死、喜怒、贫富……对他的观点，我不敢苟同，所以我也不便评价！”

庄子停止了打草鞋，进屋给他们熬稀饭。

乌获问道：“老先生，你平常就吃这些？”

“是啊，今天忙于打草鞋。我虽然在打草鞋，其实脑子里在构思文章，忘了挖野菜，今天你们就将就着吃吧。”

三人吃完饭，庄子坐在油灯下也不愿多说一句话，伏案看简书。魏冉他们也不想打扰庄子，早早就睡了。魏冉半夜醒来，看见庄子在书写着什么，他也没敢惊动他，迷迷糊糊又睡着了。早晨醒来时，庄子正在酣睡，魏冉好奇地走到庄子桌子前看他昨晚写了什么，原来庄子写的是《逍遥游》：“北冥有鱼，其名为鲲。鲲之大，不知其几千里也；化而为鸟，其名为鹏。鹏之背，不知其几千里也；怒而飞，其翼若垂天之云。

是鸟也，海运则将徙于南冥。南冥者，天池也。……”魏冉心里不由得敬佩庄子，他掏出一些钱财放在庄子的桌子上，然后去院子里牵马，三人悄悄地走了。

三人风驰电掣，很快就来到了商丘。商丘很繁华，店铺鳞次栉比，人来人往，锦旗飘飘，除粮坊、油坊、车市外，还有丝麻织品、木器、漆器、玉器、陶器、鞋、帽等各种货物销售。宋国还有两个商业都会：济水北岸的陶丘、获水和泗水交汇处的彭城。这两个都会各相距不过一二百里，其间都有大道和水运相通，“马驰人趋，不待倦而至”，形成了内则互补、外则通达、三足鼎立的货物集散格局。这一商贸优势，在当时各诸侯国中很是少见。

三人牵着马穿过熙熙人群，来到一家客栈，美美地吃了一顿，然后去街上闲逛。街上设了一个擂台，人山人海。他们挤进去一看，原来是比武招勇士。宋康王非常崇尚武力，他特别喜欢勇武的人，所以他派人专门设了擂台，就是为了挑选武士，根据武功高低来委以重任和加封官职。台上的人打得热火朝天，乌获心里痒痒的，他对魏冉说：“魏将军，让我去试试。”魏冉说：“你怎么又忘了，叫魏哥。”乌获不好意思地一笑：“我错了，魏哥。”魏冉说：“去吧。”乌获跳上擂台大喊一声，对手看着五大三粗的乌获，心里一下就怯场了。乌获冲上去抓住对手就扔下了擂台。乌获一口气打倒八个人，其中五个是被他直接扔下擂台的。

“停！这位勇士请到后台来领赏。”监考官走了过来。

乌获满脸笑容，挥舞着手向台下致敬。

接下来是比试十八般武艺，台上的兵器任由挑选。一个身穿盔甲、手拿大刀的武士目中无人，很嚣张，大声喊道：“台下的一帮猪，有种的跟爷来比试一下。”一个人跳上台，签了生死协议，选了一把长刀，冲了上去。刀光剑影，两人大战了几个回合，武士露出一个破绽，然后突然一转身，大刀砍下了那人人头。人们欢呼声一片，似乎已习惯了这一切。砍下一个人头奖黄金十两。尸体被抬了下去，武士举着大刀欢呼，大声问道：“还有没有人上来？”

白起跳上台，选了一把长剑，此时全场寂静，白起突然腾身飞跃，身姿旋转，矫若游龙，剑尖撩起，只见银光熠熠，剑影闪过，不见人影，稍倾，云卷雨息，天地倾斜，雷霆万钧滚滚而来，山河为之变色。一会风平雷息，人们这才发现那个武士已躺在地上呻吟。白起只想给他一个教训，否则他人头早已落地了。台下的观众都不知道那个武士是怎么被刺伤的，半天才醒悟过来，掌声雷动。白起的剑术震慑了那些原本想要来挑战的人，没人敢上台了。

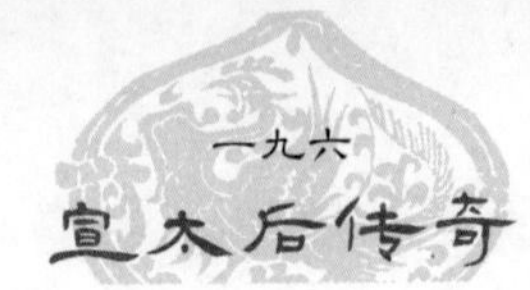

“恭喜这位勇士！”监考官走了过来。

“我的师傅还在台下。”白起说。

“让他一块上来，跟我一块去见大王，等候大王的面试和奖赏。”监考官说。

监考官领着三人去见宋康王。穿过一座座宫殿，他们来到了王宫。只见宋康王仪表堂堂，身材魁梧，面有神光。魏冉以为宋康王贼眉鼠眼，满脸凶相，没想到他还是一个美男子。

宋康王把目光落到魏冉身上。魏冉一身儒生打扮，看上去很斯文。宋康王见他是个儒生，顿足大笑说：“我所喜欢的是勇敢有力的人，不喜欢书生。客人您准备用什么来指教我呢？”

魏冉说：“人光有武功还不行，还得有脑子。我这里有一种办法，可以使那些勇敢的人刺不入；虽有力气，却击不中。大王您想知道这种办法吗？”

宋康王说：“好呀！这种办法我倒很想听听。”

魏冉说：“刺不入，击不中，固然好，但若有人敢于击、敢于刺，那他毕竟还是受了侮辱。我还有一种办法，使得那些勇敢的人不敢刺，虽然有力，也不敢去击。不过，所谓不敢，不等于不想，只是时机未到而已。我还有一种更好的办法，使得一切人根本不想去刺，不想去击。这不更好吗？当然，不想去刺，不想去击，也就是不理会你，哪里比得上互相亲爱、互相帮助呢！我还有一种办法，能使天下的人都非常高兴、互相亲爱、互相帮助，这种办法比勇敢有力的人更高一筹。这是上面四种办法中最好的办法了，难道大王您就不想知道吗？”

宋康王说：“这种办法好啊！我真想知道它。”

魏冉说：“孔墨的仁义道德就是这样的办法。孔子、墨翟、鬼谷子，自己没有国土，却被人当作君王一样；虽然没有官职，却被人们尊为最高的长官。天下的男人和女人，无不伸长脖子，踮起脚跟来盼望，欲得到相安相利。如今大王是拥有万乘兵车的国主，如果你确实有行孔墨主张的意愿，那么，全国都会得到它的利益的，您会比孔墨更厉害了。”

宋康王听了，无言以对。过了一会儿，宋康王哈哈大笑，对左右的大臣们说：“这个人真是善辩啊！我真是被他说服了。摆酒席，痛饮一场。”

酒席摆了上来，很丰盛。宋康王端起酒杯说：“宋国就需要你们这样的人才。寡人东伐齐，取五城；南败楚，拓地三百余里；西败魏军，取二城，灭滕国。寡人的目标是吞并天下，拥有天下美女。”

第二十章　去宋国

魏冉笑了笑说："恭喜大王早日统一天下。"魏冉心里却在想宋康王太嚣张，等回秦国后他要制定消灭宋国的计划，活捉宋康王，然后在众人面前把他五马分尸，昭告天下，这就是暴君的下场。

宋康王哈哈了，大声说："我很欣赏你们三人，一看就是身经百战的勇士。我给你们一支军队，去消灭鲁国或者中山国怎么样？"

魏冉跟着吹牛说："好啊！消灭这些小国，怎能让大王亲自出马呢？我知道大王的意思，消灭鲁国是为下一步攻打齐国做准备，消灭中山国是为攻打魏国做准备。"

宋康王拍着魏冉的肩膀说："知我者，你也！"

魏冉哈哈笑了。

宋康王高兴，多喝了几杯，有点醉了，他得意地说，"寡人派人带你们去迷宫，好好放松一下。"

宋康王为了笼络天下人才，特修了一座迷宫，迷宫里全是从诸侯各国抢来或购买的美女。这里美女个个身材婀娜、面容姣好，她们或衣着暴露或者一丝不挂，只要你看上哪个女子，随时随地就可跟她云雨一番。这里的女子都是经过培训了的，个个床上功夫厉害。男人到了这里，往往魂不守舍，流连忘返。当然，这里不是谁想来就可以来的，只有那些有功之人才有资格被恩准，才可以进来。

三人跟着差人来到迷宫，迷宫四周由重兵把守。迷宫大门一关，连一只苍蝇都飞不进来。里面灯光暧昧，音乐缠绵，淫荡声一片。几个一丝不挂的女人在他们面前扭动着身子，目光如钩子一样盯着他们。乌获目光直了，喉咙不停地响。魏冉小声对白起和乌获说："记住你们来宋国的目的。"差人说："这里九曲十弯，就像一个迷宫，往往人们进去后找不到路出来……"魏冉笑着说："这个地方太好了，让人眼花缭乱，不知挑选哪个女人好。对了，你们这里有没有花名册和图像，我要挑选一个绝色美人。"差人说："有啊。"差人让人拿来花名册和画像："你们自己慢慢选，我先走了。"魏冉仔细看了看，这里共有 1000 位美女，没有管筱雨的名字和画像。魏冉松了一口气。管筱雨会在哪里呢？魏冉借故说今天喝多了酒，明天再来。

三人出来后，乌获心有不甘，"干吗出来啊，瞧瞧总可以嘛。"

白起拍打了一下乌获的头说："有什么好看的，怕你看了，走不出来了。"

"这怎么会呢？"乌获嘿嘿一笑。

白起说："听说宋康王造了一座鹿台，地基三里见方，高逾百丈。他把搜刮来的各国美女们聚集在台上，管筱雨该不会在那里吧？"

乌获说："对啊，要不我们去鹿台看看？"

三人来到鹿台，但见好大一座宫殿似的建筑，金黄的琉璃瓦在阳光下闪耀着耀眼的光芒。那飞檐上的两条龙，金鳞金甲，活灵活现，似欲腾空飞去。鹿台大门紧闭，四周有士兵在巡逻。三人远远蹲在一棵大树后观望着，大门一直紧闭着。

白起说："估计今天宋康王喝醉了，今晚他不会来了。要不等晚上，我们翻进去看看？"

魏冉说："只能这样了。"

两个时辰后，天色暗了下来，三人绕开士兵从后院翻了进去。鹿台太大了，布满了庭院，要想在晚上找一个人太难了，何况白起和乌获还不认识管筱雨。魏冉把管筱雨的相貌详细给他们做了描述，然后三人分头去找，相约找到管筱雨就学鸟叫。魏冉趴在窗户上偷看了几个院子，屋里的女人果然貌美如花，但都不是他要找的人。他想冲进屋里，抓住一个女人盘问一下。突然传来了笛声，笛声悠扬。他仔细一听，笛声里充满着淡淡的忧伤，如哭如泣，听来让人心碎。顺着笛声，魏冉悄悄摸了过去，趴在窗户外一看，果然是管筱雨。管筱雨面色苍白，比以前瘦多了。魏冉迫不及待地冲了进去，笛声停了。"谁？"有人问道。

"我是魏冉。"

管筱雨冲了过来说："怎么是你？你怎么来了？"

"我是来救你的，他们说你死了，我不信。"魏冉抱着管筱雨说，"我这不是在做梦吧？你知道吗？我常常在梦中梦见你。"

管筱雨突然哭了。

"收拾东西，跟我走吧，我要带你回秦国。"魏冉喜极而泣。

"我没有什么东西可带的，这里一切都是肮脏的，唯独这只笛子陪伴着我。"

魏冉拉着管筱雨的手朝门外走。魏冉学了几声鸟叫，一会儿白起和乌获跑了过来，乌获说："都怪我，不小心碰倒了花盆，被守卫发现了，赶紧从后门走吧。"

白起望了管筱雨一眼说："嫂夫人果然漂亮……"

"抓住他们！他们在这里！"几个士兵拿着刀冲了过来。

"你们先走，我断后。"白起说。

魏冉拉着管筱雨的手朝后院走，来到了高高的院墙下，后院冲上来的几个士兵被乌获生生扭断了脖子。魏冉踩着乌获的肩膀爬上了高墙，然后管筱雨也踩在乌获的肩膀上，魏冉在高墙上伸出手抓住管筱雨的手，用力一拽，把管筱雨拽了上去。乌获身材魁梧，顺着树爬上了院墙。

后面喊杀声一片，白起边战边朝他们跑来。乌获喊道："白起，快点。"

白起朝院墙上奔去，他身轻如燕，踩在院墙上借着惯力上了几步。魏冉抓住他的手一拉，白起便站到了院墙上。

四人下来后，直奔客栈。解开他们的马，魏冉把管筱雨护上马，纵身一跃跳了上去，飞奔而去。白起和乌获紧紧跟在后面，他们朝城门奔去。

城门已关闭，白起和乌获冲过去砍倒守城门的士兵，放下吊桥。他们飞快地冲出城门。后面的追兵嘶喊着，追了上来。

前面突然出现了宋国的军队，他们手拿青铜戟、青铜戈封锁了前进的道路。魏冉手拿缰绳，马扬起前蹄停了下来。后面的追兵追了上来，迅速形成一个包围圈。乌获慌慌张张地说："魏将军，我们该怎么办？"魏冉说："冲过去。"白起扬起剑说："我杀开一条血路，你们跟着我冲过去。"乌获说："我们两人一块杀过去。"白起说："好，现在就杀过去。"两人扬起剑，大喊着冲了过去。他们挥舞着手中的剑，如秋风扫落叶一般，斩落无数宋军。魏冉紧紧跟在后面，迅速合拢的口子立即又撕开。他们杀出重围，狂奔起来，身后的箭从他们身边嗖嗖飞过。乌获的马连中几箭，跑着跑着，突然一下栽倒在地上，乌获从马上摔了下来。白起停了下来，用剑打落几支箭，他大声说："快上我的马。"乌获纵身一跃飞上了马背，因乌获体重，马跑得很吃力，速度也慢了下来。前面就是大山，魏冉说："我们进山吧，只要进了山，他们拿我们就没有办法了。"

四人跳下马，钻入了树林，然后顺着羊肠小路上山。后面的追兵停了下来，他们也不敢贸然进山，怕山上有埋伏。

天色已晚，茂密的树林里伸手不见五指，他们在山上待了一宿，不敢生火，怕被宋军发现。乌获和白起轮流负责警戒，魏冉抓着管筱雨的手有说不完的话，而管筱雨只是静静地听着，很少说话。魏冉说："你给我讲讲，你在宋国的遭遇吧。"管筱雨说："我被卖到宋国，生不如死，几次都想到了自杀，没什么可讲的。"魏冉笑着说："你以前性格活泼，是个话痨。今天怎么了？"管筱雨说："我累了，想早点休息。"管筱雨靠在魏冉的身上睡着了。魏冉兴奋地看着心爱的女人，没有一点睡意。

天一亮，四人迅速从后山下山。下山后，前面的山路异常寂静，没有一个人影。他们走了半个时辰，突然从树林里冒出无数的宋军包围了他们。

其中一个头领说："宋康王知道你们带着他的女人跑了，他心里非常生气。宋康王是个好面子的大王，下令我们要活捉你们，我劝你们放下兵器，乖乖投降吧！"

白起笑了起来："别做梦了吧，你们这些虾兵蟹将把路让开，否则别怪爷爷不客气。"

兵卒跟着说："是啊，有本事，单挑。量你们也没有这个胆！"

"少废话，抓住他们！"头领手一挥，兵卒冲了上来。冲在前面的兵卒被白起和兵卒刺死，后面的兵卒又冲了上来。

魏冉说："不要恋战，边战边退，前面不远处就是魏国，只要到了魏国就安全了。"魏冉保护着管筱雨，不让敌军靠近半步。他们退到一个山谷，山谷两边突然冒出密密麻麻的弓箭手，宋军喊道："再不投降，我们就放箭了。"

"跟他们拼了，宁愿战死，也不愿被他们抓住羞辱，"魏冉看了看四周没有障碍物，他叹了一口气说："没想到，今天将葬身在此。"

管筱雨说："都怪我，你们本不该来救我。"

魏冉说："怎么能怪你呢？跟你死在一起，我心里很高兴。"

箭声在山谷了响了起来，"嗖嗖"的声音如狂风暴雨。箭声过后，惨叫声一片，接着就是厮杀声一片，宋军开始狼狈逃窜。

魏冉心里满是疑惑，不知道发生了什么事。

"魏冉弟，我是芈戎。"芈戎从山里冲了下来。

魏冉大吃一惊，紧紧抱着芈戎，"你怎么在这里？我们正四处找你呢！"

芈戎说："说来话长，听说姐姐成了宣太后，侄子嬴稷成了秦王，我就回秦国找你们，半路上看见你们被追杀。我刚好认识这里边关魏国的一个长官，他原是守城的，结果城池被宋国攻占了。魏王很生气，本想杀了他，但给了他一次带功立罪的机会，让他守边关。我就找到他，他乐意帮忙，也是为了自己立功。螳螂正要捉蝉，不知黄雀在它后面正要吃它呢。"

芈戎一转身，看见了管筱雨，开始问长问短。魏冉咳嗽一声说："好了，跟我们一块回秦国吧，姐姐正等着我们回去。"

五人跨上马，古道上尘土飞扬。

第二十一章　兵变

魏冉带着芈戎和管筱雨回到秦国。芈八子欢喜不已，设宴款待他们。公子市和公子悝坐在那里无精打采，自他们哥哥嬴稷成了秦王后，他们心里非常失落。芈戎和魏冉对望了一下，目光又落到别处。气氛让人感觉非常沉重。

芈八子抓住管筱雨的手流着泪说："你终于回来了，我太高兴了，还是做我的贴身丫鬟吧，没你我还真的不习惯。"

管筱雨说："我亲人早没了，我愿意一辈子伺候太后，直到老死。"

魏冉望着管筱雨欲言又止。

芈八子说："本太后可不想让你伺候一辈子，你也不小了，找个人嫁了吧。"

管筱雨红着脸说："太后，不要提我的终身大事，我自己会有安排和打算的。"

"好了，不说了，"芈八子说，"我看你面色苍白，身子瘦弱，等下我让李太医给你看看，补补身子。"

"谢谢太后。"管筱雨低下头说。

芈八子望着芈戎说："说说你的情况。"

芈戎叹了一口气说："巴巫云死后，秦国通缉我，楚国也派人追杀我，我只好隐姓埋名，东躲西藏。"

向寿说："听说你跑到中山国去了？"

芈戎说："没有，我这是声东击西，其实我主要在鲁国和齐国待着。我听说姐姐成了太后，稷儿成了秦王，我就打算回秦国投靠姐姐，没想到半路上刚好遇见了魏冉和管筱雨。"

"明天是我稷儿成亲的日子，娶的是楚国的叶阳公主，"芈八子四周看了看说，"稷儿怎么没来？"

向寿说："我叫了他，他不来。"

公子市说："哥哥心里早就有意中人，正在屋里生闷气呢。"

芈八子瞪了一眼："你跟悝儿整天游手好闲、吃喝玩乐，真让人操心。你们也该让我省省心。"

公子悝说："不是有哥哥嬴稷吗？如果你让我当王，你让我娶谁我就娶谁，别说楚国的公主，就是魏国、韩国、赵国、齐国、燕国的公主我也统统笑纳。"

"混账东西！"芈八子大声说。

公子悝低下头不语了。

"不管稷儿了，我们先吃。"芈八子说，"我们跟楚国联姻也是万不得已而为之，秦惠文王在世时，派张仪由秦至楚，以重金收买令尹子兰、上官大夫靳尚和他的宠妃郑袖等人，同时以'献商于之地六百里'诱骗楚怀王，致使齐楚断交，同时让他们阻止楚怀王接受屈原变法的意见，屈原亦被逐出郢都。楚怀王受骗后恼羞成怒，两度向秦出兵，均遭惨败。我们联姻就是为了缓解两国之间的关系，好让楚国彻底投入秦的怀抱。"

吃完饭，公子市和公子悝走了，芈八子传唤太医令李醯进殿。李醯小心翼翼走了进来，不敢看芈八子的目光，"宣太后，小人给你请安！"

芈八子指着管筱雨说："给我妹妹看看。"

李醯悬着的心才踏实下来，他给管筱雨号了号脉，微微一笑，"太后，无大碍，她积郁成疾，加上受了寒，身子虚弱，我开一个方子，给她调理一下就好了。"

"那就谢谢太医令了。"芈八子说。

"太后，小人上次给你开的延年益寿美容方子还不错吧？那可是我精心调配的。"李醯讨好地说。

"还可以。"芈八子淡淡地说，其实她根本没喝，她心里还是对李醯有所顾忌，毕竟李醯是魏纾身边的人。

李醯讨好地笑了。

"最近有没有听到什么消息？"

"昨晚，魏纾和公子壮好像在密探什么，我在屋外无意听见了，好像是在秦昭襄王成亲那天，他们有什么行动。"李醯说。

"你先下去吧。"

"诺！"

魏冉说："姐姐，我估计明天在秦王成亲的时候，公子壮会有行动。我去找嬴虔和嬴华商量一下。”

芈八子说：“等一下，我叫苟訾过来问问。”

内侍通报，苟訾求见。

芈八子说：“我正要找他，他自己送上门来了。”魏冉、芈戎和管筱雨退到了后台。

苟訾进来后，四周看了看，小声说：“公子壮明天可能会在秦王成亲大摆筵席时发动兵变，刺杀秦王。同时，公子雍、公子恽和安阳王联合丹犁、夜郎和滇国等将大举进攻秦国。据说大军已埋伏在秦岭山里，随时准备突袭，然后让司马错和任鄙在咸阳城里接引，一举拿下咸阳城。”

芈八子说：“你提供的这个情报非常重要，我将重赏你。你先下去吧，有什么情况随时向我汇报。”

苟訾毕恭毕敬地倒退着走了。

魏冉走了出来说：“他们果然要采取行动了，我们这次要把它们一举消灭，否则后患无穷。”

向寿说：“要不要把嬴虔、嬴华、公孙奭、公孙衍、寿烛、魏淼请来商量一下，看看下一步该怎么办。”

魏冉说：“不必了，这种事，知道的人越少越好，我自有安排。现在诸侯各国巴不得秦国乱成一锅粥，甚至有人会煽风点火，所以我交给你一个任务，保护好叶阳公主，不能出半点差错。”

芈戎说：“那我呢？”

魏冉说：“你刚回来，对秦国还不太了解，你就好好休息吧。”

芈戎拍拍胸脯说：“你也太小瞧人了，我既然回来，就要为姐姐排忧解难。”

魏冉说：“那好吧，你就跟向寿一块去保护好叶阳公主，你要保证明天迎亲队伍顺利地把叶阳公主送上花轿。”

芈戎说：“没问题。”

魏冉说：“你们先去忙吧，我要悄悄去会下嬴虔和嬴华，商量一下明天的事。”

向寿和芈戎带着一些士兵化装成街头小贩蹲守在叶阳公主所住的客栈外。本来芈八子安排他们住进王宫，但楚国随同拒绝了，他们要按照楚国的规矩来办，要敲锣打鼓抬着花轿来迎接，然后抬进王宫。楚国要让更多的人知道，秦楚联姻了。向寿和芈戎在客栈外转悠了一圈，没有发现异常的情况。向寿就有点埋怨魏冉多疑，芈戎就劝他还是小心点好。

半夜时分，几个黑影从客栈屋顶跳了下来。向寿推醒芈戎说：“快醒醒，有刺客。”向寿冲了进去，芈戎带人包围了客栈。

一个黑影冲进叶阳公主房间，就在他举起匕首朝床上刺时，向寿冲进来用剑刺在那人背上，他惨叫一声倒了下去。叶阳公主被叫声惊醒，慌慌张张地说：“你是谁？”叶阳公主的护卫也冲了进来，包围住了向寿。向寿说：“别误会，我是来保护叶阳公主的，快去抓刺客。”

客栈灯红通明，芈戎带人也冲了进来，捉住了另外三个刺客。

芈戎押着三个刺客，把他们关进了大牢里。向寿亲自审问，刚开始他们拒不交代。向寿以为他们是公子壮派来的人，让差人一刀刀慢慢割他们身上的肉。他们惨叫不已，挺不住了，纷纷招了，原来他们是魏国重金雇佣的刺客，他们的任务是刺杀叶阳公主，目的是破坏秦楚联盟，因为秦楚一旦联盟，将对韩国形成东西南包围之势，韩国就危在旦夕了。

审问完这几个刺客，天已大亮。咸阳宫挂满了灯笼，彩旗飘飘。

锣鼓响了起来，打扮漂亮的叶阳公主坐上了花轿，街道上人头攒动，百姓围在两边看热闹。乌获领着一帮人在前面开道，魏淼和公孙奭站在轿子两边，保护着叶阳公主的安全。

轿子顺着王宫正门抬了进去，嬴稷不知到哪去了。眼看就要拜堂成亲，新郎却不见了，芈八子非常生气，责怪魏冉。魏冉又责怪起白起来，说：“我让你寸步不离秦王，现在倒好，秦王哪去了？”白起说：“我就上了个茅房，回来就不见他了。”魏冉生气地说：“快派人去找，找不到就别回来了。”派去的人在王宫里都找遍了，也没见嬴稷的身影，也没有人看见嬴稷迈出王宫大门半步。向寿说：“我就不信了，他能上天入地？”他在房间里四处瞅，突然他听到了鼾声从床底下发出来。他旋开床沿，弯下腰朝下一看，嬴稷喝得酩酊大醉，睡着了。向寿笑了，把嬴稷从床底下拖了出来，摇了他几下，嬴稷睡得跟死猪一样。

芈八子闻讯赶了过来。看见躺在地上的嬴稷依然在酣睡，她生气地说：“去端几盆冷水来。”

没人动。

“你们耳朵都聋了，我说话，你们都没有听见？”

丫鬟端了两盆冷水来，芈八子接过盆子朝嬴稷身上倒去，骂道：“混账东西！”嬴稷一下醒了，看见了芈八子愤怒的目光，目光里带着火。他正要爬起来，芈八子又一盆水从他头上倒了下去。嬴稷冷得浑身颤抖。

芈八子命令向寿道：“带大王去更衣，然后把他给我带到正殿来拜堂成亲。”

向寿拽着嬴稷走了。

芈八子回到正殿面带微笑地坐着。楚国使者催道：“太后，良辰马上快到了，快快请大王出来拜堂成亲。”

芈八子吩咐丫鬟过去催。

一会儿，嬴稷无精打采地走了出来，走路东倒西歪。

“大王这是怎么了？”楚国使者问道。

“大王知道今日成亲，高兴得一夜没睡好。”芈八子笑着说。

楚国使者笑了。

嬴稷站在戴着红盖头的叶阳公主旁边。婚礼由嬴虔主持，他大声喊道：“一拜天地；二拜高堂；夫妻对拜。”嬴稷像个木偶一样，面无表情。当嬴虔喊道“送入洞房”时，芈八子长长松了一口气，儿子嬴稷终于成亲了。

酒席开始了，高朋满座。

魏纾举起酒杯对芈八子笑着说：“恭喜太后。”

芈八子也举起酒杯，管筱雨在她的杯子里倒的是水，“谢谢魏夫人！”

魏纾盯着芈八子的肚子故意说：“我看太后最近有点胖，是不是有什么喜事，该不会有喜了吧？”

芈八子哈哈笑了，“魏夫人真会说笑话，秦惠文王走了都好多年了，我怎么会有喜呢？不过，今天我确实有喜了，我的稷儿成亲了，我这个当娘的也就放心了。你知道吗？自我当了太后，每天心情好、吃得好、睡得好，身体不免要发福，不像有的人每天心情不好、吃不好、睡不好……”

魏纾本想羞辱和挖苦芈八子一番，结果没讨到什么便宜，转眼她看见了管筱雨，便岔开话题，旁敲侧击，“哟，这不是管筱雨吗？听说被卖到宋国，成了宋康王的宠物，后来又被卖到‘女闾’（妓院）。”

管筱雨生气地端起酒杯，把酒泼到魏纾的脸上，“人在做，天在看。”

魏纾抹了抹脸上的酒水，指着管筱雨说：“你等着，看我以后怎么收拾你。”

芈八子劝道：“好了好了，别生气了，今天是稷儿大喜的日子，回头我让她给你赔罪。”

魏纾站起来气呼呼地走了。

魏冉四周查看，见公子壮和任鄙谈笑风生地在喝酒，没有什么异样。不知不觉，酒席散了，天也黑了。向寿偷偷地跟着公子壮，注意着他的行踪。芈戎跟着芈八子，保护着她的安全。公孙衍带着精兵强将早已埋伏在咸阳宫里。魏冉派魏淼和乌获去城门查看，也没发现什么异样。守城军队由嬴华和司马错共同指挥，嬴华负责南门和东门，司马错负责北门和西门。魏冉还是不放心，带着乌获等人亲自去城墙。吊桥早已拉起，城墙上战旗飘飘，除了风声，异常安静？安静得让魏冉心里很不踏实，他仿佛闻到了血雨腥风的味道。

月亮躲进了乌云里，再也没有出来，天色顿时暗了许多。

嬴华说："我觉得今晚会有一场大战。"

魏冉说："同感。让士兵轮流休息，密切注意城外动向。"

嬴华说："放心吧，我早已安排好了。"

魏冉说："据可靠消息，公子雍、公子恽和安阳王联合丹犁、夜郎和滇国等将大举进攻咸阳城。这丹犁、夜郎和滇国的士兵可不好对付，他们个个英勇善战，视死如归。"

嬴华说："他们再英勇善战，我一刀下去还不是脑袋搬家？我不怕他们，我只是有点担心司马错，他可是一直支持公子壮的。"

魏冉说，"这个你不用担心，我已在他身边安插了内线，他一有异常举动，我就立即知道了。"

夜已深了，魏冉劳累了一天，他闭上眼睛，心里想的却是管筱雨。他想过一段时间向她表白，他已成家了，让管筱雨做他的妾他觉得有点委屈她了。他一时心乱如麻。

"魏将军，你看，城墙下黑压压的一片，敌人来了。"乌获推了推魏冉说。

"该来的，终于来了。"魏冉睁开眼睛一看，果然黑压压一片，悄无声息地在向城墙方向移动。他们很快到了护城河旁，开始搭浮桥。

嬴华命令弓箭手们做好准备，听他命令，等他们过了护城河后万箭齐发。

嬴华看见他们来到了城墙下，战鼓响起，战火通明。嬴华大喊一声："放箭！"乱箭如雨点飞了下去，士兵倒下一片。又一拨人冲过护城河，城墙上又一批弓箭手万箭齐发，两组弓箭手轮流放箭，城墙下的尸体已堆积了好高。敌人也懵了，他们以为守城的是司马错，他们约好了等他们到达城墙下，然后打开城门让他们进去。他们没想到的是魏冉在城防上做了调整，原本让司马错守南门和东门，临时调整让他负责守北门和西门。司马错虽已表态支持嬴稷和芈八子，但魏冉对这位老师还是有点不放心。

城门突然被打开了，原来是公子壮派人杀了守城门的士兵。魏冉见情况不妙，带着乌获和一队人马立即下城墙，朝城门奔去。眼看吊桥就要被放下来，魏冉踩着尸体飞奔而去，把手中的剑扔了过去，剑直奔那人刺去，那人倒了下去。魏冉捡起一把刀，朝叛军砍去，接连砍倒几个人。乌获力大无穷，又身手不凡，他刀刀见血，杀得叛军胆战心惊。魏淼带着一支人马过来支持，迅速包围了他们，把公子壮的这伙人全部杀死了。

魏冉让魏淼留下来守城门，他和乌获匆匆跑上城墙，城墙下已堆满了尸体，敌人的进攻越来越弱了，一时半会他们是攻不下来的。魏冉想到了嬴稷和芈八子，他们可能也有危险了，说不定公子壮已带兵包围了王宫。他对嬴华拱了拱手说："这里交给你了，姐姐和秦王可能有危险了。"

"你放心，这里有我在，敌人来多少我杀多少。"嬴华笑着说。

魏冉刚跑下城墙，一个士兵匆匆跑过来传信，说公子壮带兵包围了咸阳宫。一个士兵跑来传信，说司马错那边没有发现敌人的进攻。魏冉传令，让第二梯队过来支援，对公子壮实行反包围。

其实公子壮在还没攻城前，已派了刺客去刺杀秦王嬴稷，想等嬴稷洞房花烛时动手。没想到嬴稷对这位叶阳公主不感兴趣，睡到一边去了。叶阳公主见嬴稷睡到一边去了，心里非常生气，这算什么洞房花烛啊，她睁着眼睛发呆。这时两个刺客摸进屋里，叶阳公主看见了他们手中明晃晃的匕首，她大喊一声："救命啊！"两个刺客一愣，举刀想朝床上乱刺一通。守候在门外的白起一脚踢开门，挥着大刀向他们冲了进来。两个刺客见情况不妙，撞开窗子跑了，白起追了出去没见他们的踪影，又担心嬴稷的安全，只好匆匆跑了回来。见嬴稷正在酣睡，他心里顿时踏实了。公子壮见刺杀嬴稷失败，心里非常生气。他听到了城墙外的战鼓和厮杀声，知道公子雍、公子恽和安阳王已开始攻城。他带着城里的军队杀向王宫，没想到埋伏在王宫里的公孙衍带着精兵强将冲了出来，刀光剑影，厮杀声一片。

魏冉骑马快速来到了咸阳宫外，他大声喊道："公子壮，没想到吧，你失策了，你的联军已被我们阻杀在城外，他们的尸体填满了护城河，已溃不成军了。只要你乖乖投降，我就给你一条生路。"

公子壮大声说："魏冉，你想扰乱我军心，休想！我告诉你，今晚我要把你们统统消灭，包括秦王和那个妖孽芈八子。"

魏冉哈哈笑了，"死到临头，还嘴硬。"

"今天还不知道，是谁死呢？"公子壮说。

乌获看见了任鄙，故意大声说："任鄙兄弟啊，你糊涂啊，现在公子壮大势已去，你是一个明白人，千万不能做糊涂事啊。我们约好了的事，千万别忘了。"

公子壮瞪了任鄙一眼，挥着刀朝魏冉冲去。乌获冲过去拦住了公子壮，"你先过了我这一关再说。"

公子壮厉声喝道："当初要不是你们怂恿举鼎，秦武王也不会死，当初就应该像孟贲一样灭你全家。"

任鄙听了心里很不是滋味，那时他和乌获、孟贲号称是"秦国三大力士"，举鼎时他也在场，他劝阻了秦武王，可秦武王不听他劝阻啊，如今怎么变成了怂恿？公子壮所说的"你们"，当然也包括任鄙。

乌获冷笑一声说："其实你巴不得秦武王死呢，你早就想当王了。"

公子壮也不接话，冷不防挥刀就朝乌获砍去，要不是乌获躲得快，半条胳膊就没了。乌获双眼圆睁，喝道："你这个阴险小人，今天就别怪我不客气了。"乌获把刀舞得呼呼响，在空中划了一个圆圈，这个圆圈突然变成三个圆圈，分上、中、下向公子壮圈去。公子壮倒退三步，寻找乌获的破绽。

向寿带着大队人马赶了过来，对公子壮实行反包围。困在咸阳宫里的公孙衍和芈戎见援军到来，带领着士兵开始反扑。

魏冉大喊一声："冲啊！活捉公子壮有赏！"

经过半个时辰的拼杀，公子壮的手下伤亡多半。公子壮边战边退，魏冉步步紧逼，把他逼到一个角落里。魏冉喝道："快快束手被擒，饶你不死！"

"魏冉你这条走狗，有种我们单挑。"公子壮吼道。

"公子壮，我们继续比武。"

"你也配，滚开！"

乌获头一偏，望着任鄙，话中有话地说："任鄙啊任鄙，你是一个聪明人，一个小小的汉中太守有什么好当的？你千万不能糊涂啊！"

任鄙突然冲过去，左手紧紧抱住公子壮，右手把刀架到他的脖子上说："公子壮，对不起了！别动！再动我就杀了你！"

"你这个叛徒！"公子壮愤怒地说。

乌获和向寿走了过去，把公子壮五花大绑地捆了起来。

魏冉拍着手笑了。

向寿和芈戎带人冲进后宫，把魏纾和秦武王的妻子也抓走了。

第二十一章　兵变

好消息接连不断。安阳王联合丹犁、夜郎和滇国等攻城，久久攻不下，加上死亡过半，他们只好撤退。嬴华和司马错打开城门穷追猛打，联军顿时溃不成军，秦军又趁机杀死联军不少士兵。他们逃到山里时，所剩不足千人了。公子雍仓皇逃跑时被活捉了，安阳王和公子恽却不知所踪。

天微微亮时，魏冉立即会见芈八子，汇报了整个情况，然后建议快刀斩乱麻，以绝后患，今天就召开审判大会，列举魏纾、公子壮、公子雍等人的罪行，然后把他们立即斩首。

芈八子说："我也是这么想的，那秦武王的妻子武后，怎么处置？"

"也杀了。"

"不妥，武后是魏国公主，杀了她，怕激化秦、魏两国之间的矛盾。要不把她赶出秦国，送到魏国就行了，这样我们也做到仁至义尽。"

"那就照姐姐的意思办吧。"

"我现在担心的是公子恽跑了，留下了隐患。"

魏冉笑着说："姐姐放心吧，公子恽成不了气候，看来他也不敢回蜀地了。一旦有他的消息，我会派刺客去刺杀他的。"

芈八子说："只有杀了他们，稷儿的王位才能安全，我这个太后心里也就踏实了。"

魏冉笑着说："有我这个弟弟在，姐姐你就放心吧！"

魏纾、公子壮、公子雍等人被押进了囚车开始游街，前面锣鼓开道，引来无数行人围观。魏纾和公子壮披头散发，面色苍白，没有了以前的傲气。公子雍衣衫不整，疲惫不堪，双目微闭，他心里不明白，计划好的兵变怎么会失败。

最后他们被押到了审判台，芈八子、魏冉、嬴华、寿烛等人坐在台上旁听，台下是密密麻麻的百姓。负责刑部的魏淼宣读了他们的种种罪行，最后大声宣布将他们押赴刑场，立即执行。芈八子望着魏纾，露出一丝微笑，"给魏夫人好好吃一顿，我要亲自送她上路。"

魏纾大声骂道："芈八子，我做鬼也不会放过你的……"

魏淼大声喊道："死到临头，还嘴硬！掌嘴！"

两个行刑官走过去给了魏纾两个大巴掌。

刑场设在西关的跑马场里，魏冉亲自前去监督。当魏纾、公子壮、公子雍的人头落地的瞬间，魏冉仰天长笑，泪水都笑了出来……

第二十二章　远走

阳春三月，万物复苏，柳绿花红，莺歌燕舞，大地一片生机勃勃的景象。

暖暖的太阳穿过窗棂照射在芈八子身上，她感觉浑身也暖暖的了。管筱雨轻轻地揉着芈八子的腿，芈八子微闭着双眼，轻轻摸着自己的肚子，她的心里充满了蜜，很甜。嬴稷的对手已被铲除，如今的大秦是她说了算，可以说是一人之上万人之下。为了巩固秦国江山，她在人员上做了大的调整，还给他们封了地，让他们自己去管理，如公子悝封地在高陵，人们就称呼他为高陵君；公子市封地在泾阳，人们就称呼他为泾阳君；芈戎封地在华阳，人们就称呼他为华阳君；魏冉封地即穰，有人偷偷就叫他穰侯，后来封地又加上了陶邑。特别是为了让魏冉执掌大权，免去了寿烛丞相一职，让魏冉当左丞相，同时他还是卫戍咸阳的大将军，可以调配秦国军队。芈八子下一步还想大刀阔斧地改革，召集文武百官商讨秦国出路。

一只小燕子直接飞到了屋里，看了芈八子几眼，又叽叽喳喳地飞到院子里的那棵大树上。湖畔的柳树枝条向下垂着，就像一条条线挂在树上。那嫩黄色的小叶片，就像在线上系的花瓣儿。亭子旁的杨树开了花，这些花一串串的，是紫红色的，身上长满很软的小毛，像一只只毛毛虫，真有趣。山桃花展瓣吐蕊，杏花闹上枝头，梨花争奇斗艳……

“姐姐，桃花坞的桃花开了，要不我们去欣赏桃花去？”管筱雨看了看庭院里的花花草草，感觉不过瘾，体验不到那种真正的春意盎然的味道。

“好啊，春暖花开，我也想出去走走。”芈八子拉着管筱雨的手笑着说。

管筱雨扶起芈八子，吩咐内侍准备马车。这时魏冉匆匆走了过来说：“你们准备踏春啊，也不叫上我？”

芈八子说：“你找我有事吗？”

“没什么事，你交代的事情我已办好了，顺便过来看看你们。”

第二十二章　远走

“那就好，跟我们一块去欣赏桃花吧。”芈八子说。

魏冉望着管筱雨得意地说：“看来我要交桃花运了。”

芈八子双眉微挑，“把你美得，别做梦了吧。”

马车已准备好，芈八子和管筱雨坐上马车，魏冉骑着马紧紧跟着，而白起和乌获也跟在后面。

一个时辰后，他们来到了桃花坞，远远望去，那一树一树的桃花就像一片片的彩云降落在半空中，有粉红的，有乳白的，轻轻盈盈的，美丽极了。

“那乳白中还有着淡淡的绿色，难道还有绿色的桃花吗？”管筱雨笑着说。

“是吗？不会吧？”芈八子说。

两人走近一看，原来绿色的是那些嫩嫩的萼片，还有刚发芽的小叶子掺杂在其中。桃花的花瓣是椭圆形的，五瓣居多。有的开得茂盛，有的还是含苞欲放的花骨朵，有无数的小蜜蜂在花丛中嗡嗡地飞舞着。管筱雨摘了一朵放在鼻子上闻了闻，双目微睁，“好香啊！”

魏冉紧紧跟在管筱雨身后，管筱雨身上散发出清香，这是他熟悉的味道。他鼻子贪婪地吸着，这种味道已深深扎进了他的脑袋、他的骨髓里，以至于他一生也忘不了这种味道。这种味道时不时还在他今后的生活中缠绕着，时不时还缓缓升起，久久不散。

他们在桃树林里转了一圈，芈八子感觉累了，在亭子里坐了下来，对魏冉和管筱雨说：“你们两人去转吧，我休息下。”芈八子身边还跟了一个丫鬟，她立即给芈八子递上手绢擦汗，扶芈八子坐在亭子里。

管筱雨和魏冉一前一后默默无语地朝花丛深处走去。自管筱雨回到秦国后，魏冉就很少见她笑过，她的心里一定藏着忧愁和不便说的秘密。他一直在寻找机会，想跟她好好谈谈。

一只蝴蝶停在草丛里的野花上，管筱雨悄悄走了过去，弯下腰伸出两指手指想去捉住蝴蝶。在管筱雨弯腰的瞬间，走在后面的魏冉看见了管筱雨又圆又翘的屁股，那一刻他震撼了，有点情不自禁地想伸手去摸一下。四周好静，看不见一个人影，魏冉的手心都出汗了，他犹豫了一下，不敢摸。

蝴蝶飞走了，管筱雨直起腰，扯了一下衣服，回头一望魏冉。魏冉像被针刺了一下，浑身颤抖了一下，他为刚才龌龊的想法而自责。

“你怎么了？”管筱雨问。

“没什么，没什么。”魏冉说，“说说你在宋国，到底遭遇了什么？我一直都想问你，

又不敢问你。”

“没什么可说的。”

“我想起了当年你学问渊博,《周易》《尚书》《诗经》《论语》等等,你说得头头是道,让人敬佩。那时你聪明可爱，善解人意，如今你却变了，变得沉默寡言，目光里充满了犹豫。给我说说，也许我能帮你。”

“真的没有什么，也许人都是会变的。”

魏冉生气地说：“一定是那个宋康王，我一定要灭了宋国，杀了宋康王。”

管筱雨叹了一口气说：“过去的事都过去了，不要再提好吗？”

“好，我不说了，”魏冉摘了一朵野花，说：“我曾说过等我有一天当了将军，我攻下楚国，不但把和氏璧送你，还要把金陵邑的宝物全部挖出来送你……”

管筱雨眼角有泪，无语。

魏冉抬头朝四周看了看，远处的群山连绵起伏，变得苍绿了。近处山坡上的小草也悄悄地钻出地面，它们嫩生生、绿油油的。肥胖的小叶儿，像一个个刚刚睡醒的胖娃娃。这一片，那一簇，点缀着这陡峭的山坡。山坡上的树木也在不声不响地抽出新的枝条，长出了像小草一样的新芽。

魏冉抓住管筱雨白皙的小手说：“我喜欢你，做我的女人好吗？”

“你现在是秦国的大将军，又是丞相，我高攀不起。”管筱雨把手抽了出来说，“何况你已有妻子，我们还是做好朋友，一辈子的好朋友吧！”

“只要你嫁给我，我会让你成为正室的。”魏冉喘着气说。

“我不会嫁给你的，我要陪姐姐一辈子。”管筱雨悠悠地说。

魏冉抱住管筱雨，把她按倒在草地上，要解她的衣服。管筱雨紧紧抓住他的手，哭泣着说：“你再这样，我就喊人了。”魏冉已失去了理智，“你喊啊，我今天就要你。”管筱雨扬起巴掌打在魏冉的脸上，魏冉头脑一下清醒了，他松开管筱雨，站了起来说：“对不起，我错了。”

管筱雨站起来，头也不抬地走了。魏冉闷闷不乐地跟在后面。

芈八子看见他们来了，见他们好像不高兴，问道：“里面的景色不好吗？”

管筱雨笑着说：“很好，要不我陪姐姐进去走走？”

芈八子笑着说：“时候也不早了，我们回吧。”

芈八子回到咸阳宫，内侍通报，义渠王在门外求见。芈八子说让他进来。义渠王打扮怪异，魏冉有点不喜欢他，冷着脸说：“你怎么来了？”义渠王哈哈笑着说：“大秦是我的老朋友，我来看看我的老朋友。”芈八子让魏冉和管筱雨退下。芈八子说：“你怎么来了？”义渠王笑着说：“想死你了，所以我就来看你了。”芈八子四周看了看，小声说：“我怀孕了，你说怎么办？”义渠王说：“是我的种!？”芈八子说：“不是你这个王八蛋，还是谁的！”义渠王摸着头笑了，就要过来摸芈八子的肚子，“让我看看我的儿子。”芈八子打开义渠王的手说：“烦死了！我的肚子慢慢开始大了，传出去你让我这个太后怎么有脸在王宫待。你说该怎么办？”

义渠王摸着头想了半天说：“要不这样，你跟我去义渠，你就说最近身子不舒服，需要去山里道观静养一段时间。等孩子生下后，你再回来，这样也就没人知道和怀疑了，你看怎么样？”

芈八子叹了一口说：“看来只能这样了。”

“要不明天我就带你去义渠。”

芈八子点了点头。

当天晚上，义渠王偷偷留在了芈八子的屋里。两人却睡不着，义渠王激动高兴，他没想到芈八子能为他生孩子，看来她是喜欢他的。他的心里也在盘算，芈八子如今是一言九鼎的太后，如果生的是儿子，他要好好培养他，让他成为大秦的王，这样大秦实际上不就是义渠的吗？几百年来，秦国和义渠一直是生死对头，大大小小至少发生了几百场战争，但问题是战争还在继续，矛盾依然无法解决，而如今竟能通过一个女人迎刃而解。义渠王兴奋得忍不住偷偷笑了。芈八子心里也在琢磨：几百年来，大秦一直想消灭义渠，但怎么也消灭不了。义渠是秦国的隐患，不解决好这个隐患，大秦今后会麻烦不断，甚至会被义渠吞并。只要抓住了义渠王，拴住他的心，两国之间暂时就不会有战争，等秦国强大了，再考虑如何处置义渠的事。

两人在床上翻来覆去，心事重重，好不容易熬到天亮。芈八子让义渠王藏了起来，然后进殿把魏冉、嬴稷、芈戎和向寿叫来。她说自己最近身体不好，要修养调理一段时间，没事不要打扰她，她谁也不会见的。然后她开始交接工作，让嬴稷要听舅舅魏冉的话，遇事多听听他们的意见。

“姐姐，你走得太突然了，是不是有什么事瞒着我们？”魏冉问。

“我是想锻炼嬴稷一下，好了，你什么都不要说了。后宫里我还有其他事情要处理，我先走了。”芈八子说。

魏冉紧紧跟在芈八子身后，芈八子一回头说：“你还有事？”

“我想问下，是不是把管筱雨带着？”

“是啊。”

魏冉“哦”了一声说：“我可以见见她吗？我想跟她道个别。”

“可以啊。”

“我在门外等她，姐姐你把她叫出来。”

一会儿，管筱雨出来了，冷着脸说：“你找我有事吗？”

“昨天的事，我向你道歉！”魏冉低着头说，“但我是真的喜欢你啊！”

“到此为止了！”管筱雨说，“还有别的事吗？没有我就走了。”

“没有了，多保重！”魏冉心里还有很多话想说，一急却不知道该如何说了。他也不知道自己怎么了，在战场上他指挥自如、头脑清晰，可一面对管筱雨，他就头脑混沌，成了弱智的孩子。

魏冉望着管筱雨的背影消失了，还站在那里发呆。

芈八子带着管筱雨悄悄离开了咸阳宫，她们知道，知道她们消息的人越少，她们就越安全。

芈八子和管筱雨坐着马车从南门出去，绕了一圈朝北方走了，怕引起别人误会。义渠王带人远远跟着。其实芈八子和管筱雨走出城门的那一刻，魏冉已派人暗中监视或保护她们，义渠王的鬼鬼祟祟已就引起了魏冉的注意。等他们走到快到河边时，白起和乌获带人设伏，活捉了义渠王，把他押到了魏冉的面前。

魏冉说：“你鬼鬼祟祟跟着我姐姐干吗？”

“我是保护她。”

“实话告诉你，我很不喜欢你。要不是看在我姐姐的面子上，我早就剁了你。”

“我也不喜欢你，不想跟你说话，让芈太后过来给你说。”义渠王大声地吼道。

走到前面的芈八子闻讯退了回来，把魏冉拉到一边悄悄说了实话。魏冉头一下懵了，虽然他不喜欢义渠王，但他还是尊重姐姐的意见。魏冉走到义渠王面前，朝他胸口拍了一下说：“记住，如果我的姐姐有三长两短，我就拿你的狗头来祭奠！”

义渠王把胸脯拍得咚咚响，“放心，我保证你姐姐平安无事！”

“那就好！”魏冉走到马车跟前，旋开帘子，一张俊美的脸呈现在他的面前，两人对视了一下，魏冉收回目光说：“管筱雨，多保重！”

“谢谢！”管筱雨嫣然一笑。

魏冉扬起鞭，领着手下走了，古道上尘土飞扬。

芈八子一路呕吐不已，所以他们走走停停，行走得很慢。等芈八子到达义渠时，她已疲惫不堪，瘦了不少。义渠王看到就心痛，他请了草原上最好的大夫来给芈八子看病和调理。几天后，芈八子就红光满面，胃口大开，一天吃好几顿。

管筱雨第一次到草原，心里充满着好奇，每天陪着芈八子在草原上散步。看着蓝天和白云，看着草原的牛和羊，看着绿油油的草丛里各种野花和蝴蝶，她的心里充满着说不出的喜悦。

芈八子的肚子一天比一天大了起来，她拉着管筱雨的手说："你也不问问这孩子的父亲是谁？"

管筱雨笑着说："不该问的不问，不该听的不听，不该知道的不知道，不该说的打死也不能说。"

芈八子呵呵笑了。

义渠王每天都把芈八子当宝贝一样宠着，只要芈八子想吃什么，他都能想办法弄来。每天的营养搭配非常合理，只是新鲜牛奶多得让人发愁，她只好把它们当水喝。

几个月后，芈八子终于生了，是个男孩。

第二十三章　逐鹿中原

芈八子走后几个月，秦国发生了几件大事，天下也发生了很多大事。

逃跑的公子恽突然回到了咸阳，负荆请罪。毕竟都是兄弟，嬴稷原谅了他，让他回到蜀郡当蜀侯。公子恽回到蜀郡后，给嬴稷进献当地美酒，以表谢意和不杀之恩。其实公子恽进献的是毒物，他想毒死嬴稷，没想到事情败露了。嬴稷非常生气，派遣大夫司马错率领大军击杀了他。

接着老丞相嬴虔病逝。秦昭襄王为了感谢赵武灵王当年派人从燕国接他回来抢夺秦王之位，将秦国河水（黄河）以西的原赵国领土归还给了赵国。楚国与越国爆发了一场巨战，这可是当时第一大国跟第二大国之间的较量，最终楚国灭掉了越国。

本来越王与楚怀王谈好共同攻齐，结果楚怀王并不出兵，敷衍越国，引发了越国的不满。齐国在越国的攻击下感觉很吃力，便向越国求和，提出共同伐楚。结果，楚怀王战胜了越、齐联军，灭掉了越国。

楚怀王灭掉庞大的越国后，成了独踞江水（长江）中下游的巨无霸，对整个黄河流域的国家都虎视眈眈。齐国错误地估计了形势，没有想到楚国的实力会如此强大，如此轻易地灭掉了另一个强国——越国。楚国由于灭掉越国而与齐国接壤，齐国非常紧张。本来与楚国接壤的韩、魏、秦对于楚国咄咄逼人的气势也十分害怕。但可怕的事情还是发生了，野心勃勃的楚怀王向韩、魏、秦、齐大举进攻，夺取了四国不少的土地。四国于是开始向赵国求援，而楚怀王也派使者与赵武灵王联系南北夹攻四国。赵武灵王希望楚国能把这种咄咄逼人的气势持续下去，同时又不希望楚国变得更强大。于是，赵武灵王派仇液入韩、富丁入魏、赵爵入齐，以坚其抗楚之心。密使王贲入楚，转达赵武灵王同意楚国南北夹攻的建议。赵武灵王派楼缓入秦，密切观察秦国内乱的发展；又派代相赵固监视胡人的动静，注意燕国对秦国内乱的反应。

此时，几乎各国都处于连续混战的状态。燕昭王初立，在母亲易王后的帮助下，燕国正在筑黄金台招贤，国破民弊，百废待兴。只有赵国和宋国不参与其他国家的战乱，全力谋划土地兼并和训练秘密武器。于是宋康王与赵武灵王这两个战争狂人结成联盟，他们的目的都是统一天下，即使联盟也是暂时的，彼此都心知肚明。赵国想利用宋国牵制赵国的重点防范对象齐国、魏国和韩国，以免被其搅坏攻灭中山国的好局。宋国也想利用赵国牵制齐、魏，以便于兼并齐国和鲁国之间的邻近土地。

面对天下大乱各国无暇干涉赵国内政的天赐良机，赵武灵王向全国发布实行胡服骑射的法令。同时，大举进攻中山国。赵武灵王在实行胡服骑射之前，已经在赵国的北部代郡、云中郡搞过试点。全面游牧化的赵国骑兵，取胡人机动性强的优势，弃其纪律性差的缺点，在与北方胡人的军事斗争中取得了一系列的胜利。

中山国，前身为北方狄族鲜虞部落，国土很小，嵌在燕赵之间，因城中有山而得国名。其经历了戎狄、鲜虞和中山三个发展阶段，在每个阶段都被中原诸国视为华夏的心腹大患。后魏乐羊、吴起统帅军队，经过三年苦战，于前 407 年占领了中山国。中山国被灭后，桓公经过二十余年的励精图治，积蓄力量，终于在公元前 380 年重新复兴了中山国，定都灵寿。复兴后的中山国位于赵国东北部，把赵国南北两部分领土分割开来，因此成为赵国的心腹之患。比如赵国的邯郸与代郡之间隔着中山国，邯郸要与代郡交往就得绕很大的圈子，需要经过太行山西侧的上党郡和太原郡才能进入本来处于邯郸北面的代郡，很不方便。邯郸与代郡的联系远不如与它们临近的中原和戎狄之间的交流紧密。赵国曾两次进攻中山国，均遭到中山国的抵抗而失败。中山国所占的地利，虽不比秦国“据崤函之固，拥雍州之野”，但倚太行之屏障，扼冀晋之咽喉，凭滹沱河之天堑，战守迁之便利，优于赵国之邯郸而不亚于燕国之幽蓟，所以几次打败赵国的进攻，疆土扩展至五百里，并修筑长城抵御外侵。

这次赵武灵王再次大举进攻中山国，志在必得。赵军从南、北、西三个方向合攻中山国。赵军捷报频传，一直攻到了中山国都城灵寿附近的宁葭，彻底控制了太行山的重要孔道井陉。这个时候，楼缓派人来报，秦国的内乱以宣太后的胜利而结束。赵武灵王决定暂停对中山国的进攻。孙子曰：伤敌一千，自伤八百。如果再这样强攻下去，中山国占据地势优势，赵国也讨不到什么便宜，也不一定能攻下来。赵武灵王为了保存实力，听取了大臣的意见，从内部瓦解中山国。赵武灵王是一个好面子之人，如果就这样撤兵，会落下个无功而返的笑柄。于是他让大臣给中山王姬尚最宠信的相邦司马喜写信，表达了向中山国索取四邑后退兵的意思。司马喜擅政弄权，善搞阴谋诡计，又是一个贪财小人。他收到赵武灵王的金银首饰后，给中山王分析了当前形势。中山王答应了赵国的要求，把四邑割给了赵国，赵国随即退兵。

赵武灵王班师回朝，召集大臣商讨下一步如何消灭中山国。

赵武灵王是位传奇人物，十五岁登基，在这里有必要做个简单介绍。

赵肃侯去世，魏、楚、秦、燕、齐各派锐师万人来参加会葬。赵肃侯生前英雄一世，与魏、楚、秦、燕、齐等国连年恶战而不处下风，使赵国俨然成为北方的新霸主。魏惠王后期，赵肃侯听从苏秦之言，连续发动合纵攻势，打击魏国，使魏国的百年霸业再次受到严重削弱。赵肃侯死后，魏惠王立即联合楚、秦、燕、齐四国以会葬为名，各派精兵，欲趁赵国新君年幼之际，俟机图赵。对于十五岁的少年赵武灵王来说，父亲的葬礼实在是凶险，搞不好赵国就会被五国联军灭掉。在赵肃侯的托孤重臣肥义的帮助下，赵武灵王命令赵国全境处于戒严状态，代郡、太原郡、上党郡和邯郸的赵军一级戒备，准备随时战斗。赵国联合韩国和宋国这两个位于秦、魏、楚、齐之间的国家，使赵、韩、宋三国形成品字形结构，将秦、魏、楚、齐四个国家置于两面受敌或者三面受敌的被动局面。他又重赂越王无疆，使之攻楚，先把与赵国不搭界的楚国的注意力转移到它的老对手越国身上去。重赂楼烦王击燕和中山。燕国是五国中比较弱的一个。在楼烦的强力攻击下，燕易王比较紧张，十分担心赵国与楼烦夹击燕国。中山国虽然不是一流的强国，但由于楔入赵国的版图内，经常受齐国的指使从背后攻击赵国的都城邯郸，对赵国的威胁比外部的强敌更大。中山在楼烦的攻击下，也无暇顾及对赵国的趁火打劫了。在去掉了燕、楚两个强敌后，魏、秦、齐集团对赵、韩、宋集团就没有什么优势了。

赵武灵王命令来会葬的五国军队不得进入赵国边境，只许五国使者携带各国国君的吊唁之物入境，由赵国负责接待的大臣将他们直接送往邯郸。五国使者入赵后，见赵国精锐云集邯郸，战争一触即发，不敢有任何的差错，在与赵武灵王厚葬赵肃侯后，便匆匆离去。魏惠王发起的五国图赵的阴谋被年少的赵武灵王击败了。

赵武灵王的第一位夫人是韩王的女儿，为赵武灵王生了一个儿子叫赵章，后来被立为太子。后来，韩夫人去世，赵武灵王晚上做了一个梦，梦见一个少女鼓琴而歌：美人荧荧兮，颜苕苕之荣。命乎命乎，曾无我嬴。赵武灵王对梦中少女十分留恋，在酒宴的时候就把这个梦向大臣们说了，还具体地描绘了少女的形象。大臣吴广听说后，觉得这是巴结赵王的好机会，他立即说道：“大王所说的少女太像我的女儿孟姚了。”赵武灵王大喜，“真的吗？快让她进宫让寡人看看。”吴广于是回家按照赵武灵王描述的那样把女儿打扮一番，送到了宫里。赵武灵王见孟姚大喜，她果然长得跟梦中所见一样，便立即娶了孟姚。赵武灵王非常宠爱孟姚，封其为王后。没过几年，孟姚生下了儿子赵何，就是后来的赵惠文王。后来他的儿子们为了争夺王位，大开杀戒，赵武灵王也被关在屋里活活饿死。当然，这些都是后话了。

闲话少说，言归正传。赵武灵王就下一步如何消灭中山国让大家发言，文武百官你望我、我望你，没人发言。

赵武灵王望着赵成说：“叔叔，你资格最老，你先说。”

赵成说：“那我就抛砖引玉了。中山国处于赵国的心脏地带，全境只有东北角一小块与燕国接壤，其余皆为赵国所包。赵国一直把中山国为眼中钉、肉中刺，因为中山将赵国的领土搞得四分五裂。代郡、邯郸、上党郡与晋阳是赵国的四个重镇，由于中山从中阻隔而交通极为困难，赵国臣民怨天载道。为了赵国的领土完整，赵国必须要尽快去掉这个心腹大患。”

赵武灵王说：“这些道理，大家都知道，能不能说具体些？”

赵成叹了一口气说：“魏国占领中山不到三十年，中山就摆脱了魏国的控制，得以复国。由此可见，要想消灭中山国，谈何容易？邻近的齐国、燕国与中山相勾结，共同对付赵国。齐、燕把中山作为牵制赵国的最佳搭档，对中山资助很多。由于齐、燕的阻挠，赵国一直也没有解除自己的这个心腹大患。赵国的几代国君虽然都想干一番事业，但由于中山的牵制，赵国的图强大业受到了很大的限制。英武有为的赵肃侯虽然一再击败齐、魏、燕等强国，但在解决中山的问题上没有取得实质性的进展。”

赵武灵王打断赵成的话说：“寡人即位后就秉承先君遗志，发过誓，要消灭中山国，寡人绝不食言！何况现在本王已摆平四邻了，一出胸中恶气的时候即将到了。”

赵成轻蔑地一笑，不语了。

赵武灵王见大家讨论没什么结果，让他们退朝了，只留下了相国肥义、楼缓和仇液三位最信任的大臣。赵武灵王说：“我知道你们有话说，但有些话又不便说，是吗？现在有什么就说什么。”

相国肥义说：“赵肃侯把你托孤给臣，臣要为你负责啊！从盘古开天辟地到现在，一个国家不论大小，统治者勤政忧民，奋发向上，国家就兴旺发达；昏暗弄权，奢靡淫乐，国家就衰落败亡。这也可以说是一条铁律，值得人们深思。”

赵武灵王连连点头，“说得好！”

出身于匈奴的仇液说：“我们虽有战无不胜的骑兵，但在进攻中山国上骑兵发挥不了优势，既然强攻不行，我们就得另想办法。”

出身于楼烦的楼缓说："仇将军说得非常对。"

"看来你们有对付中山国的办法了，说来听听。"赵武灵王笑着说。

仇液说："中山国一直想进攻燕国，燕国现在内乱，大王何不怂恿中山王去攻打燕国，这样我们就可以坐山观虎斗，如果中山大举攻燕，占领燕国的土地和城池，齐国岂能袖手旁观？齐国可能趁机攻打中山国。"

肥义说："这个主意不错，还是从中山王姬尚最宠信的相邦司马喜入手。司马喜贪财好色，心狠手辣，善搞阴谋诡计。听说季辛得罪了他，他便令人暗杀季辛的仇人爰骞，却栽赃于季辛。最后中山王诛杀季辛，为他排除了异己。"

"既然司马喜贪财，我们就送他金银财宝；他喜欢女人，我们给他送女人；他喜欢权力，我们假装让他当王，"赵武灵王说，"要不还是让相国去趟中山国，私下会见一下司马喜？"

肥义说："好的，我现在就去准备。"

这时内侍来禀报，说中山国的相邦司马喜求见王上。

"传他进来，"赵武灵王哈哈笑着说，"我们正要找他，没想到他自己送上门来了。"

司马喜缓缓进殿，向赵武灵王行了大礼，"王上，上次让你破费了，今后有用得上小人的地方尽管吩咐。"

赵武灵王笑着说："别客气，应该的。你觉得中山王这个人如何？实话实说。"

司马喜说："中山王不思进取，一心追求君王的虚幻体面和奢侈享乐的生活。不顾国家的安危，恣意寻欢作乐，大修宫殿，大造陵墓。王所善之，下必效之，中山国民间也刮起了严重的腐朽之风。"

"说来听听。"

"如今好逸恶劳已经成为中山国的一种社会风气。王公大臣，无所不贪，无不行乐，民间好事之徒动辄杀人越货，挖坟盗墓，谁还思治国之事？当地的有识之士，从中山国的腐朽民风中看到其政治腐败，断言中山国即将亡国。"

赵武灵王笑着说："你想不想成为中山国的大王？"

司马喜说："当然想啊，只是想想而已。"

肥义说："我们可以帮你，但你要听我们的话。"

司马喜激动地说："你们怎么帮我？"

肥义说："中山王的小儿子姬胜不是一直想当王吗？据说姬胜已跟太子撕破了脸，我们会暗中支持姬胜，你就站在姬胜这边策划他篡位，帮助他杀了中山王和太子。然

后赵国大举进攻中山国，推举你为中山王。”

司马喜搓着手说："真的吗？”

赵武灵王说："君子一言，驷马难追。”

司马喜哈哈笑着说："我答应你们。不过我这次来，还有一件小事，需要你们帮忙。”

“什么事？”

“中山王的两个女人阴姬和江姬都想争夺王后之位。阴姬便重贿我求我帮忙。我这次来赵国，中山王也知道。我回去就对中山王说，说我在赵国极力夸赞阴姬的美丽，赵王动心了想要索要阴姬，然后我就劝中山王赶快立阴姬为后，以绝赵王之望，这样中山王肯定就会立阴姬为后。”

赵武灵王哈哈笑了，“寡人答应你，寡人这次为你背一次黑锅。”

晚上，赵武灵王设宴款待司马喜。司马喜心情很好，喝得酩酊大醉。第二天走时，赵武灵王还把双耳金釜、扁方壶、兽首青铜短剑和金腕饰赠送给了他。司马喜回到中山国后依计行事，果然中山王立了阴姬为王后，阴姬又重重奖赏了司马喜。

司马喜前脚回到中山国，肥义后脚也来到了中山国。在司马喜的秘密引荐下，肥义见到了姬胜。肥义说了支持他为中山王的事，并说会派刺客和武士帮他。姬胜欣然答应。

中山王在司马喜的怂恿下，借燕国内乱之机，趁火打劫，大举攻燕。中山国占领了燕国土地数百里、城池几十座，大肆掳掠。此时齐国匡章也在攻打攻燕国，见中山国浑水摸鱼，反过来又攻打中山国，把中山国占领的燕国的土地和城池又夺了回来。中山国军队这次伤亡惨重，空手而归，付出了惨重的代价。

不久，赵国军队在楼缓、仇液和肥义的率领下再次从南、北、西三个方向合攻中山国。赵军很快越过长城，杀到了都城灵寿附近的宁葭，包围了灵寿。姬胜乘机发动兵变，杀了中山王和太子，打开城门迎接赵军进城。

姬胜成了傀儡中山王，司马喜成了中山王的宰相。

好景不长，赵武灵王派刺客刺杀了姬胜和司马喜，中山国终于被赵国灭了。

中山国被灭，赵武灵王终于长长松了一口气。但他的烦恼也接踵而来，他轻信了孟姚的话，说长子赵章的母亲和右效司寇田不礼发生了苟且之事，一气之下将太子赵章给废了，把王位传给了小儿子赵何。但他怕兄弟俩因权力而残杀，便封赵章为安阳君。赵章不甘心蜗居在北边的代地，想夺回本属于他的权力。在代相田不礼的策划下，赵章开始联络邯郸的势力，伺机造反。这个时候，赵武灵王赵雍有了统一天下的野心，但国政现在在赵何手里，44 岁正当壮年的赵武灵王赵雍开始后悔了，后悔把权力移交得太早。赵雍是个聪明人，他当然也看出了赵章想从赵何手中夺权。这时候他做的不是去弥合两个儿子的矛盾，被权欲熏昏头脑的他想出了一个损招：以儿制儿，利用两个儿子相互争斗的机会，他再趁机复位。

赵雍打算把赵国一分为二，让赵章也在代郡称王，这一提议遭到了肥义的反对。肥义当年是赵雍的臣子，忠于赵雍，但现在他是赵何的臣子兼老师，他认为他理所应当地要忠于赵何。

觉察到赵雍复辟的野心后，肥义向赵何进行了汇报。赵何意识到了问题的严重性，便召集他信任的几个大臣赵成、赵豹、李兑、信期、肥义和平原君赵胜一起商量对策，并逐渐控制兵权。

在赵雍的默许下，公子赵章准备开始夺权。但做好了应对措施的赵何防守严密，赵章他们无法下手，于是赵雍亲自出马。

赵雍以在沙丘选看墓地为名，让赵章与赵何一起陪他去。赵何没有办法，只得在肥义和信期的陪同下随行。到沙丘后，赵何住在一处宫室里，赵雍和赵章住在另一处宫室里。

当天晚上，赵章借用赵雍的令符请赵何到他和赵雍的宫室议事。肥义感觉不对，要赵何与信期加强防卫，如果他不回去就是发生了政变。同时他命令信使准备，一旦发生变乱，立即通知赵成与李兑发兵勤王。

肥义到了赵雍和赵章的宫室后，果然觉得气氛不对，没有见到赵雍，却见到了赵章和田不礼，知道自己肯定回不去了。赵章与田不礼见以太上王赵雍的名义都调不动赵何，知道赵何已有所准备。赵章与田不礼杀了肥义后，再派人去召赵何，如果赵何不来，就立即派武士刺杀。

赵何看到肥义没有回来，而又有使者来召他，知道发生了变乱。信期逼问使者，得知肥义果然被杀。信期怒斩使者，蔺相如、廉颇、李牧、赵奢率军包围了赵雍和赵章住的宫室，与赵章和田不礼的党徒展开激战。李兑与赵成很快也率军赶到沙丘，参与平叛。

赵何的军队很快就控制了局面，赵章与田不礼战败，退守到宫内。信期、李兑、赵成围住宫室。李兑想向赵何请示如何处置，却被赵成制止了。

赵成说："以当前之势，如果请示赵何，赵何很难下达赶尽杀绝的命令，亲口批准诛杀他的父亲和哥哥。这样一来，诛杀赵章的罪名就会落在他们三个人的头上，最后他们三个人会成为替罪羊，难逃一死。而如果不请示赵何，自己处置，赵何也一定会接受这个结果，不会加罪于他们。”

李兑与信期觉得赵成说得很有道理，于是派兵攻入宫室，杀了赵章、田不礼及其党羽，赵雍也没有能力制止。赵成把赵雍宫里的人全部赶出来，但不许赵雍出宫，把他围困在里面，但也不杀他，因为没有人敢担刺杀太上王的罪名。

赵雍被围困在内宫里，内宫本无存粮，一些日常的瓜果点心没过几天就被吃光了。赵雍饿得实在受不了了，就捉那些刚出生的雏鸟生吃。赵成把赵雍困在宫里，断粮断水达三个月之久，最后赵雍被活活饿死。赵成在确定赵雍必死之后，才打开内宫，为赵雍收尸。

赵成等人围困太上王赵雍时，赵何对他父亲的生死之事一直不问，直到最后赵成来报告说赵雍饿死了，赵何才假装痛哭一场，命令厚葬，全国举哀。

一代枭雄就这样被活活饿死了。当然，这一切都是后话了。

第二十四章　诱骗楚怀王入关

芈八子回到咸阳宫时，是一个午后，陪她一同回来的还有义渠王。

此时，秦昭襄王嬴稷正在跟芈戎和向寿商讨如何迎接楚怀王熊槐的事。芈八子离开秦国，嬴稷心里非常高兴，因为只要芈八子在，秦国的事他就做不了主，处处都要听母后的意见。嬴稷觉得自己不小了，完全可以独自处理国家大事了。楚国灭掉越国，占领越国位于原吴国故地的国都，杀死越王无疆，把原来吴国的土地全部攻下，并设江东为郡。野心勃勃的楚怀王命令大将军景翠向韩、魏、秦、齐大举进攻，夺取了四国不少的土地。秦楚的联姻，对齐国构成了威胁。齐国的田文继其父田婴袭了薛的封号，号称为孟尝君，并当上国相，掌握着齐国大权。孟尝君田文联合韩、魏进攻楚国方城，在垂沙大败楚军，杀死楚国名将唐昧。景翠势单力薄，只好逃走。楚国宛、叶以北的土地全部丧失，被韩、魏两国分得。宛地是一个富庶的地方，是楚国北进中原的门户和长期经营的重要战略重地，它的丧失就相当于堵死了楚国北进的道路。楚怀王派景翠用六座城邑贿赂齐国，并让太子芈横到齐国去做人质，向齐国屈服。太子芈横原本在秦国做人质，因私人纠纷打死了秦国一大夫，只好偷偷跑回了楚国。此事使秦国和楚国两国关系恶化。年轻气盛的嬴稷坐不住了，强大的楚国并不如想象中的那么厉害，他不能眼睁睁地看着秦国的土地被楚国占领，他也要把楚怀王这种咄咄逼人的气势压下去，教训一下楚国。他派司马错和向寿率领秦军一举夺回丢失的土地，斩杀楚军两万，楚将景缺也被杀，并且还攻占了楚国八座城池。嬴稷给楚怀王写了一封国书，约楚怀王在武关会面，商谈土地和联盟的事，以结两国之好。楚怀王接到信后感到难办，想前去相会，怕再被欺骗；不去，又怕秦国发怒，本国遭到更严重的打击。令尹子椒和昭睢主张不去，认为秦国不可信，它有兼并诸侯的野心，他们只要增加兵力防守就是了。从汉北流放返回的左徒屈原也主张不去，理由是当年秦国张仪欺骗楚怀王要其以断绝齐国之交换取秦国割让六百里商于之地，楚怀王中计，与齐国断交后只得六里地。楚怀王恼怒不已，命令楚军屈匄发兵进攻秦国，被魏章大破于丹阳。楚怀王再召集十万大军让昭鼠发动进攻，秦国使用计谋让楚将不和，使其互不配合，楚军再惨败于蓝田。楚怀王的儿子子兰却极力劝他前往，认为不应断绝了秦人的欢心。楚怀王于是决定前往，他是经历过大风大浪的人，先后与当时的名君魏惠王、齐威王、秦惠文王、赵武灵王、燕昭王、秦武王、齐湣王和宋康王斗法，一个乳臭味干的秦昭襄王又算得了什么，他根本没把他放在眼里。于是他提前给秦王回信，定下武关会面日期。嬴稷接到楚怀王国书，悄悄召集芈戎和向寿正商量此事，没想到芈八子在这时回来了。

嬴稷见到芈八子时有点慌张："母后，你怎么回来了？也不提前通知一声，我派人去接你。"

"没必要兴师动众，"芈八子笑着说，"你们在商议什么？"

嬴稷镇定地说："没什么，随便聊聊。"

"把我走后这段时间秦国发生的事说来听听。"

嬴稷简单做了汇报，芈八子听了心里很高兴。嬴稷说："母后回来了，要不召集亲人们聚聚？"

芈八子说："一路颠簸，我也累了，改天吧。"

"好吧。"

管筱雨扶着芈八子走了。

嬴稷说："这件事要先保密，不能让母后和舅舅魏冉知道。出了什么事有本王为你们担着，你们放心去干吧。"

芈戎说："我看这件事，瞒肯定是瞒不过去的，他们迟早会知道的。"

嬴稷说："等我们劫持了楚怀王后，再告诉他们也不迟。"

芈戎和向寿带着一队人马悄悄连夜赶到了武关埋伏。武关历史悠久，是古晋楚、秦楚国界出入检查处，与函谷关、萧关、大散关合称为"秦之四塞"。关城建立在峡谷间一座较为平坦的高地上，北依高峻的少习山，南濒险要。关城周长1.5公里，城墙用土筑，略成方形。东西各开一门，以砖石包砌卷洞。东门有"武关"二字，内门额上有"古少习关"四字。关西地势较为平坦，唯出关东行，沿山腰盘曲而过，崖高谷深，狭窄难行，因此武关为古代兵家必争之地。

前方密探报告，楚怀王的人马快要到了。向寿让弓箭手和士兵埋伏好，然后让少部分士兵站在城墙迎接，一旦楚怀王到了，立即打开城门，敲锣打鼓欢迎。

楚怀王坐着马车，带着一队人马浩浩荡荡地来了。

锣鼓声响了起来，城门被打开。楚怀王走下马车，向城墙上的向寿挥了挥手，意思是我楚怀王来了。向寿也向楚怀王挥了挥手说："楚王，我们大王在里面等你呢。"楚怀王向四周看了看，面带微笑地迈着八字步走进武关。

芈戎见楚怀王的随从和武士全部进了武关，手一挥，秦军闭紧了关门，埋伏的弓箭手一下冒了出来，拉满着弓随时待发。

楚怀王的脸色一下变了，"你们这是干吗？我要见你们秦王。"

向寿笑着说："楚王，别误会，我们大王临时改变主意，他将在章台接见你。为了你的安全，我们将没收你们随身携带的兵器，希望楚王配合。"

"我看你们谁敢？"昭滑拔出剑说。

向寿大声道："准备放箭！"

"慢！"楚怀王转身对昭滑说，"把兵器交给他们，寡人谅他们也没胆量敢把我们怎么样，本王倒要看看他们葫芦里卖的什么药。"

芈戎带着士兵过去没收了他们的兵器。芈戎走到楚怀王面前说："楚王，你还认识我吗？"

楚怀王上上下下打量了芈戎，摇了摇头。

"我是芈戎，你不是派人到处抓我吗？"芈戎得意地说。

"楚威王在金陵邑埋金镇王气，没想到被你们父子破坏了风水，这比挖祖坟都还严重。你们会遭报应的，不得好死。"楚怀王气得说不出话来。

楚怀王被带到咸阳的章台软禁起来，他手下的士兵被单独关了起来。

"我要见秦王！"楚怀王大声喊道。

向寿说："你可以见秦王，但秦王不能以国君礼接待你，而只能把你当作一藩臣接见。"

"嬴稷你这个王八蛋，滚出来！"楚怀王大怒，后悔未听昭睢和屈原的话。楚怀王喊累了，歇了一会儿又喊道："芈八子，你滚出来。"

随同的令尹昭阳说道："大王，歇歇吧，秦王既然让我们来秦，他一定会召见我们的。"

"当初该听昭睢和屈原的话，不该来秦国。"楚怀王叹了一口气说。

"现在说这些已没有用了，我倒要看看嬴稷这龟儿子耍的什么鬼点子。"

第二天，嬴稷果然在章台接见了楚怀王。嬴稷客气地说："怠慢了大王，请见谅！"

楚怀王傲慢地坐了下来，"你喊我来秦国，就这样款待我？强大的越国都被寡人灭了，你不怕寡人的大军气势汹汹地来接我！”

嬴稷哈哈笑了，“你想想，楚国会派人来接你吗？恐怕你的儿子和好多大臣都不希望你回去，盼着你最好永远都不要回去！”

“你……”楚怀王气得说不出话来。

“我倒有个建议，楚国可以把巫郡、黔中郡给秦，以结两国之好，你看如何？”嬴稷说。

老谋深算的楚怀王想了想说：“可以，没问题。秦楚先结盟，等我回楚国后，再征求一下大臣们的意见，立即就把巫郡、黔中郡割给你们。”

嬴稷说：“你把寡人当傻子啊，你回去变卦怎么办？先割地后结盟。”

怀王十分生气地说：“秦国欺骗本王又强迫要楚国的土地，岂有此理？！”

“你不答应，就别想回楚国。”嬴稷拂袖而去，“你慢慢考虑吧！”

楚怀王被关在院子里，四周有重兵把守，他能接触到的只有昭阳和昭滑两人，其他随同人员和士兵被单独关押在一边，根本见不上面。

楚怀王在屋里唉声叹气：“我一个身经百战的楚王，没想到竟栽倒在一个乳臭未干的嬴稷手上，传出去岂不让天下人耻笑？你们说说我该怎么办？”

昭阳和昭滑不语。

楚怀王想到了宠妃郑袖，郑袖姿色艳美、性格聪慧，深得楚怀王的宠爱。楚怀王说：“也不知道楚国现在怎样了？南后郑袖她还好吗？”

昭阳和昭滑不语。

楚怀王又说：“你们说说，令尹子兰和昭雎，上官大夫靳尚，左徒大夫屈原，他们会来救我们吗？”

昭阳和昭滑依然不语。

楚怀王发火了，“你们今天怎么一句话不说？”

昭阳说：“大王是想听真话，还是想听假话？”

“废话，当然是真话！今天放开说，包括对楚国有什么不满，统统都可说，本王不会怪罪你们的。”

昭阳说：“以前有些话微臣不敢说，今天微臣就敞开说了，希望大王不要怪罪。现在的楚国小人得志尊显，圣贤却不得其用；正直廉洁的人受到诬蔑，强横残暴的人却得到称誉；宝剑被贬为钝口，铅刀却被说成锋利；国之重宝周鼎被抛弃，空瓦罐被当成宝物；疲牛跛驴骖驾着马车，千里马却拉着沉重的盐车；帽子本应戴在头上，却被垫在脚下，被汗水浸湿。这就是楚国的时局。”

楚怀王板着脸不语。

昭滑说：“屈原性格耿直，主张章明法度，举贤任能，在修订法规的时候不愿听从上官大夫靳尚的话，不愿与之同流合污，再加上令尹子兰、郑夫人等人阻止大王接受屈原的意见，大王疏远了屈原，还曾把他逐出郢都。这就是小人得志尊显，圣贤却不得其用，正直廉洁的人受到诬蔑，强横残暴的人却得到称誉。”

“你们继续说。”楚怀王挥了挥手说。

“上官大夫靳尚勾结大王的宠妃郑袖夫人，两人内外用事，楚国国事日非。郑袖还干涉朝政，收受贿赂。当年要不是她放走张仪，楚国也不会兵挫地削、亡其六郡。以后大王可要小心郑袖夫人，她可不是一般的女子。”

“郑袖怎么了？”楚怀王问。

“郑袖夫人虽然姿色艳美、性格聪慧，但阴险恶毒、极有心计。大王还记得吗？当年魏王送给大王一名美女魏美人，大王欢喜不已，郑夫人因此而失宠。这引起了郑袖夫人的嫉妒，于是她便想了一个毒计，来陷害魏美人，有天郑袖夫人告诉魏美人大王不喜欢她的鼻子，于是魏美人见到大王都要掩着鼻子。后大王问郑袖夫人为何魏美人见寡人辄掩鼻，何也？郑袖说魏美人嫌大王体臭，故恶闻之。大王大怒，命割除魏美人之鼻。”

“是有这么回事，你今天要不说，本王还不知道呢。”楚怀王伤心地说。

“其实大王不知道的事，还有很多，其他大臣都不敢说而已。”昭滑说，“郑袖夫人迷恋屈原，屈原一表人才，写得一手好诗。她勾引屈原，而被屈原拒绝，于是她就诬告屈原，在大王面前说他的坏话，大王就当真了。”

楚怀王的脸色变了。

昭阳说：“刚才大王问，令尹子兰、上官大夫靳尚、左徒大夫屈原，他们会来救我们吗？我可以肯定地说，子兰和靳尚不会；人走茶凉，昭睢也不会，他会立即拥戴新的主子；只有屈原会，屈原得罪了不少人，但他势单力薄，心有余而力不足。”

楚怀王在屋里转来转去，“等本王回到楚国，我要好好整顿一下了。”

昭滑说：“要想办法尽快见到宣太后。我听说如今的秦国是她说了算，只有她才能放我们回去。”

楚怀王拍打着门大喊大叫：“我要见宣太后！我要见宣太后！”

早有人把嬴稷扣留楚怀王的消息偷偷告诉给了芈八子，芈八子知道嬴稷绑架了楚怀王，心里非常生气。她把魏冉叫过来询问情况，魏冉说他也是刚知道，正要向姐姐汇报呢。芈八子生气地说："稷儿胆子越来越大了，他这不是在向我示威吗？"

"姐姐千万别生气，我认为稷儿做的也对。如果楚国把巫郡、黔中郡割给大秦，将对秦国下一步领土扩张和进军楚国非常有利。既然这样，我们何不劝劝楚怀王同意呢？"

芈八子想了想说："好吧，你跟我现在就去见见楚怀王。"

楚怀王知道宣太后要拜见他，心里很高兴，跟着内侍来到了大殿里。芈八子见了楚怀王，非常客气地说："本太后来迟了，我也是刚刚知道这事。嬴稷胆大妄为，年轻不懂事，还请楚王多原谅！"

"你得好好管教一下你的儿子。"楚怀王说。

"是，是，本太后一定要好好管教这个逆子。今天本太后设宴，特向楚王赔罪。"

"太后客气了。"楚怀王得意地笑了。

"本太后非常敬佩大王，强大的越国转眼就被楚国灭了，楚国现在独霸南方，成了名副其实的大国。"

"树大招风，现在韩、魏、赵、燕、宋都非常惊慌。如今楚国和秦国已联姻了，所以在军事上更应该加强联盟。"

"本太后不关心国事，也不过问国事，具体联盟的事你得找秦王。"芈八子笑着说，"楚王，今天不谈国事，请喝酒吃菜！"

"寡人现在哪有心情喝酒？你让秦王快点放本王回去，同时转告给他，先联盟，楚国才把巫郡、黔中郡割给大秦，否则免谈。"

"没问题，不过我听秦王说过，他要先割地，后联盟，他才肯放你们回去。要不楚王就答应了吧，这样秦王立即就会送你们回楚。"

"亏你还是楚国女子，我把叶阳公主嫁给你儿子，算我瞎了眼。"楚怀王生气地说，"没得商量，先联盟后割地！要不本王既不联盟也不割地，楚国大军直接攻打过来，大秦的土地全是楚国的了。"

魏冉生气地站了起来，想要反驳。芈八子摆了摆手让他不要说话，哈哈大笑说："你这是威胁大秦？"

"岂敢！岂敢！"楚怀王摸着胡须冷笑着说。

"楚王不把巫郡、黔中郡送给大秦，恐怕你是回不了楚国了。"芈八子微微一笑。

"原来你们是串通好了给我下套子，没想到堂堂的大秦竟用卑鄙的手段。当年寡人曾被六国推为纵约长，那时就该一鼓作气灭了秦国。”

芈八子哈哈笑了，拂袖转身走了。

嬴稷见无法达成挟持楚怀王轻松拿到楚国领地的目标，无奈下只能一直囚禁楚怀王。楚怀王每天只能在院子里行走。他每天都在骂芈八子骂嬴稷。转眼十多天过去了，芈八子和嬴稷再也没去看楚怀王一眼。楚怀王做梦都没想到的是苏秦来看他了，苏秦见他只说了一句话："我敬佩你，你是一位有骨气的君王！”苏秦说完就走了。楚怀王就琢磨这句话的意思，琢磨了半天，他明白了苏秦让他不要割地，不要当楚国的罪人。

直到一天，楚国送来国书，通知秦国，楚国已有新大王了。原来楚怀王被囚在秦，楚国大臣于是从齐国接回太子芈横立为王，就是楚顷襄王。

嬴稷见楚怀王不给他土地，楚国又立了新王，就令司马错和嬴华发兵出武关攻楚，大败楚军，斩杀楚军五万人，夺取析地十五座城而去。

嬴稷见楚怀王没有利用价值了，对他的看管也就松了，彻底不管不问了。楚怀王趁秦楚两国交战之际，找来昭阳和昭滑一商量，准备逃跑。半夜，他们杀死守门人员悄悄逃出了咸阳城。

天亮时，有人发现楚怀王跑了，立即报告给芈戎和向寿。两人立即带着人马追了上去，堵住通往楚国的道路。楚怀王很恐惧，从小道逃到赵国。赵惠王年幼即位，他的父亲赵武灵王此时在代地未归，赵惠王不敢得罪秦国，不敢让楚怀王进赵国，把楚怀王的行踪秘密报告给了秦国。楚怀王打算逃到魏国，被芈戎追上，又被押到了秦国。楚怀王经受这样的折磨，再想到楚国有了新王，自己彻底被楚国抛弃了，越想越生气，到咸阳就被气病了，不久就死在了秦国。

当秦国把楚怀王的尸体送回楚国时，楚国人人都感到悲痛，秦、楚关系也就彻底破裂了。

第二十五章　较量

苏秦知道燕易王知道了他跟燕太后的私情。他从燕易王热情的目光里看到了凶险，为了自保和出于愧疚，他主动要求去齐国做卧底，搞垮燕国的死对手齐国，为下一步吞并齐国做准备。

苏秦的弟弟苏代、苏厉也在齐国，他通过他们的引荐，见到了齐宣王。当年苏秦合纵六国，游说过齐宣王，齐宣王见到苏秦非常高兴，任命他为客卿。

齐国还有一位重要的人物，即相国田文，又称薛公，号孟尝君。他博学多才，门下有食客数千人。他和魏国的信陵君、赵国的平原君、楚国的春申君被称为战国四公子，他们门下都有大量食客。田文出身于贵族之家，父亲田婴又是齐威王的小儿子，在齐国是一位举足轻重的人物。所以苏秦拜见完齐宣王后，立即跟着苏代、苏厉去拜访田文，三弟兄跟田文纵论天下谈得非常开心。

田文说："苏秦兄满腹诗学才气，不妨到稷下学宫去讲讲学？"

苏秦摆了摆手说："稷下学宫聚集了儒、墨、道、法、兵、刑、阴阳等各学派的学人，我岂敢班门弄斧？"

田文说："孟子、荀子、邹衍、淳于髡、田骈最近都在稷下学宫讲学，开展百家争鸣，苏秦兄要不要去跟他们探讨一下？"

"好啊，改天我去听听课。"苏秦说。

三弟兄见时候不早了，匆匆告辞了。

苏厉说："以后要提防田文。"

苏秦说："为什么？"

苏厉说："我就说关于他的两件事，你自己去揣摩吧。第一件事：田文在薛邑，招揽各诸侯国的宾客以及犯罪逃亡的人，很多人归附了田文。田文宁肯舍弃家业也给他们丰厚的待遇，因此使天下的贤士无不倾心向往。他的食客有几千人，待遇不分贵贱，

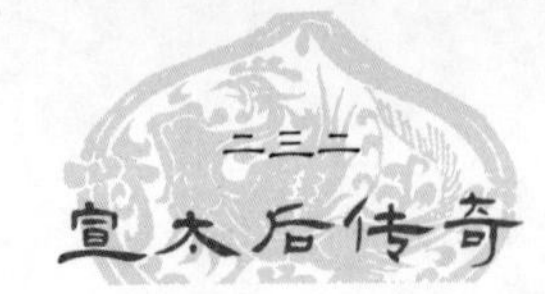

一律与田文相同。每当田文接待宾客，与宾客坐着谈话时，总是在屏风后安排侍史，让他记录田文与宾客的谈话内容，记载所问宾客亲戚的住处。宾客刚离开，田文就已派使者到宾客亲戚家里抚慰问候，献上礼物。有一次，田文招待宾客吃晚饭，有个人遮住了灯光。那个宾客很恼火，认为饭食的质量肯定不同，放下碗筷就要辞别而去。田文马上站起来，亲自端着自己的饭食与他的相比。那个宾客惭愧得无地自容，就刎颈自杀表示谢罪。因此有很多贤士们都情愿归附田文。田文对于来到门下的宾客都热情接纳，不挑拣，无亲疏，一律给予优厚的待遇。所以宾客们都认为田文与自己亲近。”

苏厉停了一会儿接着说：“第二件事：田文经过赵国，赵国平原君以贵宾相待。赵国人听说田文贤能，都出来围观想一睹他的风采，他们见了田文后便都嘲笑说：‘原来以为田文是个魁梧的大丈夫，如今看到他，竟只是个瘦小的男人。’田文听了这些揶揄他的话，大为恼火。随行的人跟他一起跳下车来，砍杀了几百人，毁了一个县才离去。”

苏厉刚说完，苏代就说：“孟尝君贤能，天下人皆知。说实话，我很佩服他的。”

苏厉说：“我知道你是他的心腹，得了他的好处，自然为他说话。”两人争吵了起来。苏秦说：“你们都别吵了，回家睡觉去。”三弟兄告别，各自回家睡觉。在齐国的夜晚，苏秦常常失眠，常常思念一个人，那个人就是芈八子，当年芈八子跟他私奔未果，在燕国芈八子又提出愿意跟他走，那一刻其实他的心里是喜悦的，他的心里是矛盾的，毕竟曾经他们真心爱过。爱情虽然美好，但在这个战火纷飞的战国时代，每天都有战争，每天都要死人，爱情是微不足道的，权力、金钱、生存才是最重要的。当初他没有混到一官半职回到家乡，没人瞧得起他。如今他又在刀尖上生活，人与人之间，钩心斗角、尔虞我诈，一不小心就会掉脑袋，什么尊严人格等等有时都是无稽之谈，甚至是可笑的，只有活着才是最美好的。也许人都是会变的，是生活强逼着你变的。在燕国，当燕太后勾引他上床时，他半推半就，他需要燕太后的权力，当他把身下的燕太后当成芈八子，完事后看清楚身下的女人不是芈八子时，他的心死了，爱情死了。他心里也清楚，芈八子流浪到燕国，日子过得也不尽如人意。他有时也常常担心芈八子的安危，想知道她每天过得好不好？他也曾幻想过跟芈八子一起生活，但现实告诉他，这是不可能的。何况如今随着时间的流逝，感情慢慢淡了，留下的只是美好的回忆，如果真要生活在一起，彼此经历了那么多事情、那么多生死离别，看透了生活，看透了人世间的恩恩怨怨，他也找不到当初的那份激情、那份感觉了，更没有勇气开口了。过去的都将过去，生活还得重新开始。他常常告诫自己：大丈夫应以事业为重，不要被儿女情长迷失了方向。

第二十五章　较量

苏秦想了很多计策，但还没来得及实施，齐宣王就突然去世了，齐湣王田地继位。齐湣王召集文武大臣商谈如何办理齐宣王的葬礼。

“齐宣王是位开明国君，为齐国做出了重大的贡献，臣建议厚葬齐宣王以表明大王的孝顺，大兴土木以表明自己得志。”苏秦说。齐国跟赵国保持着密切的盟友关系，苏秦心里想的第一步棋就是搞垮齐国，破坏齐赵之间的关系，从而使燕国获利。第二步棋则是使齐国“西劳于宋，南疲于楚”，使齐国在攻打楚国的过程中逐步削弱自己，并在攻打宋国的过程中得罪几个对宋国虎视眈眈的大国，让齐国四面树敌，使得齐国陷入危难的败局。

田文说：“不妥，现在大王刚刚继位，这样大兴土木，影响不好。”

苏秦说：“正因为大王刚刚继位，才要大张旗鼓地厚葬齐宣王，大兴土木修建宫殿，这样可以让诸侯各国看看，大王年轻有为，有魄力。”

最终，齐湣王采纳了苏秦的建议。田文表面上对苏秦客客气气的，背地里恨死了苏秦。 田文在齐国一直专权，他的话一直没人敢反对，他的话就是圣旨，而苏秦却和他对着干。

不久，韩太子死了，韩国的公子咎与公子几瑟都想争夺太子之位。亲齐国的韩公叔想帮助公子咎，让他成为太子，就求救于齐湣王，让他给齐国施压。齐湣王召集大臣商量此事，田文反对出兵干涉韩国内政，苏秦支持出兵给韩国施压。齐湣王采用折中的办法，先派苏厉过去做工作，再做下一步打算。苏厉到了韩国，韩王态度傲慢，执意要立公子几瑟为太子。齐湣王只好出兵韩国，驱逐公子几瑟。公子几瑟见大势已去，仓皇逃往楚国。齐湣王邀请魏襄王一起到韩国，胁迫韩襄王立公子咎为太子。韩襄王无奈，只好废立太子，立公子咎为韩国太子。

楚怀王被秦国扣留的消息传到齐国，齐湣王非常震惊。楚国派人来接太子芈横回楚国。苏秦建议要求其割让楚国东面五百里土地给齐国，然后再放芈横回楚国。田文反对，说这是趁火打劫，不仁不义。苏秦说，机不可失，失不再来，如此可不出一兵一卒，就得到楚国东面五百里土地，这些土地为今后消灭楚国创造了机会。

齐湣王采纳了苏秦的计策，派田文出使楚国，进一步商谈割让楚国土地的事；同时派苏秦出使秦国，了解情况，为下一步做打算。

话说苏秦到了秦国，芈八子设宴款待他，大殿里只有他们两人，大厅里的灯光飘忽不定，外边好像起风了。芈八子见了苏秦，心里虽然非常高兴，但她的心里又非常平静。她心里也清楚，如今自己是大秦太后，已不是当初的小姑娘了，做事要成熟稳重，

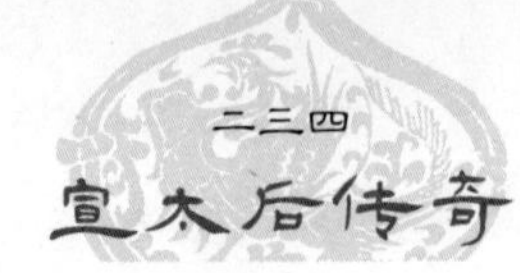

不能再毛毛糙糙了。

芈八子开玩笑地说："身佩六国相印的'从约长'，让秦军十五年不敢出函谷关。你怎么还有胆量来秦国呢？"

苏秦说："这些都是老皇历了，我早已不身佩六国相印了，如今在齐国讨饭吃呢。"

"时间过得好快啊，转眼都快过去二十年了，"芈八子盯着苏秦的眼睛说，"要不到秦国来吧，秦国需要你这样的人才，我把丞相的位子给你留着。"

苏秦微微一笑，"当年我被秦惠文王赶出秦国时，就发誓一辈子不在秦国为官。我可以给太后推荐一位人才，孟尝君田文，是位难得的人才，让他做秦国丞相最合适不过。"

"是吗？"芈八子笑着说，"你这次是为楚怀王的事来的吧？"

"算是吧，太后想怎么处置楚怀王呢？"

"他只要把巫郡、黔中郡割给大秦，大秦立即送他回楚国。"

"巴蜀早已被秦占领，如果再把巫郡、黔中郡割给大秦，就为秦国为下一步从西边进攻楚国创造了有利的条件。楚国不会这么傻的，楚怀王不会同意的。"

"他不同意，我们就扣留他。实在不行，我们可以逼他同意。"芈八子冷冷一笑。

"你们这样做，跟强盗没有什么区别啊？"

"今天不谈国事，叙叙旧。你现在在齐国，还好吗？"

"哪能跟太后相提并论。"苏秦叹了一口气说。

苏秦看着眼前熟悉又陌生的女人，本来有许多的话要诉说，但此时此刻感觉话语又是多余的了，两人开始喝闷酒。苏秦见喝得差不多了，提了一个小小的要求，他要去看看楚怀王。芈八子为难地说，谁都不能见他，这是规定。苏秦说他只看一眼，说一句话就走。芈八子同意了。苏秦在向寿的陪同下来到了章台的后院，后院重兵把守，外人一概不能进入。

门被打开，一股潮湿的味道扑鼻而来。苏秦当年合纵六国时拜见过楚怀王，这次见楚怀王满脸憔悴，人也廋了不少，但苏秦一眼就认出了楚怀王。楚怀王见了苏秦，突然抱着他哭了起来，"当年你告诫寡人秦是虎狼之国，有吞并天下的野心，是天下诸侯公敌。秦楚接壤，秦有吞并之意，不可亲和。韩、魏经常遭受秦国威胁，不可与之深入谋划，怕有叛逆之人告密，危及国家安全。现在回头想来，依然还是有道理，只怪寡人没有好好体会和牢记啊。"

向寿拉开楚怀王，"有啥好哭的，你只要答应割地，我明天就送你回楚国。"

苏秦知道向寿在监视他们对话，有些话他不能明说。他向楚怀王行了一个大礼，"我敬佩你，你是一位有骨气的王！”苏秦说完就走了。

苏秦回到了齐国，把情况向齐湣王做了禀报。刚汇报完毕，田文也匆匆赶了回来，他把情况也做了禀报。他在楚国见到了令尹子兰、上官大夫靳尚和左徒大夫屈原，他们同意割让楚国东面五百里土地。齐湣王哈哈笑了，大大赞扬了田文一番。田文说楚国派来迎接太子横的人马正在门外等候。齐湣王说那就放太子横回楚。

芈横回到楚国，就被令尹子兰、上官大夫靳尚推上了王位。虽然这遭到了屈原的反对，但反对无效，众多大臣都是站在子兰和靳尚这边的。

芈八子和嬴稷见楚怀王不给他土地，楚国内又立了新王，就令司马错和嬴华发兵出武关攻楚，大败楚军，斩杀楚军五万人，夺取析地十五座城而去。

苏秦又派人把齐国想得到楚国东边五百里土地的消息告诉了芈八子，让她想办法阻止齐国的阴谋。齐国一旦强大了，对秦国就会造成威胁。秦国于是出兵干预，齐湣王想得到楚国东边五百里土地的愿望也没有实现。

不久，苏秦找到纵横家陈珍，谈了秦国对齐国的种种威胁，建议齐、韩、魏联合，三国攻打秦国。陈珍为了立功，请求齐湣王攻打秦国。齐湣王采纳了陈珍的建议，命令田文统帅齐、韩、魏三国联军攻打秦国。三国势如破竹，很快就攻到秦国的边防要隘函谷关。

楚怀王趁秦军和齐、韩、魏三军交战期间看管松懈，杀死守门人员悄悄逃出了咸阳城。结果被芈戎追了回来，楚怀王活活被气死。当秦国把楚怀王的尸体送回楚国时，楚国人人都感到悲痛，秦、楚关系也就彻底破裂了，这也是苏秦最希望看到的结果。

齐、韩、魏三军攻打秦国时，苏秦立即派人偷偷把消息告知燕国，燕国趁齐国空虚之机偷袭，结果齐军班师回国，大破燕国。

齐湣王听了田文的建议，想借此机会灭燕。燕国派出使者秘密召见苏秦和苏厉，苏秦和苏厉欺骗齐湣王，劝齐国转而伐宋，燕国将派兵支持齐国。齐湣王采纳了苏秦的建议，两国联合攻宋，但由于列强阻挠，齐国只能在割宋国数城之后停止攻宋。

苏秦感觉到了田文处处跟他作对，田文的存在对他是种威胁，只要田文在，他想破坏齐国的计划总是被阻挠。苏秦想了几个晚上，给芈八子写了一封信，再次向秦国推荐了田文，说他是位难得的人才。

芈八子接到苏秦的信后，求贤如渴，立即派泾阳君公子市到齐国当人质。公子市见到了苏秦，苏秦又把公子市引荐给了田文。公子市把太后芈八子的信交给了田文，田文看后心里大喜，因为秦王想邀请他到秦国担任宰相。

田文犹豫了半天，最后下定决心准备去秦国，而门客都不赞成他出行，规劝他。他不听，执意前往。苏秦知道消息后，特来为田文送行。

苏秦说："相国，你今天去秦国，我特来为你送行，一路多保重！"

田文呵呵一笑，"谢谢！"

两人行了大礼，然后挥手告别。

苏秦望着田文的马车远去，嘴角露出了一丝微笑。

第二十六章　冲冠一怒为红颜

院子里的花盛开了，管筱雨望着花蕊中的两只蜜蜂发呆。

魏冉来到院子里，看见了管筱雨，他悄悄走了过去，站在了她的身后。管筱雨没有发觉身后的魏冉，魏冉突然说道：“在看什么呢？”

管筱雨吓了一跳，回过神来，“进来也不打声招呼，吓死我了。”

魏冉笑了笑说：“看你看得出神，没好意思打扰，你在想什么呢？”

管筱雨不好意思地笑了笑，岔开话题说：“你找我有事吗？”

魏冉四周看了看，搓着手说：“这些年来，你应该知道我的心思，我喜欢你，你就嫁给我吧。”

管筱雨冷冷一笑，“让我做你的小妾？！”

魏冉急急地说：“我知道让你做妾，有点委屈你，但我会好好疼你的！”

管筱雨挥了挥手说，“别说了，我说过，我要陪太后一辈子，一辈子不嫁人。你就死了这条心吧。”

“为什么？”

“不为什么。”

“当初你被卖到宋国，我真的不知道啊，后来我知道了，我就立即把你救了出来。”

“谢谢你救了我。”

“这些年，你受了不少委屈，我会给你弥补的。求求你，你就嫁给我好吗？”

“你是秦国的丞相、大将军，又是穰侯，而我不过是个小小的丫鬟，我不配。你走吧。”管筱雨转身擦了擦泪水。

“我知道你在宋国受了不少苦，我要为你出这口气。当初是苟訾把你卖到宋国的，有机会我定要收拾苟訾这个王八蛋。苟訾如今得到姐姐信任，管理后宫，我迟早会收拾他的。还有那个荒淫无耻的宋康王，我一定要灭了宋国，杀了宋康王。”

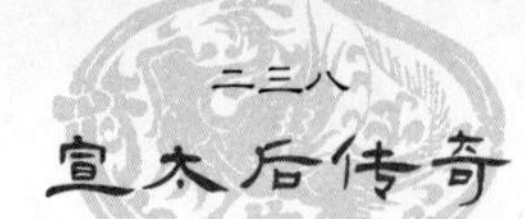

管筱雨默默流泪，不说话。

魏冉说："我姐姐在没？我要去找她，让她做主，把你许配给我。"

管筱雨拦住魏冉说："大将军，请回吧！"

"你不让我进去，我偏要进去。"魏冉推开管筱雨朝里冲，他推开门，看见芈八子和一个男人赤身躺在一起，芈八子和那个男人见了魏冉很慌张。魏冉一愣，退了出来，他认出那个男人就是义渠王。

魏冉正要离开，芈八子在里面喊道："冉弟，请进来吧。"

魏冉小心翼翼地推开门走了进去，芈八子和义渠王已穿好衣服一本正经地坐在那里。义渠王的目光躲躲闪闪，不敢看魏冉。

芈八子叹了一口气说："自秦惠文王走后，我一个女人，连个说话的人都没有，不免孤独和寂寞，感谢义渠王陪伴我。"

魏冉虽然不喜欢义渠王，但看在姐姐的面子上，只好说道："为了避嫌，姐姐何不让义渠王住到甘泉宫去？那里有山有水，环境优雅，离咸阳又不远，姐姐随时想去甘泉宫也方便。"

芈八子笑着说："你不愧是我的弟弟，跟我想到一块去了。要不明天你就送义渠王去甘泉宫。"

义渠王站了起来拱了拱手说："谢谢太后，我在咸阳待了也有些日子了，明天我想回义渠，有些事情要处理，处理完毕，我再去甘泉宫。"

芈八子摸了摸肚子说："也好，快去快回，我在甘泉宫等你。"

魏冉问："姐姐，还有别的事没？"

芈八子望了义渠王一眼，义渠王知趣地退了下去。芈八子说："你觉得苏秦推荐的田文如何？"

魏冉说："经过这几个月的观察，田文提出的一些改革措施的确有一定道理，他确实贤能，可他也得罪了不少人。臣僚中有不少人劝说秦王，说田文是齐王的同宗，现在任秦国宰相，谋划事情必定是先替齐国打算，而后才考虑秦国，秦国可要危险了。于是秦王就罢免了田文的宰相职务，听说下一步将要把田文囚禁起来，图谋杀掉田文。"

芈八子生气地说："岂有此理！看来稷儿翅膀硬了，他眼里还有我这个太后吗？"

魏冉说："就让稷儿去处理这件事吧，你就假装不知道。田文这个人才如果不被大秦所用，而是被别的诸侯国所用，将会对大秦造成威胁。"

芈八子想了想说："也是，就让稷儿去处理吧，我知道他对我干涉内政很有意见，就给他一次表现的机会吧。”

芈八子见魏冉站着没动，一幅欲说还休的样子说道：“你还有事吗？”

“姐姐，我求你一件事，把管筱雨许配给我吧，我想娶她。”

芈八子说：“这事我不能强迫她，我也要尊重她的意见。如果她同意，我立即给你办喜事。”

魏冉说：“问题是她说她要一辈子伺候姐姐，你劝劝她吧。”

“好吧，回头我劝劝她。”芈八子笑着说，“筱雨跟随了我这么多年，我一直把她当妹妹，让她给你当妾，我还真有点舍不得。”

“求求姐姐了。”

这时，管筱雨走了进来，魏冉看了她一眼，低下头，心里扑通直跳。魏冉南征北战，经历过大大小小不少战争，可他一旦见了管筱雨，就感觉自己一下变成了白痴。他退了下去，走到门外，听到了芈八子和管筱雨在对话。

“筱雨，你对魏冉印象如何？”

“还不错。”

“他想娶你，你意下如何？”

“我只想陪太后一辈子，我想终身不嫁！”

魏冉听了几句生气地走了，以至于苟訾向他打招呼，他也没听见。魏冉的心里很烦躁，他漫无目的地在街上走着，糊里糊涂地拐进了一家酒庄，他想把自己喝醉。

“将军，一个人喝酒，多没意思。”

魏冉抬头一看，见是田文，笑着说：“孟尝君，请坐！正好陪我喝一杯。”

田文坐下后说：“实不相瞒，我知道我现在情况危急，秦王想要杀我。怪我对秦国了解得太少了，得罪了不少人。我知道你是秦王的舅舅，你的话秦王还是会听的，所以我冒昧地来求你，求你在秦王面前说几句好话，放我回齐国。”

“我帮你，我能落到什么好处？”魏冉微微一笑。魏冉心里想的是宋康王的哥哥宋剔成被宋康王打败后逃到了齐国，他想利用宋剔成反宋，说不定到时田文也许能帮上忙。他心里有了初步计划，让宋剔成联合齐、楚、魏三国攻打宋国，秦国不出一兵一卒就消灭了宋国这个隐患，也算为管筱雨报了仇。

“以后有用得上我田某的地方，尽管吩咐，我一定竭尽全力帮助你。”

魏冉哈哈笑了，“喝酒！”

“说不定明天我脑袋就搬家了，我哪有心情喝酒？”田文叹了一口气说。

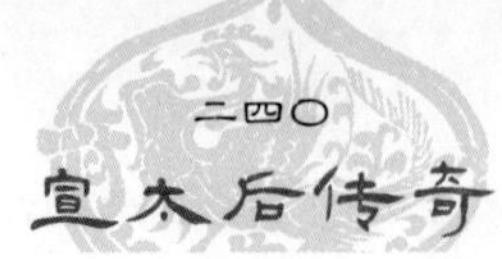

“你不喝酒，我怎么帮你！”

“这么说，你答应了？”

“放心吧，我让你平安离开秦国。”

“商鞅变法让秦国变得强大，为此我一直坚信，唯改革者进，唯创新者强，唯改革创新者胜。我不明白，我的方案为什么遭到那么多人反对。我糊涂啊，我在齐国权高位重，门客都有上千人，为什么要跑到秦国来谋事呢？我被鬼摸了脑壳。”田文自问自答。

魏冉其实心里也非常清楚，魏淼曾多次找过魏冉诉苦，诉说了田文的种种不是，田文反对文武大臣经商，反对封地。魏淼现在在刑部，但他一直在经商，大发横财。再说封地，公子市、公子悝、芈戎等都有封地，包括魏冉都有封地。田文认为西周就是因为封地原因才造成如今的四分五裂。取消封地，公子市、公子悝、芈戎等人自然不答应，魏冉心里当然也不高兴，但没表露出来而已。

两人心事重重，喝了一杯后，各自散了。魏冉心里一直在琢磨如何去消灭宋国，为管筱雨出出气。

第二天，魏冉在府里设宴款待秦昭襄王嬴稷，芈戎和向寿作陪。几杯酒下肚后，魏冉替田文说情，芈戎也跟着求情，嬴稷便答应放了田文，让他离开秦国。魏冉便通知了田文，田文立即乘快车逃离，更换了出境证件，改了姓名逃出城关。夜半时分到了函谷关。秦昭襄王酒醒后，后悔放出了田文，立即派人去寻他，田文早已经逃走了。秦昭襄王立即派向寿带兵去追捕他。田文一行到了函谷关，按照关法规定鸡叫时才能放来往客人出关。田文恐怕追兵赶到万分着急。他门客中有个能力较差的人会学鸡叫，他一学鸡叫，附近的鸡也随着一齐叫了起来，田文便立即出示了证件逃出了函谷关。出关后约莫一顿饭的工夫，秦国追兵果然到了函谷关，但已落在了田文的后面，他们只好回去了。当初，田文把这两个人安排在门客中的时候，门客无不感到羞耻，觉得脸上无光。结果田文在秦国遭到劫难，靠着这两个人获救了。自此以后，宾客们都佩服田文广招宾客不分人等的做法。当然，这些都是后话了。

田文离开秦国后，魏冉感觉管筱雨每天都在躲避着他。他每次借故去看姐姐芈八子，其实是想看管筱雨，管筱雨每次见他来了就躲在屋里不出来。转眼一个月过去了，魏冉想解开管筱雨的心结，他知道她在宋国受了不少苦，又被宋康王关在鹿台，鹿台是什么地方，是宋康王淫乐的地方，她一个弱女子如何保护得了自己？魏冉曾几次问管筱雨在宋国到底遭遇了什么，她总是找话岔开。人们都在传说宋康王比商纣王还荒淫无耻，宋康王会放过她吗？魏冉不敢想，也不敢面对这个问题。他的心里有个强烈的愿望就是要灭了宋国，抓住宋康王把他阉了。魏冉把自己想灭宋国的愿望告诉了芈八子。芈八子最初是反对的，宋国虽是个小国，但最近宋康王士气很旺，东伐齐，取五城；南败楚，拓地三百余里；西败魏军，取二城，灭滕国。秦国长途跋涉去攻打宋国得不偿失。魏冉说不需要秦国出兵，让齐、楚、魏三国去攻打宋国就行。他说了自己的想法，芈八子非常赞同，让他到齐国找苏秦帮忙。芈八子突然呕吐起来，魏冉也算过来人了，他说道："姐姐，不会有喜了吧？"

芈八子不好意思地说："是的。我正要跟你说这件事呢，我准备到甘泉宫待几个月，宫里的事你要多操心了。稷儿办事我还是不放心。"

"你放心去吧，稷儿长大了，再说还有嬴华、司马错、芈戎和向寿等人，宫里出不了什么乱子。"

第二天，芈八子带着管筱雨去了甘泉宫。

天气越来越热了，魏冉的心里也越来越烦躁，看什么都不顺眼，总想发火。最让他看不顺眼的是苟訾，一副奴才相。苟訾原是秦惠文后魏纾身边的人，现在投靠芈八子。芈八子走后，他又在叶阳公主面前讨好卖乖，特别是在叶阳公主面前说了芈八子的种种不是。这些话传到了魏冉的耳朵里去了，魏冉就寻找机会要收拾苟訾。

魏冉把自己的想法告诉给了魏淼，魏淼说这事好办得很。魏淼以刑部名义悄悄抓了苟訾，严刑拷打。苟訾招了，他管理后宫以来，贪污钱财无数。他还把当年所做的坏事统统都招了，比喻贩卖人口、陷害芈八子等等。魏冉见罪证落实，便命令魏淼立即把苟訾处死了。他怕芈八子知道消息会阻挠。

魏冉见苟訾死了，心里松了一口气，他要把陷害和欺负过管筱雨的人全部杀掉。下一个目标就是宋康王，魏冉带着白起和乌获立即动身去齐国。

魏冉到了齐国后，找到了苏秦。苏秦设宴款待他们，苏代和苏厉作陪。

魏冉举起酒杯表示感谢，然后问道："听说孟尝君又回到齐国了？"

苏秦呵呵一笑说："是啊，齐湣王因为派遣孟尝君去秦国而感到内疚。孟尝君回到齐国后，齐王就让他做了齐国宰相，执掌国政。"

苏代说："别提了，薛公回到齐国后，非常怨恨秦国，准备来联合韩国、魏国攻打秦国，为此向西周借兵器和军粮。我就劝他，当年你拿齐国的兵力帮助韩国、魏国攻打楚国达九年之久，取得了宛、叶以北的地方，结果使韩、魏两国强大起来，如今再去攻打秦国就会增强韩、魏的力量。韩国、魏国南边没有楚国忧虑，北边没有秦国的祸患，那么齐国就危险了。薛公听取了我的建议，避免了一场兵灾。”

魏冉举起酒杯望着苏代说：“我代表秦国向你表示感谢。”

“区区小事，不足挂齿。”苏代笑着说。

魏冉说：“有件事我不知道该不该说，我觉得齐国目前的最大威胁是宋国，宋国占领了齐国五城，齐国难道不想把五城夺回来？”

苏秦端起酒杯说：“我已向齐滑王建议了，齐滑王还在考虑。不过田文也支持攻打宋国。宋康王的迷宫很有名，齐国好多大臣没事经常朝宋国跑呢，好多人乐不思齐了。”

苏代说：“是啊，再不消灭宋国，恐怕齐国的好多文武大臣都没心思为齐国谋事了。”

魏冉说：“也许齐滑王在等待时机，如果宋国发生内乱，他会毫不犹豫地进攻宋国的。如今宋康王荒淫无耻，老百姓怨声载道。我倒有个建议，宋康王有个哥哥叫宋剔成，如今跑到齐国避难了，如果让他回到宋国，打着‘复宋’的名义，一定会有很多人支持他，毕竟宋剔成在宋国当了二十七年的大王。”

苏秦笑着说：“这主意不错，明天我派人带你去找宋剔成，他现在改名叫乐喜了，然后我再想办法联合楚国和魏国，一举消灭宋国。”

魏冉说：“谢谢你。”

“为什么你对进攻宋国，非常感兴趣？”苏秦问。

“消灭宋国是我姐姐宣太后的意思。”魏冉撒谎说。

苏秦哈哈笑了，“帮你，也是在帮我自己。一旦消灭宋国，我在齐国的地位和威信又将大大提高。”

“那是，那是！”魏冉说。

“你姐姐她还好吗？”苏秦问。

“谢谢你的关心，她很好。”

魏冉见喝得差不多了，明天还有事情要办，便匆匆告辞了。苏秦把魏冉送到门口说：“明天晚上，还是在我府上，我把乐喜给你请来，有什么事你们直接谈。”

魏冉点了点头。

魏冉回到客栈美美睡了一晚，醒来时已是中午时分。齐国都城临淄他们是第一次来，街道人来人往，很繁华。魏冉带着白起和乌获在街边小店吃了饭后，又在大街上闲逛了一阵，直到夕阳西沉，他们才回到客栈，简单收拾了一番，走出客栈时天已黑了。

三人来到苏府，苏秦早已在客厅里恭候着他们了，他的旁边还坐着一位五十开外的男人，魏冉估计这就是宋剔成。他没等苏秦介绍，就拱了拱手道：“秦国丞相魏冉拜见宋王。”

“如今落难了，哪还是什么宋王？剔成惭愧，我现在改名为乐喜。”宋剔成叹了一口气说。

“你当了二十七年的宋王，不能这么轻易地把位子让给宋康王，不值得啊！”魏冉说。

“是啊！当初我对弟弟这么好，没想到他竟然发动兵变，把我赶下台。怪我当初瞎了眼。”

“你想不想回到宋国继续当你的大王？”魏冉说。

宋剔成望了魏冉一眼，目光落到苏秦的脸上，“想啊，做梦都想！”

苏秦微微一笑，“我们可以帮你，把宋康王赶下台，让你继续当你的宋王。”

“是我听错了吗？”宋剔成半信半疑。

魏冉笑着说：“只要你听我们的话，按照我们的计策去办，我们保证让你又当上宋王。”

宋剔成高兴地说：“没问题啊，如果我真当了宋王，我会赐给你们黄金珠宝无数。”

苏秦说：“你在宋国当大王这么多年，信得过的大臣应该还有几个吧。你要跟他们取得联系，让宋国内部先乱起来，然后我们再联合楚、魏两国攻打宋国。”

宋剔成面露难色地说：“宋康王一直想杀我，我孤身一人怎么回宋国啊？”

“你可以乔装打扮啊，”魏冉笑着指了指白起和乌获说，“我这两位爱将武功高强，再说我也是不是吃素的，我们可以陪你一同回宋国。”

宋剔成望了望白起和乌获一眼，笑着说：“有他们作陪我就放心了。我回去收拾一下，明早一早出发。”

魏冉站起来，拱了拱手说：“明早我们在西门等你。”

魏冉送走宋剔成后，又跟苏秦细谈了一下攻打宋国的事宜，然后又把田文、苏代和苏厉请了过来。经历过秦国这件事后，田文比以前沉稳多了，没有一副趾高气扬的样子了。他见了魏冉，非常热情地说：“我能平安离开秦国，多亏魏丞相帮忙。如果我再晚走一步，秦王派的追兵就会追上我了。”

“可不是嘛，”魏冉说，“你到秦国被排挤，这件事真的跟我一点关系都没有。说实话，你是一位难得的人才，我很敬佩！”

“过奖了！”田文笑着说，“对了，魏丞相怎么突然来到了齐国？”

魏冉就把要为管筱雨出气的事告诉了田文，田文哈哈一笑，“英雄难过美人关！”

苏秦把准备联合楚、魏攻打宋国的计划又重新说了一遍。田文说："你弟弟苏代已告诉我了，我支持你们。我听说宋康王的残暴比商纣王还厉害，只要是他想得到的东西，不管是谁的，他一定要抢到手。他强抢别人美貌的妻子，谁要是敢议论纷纷，下场就是死。只要是他看不顺眼的东西，统统都得杀。驼背的人得用刀剖开背，早晨要过河的人该杀，劝谏他的大臣也该杀。他野心极大，一心想着独霸天下。"

苏秦说："我也听说了，在他的国家，他说了算，他就是王法。老天要是不听话，他就用箭射天，用鞭子打土地，拆掉神灵的牌位……他已经狂妄自大到连神灵都不放在眼里。"

"这种人如果被除掉，那将是一件大快人心的事，"田文说，"魏国我负责联系，魏昭王父子跟我也有一点交情，特别是魏昭王的小儿子公子魏无忌跟我谈得来。他颇有才学，是位难得的人才。"

苏秦表态说："楚国我负责联系，太子芈横毕竟在齐国待过几年，对齐国也有感情，我可以通过屈原，让他给芈横做工作。宋国夺了楚国土地三百里，楚国听说我们联合攻打宋国，一定会答应的。"

苏代说："鲁国虽是个小国，但它跟宋国接壤，我们还可以联合鲁国，这样齐国进攻宋国就方便多了。"

苏厉说："鲁国是有名的礼仪之邦，鲁国曲阜我去过，鲁平公曾想邀请我当相国，被我拒绝了。孔子是鲁国人，也许受了孔子影响，鲁国成为周礼的保存者和实施者，世人称'周礼尽在鲁矣'。各国诸侯了解周礼也往往到鲁国学习，鲁国与周礼的这种密切关联，使得鲁国形成了谦逊礼让的淳朴民风，同时也使鲁国国势的发展受到了很大的影响，所以他们谁也不得罪，在夹缝中求生存。何况鲁国对齐国怀有戒备之心，让他们出兵几乎不可能。"

苏秦说："鲁国就算了。说实话，鲁国西边只有一处跟宋国接壤，其他都被齐国包围着，就像当年的中山国一样，齐国人来去很不方便，要走很多绕道，严重影响齐国的发展，鲁国迟早要被齐国吞并的。"

田文笑着说："好了，不谈鲁国的事了，我们分头行动！只要我们灭了宋国，齐湣王一定会对我们重重奖赏的。"

第二天，魏冉带着白起和乌获跟着宋剔成一起去宋国。

宋剔成到了宋国的陶丘，守城的太守原是他手下得力的干将戴兴臣。宋剔成偷偷去衙门拜见戴兴臣，戴兴臣以为宋剔成是个要饭的，正要赶他走，宋剔成小声说："我是宋剔成。”

戴兴臣四周看了看，小声说：“原来是大王，快快请进！”

宋剔成进屋后把魏冉、白起和乌获一一介绍给了戴兴臣。戴兴臣高兴地拱了拱手说：“久仰各位大名，敬佩！”然后吩咐差人备酒备菜。

一会儿酒菜上了上来，戴兴臣举起酒杯一一敬了大家，然后开始叙旧。宋剔成问：“宋康王对你们还好吗？”

戴兴臣叹了一口气说：“人们都说宋康王比商纣王还残暴，我被贬到这里，每天日子过得小心翼翼，生怕一不小心就掉了脑袋。”

魏冉说：“你可以离开宋国啊，实在不行，可以去秦国或者齐国啊。”

戴兴臣说：“我何尝不想离开宋国，但全家老小都在商丘，被宋康王照顾着，说是照顾，其实就是监视着他们，不准他们离开商丘。”

宋剔成眉头紧锁，“当年我的那些大臣，留在宋国的多吗？”

戴兴臣说：“这些年，大王你销声匿迹，当年的那些大臣走的走、死的死，剩下的只有管孜、荀宗祠、妫干和我四个人了。好多反对宋康王的人都被杀了，我委曲求全，只盼有一天大王重新杀回来，把宋康王赶下台。”

宋剔成擦了擦泪水，笑着说：“我这次回来就是想报仇的，我要夺回我的王位。”

戴兴臣目光从他们四人脸上一一扫过，疑惑地问道：“就你们这几个人？”

魏冉笑着说：“你放心吧，我们已联合了齐、魏、楚大军，三军将从东、西、南、北同时对宋国发起进攻，宋国将不堪一击，很快就会被灭亡。”

戴兴臣犹豫地说：“我可以全力配合你们，只是我的家人……”

宋剔成喝了一口酒说：“刚才你说我原先剩下的两三个大臣，他们情况跟你一样吗？”

“一样，家人都在商丘。”戴兴臣说，“前些日子我见过管孜和荀宗祠，他们对宋康王也是满肚子的意见，都在念着你的好呢。”

魏冉说：“得想办法让他们家人提前离开商丘，离开宋国。宋康王心狠手辣，什么事都干得出来。”

“是啊，得想想办法。”宋剔成掐着指头在屋子里转来转去，“你今年还有几天就要满五十岁了，要不把你家人接到陶丘来，就说给你做寿，我想那个昏君会答应的。让管孜、荀宗祠、妫干也带着他的家人一块来陶丘，然后我们想办法先把他们送到齐国，等赶走了那个昏君，我们再把他们接回来。”

“这主意不错。”魏冉说。

戴兴臣摸着胡须沉思着，站了起来说：“妫干这个人靠不住，两面三刀，善于拍马屁，得到了宋康王的赏识和重用，所以这个人就不用联系了。”

魏冉说：“如果你不请他，反而让他起疑心，最好也让他带着他家人来参加，我们趁机控制他，逼他造反。如果他要通风报信就杀了他。”

“我明天就去找管孜、荀宗祠商量一下，顺便把他们家人也一块接到陶丘来。”戴兴臣说，“衙门里也不安全，宋康王安排了眼线。我在陶丘还有一处房子，没有外人知道。我走后，你们就先住在那里，千万别出门走动，以免被宋康王的人认出大王回来了。”

“我知道，你就放心去吧。”宋剔成说。

酒足饭饱后，天色已晚，戴兴臣领着他们从后门拐过几条街道来到了自己的秘密住处。这是一座很大的院子，里面很寂静。一弯月牙儿挂在树上。

戴兴臣说：“你们先在这里委屈几天，每天会有人给你们送饭。”

戴兴臣走后，四个大男人在屋里待了几天，乌获憋坏了，在屋里转来转去，“陶丘原是春秋曹国都城，这里客商云集，店铺鳞次栉比，真想出去转转。”

白起劝道：“别急，以后有的是机会。”

“是啊，以后你们随时都可来宋国，我一定好酒好菜招待你们。”宋剔成笑着说，“坐下，喝酒！”

天黑时，戴兴臣气喘吁吁赶了过来说，“管孜和荀宗祠已答应了，我已把他们的家人接到了陶丘。”

宋剔成说：“好，明天就是你做寿的日子，做寿当晚你就可以派人悄悄把你家人送到齐国，这样你就没有后顾之忧了。”

魏冉说：“要不明天半夜我跟士兵一块护送戴太守的家人去齐国，我还有事要向苏秦和田文禀报呢。”

戴兴臣说：“你让他们快快发兵攻打宋国，我好接应你们。”

做寿这天来的人很多，魏冉和宋剔成待在房子里没有参加，只有白起和乌获穿着宋军的服装在保护着戴兴臣等人的安全。宾客散去，半夜子时，在魏冉、白起和乌获的配合下，戴兴臣神不知鬼不觉地把家人全部送到齐国去了。

魏冉到了齐国后，立即拜见了苏秦和田文，汇报了宋国的情况。

当天晚上，齐、魏、楚三军同时向宋国发起了进攻：苏秦和田文率领着两路齐军分别从宋国的东和北发起了进攻；魏圉和魏章率领着魏军从宋国西边发起了进攻；陈轸、屈原和淖齿率领着楚军从宋国南边发起了进攻。由于戴兴臣暗中配合，齐军不费一兵一卒就占领了陶丘，戴兴臣率领着他的军队跟齐军一块向宋国发起了进攻。管孜和荀宗祠也在暗中配合。三路大军势如破竹，分别占领了相城、彭城、丰邑等城池，接着很快又占领了商丘附近的蒙邑、吕邑，三路大军包围了宋国的都城商丘。

而此时的宋康王正在鹿台寻欢作乐。宋兵向朝廷汇报，齐国已大举进攻宋国，占领了不少城池。朝中宦官说："齐国那样弱小，怎能进攻我强大的宋国呢？肯定是报告的人心怀叵测，图谋不轨。"宋康王大怒，把报告的人给斩了。宋康王另派人去打听消息，回来汇报如前，宋康王又把报告的人斩了。宋康王再次派妫干去侦查齐军动向。此时，齐、魏、楚三军已兵临都城商丘，百姓纷纷逃避。妫干心想，如果如实汇报，下场就是死路一条，肯定又会被斩首。妫干匆匆回到鹿台，鹿台歌女在翩翩起舞。宋康王抱着两个美女一边喝酒一边调情，头一偏看见了妫干，大声问道："外边什么情况？是齐军来了吗？"妫干镇定了一下自己的情绪，哈哈大笑着说："禀报大王，哪有什么齐军啊，百姓都生活得好好的。那两个人扰乱军心，该死！"

宋康王大喜，重重奖赏了妫干，妫干拿了钱便逃之夭夭了。

齐、魏、楚三军包围了商丘，守城的士兵本来对宋康王的暴政就不满，他们不想卖命，于是丢下兵器，脱下盔甲，纷纷逃跑了，没有士兵愿意守城。三军顺利进入商丘城，占领了王宫。宋康王没在王宫，魏冉带着一支队伍朝鹿台赶去，等他们赶到时，宋康王已逃跑了。

原来，三军进入商丘时，外边的厮杀声惊醒了宋康王，他又看到城墙变换的大王旗，知道齐军是真的来了。直到这时他才大梦初醒，杀死了自己宠爱的几个女人，然后穿上百姓的衣服，跟着逃跑的难民们出了城。

魏冉看着躺在地上的几个女人，鲜血还没凝固，知道宋康王还没走远。魏冉对身后的白起和乌获说："快上马，我们去城门口拦截宋康王。"

宋康王带着几个护卫出城后，心里很慌乱，生怕有人认出他来。他让护卫抢了几匹战马，然后一路向西跑去。

魏冉赶来时，恰好看到了那几个人的背影，他们抢马的举动就让人生疑。他觉得其中一个人的背影有点像宋康王。魏冉大喊一声追了上去，白起和乌获紧紧跟在后面。

"宋康王，站住！"

宋康王跑得更快了。

几个护卫手握长剑突然停住了，拦在了路的中间。魏冉知道，宋康王的护卫个个都是武林高手。他勒住缰绳，马仰起头停了下来，身后的白起和乌获如两道闪电从他身边闪过，接着刀剑声响了起来。宋康王的护卫果然不是吃素的，几个回合下来，白起和乌获没占到一点便宜。站在旁边观望的魏冉突然挥剑突袭了一个护卫，一剑将其斩落马下。另外两个护卫一愣，就在这一瞬间，白起和乌获手起剑落，剑刃从他们的脖子上划过，如蜻蜓点水一般，两人的身子从马上重重摔在地上，挣扎了几下，然后死了。

宋康王转眼跑得没影了，魏冉顺着马蹄印子一路追赶，一直追到魏国的温邑才追上了宋康王。

魏冉、白起和乌获三人围住了宋康王。宋康王说："怎么是你们？当初我对你们不薄啊！只要你放了我，我可以给你们黄金珠宝。"

"你现在自身难保，哪里还有黄金珠宝？"乌获说。

"我在地下藏了一座金山……"宋康王说。

"你的话鬼都不信，别扯没用的了，"魏冉用剑指着宋康王的脖子说，"我问你，你还记得管筱雨吗？"

"记得，她是一位烈女子，最后还不是被我灌了迷药得手了……"

"我要为管筱雨出口气！"魏冉的牙齿咬得格格响，剑锋突然一转，宝剑刺进了宋康王的身体里。魏冉拔出来又连刺了两剑，宋康王的身体轰然倒在地上。魏冉还不解气，他双眼冒着火，疯了一般，砍下了宋康王的头，割了他的下体，然后提着宋康王的头，骑上马飞快地奔跑起来……

第二十七章 心理阴影

魏冉提着宋康王的人头朝秦国奔去，一路上他的心里说不出的激动和高兴。他要告诉管筱雨，他给她报了仇。

魏冉没有回咸阳，而是直奔甘泉宫。

管筱雨抹着泪正朝门外走，魏冉提着匣子扬了扬说："我把宋康王的人头提来了……"

"真晦气，拿走！"管筱雨看也不看地说。

魏冉把匣子递给白起说："把它扔了。"

管筱雨头也不抬地朝外走，魏冉追了上去拦住去路，问："你去哪里？谁欺负了你？"

管筱雨不语，眼中充满抑郁。

"你告诉我，我为你做主。"

"我的事不用你管，就是告诉你，你也管不了。"

"不是吹的，在秦国没有我管不了的事。"

管筱雨泪水滚了出来，"太后又生了，是个男孩。义渠王乘太后坐月子时欺负我，被我打了两巴掌。他不死心，依然纠缠我，被太后撞见了。义渠王就说是我先勾引他，太后就责备我，让我滚。"

魏冉生气地说："你先别走，我去找义渠王算账。"

魏冉冲进甘泉宫，看见义渠王正在跟一个丫鬟打情骂俏，魏冉跑过去就对义渠王拳打脚踢。义渠王一边躲闪一边说："你干吗打我？"

魏冉拔出剑说："我不仅打你，还要杀你。"

"放肆！"芈八子走了出来说。

"姐姐，你知道吗？义渠王调戏管筱雨，还诬陷管筱雨勾引他。这种人不值得你爱，还不如我把他杀了。”

义渠王跪了下来，“我发誓，我对太后是一片真心，如有半点私心，做了半点对不起太后的事，不得好死。真的是管筱雨勾引我的。”

芈八子说：“你都看到了，平时我对管筱雨不薄，她竟然这样对我。她要走，就让她走吧！”

“管筱雨不是这样的人，她跟了你这么多年，难道姐姐还不了解她吗？”

“画虎画皮难画骨，知人知面不知心。”

魏冉生气地说：“姐姐这是被爱情的假象迷惑了，再不醒醒，到时后悔都来不及了。”

芈八子生气地说：“姐姐我什么世面没见过，你竟敢教训起我了，她一个丫鬟有什么值得你留恋的？”

魏冉气得正要朝外走，芈八子支开了义渠王，把魏冉拉到一边说：“像管筱雨这样的女人多的是，回头我给你找几个。她知道的事太多，她要走就让她走吧。既然她也不想嫁给你，你派人把她解决掉算了。”

“谁要敢动她一下，我跟他没完，”魏冉跺着脚说，“姐姐，你变了，变得我都不认识你了……你以为义渠王真的爱你吗？你错了，他想通过你，霸占秦国……”

“姐姐还要你教吗？”芈八子生气地说。

魏冉冲出门，看见管筱雨远远地站在宫殿外。他走了过去，拉着管筱雨的手说：“跟我回家，我养你。”

“你凭什么养我？你没有资格！”管筱雨鼻子一哼，气呼呼地朝外走。

“你去哪里？”魏冉追了上去问。

“我去哪里跟你没有关系。”管筱雨大步走出宫殿。

魏冉骑着马远远跟在后面。夕阳坠入了远处的大山，鸟儿叽叽喳喳飞入树林，空旷的官道显得异常安静。

“你到底要去哪里？我送你。”魏冉追了上去问。

“去魏国，永远离开秦国。”管筱雨不冷不热地说。

魏冉知道管筱雨的脾气，来强硬的是不行的，会引起她的反感。他笑着说：“你步行要走到何时？要不这样，刚好我也回咸阳，上马吧！等到了咸阳，我给你准备马车，再备些干粮，然后再去魏国如何？”

管筱雨刚走得急，脚崴了，这样走下去就是走个通宵也到不了咸阳。管筱雨犹豫了一下，朝马跟前走去。魏冉高兴地跳下马，扶管筱雨上马，然后纵身一跃上了马，大声喊道："准备好了吗？出发！"

马飞快地跑了起来。魏冉说："抱紧我的腰，当心摔下来。"管筱雨只好象征性地抱着。魏冉说："这可不行，万一把你摔下来，我可负不起这个责任。"管筱雨只好紧紧抱住魏冉的腰。魏冉心里一暖，扬起鞭子，"驾"的一声，马风驰电掣一般，耳畔风声呼呼直响，魏冉心里说不出的高兴。白起和乌获远远跟在后面。

魏冉领着管筱雨来到了魏府。下马后，魏冉牵着管筱雨的手准备朝府里走，管筱雨挣脱他的手说："你的几个夫人看到了恐怕要吃醋，我跟你可是清清白白的。"

魏冉讪讪一笑。

管筱雨走了几步，腿本来有点麻木，一个趔趄，魏冉伸出手扶住了她。魏冉的大老婆王夫人看见了，心里酸酸的，嘴上却乐呵呵地说："老爷回来了！"立即吩咐管家备饭。王夫人是个能干的夫人，她看着管筱雨试探性地问："这位姑娘貌美如花，一看就是一个聪明伶俐人，干脆把她也娶进门？"

"夫人想多了，我明天就离开咸阳。"管筱雨脸一下红了。

王夫人望了魏冉一眼，不好意思地说："到了这里就多住几天吧！老爷，你说是不是？"

魏冉点了点头说："是啊，多住几天吧！"

王夫人拉着管筱雨问长问短。魏冉说："人家可是太后身边的人，不该问的别问，不该打听的别打听。"王夫人顿时闭上了嘴巴。

这时管家通报：太医令李醯来了。魏冉说："快快让他进来！"

李醯拜见了魏冉。魏冉笑着说："李太医令，这么快就来了！"

"魏丞相吩咐的事，小人自然要跑得快。"李醯笑着说。

"这位姑娘你们也算是老熟人了，她脚崴了，给这位姑娘看看。"魏冉说。

"原来是管小姐，失敬！"李醯看了看管筱雨的脚，"一点小伤，我用草药给你敷一下，连敷三天就好了。"

"谢谢李太医令！"魏冉说。

"好久没见宣太后了，见了太后，多给小人美言几句。"李醯讨好地说。

"没问题。"魏冉笑着说。

李醯给管筱雨脚腕敷上草药后，就匆匆告辞了。管筱雨被丫鬟扶送到客房休息。芈戎和向寿得知魏冉回来了，也来到府上看他，三兄弟相见，心里说不出的高兴，魏冉又吩咐管家备酒上菜。

“听说你把宋康王的人头砍了，兄弟非常敬佩！”向寿说，“宋康王臭名昭著，天下人都会感谢你的。”

“那是，恭喜魏丞相魏将军！”芈戎笑着说。

“我这次回来，怎么没见父亲魏淼大人？”魏冉说。

“也不知道他整天在忙什么，不用操心他，你把自己的事管好就是。”芈戎说。

“这次宋国彻底灭亡了，齐、楚、魏三国正在瓜分宋国土地呢！”向寿说，“宋国灭亡，也有哥哥的功劳啊！”

魏冉说：“宋国灭亡，土地被三分，我怎么不知道？你听谁说的？”

向寿说：“魏国的一个使者说的，他还说宋康王被杀，宋剔成以为自己真的又能当上宋王，但他错了，他只是一枚棋子，被人利用了。田文为了邀功，派人秘密杀害了宋剔成和戴兴臣等人，这样齐国就为下一步进攻魏国或楚国做好了准备，同时齐国对鲁国形成了合围之势，鲁国处于齐国的心脏位置，四周都是齐国，包围了鲁国，也就是说齐国可以随时消灭鲁国。”

魏冉说：“苏秦和田文不是协商好了，把宋康王赶下台，让宋剔成当宋王吗？怎么这么快就变卦了，言而无信，还把他们杀了？”

芈戎笑着说：“这叫手段策略，说得难听点叫阴谋，亏你读了《孙子兵法》《鬼谷子》，白读了。”

魏冉说：“还笑我，好歹我还读了，你连读都没读。”

“我不是读书的料。”芈戎笑着说，“你知道吗？我听说当年继父魏淼从鬼谷子手中抢走的《本经阴符》是假的，据说真的被张仪下山时悄悄拿走了。后来张仪一死，《本经阴符》便成了谜。如今又出了一部奇书《孙膑兵法》，天下好多人都想得到这本书呢。据说谁要得到这部奇书，就可升官发财，在诸侯各国随随便便就可当个宰相什么的。”

魏冉说：“我听白起说过，但没在意，难道孙膑真的著有《孙膑兵法》？”

“千真万确，继父魏淼已派人不惜重金在寻找《孙膑兵法》呢。”芈戎说。

“是吗？”

“魏淼如今是秦国的大商人，他低价从巴蜀进盐，高价卖出。同时他也招揽天下人才，给他们优厚的待遇，门下食客多达一千人。”

魏冉说：“我知道这事，他作为御史大夫，要注意影响，得劝他以后低调一点，树大招风。”

“好嘞！”

第二十七章 心理阴影

魏冉说："关于家父魏淼贩盐这事我可不清楚，以后在外人面前千万不要提这事。"

芈戎笑着说："我知道，再说继父又不出面，他只是幕后的操纵者。"

这时嬴稷穿着普通百姓的衣服突然出现在魏府，芈戎立即闭嘴。魏冉看见嬴稷面容憔悴，大吃一惊，"大王，你怎么来了？"

嬴稷叹了一口气说："寡人心情突然不好，就悄悄跑了出来。听说你回来了，刚好路过就来拜见舅舅，没想到你们都在。"

向寿说："大王来得正好，坐下来喝酒。"

"好，喝酒！"嬴稷坐了下来说，"今天只喝酒，不谈国事，没有长辈之分，你们也不要叫我大王，咱们可以敞开心胸说亮话。"

嬴稷这么一说，大家不知道他心里是怎么想的，空气反而沉重了，没有一人说话。几杯酒下肚后，嬴稷叹了一口气说："我娶的几房夫人，像楚国的那个叶阳公主，我一点都不喜欢，还有那个唐夫人我也不喜欢……这都是母后给我挑选的，我一个大秦的大王，却没有权力挑选我喜欢的女人，我好痛苦啊！"

向寿叹了一口气说："我知道是大王心里一直装着一个人，大王心里一定是在想燕国的姬梦蝶！"

嬴稷端起酒杯又喝了一口说："不怕你们笑话，我在燕国当人质这么多年，跟姬梦蝶朝夕相处，感情深厚，我答应要娶她……"

芈戎想到了死去的巴巫云，向寿想到了已出嫁的嬴冰，魏冉想到了不愿意嫁给他的管筱雨，三人心里都有种说不出的滋味，同时端起酒杯一口饮尽。

"都是过去的事了，别提了。"

嬴稷说："是啊，欣慰的是我的儿子悼太子、柱公子聪明伶俐，逗人喜欢。"

窗外突然下起了雨，是一场暴风雨，电闪雷鸣，街道顿时成了一条河。

当天晚上四人都喝醉了。

魏冉醒来时，雨早已停了，嬴稷、芈戎和向寿也早已走了。魏冉摸了摸头，昨晚他说了什么，自己一点也想不起来了，面对宽阔的大院和寂静的午后，他的心里有种说不出的失落，感觉心里空空的。魏冉看见管筱雨挎着行囊从屋里走了出来，便走过去问道："你这是要去哪里？"

"魏国。"

魏冉拦住管筱雨说："你脚还没好，等你脚好后再走吧，我保证绝不纠缠你！"

管筱雨望着魏冉诚恳的目光，犹豫了一下，最后点了点头。

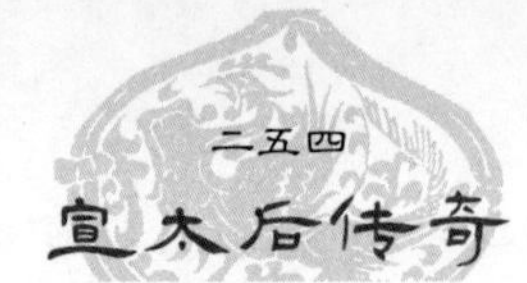

第三天，芈八子派了一个丫鬟来找管筱雨，这个丫鬟魏冉认识。魏冉说：“我姐姐一定有什么事吩咐？”

丫鬟说：“太后请管筱雨回去呢，太后说这是一场误会。”

“怎么回事？”

“太后亲眼看见了义渠王跟一个丫鬟在打情骂俏，才明白是她冤枉了管筱雨，所以太后想请她回去呢。”

魏冉心里大喜，笑着说：“我早就说过，管筱雨不是这种人。”

魏冉就去找管筱雨，把太后想请她回去的消息告诉给了她，说这是一场误会。管筱雨噘着嘴说：“想让我来就让我来，想让我就让我走，把我当什么人了，我才不回去。”

“我求求你了，看在我的面子上，你就回去吧。”

“除非她用八抬大轿请我回去，否则我是不会回去的。”

魏冉说：“姐姐说只要你肯回去，提什么条件她都答应，八抬大轿没问题，我还让姐姐敲锣打鼓欢迎你。”

管筱雨笑了，“我只是随便说说而已。”

魏冉立即吩咐管家备马车，然后把管筱雨扶上马车：“你的脚好了吗？”

“好多了。”管筱雨点了点头。

“那就出发吧！”

魏冉骑着马默默跟在后面。走了一个时辰，他听到了后面有急促的马蹄声，回头一望，原来是哥哥芈戎追了上来。魏冉停了下来，问道：“哥哥这么慌慌张张追来，难道朝廷里发生了什么事吗？”

“不好了，向寿出事了。快跟我一块回吧！”

“他出什么事了？”

“先别问了，回去晚了，恐怕向寿脑袋就掉了。回去我跟你慢慢说。”

魏冉一听向寿要掉脑袋，心里一下急了，跟管筱雨打了一声招呼，然后跟着芈戎朝回赶。魏冉本想问问芈戎向寿到底出了什么事，但芈戎把马骑得飞快，两人开始了疯狂的追赶，耳旁风声呼呼而过，扬起阵阵尘土，惊起了树林中的小鸟。

芈戎带着魏冉来到了司马错的大门外，只见向寿被绑在柱子上，浑身都是伤，身上还有不少被鞭子抽打的印记。魏冉气喘吁吁地从马上跳了下来，朝向寿冲了过去。几个家丁拦住了魏冉，不让他接近向寿。

“让开！你们知道我是谁吗？小心我把你们脑袋砍下来。”魏冉大声吼道。

第二十七章　心理阴影

几个家丁为难地说：“司马大人吩咐了的，我们也是没办法啊。”

“让司马错出来见我。”魏冉说。

一个家丁跑了进去，一会儿司马错走了出来。

魏冉急急地问：“司马大人，你这是什么意思！”

司马错气得咳嗽了几声说：“你去问问这个兔崽子，他都干了啥好事。”

魏冉走到向寿身边，擦了擦他嘴角的血说：“告诉我，发生了什么事？”

向寿有气无力地说：“别问了，把我打死算了，反正我也不想活了。”

芈戎把魏冉拉到一边说：“嬴冰嫁给司马错的小儿子司马锐，司马锐在镇守边塞，很少回家。向寿跟嬴冰通奸，被司马错抓了一个正着。司马错扬言要杀了向寿。”

魏冉说：“男女之间不就这么回事吗？何况他们本来就是相好，要不是她父亲嬴虔干涉，他们早就是夫妻了。”

“你……你……”司马错指着魏冉说，“你是丞相，但我不怕你，我也是位身经百战的大将军，早年跟随先王南征北战，为秦国立了不少功。何况秦国是个讲法的国家，你说他勾引我儿媳，该不该打？”

“该打！该打！”魏冉笑着说，“要不你看在我的面子上，饶了他这一次，好吗？”

“不行！”司马错坚定地说。

“你看这样行不，我们把他带到王宫，请大王处置，如何？”

“把他带到王宫，我这老脸岂不丢尽了，让人耻笑？”

魏冉对芈戎小声说：“去把大王请到这里来。”芈戎转身走了。魏冉接着说，“家丑不可外扬，把他绑在门外影响不好，要不把他带到院子里来吧。”

司马错犹豫了一下说，“看在魏丞相的面子上，我把他带到院子里来。”

向寿身上的绳子被解开，他一下瘫软在地上，家丁把他抬到院子里，扔在了地上。魏冉看着躺在地上的向寿，心里很难受。魏冉说：“司马将军，你是我的老师，也是我非常敬佩的人，想当年跟着你攻打巴国、蜀国……”

司马错摆了摆手说：“好汉不提当年勇，你也不要给我戴高帽。”

魏冉说：“司马将军，跟你商量一件事。要不你就让你儿子司马锐把嬴冰休了吧。”

“休不休是我们司马家的私事，魏丞相无权干涉吧？”

魏冉尴尬地一笑，“也是，也是。”

家人禀报：秦王驾到。司马错整理了一下衣服，向嬴稷行了大礼。嬴稷看了地上的向寿一眼，“怎么回事？”司马错一一禀报。嬴稷生气地说：“寡人是一国之王，因这点小事就把寡人请来，岂有此理！”

司马错说：“我的小儿子在为秦国镇守边关，后院起火，这事不做个了断，请问大王，他如何能安心为秦国镇守边关？老夫又如何能统领军队去作战？”

司马错将了嬴稷一军，嬴稷沉思了一下说：“司马将军，你说该怎么处置？”

“把他杀了，以警示世人。”司马错坚决地说。

魏冉急了，“如果把他杀了，秦国人都知道了司马将军的儿媳跟人通奸，传出去，对司马家影响也不好啊。我建议把他发配到蜀郡去，让他跟嬴冰不再来往。”

嬴稷说：“这个主意不错，不知司马将军意下如何？”

司马错叹了一口说：“那就照魏丞相的意见去办吧。”

嬴稷拍了拍手说：“好，就这么定了。”

魏冉让白起和乌获把向寿抬到王宫，魏冉请了太医给他看病。魏冉见向寿没有什么生命危险，立即动身去甘泉宫。他担心管筱雨的安危。

魏冉一路快马加鞭，风尘仆仆赶到了甘泉宫的南宫。他看见芈八子拉着管筱雨的手又说又笑，心里总算踏实了。

魏冉就把向寿的事告诉给你芈八子。芈八子听了很着急，向寿可是她母亲这边唯一的亲人。魏冉说已请了太医给他看病，没有什么大碍。芈八子才放心了，不由得埋怨起倚老卖老的司马错来。

魏冉劝道：“司马错跟随秦惠文王立了赫赫战功，居功自傲。不过他这人的确也有本事，秦国目前需要这样的人才，给他一个台阶下吧。先把向寿发配到蜀地，等过一年半载，再把他弄回咸阳就是。”

“这个主意还不错。”

“其实秦王心里也是这么想的。”魏冉四周看了看，“那个蛮夷呢？”

“被我赶走了，回义渠了。”芈八子说。

“那个蛮夷不是个东西，心里一直在盘算着秦国的土地呢。下次他再来，我干脆把他杀了算了。”

“没有我的命令，谁也不能杀他！”芈八子叹了一口气说，“几百年来，秦国和义渠交战无数，秦惠文王乘义渠国内乱，好不容易平定义渠内乱，义渠便臣服于秦。几年后，义渠不仅脱离秦国控制，还联合东方五国伐秦。为了消除后顾之忧，秦惠文王用计谋拉拢义渠，以锦绣千匹、美女百名送义渠王，但他不接受，仍起兵伐秦。但自我认识义渠王后，两国就再也没有发生过战争了，同时他还帮秦国……”

第二十七章　心理阴影

“姐姐别说了，我都知道，但你要提防义渠王，狼子野心！我就不明白，你干吗还要给他生两个儿子……”

屋里传来了婴儿的哭声，丫鬟和奶妈走了进去，一会儿屋里没有哭声了。芈八子摸了摸头说：“我有点困了，想休息一下，让管筱雨陪你说说话。”

魏冉和管筱雨来到了寂静的院子里，院子里开满了各种鲜花，空气中弥漫着淡淡的清香。一轮满月挂在天上，月光穿过树叶缝隙，在地上洒下斑斑驳驳的黑点。两人默默地散步，谁都没有说话。魏冉抬了抬头，乌云遮住了月亮，地上顿时暗了下来，四周的景物也影影绰绰的。突然刮起了一阵风，魏冉感觉到了一丝寒意，他闻着管筱雨身上散发出的体香，心里有股莫名其妙的冲动。他抓住管筱雨的手说：“你的手怎么这么冷？到屋里去吧。”

魏冉领着管筱雨来到了自己的客房，这是姐姐芈八子专门为他准备的。魏冉支走了丫鬟，站了起来，双眼望着管筱雨。管筱雨的目光有点害怕，有点惊慌，“你想干吗？”

“我很想知道，你的心里到底有没有我？”

管筱雨低着头不语。

“你能告诉我，你在宋国到底遭遇了什么吗？”

“求求你别问了，一想到宋国，我常常晚上做噩梦，醒来后暗自流泪……”

魏冉迫不及待地抱住管筱雨，把她按在床上。管筱雨浑身颤抖，“别碰我，我的身子脏！”

“我不嫌弃你……”

魏冉开始解管筱雨的衣裙。她一边挣扎，一边大喊大叫，伸出双手挥舞着，露出可怜的目光，乞求说：“求求你，宋康王，放了我！”突然管筱雨拔出魏冉随身携带的剑，朝魏冉刺去，要不是他闪得快，身上早就中了一剑。管筱雨再刺时，魏冉一把夺下了剑，头上冒出冷汗，非常吃惊地说：“我是魏冉，你干吗要下死手？”

“放开我！”管筱雨不停地挣扎。

“你睁开眼好好看看，我是魏冉，”魏冉紧紧抓住管筱雨的手说。

管筱雨眨着眼睛，头脑清醒了许多，她认出了眼前的魏冉，手中的剑“咣当”一声掉在了地上。

“我送你回屋吧。”魏冉说。

送走管筱雨后，魏冉回到屋里失眠了，她今天反常的举动让他吃惊。她浑身颤抖，嘴里还喊着宋康王的名字，看来一定是宋康王百般欺凌她，她的精神受到了刺激，心

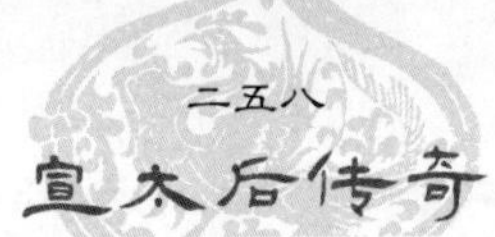

里留下了阴影……为了给管筱雨看病，魏冉不想惊动更多的人，天还没亮就回到了咸阳，带着太医令李醯去了甘泉宫。

一路上，李醯诚惶诚恐，又不敢多问。

魏冉说："听说你跟扁鹊都是名医长桑君的学生？"

"是的。"

魏冉故意试探着说："本丞相听说，李太医嫉恨扁鹊医术高明，怕扁鹊抢了你的太医令，派人杀死了扁鹊，还抢了他的秘籍《内经》和《外经》。扁鹊可是行医诸国，名扬天下……"

李醯"扑通"一声跪了下来，"丞相饶命！"

魏冉笑着说："这事你知我知，我不会告诉别人的。"

李醯说："今后丞相有什么事，只管吩咐，我愿意为你赴汤蹈火。"

"起来吧！我今天请你来，就是想请你为管筱雨看看病，看看她到底是怎么回事。"魏冉说。

"原来是这事，丞相放心吧！我可不是以前的庸医了。这些年来，我兢兢业业，学了不少医术，也精于内、外、妇、儿、五官等科，也会用砭刺、针灸、按摩、汤液、热熨等法治疗疾病……"李醯松了一口气说。

魏冉领着李醯悄悄来到了甘泉宫，此时芈八子正在南宫里午睡。魏冉领着管筱雨来到后殿，魏冉就昨天的事向管筱雨道歉。管筱雨微微一笑，也承认了错误，说自己不该冲动。

管筱雨进了屋里，见了李醯一惊，"太医怎么在这里？太后没有召见你啊。"

魏冉笑着说："是我请来的，昨天见你情绪激动，我特意让他来给你看看。"

"我没有病！"管筱雨就要朝外走，生气地说。

魏冉拦住说："既然来了，就让李太医给你瞧瞧。"

管筱雨只好坐下，把手放在桌子上，板着脸。李醯伸手撸了撸袖子，伸出右手轻轻按住了管筱雨的手腕，管筱雨跳了起来，"你想干吗？滚滚滚！"

李醯很尴尬，站了起来，坐也不是，走也不是。

魏冉劝道："太医这是给你切脉，就是扁鹊给人看病也要望、闻、问、切。"

李醯点着头说："是啊！"

魏冉强行按住管筱雨的双肩，管筱雨坐在那里不能动弹。魏冉给李醯递了一个眼色，李醯抓住管筱雨的手重新切脉。管筱雨想挣扎，无奈魏冉的力气太大了，把她的肩膀都按痛了，她的泪水流了出来。

李醯切完脉后，把魏冉拉到一边说：“据我观察，管小姐一定是遭遇了不幸，精神受到了刺激，只要男子触碰到她的身体她就高度紧张和恐慌。不过问题不大，我给她开几服药，调理一下就好了。”

“让开！”管筱雨站了起来推开魏冉想走。

“等一下！”魏冉笑嘻嘻地说。两人在拉扯中，他的右手不小心在管筱雨丰满的胸部碰了一下，蜻蜓点水一般，他已感觉到了她胸的柔软，如电流一样穿过他的身体，全身有种暖暖的感觉。

管筱雨的脸顿时红了，伸手在魏冉的脸上打了一巴掌，转身走了……

第二十八章　庆功大会

时光飞逝，转眼几年过去了。

魏冉长期主持秦国的军事工作，既有攻韩、赵、魏、楚的大胜，也有被攻破函谷关的大败。魏冉在秦国已经是最尊贵的大臣了，可以说到了无以复加的程度。而战争必然会有胜负，胜则无益，败则影响魏冉的声誉。魏冉于是让心腹白起出任主将，这样魏冉仍掌握军权，不必因战绩影响自己的地位。

魏冉早期的战略构想是实行远交近攻，与远方的齐国结盟，攻击秦国的邻居韩、赵、魏、楚。齐国非常狡猾，表面上答应秦国，暗中却将自己的策略调整为远攻近交，与韩、赵、魏、楚结盟，挑唆它们进攻秦国。齐国成了攻击秦国的策源地。

这一年秋天，韩、魏联军四十万大军攻秦，联军统帅是魏国大将公孙喜。联军占领了峭函。峭函自古以来都是兵家必争之地，封锁了峭函就等于封锁了秦军东进的道路。

秦昭襄王嬴稷得知消息后，召集文武大臣商议。嬴稷要重用自己的亲信向寿，让他率领秦军去应敌，要把韩、魏联军阻止在函谷关外。而魏冉则力荐白起，让他当统帅。文武大臣谁也不敢得罪他们，都不敢表态，双方陷入了僵局。嬴稷见大家都没说话，就直接任命向寿为统帅，明早率领大军直奔峭函。

魏冉立即去甘泉宫找芈八子。他看见管筱雨在院子里领着两个孩子在玩游戏，这两个孩子，一看就像蛮夷人。魏冉打心眼里不喜欢这两个孩子，因为从这两个孩子身上，魏冉想到了义渠王。他再仔细一看，果然有点像义渠王，难道他们是义渠王的种？魏冉的目光落到了管筱雨身上，看着管筱雨的背影发呆。管筱雨自吃了李太医的几服药后，精神状态一下好多了，脸上也有了红晕，性格也开朗多了。魏冉几次表示想要娶她，都被她拒绝了。如今他是秦国举足轻重的人物，他不明白管筱雨为何要拒绝他。随着岁月的流逝，魏冉的头上已出现了几丝白发，管筱雨虽已不再是一个小姑娘了，但身材保持得非常好，一直婀娜多姿，从背后看完全是少女。魏冉悄悄走了过去，喊了一声：

第二十八章　庆功大会

"管小姐！"

管筱雨吓了一跳，"原来是丞相大人，小女给你行礼了。"

"别别别——"魏冉摆了摆手说。

管筱雨支走两个孩子，说："你好久没到甘泉宫来了——"

魏冉嬉皮笑脸地说："你想我了？"

"你再不正经，我就不理你了。"管筱雨噘起嘴说。

"好好好，我不说了，"魏冉指着两个孩子说，"他们是谁的孩子？"

管筱雨小声说："太后的。太后生下这两个孩子后，义渠王就把他们带到义渠去了。这不义渠王刚把他们带到宫里，想让我给他们当老师，教教《周易》《春秋》《论语》《诗经》《书经》《礼记》什么的。我哪有这本事？让太后在宫里另请私塾老师吧。"

魏冉"哦"了一声，笑了笑，"你完全可以胜任的。对了，我有急事找姐姐，她在没？"

"在呢，不过这会儿义渠王也在。"管筱雨压低声音说。

魏冉心里不高兴，大踏步朝南宫里走。几个丫鬟拦住了他："太后吩咐了，谁也不能进。"

"滚开！"魏冉大喊一声。丫鬟认得魏冉，知道他是太后的弟弟，又是丞相，急得不知该怎么办好，眼泪哗哗流了出来。

魏冉重重推开门，看见芈八子和义渠王神色有点慌张。魏冉四周看了一眼，床上很凌乱，义渠王的上衣还敞开着的。魏冉狠狠盯了义渠王一眼，义渠王低下头，不敢看魏冉的目光。

"你这么急找我有什么事？"芈八子不高兴地说。

魏冉又看了义渠王一眼，张开嘴又闭了上来。芈八子说："他不是外人，不用回避，有什么事就在这里说。"

魏冉把韩、魏联军攻秦的消息及事情经过给姐姐一一做了汇报：韩国派出名将暴鸢，领兵八万，魏国派出名将公孙喜，领兵十六万。这两位将军曾在"垂沙之战"中大败楚军，可谓久经沙场，成名已久。特别是魏军主将公孙喜，曾经追随孟尝君田文南攻楚怀王，西伐函谷关，屡建奇功。韩魏联军声势很大，占领了崤函，据险扼守，向秦国发起了挑衅。然后他把向寿和白起做了分析。魏冉说："这次统帅的任务和责任非常重。姐姐想想，韩魏占领了崤函，就等于卡住了秦国的咽喉。想当年，苏秦联合六国之师伐秦，秦依崤函天险，使六国军队伏尸百万，流血漂橹。向寿是姐姐娘家亲戚，万一他有了闪失，你怎么交代？如果仗打输了，姐姐脸上也无光。而白起从小熟读兵书，经过我这么多年的培养，完全可以代替我去打仗了。毫不夸张地说，白起只要经过磨炼和打造，将是继孙武、吴起和孙膑之后又一个杰出的军事家和统帅。”

芈八子笑着说：“我相信你，既然你这么说，那就让白起当统帅吧。”

魏冉说：“秦王嬴稷已任命向寿为统帅了。姐姐你想想，向寿跟司马错的儿媳通奸一事，司马错一直耿耿于怀，如今刚刚把向寿从蜀郡调回咸阳，立即让他当了统帅，只怕司马错等将领不听他调遣。”

“也是！稷儿的翅膀硬了，他眼里哪还有我这个太后。去把稷儿和向寿叫来，我要让他们明白，在秦国只有本太后才有至高无上的权力。”芈八子生气地说。

芈八子正要派人去请嬴稷，宦官进来禀报，大王求见。魏冉说：“没想到大王这么快也来了，他这是先斩后奏，来给你汇报请示来了。”

芈八子说：“你先退到后面去，等我来好好教训他这个不知天高地厚的家伙。”

魏冉刚退到屏风后面，嬴稷就匆匆进来给母后行了大礼。芈八子头也不抬，冷冷地说：“你找我有何事禀报？”

嬴稷说：“母后，魏联军攻秦，我想任命向寿为统帅……”

“别说了，”芈八子挥了挥手生气地说，“你扣留楚怀王时没有经过我同意，害得秦楚如今关系破裂，要不是我出面，天下早已大乱。如今你又私自任命向寿为统帅，你经过我同意了吗？”

嬴稷说：“孩儿这不正要向你汇报吗？如今孩儿大了，有些事我能解决了。”

芈八子拍着桌子说：“你能当上大王，是我跟你舅舅全心竭力帮你的结果。你信不信，我可以同样把你赶下台，让公子市、公子悝去当秦王。”

嬴稷心里也憋了一肚子火，但没敢发作，默默低着头。

芈八子接着说，“我考虑好了，这次统帅让白起担当，立即去执行吧。”

嬴稷想辩论几句，芈八子挥了挥手让他别说：“宜早不宜迟，立即让白起率军东征。”

嬴稷只好退了下去。芈八子望着嬴稷走远，心里非常生气。义渠王走了出来说：“太后，别生气，要不让我率领义渠军队来帮你。”

魏冉冷冷一笑，“你这是笑话我们大秦没有人吗？大秦的事不用外人来操心。”魏冉说完头也不抬地走了。

义渠王尴尬地站在那里。芈八子招了招手说：“我弟弟就是这种脾气。过来，给我捶捶腿！”

义渠王走了过去，跪在了芈八子跟前，轻轻捶着她的腿，不时还按摩轻揉几下。芈八子很享受地躺在那里，嘴角挂着一丝微笑。

义渠王说："我们的儿子义渠琰和义渠麈，如今都大了，你说该怎么办？"

芈八子说："我说过多次，要让他们跟我姓，叫芈琰和芈麈。如果叫义渠琰和义渠麈，我在秦国很被动。"

"我错了，但你要想办法给他们一个名分啊。"

"这事本太后何尝不想啊，我一直在找理由啊。秦惠文王已死了这么多年，突然冒出两个儿子，这让文武大臣怎么想？我想这么解释，就说秦惠文王托梦给我，我就生了这两个儿子，然后正式给他们一个名分，以后就叫公子琰和公子麈。"

"没有别的办法了，现在只能这样了。"义渠王笑着说，"要让他们接受秦国最好的教育。"

芈八子说："没问题，先让管筱雨教教他们，等时机成熟在把他们带到王宫里，请专门的老师来教他们。"

"我听太后的。"

"我告诉你，你可不要再打管筱雨的主意了，否则别怪本太后不客气了。"

"小的不敢，如果再犯任凭太后处置，我发誓今生今世只喜欢太后一个。"

芈八子咯咯笑了。义渠王抱着芈八子朝床上走去。

一个月后，芈八子得知秦国北方的匈奴开始大举进攻秦国，南方的楚国也一直虎视眈眈地盯着秦国，想把巴地和蜀地夺回来，东线秦国又正在跟韩、魏联军作战，一时抽调不出军队去支持。芈八子心急如焚，她想到了义渠王。芈八子对义渠王说："你整天跟我腻在一起也不是办法啊，秦国现在正是危急时刻，为了我们能长久在一起，为了我们的孩子幸福安康，你要助秦国一臂之力。"

义渠王爽快地回答："没问题，你说要我怎么帮你？"

"赶走匈奴，消灭匈奴，让他们不再骚扰秦国。"

"好，我现在就回义渠，率领我的大军跟秦国一起把匈奴赶走。"

芈八子扑在义渠王的怀里，一脸媚笑，"谢谢你！"

"谁让你是我最喜欢的女人。"义渠王哈哈大笑。

芈八子把义渠王和他的随从送上马车。临分别时义渠王跳下马车说，"我把芈琰和芈麈交给你了，这两个孩子在义渠长大，性子跟我一样，有点野，你要好好调教一下他们。”

芈八子说：“你放心去吧，我会给他们一个名分的。我等你早日回来。”

义渠王拥抱了她一下，跳上马车走了。芈八子看着马车走远，突然想到了苏秦。她也奇怪自己怎么突然会想到苏秦。这么多年来，苏秦是她一直在努力忘却的人，每天尽量不要去想他。她之所以要跟义渠王好上，就是想忘掉苏秦。她认为忘掉一个人最好的办法就是开启一段新的恋情，结果她错了，苏秦一直在她心里，根本无法忘却。

芈八子闷闷不乐地回到屋里，管筱雨进来通报：“魏丞相来了。”芈八子说：“让他进来吧。”魏冉满脸喜色地推门进来了，望了管筱雨一眼。管筱雨神色慌乱地低下头，给魏冉端上茶后退了下去。魏冉望着管筱雨的背影说道：“姐姐，告诉你一个好消息，白起没有辜负我的希望，大获全胜。”

“说来听听。”

“白起率领十万大军采用避实击虚、先弱后强的战法，将秦军主力军绕至韩魏联军后方，多次击破联军分队及后方留守之军，逐渐将韩魏联军主力包围于伊阙，最终灭韩魏联军二十四万人，俘虏联军统帅公孙喜，又渡黄河攻取韩国安邑以东到乾河的土地。魏、韩两国现在想割地求和呢，魏国割河东四百里、韩国割武遂地两百里给秦国。”

“太好了。”

“此战白起一战成名，歼灭韩魏联军二十四万人，诸侯各国都知道白起的名字了，人们称呼他为战神。我建议为了鼓舞士气，重奖有功之将士。”

“你去安排吧。”芈八子说。

“好，论功行赏，我想封白起为国尉，让他代替司马错，胡阳、乌获、司马靳、王龁等人也要一一奖赏。”

“可以，只要有功都应该奖赏，”芈八子顿了顿说，“你是我弟弟，有件事需要你帮忙，实话告诉你吧，我跟义渠王生了两个儿子……”

魏冉打断芈八子的话说：“姐姐，我一直怀疑你跟义渠王有什么隐情，没想到这是真的。如果让文武大臣知道了，他们又会怎么想？”

“我这不是在跟你商量吗？我承认是我不对，但我跟义渠王生了孩子后，两国之间再也没有战争了。我是想通过义渠王，控制住义渠国，确保秦国大西北的平安，为秦国统一天下创造机会。再说如今匈奴大举进攻秦国，而义渠王正在率领他的军队跟匈奴作战，帮秦国把匈奴赶出秦国边界……”

魏冉默默不语，芈八子的话不无道理，秦国和义渠几百年来一直视对方为敌人，两国之间经常发动战争。秦惠文王在世时，一直视义渠为心头之患，多次下令攻打义渠，还差点灭了义渠，使义渠臣服于秦，正式成为秦国属地。没想到义渠乘中原诸国混战，脱离了秦国控制，扬言要消灭秦国，还联合东方五国伐秦。秦惠文王为了消除后顾之忧，用计谋拉拢义渠王，以锦绣千匹、美女百名送义渠王。但义渠王不上当，仍起兵伐秦，大败秦兵，收复了部分失地。如今自芈八子当上太后后，两国之间再也没有发生战争了。他一时找不出反对的理由，最后他说：“姐姐，你想让我怎么帮你？”

芈八子说：“我想给芈琰和芈麈一个名分，在庆功大会后宣布，芈琰和芈麈是秦惠文王给我托梦，才生出来的孩子，以后就叫他们公子琰和公子麈，让他们待在王宫里，请最好的老师教他们。”

魏冉叹了一口气说：“这……这……有点说不过去啊。”

“只要你支持我，谁要背后有意见，杀无赦！”芈八子鼻子一哼，冷冷地说。

“好吧。”魏冉知道芈八子自当上太后后，固执霸道，一旦做出决定，就必须执行，谁的意见也听不进去。

三天后，庆功大会召开，芈八子和嬴稷坐在正殿上，两边文武大成依次站列。芈八子做了简单发言，然后嬴稷宣布论功奖赏名单，白起一战成名，因功升任国尉。

奖赏完毕，芈八子说：“秦惠文王给我托梦，拥我入怀，后来我就怀孕了，生了两个儿子芈琰和芈麈，以后就叫他们公子琰和公子麈，让他们待在王宫里……”

文武大成开始窃窃私语。

“这怎么可能呢？”司马错说。

魏冉眼睛一瞪，“什么不可能，完全有可能。你在质疑秦惠文王吗？今后谁要在背后胡说八道，立即杀！”

人们顿时安静下来。

魏冉见大臣们都不说话，便说道：“这件事就过去了，大家商讨一下下一步秦国该怎么办？是否一鼓作气继续攻打韩国和魏国？是否同时南下攻打楚国？”

大臣们纷纷积极发言，都支持继续攻打韩国、魏国和楚国。

经过一段时间的准备后，白起又升任为大良造，率领十万秦军攻打魏。白起不愧为战神，一举便夺取了魏城大小六十一座，为秦的东出崤函奠定了基础。第二年，白起与司马错联合攻下垣城。接着白起又攻打赵国，夺取了光狼城。

白起率领的秦军所向披靡，捷报不断。芈八子和秦昭襄王都想到了要攻打楚国，这一点他们不谋而合。自秦楚丹阳、蓝田之战后，他们看到了楚国国势走向衰微。伊阙之战，秦军大胜，芈八子和秦昭襄王就想展开南面攻势，继续削弱楚国。秦昭襄王写信给楚顷襄王，说要率领诸侯与楚“争一旦之命”。楚顷襄王只得同秦讲和，并娶秦女为妇。以后的秦昭襄王二十二年、二十三年，楚顷襄王都与秦昭襄王政治会盟，表示服从于秦。

第二十九章 谋杀

又到岁末，春节将至。

虽然凛冽的寒风依旧肆虐地在咸阳上空刮过，但却阻挡不住新春的喜庆和欢腾。诸侯各国也是要过年的，彼时战火止歇，狼烟消散，天地朗朗，清气昭昭，实在是这乱世难得的安宁日。

芈八子请了最好的私塾先生来教芈琰和芈麈。为了让他们进步快，又让秦昭襄王的儿子悼太子和公子柱，魏冉的儿子魏珪一同在一起学习。她这样做，是希望这五个孩子相互勉励，共同进步。

芈琰和芈麈性子野，私塾先生授课时，两人经常调皮捣蛋，还作弄先生，把死老鼠、死蛇卷在先生的竹简里。先生打开竹简时脸都吓白了。两人乐此不疲，先生都被气走了好几个。

这天阳光很好，窗外的鸟叫让芈琰坐不住了，他趁午休时间鼓动大家逃课，“明天是最后一天，我们就放假了，等不及了，我们逃课吧，出去玩去。”

“先生知道了，会打骂我们的。”魏珪说。

“胆小鬼！”芈琰说。

“谁是胆小鬼？”魏珪大声说。

“你就是胆小鬼，你们都是胆小鬼！”芈琰伸出手指了指他们。

“不就是逃课吗，走！”魏珪喊道。

芈琰、芈麈和魏珪悄悄溜出王宫，悼太子和公子柱也跟了出去。他们来到渭河边，天空中飘浮着丝丝缕缕的白云，像缥缥缈缈的音乐掠过蓝色的江面，江面上几只船在慢慢地移动，渔民在撒网打鱼。几只鸟飞过江面，停在岸边的树上。芈麈手里拿着弓箭，悄悄走了过去，瞄准了树上的鸟。没射中鸟，倒惊飞了树上的鸟，鸟叽叽喳喳地飞走了。芈麈又射江面上飞过的鸟，结果还是没射中。

“三脚猫的功夫，还想射鸟。”魏珪讥笑着说。

芈麈心里很生气，捡起地上的石子，悄悄从后面将石子打在了魏珪的头上，然后装模作样地拿着弓箭在天上比画着。

“谁打我？”魏珪摸着头看着大家。

悼太子和公子柱说：“别看我们，我们可没有打你。”

魏珪盯着芈麈说：“你干吗打我？”

“我打了你了吗？没有，活该！”芈麈得意地说。

魏珪冲了过去抓住芈麈的衣服，使劲一推，芈麈一屁股坐在地上。他站了起来，手里紧紧握着一把沙子，突然朝魏珪扔去。魏珪立即揉眼睛。芈麈趁机扑了上去，一脚踢倒魏珪，然后把魏珪按在地上挥拳就打。魏珪翻了起来，把芈麈按在地上，扬起巴掌左一下右一下啪啪抽打着芈麈的脸，说：“告饶，我就放了你！”

“不告饶！你等着！”芈麈在下面挣扎，嘴角流出了血。

“小杂种，我看你嘴硬，还是我拳头硬。”魏珪握着拳头说。

“哥哥，快来救我！”芈麈大声呼叫。

芈琰推开魏珪说：“谁是杂种？”

魏珪指着芈琰和芈麈说：“你们两个都是杂种！”

芈琰比芈麈大几岁，长得人高马大，他推了魏珪一下说：“有种再说一遍。”

魏珪说，“我说了，你能把我怎样？”

芈琰说：“有种再说一遍。”

“杂种！”魏珪大声说。

芈琰扇了魏珪一巴掌，魏珪扑了上去，两人扭打在一起。魏珪知道跟芈琰这样纠缠下去，自己会吃亏，便对悼太子和公子柱喊道：“你们两个快点过来帮忙！”悼太子和公子柱犹豫了一下，冲了上去。芈琰一打三，结果把他们三人打得鼻青脸肿。三人告饶，芈琰才住手。

魏珪回到家里，魏冉看到儿子魏珪的脸青一块紫一块，嘴角流着血，头上还有一个大包，生气地说：“谁欺负你了？告诉我，我看看谁有这么大的胆子，竟敢欺负我的儿子，他是不是不想活了？”

魏珪哭着说：“是芈琰和芈麈这两个杂种，我又没惹他们，先是芈麈用石头打我头，把沙子撒在我眼睛里，用脚踹我，然后芈琰把我按在地上用巴掌扇……”

魏冉一听肺都气炸了，魏珪是他喜欢的儿子，自己都舍不得打，竟被外人痛打。

第二十九章　谋杀

魏冉冲了出去，想把芈琰和芈麈好好教训一顿，走到门口，想到了芈琰和芈麈毕竟是姐姐的儿子，犹豫了一下。这时他听到了魏珪痛得在哭叫，折了回来，看见王夫人抱着魏珪在哭泣。魏冉问道："珪儿，怎么了？"

魏珪不停地哭，不说话。

"还不快去传太医，珪儿都被打成这样了，我怕他有三长两短……"王夫人抹着眼泪说。

"夫人，放心吧，我立即派人去请最好的太医李醯来给珪儿看病。"魏冉安慰着王夫人。

一会儿，太医来了，魏冉一看不是李醯，问道："太医令李醯怎么没来？"

"回丞相话，太医令李醯被大王请去了，在给悼太子、公子柱看病呢。"太医毕恭毕敬地说。

"太子悼和公子柱怎么了？"

"听说被公子琰和公子麈打了。"太医说。

魏冉心里暗自得意，就算他不找这两个兔崽子的麻烦，嬴稷也不会放过他们。本来嬴稷就反对公子琰和公子麈进入王宫。随即魏冉心里又闷闷不乐，本来他想请太医令李醯来给自己的儿子看病，可李醯没来，看来还是秦王位高权重。魏冉心里就对李醯有意见了。李醯投靠芈八子，又在秦王面前讨好卖乖，魏冉看不惯李醯的这副嘴脸。如果他把李醯杀扁鹊这件事说出去，李醯的前途恐怕就完了，他必须要抓住李醯的软肋，让他为自己所用。

"只要你把我儿子看好了，丞相将重赏你。"王夫人说。

"是啊，太医别紧张，别拘束，看好了有奖赏。"魏冉笑着说。

太医擦了擦额头的汗，开始给魏珪把脉搏，开了几服草药说："无大碍，皮外伤，调理一下，几天就好了。"

悼太子和公子柱回来后，嬴稷见他们只是皮外伤，也懒得问，最近他的心情也非常不好，倒在床上就睡。但悼太子的母亲叶阳公主和公子柱的母亲唐夫人看见自己的儿子被欺负，咽不下这口气，两人带着儿子去甘泉宫找芈八子评理。

叶阳公主和唐夫人本来满肚子都是火，恨不得要立即给儿子出气，但见了芈八子后两人只好面带笑容给太后请安。芈八子说："免礼吧！你们今天怎么来了？"叶阳公主和唐夫人对视了一下，谁都不好意思主动说儿子被打一事。唐夫人说："好久没见太后了，我很想你，过来看看！"叶阳公主接着说："对对对！"芈八子的目光从她俩脸上扫过，落到了悼太子和公子柱的脸上说："孩子都受伤了，还有心情把他们带到这里来。我看你们两个一点都不称职，快快把他俩送到宫里让太医看看。还有几天就是新年了，后宫里还有一大堆事，赶制桃符，赶制新衣……新年这天还要举行傩舞，驱鬼辟邪，扫尘聚宴，祭祀先祖……这些事都要提前准备，所以本太后很忙，不留你们了，赶紧带孩子们回去吧，让太医好好看看。"

叶阳公主和唐夫人只好带着悼太子和公子柱回去了。她们原本有很多的话要说，可见了宣太后没说关于太子悼和公子柱被打一事的一句话。她们心里也清楚这个太后不是一般的女人，是个非常厉害的女人，她们也不敢得罪。两人窝着一肚子的火回到后宫。虽然平时两人不和，但在孩子被打这件事上，两人意见高度统一。她们豁出去了，找丈夫嬴稷，毕竟他是秦王，让他出面处理这件事。此刻嬴稷正在午睡，叶阳公主和唐夫人摇醒嬴稷。嬴稷正要发火，看见床头坐着两位夫人，嘿嘿一笑："你们怎么来了？"

两人不接话，唐夫人问，"大王，你说公子柱是不是你的亲生儿子？"

嬴稷说，"是啊！"

叶阳公主接着问："大王，你说悼太子是不是你的亲生儿子？"

嬴稷说："是啊！不是亲生儿子，本王能让他当太子吗？他可是将来要继承我的王位的。"

唐夫人的心里突然有一丝失落，叶阳公主的儿子将来是要继承王位的，儿子一旦当了王，叶阳公主转身就变成了太后，今后在宫里前呼后拥、受人尊敬；再想想自己，在宫里的地位本来就比叶阳公主低，儿子公子柱的前途更让她非常担忧。

叶阳公主说："大王，悼太子、公子柱被公子琰和公子麈打了，你要好好教训一下这两个杂种！"

唐夫人说："是啊，这两个野孩子缺乏管教，得好好打一顿。"

嬴稷睡意蒙眬，长叹一口气说："谁是杂种？"

叶阳公主说："公子琰和公子麈啊，从时间可以推算啊，秦惠文王死了多年后，太后才怀孕……"

嬴稷大喝一声："够了，都别说了。王宫里早就规定了，谁要议论此事就要掉脑袋，负责刑部的魏淼已砍了近百个脑袋了。"

叶阳公主用手捂着嘴巴，嘴巴还大张着没合拢。

嬴稷说："我是大秦的大王，日理万机，这点小事让我出面处理，传出去岂不让天下人笑话？小孩子在一起争争吵吵很正常嘛，再说都是点擦皮伤，无大碍。最近烦心事太多了，你们不要给我添堵了，快点走吧，我再睡会儿。”

叶阳公主和唐夫人退了出来，她们心有不甘。想到了魏冉的儿子魏珪也被打了，她们就去找魏冉商量。

魏冉本来就不太喜欢义渠王，对他的两个儿子更是没好感。魏冉本来想着嬴稷会收拾这两个兔崽子的，结果他等着要看的好戏落空了，只好生气地说：“这两个兔崽子，不得好死！”

叶阳公主说：“魏丞相，你说这事怎么办？”

“说实话，我恨不得抓住那两个野种，把他们吊到树上打一顿，”魏冉叹了一口气说，“毕竟他们是姐姐的儿子，只好忍气吞声，如果下次他们再这样，我们绝不轻饶他们。”

“这事就这么过去了？”唐夫人说。

魏冉说：“眼看就要过年了，一切等过完年再说吧。”

叶阳公主说：“先生是怎么教的？还有这些护卫干什么去了？这些孩子跑到渭河边上，万一太子出事怎么办？我建议把护卫和先生抓起来，该打就打，该罚就罚。”

魏冉说：“这点小事我还是能做主的，交给我去处理就是。”

转眼到了新年这天，天飘起了小雪，咸阳宫外摆满了战鼓，鼓声此起彼伏地响了起来，这是人们在用击鼓的方法驱逐“疫疠之鬼”。家家门前都挂起了新的桃符，咸阳宫也不例外。鼓声停了下来，接着举行傩舞表演，目的也是驱鬼辟邪。然后嬴稷率领文武大臣祭祀先祖。

祭祖完毕，文武大臣各自回家。

雪突然越下越大，一片片雪花在天空中飞舞，雪无声地铺满宫殿房顶，玉树琼花悄然绽满枝丫，就连路面上那些凌乱的鞋印也被刚刚飘起的雪花遮盖住了。大地一片雪白。几只小麻雀飞了过来，跳来跳去留下了竹叶似的小脚印。一切都是那么安静，雪在悄悄地装点着大地。

几辆马车在雪地上留下了长长的车滚子印子，嬴稷带着叶阳公主和唐夫人及悼太子、公子柱，魏冉带着王夫人和魏珪去甘泉宫给宣太后芈八子拜年。

甘泉宫装饰一新，门前挂满了灯笼和彩旗，彩旗在风中呼呼响着。

早有宫女和内侍在门外等候着他们，现在甘泉宫的内务杂事已由管筱雨负责管理了。马车停了下来，嬴稷掀开门帘，一个年轻的侍卫趴在地上，嬴稷踩着他的背下了马车，内侍弯着腰迎接秦王。鼓声响了起来。

魏冉下了马车，看见了管筱雨，两人微微一笑，算是打招呼了。魏冉跟随着嬴稷步入大殿。大殿金碧辉煌，灯光璀璨。大殿壁炉里的木炭烧得旺旺的，房间里很暖和。大家一一给太后芈八子拜年，说上几句祝福的话。魏冉坐下后，才注意到公子芾、公子悝、芈戎和向寿他们也来了，他向他们一一点头微笑。就在他准备给向寿打招呼时，向寿头一偏，装作没看见。魏冉心里清楚，上次嬴稷推荐向寿为联军统帅，魏冉竭力反对并推荐白起，就为这事向寿一直记恨在心。白起本是无名小辈，一战成名，受封武安君，威望一下超过了向寿，就连司马错、嬴华等老将心里也充满了嫉妒。特别是司马错，心里非常不高兴，因为白起代替了他的位子。这一切都是魏冉想要的结果，他想把兵权掌握在自己的手中。

宫女们端着果盘穿梭而入，每人面前都摆满了水果和点心。

孩子们坐不住了，纷纷跑到院子里去了，悼太子、公子柱、魏珪、公子琰和公子麈五人开始堆雪人、打雪仗。大人们对他们打架这事至今耿耿于怀，而孩子们早已忘了这事，又都成了好朋友。

魏冉望了孩子们一眼，不由得摇了摇头。

芈八子简单说了几句祝福的话，然后跟叶阳公主、唐夫人和王夫人开始了聊女人们关注的话题。管筱雨微笑着站在旁边不时给她们递上水果、点心和瓜子。

王夫人上上下下打量了管筱雨一下，赞道："都说太后身边有个美人胚子，知书达理，能说会道，聪明伶俐，今日一见，果不其然，怪不得有男人惦记着呢。我看你年纪也不小了吧，准备什么时候嫁人啊？"王夫人最近才知道自己的丈夫喜欢管筱雨，她这是说给魏冉听的。

管筱雨心里非常生气，但她依然面带微笑地说："这天下还没有我中意的男人，我打算陪太后一辈子。"

"如果哪天太后死了，你也要陪她进坟墓？"王夫人脱口而出。

"我愿意！"管筱雨说。

王夫人说完就后悔了，新年不该说这不吉利的话。她看太后果然脸色变了，连忙抽打着自己的嘴巴说："太后，我不是故意的。"

叶阳公主说："王夫人说话口无遮拦，太后寿比南山、福如东海、长生不老，怎么会死呢？"

"就是，就是！"王夫人笑着说。

芈八子哈哈笑了。女人在一起有谈不完的话题，她们的话题又转移到衣服和美容上去了。

第二十九章　谋杀

几个大男人面对面聚在一起，都不想说话，气氛有点凝重。芈戎望了公子芾和公子悝一眼，说："泾阳君、高陵君，你们最近在忙什么呢？总是见不到你们人。"

"我们瞎忙，整天吃喝玩乐，"公子芾四周看了看，压低声音说，"舅公开了一家女闾，里面美女多得很。"

公子悝说："我挺佩服舅公的，垄断了巴蜀的食盐，生意都做到各诸侯国去了……"

魏冉咳嗽一声，公子芾和公子悝立即不说话了。

芈戎说："瞧你们没出息的样子，男人要学会带兵打仗，下次我带你们去打仗，让你们见识一下，否则你们今后连自己的封地都守不住。"

公子芾说："带兵打仗，是要死人的，我才不去呢。"

魏冉看了公子芾和公子悝一眼，想反驳批评他们几句，但看他们一副趾高气扬的样子，连话都懒得说了。

"女儿，家人团聚，怎么不请老朽呢？"

大家回头一看是魏淼和夫人向氏。大家立即站了起来问好。

"母亲和父亲你们怎么来了？我想过几天专门去拜访你们老人家呢！"芈八子笑着说，"你们来得正好，一家人聚齐了，准备开饭。"

管筱雨立即吩咐宫女们上菜，宫女们又穿梭而入，菜很简单，每人四菜一汤。公子芾看了一眼，不屑地说："母后，今天你请我们来，就吃这些？早知如此，我就不来了。"

芈八子没有理他，见菜都上齐了，孩子们也入座了，她扫视了大家一下，笑着说："菜虽少，但酒管够。今天我请大家来，就是希望大家在新的一年里团结起来，共同努力，我们的目标是统一天下，等消灭了韩、魏、赵、齐、楚、燕，统一了天下，我将大摆筵席，款待诸位！所以今天大家可以畅怀大饮，从明天开始，我要看到大家精神饱满、扬眉吐气的新面貌。"

嬴稷鼓起了掌。大家见嬴稷鼓掌了，也纷纷鼓掌。

"秦王，给大家讲几句吧！"芈八子望着嬴稷说。

"我没什么可说的，大家喝酒吃菜吧！"嬴稷闷闷不乐地说。

窗外的雪，越下越大。大厅里气氛很压抑，没人敢多说话，就是说话也要在脑子里反复过滤几次再说，生怕说错话，不小心得罪了人。小孩们不管这些，狼吞虎咽，几下就把桌上的菜扫光了，然后吵着要回家。

魏淼吃了点菜，喝了几口酒，走到芈八子跟前说了几句话，然后带着夫人向氏走了。公子芾见魏淼走了，便跟了上去，一同回咸阳宫。叶阳公主、唐夫人和王夫人见雪已掩盖了路面，再不走恐怕就回不去了，也提议回家。

芈八子说："今晚就在甘泉宫住吧，我让管筱雨去给你们安排客房，换上新的被褥。"

"谢谢太后，孩子吵着要回，再说他们衣服也弄脏了。"唐夫人说。

叶阳公主问嬴稷："大王，跟我们一块走吗？"

嬴稷端起酒杯喝了一口，挥了挥手，示意她们快走，不用管他了。

魏冉、公子悝和芈戎站起来想走，嬴稷说："坐下！寡人今天心情不好，陪寡人喝酒。谁要敢走，本王定他罪，砍头！"

芈八子出门送客去了，大家只好规规矩矩坐了下来。几杯酒下肚后，气氛一下活跃起来。芈戎说："大王，你今天好像有心事，也许说出来就好了。"

嬴稷拍打着自己的胸口说："我心好痛啊！"

"我去传太医来。"芈戎说。

魏冉说："不用了，我看大王是得了心病吧？"

嬴稷苦笑了一下说："舅父说得不错，我在燕国做人质时，喜欢一个女人，我答应要娶她，可我堂堂一个大秦的大王却不能也没有权利去选择自己的爱情。什么叶阳公主、唐夫人都是联姻的结果，爱情、婚姻被当成了买卖。我一直想独立，想逃出太后的控制，却怎么也挣扎不出她的手掌。你们说，我当这个大王，有什么意思？干脆不当的好。"

向寿站了起来说："大王今天喝多了，大家不要介意。"

嬴稷推了向寿一下说："我没有喝多！你知道吗，我喜欢的那个燕国女人死了，我心里难受啊。"

芈戎想到了死去的巴巫云，眼泪滚了出来，说："大王，你的心情我理解。我之所以至今没娶，就是心里一直装着一个女人，一个死去的女人。这个女人已占据了我的心，我的心里再也容不下别的女人了。"

嬴稷端起酒杯，跟芈戎碰了一下，两人共同喝了一杯。

窗外的风刮得呼呼直叫，壁炉里的木炭烧得旺旺的，所有的灯光都亮了起来，房间里温暖如春，一群宫女在乐声中翩翩起舞。

魏冉站了起来说要去茅房，在走廊里遇见了管筱雨。魏冉歪着身子说："太后呢？"管筱雨说："太后回房去了，让我留下来照顾你们。"魏冉围着管筱雨转了一圈说："我发觉你越来越漂亮了。刚才我听你说，你说这天下还没有你中意的男人，是真的吗？"

管筱雨嫣然一笑，"我说了吗？"

第二十九章　谋杀

魏冉说："难道我在你心里没有一丁点的位置吗？我喜欢你，你为什么不嫁给我？"

魏冉抱住了管筱雨，"你告诉我，我在你的心里很重要，你也爱我。"

"丞相，你喝多了，请放尊重点！"管筱雨推开魏冉，退到一边去了。

魏冉踉踉跄跄走了一圈，又回到了大厅，看见芈戎和嬴稷两人在拼酒。他坐了下来，让宫女斟满，刚举起酒杯，一个身材魁梧、头顶着一层雪的男人就走了起来。他拍了拍身上的雪，抖了抖麻花小辫，摸了摸头上的雪说："我来晚了一步，没赶上年夜饭。太后呢？我要见太后！"

嬴稷指着这个男子说："你谁啊？快快坐下来，陪大王喝一杯！"

男人听说喝酒立即坐了下来，他想喝点酒暖暖身子。魏冉认出了此人就是义渠王，便说："你怎么来了？"义渠王不接话，端起酒杯把酒倒在嘴里，然后给自己又斟满一杯。魏冉端起酒杯，跟义渠王碰了一下，两人一口饮尽。宫女过来给他们斟满酒，魏冉端起酒泼在义渠王的脸上说："你来得正好，我正要找你算账。公子琰和公子麈不仅打了我儿子，还打了大王的儿子，你说这笔账该怎么算？"

义渠王抹了抹脸上的酒水说："我还听说你打了公子琰和公子麈，你说这笔账又该怎么算？我今天就是为这事来的，谁敢欺负我的儿子，我跟他没完。"

"胡说八道，我什么时候打了他们？"

"实话告诉你，这宫里也有我的人，你还骂他们是杂种，你说是不是？"

"不错，我是骂了他们。"魏冉说。

义渠王拔出刀子说："今天就做个了断。给我儿子赔礼道歉。"

"难道我怕你不成？"魏冉也拔出长剑。

宫廷侍卫冲了进来，包围住了义渠王。嬴稷大声喝道："义渠王，你太猖狂了，我早就看你不顺眼了。放下你的刀子，否则我一声令下把你剁成肉泥。"

"我不怕你们人多，来啊！"义渠王摆出一个架势，大喊一声。义渠王带的人马也冲了进来。

"都翻了天了，把兵器放下来！"芈八子赶了过来，大声吼道："义渠王，你带侍卫冲进甘泉宫，是想造反吗？"

"太后，小的不敢！"义渠王扔下刀子对手下呵斥道："你们都下去，没有我的吩咐，谁都不准进来。"

"小孩子打架的事我也听说了，小孩打打闹闹很正常吗，你们大人不要掺和进来了。"芈八子说。

“太后，我错了。”义渠王说。

芈八子转身就走，义渠王跟了上去。

这么一闹，大家也没心情喝酒了。天色已晚，外边又是积雪，芈戎、嬴稷和魏冉只好在甘泉宫住了下来。第二天天一亮，他们就离开了甘泉宫。

义渠王整天又跟芈八子腻在一起，管筱雨负责他们的衣食起居等日常生活。一天，管筱雨无意听到了他们的谈话，义渠王想让芈八子废了悼太子，立他的儿子公子琰为太子。芈八子说这么大的事要经过文武大臣讨论，这件事以后再说。后来他们说话声音越来越小了，听不清了。管筱雨还注意到，义渠王跟他的手下鬼鬼祟祟的，好像在商量什么。魏冉走时曾悄悄叮嘱她，让她多注意义渠王，有什么情况随时向他汇报。这些事要不要向魏冉汇报，管筱雨犹豫了一下，想想也不是什么大事，就没放在心上。

转眼年就过完了，管筱雨从芈八子嘴里得知，悼太子被送到魏国做人质去了，魏王也把太子送到了秦国做人质。当天晚上，管筱雨发现义渠王神神秘秘地去了宫外一处偏僻的树林，她悄悄跟了过去，躲在草丛里，听到了义渠王跟他的手下在商量要去魏国刺杀悼太子，同时商量如何刺杀秦王。管筱雨吓得大气不敢出，生怕弄出什么声音来。直到他们走了好久，她才悄悄爬了出来，匆匆跑回了宫里。管筱雨一晚上都没睡，她心里在想，如果把这事告诉太后，太后不一定相信，还会找义渠王质问，那她的处境就危险了，性命恐怕就难保了，因为义渠王是不会放过她的。想来想去，她决定第二天一早就去咸阳宫，把这事告诉魏冉。

天一亮，管筱雨刚坐上马车，义渠王突然出现在她的面前。管筱雨吓了一跳，难道义渠王昨晚发现了她在偷听？

“管小姐，你这是要去哪里？”义渠王问。

“我去哪里，要向你汇报吗？”管筱雨冷着脸说。

“我不是这个意思，其实我一直喜欢你，要不我带你去咸阳城里客栈住一晚上。只要你跟了我，今后你将过着跟太后一样的生活……”

“让开，你以后再这样，我就告诉太后。”管筱雨板着脸说。

“千万别！”义渠王立即闪开了。

管筱雨一路都很慌张害怕，几次回头观望，看看有没人跟上来。管筱雨到了魏府，来不及通报就朝里冲，被看守大门的士兵拦住了。

“我要见魏丞相，有重要事通报。如果耽误了这事，你们恐怕要掉脑袋的。”管筱雨说。

第二十九章　谋杀

守卫立即通报，魏冉亲自到门口来迎接，见是管筱雨，满心欢喜，“什么风把美人吹来了？”

“我有重要事情要汇报。”

“跟我来吧。”

魏冉带着管筱雨来到了会客厅，然后关上了门。管筱雨说：“悼太子是不是送到魏国做人质去了？”

“是啊，是芈戎亲自护送的，芈戎到现在还没回来呢。”

“悼太子可能会有危险，”管筱雨说，“昨晚，我发现义渠王神神秘秘去了宫外一处偏僻的树林，我悄悄跟了过去，躲在草丛里，听到了义渠王跟他的手下在商量说要去魏国刺杀悼太子，还要刺杀秦王……”

魏冉大吃一惊，“我早就看出来了，义渠王狼子野心，他想让他儿子当太子当秦王，等合适机会他就趁机自己当大王。这样他不费一兵一卒，就吞占了大秦。我这就派人去抓他。”

“捉贼须捉赃，没有证据，如果义渠王反咬一口怎么办？”管筱雨问。

“你先回吧，我不留你了，我得赶紧找秦王商量一下。”

管筱雨立即起身，两人走到门口，魏冉深情地望了管筱雨一眼说：“谢谢你了！”

管筱雨嫣然一笑，钻入了马车。

魏冉急急来到王宫，拜见了嬴稷，把义渠王要谋杀太子和大王的事一一做了汇报。嬴稷听后也大吃一惊，“不知舅父有什么好办法没？”

“立即派人去魏国，让魏王一定要保证悼太子安全，告诉他如果悼太子出事了，魏国太子在秦国的安全我们也就没法保证了。”魏冉说，“芈戎不是还在魏国吗？让他不要急于回来，在魏国多待几天，暗中保护悼太子的安全。”

嬴稷着急地说：“事不宜迟，我看还是派向寿去吧，让他挑选几个精兵强将立即就动身。”

“也行吧。”魏冉本来想安排公子悝去的，既然嬴稷已开口了，只好作罢。

向寿领命后，穿上便服，带着十几个人快马加鞭朝魏国赶去。

嬴稷见向寿走了，急急问道：“王宫的安全该怎么办？我总不能坐在这里等着义渠王来杀我吧？”

魏冉说：“大王放心，我自有安排。我会让白起和乌获轮流保护你的，他们会挑一批武功高手埋伏在王宫里，就等着西戎蛮子送上门来了。还有，在宫殿外不要布置大

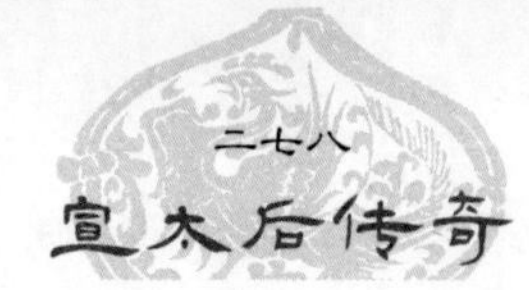

批军队，以免引起义渠王的怀疑。这次我要亲手抓住刺客。”

咸阳宫异常安静，每天看不出什么异样。只是宫里突然多了些伺候秦王的内侍，他们个个都是武林高手。

日子一天又一天地过去了，也没见刺客出现，每天大家都这样耗着，个个脸上都写着疲惫和憔悴，难道管筱雨提供的情报有误？魏冉心里非常着急，不知该怎么办才好。就在此时，向寿十万火急地从魏国回来了，给嬴稷和魏冉做了汇报。他说悼太子果然在魏国遭到一伙不明身份的人行刺，好在他跟芈戎早有准备，再加上魏国士兵的保护，刺客被一一杀死。本来是想抓活的，最后两个刺客见无路可逃，自杀了。经过魏国辨认，这六个刺客不是魏国人，从长相看有点像义渠人。他还从他们身上搜出了一些东西，这些东西好像也是义渠人经常佩戴的一些东西。

嬴稷说：“下令去甘泉宫抓西戎蛮子义渠王。”

魏冉说：“先别急，再等等看。狗急会跳墙的，也许今晚他们就会有行动。”

夜幕降临了，没有月亮没有星星，天色异常黑暗。嬴稷还在宫里批阅奏折，他打了一个呵欠，伸伸腰，吹了灯就睡了。

咸阳宫的屋顶上传来几声鸟叫，两个黑影在屋顶上蹑手蹑脚地移动。他们来到了嬴稷就寝的房屋，慢慢揭开瓦，然后拴住绳子，顺着绳子爬了下去。他们推开嬴稷的睡房门，用匕首不停地朝床上乱扎。就在他们准备放火烧了这张床和这间房屋时，扯开被子一看，发现床上没有人，他们喊叫了一声：“不好，中计了。”话音刚落，屋里屋外灯火大亮，白起和乌获带人重重包围了他们。两人爬上屋顶，顺着屋顶逃跑。咸阳宫里灯火通明，宫殿内外密密麻麻都是士兵，他们就是长有翅膀也难逃出早已布置好了的一张网。

魏冉说：“快快下来投降吧，我可以饶你们一命。”

“有本事你们就上来抓我们，别竟说屁话！”屋顶上的人伸出手做出挑衅的动作。

黑暗中突然飞出两只箭，屋顶上的人滚了下来。魏冉冲过去一看，两人已死，咽喉上都插着一支箭，他不由得赞叹这箭发得真准，一定是位高手。

“谁射的箭？”魏冉大声喊道。

白起和乌获跑了过来说：“丞相，我们没有下令放箭啊。”

魏冉说：“我明白了，他们这是想杀人灭口，怕我们从他们嘴里得出重要的信息。仔细检查一下死者，看看他们身上有什么东西。”

过了一会儿，乌获上来禀报，什么也没发现。这时嬴稷走了过来说：“立即去甘泉宫抓义渠王。”

“遵令！”魏冉拱了拱手说。

白起和乌获带着一队人马，立即赶往甘泉宫，魏冉亲自跟了过去。甘泉宫守卫严密，不是什么人都可以随随便便进去的，白起和乌获只好在门外等候，直到魏冉赶到时说是奉秦王之命来捉拿逃犯的，守卫才放他们进去。魏冉赶到芈八子的寝殿时，天还没亮。魏冉让管筱雨进去通报一下，管筱雨有点为难。魏冉说：“还是我自己去吧。”魏冉把门拍得咚咚响，“姐姐，我是魏冉，今晚朝廷里出大事了！”

芈八子披衣而起，“朝廷里发生什么事了？”

“有人想刺杀秦王！”

“稷儿没事吧？”

“没事，刺客死了，我们怀疑另有幕后主使者。”

魏冉想朝里冲，芈八子抓住魏冉的衣服说：“你想干吗？”

“魏丞相，你是在怀疑我吗？我告诉你，昨晚我可跟太后一直在一起。”义渠王披着衣服走了出来。

“他说的是真的吗？”魏冉问。

芈八子点了点头说：“是啊，昨晚睡得很香，你敲门时，我正在做梦呢！”

魏冉一怔，把芈八子拉到一边说：“悼太子在魏国遭到一伙不明身份的人行刺，刺客被一一杀死。经过魏国辨认，这六个刺客长相有点像义渠人，从他们身上搜出的一些东西，好像也是义渠人经常佩戴的一些东西。再加上今晚刺杀秦王的行动，我怀疑是义渠王干的。”

芈八子半信半疑地说：“不会吧，昨晚我跟义渠君一直在一起。”

“他有可能等你睡着后跑了出来。”魏冉说。

站在旁边的义渠王也听见了他们的谈话，跳了起来，“你们这是诬陷，你们有证据吗？我知道你一直看我不顺眼，想找机会杀我是吗？现在就杀吧！”义渠王把脖子伸了伸说。

过了一会儿，义渠王接着说：“你们凭死人身上的东西就断定他们是义渠人，这也太草率了吧。我还怀疑是你们故意栽赃陷害的呢？……既然你们不相信我，我现在就走，今后北方匈奴等再骚扰秦国，我是不会帮助你们的了……”

芈八子拽住义渠王的衣服说：“义渠君，先别走啊，有什么事慢慢商量啊！”

“我不走，有人就要抓我，然后屈打成招。”

“有本太后在，我看谁敢？”芈八子指着魏冉说：“要不是看在你是我弟弟的份上，你带兵包围甘泉宫，就凭这一条，我就可以定你死罪。今晚的事就到此为止，希望你们化干戈为玉帛，好好相处。”

魏冉心里却在想：姐姐啊，糊涂，陷入爱情中的女人都是傻瓜！魏冉长叹一口气，只好退了下去。

第三十章　反楚

刺杀计划失败后，义渠王暂时离开了甘泉宫，他想回去训练军队，策划下一步行动。芈戎也从魏国回来了，秦王嬴稷悬着的心终于可以放下来了。

嬴稷命令白起南下继续进攻楚国。正准备出发时，楚国使臣黄歇恰巧来到秦国，听到了秦国的这个计划。黄歇于是上书劝秦王说：秦国和楚国是最强大的两个国家，如果秦国欲攻打楚国，必然会导致两败俱伤，很容易使韩、赵、魏、齐等国家得渔翁之利。还不如让秦国和楚国结盟，然后联合起来一起对付其他国家。秦昭王被黄歇成功说服，于是阻止了白起出征，派使臣给楚国送去厚礼，与楚国缔结盟约，互为友好国家。

半年后，楚国内部爆发了内战。楚顷襄王芈横做太子时期，在秦国当人质，后来逃回楚国。楚怀王被秦王扣留时，芈横趁机被立为新王。芈横继位后淫乐无度。屈原对芈横和子兰当初鼓动楚怀王赴秦之约而导致怀王死于秦，楚国蒙受奇耻大辱一事十分愤慨，对芈横和子兰颇有怨愤。芈横和子兰闻之大怒，屈原被逐出郢都，放逐在江南的荒野之地，长期过着漂泊愁苦的生活。楚怀王以前重用的大臣纷纷被排挤和遭到莫名其妙的杀害。再加上买官卖官成风，人们忍无可忍了，楚国内部爆发了以庄蹻为首的大起事。庄蹻率领军队叛变反楚，把楚国打得分割成了几块。秦国一直想消灭楚国。嬴稷觉得这是最佳时机，他们可以不出兵，暗中可以在物力、财力方面支持庄蹻，让他去消灭楚国，然后秦国再出兵攻打楚国，消灭庄蹻。

嬴稷把自己的想法告诉给了芈八子，芈八子非常赞同，只是长途跋涉去给庄蹻送钱财，一路很不安全，一旦让楚王芈横知道了，将对秦国影响不好，其他诸侯国说不定将纷纷站在楚国一方，支持楚国。

芈戎说：“当年我从金陵邑挖了不少金银财宝，有两箱东西埋在山里。我可以去楚国，把这些东西挖出来献给庄蹻，支持他反楚。不过这些东西要记在秦国的账上，到时秦国要把这些东西折成钱财还给我。”

芈八子说，“我答应你。你需要多少人手，尽管开口。”

“我一个人足矣。”芈戎说。

“这可不行，哥哥也不年轻了，要不我派乌获跟你一块去。”魏冉说。

“多一个人，多一个帮手，就这么定了。”芈八子说，“司马错和张若现在镇守巴蜀，有事你还可以去找他们。”

芈戎只好点头同意。

嬴稷说：“据楚国线人说，楚怀王曾将传国之宝和氏璧赐给心腹昭阳，又将‘古渤海之地’封为昭阳食邑，可见楚怀王对昭阳是多么器重。昭阳原为大司马，主管楚国军事，兼领柱国，卫戍楚都郢，封上爵执珪。如今昭阳不被芈横重用了，芈横也在打昭阳的注意，让他交出和氏璧。昭阳对芈横意见很大，他也在暗中支持庄蹻。你们只要找到昭阳，就能找到庄蹻了。”

魏冉说：“这和氏璧才是真正价值连城的宝贝。”魏冉想到了曾对管筱雨说过的话，他不仅要把和氏璧送给她，还要把金陵邑的宝物全部挖出来送她。这么多年来，他苦苦追求管筱雨未果，如果他真把和氏璧送给她，说不定她一高兴就答应嫁给了他。

嬴稷说：“是啊，等将来消灭了楚国，我一定把和氏璧送给母后。”

芈八子哈哈笑了。魏冉则眉头紧锁。

第二天一早，芈戎带着乌获一块出发了。他们一路快马加鞭，来到了汉中，汉中太守任鄙是乌获的铁哥们，听说他们来了，设宴款待他们，好酒好肉招待，相谈甚欢，一直聊到半夜。第二天一早，芈戎起来就要出发，任鄙万般挽留他们多玩几天。乌获说有任务在身，任鄙只好作罢，把他们送了一程又一程，然后才依依不舍地分别。

芈戎穿过剑阁道，进入巴郡，看着那些熟悉的道路，他又想到了巴巫云，不由得唉声叹气。

乌获问道：“华阳君，你怎么了？”

“我想起一个人，勾起了伤心往事。”

乌获笑着说：“一定是个女孩子，说来听听。”

“我年轻时，跟随张仪和司马错攻打巴国和蜀国，认识了一个巴国女孩子，她叫巴巫云，我非常喜欢她，为她着迷，为她疯狂。她为了给父亲和哥哥报仇，混进宫里当宫女刺杀秦惠文王，结果她失败被杀了。现在想想我那时很幼稚，还一直暗中帮她，

但我不后悔，毕竟我是真爱她……”

乌获劝道：“原来是这么回事，怪不得这么多年你一直不成家。都是过去的事了，放下吧！楚国美女多得很，要不在楚国找一个吧？”

“你还说我，你还不是也没成家吗？”

“我喜欢一个人过，一人吃饱全家不饿。”

芈戎站起来，拍了乌获的一下头说：“走吧，再翻几座山就到楚国的地界了。”

乌获说：“楚国地域比秦国都大，这里山高路远，骑马又不方便，走路还不得走到猴年马月啊？还不如坐船。”

“好吧。”芈戎说。

两人来到码头，刚好有一艘盐船要去楚国。两人谈好价钱，上了船。船主看见乌获身材魁梧，要按三个人的价钱收。乌获说凭什么啊，船主说怕把船压沉了。乌获还要理论，芈戎拦住了他，说：“行，没问题。”船主接了钱，满脸笑容。

两人在一处空隙间坐了下来。乌获说：“听说你父亲垄断了巴蜀食盐，如果你提起刑部的魏淼大人，保证船主不收你一文钱。”

“你听谁说的？”芈戎板着脸说。

“人们都这么说。”乌获见芈戎一脸严肃，立即收回了笑。

“这事我都不清楚，我也没参与这事，以后不要传这些谣言，”芈戎小声说，“不要暴露我们的身份，记住我们现在只是做小生意的商贩。”

乌获点了点头。

浩渺的江面，烟波荡漾着山形倒影。沿途风景妙不可言，但两人没有心情欣赏。货船随着波涛一起一伏，一会儿跃上波峰，一会儿跌入波谷。阳光照在身上暖暖的，两人在水声、鸟声中昏昏欲睡。后面一只小船冒起一阵炊烟，像是做晚饭了。乌获喉咙哽咽了一下，拿出携带的干粮递给芈戎。芈戎推了推说：“我不饿，你吃吧。”乌获把饼子吃得吧唧吧唧响。随着夕阳下山，晚风悠悠地吹来，掠起他们一缕发丝，衣角轻轻飘舞着，偶尔有鱼儿“啪”的一声溅起水花，一片宁静……深蓝的夜空神秘莫测。密密麻麻的星星悄无声息地在空中闪着，那么高远，那么神秘。江面平静得没有一丝波纹，倒映着天空中朦胧的景物。顺着江流的方向望去，水天一色，没有尽头。这里美得恬静，美得幽深。芈戎又想到了巴巫云，这山这河，眼前的此情此景也许就是巴巫云生前熟悉的风景。芈戎想到此处，泪水忍不住流了出来。

“进入楚国地界，沿途楚军为何不盘查你们的货船？”乌获问。

“我们的船每年都交了保护费的，何况官与官之间还有勾结。”船主笑着说，“我们挣的都是辛苦钱，那些当官的，挣得才多。”

进入楚国后，船顺着长江而下，连续几天几夜，终于到达了郢都。芈戎已是几年没回郢都了，郢都依然还是那么繁华，街上还是熙熙攘攘，商铺林立。芈戎对郢都非常熟悉，很快就找到了昭阳的住处。

芈戎让守卫去禀报，过了好久，守卫领着他们来到了会客厅。

“秦国芈戎拜见昭将军！”芈戎向昭阳行了礼，“我们见过面的！”

“是吗？”

“几年前，你跟楚怀王在秦国……”

“我想起来了，当时我跟昭滑带着楚怀王逃跑时，还是被你抓回来的……”

“当时我也是没办法，奉命行事，还请大将军多原谅。”芈戎作了一个揖，算是赔罪。

“你找我什么事？”昭阳问。

“听说庄蹻率领军队反楚，把楚国打得支离破碎，我想帮他！”

“你想怎么帮他？”

“楚威王埋金镇王气这件事你一定知道。我挖了金陵邑的财宝，断了楚国的龙脉。楚国派人一直想杀我。这些金银财宝我无法携带，就藏在了山里。我想把它送给庄蹻将军，支持他反楚。”

昭阳哈哈大笑，立即吩咐管家备酒菜款待芈戎和乌获。酒菜上来后，昭阳亲自给芈戎和乌获斟满，端起酒杯敬了两位。昭阳谈起楚国的现状很不满，说芈横淫乐无度，乱杀无辜，买官卖官成风，所以才会引起楚国的暴动。他说自己赋闲在家，芈横还逼他交出和氏璧。

“人们都说和氏璧不仅是楚国的国宝，还是天下的宝贝，能否让我开开眼？”乌获一听和氏璧，非常好奇。

“这……这……”昭阳有点为难。

“喝酒！喝酒！现在什么宝贝都没眼前的酒重要。”芈戎给乌获一个台阶下，这么贵重的东西能轻易示人吗？

“喝酒！喝酒！”乌获端起了酒杯。

昭阳突然问道：“我一直不明白，你为什么要帮我们？”

芈戎呵呵笑了："实不相瞒，我想得到将军的和氏璧。"

昭阳叹了一口气说："芈横昨天带人强行搜我家，把和氏璧抢走了。"

芈戎嘿嘿一笑，"没事，我开玩笑的。"

三人一直喝到半夜，昭阳说："芈横已派人监视了我的住处，你们先休息一下，等天亮时你们从后门走，然后出城。昭滑在十里弯等你，然后把你们送到山下。到了山上，你报我的名号，庄蹻自然会接待你的。"

芈戎说："谢谢了。"

天还没亮，芈戎和乌获从后门走了，来到城门，门还没开。等了一会儿，城门开了，城里城外做生意的人拥挤着出入。城里的芈戎和乌获跟着人流出了城。到了十里弯，到处都是岔路口，芈戎和乌获正在想走那条路时，一个身穿黑衣的人骑马追上，说："跟我走吧。"那人头也不回，只顾朝前走。他们跟了过去。走了半个时辰，拐过一个又一个岔路口，来到山下。山下清流潺潺，怪石卧波，抬头奇峰遮天，白云弥漫，优美逶迤的山岭蜿蜒盘旋，犹如一条正在酣睡的巨龙。一个个山顶探出云雾处，似朵朵芙蓉出水。朦胧的远山，笼罩着一层神秘轻纱，影影绰绰，在缥缈的云烟中忽远忽近，若即若离，就像是几笔淡墨，抹在蓝色的天边。

"顺着这条溪流走，然后进入峡谷中的深山老林里，自然会有人接待你们的。"黑衣人说完就走了。

"好汉，贵姓？"

黑衣人"驾"的一声，马扬起尘土消失在远处拐弯处。

芈戎和乌获顺着小溪走，进入峡谷。两岸山峰笔直，如刀削一样。翻过峡谷，进入茂密的森林，古树遮天蔽日，树干苔藓地衣密布，丝萝悬挂似美纱飘逸，充满原始的神秘妙趣。他们踩着厚厚的树叶在林间小路行走了一段时间，树林里阴暗而寂静。突然脚下像被什么东西绊了一下，接着冒出年一张网来，罩住了他们。"哗啦"一下网升到空中，他们脚朝上、头向下被吊在了空中。两人大喊"救命"，喊了半天没人应答。芈戎说："别喊了，留点体力吧。"

突然出现了一群狼，围在树下，扬着头、伸着舌头、瞪着血红的眼睛朝他们咆哮着。一头狼张着大嘴跳了起来，离乌获的头只有几寸远，扑了一个空。有两头狼开始爬树，它们想咬断绳子。乌获吓得哭了起来，"我堂堂秦国三大力士之一，没想到今天竟然要死在这里，死在狼的嘴里，丢人啊！"

又有几头狼跳了起来，扑向芈戎。芈戎使劲一弯腰，头朝上一缩，狼扑了一个空。突然“嗖嗖”几声箭声飘过，几头狼跌倒在地上死了。树上的几头狼也滚了下来，它们身上插着箭。地上惊慌的狼转眼又被四处飞来的箭射死了几头，受伤的狼开始嚎叫，转眼跑了，其他的狼跟着四处逃窜。

芈戎看见了一个女孩，女孩举着箭瞄准了他。芈戎闭上了眼睛，他听到箭声，接着他的身子在下坠。想着自己就这样不明不白死了，他心里有点不甘。“咚”的一声，他落在厚厚的树叶上。

“这是个人，不是野猪！”芈戎身上的网被解开。

芈戎被押了起来，他看见眼前这位女孩有点像巴巫云，忍不住说道：“巴姑娘，是你吗？”

“我不是你妈，是你姑奶奶！”女孩冷冷地说。

女孩身后的一群人哈哈笑了起来。

女孩拔出剑，指着芈戎的胸口说：“说，你们到这里来干吗？你们是不是奸细？”

芈戎说：“姑娘你误会了，我们不是奸细，我们是来找庄蹻将军的。我们是来帮你们的。”

“不知天高地厚的家伙，死到临头了，还吹牛。砍了！”女孩哈哈笑了，“本姑娘让你死个明白，本姑娘叫庄梦。”

芈戎急急地说：“我真的是来帮你们的，我们是令尹昭阳介绍来的，不然我们也不会知道你们在这里。”

女孩围着芈戎和乌获转了一圈后，说：“把他们眼睛蒙上，带走。”

两人高一脚低一脚不知走了多久，终于来到一处营地，蒙眼睛的布才被解开。刚开始他们什么也没看见，揉了一下眼睛，面前的人影才慢慢清晰了。他们看见一个长相丑陋的男子坐在椅子上，望着他笑。

“你就是庄蹻将军？”芈戎问。

“你是令尹昭阳介绍来的？”

“千真万确！”

“找我什么事？”

“看来你就是庄蹻将军了，我来是帮你们的。”芈戎就把他挖金陵邑的财宝一事详细说了出来。

第三十章　反楚

“你真会编故事，把我当三岁小孩？”庄蹻哈哈笑了起来。

“既然你们不信，我们就走了。”芈戎说。

庄梦把剑横在芈戎的脖子上说：“这地方是你说来就来、说走就走的地方吗？”

“你们想怎样？”

“把你的人头留下来。”庄梦哈哈笑着说。

“我相信你一次，凭你敢挖楚威王埋金这事，我敬你是一条汉子，”庄蹻说，“如果你敢耍弄我们，你是知道后果的。”

“楚王一直都想杀我，我是真心来帮你们的。”芈戎说。

“无功不受禄，你说吧，说你的条件。”

“我送你两箱黄金，你只需要送我一件纪念品就可，把楚王的和氏璧送我。”芈戎笑着说。

庄梦把收回的剑拔出来又指着芈戎说：“我就说嘛，你哪有这么好的心，原来是个骗子。”

“我答应你，”庄蹻哈哈一笑，对庄梦说：“摆酒席，我要跟这位英雄好好喝一杯。”

庄梦不情愿地下去了，一会儿烧鸡、野兔、野猪肉摆了上来。庄蹻端起一碗酒说：“干，等我把楚王赶下台，封你为大将军如何？”

“谢谢。我想当丞相！”芈戎嘴上说，心里在想：等你把楚王赶下台，秦国大军就会乘机南下，一鼓作气消灭了你们。

庄蹻指着芈戎哈哈笑了。

芈戎端起一碗酒对庄梦说：“我敬你一碗，感谢你今天救了我们。要不是你出手相救，我们这会恐怕就在狼的肚子里了。”

“不用谢，巧遇而已，我还以为是野猪呢。”庄梦咯咯笑了。

芈戎看见庄梦笑起来很像巴巫云，忍不住多看了几眼。庄梦不好意思地低下头。

庄蹻说：“这是我妹妹，从小性子就野，你可千万不要惹她，她外号小辣椒。”

“哥哥，”庄梦撒娇地说，“你是我亲哥哥吗？”

“好，不说了，喝酒！”庄蹻笑着说。

芈戎说：“宜早不宜迟，我需要三十个人，化装成商人，明早就出发。庄蹻将军，你看如何？”

庄蹻说：“好啊，我让我妹妹挑选三十个精兵强将，让她陪你一起去。”

庄梦有点不情愿地点了点头。

天一亮，芈戎带着他们下山了，然后坐船沿江北上，进入了古渡口。芈戎见这渡口似曾相识，便下船，在一家客栈住了下来。这家客栈也似曾相识，店主是个瘸子，虽然二十多年过去了，芈戎还是认出了这个瘸子，一下想起来了，当时他和巴巫云路过这里，曾在这家客栈住过。往事一幕幕出现在脑海里，他心里知道了大概埋宝的位置了。

夜晚，芈戎约庄梦去江边散步。芈戎心事重重，庄梦问他是不是有心事，芈戎就把他跟巴巫云的故事讲了出来。最后芈戎说："这么多年，我一直没成家，就是因为心里有她……"

庄梦感动得哭了，"如果我死了，有人肯为我这样，我一定幸福死了。"

芈戎说："我以为今生会就这样一直孤独下去，但我在遇见你的那一刻就喜欢上了你。"芈戎没敢说庄梦长得像巴巫云。

庄梦的脸一下红了，眼前这位重情重义的男人让她充满了好感，但这一切来得太突然了，庄梦还没有一点思想准备。庄梦站起来想走，心里如小鹿般怦怦乱跳，结果走神了，一脚踩空。芈戎乘机抱住了庄梦，在她脸上亲了一下。庄梦想挣扎，但芈戎抱得太紧了，她没有力量反抗。芈戎的嘴顺着她的脸颊滑下，用舌头撬开了她紧闭的嘴，含住了她的舌头。他像个贪吃的孩子一样紧紧地含着不放。庄梦感觉到眩晕和窒息，她终于推开了芈戎，脸已是红彤彤的。她感觉到了炙热，扬起巴掌打在了芈戎的脸上，转身跑了。

第二天开始，他们抄小路进山。庄梦好像故意躲避着芈戎，不跟他说话，芈戎连道歉的机会都没有。他们在山里转了三天，一直没有找到埋金的地方。二十多年过去了，当年的小树已长成参天大树，面目全非了。

庄梦急了，拔出剑指着芈戎说："你是个骗子，再带我们绕圈子，我就杀了你。"

"相信我，我一定能找到的。"芈戎爬上山顶，他仔细看了一下四周山的走势，将其跟记忆中山的走势反复对比。他高兴地说："我记得有个山洞，宝贝就埋在山洞附近。我还搬了一个大石头做记号。我想埋宝贝的地方应该就在对面的山上。"

乌获说："山下的河一分为二，这边是楚国，对面是夜郎国，对面还有士兵在巡逻，你把宝贝埋在夜郎国，你有没有搞错？"

芈戎说，"记得当时埋好后，下山不久就到了夜郎国。我想应该是这样的，当时我把宝贝埋葬在楚国地里，后来夜郎国扩张领土，蚕食了楚国的领土。”

“这也有可能。”乌获说。

半夜时分，芈戎带着他们蹚过河水，绕开夜郎国的守军，进入了茂密的森林，然后分头去寻找山洞，谁先找到山洞，谁就以鸟叫声通知大家。

芈戎和乌获领着几个人，翻山越岭。芈戎走累了，坐下来休息，他把周围山势看了看，跟记忆中有点相似，立即起身朝山上走，果然发现一个洞，洞口已被树木和杂草遮住了，一般人发现不了。乌获挥剑砍掉洞门口的杂草，好奇地走了进去，却立即跑了出来。芈戎问：“怎么了？”乌获说：“洞里有骷髅和白骨。”芈戎走了进去，借着洞口的光线，他数了数骷髅，共有六个。

“这就对了。”芈戎说完哈哈笑了。

“什么对了？”乌获问。

芈戎说：“当时姜子龙和小军师两人为了平分财宝，就在这个洞里合伙，半夜趁手下兄弟熟睡时杀死了这六个人。小军师为了独吞这两箱宝贝，杀了姜子龙，螳螂扑蝉黄雀在后，小军师想杀我们，结果被我和巴巫云杀了。当时财宝太多，无法带走，所以就地埋了起来。”

“到时悄悄把金条什么给我分点。”乌获小声说。

“没问题。”芈戎笑了笑。

芈戎沿着洞口方向走，来到一块山坡，找到了当时留的那个记号——那块石头依然还在，只是被厚厚的树叶盖住了。他拨开树叶，哈哈笑了起来，“终于找到你了。”乌获立即给庄梦他们发暗号。芈戎指挥他们把石头挪走，然后让他们用随身携带的工具开始铲土，挖了一米深左右的坑，好像挖到了木头。芈戎让他们用手刨，箱子露了出来，木头已腐朽。芈戎让他们走开，他亲自铲掉箱子周围的土，跟乌获一起把箱子抬了起来。

庄梦带着一拨人赶了过来，高兴地说：“打开看看。”

芈戎撬开箱子，金灿灿的金牛、金马、金人和金饼呈现在大家眼前，大家目光顿时直了，赞叹不已。木箱已腐朽，不能直接用了，庄梦笑呵呵地把这些财宝一一清点，然后分散装在麻布口袋里。装好后，庄梦指定了几个人背这些财宝，她说：“这可是军费，关系到我们的成败，你们都是我最信任的人，不要动歪心思，否则我对他不客气了，不管是谁，一律斩杀。你们想想，等我们赶走了楚王，他的宝物比这还多千倍万倍，到时不愁没有这些宝贝。”

他们立即下山，发现山谷小河边有夜郎国的军队在巡逻。芈戎让大家停了下来，他跟庄梦商量对策。庄梦让六个士兵过去把夜郎国的军队引开，这六个人大摇大摆走了过去，突然用弓箭向夜郎国的守军发起了进攻，然后朝南边跑去。夜郎国的守军冲了出来，大队人马追了上去。

芈戎见他们走远，手一挥，庄梦带着一拨人从草丛里钻了出来，快速趟过小河。负责警戒的芈戎和乌获见他们过去了，立即朝小河跑去，刚走到小河中心，突然冒出了十几个夜郎国士兵，他们大声喊道：“站住！再不站住我们就放箭了！”芈戎说：“快跑！”几支箭从他们头顶飞过。

庄梦大声喊道：“快点！”庄梦用弓箭射倒几个夜郎士兵，掩护芈戎他们撤离。芈戎和乌获刚跑进树林里，对面军营里就跑出几百士兵追了上来。

夜郎士兵追到峡谷处，见两边山峰林立，不敢贸然前进，他们怕有埋伏，犹豫了半天，最后撤了回去。

庄梦和芈戎领着士兵跑到山顶，看到夜郎士兵撤了回去，才松了一口气。

“我让他们引开夜郎军，按说他们也快要回来了，我们等等他们。”庄梦说。

等了半天，还没见他们。一个士兵说：“他们不会被捉了，或者战死了吧？”

“不可能，他们个个都是武功高手。”庄梦说。

天快黑了，还没见他们。芈戎说：“不能再等了，再不走，天黑了，恐怕我们走不出这片森林了，任务也就完不成了。”

庄梦咬了咬牙说：“我们先走吧，只要他们活着，他们会沿着原路回来的。”

经过几天跋涉，他们终于平安地把这些财宝带了回来。庄蹻看见这些东西，欢喜得不得了，大摆筵席款待将士。

“庄将军，我把这些东西交给你了，到时你可要兑现你的诺言，把和氏璧送给我喔。”芈戎笑着说。

“君子一言，驷马难追。”庄蹻拍着胸脯说，“你就跟着我干吧，等我攻下郢都，亲自把和氏璧送给你。”

庄蹻用这些金子采购军粮马匹和兵器，经过一个月的整训后，向楚军发起了突然袭击。楚军节节败退，庄蹻率领大军包围了郢都。景翠带领士兵顽强抵抗，郢都久攻不下。庄蹻求胜心切，不顾士兵生死，连斩几个将领，还是没能攻下郢都。

第三十章　反楚

这时楚国将领淖齿、屈匄率领几十万大军反包围了庄蹻。景翠带领士兵打开城门冲了出去，楚军两面夹击，庄蹻见情况不妙，带领士兵杀出重围。楚军一路紧紧追赶，想斩尽杀绝。庄蹻无奈，领兵通过黔中，经过沅水往南，攻略西南，征服夜郎，一直攻到滇池。庄蹻遂留在滇池称王，自号“庄王”，等待时机准备东山再起。

芈戎见计划落空，心里非常惋惜那两箱黄金。一路逃跑，庄蹻的军队由原先的二十万变为剩下不到一万人，反攻楚国希望渺茫，芈戎决定离开庄蹻回秦国。

芈戎向庄蹻告别，庄蹻没有挽留，也没有提和氏璧的事，只是给他们准备了马匹和干粮。

“后会有期！”芈戎和乌获跨上马，向庄蹻作揖。

“后会有期！”庄蹻也作揖说。

乌获说：“我看你非常喜欢庄梦，怎么不去跟庄梦道个别？”

“算了吧，人家不喜欢我。”芈戎叹了一口气，扬起鞭子，马飞驰而去。

后面一匹白马白衣女子从他们面前一闪而过，跑在了他们的前面，然后突然停了下来。芈戎一看，原来是庄梦。庄梦也不说话扬起手中的鞭子就朝芈戎挥去。芈戎一低头，鞭子从他上空扫去。庄梦收回鞭子，狠狠抽打在马上，马长啸一声把芈戎摔下来。庄梦挥起鞭子又要抽打，乌获冲了过去拦住说：“庄小姐，你这是干吗？”

“没你的事，滚开！”庄梦用鞭子指着乌获说。

“你先走开，我有话跟她说。”芈戎对乌获挥了挥手说。

乌获有点不放心，走到山脚下，坐在树下远远地看着他们。

“你为何要打我？”芈戎问。

“你走时也不打声招呼，眼里还有我吗？”庄梦说，“你抱了我亲了我，这事我还没跟你算账，你还想跑，你说这事怎么办？”

“我……我……”

“你要负责！”庄梦红着脸说。

“我要负什么责？”

“男女授受不亲，既然你亲了我，我就是你的人了，你要带我走。其实我也喜欢你！”庄梦低着头，她感觉自己的脸在发烧，一定是红彤彤的。

芈戎心里暗喜，故意说道：“我比你大二十岁，你不后悔？再说你哥哥同意吗？”

“我都想好了，只要能跟喜欢的人在一起，只要我愿意，我才不管别人呢。”

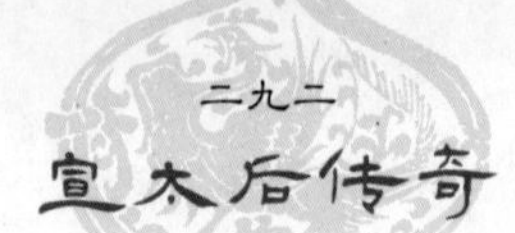

“我带你走！带你回秦国！”芈戎笑着说。

两人拥抱在一起，在灿烂阳光下，两个影子变成了一个影子……

芈戎带着庄梦一路游山玩水，一个多月后回到了咸阳。

芈戎把庄梦安顿好后，便和乌获一块上朝去拜见秦王嬴稷。大殿里只有芈八子、嬴稷、魏冉和向寿四人，每人的表情都很沉重，都在沉思，都没有说话。

芈戎和乌获小心翼翼地走了上去，拜见了大王和太后。正要汇报情况，芈八子挥了挥手说："我都知道了，事情虽然没有成功，但也狠狠打击了楚国，楚国如今已日落西山了。"

“姐姐的消息真灵通。”芈戎笑着说。

“那是，我还知道你带了一个女人回来。你也不小了，该成家了。”芈八子微微一笑。

“姐姐，我服了你，你是千里眼吧。”芈戎说。

第三十一章　苏秦齐国遇刺

齐国临淄阴雨霏霏。

苏秦、苏代、苏厉三兄弟小聚，因为三人心情都很好，于是放开畅饮。孟尝君田文长期专权，他们三人所提建议常常遭到反对，无法实行。现在可好了，齐国贵族田甲想篡位，劫持了齐湣王。事败后，齐湣王任用秦国大夫吕礼为齐相，孟尝君被齐湣王所怀疑，逃亡到魏国，扬言要消灭齐国。他们最大的对手走了，三人自然高兴。如今苏秦又获得了齐湣王的信任，被任命为齐、赵、燕三国的相邦，但他却利用这一切有利条件极力挑拨齐、赵关系。不仅如此，苏秦为了使齐国彻底孤立，还鼓动齐湣王攻打昔日的盟国魏、韩两国，齐、魏、韩三国同盟宣告终结。苏秦又说服齐相吕礼，开始了齐、秦连横攻略韩、魏的策略。

三弟兄喝到半夜才回家，苏秦回家后睡不着，突然想到了芈八子，算算两人至少有十几年没见了。他有点想她，决定去秦国看看这位太后。

说走就走，第二天苏秦就出发了，半个月后来到了秦国。

苏秦单独拜见了芈八子。芈八子笑着说："什么风把你吹来了？"

"想你了。"苏秦说。

芈八子叹了一口气说："时间好快啊，转眼间你我都是近半百的人了。你头发都白了，我脸上也布满了皱纹……"

"太后依然年轻啊，在我心中，你永远都是小姑娘。"

芈八子笑着说："本太后已不是小姑娘了，甜言蜜语哄不到我了。说正事吧，你不远千里来一定有事。"

苏秦就把这次来秦的目的说了出来，让太后把秦王嬴稷立为西帝，齐湣王则将立为东帝，并约定五国伐赵，瓜分赵国。芈八子听后，觉得苏秦说得很有道理，欣然同意，立即立嬴稷为西帝，宣告天下。齐湣王得知消息，也想自立为东帝。在苏代、苏厉的怂恿下，齐湣王被立为东帝。

嬴稷被立为西帝后，苏秦准备回齐国。芈八子依依不舍，在甘泉宫设宴款待他。两人喝了几杯酒后，开始叙旧。喝到最后芈八子哭了，她说："我一个女人也不容易，秦惠文王走得早，我身边连个说话的知己人都没有，还操劳着大秦，生怕稷儿弄出什么乱子来。但稷儿不领情，一直只想独揽朝政，好多大臣们也有意见……"

"你就放手让他干吧，秦王也不小了。"

"我不放心啊。很多事告诉我们，不管你做得有多好，不管你付出多少努力，始终都有人骂你，也始终有人恨你。这不会随着你自身努力而改变，不过是人性中的凉薄。我们除了让自己变得更好之外，也要忽略负面的声音。"

苏秦没说话，算是赞同。

芈八子说："你在齐国还好吗？要不你到秦国来吧，我让你当丞相，如何？这样我们可以天天见面。"

苏秦有满肚子的苦水无法叙说，也不想说，最后叹了一口气说："当年我被秦惠文王赶出秦国，我就发过誓，永不在秦国为官。"

芈八子指着苏秦生气地说："我发现你这人有时比驴都犟，不知好歹的东西！我看你是个人才，才想挽留你的。据我观察，齐国好日子长不了，连原齐国重臣田文到了魏国都开始反齐了，你得为你自己想条后路啊。让苏代、苏厉也一块来吧，秦国需要大量人才！"

"谢谢你的好意，我会把你的意见转告给他们的。"苏秦起身告辞。

芈八子端起酒杯，含情脉脉地望着苏秦说："我再敬你一杯，也许这是我们最后一次见面吧！当你想念一个人的时候，尽情去想念吧，也许有一天，你再也不会如此想念他了。到了那一天，你会想念曾经那么想念一个人的滋味。当你爱一个人的时候，尽情去爱吧，也让他知道你是如此爱他。因为当你长大了，受过太多的伤，失望太多，思虑也多了，你再也不会那么炽烈地爱一个人了。"

苏秦见芈八子眼中有泪，心里也想哭，他端起酒杯一口饮尽。

"好事成双，我再敬你一杯！"芈八子妩媚地一笑，"今晚别走好吗？感受一下甘泉宫本太后宽大的床……"

苏秦站了起来，脱口而出："这张床上睡过不少男人吧？听说有个西戎蛮子……"

芈八子扇了苏秦一巴掌。

苏秦用手指着芈八子说："人是会变的，你变了，我也变了。我告诉你，财富是带不走的，江山是带不走的。”苏秦说完，倒在了地毯上。芈八子也喝多了，扑在苏秦的身上又哭又闹，“我一直强迫自己要忘了你，就在我快要忘掉你时，你为什么又出现在我面前啊？你这个王八蛋！”芈八子哭累了，最后趴在苏秦的身上睡着了。管筱雨默默地看着地上的苏秦，默默地流泪，苏秦也曾是她喜欢的男人，这么多年来，她一直没嫁人，跟苏秦或多或少也有一定的关系。管筱雨看着苏秦头上的白发，看着他苍老的脸，不由得感慨岁月的无情。她忍不住伸手摸了一下苏秦的脸，泪水哗哗流了下来……

苏秦醒来时，看见趴在身上的芈八子和管筱雨。他悄悄推开她们，挪出身子，发现自己的衣服湿了一大块，是她们的泪水。

苏秦悄悄离开甘泉宫，回到了齐国。

苏秦刚回到齐国，燕国使者郭隗便秘密来见苏秦，表达了燕昭王对他的不满。郭隗说："当年齐国借平定燕国内乱的名义，打进燕国，燕国差点被灭掉，齐国还占领了燕国不少城池。如今燕昭王招贤纳士、改革内政、训练士兵，目的就是复仇。"

苏秦说："请转告大王，给我三年时间，我定让齐国不堪一击，让天下大乱，燕国乘机可以坐收渔翁之利。"

郭隗说："如今五国打算伐赵，瓜分赵国。燕昭王担心的是赵国灭亡后齐国愈强、燕国愈弱，于是大王派我来，想让你和苏代阻止这次行动。"

苏秦说："没问题。"

苏秦立即让苏代骗齐湣王去掉了帝号。因为诸侯各国对称帝很不满，大家的矛头又指向了西帝的秦国，于是齐、楚、魏、韩合纵攻秦。芈八子见情况不妙，命令秦王撤销帝号。诸侯各国失去了共同的敌人，于是矛盾公开化了。齐国和赵、魏为了夺取宋国的土地而公然大战。不甘失败的赵国又一次向齐国挑战。齐国挫败赵国之后，彻底失去了楚、魏、韩、鲁等的支持。秦国蒙武率军越过魏、韩两国攻齐，夺取了位于宋地北界的河东九城。赵国廉颇率军又乘机占领了齐国在黄河以西的据点灵丘，作为将来进军的基地。

今日结盟，明日反目，你打我，我打你，天下大乱，乱成一锅粥。这是苏秦一直想要的结果。

又是一个阴雨霏霏的日子，满心喜悦的苏秦去苏代那里喝酒。最后苏秦喝醉了，执意要回家。苏代把苏秦扶上马车，苏秦还笑着说没事。

夜晚的街道行人寥寥，还飘着小雨。

马车行驶了一会儿，进入一条偏僻的巷道，突然冒出几个人，杀了马夫及随从，然后冲上马车。苏秦酒醒了一半，大声呼叫，几个人慌慌张张地朝苏秦捅了几刀后转身就跑了。

苏代闻声跑了过来，见苏秦已奄奄一息。他抱着苏秦回到宫里，立即请太医医治。

齐湣王得知后，大惊，立即派人捉拿凶手，多日不得。

苏秦将要死去，心里在想自己的报仇计谋，想着反正自己要死了，怎么死都是死，被车裂了还可以弄出杀自己的人，将他杀了出气。他便对齐湣王说："我马上就要死了，请大王在人口集中的街市上把我五马分尸示众，就说'苏秦为了燕国在齐国谋乱'，这样做，刺杀我的凶手一定可以抓到。"

齐湣王说："齐国西摧三晋的势力于观津，接着与三晋攻秦，助赵国灭中山，打败宋国，扩地千余里，诸侯各国在强大的齐国面前都表示臣服，这些都有你的功劳啊。寡人怎么会车裂你呢？"

"只有车裂我，才能找到凶手！"

齐湣王犹豫了半天就按照他的话做了，将苏秦车裂于市，并悬赏行刺之人。

行刑现场，人山人海。行刑这天，苏代和苏厉离开了齐国，投奔秦国去了。那几个刺杀苏秦的凶手，为了邀功，果然自动出头露面了。为了邀功，这几个人大打出手，因为谁的功劳大，谁的奖赏就多，齐湣王因而将他们一一抓捕。一审问，他们交代是小人田间派他们干的，田间由于嫉妒苏秦而痛下杀手，因为苏秦曾得罪过田间。审问完毕，齐湣王就将这几个刺客杀了。

齐湣王派人把田间抓了起来，田间为了自保，说："苏秦是燕国的间谍！你们可以把苏代、苏厉抓来审问，还有那个燕国使者也一块抓来审问，就什么都明白了。"

齐湣王派人去传唤他们来王宫，苏代、苏厉和那个燕国使者早已离开了齐国。

苏秦死后不久，他为燕国破坏齐国的一些事实才泄露出来。

燕王听到这个消息说："齐国为苏先生报仇，做法也太过分啦。"这时候，燕昭王看到齐湣王骄横自大，不得人心，对内不恤民力，横加赋敛；对外不断用兵，惹得诸侯不满。忍辱多年的燕昭王认为报仇的时机已到，决意举兵伐齐。

燕昭王对乐毅说："如今齐王无道，正是我们一雪前耻的时候，我打算发动全国人马去打齐国，你看怎么样？"

乐毅说："齐国系霸主之余业，地广人多，根基较深，且熟习兵法，善于攻战。对于这样一个大国，虽有内患，但仅由我们一国单独去攻打它，恐怕很难取胜。如果大王一定要去攻伐齐国，必须联合楚、魏、赵、韩诸国，使齐国陷于孤立的被动地位，方可制胜。”

燕昭王就派乐毅到赵国跟赵惠文王接上了头，另派人跟韩国的公仲侈、魏国的田文取得联络，还叫赵国去联络秦国的宣太后。这些国家看不惯齐国的霸道，都愿意跟燕国一起发兵。

公元前284年，燕昭王封乐毅为上将军，统率五国兵马，浩浩荡荡杀奔齐国。

齐湣王听说五国联军打过来，也着了慌，命伐宋的功臣触子为将，把全国兵马集中起来抵抗联军。触子欲利用济水天险和联军对峙，然后等待联军出现破绽再予以打击。但是急于求胜的齐湣王却用恶言逼迫触子出战，触子不得不与联军交锋，临阵时又心生犹豫，企图退兵。由于乐毅善于指挥，五国人马士气旺盛，长驱直入，把齐国军队打得一败涂地，连下七十余城，一直打到了齐国都城临淄，触子则不见其踪。齐湣王又命达子率齐军余部迎战，但由于齐湣王赏罚不明，士气低落的齐军再次被痛击。齐湣王辗转逃亡到五都之一的莒城。乐毅攻下临淄，尽收齐国珍宝、财物、祭器，运往燕国。燕昭王认为乐毅立了大功，亲自到济水边劳军，论功行赏，封乐毅为昌国君。

赵、韩、秦、魏的将士打了胜仗，各自占领了齐国的几座城，不想再打下去了。只有乐毅不肯罢休，乘胜追击，一直追到莒城。

由于齐湣王向来都和楚国关系非常好，因此楚顷襄王得知齐湣王流落到了莒国，便派楚国大将淖齿带领数万援军救护齐湣王。淖齿以助齐之名占领了淮北等大片土地，淖齿甚至深入至莒，被齐湣王拜为相邦。可淖齿无心救齐，却有心与燕国瓜分齐国。最终淖齿索性发动政变，抓住了齐湣王，对他用了最惨无人道的酷刑，齐湣王恐怕也是古来君王中最惨的了：淖齿把齐湣王的筋给活生生抽出来，当作绳子把齐湣王悬吊在房梁上；齐湣王疼痛得无以言表，从傍晚一直吊到次日黎明，才活活疼死。

齐国只剩下莒城和即墨两座孤城了，齐王又被杀，树倒猢狲散，文武大臣早已逃之夭夭，群龙无首，眼看齐国就要灭亡了。

田单率族人以铁皮护车轴逃至即墨，杀了淖齿。田单原本是临淄管理市场的一个小官，后被推举为城守。

燕国将军乐毅带领燕军包围了莒城、即墨。乐毅已接连攻下齐国七十余城，他以为不会吹灰之力就会攻下来这两座城，命令右军、前军集中起来包围莒城，左军、后军则集中去包围即墨。即墨大夫为护城阵亡，城中百姓拥立田单为守将，带领大家抵御燕军。

一年过去了，两年过去了，这两座城还是没有攻下。乐毅强攻不克，改采包围策略。这时燕昭王去世了。继位的燕惠王从当太子时就和乐毅不和。田单得知后，想出用反间计离间乐毅和燕惠王的主意。于是，他派人到燕国散布谣言说："齐国已经没有君主，现在只差两座城就被完全占领了。乐毅又不被燕国新王宠信，他担心被新王杀害而不敢回国。他现在虽然声称要攻打齐国，但实际是想自己在齐国称王。"燕惠王本来就不信任乐毅，听了谣言，更加怀疑他，于是将乐毅召回，派骑劫代替他担任大将军。乐毅知道燕王将他换走是别有用心，于是逃奔到赵国去了。乐毅战功卓越，又忠于燕国，却被驱逐，燕军将士都愤愤不平，从此军队内部有了分歧。

离间计成功后，田单一方面想出各种方法来激发城内守军的斗志，另一方面麻痹城外的敌军。田单命令城里百姓每家吃饭的时候必须在庭院中摆出饭菜来祭祀他们的祖先，飞鸟都被吸引得在城内上空盘旋，并飞下来啄食物。燕人对此感到奇怪，田单因此扬言说："这是有神人下来教导我。"于是命令城中人："会有神人来做我的老师。"有一名士兵说："我可以当老师吗？"于是回身就跑。田单于是就起身，把那个士兵追回来，请他面朝东坐着，以对待老师的态度来侍奉他。士兵说："我欺骗了您，我实在是没有能力。"田单说："你不要说破了。"他还是以这名士兵为师。每当发布约束军民的命令时，他一定宣称是神师的旨意。他还扬言："我只害怕燕军将所俘虏的齐国士兵割掉鼻子，并把他们放在燕军前面的行列来同齐军作战，即墨会因此而被攻下。"燕人听说了，按照田单散布的话去做。城中的人看见齐国那些投降燕军的人都被割掉鼻子，很愤怒，坚守城池，害怕被活捉。田单施用反间计说："我害怕燕军挖掘我们城外的坟墓，侮辱我们的祖先，我会为此感到痛心。"燕军便挖掘了所有城外齐人的坟墓，焚烧死尸。即墨人从城上望见，都流泪哭泣，恨得咬牙切齿，纷纷向田单请求，誓与燕军决一死战。

田单看时候已到，这时的齐军斗志昂扬，一定会拼命死战，于是带领士卒拿起板、锹一起修筑城墙，自己的妻妾也被编进军队，还把全部的食品都分发了出去，犒劳将士。他下令全副武装的盔甲兵在城下潜伏，只让老弱妇孺登城守卫，同时派人去向燕军投降。围城已逾四年的燕军听说他们要投降，都欢呼雀跃，急欲停战回乡，见大功将成，只等受降，放松了戒备。

田单却在积极准备回击燕军。他搜罗了一千多头牛，给它们披上大红绸衣，在它们身上画上五彩天龙花纹，把锋利的尖刀绑在牛角上，将灌好油脂的苇草绑在牛尾巴上。当晚，趁着夜色，齐军点燃牛尾，再把牛从预先凿好的几十个城墙洞中赶出去，牛群后面尾随着五千名壮士。牛尾被火燎烧灼痛，一千多头牛都疯了一样，奔向燕军大营。燕军完全没有防备，而且天黑混乱，他们只能看到牛身上有天龙花纹。碰到牛的非死即伤，加上锣鼓齐鸣、呐喊助威、敲击铜器的声音铺天盖地而来，燕军无从分辨，惊恐万分，早就忘记抵抗，纷纷逃跑了。齐军对逃亡的燕军紧追不舍，并收复了那些曾经被燕国占领的城邑。田单乘胜追击，军队日益壮大，所到之处，燕军望风而逃。田单一直把燕军打退到黄河边，齐国失去的七十几座城都失而复得。

于是，田单到莒城把田法章请回临淄。田法章正式即位为齐襄王，田单则被封为安平君。

第三十二章　和氏璧

诸侯各国年年战乱纷争不断，战争的阴云已笼罩在咸阳的上空。

芈八子步入大殿，表情是沉重的。苏秦被刺又被车裂，她已听说了，偷偷哭了几场，到现在她都还有点恍惚，感觉苏秦还在身边。芈八子在嬴稷的旁边坐了下来。秦国要统一，必须要迈过赵国这道坎，赵国是跘路石是拦路虎。她召集文武大臣就是想讨论一下赵国，听听大家的意见。

芈八子挥了挥手，示意开始。

嬴稷无所谓地说："我没有什么好说的，你们说吧。"嬴稷一直为没能独揽朝政耿耿于怀。

魏冉说："现在对秦国威胁最大的还是赵国，赵国的领土现在已扩充到大秦的北面，阴山和河水都成了赵国的土地。赵国的野心越来越大了，必须要打打它的嚣张气焰。"

芈八子插话说："把赵惠文王的情况给大家介绍一下。知己知彼，百战不殆。"

魏冉说："赵惠文王，嬴姓，赵氏，名何，赵武灵王次子。赵惠文王手下有廉颇、李牧、赵奢、平原君、公子成和李兑等文武大臣，政治清明，武力强大。其母便是深得赵武灵王宠爱的王后孟姚。赵何乃是赵武灵王次子，并非长子。赵武灵王的长子是公子赵章。公子章的母亲和右效司寇田不礼发生了苟且之事，因而被赵武灵王囚禁于冷宫中，太子章也被废了。赵武灵王传位于赵何，自称主父。兄弟俩因王位权力而残杀，赵何杀了哥哥赵章，还把自己的父亲赵武灵王关起来活活饿死……"

"这个赵王太没有人性了，该杀！"芈戎说，"赵国名将廉颇因为勇猛果敢而闻名于诸侯各国，人们称他为常胜将军。还有平原君、李牧、赵奢这些人也不可小瞧。听说赵国实行胡服骑射，他们的骑兵非常厉害，在消灭中山国时骑兵发挥了重要的作用。"

魏冉开玩笑说："赵国有廉颇，我们有白起；赵国有李牧、赵奢，我们有芈戎和向寿；赵国有平原君，我们有魏冉，怕什么!？"

第三十二章　和氏璧

文武大臣哈哈大笑了起来。

“我们攻打赵国，最好找个借口，免得其他诸侯国说我们秦国不仁义。”向寿插话说。

芈八子说：“我得到消息，楚国为娶赵国公主，把楚国国宝和氏璧送给了赵国。我们派人给赵王送一封信，就说愿意拿十五座城来换这块和氏璧，试探一下赵国。如果他们不敢来谈判，或是不答应，理亏在赵国，赵国担负理亏的责任，然后我们再派兵来打赵国。如果来了，我们把和氏璧扣下，不给他们十五座城，赵国就会急了，就会派兵攻打秦国，这样正好合我们意。”

“母后的主意不错，就这么办。”嬴稷说。

嬴稷立即命令文官起草国书，派人连夜十万火急地送到赵国。

半个月后，赵王派蔺相如捧护宝璧西行到秦国来了。

嬴稷高坐在章台宫里接见蔺相如。

魏冉说：“来者报上名来！”

“宦者令缪贤的门客蔺相如。”

魏冉哈哈笑道：“赵国无人吗？竟派无名小辈来，赵王太小瞧大秦了。”

蔺相如没接话，献上和氏璧。嬴稷双手捧着宝玉，称赞不已，然后传给芈八子。芈八子爱不释手，却绝口不提换城的事。

嬴稷笑着说：“这位赵国使者，你的任务完成了，你先回吧。”

蔺相如见秦王没有诚意，上前几步，说：“这玉虽好，但有瑕疵。让我指给您看。”

芈八子信以为真，吩咐管筱雨把和氏璧递给蔺相如。

蔺相如接过玉，退后几步，靠着宫殿的一根大柱子站定，理直气壮地说：“当初大王差人送信给赵王，说情愿拿十五座城来换赵国的和氏璧。赵国大臣都说，千万别相信秦国骗人的话。我可不这么想。我认为布衣之间的交往，尚且不相互欺骗，何况秦是个大国呢？而且为了一块璧，惹得强大的秦国不高兴，也不值得。赵王听了我的话，于是斋戒五天，才派我捧璧出使，在朝廷上拜送了国书。为什么这样呢？是为了尊重大国的威严而表示恭敬啊。现在我来此，大王只在普通的殿堂里接见我，礼节甚为傲慢。拿到璧，又递给嫔妃们传看，以此来戏弄我。我看秦国不想交付十五座城池，所以把玉要了回来。如果大王一定要逼迫我，我的头颅今天就跟这块璧一起撞碎在殿柱上了！”说完，他举起了和氏璧。

秦王怕摔坏了宝玉，急忙叫人取来地图，随手指点了十五座城。

蔺相如知道秦王仍然没有诚意，说：“和氏璧是奇珍异宝。在我动身以前，我们大王斋戒了五天。如果大王诚心，也应当斋戒五天。五天后，我再把宝玉奉上。”秦王只好同意了。

蔺相如回到住处，立即让随从带着和氏璧抄小路回赵国。过了五天，芈八子得知和氏璧已被送走，非常恼怒。蔺相如说：“秦国从穆公以来二十多位国君，未曾有过坚守信约的。我实在怕被大王和太后欺骗而辜负了赵国，所以叫人把璧送回去了。”芈八子大怒，想杀蔺相如，想命令侍卫把蔺相如抓起来。后来她冷静一想，杀了蔺相如非但得不到和氏璧，还会弄僵两国的关系，便下令放了蔺相如。

芈八子不甘心，决定先给赵国一点教训，命令白起攻打赵国，占领了赵国的石城。第二年，白起继续攻赵，占领了光狼城，杀赵国三万余士兵。赵惠文王准备反攻，打算命令廉颇率领四十万大军跟秦军决一死战。

芈八子得知消息，便让嬴稷派使者告诉赵惠文王，想同赵王和好，约他在黄河以西的渑池相会。赵王如果来秦，嬴稷想采用扣留楚怀王这招，扣留赵王，逼他交出和氏璧。

赵惠文王害怕秦国，想不去。廉颇、蔺相如商议后对赵王说：“大王不去，就显得赵国太软弱而胆怯了。”赵惠文王于是决定赴会，蔺相如作为随从同往。廉颇送到边境，与赵惠文王拜别说：“大王此行，估计全部行程和会见的礼节完毕，到回来，不过三十天。三十天不回来，那就请允许立太子为王，以断绝秦王要挟的念头。”赵惠文王答应了他。

两位大王在渑池相会。

秦王喝酒喝到畅快时，说：“我私下听说赵王爱好音乐，请弹弹瑟吧。”赵王只好为他弹瑟。秦国的史官上前记道：“某年某月某日，秦王和赵王相会饮酒，令赵王弹瑟。”这时蔺相如走上前去说：“我们赵王也私下听说秦王善于演奏秦国乐曲，请允许我献上瓦盆给秦王敲，以此相互娱乐。”秦王大怒，不答应。于是相如上前献上瓦盆，接着跪下请求秦王。秦王不肯敲瓦盆。蔺相如说：“如大王不肯敲缶，在这五步之内，请让我把头颈里的血溅到大王身上！”秦王左右侍卫要杀蔺相如，蔺相如瞪着眼怒视他们，侍从都被吓退了。于是秦王很不高兴，为赵王敲了一下瓦盆。蔺相如回头让赵国的史官写道：“某年某月某日，秦王给赵王敲瓦盆。”秦国的大臣们说：“请用赵国的十五座城为秦王祝福。”蔺相如也反击道：“请用秦国的国都咸阳为赵王祝福。”秦王直到酒宴完毕，始终没有在赵国头上占到便宜。赵国这期间也大规模地部署军队来防备秦国进攻，秦国不敢轻举妄动。

渑池之会结束后，赵王回到赵国，蔺相如因为功劳大，被封为上卿，位次在廉颇之上。

三〇三

第三十二章　和氏璧

渑池之会后，秦、赵间暂时停止了战争。野心勃勃的赵国却立即出兵齐国，攻下高唐等地。

通过完璧归赵、渑池之会这两件事上，嬴稷对蔺相如刮目相看，认为蔺相如是位难得的人才，想把他请到秦国来为自己所用，为自己出谋划策。嬴稷悄悄派向寿出使赵国，让他秘密约见蔺相如，问他愿不愿来到秦国，结果蔺相如婉言拒绝了。

不久，义渠王又来到了秦国。义渠王向芈八子主动承认错误，芈八子原谅了他。义渠王见芈八子整天闷闷不乐，关心地问："太后，你有什么心事？"

芈八子说："赵国有块和氏璧，我很喜欢。秦国想用十五座城跟他们换，他们都不换……"

义渠王哈哈一笑："这还不简单，我率领大军打到邯郸，把和氏璧抢过来就是，送给太后。"

"真的吗？"

"当然是真的，不过我有个条件。"

"什么条件？"

"让我们的儿子成为太子。"

"没问题，只要你把和氏璧送给我，我就让公子琰或公子麈成为太子。"芈八子想借义渠王之手消灭赵国。她明白赵国是块难啃的骨头，只要两败俱伤，就达到了她的要求。

"一言为定。"

"要不我让魏冉帮你？"

"不用了，他一直看不起我，这次我让他见识一下义渠人的厉害。"

"好吧，我相信你！秦国会在粮草方面大力支持你们。"

义渠王召集随从商量了一下，随从立即回义渠搬兵。半个月后，义渠王率领大军兵分两路，一路从背面越过赵的长城，向赵国突然发动袭击。义渠人英勇善战，视死如归。赵王立即向北方增兵，支持李牧。北方的匈奴对赵国虎视眈眈，他们见义渠对赵国发动了进攻，便趁机浑水摸鱼，想分一杯羹，快速占领了赵国的几座城池。义渠王见北面打得你死我活，立即带兵从西边越过秦的长城，再穿过河水，突然对赵国发动袭击，赵国溃不成军。义渠王一路东进，势如破竹，眼看就要打入邯郸了。赵国名将廉颇和赵奢率军阻拦，赵军占据有利地势，顽强抵抗，阻止了义渠王的大军前进。义渠王心里明白，拖得太久对自己非常不利，赵国各路援军就会很快赶来。

义渠王向廉颇下了挑战书，相约双方骑兵决一死战。

廉颇欣然答应，他知道义渠人善于骑射，想检验一下赵国骑兵的实力。赵国的骑兵经过这么多年的征战，几乎没有败绩。赵国全境实行胡服骑射，招募胡人骑兵充当教官，或者直接充当士兵。全面游牧化的赵国骑兵，取胡人机动性强的优势，弃其纪律性差的缺点，在与北方胡人的军事斗争中取得了一系列的胜利。

战鼓响起，双方骑兵列好队，战旗在风中呼呼地响着。

廉颇望了义渠王一眼，义渠王也望了廉颇一眼，两人拔出剑，大喊一声："出击！"

战鼓再次响起，两国骑兵挥舞着弯刀和剑大声喊叫，如闪电般冲向对方阵营，刀光剑影，叮叮当当，响声一片。义渠骑兵虽占有优势，但伤亡也不少。赵国骑兵边战边退，退到一处山洼处，埋伏的弓弩手万箭齐发，战马和义渠骑兵纷纷倒下，死伤无数。

义渠王大声喊道："廉颇你这个王八蛋，跟我玩阴的。"

廉颇哈哈大笑，"兵不厌诈。"

义渠王只好率领队伍后撤。廉颇和赵奢率军一路追击，一直追到河水才停止。

义渠王在河水西安营扎寨，准备反扑。从北面越过赵国长城的义渠军队也遭到了李牧的顽强抵抗，双方陷入胶着状态。义渠王不甘心，想想在芈八子面前夸下的海口，要把和氏璧送给她。他抱着视死如归的心态避开廉颇和赵奢的军队，想从南边山谷进入赵国的南部，然后挺进邯郸。

廉颇也想到了义渠王的这步棋，提前在山谷两边埋伏两千弓箭手。义渠王率领军队走到山谷中间时，战鼓突然响起，箭从两边如雨点般飞出，义渠士兵倒下一大片。义渠王只好撤退，撤退到河水边清点人数，损失多半。义渠王悲伤不已，不敢贸然进攻，只好休整。

义渠王觉得这样跟赵国打下去，吃亏的还是自己，决定撤兵回义渠，等时机成熟再进攻赵国。义渠王没有脸去秦国，更没有脸去见芈八子。他绕开秦国，灰头灰脸地带领着士兵撤退了。

第三十三章　甘泉宫诱杀义渠王

义渠王回到义渠后开始休养生息，壮大队伍，整日训练，准备继续东进。

芈八子本来想借义渠王消灭赵国，不过计划落空了。秦国目前不敢贸然进攻赵国，秦赵两国互相观望，有点互不为敌、井水不犯河水的意思，两国目前还相对安全。

一年又一年过去了，芈八子的头上也出现了白发，她不由得感慨岁月的无情，特别是苏秦死后，仿佛一夜之间她变了，变得迷信，对阴阳八卦、风水炼丹感兴趣了。她还派人悄悄去寻长生不老之药，她想要永远做大秦的太后。

管筱雨已被提拔为甘泉宫的内侍，管理着宫女和甘泉宫的吃喝拉撒。她每天也忙，陪芈八子的时间就越来越少了。芈八子待在宫里不免寂寞，这时一位能说会道又懂方术的大臣庸芮走进了甘泉宫。庸芮本来就是秦国的贵族，对诸子百家颇有研究，两人一谈，非常谈得来。庸芮上知天文下知地理，仿佛这个世间没有他不知道的事。芈八子也非常喜欢他，他可以随随便便出入甘泉宫。

一天，庸芮又来甘泉宫看宣太后。芈八子说："昨晚本太后做了一个梦，梦见激烈的战场、杀戮、流血场面等，梦见自己被不认识的人杀了。你给本太后解解，我现在都心神不定，也不知是不是凶多吉少？"

庸芮伸出手指掐了掐，闭上眼睛，嘴里在咕噜什么，然后睁开眼说："根据《周公解梦》，梦见激烈的战场、杀戮、流血场面等，这可能预示太后会有意外的运气，一定能找到办法解决生活中面临的难题。梦见自己被不认识的人杀了，通常是日常生活压力过大、精神过度紧张的表现，可能承受了巨大的情感痛苦，也有可能平时树敌过多，或有仇家。这表示太后身体健康，并有结束眼前的烦恼、获得重生的寓意……"

芈八子紧锁的眉头舒展开来，她哈哈笑了，"你算得太准了！"

庸芮得意地笑了。

"你再给太后算算，悼太子在魏国做人质，前段时间他又被人刺杀，幸亏魏国士兵赶来，才捡回一条命，悼太子只是受了点皮外伤。奇怪的是秦王最近也被人刺杀，要不是向寿及时救驾，也差点……这两次刺客都成功逃跑，你说刺客到底是谁派来的？”

“太后，微臣可不敢乱说。”

“你随便说，太后不会怪罪你的。”

“太后命里有个结，这个结在西边，”庸芮说，“这个人是个西戎蛮子，他一直想篡位，这个结宜解不宜结，否则大秦会有危险……”其实庸芮收了魏冉的钱财，他把矛头指向了义渠王。魏冉一直不太喜欢义渠王，上次刺客刺杀悼太子和秦王，他就坚信是义渠王干的。这次刺客又刺杀悼太子和秦王，他依然坚信是义渠王干的。他认为义渠王一天不除掉，秦国随时可能就有危险。

芈八子的脸色变了。庸芮连忙说：“太后别在意，我只是随便说说。”

芈八子陷入了沉思，走了神。庸芮告辞时芈八子还在发呆。芈八子的心里也曾想过，有朝一日杀了义渠王，消灭义渠。可如今她跟他有了两个孩子，毕竟也有点感情了，让她杀了义渠王，她还真有点下不了手。

庸芮走后不久，秦王嬴稷、魏冉、芈戎和向寿同时来到了甘泉宫。

魏冉说：“姐姐，赵国最近一直频频在活动，他们想联合韩国和楚国攻打秦国呢。不知姐姐有没什么高招？”

芈八子还沉浸在刚才跟庸芮的那一番话中，没有反应过来。魏冉又说了一遍。芈八子“哦”了一声，“你们说该怎么办？”

嬴稷说：“我听说义渠王已兼并了几个部落，队伍不断壮大，发展成了几十万的军队了。我想大秦能否跟义渠联盟，共同来对付赵、韩和楚三国？”

向寿说：“义渠王的领土不断扩张，已扩张到大秦的北面和西北了，对大秦构成了严重的威胁。我担心有朝一日，义渠又会对大秦发动战争。”

魏冉说：“姐姐，说句不好听的话，单凭大秦难以跟赵、韩和楚三国抗衡，我们何必再借义渠之力，联盟抵御外敌。你知道吗？鼓动和怂恿这次三国攻秦的就是原在秦国供职的陈轸、公孙衍、魏章、寿烛、田文等人。”

芈八子一直在沉思，然后说：“我已好久没跟义渠王联系了，要不我给他写封信，让他到甘泉宫来商量联盟一事，顺便叙叙旧。”

嬴稷笑着说：“我们今天来，就是这个意思。”

四人正要告辞，芈八子笑着对芈戎说：“你终于成家了，我这个当姐姐的也就放心了。庄梦对你还不错吧？”

“她很好，她现在有身孕在身，不方便来拜访姐姐了。”

“好好好。”芈八子笑着连说了三个“好”字。

“有她哥哥庄蹻的消息没？”芈八子问。

“庄蹻在滇池已成为滇王，自号‘庄王’，等待时机准备攻打楚国呢。”芈戎说。

“你告诉他，如果需要大秦帮忙，让他告诉他的妹妹，我们一定竭尽全力帮助庄蹻。”

“好的。”

四人告辞，芈八子让管筱雨给义渠王起草了一封信。起草完毕，芈八子过目后很满意。她担心义渠王不来，在后面加了一句：“盼君来甘泉宫长居，共议芈琰和芈睿谁来胜任太子一事。”她知道义渠王看到这句话后立即就会赶到甘泉宫来。

同时，嬴稷已派苏代、苏厉去赵、韩、魏和楚充当说客，想瓦解赵、韩和楚三国联盟。魏冉也在暗中按照秦王的意思准备着，如果义渠王答应跟秦联盟，一切都好说；如果不答应，魏冉准备杀了义渠王，然后命令蒙武、蒙骜、王龁率军对义渠发动闪电行动，一举消灭义渠。至于赵、韩和楚三国联军，白起和胡阳已在函谷关驻扎了重兵，河西郡、上郡同样也驻扎了重兵。为了防止楚国从秦国南边进攻，司马错和蜀守张若、汉中太守任鄙也做好了准备，准备给楚国一个痛击。

十天后，义渠王带着三十个随从，果然来到了甘泉宫。

魏冉以保护为由，提前在管筱雨的暗中帮助下，在甘泉宫里增加了侍卫，这些侍卫都是武功高手。乌获还带了一队人埋伏在宫里。

芈八子见了义渠王满心欢喜，设宴款待他们，三十个随从被安排在正殿外。

义渠王见了芈八子，有点不好意思地说：“太后，上次没能把和氏璧从赵国手中夺来，心里一直很愧疚，没脸来看你。这次我特地带来了义渠的美酒和鲜奶等来赔罪。”

“义渠君，这不怪你，赵国很狡猾，”芈八子说，“只要你有这份心就成了。太后老了，对和氏璧也看淡了，只要能跟你长相守就满足了。”

义渠王很感动，抓住芈八子的手说：“太后一点都没变，跟我当初见你第一眼一模一样。”

“是吗？”芈八子咯咯笑了，手缩了回来，有点不好意思。

义渠王这才注意到芈八子身边的芈琰和芈麈，他们都长高了，特别是芈麈比他还高一点点。几年没见，这两个孩子对他多了许多陌生感。义渠王一时不知道说什么 好，最后哈哈笑道：“儿子，多吃点！”

两个孩子默默吃着不说话，吃完后就匆匆告辞了。

义渠王生气地说："这两个孩子怎么了？原先都像野马，如今被你训得乖乖听话了。"

"这两个孩子都长大了，自尊心很强……"

"但愿如此，得尽快让他们挑大梁。"

"这次请你来，就是想商量一下，大秦和义渠联盟的事……"

义渠王摆了摆手说："先喝酒，今天有点累了，联盟的事明天再谈。"

"好啊，你一路辛苦了，我敬义渠君一杯。"芈八子端起酒杯说，"明天我将把魏冉、公子芾、公子悝、芈戎和向寿叫来，听听他们的意见。"

"你随便，只要能让我儿子当上太子！"

义渠王一路奔波，毕竟也上了年纪，加上喝了点酒，倒在床上就睡了，醒来时已是中午。他起床洗漱完毕后，芈八子领着他来到正殿。大殿里已摆好了席位，魏冉、芈戎、向寿、公子芾和公子悝依次而坐。芈八子坐主席，义渠王坐次席。宫女站在两边，随时等待吩咐。

芈八子做了简单开场白，然后大家共饮了第一杯酒。接着芈八子看门见山地说了结盟的事，让义渠王表态。义渠王吞吞吐吐地左右环顾。

芈戎急了："看你的意思，你是不愿意了？"

义渠王说："不是不愿意，我是有条件的。"

"什么条件？"向寿问。

"公子琰天资聪慧，是位难得的人才，我建议让他当太子。"义渠王说。

"我反对，悼太子不是还在吗！"公子芾说。

"据我了解，悼太子体弱多病，最近好像又慢性中毒了，估计还能活几年而已，还不如另立太子，免得秦王哪天……"

手心手背都是肉，芈八子听了心里很难受，她拍了一下桌子说："义渠君，你这样说，本太后就不爱听了，你这不是诅咒他们吗？我只问你一句话，帮不帮大秦？"

"只要立公子琰为太子，一切都好商量。"义渠王固执地说。

魏冉给管筱雨递了一个眼色，管筱雨给芈八子递上一杯水说："太后息怒，喝点水吧。"

芈八子接过水喝了一口，过了一会儿，感觉有点头晕，说："我今天累了，你们继续谈判。"丫鬟扶着太后离席了。

大殿里顿时安静下来，气氛有点紧张。

第三十三章　甘泉宫诱杀义渠王

魏冉举着酒杯站了起来说："义渠君，以前我对你一直有成见，是我不懂事，我今天真诚地向你赔罪！"

"不喝！我怕你在酒里下毒。"

魏冉有点尴尬，随即哈哈大笑，"义渠君真会开玩笑。"说着他就把酒倒进了嘴里。

义渠王是个豪爽之人，又是海量。他见魏冉喝了，为了不伤丞相的面子，也端起酒杯一口饮尽。

接着芈戎、向寿、公子芾和公子悝轮流敬义渠王。几圈下来，公子芾和公子悝喝倒了，义渠王喝高了，唯独魏冉、芈戎和向寿没事。因为管筱雨在酒壶上做了手脚，管筱雨给他们倒的是白开水，而义渠王依然喝的是白酒。

芈戎走到殿外，见义渠王的随从也喝得热火朝天。芈戎走了过去劝他们喝酒。他们个个豪爽耿直，大碗喝酒，来者不拒。乌获和侍卫们站在两边，等待着命令。魏冉已把宫里原先的侍卫都换成了自己的人，包括宫女。

芈戎见一个人匆匆跑了过来，仔细一看是苏代。苏代见了芈戎，急急问道，"魏丞相在没？"芈戎说，"在里面。"芈戎把魏冉叫了出来。苏代在魏冉耳边耳语了几句，匆匆走了。

魏冉面带微笑回到宫殿里，义渠王问道："刚才是谁来找你？"

魏冉呵呵一笑，"刚上茅房去了。喝酒。"

"喝酒。"义渠王拍了拍魏冉的肩膀，歪着头笑着说。

魏冉见义渠王喝多了，故意试探着问："义渠君，两次刺杀悼太子和秦王，是不是你派人干的？"

"不错，是我干的。"义渠王趴在桌子上含糊着说。

"你为什么要刺杀他们？"

"我想让我的儿子当王，成为秦王，这样义渠趁机可以兼并秦国，秦国就是我们义渠的江山了。不费一兵一卒就能占领秦国，这是一笔多么划算的买卖……"义渠王说着说着就趴在桌子上睡着了。

魏冉手一挥，两边侍卫用绳子把义渠王五花大绑起来，义渠王像死猪一样依然在酣睡。

魏冉走到殿外，天已黑了，他对乌获做了一个手势，乌获拔出刀砍死了义渠的一个随从。两边的侍卫和内侍拔出刀扑了上去，义渠王的随从还没反应过来，全部被杀死。

魏冉用巴掌拍打醒义渠王，"睁开眼看看，我是谁？"

义渠王睁开眼见自己被绑了，酒顿时醒了，“你想干吗？”

“送你见阎王。”

“求求你们放了我。我答应你们，跟你们联盟。”

“现在晚了，我告诉你，现在赵、韩和楚三国联盟已被我们的说客说服了，联盟被瓦解了。”魏冉笑着说，“把他拖出去斩了。”

“我要见太后。”义渠王大声喊道。

“把他的嘴堵上，拖出去斩了。”魏冉说。

义渠王被拖了出去，杀了。

大殿外躺着几十具尸体，鲜血已染红了宫殿。

“把他们拖到宫外的荒郊野外，埋了。把宫殿好好给我清洗几遍。”芈戎说。

魏冉突然想到了芈琰和芈麈，干脆一不做二不休，斩草除根，把他们这两个野种也一块杀了。魏冉带人冲进他们屋里，他们两人因身体不舒服早已离开了甘泉宫，回到了咸阳。

魏冉立即下令，封锁今晚甘泉宫的一切消息，包括太后，谁要走漏消息就是死罪。同时魏冉秘密传令：命令蒙武、蒙骜、王龁率军大军连夜对义渠发动闪电行动，要一举消灭义渠。

第二天，芈八子醒来后，甘泉宫一切正常，仿佛什么事都没有发生一样。芈八子说：“奇怪的是，昨晚喝了点酒水就四肢乏力、昏昏大睡，看来是老了哦。”

“太后还年轻，怎么能说老了！”管筱雨笑着说。其实管筱雨在太后的酒水了放了助眠的药。

“义渠君呢？”

“不知道，昨晚谈判没谈成，可能走了。”管筱雨的目光躲躲闪闪。

直到第三天，芈八子才知道芈琰和芈麈得病死了。她立即传唤太医令李醯和魏冉到甘泉宫来。

“李太医，前几天我看见芈琰和芈麈都还好好的，怎么突然就死了呢？”芈八子质问李醯，“平时我对你不薄，你要老老实实讲出来。”

李醯头上开始冒汗，吞吞吐吐地说：“他们受了风寒，我给他们开了几服药，没想到他们吃了就……”

站在旁边的魏冉很着急，因为是他威逼太医令李醯趁给芈琰和芈麈看病时，配制了毒药，如果李醯不照办，他就把他杀害扁鹊的事公布出来。魏冉怕李醯把真相说出来，

三一一

第三十三章　甘泉宫诱杀义渠王

拔出剑一剑刺在李醯的喉咙上说："你好大的胆子，竟敢谋杀芈琰和芈麈！"

魏冉拔出剑，李醯倒在地上死了。

魏冉说："李醯这人该死，想当年，他跟着惠文后魏纾把你害得不浅啊！"

芈八子望着魏冉的眼睛说："你告诉我，是你害死了义渠君和他的两个儿子对不对？公子芾已告诉我了，但我不信，我要你亲口告诉我！"

"既然你知道了，我就实话告诉你吧，不错，是我。秦惠文王在位时，消灭义渠一直是他的梦想，我将帮你完成他的心愿。我会让史官把这笔功劳归于你的，让后世人记住你：宣太后诱杀了义渠王，一举灭亡了秦国的西部大患义渠，使秦国可以一心东向，再无后顾之忧。宣太后的功劳不逊于张仪、司马错攻取巴蜀。"

芈八子呜呜哭了。

果然秦国大军一路西进，势如破竹，消灭了义渠，在义渠的故地设立陇西、北地、上郡三郡。跟秦国打斗几百年的义渠终于被秦国兼并了。

第三十四章　出家

春暖花开，甘泉宫里的各种鲜花盛开。几只燕子在宫殿上空飞来飞去。

义渠王死后，芈八子的心情非常烦躁。义渠王和芈琰、芈麈的死，让她内心非常痛苦和纠结，想来想去，如果那天她不早早入睡，他们也不会死。她把问题怪罪于管筱雨，管筱雨是她最信任的人，她没想到她会在她的酒水里做文章。她看管筱雨不顺眼，常常无理责备和辱骂管筱雨。管筱雨忍无可忍了，流着泪说："太后，我也老了，既然你看我不顺眼，我就走了。"

芈八子忌讳别人在她面前提老字，在气头上的她更加气上加气。芈八子手一挥，冷冷地说："走吧，走了就不要回来，走了我可高兴了。白眼狼！"

管筱雨擦了擦泪水，"我就是在外饿死，也不会再回甘泉宫了。"

管筱雨回房间收拾完行李，提着行李离开了甘泉宫。

甘泉宫里再也没有了管筱雨的身影，芈八子突然感到有点失落，寂寞笼罩在她的心头。窗外又下起了淅淅沥沥的小雨，她传庸芮进宫来陪她聊天。

庸芮带着一个年轻的男子来到了宫里，这个男子二十岁左右，非常英俊，十分阳光和清纯，衣着干净整洁。芈八子不由得想起了自己的少女时光，那时她也是清纯和单纯的，芈八子顿时对这位男子充满了好感。庸芮见芈八子在仔细打量自己的朋友，立即给太后介绍道："这位叫魏丑夫，魏国人，我的远方亲戚，家人都死了，无依无靠，只好投靠微臣了。"

魏丑夫毕恭毕敬地给太后请安，说道："太后，你是我心目中的英雄，今日一见，三生有幸，死而无憾了。"

芈八子呵呵笑了，"魏丑夫，听你名字不知道的还以为是个丑八怪呢，没想到你长得这么英俊。"

"回太后话，名字是爹妈起的，我也没办法。也许他们给我起这个名字，是为了好养我吧。”

芈八子耸了耸肩，感觉有点不舒服。魏丑夫看在眼里，立即说道：“太后日理万机，一定是腰酸背疼。让小人给你按摩一下，缓解一下太后的疲劳。”

庸芮立即说道：“魏丑夫学过几天中医，懂得一点推拿之术。”

“好啊！”芈八子微微一笑。

魏丑夫走了过去，站在芈八子身后，伸出女人一样白嫩修长的双手轻轻按在芈八子的肩上。刚开始很轻，慢慢地加重，一会儿轻一会儿重。芈八子感觉非常舒服，闭上双眼面部还带着微笑，一副很享受的样子。

按毕，太后睁开眼，望着魏丑夫一笑，“手艺不错啊！”

魏丑夫说：“谢谢太后夸奖！”

芈八子说：“甘泉宫缺人手，要不到宫里来吧，先当个内侍，伺候本太后如何？”

庸芮推了魏丑夫一下说：“还不快谢谢太后！”

魏丑夫跪了下来说：“谢谢太后！”

“快快起来。”芈八子哈哈一笑。

过了一会儿，芈八子说：“岁月不饶人啊。我突然明白，没有人能与时光抗衡，这是人最大的悲哀之处。苏秦说得对，财富是带不走的，江山是带不走的。”

魏丑夫说：“太后怎么会老呢？太后永远年轻漂亮！”

庸芮说：“太后说话，不要插嘴，快去给太后捶捶腿。”

魏丑夫走了过去，跪在太后面，轻轻地给太后捶腿。

芈八子叹了一口气说：“我也该考虑陵园的事了，该选一块风水宝地了。”

庸芮说：“我已派人去给太后寻找长生不老之药了，太后怎么会老呢？”

“历代大王都想长生不老，都在寻找长生不老之药，可结果呢。所以我要做两手准备，陵园也要修建，长生不老之药也要寻找。”

“太后所言极是。前段时间我跟几个方士还在一起探讨，根据‘依山造陵’的风水学说，芷阳是一块风水宝地，它背靠骊山、面向渭水，而且这一带有着优美的自然风光。整个骊山唯有这一段山脉海拔较高，山势起伏，重峦叠嶂。从渭河北岸远远望去，这段山脉左右对称，似一条巨大的龙。站在陵顶南望，这段龙脉又呈弧形，其阴多金，其阳多美玉。到时陵园位于峰峦环抱之中，将与整个骊山浑然一体。”

芈八子面带微笑，“这个地方我也去看过，听你这么一说，那就把本太后的陵园修建在芷阳骊山吧。”

庸芮讨好地说："微臣明天就请人起草陵园设计图。太后过目后如满意，立即就动手修建陵园。这座陵园的修建，将要告诉世人，财富是可以带走的，江山也是可以带走的，太后依然还是太后。"

芈八子哈哈大笑。

庸芮说："太后如没什么事了，微臣就告辞了，回去后微臣就起草陵园设计图。"

"你走吧！"芈八子说。

魏丑夫站了起来，也要跟着庸芮走。庸芮不高兴了，"太后不是让你留下来吗？跟着我干吗？"

"诺！"魏丑夫停住了脚步，又回到太后身边，跪了下来开始捶腿。

芈八子原本心情很忧郁，跟庸芮交谈一番后，她的心情一下变好了。她伸手抬起魏丑夫的小白脸说："怎么不敢看我，是嫌本太后长得丑吗？"

"太后是世上最漂亮的女人，太后美得都没有词来形容了。"魏丑夫原本是魏国的花花公子，从小就在女人堆里混，很会讨女人欢心。他年纪不大，但经历过不少女人。只因家道破落，才落难到秦国。能攀上芈八子这棵大树，是他梦寐以求的事。

芈八子心花怒放，"本太后累了，扶我到床上去。"

魏丑夫扶着芈八子来到了她的寝室，这房间又大又豪华，床也是又大又宽。芈八子躺了上去，魏丑夫转身欲走，芈八子说："上来，给太后再按按背。"魏丑夫低着头像个小姑娘一样露出羞涩的表情，芈八子趴在床上笑着说："上来吧！"魏丑夫脱掉鞋子，走上床，骑在芈八子的背上，使出浑身本领，不停地变换手法，一会儿用掌摩法、指摩法、擦法、侧擦法、鱼际擦法，一会儿用掌推法、指推法、肘推法、拇指分推法、十指分推法，一会儿又采用鱼际分推法、合推法、扫散法。芈八子感觉很舒服，感觉自己一会儿躺在花草丛中，一会儿躺在白云中，她忍不住叫了起来。

"今晚就别走了，快把我的衣服脱了。"芈八子幽幽地说。

魏丑夫开始宽衣解带，然后用嘴吻遍芈八子的每寸肌肤。芈八子开始呻吟，有点迫不及待，含糊地说："快点上来！"魏丑夫不急，含住了芈八子的舌头，另一只手开始抚摸她的胸、她的身体。芈八子的嘴里发出含糊不清的声音，魏丑夫趴在她身上，突然冲了进去。芈八子"啊"了一声，然后不停地呻吟，呻吟的声音在屋里的房梁上盘旋着。这种美妙的感觉，以前她没有体会到过。她紧紧抱住了魏丑夫，仿佛溺水者抓住了一根救命稻草。

魏丑夫年轻体壮，精力旺盛，把芈八子折腾到后半夜，两人才相拥而睡。

第三十四章　出家

第二天，魏冉来到甘泉宫时，芈八子还没醒来，魏冉就在宫殿里等候。魏冉等了半天，芈八子才出来，“这么早找我，有什么事？”

“姐姐，现在都到中午了，还早啊？”魏冉说，“姐姐今天红光满面，看起来精神非常不错哦。”

芈八子不好意思地笑了笑。

魏冉说：“魏国和赵国打了起来，魏国军队围赵国都城邯郸，双方战守半年。赵国派使者平原君赵胜来向秦求救，希望秦国出兵。”

芈八子说：“赵国不是有廉颇和李牧吗？”

“李牧正在赵国北部边境抗击匈奴，打得热火朝天，抽调不出兵力。魏国围而不攻，廉颇也没更好的办法。”

“让他们打吧，打得你死我活、头破血流最好。”芈八子说。

“平原君赵胜非要见太后，见不到太后他就不走。”

“你回去告诉他，就说太后身体不舒服，就算太后见到他，还是那句话，秦国不会出兵的。”

“好的。”魏冉转身欲走。他突然想起管筱雨来，问道：“姐姐，最近怎么没见到管筱雨呢？”

“她已离开甘泉宫了。”

“她去了哪里？”

“不知道，她没告诉我。”芈八子说，“我问你一件事，白起伐楚，大破楚军，攻占楚国都城郢，焚烧了楚王的坟墓夷陵，把楚王赶到了陈。我听说白起得了楚国不少稀世珍宝，怎么没听说过和氏璧呢？”

魏冉目光躲躲闪闪地说：“我问过白起，他说稀世珍宝全部运回咸阳了。至于和氏璧他也没见，估计楚王把和氏璧送给了他的妃子或者王后了吧。”

“可惜了，一定要把和氏璧弄回来。”

“我知道了。”魏冉说完匆匆走了。其实白起伐楚时，魏冉就偷偷交代了他，一定要把和氏璧带回来。白起攻占楚国都城郢后得到了和氏璧，悄悄让心腹将和氏璧转交给了魏冉。魏冉一直在寻找机会，他想送给管筱雨，他一直在幻想，管筱雨收到和氏璧后一定会答应嫁给他的。

魏冉离开甘泉宫，回到咸阳后派人在咸阳城里找管筱雨，但一无所获。魏冉自己又去咸阳城里找了一遍，还是一无所获。魏冉来到了河边，江面上小舟穿梭，几只鸟儿在江面上飞翔，偶尔蜻蜓点水般掠过江面，叼起几只小鱼，然后飞向对面的草丛里消失了。面对此情此景，往事又一幕幕在魏冉脑海里浮现：那时他们走在河边，踩着月光，走在小路上，晚风习习，魏冉、芈戎和向寿三人围在管筱雨身边问这问那，都在没话找话说。魏冉望着管筱雨说："听我现场吟诗一首：'关关雎鸠，在河之洲。窈窕淑女，君子好逑。参差荇菜，左右流之。窈窕淑女，寤寐求之。'"管筱雨脸红了，她脸红的模样至今还深深留在他的脑海里。

后来，魏冉还鼓起勇气抄写了一首《诗经》里的一首诗："彼采葛兮，一日不见，如三月兮。彼采萧兮，一日不见，如三秋兮。彼采艾兮，一日不见，如三岁兮。"然后他将诗塞在了管筱雨枕头下。至今他都还不知道，管筱雨看后心里是怎么想的。

他又想起了跟着芈八子和魏淼去找鬼谷子的那条山谷，谷中飞瀑轰鸣、柳石密布，谷底溪水潺湲、曲折蜿蜒，溪边水草摇曳、藓苔斑斑，溪谷两岸峭壁、山石秀丽，仿佛鬼斧神工雕琢而成的巨大盆景。步入谷中深处，奇石、怪树、古藤即刻闯入眼帘，林间溪水潺潺，动人心弦，一步一景的神奇美景让人仿佛不小心掉进一个梦幻般的世界。管筱雨走累了，坐在石头上大口大口地喘气。魏冉摘了一朵花，走了过去说："这地方太美了，鬼谷子真会选地方。我要是能跟你住在这深山老林里多好啊！"管筱雨说："想得美！"魏冉说："我喜欢你……"管筱雨站起来朝芈八子跑去。她的背影非常好看，至今还深深刻在他的脑海里。

……

往事一段一段地在魏冉脑海里跳跃。

一直站在远处的乌获走了过来说："丞相，天色已晚，我们回家吧。"

魏冉"哦"了一声，心事重重，默默朝回走。

魏冉回家后失眠了，满脑子都是管筱雨。管筱雨无亲无故，孤身一人，她又会去哪里呢？他非常了解姐姐芈八子，管筱雨暗中帮他杀了义渠王，姐姐一定会把气发泄在管筱雨的身上。是他害了管筱雨，魏冉的心里充满了内疚和自责。

此后的日子，魏冉精神萎靡。他已派人去秦国各地寻找，去管筱雨的出生地东周雒阳去寻找，委托来秦国的各国使者或秦国去其他国的使者去寻找，甚至还派人去魏淼开的"女闾"（妓院）里找，结果都一无所获。

管筱雨去了哪里呢？该不会死了吧？这个问题魏冉想了无数遍，理不出一点头绪来。他痛苦得像疯子一样大哭大喊。

几个月后，魏冉打听到了一个消息，终南山的道观里有位女冠，长得有点像管筱雨。

第三十四章　出家

魏冉带了几个随从，立即朝周南山奔去。

周南山千峰叠翠，云雾缭绕，溪声潺潺，鸟语花香，景色如画，素有“仙都”之称。魏冉顺着溪流而上进入山谷，然后顺着石台阶而上，台阶两边古树葱郁。他行走了一个时辰，来到一座山峰下，看见一个女冠双手合十盘坐在一块石头上。女冠身穿长袍，双目紧闭，背影有点像管筱雨。魏冉怕惊动她，轻手轻脚走了过去，仔细一看果然是管筱雨。那一刻，魏冉想哭，他找我找得好辛苦啊。那一刻，魏冉想紧紧抱住她，想带她回家。魏冉屏住呼吸，静静地看着她，听到了她轻微的呼吸。管筱雨突然睁开眼，魏冉看到了她眼里的惊慌。

“筱雨，我找你找的好辛苦啊，跟我回家吧！”

“你认错人了吧，我叫静心，这里就是我的家。”

“筱雨，我是魏冉啊。”

管筱雨站了起来，没有理会魏冉，她朝说经台南面峻峰上的道观走去，走了几步突然停了下来说：“你们回吧，以后请不要打扰我的生活了。”

魏冉说：“这山上太苦了，跟我下山吧。”

“我每天打坐，研读《道德经》，每天都很快乐，”管筱雨指着前面的一座八卦形的炼丹炉说，“这是老子当年炼丹所用的炼丹炉，我跟着师傅学炼丹，一定会炼出长生不老的仙丹。”

“我不需要仙丹，只想跟你在一起！”

“我已厌烦了你们为了权力和利益，争城夺地，互相杀伐，整天都是打打杀杀，连年不断混战。”管筱雨说，“老子曰：胜而不美，而美之者，是乐杀人。夫乐杀人者，则不可得志于天下矣。杀人之众，以悲哀泣之，战胜以丧礼处之。”

魏冉说：“老子讲究性命双修、虚心实腹、不与人争，主张无为而治、不言之教。我在宋国也见过庄子，他认为一切事物都在变化，主张无为，放弃生活中的一切争斗。老庄思想在这个时代实行不了。”

“我现在非常崇拜老子，你不要诋毁我的偶像。”管筱雨说，“圣人不仁，以百姓为刍狗。天地之间，其犹橐籥乎？虚而不屈，动而愈出。多闻数穷，不如守中。”

“好了，我们不谈论什么老子了，我让你受了委屈，为了弥补，我请你下山，我要娶你。”魏冉说着掏出和氏璧想要挂在管筱雨的脖子上，“我答应过你，要把和氏璧送你。”

管筱雨倒退一步说：“这么贵重的礼物，我受不起。”

“我给你戴上吧。”

“我不稀罕，这种东西在你们眼里价值连城，但在我的眼里一文不值，就算你送给我，我也只是暂时的保管者而已。我们都是过客，什么都带不走……”

管筱雨哈哈大笑，笑声随即变成了哭泣。她指着魏冉说：“我告诉你，我现在叫静心，不叫管筱雨，我求求你，请你以后不要再来打扰我的生活……”

管筱雨说完欲走，魏冉急了，举起和氏璧说：“如果你不接受，我就从这悬崖上跳下去。”

管筱雨一怔，“和氏璧我可以替你保管，你想要随时来拿。忘了我吧，今生永不再见！”

魏冉望着管筱雨的背影消失在山上的道观里，泪水流了下来……

第三十五章　范雎入秦

秦王嬴稷知道太后找了一位男宠，但他装作什么都不知道，睁一只眼闭一只眼。太后整天跟男宠腻在一起，他反而认为这是自己最佳的时机。太后没有时间管理国家事务，他要趁机找一批人才，抢夺政权，他不想做傀儡。他心里非常清楚，魏冉、公子芾、公子悝、芈戎站在太后一边，他们是太后的人，如今他最信任的人只有向寿。

嬴稷把向寿请到宫里商议，说了自己的想法，问向寿有没有合适的人选，如果他们愿意，他可以赐给他们高官厚禄、黄金白银，可以满足他们所有的欲望，甚至可以送美女佳人。

向寿想了想说："天下目前有才能的人，文官里面我认为有这么几个人，魏国的信陵君魏无忌、楚国的屈原和春申君黄歇、赵国的平原君赵胜。"

嬴稷说："把他们一一分析一下，看看谁最合适，然后我们不惜重金聘请过来。"

"魏无忌是魏王的弟弟，门下的食客有三千之多。他接管军队，曾击破秦师，名扬天下。我曾派人通过他的食客打听了一下，魏无忌主张抗秦，他一直在学苏秦合纵，也想策划六国攻秦，要想让他来秦国，几乎不可能。"

"楚国的屈原呢？"

向寿摸了摸自己的头说："看我这记性，秦国大将白起带兵南下，攻占楚国都城郢城，焚烧了楚王的坟墓夷陵，楚军溃不成军，退却到陈。屈原在楚国一直受到迫害，他虽有心报国，却无力回天，就在那年五月投汨罗江自杀了。"

"可惜了，那楚国的黄歇呢？"

"黄歇年轻的时候曾四处拜师游学，见识广博，以辩才出众深得楚王的赏识。黄歇曾陪楚太子熊完在秦国待过一段时间。你见过他，此人的确有才，但比较狂妄，不可重用。"

"好像是见过黄歇一面，但没什么印象。赵国的赵胜呢？"

“赵胜是赵惠文王之弟，因贤能而闻名。他礼贤下士，门下食客至数千人。要想让他来秦国，也几乎不可能。他在赵国什么都有，想要什么就有什么，万人尊敬。”

嬴稷急得在屋里转来转去，“这如何是好？”

向寿也在屋里走来走去，他突然双手一拍，“啪”的一响，嬴稷吓了一大跳。向寿倒退一步紧紧望着嬴稷说：“大王，我突然想起一个人来，他就是范雎。”

“我怎么没听说过此人？”

向寿说：“谒者令王稽曾找我谈过此人，说他家境贫寒，曾周游列国希图有国君接受自己的主张而有所作为，但没有成功，只好在魏国中大夫须贾门下当食客。”

“快快传王稽进来，寡人很想知道范雎的消息，看看他是不是我们要找的人。”

一会儿，王稽一路小跑赶到大殿里，给嬴稷请安叩头。

嬴稷笑着说：“起来吧，寡人向你打听一个人，你把你知道的有关范雎的情况详细地告诉寡人。”

王稽说：“大王，我把我知道的全部说出来。范雎原是须贾门下食客，在魏国一直得不到重用。有一次，须贾为魏王出使到齐国办事，范雎也跟着去了。他们在齐国逗留了几个月，也没有什么结果。当时齐襄王得知范雎口才很好，就派专人给范雎送去了十斤黄金以及牛肉美酒之类的礼物，但范雎一再推辞，不敢接受。须贾知道了这件事，大为恼火，认为范雎必是把魏国的秘密出卖给齐国了，所以才得到这种馈赠，于是他让范雎收下牛肉美酒之类的食品，而把黄金送回去。回到魏国后，须贾心里恼怒嫉恨范雎，就把这件事报告给魏国宰相魏齐。魏齐听后大怒，就命令左右近臣用板子、荆条抽打范雎，打得范雎胁折齿断。当时范雎假装死去，魏齐就派人用席子把他卷了卷，扔在厕所里。又让宴饮的宾客喝醉了，轮番往范雎身上撒尿，故意污辱他，借以惩一警百，让别人不准再乱说。卷在席里的范雎还活着，对看守说：‘您如果放走我，我日后必定重重地谢您。’看守郑安平有意放走范雎就向魏齐请示把席子里的死人扔掉算了。可巧魏齐喝得酩酊大醉，就顺口答应说：‘可以。’范雎因而得以逃脱。后来魏齐后悔把范雎当死人扔掉，又派人去搜索范雎。郑安平听说了这件事，就带着范雎一起逃跑了，把范雎隐藏起来，还让范雎更改了姓名，叫张禄。”

嬴稷笑着说：“天降大任，必将苦其心志。后来呢？”

王稽说：“前271年，大王派微臣出访魏国。郑安平就假装当差役，侍候王稽。当时我问他：‘魏国有贤能的人士可愿跟我一起到西边去吗？’郑安平回答说：‘我的乡里有位张禄先生，想求见您，谈谈天下大事。不过，他有仇人，不敢白天出来。’我说：

‘夜里你跟他一起来好了。’郑安平就在夜里带着张禄来拜见我。我们两个人的话还没谈完，我就发现范雎是个贤才，便对他说：‘先生请在三亭冈的南边等着我。’范雎与我暗中约好见面时间就离去了。”

“你去了哪里？”向寿问。

“我辞别魏王和群臣，驱车回国，经过三亭冈南边时，载上范雎便很快进入了秦国国境。车到湖邑时，远远望见有一队车马从西边奔驰而来。范雎便问：‘那边过来的是谁？’我答道：‘那是秦国国相穰侯魏冉去东边巡行视察县邑。’范雎一听是穰侯魏冉便说：‘我听说穰侯独揽秦国大权，他最讨厌收纳各国的说客，这样见面恐怕要侮辱我的，我宁可暂在车里躲藏一下。’不一会儿，穰侯果然来到，向我道过问候，便停下车询问说：‘关东的局势有什么变化？’我答道：‘没有。’穰侯又对我说：“使臣先生该不会带着那般说客一起来吧？这种人一点好处也没有，只会扰乱别人的国家罢了。’我赶快回答说：‘臣下不敢。’两人随即告别而去。范雎对我说：‘我听说穰侯是个智谋之士，处理事情多有疑惑，刚才他怀疑车中藏着人，可是忘记搜查了。’于是范雎就跳下车，说：‘这件事穰侯不会善罢甘休，他必定后悔没有搜查车子。’大约走了十几里路，穰侯果然派骑兵追回来搜查车子，没发现有人，这才作罢。我于是与范雎进了咸阳。”

“后来呢？”

“我向大王报告了出使情况后，趁机进言说魏国有个张禄先生，此人是天下难得的能言善辩之士。张禄说秦王的国家处境已到了非常危险的地步，能采用他的方略便可安全，但需面谈而不能用书信传达。我于是把他载到秦国来了，但大王不相信这套话，只让范雎住在客舍，给他粗劣的饭食吃。就这样，范雎在秦国待了一年多了。”

嬴稷有点尴尬，不好意思地一笑：“是吗？有这回事吗？”

王稽说：“我听范雎说，他曾给大王上书。”

“奏折太多，寡人可能没顾上看，”嬴稷说，“大家帮我找找看。”

皇宫里的一个房间里堆满奏折，好多上面落满了灰尘。内侍擦掉灰尘，一一展开。王稽指着一份奏折说：“就是这份，我认识他的字迹。”

嬴稷认真拜读，奏折的大致意思是这样的：

“我听说圣明的君主推行政事，有功劳的不可以不给奖赏，有才能的不可以不授官职，劳苦大的俸禄多，功绩多的爵位高，能管众多事务的官职大。所以没有才能的不敢担当官职，有才能的也不会被埋没。假使您认为我的话可用，希望您推行并进一步使这种主张得以实现；如果认为我的话不可用，那么长久留我在这里也没有意义。

俗话说：'庸碌的君主奖赏他宠爱的人而惩罚他厌恶的人；圣明的君主就不这样，奖赏一定施给有功的人，刑罚一定判在有罪人的身上。'如今我的胸膛耐不住铡刀和砧板，我的腰也承受不了小斧和大斧，怎么敢用毫无根据、疑惑不定的主张来试探大王呢？即使您认为我是个微贱的人而加以轻蔑，难道就不重视推荐我的人对您的担保吗？况且我听说周室有砥砨，宋国有结缘，魏国有县藜，楚国有和氏璞玉，这四件宝玉，产于土中，而著名的工匠却误认为是石头，但它们终究成为天下的名贵器物。既然如此，那么圣明君主所抛弃的人，难道就不能够使国家强大吗？我听说善于中饱私囊的大夫，是从诸侯国中取利；善于使一国富足的诸侯，是从其他诸侯国中取利。而天下有了圣明的君主，诸侯就不得独自豪富，这是为什么？是因为它们会削割国家而使自我显贵。高明的医生能知道病人的生死，圣明的君主能洞察国事的成败，认为于国家有利的就实行，有害的就舍弃，有疑惑的就稍加试验。即使舜和禹死而复生，也不能改变这种方略。要说的至深话语，我不敢写在书信上，一些浅露的话又不值得您一听。想来是我愚笨而不符合大王的心意吧？还是推荐我的人人贱言轻而不值得听信呢？如果不是这样，我希望您赐给我少许空闲时间，让我拜见您一次。如果一次谈话没有效果，我请求受死刑。"

读了这封书信，嬴稷心中大喜，便向王稽表示了歉意，派他用专车去接范雎。

这样，范雎才得以进宫拜见秦王嬴稷。到了宫门口，他假装不知道是内宫的通道，就往里走。这时恰巧秦王出来，宦官发了怒，驱赶范雎，呵斥道："大王来了！"范雎故意乱嚷着说："秦国哪里有王？秦国只有太后和穰侯罢了。"他想用这些话激怒秦王。秦王走过来，听到范雎正在与宦官争吵，便上前去迎接范雎，并向他道歉说："我本该早就向您请教了，当时忙于处理义渠的事，时间很紧迫，我早晚都要向太后请示。现在义渠的事已经处理完毕，我才得机会向您请教。我这个人很糊涂、不聪敏，让我向您敬行一礼。"范雎客气地还了礼。这一天凡是看到范雎谒见秦王情形的文武百官，没有一个不是肃然起敬的。

秦王喝退了左右近臣，宫中没有别的人了。这时秦王长跪着向范雎请求说："先生怎么赐教于我？"

范雎说："嗯嗯。"停了一会，秦王又长跪着向范雎请求说："先生怎么赐教于我？"范雎说："嗯嗯。"像这样连续询问三次。

秦王长跪着说："先生终究也不赐教于我了吗？"

范雎说："不敢这样。我听说从前姜子牙遇到周文王时，他只是个渭水边上钓鱼的渔夫罢了。像他们这种关系，就属于交情生疏。但文王听完他的一席话便立他为太师，并立即用车载着他一起回宫，就是因为他的这番话说到了文王的心坎里。因此文王便得到姜子牙的辅佐而终于统一了天下。假使当初文王疏远姜子牙而不与他深谈，周朝就没有做天子的德望，而文王、武王也就无人辅佐来成就他们统一天下的大业了。如今我是个寄居异国他乡的臣子，与大王交情生疏，而我所希望陈述的都是匡扶国君的大事，我本愿进献我的一片愚诚的忠心，可不知大王心里是怎么想的。这就是大王连续三次询问我而我不敢回答的原因。我并不是害怕什么而不敢说出来。我明知今天向您陈述主张明天就可能受死，可是我绝不想逃避。大王果真照我的话办了，受死不值得我忧患，流亡不值得我苦恼，就是漆身生癞、披发装疯我也不会感到羞耻。况且，像五帝那样的圣明终不免死去，三王那样的仁爱也不免死去，春秋五霸那样的贤能都死了，成荆、孟贲、王庆忌、夏育那样勇猛威武的人也一个个死去了。由此可见，死亡是每个人都必不可免的事。处于明了必然死去的形势下，能够对秦国有少许补益，这就是我的最大愿望，如此我又担忧什么呢！过去伍子胥被装在口袋里逃出了昭关，夜里赶路，白天隐藏，走到陵水，连饭也吃不上了，只好爬着行走，裸出上身，叩着响头，鼓起肚皮吹笛子，在吴国街市上到处行乞讨饭，可后来终于振兴了吴国，使阖闾成为霸主。假使我能像伍子胥一样极尽智谋效忠秦国，就是把我囚禁起来，终身不再见大王，这样我的主张实行了，我又担忧什么呢？过去箕子、接舆漆身生癞、披发装疯，可是对君主毫无益处。假使我也跟箕子有同样的遭遇而披发装疯，可是能够对我认为贤能的君主有所补益，这是我的最大荣幸，我又有什么耻辱的？我所担忧的，只是怕我死后，天下人看见我为君主尽忠反而遭到死罪，因此闭口停步，没有谁肯来秦国罢了。现在您在上面害怕太后的威严，在下面被奸佞臣子的惺惺作态所迷惑，自己身居深宫禁院，离不开左右近臣的把持，终日迷惑不清，也没人帮助您辨出邪恶。长此下去，从大处说国家覆亡，从小处说您孤立无援岌岌可危，是我所担忧的，只此而已。至于说困穷、屈辱一类的事情，处死、流亡之类的忧患，我是从不害怕的。如果我死了而秦国得以大治，这使我死了比活着更有意义。”

秦昭王长跪着说：“先生这是怎么说呢！秦国偏僻远处一隅，我本人愚笨无能，先生竟屈尊光临此地，这是上天恩准我烦劳先生来保存我的先王的遗业啊。我能受到先生的教诲，这正是上天恩赐我的先王，而不抛弃他们的后代啊。先生怎么说这样的话呢！从此以后，事情无论大小，上至太后，下到大臣，有关问题希望先生毫无保留地给我以指教，不要再怀疑我了。”范雎听了后打躬行礼，秦昭王也连忙还礼。

范雎说："大王的国家，四面都是坚固的要塞，北面有甘泉高山、谷口险隘，南面环绕着泾、渭二水，右边是陇山、蜀道，左边是函谷关、肴阪山，雄师百万，战车千辆，有利就进攻，不利就退守，这是据以建立王业的好地方啊。百姓不敢因私事而争斗，却勇敢地为国家去作战，这是据以建立王业的好百姓啊。现在大王同时兼有地利、人和这两种有利条件。凭着秦国士兵的勇猛、战车的众多，去制伏诸侯，就如同放出韩国壮犬去捕捉跛足的兔子那样容易，建立霸王的事业是完全能够办到的，可是您的臣子们却都不称职。秦国到现今闭关固守已经十五年，之所以不敢伺机向崤山以东进兵，这都是因为穰侯为秦国出谋划策不肯竭尽忠心，而大王的计策也有失误之处啊。"

秦昭王长跪着说："我愿意听一听我的失策之处。"

可是范雎发觉谈话时周围有不少偷听的人，心里惶惑不安，不敢谈宫廷内部太后专权的事，就先谈穰侯对诸侯国的外交谋略，借以观察一下秦王的态度。他凑到秦王面前说："穰侯越过韩、魏两国去进攻齐国纲寿，这不是个好计策。出兵少就不能损伤齐国，出兵多反会损害秦国自己。我猜想大王的计策，是想自己少出兵而让韩、魏两国尽遣兵力来协同秦国，这就违背情理了。现在已经看出这两个友国实际并不真正亲善，您却要越过他们的国境去进攻齐国，合适吗？这在计策上考虑得太欠周密了。况且曾有过这种失算的先例，先前齐湣王向南攻打楚国，杀楚军、斩楚将，开辟了千里之遥的领土，可是最后齐国连寸尺大小的土地也没得到，难道是不想得到土地吗？是形势迫使它不可能占有啊。各诸侯国看到齐国已经疲惫困顿国力大衰，国君与臣属又不和，便发兵进攻齐国，结果大败齐国。齐国将士受辱溃不成军，上下一片责怪齐王之声，说：'策划攻打楚国的是谁？'齐王说：'是田文策划的。'于是齐国大臣发动叛乱，田文被迫逃亡出走。由此可见齐国大败的原因，就是它耗尽兵力攻打远方的楚国反而使韩、魏两国从中获得厚利。这就叫作把兵器借给强盗，把粮食送给窃贼啊。大王不如结交远邦而攻伐近国，这样攻取一寸土地就成为您的一寸土地，攻取一尺土地也就成为您的一尺土地。如今放弃近国而攻打远邦，不也太荒谬了吗？再说，过去中山国领土有方圆五百里，赵国独自把它吞并了，功业建成，名声高扬，利益到手，天下没有谁能侵害它。现在韩、魏两国地处中原，位于天下的中心部位。大王如果打算称霸天下，就必须先亲近中原国家把它作为掌握天下的关键，以此威胁楚国、赵国。楚国强大您就亲近赵国，赵国强大您就亲近楚国。楚国、赵国都亲附您，齐国必然恐惧了。齐国恐惧，必定低声下气拿出丰厚财礼来亲附秦国。齐国亲附了秦国，那么韩、魏两国便乘势可以收服了。"

秦昭王说："我早就想亲近魏国了，可是魏国是个翻云覆雨、变化无常的国家，我无法同它亲近。请问怎么才能亲近魏国？"

范雎回答道："大王可以先说好话送厚礼来拉拢它；不行的话，就割让土地收买它；再不行，寻找机会发兵攻打它。"秦昭王说："我就恭候您的指教了。"于是授给范雎客卿官职，同他一起谋划军事，最终听从了范雎的谋略：王不如远交而近攻，得寸则王之寸也，得尺亦王之尺也。秦王派五大夫绾带兵攻打魏国，拿下了怀邑。两年后，秦国又夺取了邢丘。

范雎一天比一天得到秦昭王信任，转眼间受到秦昭王的信用就有几年了。范雎心里知道，他一个客卿要在秦国大展身手，必须要削夺太后和魏冉的大权，但这谈何容易？必须要有十足的把握，才能走这一步险棋。

第三十六章　炼长生不老的仙丹

芈八子整天跟魏丑夫腻在一起，无论在精神上，还是在肉体上，都空前地得到了满足。慢慢地，芈八子已离不开魏丑夫了，她在他的身上完全可以找到真爱的感觉，这种感觉就像她当初爱苏秦一样，她把他想象成了苏秦。当一个女人全身心地付出，爱一个男人的时候，很可爱，但是有时候也很疯狂。

随着岁月一天天的流逝，芈八子派出去寻找长生不老药的方士，带着大量金银财宝不知所踪，芈八子渴望长生不老的愿望越来越强烈。虽然她的陵墓已快修建好了，但她还不想死，她想永远当太后，永远统治着秦国，她要看到秦国统一天下的那一天，她还要成仙，甚至像老子一样乘青牛西去……

世上没有不透风的墙，芈八子很快知道了魏冉把和氏璧送给了管筱雨的事。她心里非常生气，她是太后，管筱雨只是个丫鬟而已，魏冉把和氏璧送给她，他眼里还有这个太后吗？如今一切都是她说了算，没人敢挑战她的权威，她掌控着别人的命运，掌握着别人的生死，天下是她的，那么和氏璧也是她的，别人不配，只有她才佩戴天下第一美玉。芈八子本想把魏冉叫到甘泉宫来好好臭骂一顿，她在他的眼里还不如一个丫鬟，但想想魏冉毕竟是自己的弟弟，在她人生的关键时刻给予了她不少帮助。如果没有他，她也不能在太后的位子上一坐就是三十余年。她见到魏冉时强压住心中的怒火，心平气和地说："我听说和氏璧已到了秦国，我不管它现在在哪里，你必须把它找回来，送给我。"

"谁说和氏璧已到了秦国？我都没见过它。"

"你还在装，是吗？"芈八子说，"我现在终于明白了，我这个当姐的在你心目中的地位了。"

"我不是这个意思。"

"我限你三天之内把和氏璧送到我手上，否则我撤了你的所有职位，包括你的封地。"

第三十六章　炼长生不老的仙丹

“实话告诉你吧，我把它送给了管筱雨，你现在让我去问她要回来，我开不了口啊！”魏冉有点为难地说。

“听说她出家了？”

“是的，在周南山。”

“记住，我只给你三天时间。”芈八子说。

三天时间太紧了，魏冉不敢停留，快马加鞭朝周南山跑去。到了山脚下，全是羊肠小道，魏冉只好步行，一路上他的心一直忐忑不安，见到管筱雨他该怎么开口？他想了无数个理由和借口，但都一一否定了。

魏冉来到了道观，他站在门外看见了管筱雨正在打坐，没有勇气进去。直到管筱雨站了起来，他才咬了咬牙冲了进去。

“你怎么又来了？”管筱雨说，“我不是告诉你，请你以后不要再来打扰我的生活……”

“哦哦哦……”魏冉结结巴巴地说。

“你是来拿和氏璧的吧？……”

“是啊，太后知道我把它送你了，她逼我三天之内交出来，否则就要撤我的职。我也是没办法啊。”

“如果和氏璧和我，两个之间只能选择一个，你该如何选择？你会为我放下一切吗？包括放弃你的官职。”管筱雨想故意试探一下魏冉，那个口口声声说爱她的男人，在金钱、爱情、权力面前该如何选择？自己在他心目中到底有多么重要？如果魏冉说为她可以放下一切，对于未来她该要重新考虑和规划了。

“哦哦哦……”魏冉吞吞吐吐。

“我知道你会选择和氏璧，我说过我只是替你保管。随我来吧，我还给你。”

魏冉无语。

魏冉跟在管筱雨的后面，他看着她的背影，忍不住想从背后抱住她，但又不敢。穿过庭院，他进入了左边的一处简陋的房子里，门没有锁，一推就开了。管筱雨弯下腰，从床下拉出一个小匣子，打开一看，里面空空如也。管筱雨大吃一惊，“我明明放在这里的，怎么就不见了？”

魏冉头一下大了，没了和氏璧，回去没法交差，“你是不是不想给我？”

管筱雨脚一跺，非常生气地说：“我一点都不稀罕这个破东西，是你非要给我的。”

“你这是跟我开玩笑吗？快点把和氏璧交给我，我好立即下山。”

“我没跟你开玩笑，和氏璧丢了。”管筱雨说，“我想起来了，曾有游客和香客来过我房间，还有一位乾道，突然下山走了，也值得怀疑。”

“这位乾道长得很瘦小，皮肤很黑，左手有块伤疤，好像是炼丹时烧伤的。”管筱雨说，“我只是怀疑而已，又没有证据，还是算了吧。再说都过去几天了，人早已离开了秦国。”

魏冉立即下山，下令在咸阳城里和各边界口岸严查乾道。

三天后，一无所获。

魏冉来到甘泉宫负荆请罪。

芈八子说：“管筱雨说的话，你真的就信了吗？”

“应该是真的，她不会骗我。”

“管筱雨工于心计，面对价值连城的东西，我不相信她不动心。”芈八子说。

“管筱雨不是这种人。”

“人是会变的，何况知人知面不知心，”芈八子说，“你就老老实实待在甘泉宫，哪都不准去，等候处置。”

魏冉退了下去。

芈八子把庸芮叫到宫里来，让他立即带人上周南山搜查管筱雨的住处，同时把管筱雨抓来。

第二天，魏冉在宫里见到了管筱雨，管筱雨躺在地上已昏迷，衣服破烂，身上还有血。显然芈八子对管筱雨动了刑，目的是逼她交出和氏璧。芈八子在甘泉宫里设了不少刑具，对她不忠的人常常被带到这里审问和严刑拷打。

魏冉抱着管筱雨，质问芈八子：“你为什么要这样对她？”

“因为她对我不忠。”

“你就是把她打死，她也不知道和氏璧去哪儿了。”

芈八子说：“我倒要看看她的嘴到底有多硬，我就不相信她不招。你劝劝她吧，不要财迷心窍了。”

魏冉把芈八子拉到一边说：“姐姐，你看这样行不，管筱雨现在在用老子当年的炼丹炉继续炼丹，只要她炼出长生不老的仙丹给姐姐，这笔账就一笔勾销。你看可以吗？”

芈八子想了想，笑了，“只要我长生不老，和氏璧又算得了什么，钱财都是身外之物。”

芈八子立即传来太医给管筱雨看病。

几天后，管筱雨能下床走动了。芈八子来看望她并赔罪，说：“只要你能炼出长生不老的仙丹，和氏璧的事就不追究了，而且我还将重重奖赏你。”

管筱雨说：“我一直把你当姐姐看待，可你一直疑神疑鬼，谁都不相信，你只相信你自己，如今你差点把我打死，你说我会给你炼长生不老的仙丹吗？就算我会，我也不给你炼丹。”此时的管筱雨已心灰意冷，她没想到太后对她下如此毒手，打得她皮开肉绽，打得她晕过去几回。她感觉现在的太后已不是以前的那个太后了，一切都变了，同时她又对风光无限、万人之上的太后充满了嫉妒和恨，这种嫉妒和恨让她有种想要报复太后的欲望。

“你不给我炼丹，就只有死路一条。”芈八子生气地说。

“我情愿死。”管筱雨大声说。

魏冉推开芈八子说：“姐姐，你先回去，我劝劝她，也许她听我的。”

魏冉开始给管筱雨做工作，还说这样不明不白死了不值，不如先答应她，先保住命再说，祸兮，福之所倚；福兮，祸之所伏。

管筱雨终于答应了帮芈八子炼仙丹。

芈八子让庸芮在甘泉宫后院选一块地方修建炼丹炉。管筱雨说三十六天、神山仙岛、洞天福地是神仙的居所，幽冥地府、人间宫观、名山大川是仙境的延伸，名山大川吸取天地灵气，是炼丹的绝佳场所，只有这样才能炼出仙丹，所以她要回山上炼丹。

芈八子说：“我答应你，你需要什么只管开口，我让庸芮配合你的工作。”

管筱雨说：“我还有一个条件，炼丹讲究清净，无关人员不能来打扰，免得泄了仙气。”

庸芮带着一帮人驻扎在山上，把一些乾道赶走了，只留下几个打杂的给管筱雨当帮手。庸芮名为保护，其实是监视，怕管筱雨跑了。

七七四十九天后，管筱雨终于炼出了仙丹。

庸芮捧着仙丹喜笑颜开地直奔甘泉宫。

芈八子把仙丹供在神龛上，沐浴更衣，表示虔诚，然后拿起仙丹，犹豫了一下，放进了嘴里。

芈八子服了仙丹后，身体发虚，四肢无力，躺在了床上。

芈八子命令庸芮去捉拿管筱雨。庸芮带人大汗淋淋跑到周南山，冲进管筱雨的房间时，管筱雨已不知所踪。有人说她跳悬崖自杀了，有人说她骑鹤西去了……说什么的都有，总之没有人再看见管筱雨了，她在这个世界上销声匿迹了。

第三十七章　被迫退位

芈八子服了仙丹后，要不是太医抢救及时，差点一命呜呼。芈八子下令全国通缉管筱雨，活要见人，死要见尸。

秦王嬴稷得知太后病了，立即秘密传范雎和向寿到王宫里商量。

范雎说："我住在山东时，只听说齐国有田文，从没听说齐国有齐王；只听说秦国有太后、穰侯魏冉、华阳君芈戎以及高陵君公子悝、泾阳君公子芾，从没听说秦国有秦王。独掌国家大权的称作王，能够兴利除害的称作王，掌握生杀予夺权势的称作王。如今太后独断专行毫无顾忌，穰侯出使国外从不报告，华阳君、泾阳君等惩处断罚随心所欲，高陵君任免官吏也从不请示。这四种权贵凑在一起而国家却没有危险，那是从来没有过的。人们处在这四种权贵的统治下，就是我所说的没有秦王啊。既然如此，那么大权怎么能不旁落，政令又怎么能由大王发出呢？"

向寿说："客卿说得非常对。"

范雎接着说："我听说善于治国的，就是要在国内使自己的威势牢固而在国外使自己的权力集中。穰侯的使臣操持着大王的重权，对诸侯国发号施令，他又向天下遍派持符使臣订盟立约，征讨敌方，攻伐别国，没有谁不敢听命。如果打了胜仗，夺取了城地就把好处归入陶邑，国家一旦遭到困厄他便可在诸侯国中用事；如果打了败仗就让百姓怨恨国君，而把祸患推给国家。有诗说：'树上结果太多就要压折树枝，树枝断了就会伤害树心；封地城邑太大就要危害国都，抬高臣属就会压抑君主。'从前崔杼、淖齿在齐国专权，崔杼射中齐庄公的大腿并杀死了他，淖齿抽了齐湣王的筋又把他悬吊在庙梁上，一夜就吊死了。李兑在赵国专权，把赵武灵王囚禁在沙丘的宫里，一百天被困饿而死。如今我听说秦国的太后、穰侯专权，高陵君、华阳君和泾阳君相帮同，最终是不要秦王的，这也就是淖齿、李兑一类的人物啊。"

嬴稷不停地点着头，静静地听着。

第三十七章　被迫退位

“再说夏、商、周三代亡国的原因，就是君主把大权全都交给宠臣，自己恣意饮酒，纵情游猎，不理朝政。他们授权任职的宠臣，一个个妒贤嫉能，瞒上欺下，谋取私利，从不为君主考虑，可是君主又不醒悟，因此丧失了自己的国家。如今秦国从小乡官到各个大官吏，再到大王的左右侍从，没有一个不是相国穰侯的亲信。我看到大王在朝廷孤单一人，暗自替您害怕，在您之后，拥有秦国的怕不是您的子孙了。”

嬴稷听了这番话如梦初醒，大感惊惧，说：“说得对！客卿你说，我该怎么办？”

“我还是那句话，必须要削夺太后和魏冉的大权。大王，不要再犹豫了。”范雎说。

“如果你是大王，你该怎么办？”嬴稷问。

“首先砍掉他的左膀右臂，顺藤摸瓜，收集他们不忠的证据，然后再一网打尽。”

“能说具体点吗？”向寿说。

“如果大王能大义灭亲，再给我‘先斩后奏’的权力的话，我一定会有办法的。”

“好吧，寡人支持你。你还有什么要求，尽管提！”

“向大人手中不是也有兵权吗？希望你能配合我。”

向寿说：“放心吧，我大力支持你！”

“王稽和郑安平这两人对我有恩，我想把这两人借用一下，同时希望大王今后能照顾一下他们。”

“事成后，我会考虑的。”

范雎退下后，带着王稽和郑安平来到了咸阳城里的“女闾楼”。他们在门外的一家客栈住了下来，范雎对王稽说：“朝廷里的文武百官你大都认识，你给我盯着，看看他们中有哪些人经常朝这里跑。”

“其实不用盯，我就知道哪些人经常朝这里跑。”王稽说，“这是御史大夫魏淼开的，他这是学齐国管仲的，借助美女来为自己创收和招揽人才，所谓的人才不过是狼狈为奸的狐朋狗友而已。魏淼还垄断了巴蜀等地的食盐、丝绸等等。同时他还买官卖官，对他有意见的官员，他就用他御史大夫的身份，把人抓起来严刑逼供，然后屈打成招，所以文武百官里没人敢得罪他，只能忍气吞声。如今他是秦国首富，又是太后的父亲，没人敢得罪他。”

“这么说，我倒要去‘女闾楼’里看看。”范雎笑了笑，轻轻拍了拍王稽的肩说，“你一定要帮我收集证据。”

“证据我早就收集了一些，只是苦于不敢上报。”王稽说，“这么多年来，我一直是谒者令，就是因为我不跑不送，只能原地踏步。”

“好好干，你立功的机会来了。”范雎微微一笑。

范雎带着郑安平来到了“女闾楼”。刚一进门，美女们就围了过来，“客官请上二楼！”范雎左右一瞧，里面全是美女，个个花枝招展，面带笑容，空气里弥漫着香味，房间里传出各种淫荡的声音。范雎借口有事，匆匆走了。

半夜时分，范雎拿着秦王的令牌，带着几个精兵强将去拜访魏淼。

“这么晚了，找我有何事？”魏淼生气地说。

“大王有急事，请你去一趟。”范雎说，“马车都为你准备好了，就停在门口。”

魏淼有点不情愿地整理好衣服：“你们在门口等着，我马上就来。”

范雎在门口等着，魏淼刚一出大门，就被推上了马车，马车在静静的夜里飞奔起来。到了咸阳宫后，范雎领着魏淼沿着台阶刚刚步入大殿，两边就冲出几个侍卫用刀架在魏淼的脖子上，然后捆了起来，押进了后院。

“你们想干吗？我要见大王！”魏淼喊道。

“除非你招了，我们就放了你。”范雎指着各种刑具说，“这是我们刚刚做的各种新刑具，要不你尝尝？你是第一个，很荣幸啊！”

“你们知道我是谁吗？我招什么？快快把我放了，否则我让你们脑袋搬家！”魏淼狂傲地说。

范雎哈哈笑了：“好大的口气！你先保护好自己的脑袋再说吧！”

“我要见太后！”魏淼喊道。

郑安平笑着说：“别跟他废话了，直接上刑，我倒要看看老骨头经不经得起折腾。”

“让他们陪你慢慢玩，我先走了。”范雎拍着魏淼的脸说。

他们审问魏淼几天几夜，不让他吃不让他睡。魏淼哪遭受过如此罪，再加上又上了年纪，精神一下崩溃了，问什么说什么，供出了公子悝、公子芾。他急于出去，然后上报芈八子，把范雎他们统统抓起来。

范雎拿着秦王的令牌，传令公子悝、公子芾进宫。

公子悝、公子芾刚一进宫，同样被抓了起来，秘密关在后院审问。公子悝、公子芾又供出了芈戎。范雎又采用同样的办法把芈戎也控制起来了。

范雎想把魏冉引进宫里时，魏冉刚好到赵国去办点私事了，他出使诸侯国从不报告。范雎扑了一个空。他劝秦王嬴稷亲自出面，软禁太后，直接夺权，同时派人在秦赵边界关口设伏，看见魏冉立即抓捕。

嬴稷带着人马来到了甘泉宫，把原先的侍卫全部换成了自己的人。嬴稷决定跟芈八子摊牌，让她从今以后不要参与国家大事。

“稷儿，你今天怎么有空来看我了，是有什么事需要禀报吧？”芈八子问。

“请太后以后不要叫我稷儿了。”

“那叫你什么？”

“大王。”

芈八子哈哈笑了，“我知道你的意思，你想让我今后不再参与国家大事，以后干什么事也不需要向我汇报，也不需要经过我同意，你想让我退位……”

芈八子生气地把杯子扔在地上，大发雷霆。

“不错，”嬴稷委婉地说，“母后当太后都快四十年了，为秦国兢兢业业付出太多了，也该歇歇了！”

“你这是逼我吗？”

“实话告诉你吧，我已忍够了，无法再忍了，甘泉宫的侍卫已全部换成了我的人，魏淼、公子悝、公子芾和芈戎已被我控制了，他们贪赃枉法、徇私舞弊……我查封魏淼的家，你可能都想不到，装载东西的车子有一千多辆。他府上的珍宝器物，比国君之家还要多。”

“是吗？你胆子也太大了，连你姥爷都要查？”

“不查不知道，一查吓一跳，牵扯的官员太多了，如果再不治理，秦国恐怕将要完了，”嬴稷说，“你见到舅父魏冉，请转告他，他只要交出兵权，我绝不为难他，他在他的封地可以安度晚年。如果他顽抗到底，最坏的结果就是两败俱伤，这也是母后所不愿意看到的吧？”

芈八子陷入了沉思。

芈八子失去了自由，每天只能待在宫里，哪里都不能去。

魏冉突然出现在芈八子面前是在一个飘雨的黄昏。魏冉是翻院墙进来的，他已知道了一些消息。他想发动政变，把秦王赶下台，让公子柱继承王位。他犹豫不决，是来请教芈八子的。芈八子听后，叹了一口气说：“你我都老了，是该到放手的时候了。稷儿说了，只要我们退位，他不会为难我们的，让我们安度晚年。如果跟他作对，最坏的结果就是两败俱伤，这也是你我所不愿意看到的吧？你我都希望大秦繁荣昌盛，是吧？”

魏冉也叹了一口说：“姐姐，我听你的！江山代有英雄出，我们是该退位了。”

魏淼的案子范睢一路查下去，牵扯出了近百人。

嬴稷为了表示秦国改革的决心，震慑官员，将魏淼押上了刑场。围观的人人山人海。

随着行刑官一声令下，刽子手举起大刀，魏淼人头落地。随着魏淼人头落地，人们似乎看到了大秦的希望。从前在秦国人们只知道太后和四贵，如今大秦子民们终于知道了大王——秦昭襄王的名字。

接着，秦王号令天下，废弃太后，收回了穰侯的相印，把穰侯、高陵君以及华阳君、泾阳君驱逐出咸阳城。秦王任命范雎为相国。

范雎有功，秦王又把应城封给范雎，封号称应侯。

随着日子一天又一天的流逝，芈八子的身体每况愈下，慢慢地躺到了床上。芈八子把庸芮传到宫里来，说："如果我死了，一定要让魏丑夫为我殉葬。"

"遵命！"庸芮说。

魏丑夫听说此事，忧虑不堪，塞给了庸芮两块马蹄金，让他在太后面前求情，只要不殉葬，他还要重谢。

庸芮又来到了太后面前，"太后您认为人死之后，冥冥之中还能知觉人间的事情吗？"

芈八子说："人死了当然什么都不知道了。"

庸芮说："像太后这样明智的人，明明知道人死了不会有什么知觉，为什么还要平白无故地把自己所爱的人置于死地呢？假如死人还知道什么的话，那么先王早就对太后恨之入骨了。太后赎罪还来不及呢，哪里还敢和魏丑夫有私情呢？"

宣太后觉得庸芮说得有理，就放弃了让魏丑夫为自己殉葬的念头。

魏丑夫心里害怕，他生怕哪天太后又改变主意让他殉葬，生怕哪天太后突然死去，他每天都在忐忑不安中度过。

公元前 265 年的秋天，芈八子终于病倒了。

魏丑夫在一个夜晚偷偷跑了，回到了魏国。后来人们才知道，魏丑夫是信陵君魏无忌安插在太后身边的内奸，魏丑夫是魏无忌专门培养的秘密武器，魏国通过魏丑夫获得了大量的情报。

芈八子终于也知道了魏丑夫是魏国的奸细，她的病情一下加重了。她以为在人生最后的时光找到了真爱，结果她错了。在她弥留之际，她想到了苏秦，她的心里一直装着苏秦，苏秦才是她的真爱！在她闭上眼睛那一刻，她终于明白，金银财宝带不走，大秦江山带不走，什么都带不走……唯一能带走的也许就是爱，那份炽热的爱！

第三十八章　尾声

芈八子死后埋在了芷阳骊山。

芈戎被逐到原本的封邑华阳，他在回到华阳的途中神秘地去世。魏冉回到封邑陶邑，整天郁郁寡欢，后死于陶邑，就葬在那里。在魏冉的陵墓上有人曾见过一个白发苍苍的老人，有人说她就是管筱雨，但后来人们再也没有见到这个女人了。

嬴稷在他母亲去世后的数年间，按照范雎的“远交近攻”的战略思想，发动了数次战争。他的一系列作为，使他成为巍然屹立于战国的一代雄主。

嬴稷用白起领军发起长平大战，这是嬴稷执政时期最大的政绩。

秦昭襄王四十七年（前 260），秦国的左庶长王龁攻打赵国，攻占了上党。赵国的大将廉颇心里知道不能硬战，于是严密地守垒相互对峙，等待机会进攻。秦国深深地感到廉颇对于秦国是个忧患，于是用离间计扬言秦国不怕廉颇，只怕赵括。赵国果然任命赵括代替了廉颇。秦人听闻了这个消息，大喜如狂，秘密派遣大将白起代替了王龁。赵军的出击被截分为了两部分，秦军用五十余万大军依靠地形围住人数几乎相等的赵军，赵军断粮四十六天后，大溃。秦国杀了赵括，在长平活埋了赵国四十余万投降的士兵，赵国全国都大大震惊。长平大战胜利后，军事强国赵国几无壮丁。

秦昭襄王四十八年（前 259），韩国割垣雍城（河南新乡原阳）、赵国割六座城向秦国求和。秦昭襄王嬴稷为替范雎报仇，引诱赵国宰相平原君赵胜到秦国，然后囚禁了他，向魏齐索要交换物。魏齐由赵国再投奔魏国，没有人敢收留他，窘困自杀。赵国斩了魏齐的脑袋献给了秦国丞相范雎，秦国于是释放了赵胜回国。

秦昭襄王四十九年（前 258），秦国的五大夫王陵攻打赵国的国都邯郸，不能攻克。于是秦国派遣王龁代替王陵，仍不能攻克。于是秦国围攻邯郸，赵国震恐，向各国乞求援助。楚国派大将黄歇营救赵国，魏国派大将晋鄙营救赵国。秦昭襄王嬴稷派遣使臣对魏安釐王魏圉说：“敢有参战的人，我会把兵力移过来一起打。”魏圉害怕了，命令晋鄙将兵力囤积在邺城，不再前进。魏国的信陵君魏无忌盗出了兵符，假传君令杀死了晋鄙，带兵前进，完成了窃符救赵这一义举。

秦昭襄王五十年（前 257），九月，秦又发兵，使五大夫王陵攻赵邯郸。正赶上白起有病，不能走动。次年正月，王陵攻邯郸不大顺利，秦王又增发重兵支援，结果王陵损失四万秦军。白起病愈，秦王欲以白起为将攻邯郸。白起对秦昭襄王说："邯郸实非易攻，且诸侯若援救，发兵一日即到。诸侯怨秦已久，今秦虽破赵军于长平，但伤亡者过半，国内空虚。我军远隔河山争别人的国都，若赵国从内应战，诸侯在外策应，必定能破秦军。因此不可发兵攻赵。"

秦昭襄王改派王龁替王陵为大将，围攻邯郸，久攻不下。楚国派春申君同魏公子信陵君率兵数十万攻秦军，秦军伤亡惨重。白起听到后说："当初秦王不听我的计谋，结果如何？"秦昭襄王听后大怒，强令白起出兵，白起自称病重，经范雎请求，仍称病不起。由于病体不便，白起并未立即启程。三月后，秦军战败的消息不断从邯郸传来，昭王更迁怒于白起，命他即刻动身不得逗留。白起只得带病上路，行至杜邮，秦昭襄王与范雎商议，认为白起迟迟不肯奉命，"其意怏怏不服，有余言"，派使者赐剑命其自刎。

白起拿起剑自刎时，仰天长叹："我对上天有什么罪过，竟落得如此下场？"过了好一会儿，他又说："我本来就该死。长平之战，赵军降卒几十万人，我用欺骗人的手段把他们全部活埋了，这就足够死罪了！"说完自杀。

信陵君派使者向各诸侯国求援，各国得知魏无忌担任了上将军，都纷纷派兵救魏。魏无忌率领五个诸侯国的联军在黄河以南大败秦军，使秦国将领蒙骜战败而逃。联军乘胜攻至函谷关，秦军紧闭关门，不敢再出关。这次合纵攻秦的胜利，使魏无忌的声威震动了天下，各诸侯的宾客都向他进献兵法。魏无忌将其编写成书，后世称为《魏公子兵法》。秦昭襄王忌惮信陵君，因此派人持万金到魏国离间魏王和信陵君的关系，同时派人到魏国境内假装祝贺信陵君登上王位，因此魏王更加怀疑信陵君，剥夺了他的兵权，五国攻秦计划失败。信陵君从此心灰意冷，回到魏国之后，不再上朝，每日沉迷酒色，四年之后去世。从此魏国失去最后支撑的顶梁柱，十八年后，魏国被灭。

秦昭襄王五十一年（前 256），秦国的大将赵摎攻打韩国，攻占了阳城，斩首了四万人。攻打赵国，攻占了二十几个县，斩杀及俘虏了九万人。周赧王姬延非常恐慌，和燕国、楚国密谋联合各国，再订立合纵盟约攻秦。秦国立即起兵攻打周国，掳获姬延到秦国，然后又释放他回到周国。姬延死，周国亡。

第三十八章 尾声

秦昭襄王五十二年（前 255），范雎推荐王稽做河东郡守，王稽却与诸侯私通，事败后被赐以弃市重刑。此前，范雎推荐郑安平为将军，让他接替白起率兵攻赵，大败被围，不得不率两万士兵投降了赵国。白起的死与郑安平、王稽的被提拔重用，都是范雎一手策划的。按照当时的秦律，范雎用人失察应受到株连，并祸及三族，只不过秦王念其功劳大，未加追究。但范雎深深感到了害怕，举蔡泽自代，称病辞去相位。在王稽被诛的当年，范雎亦病死。有人说，秦王怕范雎去了别国，会对秦国统一构成威胁，派刺客杀了范雎。

秦昭襄王五十三年（前 254），秦国攻打魏国，攻占了吴城。魏国屈服投降，降为秦国的属国。韩桓惠王到秦朝觐见。

秦昭襄王五十六年（前 251），在位五十六年的秦昭襄王嬴稷去世，时年七十五岁。子孝文王嬴柱嗣位。

秦昭襄王在位期间秦国与其他各国之间产生巨大消长，为后来秦始皇统一六国奠定了如磐石般的牢固基础。

图书在版编目（CIP）数据

宣太后传奇 / 刘万里著 . — 南京：江苏凤凰文艺出版社，
2019.4
ISBN 978-7-5594-3622-1

Ⅰ . ①宣… Ⅱ . ①刘… Ⅲ . ①长篇小说 – 中国 – 当代
Ⅳ . ① I247.5

中国版本图书馆 CIP 数据核字 (2019) 第 073729 号

宣太后传奇

刘万里 著

策 划 人　常晓鹏
策划出品　册府文化
责任编辑　唐　婧
装帧设计　土　土
出版发行　江苏凤凰文艺出版社
南京市中央路 165 号，邮编：210009
网　　址　http://www.jswenyi.com
印　　刷　长沙三仁包装有限公司
开　　本　710 × 1000 毫米 1/16
印　　张　21.5
字　　数　382 千字
版　　次　2019 年 4 月第 1 版　2019 年 4 月第 1 次印刷
书　　号　ISBN 978 - 7 - 5594 - 3622 - 1
定　　价　68.00 元

目 录

绪论 视觉文化时代的来临 ………………………… (1)
第一节 视觉文化视角的确立 ………………………… (1)
一 研究背景与问题缘起 ………………………… (1)
二 概念界定：视觉文化 ………………………… (9)
三 研究现状、方法及意义 ………………………… (11)
第二节 相关理论范畴的辨析 ………………………… (18)
一 视觉文化与语言文化 ………………………… (19)
二 视觉文化与大众文化 ………………………… (24)
第一章 图像文本：文学的图像化趋势 ………………………… (28)
第一节 “视”不可挡：文学期刊的图像化征候 ………………………… (28)
一 文学期刊图像化的内、外表征 ………………………… (29)
二 文学期刊图像化的路径与启示 ………………………… (36)
第二节 “图”行天下：文学出版的图文化趋势 ………………………… (39)
一 图文书的历史演变与当代发展 ………………………… (39)
二 图文书图—文关系的辨析与反思 ………………………… (45)
三 图文互动：文学叙事空间的拓展 ………………………… (50)
第三节 “文”随“影”动：文学文本的影像化延伸 ………………………… (59)
一 从小说到影视：小说的影视改编 ………………………… (60)
二 “小说影视改编”的利弊分析 ………………………… (66)
三 影文互动：文学叙事技法的丰富 ………………………… (70)
第二章 文本图像：文学的图像化表征 ………………………… (82)
第一节 图像的感官美学与文学的欲望叙事 ………………………… (82)
一 图像的感官美学：视听盛宴与欲望狂欢 ………………………… (82)

二 文学的欲望叙事：以“新生代”创作为例 ……………… (84)
第二节 图像的平面美学与文学的表象叙事 ……………… (97)
一 图像的平面美学：历史断裂与当下体验 ……………… (97)
二 文学的表象叙事：以“70后”创作为例 ……………… (100)
第三节 图像的仿真美学与文学的虚拟叙事 ……………… (112)
一 图像的仿真美学：类像与超真实 ……………… (112)
二 文学的虚拟叙事：以“上海怀旧”为例 ……………… (116)
第三章 图像与权力：文学场域“看”的解析 ……………… (128)
第一节 性别权力：凝视的快感 ……………… (131)
一 凝视的快感：女性形象的“看”与“被看” ……………… (131)
二 “身体写作”：女性被看的宿命与男权文化的胜利 …… (135)
第二节 消费权力：“我消费故我在” ……………… (145)
一 “我消费故我在”：符号消费与身份区隔 ……………… (145)
二 “小资写作”：消费权力在文学中的渗透与表征 ……… (148)
第三节 市场权力：“你消费，我快乐” ……………… (160)
一 作为商品的文学：市场经济下的文学嬗变 ……………… (160)
二 “美女文学”现象：一次文学与市场的合谋 ……………… (166)
第四章 图像的限度：读图时代的文学隐忧 ……………… (177)
第一节 读图时代的文学创作隐忧 ……………… (177)
一 类像幽灵与文学创作的真实性匮乏 ……………… (177)
二 复制梦魇与文学创作的原创性匮乏 ……………… (186)
第二节 读图时代的文学阅读隐忧 ……………… (196)
一 阅读现状：读者的分化与观者的崛起 ……………… (196)
二 阅读隐忧：创造力的退化与想象力的掠夺 ……………… (202)
结语 图像社会与文学的未来 ……………… (209)
参考文献 ……………… (215)

绪　论

视觉文化时代的来临

第一节　视觉文化视角的确立

一　研究背景与问题缘起

对文化风向比较敏感的人或许已经觉察到，图像或影像在当代文化中扮演着越来越重要的角色。电影、电视、广告、摄影、网络、动漫、游戏等电子媒介交汇激荡，创造出层出不穷的影像或图像，充斥着我们的日常生活空间。以阅读为主的传统纸质媒介也开始重视视觉因素，报纸的摄影版面一再扩充、新闻图片不断增加并置于显要位置；杂志的装帧愈加豪华精美，青春靓丽的封面女郎总是在第一时间攫取读者眼球；图书中文字与图片的交相辉映既赏心悦目又为读者营造了一个轻松愉快的阅读氛围。总之，随着数码技术、媒介技术、网络技术的革新与发展，新的视觉方式和产品正在不断被炮制出来，让我们的眼睛应接不暇。与此同时，我们的日常经验比过去任何时候都视觉化和具象化了，我们的生存也越来越依赖于我们的视觉行为。比如：我们通过电视、网络、手机新闻来感知世界；通过 X 光、CT、核磁共振等来诊断病情；通过图像、图标和图例来讲解知识；通过电影、电视剧来了解古典名著；甚至通过照片、可视电话、电子图像来进行人际交往。从横向来看，由照片到影视到广告，图像艺术编织了一张无形的大网，覆盖了人类生活的方方面面；从纵向来看，由图腾到图像再到拟像，图像艺术演绎出一个越来越逼真眩惑的影像世界，直逼现实人生。一言以蔽之，“我们正处于一个视像通货膨胀的‘非常时期’，一个人类历史上从未有过的图像富裕过剩的时期”。[①] 难怪有人宣称，我们正在进入一个视觉文化时代！

早在20世纪之初，匈牙利著名的电影理论家巴拉兹就在其《电影美学》一书中第一次提出了“视觉文化”的概念（1913年）。他指出：“目前，一种新发现，或者说一种新机器，正在努力使人们恢复对视觉文化的注意，并且设法给予人们新的面部表情方法。这种机器就是电影摄影机。”并进而预言，随着电影的出现，一种新的视觉文化将取代印刷文化。[②]

20世纪30年代，德国哲学家海德格尔认为，我们正在进入“世界图像时代”。“世界图像并非意指一幅关于世界的图像，而是指世界被把握为图像了。”[③] 1936年，法兰克福学派的代表人物本雅明发表了重要论文《机械复制时代的艺术作品》，指出现代工业社会是一个“机械复制时代”，尤其是摄影、电影的出现将带来传统艺术的大崩溃。[④]

20世纪60年代之后，西方更多学者的研究都直接或间接地涉及视觉文化问题。法国哲学家德波大胆宣布“景象社会”的到来。在他看来，“在现代生产条件无所不在的社会中，生活本身展示为许多景象（spectacles——又译‘景观’，引者注）的高度累积。直接存在的一切全都转化为一个表象”。“景象决不能理解为是视觉世界的滥用，抑或是形象的大众传播技术的产物，确切地说，它就是世界观，它已变得真实并在物质上被转化了。它是对象化了的世界观。”[⑤] 因此，在景象社会中，视觉压倒其他感官而成为人的特权性感官，现代人完全成为了观看者。

美国社会学家丹尼尔·贝尔在其《资本主义文化矛盾》一书中指出了视觉文化出现的历史必然性，他认为：“目前占统治地位的是视觉观念。声音和景象，尤其是后者，组织了美学，统率了观众。在一个大众

---

① 周宪：《反思视觉文化》，《江苏社会科学》2001年第5期。

② 参见［匈］巴拉兹·贝拉《电影美学》，中国电影出版社2003年版，第28页。

③ 孙周兴选编：《海德格尔选集》（下卷），上海三联书店1996年版，第899页。

④ 参见［德］本雅明《机械复制时代的艺术作品》，王才勇译，中国城市出版社1992年版。

⑤ ［法］居伊·德波：《景象的社会》，《文化研究》第3辑，天津社会科学院出版社2002年版，第59页。

社会里，这几乎是不可避免的。”并进而指出：“当代文化正在变成一种视觉文化，而不是一种印刷文化，这是千真万确的事实。”①

加拿大传媒理论家马歇尔·麦克卢汉也认为，“如果说17世纪从一种视觉和造型的文化退入一种抽象的文字文化的话，今天我们就可以说，我们似乎正在从一种抽象的书籍文化进入一种高度感性、造型和画像似的文化，即视觉文化”。②

英国文化批评家伊格尔顿也指出我们正面临着一个视觉文化时代，文化符号趋于图像霸权已是不争的事实。图像生产深刻地涉及现代社会的政治、科技、商业、美学四大主题。美国文化批评家詹姆逊则进一步将这一领域的研究引向纵深。他在《晚期资本主义的文化逻辑》一书中指出：“晚期资本主义是个超越文字的世界，人的生活到了这个阶段已经迈进到阅读和书写以后的全新境界了。”③ 他认为，电影、电视、摄影等媒介的机械性复制以及商品化的大规模生产，构筑了“仿像社会”。在这个“仿像社会”中，我们看到了消费社会作为一个巨大的背景，将形象推至文化的前台这样的历史过程。从时间转向空间、从深度转向平面、从整体转向碎片，这一切正好契合了视觉快感的要求。詹姆逊所说的“仿像社会”也就是法国哲学家鲍德里亚所提出的“类像时代”，他指出这是一个由模型、符码和控制论所支配的信息与符号时代。④

20世纪80年代末以来，“语言学的转向”似已寿终正寝，越来越多的思想家迷恋于“视觉的转向”或“图像的转向”。美国学者W. J. T. 米歇尔在《图像的转向》一文中指出：在20世纪后半叶，哲学家的论述、其他学科及公共领域正在发生一种“图像转向”。他认为，“21世纪的问题是形象的问题。我们生活在由图像、视觉类像、脸谱、幻觉、拷贝、复制、模仿和幻想所控制的文化中。”⑤ 另一位美国学者尼

---

① ［美］丹尼尔·贝尔：《资本主义文化矛盾》，生活·读书·新知三联书店1989年版，第154、156页。

② ［加拿大］麦克卢汉：《麦克卢汉精粹》，南京大学出版社2000年版，第459页。

③ 参见［美］杰姆逊《晚期资本主义的文化逻辑》，生活·读书·新知三联书店1997年版，第453页。

④ 参见［美］道格拉斯·凯尔纳等《后现代理论——批判性的质疑》，中央编译出版社2001年版，第158页。

⑤ ［美］W. J. T. 米歇尔：《图像理论》，陈永国、胡文征译，北京大学出版社2006年版，第2页。

古拉斯·米尔佐夫则在《视觉文化导论》一书中开宗明义，指出“现代生活就发生在荧屏上”，“在这个图像的漩涡里，观看远胜于相信。这绝非日常生活的一部分，而正是日常生活本身。”通过对“戴安娜之死”所引发的国际性媒体事件的分析，他指出戴安娜之死标志着一个全球“视觉文化时代”的来临！①

视觉文化的出现有其历史合理性和必然性。首先，消费社会的到来及消费文化的蔓延为视觉文化的兴起提供了温床。消费社会日趋都市化的生活空间和生活方式为视觉主体的“看”提供了更多机会，而消费文化所推崇的享乐、闲暇、快感的消费意识形态又不断地生产和强化着“看”的欲望主体。视觉文化作为一种直观、感性、欲望的文化正好契合了视觉主体对视觉快感的要求。因此，消费社会乃是视觉文化滋生的温床。其次，科学技术的发展特别是媒介技术的革新、大众传媒的崛起为视觉文化传播提供了媒体平台。具体来说，摄影、电影、电视、电脑、数码成像、VR等技术的发明先后铺平了通往读图时代的大路，每个阶段都丰富着视觉图像的功能和品质，刺激着“看”的欲望和冲动，并不断推动“看”的技术革新，将视觉文化推进到新的水平和高度。再次，人类本能的视觉需求以及视觉欲望的不断攀升推动着视觉技术的花样翻新，为视觉文化的兴起提供了内在驱力。英国著名美术批评家伯格说：“观看先于言语，儿童先观看，后辨认，再说话。”② 可见，人类自诞生之日起就存在对视、听等感官经验的本能需求。离开了感觉经验，人类的生存将受到威胁。随着人类文化的发展，人的视觉能力越来越高，对视觉对象的要求也越来越高。这种强烈的视觉冲动又促使人们不断改进技术，创造更加丰富多样的视觉形象。上述原因，共同催生了视觉文化的勃兴。当然，视觉文化并非今天才有，但古、今视觉文化有着质的区别，它经历了一个由图腾、图像到仿像的发展过程，这点将在后文中详细论述。

在西方，学者们一致认可，视觉文化作为一种主导文化形态出现在

---

① ［美］尼古拉斯·米尔佐夫：《视觉文化导论》，倪伟译，江苏人民出版社2006年版，第1、286页。

② ［英］约翰·伯格：《观看之道》，戴行钺译，广西师范大学出版社2005年版，第1页。

20世纪60年代前后。因为，这一时期正是西方后现代主义出现的时间标志。视觉文化往往被认为是后现代的典型特征。如：詹姆逊在《文化转向》一书中概括了后现代主义的两个基本特征："现实转化为影像、时间断裂为一系列永恒的现在。"① 前国际美学协会主席艾尔雅维茨也认为，"后现代主义最突出的特点是从视觉出发。它是一种图像和图画不仅相互纠缠、而且可以互换的视觉文化"②。英国社会学家拉什将以话语/图像（形象）为媒介的语言文化/视觉文化创造性地与现代主义/后现代主义对应起来。他指出："现代主义文化很大程度上是以'话语的'方式来表意的，而后现代主义文化的表意相当程度上则是'形象的'。"③ 在拉什的理解中，所谓后现代美学也就是形象的美学，一种张扬视觉文化的感受性美学。米尔佐夫在《什么是视觉文化》一文中说"后现代主义即视觉文化"。他解释说："后现代是现代主义和现代文化因面临自身视像化策略的失败而引起的危机，换言之，它是造成后现代性的文化所带来的视觉危机，而不是其文本性的危机。诚然，印刷文化肯定不会消失，然而对视觉及其效果的迷恋——现代主义的主要特征——产生了后现代文化，当文化成为视觉性之时，该文化最具有后现代特征。"④ 从某种角度讲，后现代主义确实是从视觉文化中开始的，正如安吉拉·默克罗比所言，艺术与视觉文化领域中的后现代主义，就是从建筑、美术中最早的后现代冲动出发，到今天电影、流行音乐和艺术对表层的关注越来越彰显。⑤ 视觉文化的诸多特点都打上了后现代主义的烙印。在西方，视觉文化作为一种系统的学理研究，则是进入20世纪80年代才开始的。从上述各个学科各个领域学者的论述我们可以看到，视觉文化研究是一个跨学科或多学科融合的新兴研究领域，视觉图像成为从事艺术史、电影和媒介研究、社会学、传播学、文艺美学及

---

① ［美］詹姆逊：《文化转向》，胡亚敏等译，中国社会科学出版社2000年版，第20页。

② ［斯］阿莱斯·艾尔雅维茨：《图像时代》，胡菊兰、张云鹏译，吉林人民出版社2003年版，第35页。

③ 转引自周宪《符号政治经济学视野中的"视觉转向"》，《文艺研究》2001年第3期。

④ ［美］尼古拉斯·米尔佐夫：《什么是视觉文化》，《文化研究》第3辑，天津社会科学院出版社2002年版，第3页。

⑤ ［英］安吉拉·默克罗比：《后现代主义与大众文化》，中央编译出版社2001年版，第4页。

其他视觉研究者共同关注的中心。

在中国，进入20世纪90年代中后期，随着影视、广告、网络等图像艺术在日常生活中的凸显，视觉文化进入了众多学者的研究视野。需要说明的是，将西方的视觉文化概念引入中国当前的文化研究需进行必要的限定和修改。因为从后现代文化是一种视觉文化的前提出发，就会潜在地得出中国当代文化是后现代文化的结论，这显然是不妥的。中国目前正处于迈向现代化的进程之中，后现代社会、后工业社会等概念与中国社会的当前特征似有距离。然而，这并不等于说中国没有视觉文化现象。自社会主义市场经济初步确立以来，经济得到迅速发展，社会生活水准逐渐提高，甚至由于日常生活意识形态的兴起，理想的乌托邦式的文化日益让位于世俗的、消费主义的文化。在这种文化中，大众媒介的广泛渗透与消费主义的结盟构成了中国当代独特的文化景观。视觉文化从这个景观中凸显出来，成为一个显著的文化主因。毫无疑问，视觉文化为我们理解中国社会文化的转变提供了一个有价值的视角。

南京大学的周宪教授是较早关注视觉文化的学者，在多篇关于视觉文化的论文中，他分析了视觉文化成为时代文化主因的缘由：一是视觉性成为当今一个突出的文化现象；二是图像对文字的优势地位越来越明显；三是对外观尤其是身体的关注超过了以往任何时代；四是人们对视觉快感的普遍欲求。[①] 据此，他宣称视觉文化时代已经来临。复旦大学视觉文化传播研究中心主任孟建教授也持相同观点，他在“上海首届数字艺术节”的演讲中指出：现代文化正在脱离以语言为中心的理性主义形态，日益转向以视觉为中心，特别是以影像为中心的“感性主义”形态。[②] 此外，还有一些学者将当今时代称为“读图时代”（钟健夫、杨小彦、李洁非）、“电子时代”（南帆）、“图像时代”（张荣翼）、“视像时代”（林少雄）、“图像社会”（彭亚非）等，虽然表述方式不尽相同，但大都对视觉文化成为当今时代文化主因表示认同。本书认为，视觉文化时代是对我们生活于其中的这个社会的文化生产、传播、接受与

---

① 周宪：《视觉文化时代的来临》，《解放日报》2004年7月25日。以上观点还散见于他的其他相关论文。

② 孟建：《视觉文化传播时代的来临》，“上海首届数字艺术节”演讲全文，2002年12月14日。http：//www. bings. cn/design/design_ theoretics/20070328/26759_ 3. html.

消费模式的一种命名，也就是说我们现在的文化运作方式与文化生活形态越来越由图像的呈示与观看构成。当然，这并非说视觉文化时代只有视觉文化而没有文字文化，而是强调视觉文化超越文字文化成为文化的主导形态这样一种趋势。

视觉文化时代的来临，对以“语言”为媒介来反映社会生活的文学造成了极大的冲击和影响，当代文学中一些值得关注的现象和问题随之浮现出来。

从文化语境来看，图像文化因其传播的快捷、简便，内容的直观、形象而受到越来越多人的喜爱，而以语言文字为主要传媒的传统文学则遭受冷遇，越来越边缘化、圈子化。图像文化大有凌驾语言文化之上的趋势。在这样的氛围之中，文学前途未卜。诚如J. 希利斯·米勒这位老资格的文学研究者所意识到的那样：“在新的全球化的文化中，文学在旧式意义上的作用越来越小。”① 艾尔雅维茨也在《图像时代》一书中说：“在后现代主义中，文学迅速游移至后台，而中心舞台则被视觉文化的靓丽光辉所普照。”② 在中国文学界，“文学死亡了”“文学走向了终结”的论调也时时回响在耳际。

从文学表征来看，文学的图像化趋势日益明显。从最初的“文配图”到“图配文”到“图文书”成为阅读和出版的新宠；从游记类、历史类、怀旧类大众化程度较高的散文随笔配插图、照片到纯文学类的诗集、小说集、长篇小说配插图、彩页；从少数作家或青春写手在书商或出版社的策划下选择图文本出版，如余秋雨、陈丹燕、程乃珊、陈染、林白、安妮宝贝、张悦然、郭敬明等，到大量主流作家纷纷尝试出版图文本新书，如潘军的《独白与手势》、王蒙的《尴尬风流》、韩东的《扎根》、阎连科的《受活》和《丁庄梦》、李锐的《太平风物》、韩少功的《山南水北》、莫言的《生死疲劳》和《北海道走笔》、贾平凹的《秦腔》和《高兴》、北村的《发烧》、张炜的《家族》、张欣的《锁春记》、徐小斌的《敦煌遗梦》等。文学名著不断被改编成电影、

① ［美］J. 希利斯·米勒：《全球化对文学研究的影响》，王逢振编译，《文学评论》1997年第4期。

② ［斯］阿莱斯·艾尔雅维茨：《图像时代》，胡菊兰、张云鹏译，吉林人民出版社2003年版，第34页。

电视剧，并陆续推出插图珍藏本、漫画本；小说家期待着电影导演青睐自己的原作，并出现海岩、周梅森、王海鸰等“影视专业户”以及郭宝昌、王跃文、陆天明、石钟山等影视小说大佬；“影视同期书”也搭影视的顺风车屡创销售神话。文学期刊、杂志越来越重视外观装帧设计并加大图片容量，纷纷设置视觉艺术、影视评论等栏目。作家、影视界、出版界、大众传媒结盟互动，相互借力发作的现象越来越普遍，影视文学、摄影文学、网络文学、博客文学、手机短信文学等新的文学样式不断浮现。除了上述显在的文学图像化之外，文学隐在的图像化趋势也日益显现，主要表现为纯文学创作中出现了一些与图像的审美逻辑相契合的新的审美特质，如：以“新生代”为代表的欲望化叙事与图像的感官美学相契合；以“70后”为代表的表象化叙事与图像的平面美学相契合；以“上海怀旧”为代表的虚拟化叙事与图像的仿真美学相契合。尽管，我们无法断定后者对前者有直接的影响作用，但是二者在审美和精神上的契合却是值得深入探讨的现象。

从文学阅读来看，在读图“旋风”的裹挟下，快餐文化心态已初露端倪。匆忙而紧张的现代人没有耐心也没有时间静下心来仔细地品味经典名著，而是将目光投向商业电影、流行出版物、电视、广告、通俗歌曲、地摊书刊、卡通制品等形式直观、内容浅显又具有充分娱乐性的快餐文化样式，很多人发出了“不读小说”“我只看看图画而已”的呼声，大学生也更热衷于影视、卡通读物，传统的文学经典遭到了冷遇。

以上现象在当今的文学界确实存在并有蔓延之势，由此，我们不得不追问：在视觉文化语境中文学是否有自己的发展空间？它该如何生存？文学的图像化到底是增强了还是削弱了文学的文学性，它是对文学的终结还是延续抑或是文学谋求自身发展、拓展自身空间的策略？在文学图像化的背后存在哪些权力纠葛？即：在文学场域，市场、传媒、书商、作家、读者等各个行动者到底扮演了怎样的角色而促进了文学的图像化走势？读图是否会取代传统的阅读成为我们主要的文化活动？它如何对读者的阅读心理、鉴赏习惯、审美趣味形成规约和重塑以及这种规约和重塑又如何影响了作家的创作并加剧了文学图像化的趋势？正是带着这些问题，本书打算从视觉文化的角度切入来考察世纪之交中国文学的生存图景。具体来说，就是考察20世纪90年代至今的文学，尤其是小说的图像化走势。以视觉文化角度切入文学的研究，一方面，可以及时把握世纪之交文学语境的变化，从而为文学的“异动”现象和文学形式的变化提供现实依据；另一方面，可以通过视觉文化这面无处不在的镜像，深入剖析文学图像化的趋势、表征及其审美效果，既为解释世纪之交层出不穷的文学现象提供了一个参照视角，也为学术界理性看待视觉文化和文学的关系提供一些启示；再则，以视觉文化角度切入文学的研究能够将文学放在一个众多权力、视线交织的文学场，将隐而不彰或熟视无睹的欲望、权力、消费、传媒与文学之间的关系凸显出来，从而揭示文学的丰富性与复杂性，帮助读者把握世纪之交文学的整体样貌，并对当代中国文学的未来发展具有警示意义。

二 概念界定：视觉文化

关于视觉文化这个概念，众说纷纭，目前没有定论。美国文化学者尼古拉斯·米尔佐夫认为：“视觉文化是仍处于创建期的构想，而不是一个已经存在着的界定清晰的领域”，它更多的是陈述问题的一种“方式”、一种“策略”、一个“战术”。① 视觉文化是本书立论的理论基点，因此，在进入论述之前有必要对这个概念进行界定。

周宪是国内给视觉文化下定义在时间上最早的，也是影响最大的。2001 年，他在《视觉文化与消费社会》一文中指出：“所谓视觉文化，它的基本含义在于视觉因素，或者说形象或影像占据了我们文化的主导地位。”② 这一定义后来被许多研究者采用。在同年的另一篇文章中，周宪认为定义视觉文化有三种策略：“第一种看法强调在图像—语言的二元结构中来理解视觉文化，认为视觉文化是一个相对于阅读文化的概念。它不同于阅读文化，但又和这一文化相关……第二种理论偏重于历史的建构，它把视觉文化视为一种当代现象，与后现代文化、消费社会和媒介文化等当代特殊的发展趋势关联起来……第三种看法则着重于视觉文化的符号学和社会体制层面，亦即着力于符号表意实践。”他认为，“视觉文化有两个基本含义，一是指称一个文化领域，它不同于词语的

---

① ［美］尼古拉斯·米尔佐夫：《什么是视觉文化》，《文化研究》第 3 辑，天津社会科学院出版社 2002 年版，第 11 页。

② 周宪：《视觉文化与消费社会》，《福建论坛》2001 年第 2 期。

或话语的文化，是视觉性占主因的当代文化；二是用来标识一个研究领域，是广义的文化研究的一个重要分支。"① 李鸿祥认为，"当代视觉文化是指一个由漫画、图书、电影、电视、网络等大众视像传媒所构成的一种视觉现象。"② 他侧重从传播媒介的角度来理解视觉文化。赵维森认为："近年来学术界探讨的视觉文化，主要指以影视图像符号作为基本表意系统，以凭借光电信道的影视及电脑多媒体作为传播介质，与传统印刷文化相对应的新型的文化艺术形态。"③ 吴琼则从视觉文化研究的任务来阐释视觉文化，她说："'视觉文化研究'不是一般意义上的针对'视觉'或'视觉文化'的研究，而是一种针对'视觉性'的文化研究，是对'视觉性'进行的一次后现代质疑，是对'奇观'社会作的一种后现代逆写。"④

在综合上述观点的基础上，本书认为，视觉文化是以图像为基本表意符号、以大众媒介为主要传播介质、以视觉性为精神内核，与通过理性运思的语言文化相较而言的一种通过直观感知的图像文化形态。图像包括两个方面：一是图画部分。主要指绘画、雕塑等静态视觉样式。二是影像部分。主要指影视、广告、录像、动漫、游戏等动态视觉样式。在本书的论述中，将取广义的视觉文化概念，但主要论述的是影视、动漫等动态视觉样式。

在界定了"视觉文化"的概念后，我们再来看"视觉性"。视觉性（Visuality）是视觉文化的精神内核。尼古拉斯·米尔佐夫指出："新的视觉文化的最显著特点之一是把本身非视觉性的东西视像化。……视觉文化不依赖图像，而是依赖对存在的图像化或视觉化这一现代趋势。"⑤ "'视觉性'不是指物的形象或可见性，而是海德格尔意义上的'世界的图像化'，是使物从不可见转为可见的运作的总体性，这种总体性既包括看与被看的结构关系，也包括生产看的主体的机器、体制、话语、

---

① 周宪：《反思视觉文化》，《江苏社会科学》2001 年第 5 期。

② 李鸿祥：《视觉文化研究：当代视觉文化与中国传统审美文化》，东方出版中心 2005 年版，第 3 页。

③ 赵维森：《视觉文化时代人类阅读行为之嬗变》，《学术论坛》2003 年第 3 期。

④ 吴琼：《视觉性与视觉文化——视觉文化研究的谱系》，《文艺研究》2006 年第 1 期。

⑤ ［美］尼古拉斯·米尔佐夫：《什么是视觉文化》，《文化研究》第 3 辑，天津社会科学院出版社 2002 年版，第 5 页。

比喻之间复杂的相互作用，还包括构成看与被看的结构场景的视觉场，总之，一切使看/被看得以可能的条件都应包含在这一总体性之内。”①视觉文化研究的基本任务就是对视觉性的研究，其关注点不是视觉对象的可见特征，而是视觉对象和看的行为的可能性机制。

综上所述，视觉文化由浅入深大致包括三个层面的内容。一是图像。即：看到了什么？这是视觉文化可见的部分也是最基本的层面。二是图像的内涵。即：图像表达了什么？图像的意义是漂移的、零散的，所以有时候人们更倾向于认为图像背后没有意义，它就指向它自身，这也是人们认为图像较之语言的浅薄之处。实际上，对图像的解读离不开语言文字的参与，视觉文化并不排斥语言文化，相反它需要语言的参与来提升其内涵，这一点，在后文中会详细论述。三是视觉性。即看何以可能或者看的生产机制。这是视觉文化中不可见的部分也是最深层的部分。法国后结构主义学者罗兰·巴特曾在《神话学》一书中解读了法国黑人士兵向法国国旗敬礼的广告。他主要从三个层次来分析。这可与本书分析的视觉文化的三个层面进行大致比较。一是外延，对应于图像。二是内涵，对应于图像的意义。三是神话。他认为神话的背后凸显的是意识形态的霸权。这相当于视觉文化内容的第三个层面，视觉性。

三　研究现状、方法及意义

西方学者对视觉和视觉文化的研究起步较早。可以说，自古希腊以来，大多数西方思想家都不同程度地触及了视觉、视觉隐喻等问题。自20世纪60年代以后，随着西方后现代主义的兴起，作为其典型形态的视觉文化受到了众多学科学者的关注。进入80年代后，他们从思想、文化、哲学、艺术、心理、生理、技术等各个方面对视觉文化、图像表征等进行了专门性的探讨，出版了大量丛书、专著、读本和文献综述。论文集如，霍尔·弗斯特主编的《视觉与视觉性》（Hal Foster，ed. *Vision and Visuality*，New York：The New Press，1988），伊安·赫伍德和贝瑞·桑迪威尔主编的《解释视觉文化》（Ian Heywood and Barry Sandywell，eds. *Interpreting Visual Culture*，London：Routledge，1999）。专著有

① 吴琼：《视觉性与视觉文化——视觉文化研究的谱系》，《文艺研究》2006年第1期。

马丁·杰伊的《低垂的眼睛：20世纪法国思想中对视觉的贬低》(Martin Jay, *Downcast Eyes: The Denigration of Vision in Twentieth-Century French Thought*, Berkeley and Los Angeles: University of California Press, 1993)，鲁道夫·阿恩海姆的《艺术与视知觉》（中国社会科学出版社1984年版）与《视觉思维》（光明日报出版社1986年版），格列高里的《视觉心理学》（北京师范大学出版社1986年版），卡洛琳、M. 布鲁墨的《视觉原理》（北京大学出版社1987年版），J. J. 德卢西奥—迈耶的《视觉美学》（上海人民美术出版社1990年版），阿莱斯·艾尔雅维茨的《图像时代》（吉林人民出版社2003年版），约翰·伯格的《观看之道》（广西师范大学出版社2005年版），莫尼克·西卡尔的《视觉工厂》（湖南文艺出版社2005年版），马尔科姆·巴纳德的《理解视觉文化的方法》（商务印书馆2005年版），尼古拉斯·米尔佐夫的《视觉文化导论》（江苏人民出版社2006年版），W. J. T. 米歇尔的《图像理论》（北京大学出版社2006年版），理查德·豪厄尔斯的《视觉文化》（广西师范大学出版社2007年版）等。这些成为视觉文化研究重要的理论资源。

中国本土关于视觉文化的专门研究虽然近几年才逐渐形成热潮，但关于西方相关研究成果的译介工作却在20世纪80年代就开始启动。值得特别提出的是，2000年，天津社会科学院出版社出版的《文化研究》第三辑，以“视觉文化研究”为专题进行了专门的探讨。从宏观角度进行研究的有：美国学者W. J. T. 米歇尔的《图像转向》、尼古拉斯·米尔佐夫的《什么是视觉文化》、以色列学者伊雷特·罗戈夫的《视觉文化研究》、法国学者居伊·德波的《景象的社会》、中国学者倪梁康的《图像意识的现象学》、周宪的《看，读图与意识形态》。从个案入手进行研究的有：汉密尔顿的《法国平民主义摄影》、徐旭的《狂欢在秋雨中的身体》、程文超的《波鞋与流行文化中的权利关系》。这种做法为国内视觉文化研究做了一个很好的学术示范。此后，一些中国学者主编的西方研究成果便大量涌现出来。如罗岗、顾铮主编的《视觉文化读本》（广西师范大学出版社2003年版），吴琼、杜予主编的《“视觉文化系列”丛书》（中国人民大学出版社2005年版）。国内学者关于视觉文化研究的专著也开始出现。南京师范大学张舒予教授的《视觉文化概论》（江苏人民出版社2003年版）是国内第一本关于视觉文化研究的专著，该书从信息技术教育和民族文化传承的角度出发，将静态视觉艺术、动态视觉艺术和网络视觉文化等作为主要研究对象，从历史发展的纵向脉络和民族文化的横向比较来探析视觉文化的内容与形式之间的逻辑关系。李鸿祥所著的《视觉文化研究：当代视觉文化与中国传统审美文化》（东方出版中心 2005 年出版）从视觉文化的视野来研究中国传统审美文化，是超越东方与西方、传统与现代、技术与观念之间界限的一次尝试，既颇具理论原创性，又有鲜明的现实性和前瞻性。2008 年之后，一批研究视觉文化的学术专著相继出版，它们是周宪的《视觉文化的转向》（北京大学出版社 2008 年版），路文彬的《视觉文化与中国文学的现代性失聪》（安徽教育出版社 2008 年版），曾军的《观看的文化分析》（山东文艺出版社 2008 年版），徐巍的《视觉时代的小说空间——视觉文化与中国当代小说演变研究》（学林出版社 2008 年版），马藜的《视觉文化下的女性身体叙事》（四川大学出版社 2009 年版）。这些学术专著的出版，标志着国内的视觉文化研究进入到一个新的阶段。

与视觉文化研究的火热局面形成呼应的是，一些大学院校相继成立视觉文化研究机构并将视觉文化纳入学科建制，关于视觉文化研究的各种学术会议、专题讨论也在紧锣密鼓地进行之中。复旦大学在 2002 年 6 月正式成立了国内第一个视觉文化传播研究中心并率先开设视觉文化的硕士和博士课程，并于 2004 年 5 月 29 日、30 日成功举办了“中国首届视觉文化传播国际研讨会”，2005 年复旦大学出版社出版的由孟建、Stefan Friedrich（德）主编的《图像时代：视觉文化传播的理论诠释》一书就是这次国际研讨会精华的结集。该书从理论建构、视听阅读、视界扩展、影像个案等多个层面对视觉文化传播进行了系统深入的阐释，展示了视觉文化传播领域最新的发展动态。南京师范大学也成立了视觉文化研究所，并建有视觉文化研究网站。一些学术期刊也相继举办视觉文化研讨会，并请名家主持刊载视觉文化方面的专题文章①。与

① 《福建论坛》2001 年第 3 期由周宪主持，发表了一组“文化的转向：当代传媒与视觉文化”专题文章；《江苏社会科学》2001 年第 5 期发表一组“视觉文化”笔谈文章；《求是学刊》2005 年第 3 期由张晶主持，发表一组“文艺学美学视域中的视觉文化笔谈”文章；《学术月刊》2007 年第 5 期发表一组“视觉文化的基本问题”专题文章；《理论与创作》2008 年第 1 期发表一组“读图热中的冷思考”笔谈文章。

此同时，关于视觉文化研究的相关论文越来越多。南京大学的周宪教授到目前为止先后发表了20余篇视觉文化研究的论文，所论范围涉及视觉文化的方方面面，这些论文于2008年结集成《视觉文化的转向》一书出版。

对视觉文化的理论探讨主要从三个方面展开：一是对视觉文化研究的整体论述。吴琼的《视觉性与视觉文化——视觉文化研究的谱系》①一文详细地梳理了视觉文化研究的学术谱系。周宪在《文化研究的新领域——视觉文化》②一文中对视觉文化研究的意义以及视觉文化研究的问题结构进行了分析。徐沛在《国内视觉文化研究的范式及其特征》③一文中通过实证研究论述了国内视觉文化研究的范式和特征。这些论述使我们对视觉文化研究有了整体宏观的把握。二是对视觉文化的本质属性和内在规律的探讨。主要涉及视觉文化的概念、特征、产生原因、历史范型、图像的审美价值、视觉观看等诸多方面的问题。如曾军的《观看的文化分析》一书从视框、时空、视角、境遇、观者等角度对观看进行文化分析。三是对视觉文化的反思。周宪④指出了视觉文化的一个悖论现象：人为设计的视觉形象的膨胀与自然形象的匮乏之间的矛盾。孙海芳⑤论述了由于视觉文化对受众欲望的冲击导致的传统文化的断裂与困惑。梅琼林、陈旭红⑥认为，视觉文化转向一方面是身体解放的体现，另一方面它又造成了身体表达的困境。即政治、经济权力借助视像化传媒对身体完成了一个内在的驯化过程，其结果是使身体在感性快乐之中深刻地被权力所控制，被资本所渗透，被物所异化。相对于视觉文化在理论层面研究的火热，视觉文化的个案分析则显得有点冷清。马藜的《视觉文化下的女性身体叙事》一书试图建构真正适合两性健康发展的视觉文化中的女性身体图景，艾晓明、马中红对广告中被看的女性

---

① 吴琼：《视觉性与视觉文化——视觉文化研究的谱系》，《文艺研究》2006年第1期。

② 周宪：《文化研究的新领域——视觉文化》，《天津社会科学》2000年第4期。

③ 徐沛：《国内视觉文化研究的范式及其特征》，《内蒙古社会科学》2006年第1期。

④ 周宪：《反抗人为的视觉暴力——关于一个视觉文化悖论的思考》，《文艺研究》2000年第5期。

⑤ 孙海芳：《视觉文化作用下的文化断裂与困惑》，《中州学刊》2005年第5期。

⑥ 梅琼林、陈旭红：《视觉文化转向与身体表达的困境》，《文艺研究》2007年第5期。

形象的论述[①]、戴锦华对电影中的性别叙事的论述和女性形象的解读[②]、郑春泉对月份牌美女图像的解读、周宪对杂志封面女郎的解读[③]等，显示了视觉文化与性别、权力、时尚、经济、传媒等的复杂关系。

作为一个跨学科的研究领域，人们更多的是从艺术史、社会学、符号学、传播学、影视媒介等角度切入视觉文化的研究。关于视觉文化与文学之关系的研究，总的来说是不够充分也不够深入的。目前这方面的研究主要集中在三个方面：一是把视觉文化纳入后现代文化、消费文化、市场经济、大众传媒等范畴内来阐明其对文学的影响，这种研究权且称为文学的背景研究。二是以电子媒介为依托的视觉文化与以纸质媒介为依托的语言文化（文学）之间的比较研究。三是视觉文化对文学的影响研究。

在文学的背景研究中，视觉文化虽然没有被直接提及，但是它总是作为后现代社会、消费社会、市场经济以及电子媒介时代的一个重要因素对文学产生影响。如：祁述裕的《市场经济下的中国文学艺术》、邵燕君的《倾斜的文学场——当代文学生产机制的市场化转型》、南帆的《双重视域——当代电子文化分析》、陈霖的《文学空间的裂变与转型——大众传播与20世纪90年代中国大陆文学》、郑崇选的《镜中之舞——当代消费文化语境中的文学叙事》、黄发有的《准个体时代的写作——20世纪90年代中国小说研究》等专著都或多或少提及了影视、广告等视觉文化类型对文学的影响，为本书的论述提供了一些外围的研究材料。

从笔者目前所掌握的资料来看，最早关注视觉文化与文学关系的学者是南帆。他早在1995年就在《话语与影像——书写文化与视觉文化的冲突》[④]一文中指出了视觉文化对书写文化构成的冲击。视觉文化与文学之关系引起众多学者的关注则是由“文学终结论”的讨论引发和推动的。2000年夏天，在北京举行的“文学理论的未来：中国与世界”

---

① 艾晓明：《广告故事与性别——中外广告中的妇女形象》，《妇女研究论丛》2002年第2期；马中红：《视觉文化：广告女性形象的看与被看》，《深圳大学学报》2004年第6期。

② 戴锦华：《雾中风景：中国电影文化1978-1998》，北京大学出版社2000年版。

③ 郑春泉：《解读月份牌之“美女图像”》，《艺术百家》2007年第1期；周宪：《论作为象征符号的封面女郎》，《艺术百家》2006年第3期。

④ 南帆：《话语与影像——书写文化与视觉文化的冲突》，《花城》1995年第2期。

国际研讨会上，米勒在会上作了发言，并在《文学评论》2001 年第 1 期发表了《全球化时代文学研究还会继续存在吗?》的长文，该文引发了中国文论界一场关于“文学终结论”的热烈论争。尽管米勒的文章有些观点值得商榷，但它将以电子媒介为依托的图像推到了前台，使学者们意识到了图像对文学日益深重的压力和霸权，从而将学界关注的焦点转移到文学与图像的关系上来。目前学术界对于图、文关系大致有以下三种观点：

一部分学者认为图像与文学是一种对立关系，图像对文学的殖民使文学成了图像的附庸，文学性丧失了，文学最终将被图像所取代。朱国华在《电影：文学的终结者?》① 一文中指出：“文学的黄昏已然来临”，“在此语境压力下，文学家能够选择的策略是或者俯首称臣，沦为电影文学脚本的文学师，或者以电影的叙事逻辑为模仿对象，企图接受电影的招安，或者以种种语言或叙事实验企图突出重围，却不幸跌入无人喝彩的寂寞沙场。”黄发有②认为影像化叙事以客观化、场景化、视觉化的语言放逐了模糊性、多义性、弥散性的文学艺术语言，而且以影视的规则阉割了语言在描述内心活动和思想细节以及展示生活复杂性等方面的优势。因此，他认为影像化叙事将导致文学灵魂的枯萎，甚至“小说的死亡”。此类论文还有欧阳友权的《数字化语境中的文学嬗变》，申载春的《影视艺术与当代小说走向》，李静宜的《电子时代文学文本的表征》，杜骏飞、张生等的《影像时代的文学命运》，张邦卫的《图像增殖：语言的式微与图像的狂欢——数字化时代审美文化的范式转型》等。持此类观点的学者将图像置于文学的对立面，在他们看来，图像对于文学的冲击是致命的，文学正在不断地被图像蚕食，无论是文学的领域还是文学的思维、体悟方式都逃脱不了被图像掠夺和改造的命运。

另一种观点则与之相反，认为文学与图像同源、共生，语言本来就包含图像。如田春从语言发展史角度出发，认定语词与直接的知觉经验密切相关。③ 黄柏刚则认为“文学依然是‘话语蕴藉中的审美意识形

① 朱国华：《电影：文学的终结者?》，《文学评论》2003 年第 2 期。

② 参见黄发有《挂小说的羊头，卖剧本的狗肉——影视时代的小说危机（下）》，《文艺争鸣》2004 年第 2 期。

③ 田春：《图像在文学变革中的应用》，《华南师范大学学报》2005 年第 4 期。

态’，只是其中‘话语’一词可以由以往狭义的语言含义发展和转换为现代广义的语言含义，它包括文字但又不仅限于文字，也可含纳和包容一定的图、像、声音等符号内容。”① 他把图像也纳入语言的范畴，这样，我们今天所谈的文学危机就不存在了。

还有一部分研究者则以比较辩证的态度来看待图像与文学的关系。高建平在分析了从古至今，中国和西方图像与文学的关系后指出，文学与图像既对立又共生②。丁莉丽认为，“视觉文化”并非指与“语言”毫无关联的由纯“视觉形象”构成的文化，而是具有由“语言”和“形象”所共同组成的并经由“语言文化”这一历史语境而走向提升的一种新型的文化范式。③ 肖翠云也坦言：“图像与语言的关系不是你死我活的对立取代关系，而是你帮我助的对话共生关系。”④ 持此类观点的还有潘智彪、袁敦卫的《读图时代与文学之维》⑤、卫岭的《从文学载体的变化看文学终结论》⑥。这种观点既看到了图像对文学生存构成的挑战，又看到了图像给文学发展带来的契机，因而比较具有说服力。

除了视觉文化与文学的比较研究之外，也有学者注意到视觉文化对文学的影响并对由此带来的文学在创作、传播、接受、审美等方面的变化以及文学文体的变异进行了探讨。例如，徐巍在《视觉时代的小说空间——视觉文化与中国当代小说演变研究》一书中探讨了视觉文化对当代小说的影响。另外，小说的影视改编、图文书现象、摄影文学、网络文学是谈论比较多的话题。不过，这些研究都是从视觉文化的某一种类型来分析其对文学的影响，缩小了文学图像化的指涉范围。

从总体上看，关于视觉文化与文学的研究出现了一些有影响的成果，显示了该研究的意义与价值，但也存在着一些问题。归纳起来主

---

① 黄柏刚：《图像时代文学的新质融入与发展的可能性探讨》，《茂名学院学报》2005年第2期。

② 高建平：《文学与图像的对立与共生》，《文学评论》2005年第6期。

③ 丁莉丽：《视觉文化：语言文化的提升形态》，载《图像时代：视觉文化传播的理论诠释》，复旦大学出版社2005年版，第60页。

④ 肖翠云：《文学的终结论：修辞制造的幻想》，《文艺争鸣》2006年第1期。

⑤ 潘智彪、袁敦卫：《读图时代与文学之维》，《晋阳学刊》2005年第6期。

⑥ 卫岭：《从文学载体的变化看文学终结论》，《文艺争鸣》2006年第1期。

要有以下几点：第一，理论关注多实践研究少。论者大多从宏观着眼，进行视觉文化的理论梳理，细部的文本解读和实证分析较少。第二，负面看法多正面看法少。论者大多站在精英与大众、理性与感性、深度与平面二元对立的立场来看待语言文化与视觉文化，认为后者不如前者深刻，认为图像对文学的入侵造成了文学性的丧失，从而表现出对视觉文化的排斥和对文学前景的忧虑。这种先在的价值预设影响了论者立论的中正，致使论述有简单化之嫌。第三，表层研究多深层研究少。视觉文化研究的任务就是视觉性的研究。即不仅仅是关注表面的视觉现象，更应关注视觉图像背后控制表征系统的意识形态。但目前的研究大多浅尝辄止，停留在对视觉文化现象的探讨，未能深入分析现象背后的复杂权力关系。这些都为本书的研究留下了继续言说的空间和深入探讨的余地。

基于上述研究现状，本书将从以下方面展开研究：一是跨学科的研究视野。本书将运用文化研究的方法，立足于文本分析，借助影视学、传播学、符号学、后现代理论、女性主义、文艺社会学、文艺美学等理论资源对世纪之交中国文学的图像化走势进行跨学科的研究。二是外部研究与内部研究相结合的研究思路。既考虑语境的变化对文学的影响，积极探讨文学在表现形态、传播方式、接受方式上的变化，又深入文学内部，考察文学在审美趣味、语言风格、情节组织、意向营造等方面的变化。通过文学外部和内部的充分“对话”，以及具体的文本细读和实证分析，准确把握视觉文化语境中文学的整体风貌与未来走向。三是认同与批判并重的研究立场。一方面勾勒世纪之交文学图像化的趋势和表征，以此探讨文学图像化对文学自身话语空间开拓的积极意义；另一方面，以一种批判的姿态，对文学图像化过程中所形成的“视觉霸权”进行意识形态分析，揭示图像背后错综复杂的权力纠葛，同时对读图时代的文学隐忧进行反思。

第二节　相关理论范畴的辨析

视觉文化与语言文化、视觉文化与大众文化这两对理论范畴之间有何关系？这是当前“视觉文化研究”中的重要问题。但是，这一问题却被众多研究者不同程度地忽视乃至遗忘，从而导致目前很多人对“视觉文化”的片面化、浅表化认识，甚至误读和偏见。因此，有必要对这两对范畴进行理论辨析，以便更好地理解视觉文化的内涵以及本书的要旨。

一　视觉文化与语言文化

语言/图像、语言文化/视觉文化之间到底有何关系呢？法国哲学家利奥塔在《话语，造型》一书中对话语（discourse）与造型（figure）进行了区分。“话语意味着文本性（textuality）对感知的控制，概念性表征（conceptual representation）对前反映表达的控制，理性的逻辑一致性对理智的‘他者’（other）的控制。它是逻辑、概念、形式、理论思辨作用和符号的领域。因此，话语通常用做传递信息和含义的符号载体，在此，能指的有形实质（materiality）已经被遗忘。……相比之下，喻形性（喻形是视觉形式的基本元素，也是图像的基本元素。——引者注）是把不透明性（晦涩难解）注入话语领域。它反对语言学意义的妄自尊大，把不可同化的异质性引入被公认的同质话语……喻形也不就是话语的简单对立面，意义的一种可选择性规则，因为它是阻止任何规则具体化为完全一致性的一种断裂性法则。”① 通过这种区分，我们大致可以理解语言与图像的关系和区别，即在话语和图像之间：一个是概念的、理性的、逻各斯的，一个是感受的、反理性的、反逻各斯的；一个是同一的、整体的，一个是个体的、差异的；一个是确定的、稳定的、系统性的，一个是流动的、偶然的、短暂的；一个是人为的、推论的，一个是原初的、体验的。

拉什从后现代理论家利奥塔和桑塔格那里汲取资源，建构了关于话语的/形象的二元文化结构理论。在桑塔格的理论视野中，小说和诗歌这些语言的样式不再是核心，她重视的是音乐、舞蹈、建筑、绘画和戏剧等视听艺术样式。她认为，“阐释是智力对艺术的报复”，“现在重要的是恢复我们的感觉。我们必须学会去更多地看，更多地听，更多地感觉”。因此，她反对对艺术进行理性的和抽象的阐释，而主张以一种感

① ［斯］阿莱斯·艾尔雅维茨：《图像时代》，胡菊兰、张云鹏译，吉林人民出版社 2003 年版，第 89 页。

性的美学来对抗阐释的（理性的）美学。[①]拉什对桑塔格的解读，将阐释的美学看作是语言主导的理性的美学，而把感性的美学视为和视听感官密切相关的美学。于是，话语的/形象的二元对立的文化形态便有了更为复杂的意义。另一方面，拉什对利奥塔的后现代理论也进行了自己的解读和发挥。利奥塔用弗洛伊德的精神分析理论来解释语言和形象之间的相关性，进而提出了一个对应模式：话语的文化是“自我”的文化，依据现实原则来运作；形象的文化与“本我”相关，依据快乐原则行事。这两个过程又是和精神分析的意识和无意识过程对应的，亦即话语的文化对应于继发过程，而形象的文化对应于原初过程。拉什认为，利奥塔骨子里是主张一种弗洛伊德式的“无意识空间美学”，这种美学实际上是一种“形象的美学”，它与那种把形象屈从于表征的叙述意义的专制相对立。在这个意义上说，利奥塔是在为“眼睛”（而不是耳朵）辩护，为形象（而不是语言）辩护，实际上是为一种“欲望的美学”辩护，这正是一种典型的后现代美学。或者说，话语的文化主要体现为现代主义的文化，而形象的文化则呈现为后现代文化的基本特征。如此一来，拉什便以一种话语的/形象的，与现代主义的/后现代主义的文化相对应，构建了一个完整的理论范式：

> 在这一语境中，“话语的”文化意味着：1）认为词语比想象具有优先性；2）注重文化对象的形式特质；3）宣传理性主义的文化观；4）赋予文本以极端的重要性；5）是一种自我而非本我的感性；6）通过观众和文化对象的距离来运作。而“形象的”文化则相反：1）注重视觉的而非词语的感性；2）贬低形式主义，将来自日常生活中常见之物的能指并置起来；3）反对理性主义的或“教化的”文化观；4）不去询问文化文本表达了什么，而是它做了什么；5）用弗洛伊德的术语来说，原初过程扩张进文化领域；6）通过观众沉浸其中来运作，即借助于一种将人们的欲望相对说来无中介地进入文化对象的运作。[②]

① ［美］苏珊·桑塔格：《反对阐释》，程巍译，上海译文出版社2003年版，第9、17页。

② 转引自周宪《符号政治经济学视野中的“视觉转向”》，《文艺研究》2001年第3期。

通过拉什的这段重要描述，我们可以清晰把握“话语的”文化（“语言文化”）与“形象的”文化（“视觉文化”）之间的差异：第一，媒介的差异。“语言文化”以“语言”为媒介，通过“语言”将头脑中的形象概括出来生成“话语”，因此，这是一种抽象地把握世界的方式。而在“视觉文化”中，“形象”压倒了语言转而成为主导因素，“观看”这一行为在作为手段的同时也成为目的，能指即所指，因此，这是一种直观地把握世界的方式。第二，由于媒介不同而导致了审美对象的区别。在“语言文化”中，审美对象或符号表征重视的是形式规则，而形式规则实际上就是文本性，它与理性原则密切相关；相反，在“视觉文化”中，重视的是对象的表层甚至是反形式的方面，日常事物由此进入审美领域。这正是近期文艺理论中热门概念“日常生活审美化”所表述的意思。如果说形式原则是理性原则的话，那么，表层和日常事物的关注则倾向于欲望原则。第三，审美方式的差异。由于“语言”这一媒介具有抽象性特点，“语言文化”是一种审美主体与审美对象有距离的观照和欣赏，是一种传统美学所说的“静观”。阅读乃是这种静观的最典型形式，此时，审美主体采用“沉入式”的审美，不断地体验作品的深刻含义，反复地吟咏和解读，形成主客体的交融，恰似本雅明所描述的那种对“韵味”的把握。而“视觉文化”则相反，“形象”在作为“媒介”的同时也是“目的”，审美主体与对象之间的距离消失了，主体直接进入对象，或者成为对象的一部分。此时，欲望也进入对象，理性主义的那些原则统统失效了。正如迈克·费瑟斯通所说的，“观众们如此紧紧地跟踪着变换迅速的电视图像，以至于难以把那些形象的所指，联结成一个有意义的叙述，他（或她）仅仅陶醉于那些由众多画面跌连闪现的屏幕图像所造成的紧张与感官刺激。”① 于是，“沉入式”审美被“投入式”审美所代替，审美“韵味”被“震惊”“惊颤”的审美效果所代替。

通过上述分析，我们知道语言文化与视觉文化之间有着明显的差异和各自的优长，那么，这是否意味着视觉文化与语言文化之间是互相对立、排斥的呢？“视觉转向”是否只强调视觉图像而排斥语言因素呢？

---

① ［英］迈克·费瑟斯通：《消费文化与后现代主义》，译林出版社2000年版，第8页。

笔者认为，视觉文化并不拒绝语言文化。相反，作为视觉文化核心的“看”这一行为具有语言思维的印痕。在传统的认识论里，“看”作为一种感知过程，属于感性认识，它必须经由思维和推理的过程，才能达到理性认识的高度。于是，在语言和图像的二元结构当中，语言是思维的工具，而图像是感知的手段，由于思维高于感知，所以，图像也就低于语言。其实，这一说法对“看”存在着极大的误解，“看”并非一个机械地接受刺激的被动过程，而是一种创造性的思维活动。“视觉思维”概念的提出对我们理解这个问题具有重要的启示意义。当代美国德裔艺术心理学家鲁道夫·阿恩海姆在吸收格式塔心理学派的研究成果的基础上通过大量科学实验证明：视觉并非一种纯感性的经验形式，它也有选择、抽象、概括的过程，也是一种思维活动。他提出了“一切知觉中都包含着思维，一切推理中都包含着直觉，一切观测中都包含着创造”的重要思想。具体来说，“知觉活动在感觉水平上，也能取得理性思维领域中称为‘理解’的东西。任何一个人的眼力，都能以一种朴素的方式展示出艺术家所具有的那种令人羡慕的能力，这就是那种通过组织的方式创造出能够有效地揭示经验的图式能力。因此，眼力也就是悟解能力”①。关于这一点，西方众多理论家都曾有过类似的论述，只是没有以“视觉思维”名之。电影理论家伊芙特·皮洛说：“我们并不知道我们看到了什么，恰恰相反：我们知道什么才会看到什么”，“任何感知都会受到我们已有的知识的修正。视觉域生成在我们的视网膜上，它来自不断变化的光影结构，而从这些光影结构出发，我们创造自己的视觉世界”。因此，他认为视觉形象的生成过程是“理性引导和渗入感性知觉；知觉中的思维因素和思维中的知觉因素是互补性成分”。② 社会学家皮埃尔·布迪厄说：“在某种意义上，我们可以说，看（voir）的能力即是知识（savoir）或概念的功能，也就是词语的功能，即可以命名可见之物，就好像是感知的编程……缺少特定代码的观赏者会感到莫名其妙，完

① ［美］鲁道夫·阿恩海姆：《艺术与视知觉——审美直觉心理学》，滕守尧、朱疆源译，中国社会科学出版社1984年版，第5、56页。

② 伊芙特·皮洛：《世俗神话——电影的野性思维》，邵牧君译，中国电影出版社1991年版，第53、59页。

全迷失于声音和节奏、色彩和线条的混乱之中。”①

综上可见，“视觉文化”中的“看”与“语言”“思维”“概念”等有着天然的伴生关系，它的内部也包含着“语言”“思维”的痕迹，因而难以与“语言文化”彻底划清界限。因此，“视觉文化”并非指与“语言”毫无关联的由纯“视觉形象”构成的文化，而是由“语言”和“形象”所共同组成的文化形态。

从文化的代际发展来看，至少目前，视觉文化更多地体现了它的进步性。一方面，由于“视觉”观念更加注重对于视、听等感官欲望的开发与满足，因而拉近了文学、艺术与人的本能欲望之间的距离，表现出对人的“肉身”的认同和尊重。因此，与过分强调理性而导致压抑、专制的语言文化相比，视觉文化则显得更加人性化、人文化，它保持了艺术的鲜活与灵动，使其不被驯服和控制。这也正是桑塔格大力倡扬“新感受性”而反对阐释的原因所在。另一方面，视觉文化有可能开创一个更为和谐、理想的文化空间。米尔佐夫认为，“视像化不能取代语言性的话语，但是可以使之更易理解，更便捷，也更为有效。”② 因为，语言文字对于不识字的人来说，无论它有多美，仍然是可望而不可即的空中楼阁，就此而言，语言文化是精英知识分子的特权文化。但是，以影视为主的视觉文化是靠视觉和听觉传播信息的，这便打破了不识字的限制，“图像对于无知的人来说，恰如基督教《圣经》对于受过教育的人一样，无知之人从图像中来理解它们必须接受的东西；他们能在图像中读到其在书中读不到的东西。”③ 视觉文化的通俗易懂使广大民众都能参与这一文化形式并享受它所带来的视听震撼效果，这也正是视觉文化民主性的体现。它在消解精英文化光环的同时，也通过高雅文化的泛化促成了更为公平的文化共享空间的形成，这无疑是一种文化的整体进步。当然，从目前的文化发展来看，在消费社会语境下，视觉文化的发展使“图像”凌越了“语言”，并对“语言”形成了一定的威胁，甚至

① ［法］皮埃尔·布迪厄：《〈区隔：趣味判断的确社会批判力〉引言》，朱国华译，载《文化研究》第四辑，中央编译出版社 2003 年版，第 9 页。

② ［美］尼古拉斯·米尔佐夫：《什么是视觉文化》，《文化研究》第 3 辑，天津社会科学院出版社 2002 年版，第 6 页。

③ ［斯］阿莱斯·艾尔雅维茨：《图像时代》，胡菊兰、张云鹏译，吉林人民出版社 2003 年版，第 20 页。

出现为了追求市场利润、迎合大众的感官欲望而过分强调视觉冲击力，抛弃语言文化深度模式的“独裁”“专制”趋向，这一趋向造成了荧屏、出版等文化传播中不同程度的“视觉污染”。必须指出的是，上述状况与真正的视觉文化精神是背道而驰的。米尔佐夫在《什么是视觉文化》一文中就指出：“视觉文化研究的是现代文化和后现代文化如何强调视觉表现经验，而并非短视地强调视觉而排除其他一切感觉。”也就是说，强调视觉文化并不是要完全脱离语言，彻底消灭语言。作为一种文化策略，视觉文化一方面是对过分强调“语言”的理性思维、忽视“图像”的感性思维的反拨，另一方面又是在“语言”与“形象”之间寻求一种平衡，以发扬图像文化的优势而弥补语言文化的不足。

二 视觉文化与大众文化

视觉文化与大众文化有何关系？目前，大多数人都认为视觉文化就是大众文化的代名词，二者可以互相替换。实际上，视觉文化与大众文化之间既有重合也有差异，这需要我们加以仔细辨析。从历史的角度来考察，大众文化仅仅是工业文明以来才出现的文化形态，它是以大众传播媒介为手段，按商品市场规律去运作的，是社会都市化的产物，也就是说，大众文化是在消费化程度较高的社会才出现的文化形态。而视觉文化并不是今天才有的文化形态，视觉文化现象古已有之，如洞穴壁画、彩绘陶纹、部族图腾等。有研究者归纳出视觉文化的三种历史范型：图腾、图像、仿像。① 通过对视觉文化三种历史范型的考察，我们可以厘清视觉文化与大众文化的关系，也可以弄清楚视觉文化到底是雅文化还是俗文化。

图腾是原始社会的视觉文化范型，它既包括具象的动物、植物，也包括抽象的图案、花纹、花边装饰，还包括一些古怪离奇的符号，如民族部落的图腾标记。无论是哪种形式，图腾都是通过可见的符号来表现某种神秘的“灵力”和不可见的“心象”。原始人类正是通过图腾信仰来战胜强大的自然世界的威胁。此时，人类尚处于主客不分的混沌状态，图像造型是为了神灵而不是自身，图腾不能算是真正的图像艺术。

① 朱存明：《图腾、图像、仿像——论视觉文化的历史范型》，《文学前沿》2002 年第 4 期。

因此，图腾阶段的视觉文化被排除在本书所指称的视觉文化的范围之外，不予讨论。

图像是古典社会的视觉文化范型，它是主客分离之后，人类理性发展的产物，真正的图像艺术就从这里开始。古典图像大致经历了实体的图像和解体的图像两个阶段，实体的图像最典型的是讲究模仿再现的现实主义绘画，解体的图像最典型的是讲究抽象表现的现代主义绘画，这两种图像尽管表现形式上有差异，但都表达了艺术家对外在世界的主体情感和审美诉求。这一类视觉文化带有艺术家强烈的个性特征和精神徽记，因此它是独一无二的。同时，由于它的此时此地性而使它具有了特定的观看场所和观看时间，如博物馆、艺术画廊等，这两个特征决定了它是典型的精英高雅艺术，只有精英知识分子才可以一睹“尊容”，普通大众不易接近它也不易理解它。图像式视觉文化就是我们通常所说的视觉艺术。

仿像是现代社会或后现代社会的视觉文化范型，它是随着消费社会日常生活意识形态的兴起和大众媒介技术的发展而出现的。以现代科技为依托，通过机械化复制和大规模的工业化生产，仿像将古典艺术从传统领域中解脱出来，取消了原作的独一无二和此时此地的存在和价值，造成了大量无原本的“类像”的存在。它虽然最初能“反映基本现实”，但是进而又会“掩饰和歪曲基本现实”，最终“掩盖基本现实的缺场”，不再与任何事实发生联系，但吊诡的是，它又以比现实的真实更真实的面貌或形态出现，使人们误以为它就是最真实的，因此它又被称为“超真实”。摄影、电影、电视、广告等现代电子媒体所释放的就是大量超真实的类像，它们在日常生活中广泛传播，随时随处可见，取消了古典时期经典艺术作品的个人风格和创造精神。

由于历史契机、社会语境以及技术依托的不同，图像阶段的视觉文化与仿像阶段的视觉文化有明显区别。（1）从传播介质来说，图像主要依靠纸质媒介传播，它具有独一无二性、此时此地性，而仿像主要依靠电子媒介传播，它可以机械化复制、大批量生产。（2）从文本形态来说，图像主要是静态的深度文本，能指背后有所指，仿像主要是动态的平面文本，能指即所指。（3）从审美方式来说，图像主要是“沉入式”审美，主体与客体之间是有距离的审美观照，通过静观和体味，从能指深入所指，达到情感的陶冶和心灵的净化。仿像主要是“投入式”审美，人们沉浸在电子虚拟图像所制造的审美幻境之中，主体与客体之间的审美距离消失了，审美“韵味”被震撼性视觉体验带来的“震惊”效果所取代。人们满足于能指的感官刺激和视听震撼，而放弃了所指的追索和挖掘。(4) 从功能来说，图像主要起到审美教化功能，而仿像主要起到娱乐消遣功能，前者是无功利的审美，后者则有明显的商业目的。因此，图像具有雅文化的倾向，而仿像具有俗文化的倾向。当然，上述粗略的区分只是相对而言的，在实际的审美过程中，由于审美主体的教养、学识、文化结构的差异以及审美发生的场所、情境等的变化而出现更加复杂的情况。由上述分析可知，当视觉文化发展到它的第三个阶段也就是仿像阶段，它就具有了明显的大众文化倾向，它与大众文化精神遇合了。而从大众文化的角度来说，正是由于这一阶段视觉文化的直观感性和视听震撼能够最大限度地满足普通大众的快感欲求和享乐心理，因而它成为大众文化新型的审美理念和想象方式。“再现之像，因处于崇尚理性、自我、现实的特殊语境，虽受制于感性欲望，但却压抑着感性欲望，而表现了理性、意识的内容。比如，中国传统的绘画和书法，从不以逼真的模拟和肖似为追求目标，而追求一种内在的神韵，一种言外之意、象外之象或韵外之致，即一种意境或道、理性、绝对永恒的存在。仿拟之像，因处于推崇感性、本我、快乐的后现代语境，它又不遗余力地‘超越’理性、理智、普遍性的话语，它平面化、表面化了，深度没有了，韵味消失了，它本身成了感性欲望的化身。”① 在一个崇尚日常生活意识形态的消费主义时代，人们的生活呈现出快节奏、娱乐性、感官享受、物质主义的特征。而作为无深度、平面化、碎片式的仿拟图像正好满足了大众的审美趣味，成为大众宣泄迷茫与紧张，摆脱压力与负担的方式，因而赢得大众的追捧与欢迎。由此可见，在当下的消费文化语境中，仿像式的视觉文化与大众文化具有天然的契合关系，它的新感性的快感和视觉性的新奇使大众文化发生审美经验的重构，“视觉娱乐化”便成为大众文化新的审美表征方式。

通过上述辨析，我们可以清晰地看到视觉文化的发展轨迹，从特定

① 王有亮：《图像不可能取代文学》，《江苏社会科学》2001 年第 3 期。

场所的视觉艺术到无所不在的大众文化，视觉文化经历了一个由雅到俗的泛化过程，并且逐渐消弭了雅俗之间的界限，视觉文化的范畴得到了拓展。这与目前所讨论的日常生活审美化是一致的。因此，相对于大众文化来说，视觉文化是个更具包容性并且外延更广的概念。它既包容了一部分高雅的视觉艺术作品，如古今中外的绘画、雕塑、建筑等造型艺术，也包容了当下的以摄影、影视、广告、动漫等为代表的大众文化。本书在“绪论”的“视觉文化概念界定”中已经谈到，视觉文化有广义和狭义之分，本书所取的是广义的视觉文化概念，既有雅的视觉文化，也有俗的视觉文化。当然由于“世纪之交”这一时代语境的限制，本书所论述的主要是后者，即仿像阶段的视觉文化。也就是说本书的“图像”如无特别说明大都是指“仿像”。对于这一类视觉文化，本书承认它与真正的视觉文化精神是有距离的，尽管如此，它也并非永远单一、粗俗、浅薄，而是有进行审美提升的空间和可能，那就是需要语言文字的参与，这正是前文在分析视觉文化与语言文化的关系时所强调的视觉文化并不排斥语言文化的缘故，也是本书所要探讨的文学图像化的重要方面。即：文学与图像结合，如何做到取长补短、互动共生，既提升了视觉文化的审美品位又张扬了语言文化的市场资本和现实活力。

第一章

图像文本：文学的图像化趋势

在“图像”对“文字”形成优势和霸权的情况下，文学是否有自己的生存空间？它该如何发展？在“视觉文化与语言文化”的辨析中，我们已经分析过语言文化与视觉文化之间因媒介不同而导致审美对象、审美方式的差异，但这些差异并不能成为它们互相排斥的理由，因为从美学的角度看这些差异正是各自的优长和特色所在，即图像以其直观性和具体性见长，文字以其抽象性和联想性著称。文字读物可以唤起读者更加丰富的联想和多义性的体验，在解析现象的深刻内涵和思想的深度方面，有着独特的表意功能。图像化的结果将文字的深义感性化和直观化，这无疑给阅读增添了新的意趣和快感。正是图像与文字这种既对抗又共生的辩证关系为文学与图像的结合提供了合理性依据。此外，中国本来就有着悠久的象形文字、诗画合一以及图像写作的传统。苏轼在《书摩诘蓝田烟雨图》中的论述非常经典：“味摩诘之诗，诗中有画，观摩诘之画，画中有诗”。可见，诗中有画画中有诗，追求诗情画意的意境美学，是中国传统文艺理想的审美境界，这一美学传统随着全球化时代电子、数字技术的高度发展而被激活，因此，文学图像化既承接了悠久的文学传统，又顺应了时代的发展要求。可以预见，文学图像化作为“视觉文化时代”文学谋求自身发展的一种策略，将成为一股不可阻挡的趋势，渗透到文学的方方面面。

第一节 “视”不可挡：文学期刊的图像化征候

世纪之交，随着文学中心地位的旁落，作为及时反映文学动态的文学期刊也难逃边缘化的命运。1998 年成为文学期刊的“受难年”，在这一年，“大型文学期刊《昆仑》在今年初闭门关张，《漓江》也于不久前偃旗息鼓，《峨嵋》歇了，《小说》也要停了，一连四家大型文学刊物在文坛消失，使幸存的文学期刊有‘兔死狐悲’之感。文学期刊一时愁云压顶，1999 年文学期刊何去何从成了问题。”① 而《青年文学》执行主编邱华栋说，“一份文学期刊，只要有每期 5 万份左右的订阅量，就能自负盈亏。然而，能突破 5 万份这一‘生死线’的文学期刊，全国加起来也只有七八份。除去几份老牌刊物（《收获》发行量 13.5 万册，《当代》《十月》大约 8—10 万，《人民文学》5—6 万），其余大多数发行量只在几千册，有的甚至只有几百册。”② 文学期刊在世纪之交的生存困境由此可见一斑。与此同时，视觉文化的“风生水起”“所向披靡”又给“四面楚歌”的文学期刊以迎头痛击，“图像”进一步“抢占”和“瓜分”了“文学”本就少得可怜的读者资源和市场份额。不过，挑战向来与机遇并存，视觉文化的大行其道似乎给急于探求生存出路的文学期刊某些借鉴与启示，为其指明了一条通向希望之路。文学期刊图像化的具体表现是什么？它是否如期刊编辑们所预期的那样能够招揽读者、站稳文化市场，拯救文学于颓势？对“图”的重视和偏爱是否会喧宾夺主抢了“文”的风头而失之肤浅艳俗？这些就是本节所要探讨的问题。

一　文学期刊图像化的内、外表征

文学期刊为了谋求发展在 1999 年前后发生了大规模的“改版潮”，出现了“综合化”和“专门化”两种主要改版模式③。除此之外，文学期刊的图像化也不可小觑，它已成为大多数纯文学期刊获取市场、谋求发展的策略。文学期刊的图像化包括视觉元素的外在包装和视听艺术栏

---

① 邓凯：《1999：文学期刊何去何从》，《中华读书报》1998 年 10 月 21 日第 1 版。

② 蒲荔子：《中国文学期刊：遭遇集体困境　仅存几家欢笑》。http：//www.tydata.com/tq/07042.htm.

③ “综合化”即突破文学期刊原有的小说、散文、诗歌、评论的“四大块”的设置，寻求一种更为开阔的办刊方式，加重思想文化方面的色彩。“专门化”即突破计划经济体制下形成的所有文学期刊都面向所有读者的模式，将读者分成不同的群体，然后针对其中某一种群体的趣味特点，编办一种专门适合他们的杂志。参见邵燕君《倾斜的文学场——当代文学生产机制的市场化转型》，江苏人民出版社 2003 年版，第 43 页。

目的内在设置两个方面。

封面。封面是刊物的脸，是不说话的推销员。一位图书发行部门的负责人深有感触地说：“成功的封面设计意味着销售可以上升10%，相反，失败的封面设计则意味着销售下降10%，实际上，在好的封面和坏的封面之间就有20%的落差。”[①]《北京文学》主编杨晓升认为，“刊物的独特性首先是封面上的独特性，新颖、独特的封面才能在琳琅满目的报刊亭中首先吸引读者眼球。所以，参与市场竞争的刊物封面必须具备两方面功能：审美功能和广告功能，两者缺一不可。传统的文学杂志更多地强调审美功能，而往往缺乏独特性，不吸引人。”[②] 正因为如此，在改版潮中，许多文学刊物在封面设计上都十分讲究。杨晓升在接受龙源期刊网记者采访时说《北京文学》以作家漫画构成封面正是以其新颖、独特来提高杂志外观上的市场竞争力。《人民文学》从2001年开始每期选用一幅现当代文学史上著名作家的木刻版画作为封面，既现代又透出历史的沧桑，颇显“大刊”风采。还有一些期刊将著名的“七秒钟色彩”理论付诸实践，封面的主色调从红、黄、蓝、绿、白一直变化到紫红、橙绿等以前不大采用的色彩，通过鲜亮色彩的运用，营造一种先声夺人的视觉传达效果。这一点在2006年、2007年的文学期刊封面设计中显得格外突出。如《收获》《上海文学》《当代》《长城》《人民文学》等期刊都运用纯净的亮色，整个封面不使用其他的色彩，这样既抢眼又显示了文学期刊的古典和雅致。与鲜亮颜色的运用相反，《大家》则用浓重的黑色作背景，配以白色的刊名和中外著名作家的肖像，真正是黑白分明、庄重中透出几分神秘。总之，封面的设计力求独创性，既要凸显文学期刊的审美内涵又要新颖夺目。

理想的封面设计不仅能在短时间内抢夺读者眼球，使其一见钟情，而且能够形象化地展示刊物的办刊宗旨和品牌思想。最值得一提的封面是《小说选刊》。素有“文坛风向标”之称的《小说选刊》在2006年初正式“变脸”，开始“贴着地面行走，与时下生活同步”。为了贯彻这一编辑理念，改版后的《小说选刊》在封面设计上大做文章。与以

① 参见《现代书刊封面设计精选·前言》，现代出版社2005年版。

② 主持人：蔡凛立《〈北京文学〉——篇篇好看，期期精彩》。http：//zhubian.qikan.com/gbqikan/view_ zhubianarticle.asp？ id=58.

往的封面多为幽雅的风景画不同，新的封面改用反映百姓生活的写实摄影照片。这些照片为摄影家邹大力先生所摄，名为“生存状态系列封面”，其用意是“凸现普通人的生存状态。不仅让读者去看封面，还要去读封面，去想封面”①。第一期的封面照片是《民工午餐》，一位年轻的民工身穿油渍斑驳的衣服，一手捏着五个大馒头，狼吞虎咽。面对镜头，他尚显稚气的脸上绽放出灿烂的笑容，嘴咧得很大，来不及吞咽的馒头屑从嘴角两边溢出。这一期刊物一经推出就引发了文学圈内又一场“馒头”风波。“有人认为，这样的封面有损杂志的‘大刊风范’；也有评论家表示这是在哗众取宠；更有人说，这是刊物的自我放弃，有辱文学的灵性。”但更大一部分作家则对此表示理解，“他们中有人认为，封面故事其实体现了一种当下文学写作比较缺乏的人文精神和民本思想，它将观照的视角深透到了民众的底层，《小说选刊》对作家关注现实的吁求无疑值得肯定。有人表示，《小说选刊》的改版其实体现了当下写作的某种趋势，同时也将引起我们对现实主义的一种重新思考。”②《小说选刊》主编杜卫东说，改版后的封面不完全是装饰，而是杂志整体的一部分，封面是改版后杂志新理念“现实关照，人文情怀，独特视角，中国气派”的形象化阐释。这些封面照片可视为和内文并行的“双重文本”，将和文字一样，真实、生动地记录当下的社会生活。③据有关人士透露，改版后的三期得到了读者的广泛好评，杂志销量以每个月10%的速度递增。

图片。图片改版以前的文学期刊基本是白纸黑字，很少有图片，即使有，也是一些简单的插图、题头、尾花之类的，装点一下版式。自从改版之后，文学期刊中的图片数量骤然增多。具体表现有三：

第一，在内文空白处刊登某一主题的插图。如《芙蓉》2003年第2期选用20世纪三四十年代著名文学作品的插图，意在用插图说明现代文学史；第3期选用一个70年代出生的女孩的漫画，俏皮的文和图表现了一代人的情趣；第4期插图是一般读者很难见到的海外版的《比尔斯雷插图全集》；第5、6期插图除了少数几幅比尔斯雷线描人物外，其

① 邹大力：《摄影感悟与封面创意》，《小说选刊》2006年第1期“封二”。

② 傅小平：《〈小说选刊〉：在争议中前行》，《文学报》2006年3月30日第2版。

③ 参见《小说选刊》2006年第2、3期“说话”。

余均为20世纪中外著名的艺术电影剧照。2004年的则是中国现代文学期刊封面、作家作品书影、插图，还有世界著名的艺术雕塑，等等。这些插图几乎两个版面就有一幅，读者在阅读黑压压的文字之后欣赏一下这些图画可以缓解视觉的疲劳，而且把这些插图单独收集连缀在一起，读者将可得到一本精美而有趣的画册或一部蕴含丰富的图文书，类似的情况还有《人民文学》《青年文学》。这种同主题的插图是期刊编辑精心选择的结果，从中也可以看出他们对视觉艺术的重视。

第二，增设精美的彩色插页。《十月》《芙蓉》《人民文学》《山花》《文学界》都加印了精美的彩色插页，少则两版，多达八版，这些彩页都选用优质特厚铜版纸作材料，手感极佳，再配以各式美术作品、风景照片，给人强烈的视觉冲击力。最值得一提的是改版后的《作家杂志》，在经与上海全景文化发展有限公司“全面合作”后，一改传统呆板单调的面孔，换上了优质铜版纸全彩精印的时尚外衣，在新千年伊始闪亮登场，其豪华与时尚，丝毫不逊色于当前的高档时尚休闲杂志，确实不负文学期刊中“白领丽人”的美称。而《人民文学》的插页则非常富有特色。为了纪念《人民文学》创刊55周年，自2004年第1期始，便尝试在彩色插页中开辟“×月史”的图说“《人民文学》史”栏目，展示由这份刊物体现出来的中国当代文学的演进轨迹和历代作家的成长历程，借此有效激活读者们的记忆库，共同参与到由《人民文学》提供的文学与历史的记忆空间中来。

第三，凡作家发作品都附上一张或数张黑白或彩色相片。在改版之前，文学期刊上发作品很少附有作家照片。而改版后的文学期刊给人印象最深的一个方面就是作家纷纷掀开自己的神秘“面纱”而“贴近读者、制造温馨气氛”。如“作家影集”（《作家》），“作家24小时”（《大家》），“人生快递”（《芙蓉》），“封面人物”“《青年文学》作家群”“狂欢与庆典”（《青年文学》），“世纪同行”“往事与随想”（《小说界》），“作家人气榜”（《北京文学》），“《上海文学》经典回顾”（《上海文学》），“文学相册”（《四川文学》）等。除了这些专门用照片讲述“作家的故事”的固定栏目外，现在我们所看到的文学刊物一般都会在作家作品前附上一张或数张黑白或彩色照片。在1998年《作家》改版之前，该刊就推出了“七十年代出生的女作家小说专号”，为每一位女作家配发了不下 4 幅生活照，其中朱文颖达 10 多幅照片，并加了文字解说，显得很有文学色彩。照片既出，眼睛一亮，“美女作家”的称谓也随之而来。作家附照片这一现象在文学期刊中越来越普遍，这样做仅仅是为了“好看”或者“贴近读者”吗？它的背后是否还有什么“深刻内涵”？这将在本书的第四章深入探讨。

如果说文学期刊注重外在包装还只是着眼于形式，是为了以视觉冲击来赢得读者，这充其量也只能算是比较浅表的图像化。那么，文学期刊纷纷增设视觉艺术栏目，将图像推到一个显著的位置则是文学期刊深层图像化的表现，它反映了文学在图像时代向图像靠拢，加强与视觉艺术的交融、渗透的趋势。

第一，带图栏目的设置。带图栏目根据作品的文字叙述与图片的关系，可以分为“纪实”和“虚构”两大类。“纪实类”指的是文字所记述的与图片所表现的是现实生活或历史中的人物、事件、场景和现象的作品。“虚构类”是指探索性的实验文本——图文小说、图文散文等。

纪实类的栏目有“作家立场”“民间语文”“特别报道”（《天涯》），“记忆·时间”“记忆·空间”“日常生活中的历史”“夹边沟纪事”“上海词典”（《上海文学》），“潮起潮落”“作家轶事”（《长城》），“自由话语”（《黄河》），“现实中国”（《北京文学》），“封面中国”（《收获》），“记忆·故事”（《作家》），“封面故事”“特别推荐”（《芙蓉》），“非虚构作品”（《大家》），“纪实文学”“本刊特稿”（《小说界》）等。这些栏目中的作品主要书写主人公在不同时期、不同地域的日常生活场景，同时嵌入大量反映时代特色的照片，对过去生活场景、人物故事、时代氛围的文字还原与作为“定格的历史”的具有形象性和真实性的照片相映衬，达到纯粹语言叙述所无法比拟的恢复历史“在场性”的叙事效果，为我们想象历史提供了一个切入口。如《上海文学》2001 年起开设的“上海词典”栏目，叙述 20 世纪 30 年代以来上海这个繁华的现代都市中的天涯歌女、上海保姆、上海名媛、少奶奶、上海 Baby 各色人等的故事，加上多张反映当时生活场景的照片，可称得上是一部风格温雅的图画上海野史。对于图文化形式，陈丹燕称之为“充满学习与探索乐趣的写作方式”，而且她也坦言照片在她的作品中起到了重要的作用，“我感觉有时候照片起到的作用，类似于文学作品里边的细节，它变成了可触摸的东西。所以有时候照片是非常重要的”①。

虚构类的图文作品很多，比如《大家》的“凸凹文本”中蒋志的《星期影子》、海男的《女人传》、庞培的《旅馆》、李洱的《遗忘》等，“俗说俗世”中刘燕燕的《说话》、萧耳的《走路》、葛红兵的《找人》、肖克凡的《吃饭》等，“传媒链接小说”中林焱的《白毛女在1971》和列入其他栏目的张庆国的《伤心之城》、何立伟的《跟爱情开开玩笑》，以及在《大家》《作家杂志》相继刊载且出版单行本的潘军的《独白与手势》和刘恪的“诗意现代主义”系列《蓝雨徘徊》《城与市》，还有《小说界》的“另类文本”中许淇的《黑与白》，赵波的长篇小说《再生花》，《作家杂志》2002年第12期蒋子丹的《云雾边城》等。这些图文化小说将文字的时间性、抽象性与图画的空间性、视觉直观性相结合，增强了小说的时空感，而且在文字与图片形成的互文叙述中，小说中隐喻性、象征性的意义表达得相对明朗。

值得提出的是，无论是上述哪一类带图栏目，图片与文字的关系较之以前文中插图的情况都发生了变化。“最初图像在文学文本中只是限于装饰，除了用于装帧的饰图，充其量也就是有关人物或场景的插图，对理解人物性格及作品起到辅助作用，从早期的各种绣像本，到当代装帧大师张守义、现当代画家蒋兆和等为文学作品所绘制的各种插图无不如此”；而现在，“文学的图文化则是指文学作品中的图像成为文学文本的有机构成，甚至直接承担起文学的叙事功能、抒情功能、解说功能，连同语言文字，共同发挥文学的审美和非审美效应”②。也就是说，图一改以往对文的辅助、依附地位而与文并驾齐驱，共同完成文本叙事。

第二，视觉艺术栏目的设置。在视觉文化占主导的时代，影视、广告、摄影、绘画等视觉艺术越来越受到读者的关注和喜爱。在这样的情况下，文学期刊纷纷在传统的“文学”版块之外，设置了各种艺术类

---

① 以上材料引自高姿英《论世纪之交文学影像化叙事潮》，硕士学位论文，武汉大学，2004年。

② 王先霈主编：《新世纪中国文学创作若干情况调查》，春风文艺出版社2006年版，第251页。

栏目，以“强调艺术而不是理论对文学的影响，强调艺术各部类之间相互影响、相互作用的关系”①。在这些栏目中，有直接展示视觉艺术作品的，如“作家荐画”（《小说界》），“学者漫画”“作家漫画”（《天涯》），“图话”（《大家》），“画与话”“纸上展览”（《作家》），“话与画”（《上海文学》）。有关于视觉艺术的谈话类栏目，如《上海文学》的“自由谈”中发表了王安忆和陈丹青两人关于电影、电视的长篇漫谈，《收获》的“好说歹说”栏目是由阿城、陈村两人“轮流坐庄”主持的关于文化艺术的对话栏目，涉及电影、音乐、漫画、书法、摄影等视听艺术。有关于影视、广告、美术作品等的评介与解读文章，如《人民文学》的“视听”以及冯骥才、南帆、杜丽、李江树先后主持的“专栏”，《收获》中的“一个人的电影”，《花城》中“现代流向”名下的部分文章，《作家》中的“艺术中的修辞”“读·看·听”“喋喋不休”“影像观”，《上海文学》中的“图像时代”“无轨列车”名下由毛尖主持的专栏“四百击”、翟永明专栏“纸上的建筑”、苏七七专栏“新华语电影笔记”“宇宙风”名下关于广告和电影的分析，《芙蓉》的“艺术前沿”“空间艺术”“犀锐文化论坛”中的部分文章，《天涯》的“艺术”，《黄河》的“自由话语”中的部分文章，《山花》的“美术前沿”“视觉人文”“艺谭札记”，《小说界》的“艺文杂谈”，《中华文学选刊》中“时尚与对面”名下的部分文章。

对于纪实类图文作品来说，图像，尤其是照片确实可以加强语言文字所难以达到的“历史感”和“现实感”，起到补文字表述之不足的作用，但文学期刊的改版似乎并不只限于为文字作补充，似乎走得更远。《山花》2000年改版后设置“美术前沿”“视觉人文”等栏目，提出“熔文学精品与前卫美术于一炉”的办刊方向，将前卫艺术视为文学的参照文本，力求达到“双重文本，双重视界”的特殊审美效果。《芙蓉》1999年改刊后设置“艺术前沿”“空间艺术”等栏目，试图“挑战传统阅读”。文学刊物以图为写作对象的栏目越来越多，而且从以图配文到“看图作文”，如《作家杂志》中，周佩红主持的“实像与虚像”专栏、徐小斌的《另类读画》，《收获》和《芙蓉》的“封面故

---

① 萧元：《文学期刊的生存与我们的对策》，《理论与创作》1999年第4期。

事”，《上海文学》中的“图像时代”等。在这些栏目中，图像是源，文字是流，文字因图像而生。比如《收获》2004年开设的李辉专栏“封面中国”，以美国《时代》周刊封面人物为引，先后选择了吴佩孚、蒋介石、宋美龄、冯玉祥、阎锡山、汪精卫、陈诚、史迪威等人物为焦点，重新讲述现代中国的光荣与挫折，为我们展开了一幅风云变幻、场面恢宏的20世纪中国的历史画卷。再比如《上海文学》2001年开设的“图像时代”栏目是一批青年学人对时下很流行的各类图像的解读，这些图像包括网站广告、房地产广告、电影海报、摄影照片、商务广告册页等。在这里，图片成为文字叙述的来源，如果没有这些图片，文字内容存在的合理性将会遭到质疑。

二 文学期刊图像化的路径与启示

通过上述梳理，我们可以归纳出文学期刊图像化的两种主要路径。一种是以《作家》为代表，侧重于形式的变化（外观装帧）。从最初的文内无图到配少量插图，这些图片都是模糊的黑白图片，再到以图为写作对象的栏目越来越多，所配之图也变成具有高清晰度的彩色图片。图片的地位和功能较之以前的绣像本发生了明显的变化。从文字与图片的关系来说，“图”从“文”的辅助、依附变成了与“文”平分秋色、并驾齐驱并且由于“图”比“文”更具有视觉冲击力和直观感受性而显得有喧宾夺主、反客为主之势。从“图”的功能来说，以往“图”与“文”没有任何联系，纯粹是装帧、修饰性的，然后发展到“图”是对“文”的强化、暗示、补充，最后“图”直接参与叙事，“图”与“文”互补共生，缺一不可。另一种是以《山花》为代表，侧重于内容的变化（栏目设置）。刚开始，《山花》遵循文学期刊“四大块”的设置：小说、诗歌、散文、评论。然后，逐渐打破文学边界向文化扩展和延伸，增设一些侧重思想、历史的文化类栏目。随后，设置前卫美术等艺术类栏目，并逐渐向绘画、雕塑、建筑、装饰、平面设计、服装展示、主体公园、行为艺术等各种视觉文化样式全方位渗透，每期推出一种主打视觉艺术样式。最后，将视觉艺术融入办刊理念，打造“文学精神与视觉人文”交相辉映的“双重文本、双重视界”。较之《作家》，《山花》在图像化方面似乎走得更远，它是一种文学精神、文学思维的更新，即：语言艺术与视觉艺术处于一种并置互补的关系中，并贯彻到整个编辑理念、栏目设置之中。

总之，与传统的期刊图像和文学图书插图相比，现今的图像化趋势中，“图”成为“文”的主宰或主导，从配角俨然成为主角；以图释文来了个颠倒，成为以文释图，过甚其“图”者，“文”更是从泱泱大国沦为附庸。

那么，文学期刊图像化对它自身来说有何意义呢？归纳起来有以下两点：首先，图像化美化了文学期刊的外观形态，提高了市场竞争力，为文学期刊赢得了更多的市场资本。比如，改版后的《作家杂志》就改变了以前只有“圈内人叫好”的“作家的《作家》”的局面，因其精美时尚而受到具有相当消费能力的“高尚读者”的喜爱（《作家杂志》将机场作为重要的销售地点，并作为东方航空公司精品航线头等舱的随机刊物[①]）。《芙蓉》的改版颇具特色，对应年轻人注重感性、兴趣广泛的特点，在众多刊物纷纷加重言论性版面的潮流中，它反其道而行之，在文学之外加入了美术、音乐、电影等以视觉、听觉为主的艺术版块。改版两年后发行量据称翻了一番，达 14000 册。[②] 其次，文学期刊图像化拓展了文学的叙事空间，丰富了文学的审美内涵，为文学期刊赢得了更多的象征资本。比如，《山花》就因其精心打造的文学精神与视觉人文交相辉映的“双重文本”而“受到海内外作家、艺术家的高度赞赏”[③]，从一本地处偏远贵州的省级刊物一跃而成为蜚声海内外文化艺术界的知名期刊，实现了质的飞跃。

文学期刊的图像化趋势在为其“增势”的同时是否也使其“流俗”了呢？对此，《山花》主编何锐说：“我们所作出的这些努力，并非别出心裁的标新立异，而是为了强化文学艺术的探索性和创造精神，关注文学新的生长点，以倡导先锋文学与艺术，推举文学新人为己任。”也就是说，在一个文学边缘化的时代，文学向图像的靠拢并非无原则的让步，而是文学在新语境中寻求“新的生长点”，是“为了强化文学艺术

---

① 参见《作家杂志》2000 年第 10 期扉页。

② 李静：《入世后的文艺期刊：走走 望望 改改》，《北京日报》2001 年 11 月 18 日。

③ 黄祖康：《〈山花〉：另辟蹊径》。http：//cul. book. sina. com. cn/s/2001-09-06/3505. html.

的探索性和创造精神”。文学与艺术在思维、价值方面的共鸣，常常可以成为相互激活的精神资源。而且，对视觉艺术的偏爱是有前提的，那就是“在文学作品篇幅不变的前提下，以最大版面刊发具有丰富人文内涵的视觉艺术作品：包括各种样式的绘画、摄影、建筑艺术、影视、平面设计等等”①。《作家》主编宗仁发说：“《作家》在包装质量上要与时事类，时尚类期刊达到同一水平线，但在风格上还要和它们有所区别。《作家》的封面完全由文学组成，也是意在强调它是一本以文学为主要载体的期刊，而不是以图片为主要载体的期刊。”② 从改版后的《作家杂志》来看，其最大的资源和优势就是拥有一批当今文坛上最倾向于坚持“纯文学”创作的作家（主要是韩东、陈染等“六十年代作家”和一些“七十年代作家”），文学的篇幅占到杂志的1/3，并作为“压轴戏”，其他一些非文学的栏目也大都与文学有关，如“海外资讯”“纽约客杂烩”讲述海外文学现状及作家、文坛逸事，或者由著名作家执笔，如“作家地理”“作家走廊”“记忆·故事”等基本作者队伍都是作家。因此，《作家杂志》只是包装变了，内涵并没有改变，它仍是一本文学杂志，而非时尚文化杂志。

从两位名编的话中，我们可以得到这样的启示：文学期刊图像化的关键是要把握好“图”与“文”之间的“度”，即“图”与“文”既要形成一个互相阐释互相辉映的张力场，同时也要保持一种平衡，这样才能给彼此留下更多的艺术空间。如果因过分迎合读者趣味和市场偏好而游离了“文”夸大了“图”，那么就会过犹不及，导致某些读者所说的“文学的自杀”“文学的堕落”。比如《湖南文学》改版为《母语》，无论是刊物名称还是刊物类型都已彻底改变，完全迎合大众读者的审美趣味，成为包装豪华的时尚类文化杂志。《芙蓉》杂志的改版虽然很有特色，也依然保持文学杂志的身份定位，但它的“挑战传统阅读”的编辑理念因重视“图”在一定程度上挤占了“文”的空间，使许多人觉得它更像一本画刊。在经历了1999年萧元任主编的改版四年之后，2003年颜家文任主编又再度改版，将“挑战传统阅读”改为“展示名

① 何锐：《文学性与先锋性：纯文学期刊的坚守与追求》，《当代作家评论》2006年第6期。

② 宗仁发：《文学期刊改版谈》，《当代作家评论》2000年第2期。

家力作”，缩小了图片容量，增加了大量名家的新作，这种从“图”向“文”的适度回归使杂志的审美内涵丰盈起来。《作家杂志》在2003年之后，也取消了与“全景文化公司”的合作，在包装、纸张方面进行了微调，保留了一部分彩页，增加了一部分黑白页面，使其显得更加雅洁清丽，庄重脱俗。《山花》似乎是在“文”与“图”之间的比例关系上拿捏得最准的，既兼顾了一部分读者对视觉艺术的偏好，又保持了原创文学以及文学批评的容量和分量。在目前看来，应该是探索出了一条比较成功的路子。

总之，文学期刊的图像化改版就像在高空走钢丝，马虎不得。如何在“图”与“文”之间保持平衡，既兼顾市场效应又坚守人文底蕴，做到扬长避短、锦上添花，还有待于文学期刊编辑在实践中不断摸索和调整。

第二节　“图”行天下：文学出版的图文化趋势

当文学期刊纷纷“变脸”，掀起一股来势汹汹的“视觉浪潮”的时候，文学出版也应时而动，刮起了一股强劲的“读图旋风”。从三联书店引进蔡志忠古典漫画，到山东画报社《老照片》系列的出版，再到“读图时代”这一口号的提出，不到十年时间，中国人就改变了以往重文字轻图像的阅读习惯，不仅儿童、青少年喜欢带“图”的“书”，就连成年人在一天的紧张工作之后也乐此不疲，“读图”不仅不幼稚，反而成为一种时尚。于是，图文并茂、印刷精美的“图文书”因迎合了现代人的审美趣味和阅读时尚而大行其道，牢牢占据了出版市场的半壁江山，最终构成了中国图书市场“无书不插图”的潜规则。

一　图文书的历史演变与当代发展

在西方文明史上，视觉和图像的问题一直是至关重要的。加拿大学者阿尔维托·曼古埃尔在《阅读史》一书中指出，人类历史上，有过各种各样的“阅读”，其中就包括“图像阅读”。据曼古埃尔介绍，公元4—5世纪之间，安锡拉的圣尼勒斯在其家乡建修道院时，不画动植物装饰，而是聘请才华洋溢的艺术家，以《旧约》和《新约》的故事为教堂作画。为什么？就因为“将《圣经》故事画在教堂神圣十字架的两旁，‘就像是给没受过教育的信徒念的书，教导他们《圣经》经文的历史，让他们明白上帝的慈悲’”。而对于目不识丁者来说，“由于无法阅读文字的东西，看见圣籍呈现在一本以他们可以辨认或‘阅读’的图像书上，一定能够诱发出一种归属感，一种与智者、掌权者分享上帝的话具体呈现的感觉”。也就是说，最初的图像阅读其目的是为宗教宣传服务的。在宣传宗教教义的同时，图文书也起到了普及知识的作用，恢复了目不识丁的穷苦百姓阅读的权利。“因为‘文本’是以图像的方式整体呈现，没有语意上的逐渐变化，于是穷人们也可以通过图像来‘阅读’圣经了。”① 尽管后来的宗教改革运动提倡捣毁偶像雕塑，以此破坏图像的优势地位，可是图像也正是借助宗教改革走上世俗化的道路。

在我国，“图”与“书”的关系也是密不可分的。正如《书林清话》中云：“吾谓古人以图书并称，凡书必有图。”② 宋人郑樵在《通志略·图谱略·索象》中指出，“古之学者为学有要，置图于左，置书于右；索像于图，索理于书”③，这样容易体会深刻，可见，“图”“书”携手的重要性。正是这种“图”“书”并举的意识，促成了我国插图艺术的源远流长。最早的插图可追寻到汉画像石。后来，造纸、印刷术的发明，给插图艺术的发展带来了良好的条件。我们现在能见到的最早的印刷品插图，就是久负盛名的唐咸通九年（868 年）刻印的《金刚经》之卷首图。宋元明以降，经济、科技日趋发达，又因戏曲、小说的流行，促使文学插图异常繁荣。不少著名画家参与其事，与刻工合作，推出了许多经典的绣像小说戏曲作品。如：明代陈洪绶的《北西厢记》《九歌图》，清代任渭长绘的《高士、先贤、剑侠、烈女传》、上官周绘的《晚笑堂画传》、改琦的《红楼梦图咏》等。晚清之后，西方的石印、铜版、照相制版等现代印刷术先后传入中国，新的装帧和装订技术开始应用在图书出版行业，各类画报如雨

① ［加拿大］阿尔维托·曼古埃尔：《阅读史》，吴昌杰译，商务印书馆 2002 年版，第 121、131、128 页。

② 转引自邱陵编著《书籍装帧艺术简史》，黑龙江出版社 1984 年版，第 55 页。

③ 郑樵：《通志略·图谱略》，载王树民点校《通志二十略》下册，中华书局 1995 年版，第 1825 页。

后春笋般涌现。特别是从20世纪30年代开始，鲁迅倡导新兴木刻运动以及丰子恺、闻一多、阿英、郑振铎等一批学人的探索和成就，推动了现代插图艺术的长足发展。新中国成立后，党和政府重视图书出版工作，插图艺术迎来了前所未有的发展机遇。从五六十年代起各画种名家均在插图领域多有建树，如黄永玉的《阿诗玛》、叶浅予的《子夜》、王叔晖的《西厢记》、张光宇的《神笔马良》、程十发的《儒林外史》、华君武的《大林与小林》、李桦的《狂人日记》、孙滋溪的《林海雪原》、黄胄的《红旗谱》等插图，都是插图史上具有里程碑意义的作品。而孕育于晚清、提倡于20世纪30年代的“连环画”（俗称小人书），在20世纪60年代终于成熟并大规模出版，让“图像叙事”大放光芒。改革开放后，在文艺、科技、少儿等书刊领域，活跃着一大批插图画家，其中刘旦宅、戴敦邦、柳成荫、张守义、高燕、秦龙、王怀庆、戴卫、陈全胜、李焙戈、姬德顺、高荣生、吴冠英等是当代插图画家中的杰出代表。①

进入20世纪90年代之后，由于电子技术以及数码技术的发展，图像的制作变得轻而易举，再加上精英教育转化为平民教育，人们不喜欢正襟危坐而追求赏心悦目，这一切作为触媒，激活了我国悠久的图文书传统，使得“读图”成为当今重要的文化现象并由此掀起了新一轮“图文书”出版的热潮。“读图”的滥觞是1989年北京三联书店引进的台湾版“蔡志忠经典漫画系列”丛书，它开启了学术著作图像化的新思路。图文书的真正激活是1996年山东画报出版社《老照片》的发行。此书的第一辑在一年之内，总印数达到20余万册，迅速产生轰动效应，于是《老照片》实现续辑出版，成为知名品牌。随着“老照片”的热销，一系列“老”字号丛书，如老城市、老戏曲、老行当和以“镜头”命名的丛书，如《红镜头》《黑镜头》《黄镜头》等出版物迅速跟进，这些以“照片”为主的图文书将欣赏的空间从摄影艺术提升到更广泛的历史空间，以图像解说历史，引领了新一轮的“图片热”。1998年，花城出版社编辑钟洁玲为了推广她所策划的《红风车经典漫画丛书》，提出了“读图时代”的口号。钟健夫为这套丛书所撰序言，

---

① 以上材料参见刘辉煌《“读图时代”溯插图》，《中国新闻出版报》2001年5月31日第4版。

更是提议重估图像与文字的关系，让“图本”与“文本”遥相对应，以此诠释“读图时代”这一概念。“读图时代”本来只是一种销售策略，没想到无意中迎合了读者趣味以及出版时尚，竟演变成为一个颇有生命力的口号。基于怀旧，基于消闲，也基于图文对话的无限可能性，一时间，图书市场充斥了各类或雅或俗的“图文书”。

从古代走向现代以至当今，图文书的传统一直没有中断，但是，今天的图文书绝不是对古代图文书的低水平重复，而是图书出版理念的革新和图文关系的重置。下面，我们就以文学类图文书为例，比较当代图文本（以下简称“图文本”）与古代绣像本（以下简称“绣像本”）之间的区别，以此把握当代图文书的流变与发展。

首先，从图片本身来说，图的范围扩大、数量增多、视觉冲击力增强。绣像本中的插图全部是手工绘制或雕刻的具有原创性的图片。而在图文本中，各种摄影照片、海报广告、电影剧照、版本书影、电脑或数码技术模拟或合成的图片都可以成为插图的来源。因此，以前我们叫“插图”，现在则叫“插画”，也就是说，图的范围、种类大大拓展了。绣像本中绣像只是重要人物的刻画或者重要情节的点缀，因而图片在数量上并不多，而图文本从每页的底色图纹，到文字之间的小幅插图，再到占据整页的图画，图片遍布全书。比如，2003 年海峡文艺出版社出版的刘索拉的图文小说《女贞汤》，全书共 236 页，其中插图达 170 多幅，几乎每两页就有一幅插图。2004 年北京十月文艺出版社推出的林白的图文小说《一个人的战争》，全书共 238 页，插图则有 212 幅，几乎每页一幅插图，用该书策划者叶匡政的话来说：“每一页都做了设计”。绣像本中的绣像虽然也能做到栩栩如生、逼真传神，但囿于雕版印刷技术，再加上都是黑白图片，所以图的视觉效果不太突出。而图文本中的图片大多经过电子或数码技术的处理，具有很高的清晰度，而且大多采用彩色图片，再加上印刷纸张的精良，视觉冲击力明显增强。比如：冯骥才的《三寸金莲》收录了近千幅有关“金莲”的实物照片，包括用途迥异、式样众多的金莲鞋、《中国最后一代小脚女人》系列图片、裹脚布、量脚尺、腿带等，提供了触目惊心的“金莲”形象史，给读者一种强烈的视觉震撼力。还有许多图文小说，比如上面提到的《女贞汤》《一个人的战争》，还有陈染的《私人生活》等，画面大多追求一种浓艳、性感、怪诞、变异的风格，恰如林白所形容的“邪魅”“诱人”“色情”“诡异”“佻挞”“怪诞”①，这些新奇、怪异、艳丽的图片汇聚在一起，使书籍显得琳琅满目，的确达到了刺激人的眼球的效果。

透过图片数量、范围以及视觉效果的变化，我们看到的是当今图文书出版理念的变化，即“读图时代”图文书的真正“卖点”不再是原有的书面文字，而在于那些新奇、精美、富有视觉冲击力的图片。图像对眼球的攫取形成了一种独特的“眼球经济”。而在绣像本中，这种图像抢夺读者眼球的情况是不会发生的，尽管绣像的刻画栩栩如生，但它不会冲淡读者对文字的注意力，相反，在读者看了这些绣像之后会迫不及待地进入文字阅读，以求对文本进行深度解读。也就是说，绣像所造成的阅读效果不是喧宾夺主而是引人入胜。

其次，从图与文的关系来说，从“文主图辅”向“图文并重”甚至“图主文辅”转化。1994年，美国学者米歇尔和瑞士学者博姆分别同时提出“图像转向”的概念，宣告“语言学转向”终结和“图像转向”开始。图文关系在“图像转向”之后的变革，才是构筑图文本和绣像本差异的最本质因素。巴尔特认为这是一个历史性的转变：“过去，图像阐释文本（使其变得更明晰）。今天，文本则充实着图像，……过去是从文本到图像的含义递减，今天存在的却是从文本到图像的含义递增。”② 古代的绣像小说基本上是“以图配文”，绣像是根据小说的内容、情节来配置的。也就是说，文是主，图是辅，图因文而具有存在价值，它的功能主要是阐释文本。现在的图文本图与文居于平等的位置，图像与文本之间也不再是简单的阐释与被阐释的关系，意义的生成过程变得异常复杂。比如：浙江人民美术出版社2003年推出的《名家之间》丛书，选取了方方、陈染、陈丹燕、林白等6位女作家与夏俊娜、申玲、蔡锦、喻红等6位女画家，让她们各自选择最能体现自己风格与追求的精彩文字和绘画作品，展开一场“文学”与“绘画”的“对话”。据编者介绍，“文学与绘画在书中的力度是完全均衡的，每一个

① 林白：《写在前面的话》，《一个人的战争》，北京十月文艺出版社2004年版，第1页。

② Rolangd Barthes, “The Photographic Message”, in Susan Sontag, ed. A Barthes Reader (New York: Hill and Wang, 1982.), pp. 204-205.

都是主角，没有谁要去将就谁，谁该去配合谁。它们各尽情地舒展自己的个性与特点，将最完整和最美丽的一面呈现在读者面前”。[①] 当图片阅读成为时尚的时候，学林出版社从2000年开始推出的“新视觉书坊”也“尝试在文字与图片之间找到一种新的关系，它们不再是传统书籍中的文字配插图，而是两个并行的信号系统，互相交叉，相得益彰”[②]。截至目前，该丛书陆续推出了冯骥才、肖复兴、张炜、周涛、张承志、王安忆、海男、孙甘露、赵玫、虹影、李国文、陈忠实、程乃珊、祖慰、白桦、吴亮等当代著名的散文家、小说家的作品，取得了不俗的业绩。

在图文本中，“图”不仅获得了独立的地位，与“文”并重，还大有凌驾于“文”之上，“以文配图”的反向趋势，“绘本”是其典型形态。“绘本”又称为“图画书”（picture books），它是一种在图文比例上“图”大于“文”的图文书。当然，根据具体情况也会有所不同。有些绘本在图、文之间尽量保持一种平衡的关系，相互衬托；有些绘本则以表现图画为主，文字只是一种信息支持和构成元素，对图起到注解或阐释的作用；还有一些绘本则只有图而完全没有文字。1999年，朱德庸漫画开始风行大陆，四格漫画配上睿智而通俗的简短文字，已经具备了绘本的特征。2002年初，台湾漫画家几米的都市温情绘本系列经由三联书店、辽宁教育出版社出版而风行图书市场，“绘本”概念也藉此进入大陆读者的视野。2003年，绘本图书已是遍地开花。大陆女漫画家钱海燕的《小女贼》系列、香港“绘本”《麦兜麦唛故事系列》、欧洲绘本《彼得兔系列》等，不一而足。随着绘本在图书市场的风生水起，当代著名作家的作品也走上了绘本化（漫画化）的道路。2003年，人民美术出版社推出了曾获得茅盾文学奖的路遥的《平凡的世界》和陈忠实的《白鹿原》的连环画版；继王朔的小说《看上去很美》《一半是海水，一半是火焰》《动物凶猛》被改编成绘本推出之后，现代出版社又将海岩的《玉观音》《平淡生活》《拿什么拯救你，我的爱人》

---

① 李方、盛诗澜：《文学与绘画另类接触——〈名家之间〉编辑手记》，《中国新闻出板报》2003年7月30日第6版。

② 许钧伟：《用最直观的形式做图书——说说“新视觉书坊”》，《编辑学刊》2004年第1期。

等作品改编成绘本推出；从安妮宝贝到痞子蔡到郭敬明，青春派小说掌门人的作品也早已被绘本一网打尽……总之，文学绘本强调绘画和文字的审美效应，图与文之间打破了传统的依存关系，既可能相互补充，又可能表象疏离、内质遥相呼应，还可能互为交叉、求同存异，在各自的审美空间中施展拳脚，专注于言外之意的表达和话外之音的传递，其内部的审美活动是异常丰富复杂的。

二　图文书图—文关系的辨析与反思

当图文书成为出版界争相哄抢的香饽饽时，热闹背后也暗藏着危机，因为对图文书的商业追求一旦超过了审美追求，就会导致假冒伪劣、盲目跟风之作的甚嚣尘上，从而造成图书市场的混乱失序，甚至对读者的阅读习惯和审美趣味形成规约、误导乃至扭曲。因此，我们需要冷静地反思，以归正谬误，引导图文书的健康发展。

第一，图文书的图文边界。随着图文出版方式被广泛应用，“无图不书”“为图而书”成为当今出版界的一大风景。《老照片》走红，就出现了诸多以“老”字号命名的图文书；《黑镜头》走俏，就出现了诸多以“镜头”冠名的图文书；一本名人画传旺销，一系列名人画传就充斥于图书市场。图文书有其独特的内涵与特点，并非任何类型的图书都适宜用图文结合的方式推出。对于建筑、艺术、摄影、电影、旅游等专业书籍，配置精美插图是学科性质决定的，无可厚非。少儿类读物通过图来引起儿童的阅读兴趣、科普类书籍通过图像来深入浅出地谈论问题，也都可以理解。而对于经典名著、学术著作以及部分文学作品，在插图的时候则需小心谨慎，该用图的时候就用图，不该用图的就不能胡乱拼凑。作为经过历史淘洗而流传至今的经典名著，常常具有深邃的思想、完美的形式，而这些思想与形式之间是浑然一体不可分离的，比如：《老子》《庄子》《论语》等经典古籍，特定的古汉语不但是其独特的表述手段，同时也是读者进入这些经典深刻思想的必要条件和路径。周宪教授就对“蔡志忠经典漫画系列”以及唐诗宋词的漫画化表达了自己的困惑，他说，“假如读者对古代智慧和思想的了解只限于这些漫画式的理解和解释，留在他们心中的只有这些平面化的漫画图像，这是否会导致古代经典中的深义的变形以至丧失呢？而唐诗宋词这样纯粹的语言艺术作品，被转化为漫画时，文字独特的魅力及其所引发的丰富联想已被刻板地僵固于特定画面，这是否会剥夺读者对文学作品诗意语言的体验呢?”[①] 同样，对于学术性的理论专著，如果插图不当，只会削弱图书的理论深度。比如：李泽厚的《美的历程》有黑白和彩色两种插图本。黑白插图本是初版，图文之间的比例是 9 : 1，彩色本是在图文书畅销情况下的再版本，图文之间的比例则达到了 1 : 1。[②] 黑白本是根据内容需要适当配置了插图，而彩色本则存在过犹不及的倾向。李泽厚本人表示，彩色插图本《美的历程》中的图片，只有极少数配得正确，其余全是“乱配图”[③]。这样乱配图只会降低学术书籍的品位及学术性。由学术著作扩展到其他类型的书籍，不顾书籍内容而胡乱配图危害极大。一方面，抢眼的图片喧宾夺主，干扰了正常的阅读，打断了连贯的思路。另一方面，使书籍“注水”、价格攀升，增加了读者的经济负担。最终，败坏出版风气，扰乱图书市场。

第二，图文书的图文关系。从美学角度来说，文字和图像各具特色，图像以其直观性和具体性见长，而文字以其抽象性和联想性著称，这为二者的结合提供了良好的基础。理想的图文关系应该是图文并茂、珠联璧合，在言尽之处“立象以尽意”，弥补语言的有限性；在象穷之际立言以深思，拓展图像的表意空间。当然，这是一种理想的审美状态，就目前图书市场上的图文书来说，笔者认为，主要有以下三种图文关系：正相关、不相关、反相关。

正相关就是图与文之间在内容、格调上是相互配合的，用符号来表示大致就是 A = B，强调彼此的相似性，图与文是隐喻关系，这一类图文关系是最常见的。用这种方式配图，文本的意义生成相对稳定，图对文起补充、阐释、深化的作用，如果配合得好，图与文之间是可以形成互动的，即产生类似 A + B = C 的效果。比较有名的是三联书店 1999 年开始刊行的“乡土中国”丛书。该丛书将学者的田野考察与摄影家的审美眼光相结合，图文之间，早在书籍的酝酿及生产阶段，就不断地处

① 周宪：《“读图时代”的图文“战争”》，《文学评论》2005 年第 6 期。

② 参见周宪《读图，身体，意识形态》，《文化研究》第 3 辑，天津社会科学院出版社 2002 年版，第 76 页。

③ 参见汪稼明《图文出版，过犹不及》，《中华读书报》2006 年 12 月 11 日。

于对话的状态。丛书的“编者序语”称：“本系列旨在介绍中国民间传统的地域文化，以图文随记的形式，向大众传播中华本土文化之精髓，复苏古远的历史场景。”其中借助关于老村、古镇、旧宅、败祠的文字描述及镜头呈现“开辟一片传统文化的博物馆，乡土社会的史书库”，基本上实现了自家预设的目标。[①] 一些游记类的散文随笔也适合通过文字与摄影照片的结合来讲解旅游风光和旅行者的沿途见解和感想。像余秋雨的《千年一叹》《山居笔记》的插图本以及韩少功的《山南水北——八溪洞笔记》、莫言的《莫言·北海道走笔》、安妮宝贝的《蔷薇岛屿》等图文书都是做得不错的。

不相关就是图与文之间在内容上没有任何联系，纯粹是“文不够，图来凑”或者胡乱配图，用符号表示就是 A≠B，这种情况在盲目跟风、假冒伪劣的图文书中表现得最明显。比如为泰戈尔的诗歌《飞鸟集》配卡通人物的插图。这种做法不像是对大师诗歌的诠释，反倒像是后现代对传统经典的戏说。这种“文不够，图来凑”式的“读图”只会败坏读者的胃口和读图欲望，将“读图时代”变味为“伪图时代”，破坏出版市场的繁荣。

反相关是图文关系中最复杂的一种，也是最具挑战性和颠覆性的配图方式，类似于讽喻关系，用符号表示大致就是 A≠B，但如果运用得好，也可以产生 A+B=C 的效果。表面上，图与文之间在内容或格调上不一致或者故意拉大距离，甚至相互抵牾，使原有的意义被消解，但它也是最具创造性和革命性的一种方式，其间蕴含无限创意空间，运用好了可以达到出其不意的效果。即：通过图文并茂或拼贴产生一种审美的张力，造成文本的多义和意义的不确定。诗人兼图书策划者叶匡政所设计的“新视像读本”，如《日本格调》《一个人的战争》《女贞汤》中的部分图片与文字之间都能产生类似的效果。《日本格调》实际上是日本名著《枕草子》的译文，配上了 200 余幅“浮世绘”美术作品。《枕草子》的作者清少纳言是日本平安时代的一位宫女，她用特有的女性细腻的笔触，关注着生活中的细枝末节的小事，写出了一个日本上流社会女性的精神所系，一种日本之美。而来自于世俗生活歌伎青楼的浮世

① 陈平原：《从左图右史到图文互动——图文书的崛起及其前景》，《学术界》2004 年第 3 期。

绘，是日本近代市井艺术的代表，是追求享受与感官的日本的写真，在一幅幅世俗背景中的美人画中，传递着亲密的情话与永远新鲜的欲望。清新洁净的文字与浓艳色情的画面强行拼贴在一起便产生了一种意想不到的审美张力。作家叶延滨说：“这本书把矛盾的东西凑到一起，灵与肉，文与图，清与稠……但却共同展示了日本的艺术情趣，大雅与大俗。”“边读《枕草子》边看浮世绘”“这无疑是一种轻松的享受”。① 林白的《一个人的战争》，被认为是女性主义的代表作，但为该书配图的李津却并不是以女性主义的眼光在画画，相反，他的200多幅新人文主义的绘画体现出典型的男性眼光和男权意识。这两种截然相反的思想拼贴在一起，一方面是内容的互相拆台，另一方面也形成了一种张力。需要说明的是，对于图文关系的反相关所产生的审美效果，也许不是图文书策划者努力经营、有意为之的结果，而只是一种来自于阅读者的见仁见智，所以有的人认为它是对文本意义的深化和拓展，有的人则认为是对文本意义的曲解和转义。

目前，有一种文学类图文书，基本实现了图与文互动的审美效果。这就是作家的“自说自画”。作家的“自说自画”由来已久，20世纪三四十年代，叶灵凤、张爱玲等都“自说自画”过，而如今的作家更多开始了“自说自画”，由于他们对自己的作品有深刻了解，因此用他们独具风格的画，能够更加精确传神地表达文字的精髓要义，更容易实现图文互动。比如潘军的《独白与手势》，其中的插图大多是他自己创作的，它们是在进行文字创作的过程中就产生了的，不是一种事后的配图行为，因此，文字与图像之间就是一种“双重叙事”的关系。又如陈丹燕的《上海色拉》就是她自己配的画，她画的是记忆里的事物，画中带有非常浓郁的作家气质，这种气质和感觉是绘图者无法体验和表现的。很多作家并不是专业的画家，然而他们用自己的画去解读自己的文章，让读者从中感觉到亲切和新鲜。类似的情况还有潘军的《山水美人》、刘心武的《京漂女》《深夜月当花》《刘心武侃北京》，阿成的《胡地风流》《影子的呓语》，聂鑫森的《阑干拍遍》、何立伟的《稿纸上的蝴蝶》、高建群的《最后一个匈奴》、冯骥才的《心灵的水墨》等。鉴于以上情况，在图文

① 叶延滨：《读图的快乐》，《人民日报》（海外版）2004年8月31日。

书的编辑过程中，应该由文字作者，而不是美编来提供图像、决定图像位置，因为他们更了解该用什么样的图去配文以及配在什么地方，从而使图与文达到水乳交融的境界。

第三，图文书的图文阅读。大多数人都认为读图是一种浅薄阅读，图片遮蔽了文字，娱乐代替了思考，长久如此，必将造成读者审美感悟能力的钝化和思考能力的退化。这种想法有一定道理，但却是一种建基于西方文化研究理论的高屋建瓴式的分析和思考。其实，图文本的阅读方式是随着阅读过程的展开而变化的，而读者的艺术素养、审美趣味等也是有差异的，因此，我们不能以一种固定的思维模式来对待有差异的现象。目前，有研究者以叶匡政设计的“新视像读本”——林白的《一个人的战争》为例，对图文本的阅读过程和阅读方式进行了解读。文章指出，图文本的阅读经历了三个阶段。第一阶段：“图像+文本盲点”的纯粹读图。这个过程发生在阅读之初，图像凭借强烈的视觉冲击力首先抢占读者的眼球，从而对文字文本形成遮蔽，此时的阅读是一种纯粹的“读图”。第二阶段：“文本+图像拼贴”与“图像+文本拼贴”的交替变更。文本作为一个符号整体，并不那么容易被图像遮蔽，它会随着阅读逐渐深入读者内心。当读者从图像阅读进入文本阅读阶段，阅读也就进入了“去蔽”与“遮蔽”的过程：文本逐渐去除图像的遮蔽，使图像转化为背景，此时是一种“文本+图像拼贴”的阅读方式；而图像的视觉冲击也在不断遮蔽文本，影响文本阅读的深入和继续，当图像再度遮蔽文本时，“文本+图像拼贴”的方式就会被“图像+文本拼贴”所代替，而文本又会随着阅读的展开而不断去蔽……这是一个循环过程，两种阅读方式都无法持久，处于不断更迭交替之中。第三阶段：“文本碎片+图像碎片”的重新组合。当阅读进入深层时，图像与文本就不再表现为谁依附谁的关系，而是原本独立、完整、连贯的两个整体在同一时空下相互解读，意义不断被增减、延异和解构，完整变成碎片，连贯发生断裂，最终以“文本碎片+图像碎片”的方式重新组合。① 具体分析图文本《一个人的战争》的阅读状况，首先，跃入我们眼帘的是李津那一幅幅色彩浓艳的具有春宫图意味的色情写意，他以一个男性的眼光窥视并描画女性的身体。接下来，仔细阅读图

① 吴昊：《图文本阅读：读图？抑或读文？》，《湖北社会科学》2007 年第 2 期。

画旁的文字，我们发现，林白以女性主义的身体写作，通过诗意、唯美的语言裸露了女性私密的身体感受和生命体验。这样，图与文两相比照，配合着阅读，一个裸露/窥视的开放式的文本结构就出现了，图与文之间既相互阐释又相互解构，表现出商业文化语境中女性主义表达的困境和隐忧等复杂的关系和语义。这是阅读单一的文（林白的小说）和单一的图（春宫图或李津的新人文画）所无法表达的。对于普通读者来说，他（她）的阅读过程也许就终止于第一个阶段，他从图文书中看到的仅仅是那些富有视觉冲击力的精美图片，至于图片背后的文字究竟表达了什么，以及文字与图片到底具有怎样的关系，他无意去追究，能够通过一本图文书得到视觉的享受和心灵的消遣就是一种满足。对于这种阅读，我们没有必要苛责，因为图文书最基本的功能就是消遣娱乐。而对于一个具有一定素养的文学爱好者来说，他绝不会满足于第一个阶段的阅读，他会继续深入，在“图”与“文”之间频繁转换，摸索二者的关系以及背后的深刻蕴涵。这个摸索的过程会带给他极大的审美享受，于是，图文书实现了它的审美功能。对于一个文学研究者来说，他不仅要享受图文书带来的审美愉悦，还会以一个职业者的眼光去思考：文字与图像为什么要这样配合？它背后包含着作者或者编者怎样的意图？也就是文本在结构叙事时的隐秘机制是什么或者控制表征系统的意识形态是什么？可见，图文书的阅读过程和阅读方式因人而异，呈现出层级化倾向。这也大致对应着本书在绪论中所讨论的视觉文化的三个层次，普通读者看到的是第一个层次：图像；文学爱好者更进一步，看到了第二个层次：图像的意蕴；文学研究者更进一步，看到了第三个层次：视觉性。他们从中得到的快乐也是不一样的，第一个层次得到消遣的快乐；第二个层次得到审美的快乐；第三个层次则既有审美的快乐又有思考的快乐。由此可见，图文书的阅读并不是一种浅薄阅读，它与阅读者的文化层次密切相关，当然，以上的分析是建立在那些精心制作的优质图文书的基础上的，只有它才具有逐层深入阅读的可能。

三 图文互动：文学叙事空间的拓展

通过对上述图文书中存在的重要问题的辨析，我们发现，目前的图文书市场呈现出非常复杂的状况，既涌现了一批图文互动的文学精品，也存在着不当的跟风之作。对此，我们的当务之急就是激浊扬清，为图文书的健康发展导航。下面，我们就以两部在文学界获得普遍赞誉的精品图文小说《独白与手势》（潘军）、《太平风物》（李锐）为例，剖析它们是如何通过“双重叙事”和“超文体拼贴”来实现互文与复调的审美效果，进而拓展文学的叙事空间的。它们或许正是未来图文书的发展所追求的目标和努力的方向。

（一）潘军：《独白与手势》的“双重叙事”

潘军是一个极具文体意识的作家。作为先锋文学的代表成员，20世纪80年代中后期以来，潘军在《白色沙龙》《南方的情绪》《流动的沙滩》《风》等小说中制造了一个个扑朔迷离的叙事迷宫，对“元小说表演功能的发掘”也达到了“令人叹为观止的地步”。① 90年代之后，先锋文学走向了低迷衰微，潘军也下海经商，但他一直没有终止对文学的思考。1999年，身兼作家、画家、商人三种身份于一体的潘军，又一次拿出了三卷本长篇小说《独白与手势》（《白》《蓝》《红》），以新颖的“手势”挥出了他对形式探索的执着。作为人民文学出版社出版的“探索者丛书”之一，这部长篇小说打破了传统文学纯文字叙述的单一局面，正如小说的标题所显示的那样，“独白”是叙述，“手势”是图画，“独白与手势”就是将绘画与文字结合，尝试“双重文本”的“双重叙事”。

《独白与手势》描述的故事并不复杂，它记叙了从1967年到1999的30余年间，主人公“我”从石镇到梅岭、犁城，再从海口到蓟州、北京的颠沛流离的生活以及其间所经历的情感嬗变、官场风云和家庭兴衰。小说笼罩着一种伤感、忧郁甚至带点忏悔的氛围，读来真实生动，感人至深，这与文字中穿插的图画是密不可分的。在三部小说中，共插入了236幅图片，其中大部分是潘军自己绘制的图画和摄制的照片。作者自述，书中的图画部分耗去了不亚于文字创作的精力，而且这不是简单的为书配图，“这个‘图’已经跳出了我们通常习惯的插图模式，不是可有可无的，而是把它变成了一种叙事上的一个层面。”并且在图与

① 施战军：《笔记潘军》，《南方文坛》2000年第5期。

文之间也做了精心的“设计”①。下面我们就以三部曲之一的《白》为例来具体分析这些图片在叙事上的功能以及与文字的关系。

根据功能上的不同，这些图片大致可以分为三类：营造氛围、抒发情感、象征隐喻。

1. 营造氛围。在传统的纯文字小说中，为了交代故事发生的背景、场所或奠定某种情感基调、氛围，往往需要大段的环境描写作铺垫，使行文显得冗长烦闷。而《独白与手势》则以图片来代替文字叙述，既省去了冗长的描写，又具有形象直观性和视觉冲击力，而且也调节着小说内在的情绪氛围。

比如：P1（表示第一页的图片，下同）的画面是一条色调阴暗、空无一人并且飘着雨丝的小巷。作者叙述道：“你眼前的这条小巷，是故事开始时的路。你会注意到这已是经过复制的石板路，而且天空中飘飞的雨丝，也是后来加上去。不错，我此刻正在复制 30 年前石镇的那个夜晚。”这一画面以一种规定性或强制性的方式将读者置入皖西南一条古朴的小镇之路上，使人一下子进入到那个特定的历史空间，去感受 1967 年那特殊年代的冰冷、沉寂和压抑，从而为后面即将写到的残酷的“文化大革命”武斗场面作叙述和情感上的铺垫。

图片不仅可以用极俭省的笔墨营造意境，而且还可以调节读者的情绪。比如：P281 是一幅犁城郊外初雪图。在这之前，文中叙述到“我”的朋友冯维明本来前途一片光明但因卷入权力的派系之争而无端地成了政治牺牲品，不得不随岳父一家远走海南，而“我”也不适应机关的权力倾轧，与主任金一帆发生直接冲突，并写了辞职报告，至此，文中弥漫着一股压抑憋闷的气氛，而这时，一幅视野开阔、清朗静谧的初雪图呈现在读者眼前，使人一下豁然开朗，那种先前的压抑一扫而空，心情也随之明朗舒畅起来。这样的图文配合使得小说的叙述张弛有度，对读者情绪的把握和拿捏也非常到位。

除了风景画可以起到造境的作用，人物画也能起到渲染氛围的作用。如 P266—267，一个裸体女子背朝观众躺在鲜花簇拥的床单上，头

① 潘军、林舟：《视觉叙事的魅力——关于〈独白与手势〉的对话》，《南方文坛》2000 年第 5 期。

向后甩，一只手撑住丰满的臀部，两腿紧闭，宛如一条热带美人鱼，既富于挑逗性，又有一种说不出的美感。正如罗丹所说的“没有什么比人体更美、更有力、更难以捉摸”。在这幅略带煽情的画下面，是关于“我”和酒吧女老板林之冰缠绵却不露骨的性爱描写，“这是条美人鱼。一条刚要从蓝色的海洋里跳到花圃中的美人鱼。……当窗台上最后一缕晚霞消失之际，鱼的呻吟便成了夜晚最新鲜的消息。”这样一幅美人鱼图营造了一种诗意和谐的性爱氛围。

2. 抒发情感。情感是一种主观的心理活动，表达情感是语言文字所擅长的。但是，当抽象的情感通过图画的方式具象化后，那种视觉的冲击力会加强情感表达的深度和力度。

P140 是一幅斑驳、腐蚀的老墙图片。联系上下文，我们就能更真切地体会这幅画所传达的情绪。“我”写了一个剧本寄给一家电影厂，得到了总编室的热情洋溢的回信。“我”满怀希望地等着导演来商谈剧本改编事宜。结果，“从电影厂来的导演和责任编辑是一对标准的笨蛋。长达两个小时的谈话让人啼笑皆非。”导演提了十二条意见，又甩出一个“有突破”的构思框架让“我”修改，“我”毅然拒绝了。“那一刻他的心情就是这个样子，像一堵腐蚀的老墙，千疮百孔，鸟翅的阴影像锯一样将它锯开。”在这里，以一面斑驳的老墙来形容主人公沮丧而受挫的心理，既形象贴切又可感可触。

P10—11 是一幅用“文化大革命”时期的旧报纸拼贴起来的图片，在一片“牛鬼蛇神”“黑帮分子”“大阴谋”的字迹中间画着一个用手遮住大半边脸的少年，露出一只惊恐的眼睛。那是一个黑白颠倒的“极左”年代，“我”刚刚十岁，在一个下雨的夜晚送好友小丹回家，不幸遭遇了一场“文化大革命”武斗场面，马老师为了救“我”和小丹暴露目标而丧生。这件事情在主人公幼小的心灵中投下了巨大的阴影，这样的画面很好地传达了“我”对那个远逝的年代的感性认知——极度的恐惧和困惑。

类似的画面还有很多，这里不一一列举，这些画面在情感表达上均含蓄而浓烈，达到文字叙述难以企及的宏深境界，可谓“不着一字，尽得风流”。

3. 象征隐喻。黑格尔说：“象征首先是一种符号。”艺术表现上许多令人迷醉的曲笔，常常就是对艺术符号的机智采用。在《独白与手势》中，大部分图画是隐喻象征性的。从表面上看，它与文字叙述没有直接的联系，但是仔细体味上下文就会发现它是对文字叙述的一种映射，一种扩展，使得小说的蕴涵顿时丰富、饱满起来。

比如："我"与李佳的婚姻生活是不和谐的，只有爱的观念和形式而没有爱的本质。书中有一幅洗脸盆的图片（P230）。仔细看，我们发现这个脸盆很别致。首先，它给人一种很冰冷的感觉。其次，它的两个水龙头不一样，两个漱口杯也不一样，甚至杯里的两把牙刷也是朝两个方向放置着。这样一种设计似乎就是这个家庭的缩影。它印证着文字部分的叙述："没有和谐，没有默契，更没有水乳交融和息息相关。一切看上去都是冰冰凉凉的。"

在文中，还有两幅颇具视觉冲击力的画像，也含有明显的象征意味。一幅是十字架上受难的耶稣（P93），象征着"我"由于"右派儿子"的身份所承受的理想和生存的双重打击。另一幅（P131）是一个垂着头的男性裸体双臂张开在半空之中呈半蹲之势，这"奇异的姿势介于飞翔与堕落之间"，它象征着"我"夹缠在韦青和李佳这两个女人之间的某种复杂而幽微的情感状态。

类似的例子还有很多，摔碎的茶杯寓示着文人的宿命，面目狰狞的石狮象征着权势的重压，桌边的鸡蛋昭示着岌岌可危的家庭。而文中出现最多的是对于"手"的特写，沙滩上伸出来的弯曲的微张的手（那时父亲被打成右派，母亲经历了离婚和再婚，此画面昭示二人对时代造成的不幸命运的无奈挣扎）；伸向黑暗的天空迎接太阳的纤弱的少年的手（那时到梅岭插队的少年正承受着皮肉之苦，父亲的好友担任梅岭大队书记后将少年调到中学任教，使其命运出现了转机）；夹着香烟的文人的手（这是作者心目中标准文人的形象：青灯为伴，苦茶香烟，听着窗外的风雨声写作）；擦着车轮的苍老的父亲的手（那时父亲为了儿子的前程而放下个人的尊严去求人，此画面表达了父爱的沉重）；制陶的粗壮男人的手（此画面表达了商场战败之后去陶吧消遣的无奈），等等。而男主人公三十年的人生经历始终被感情之事缠绕，文中画面出现的一双双修长而富有弹性的女性的手昭示着男主人公为情所困，冥冥之中为一个个女性的手势所操纵控制的宿命。总之，《独白与手势》中的象征图画以符号的简洁性开拓了以少胜多、以虚带实、以形带意的审美功能，从而更好地调动了读者的审美主动性和创造性。

综上可见，《独白与手势》中的文字与图片不是一种主从关系，而是平等互补的关系。在文字叙述的上下文语境中，图片的意义被照亮被延宕，而在图片的映照下，文字的内涵得到了深度拓展和延伸，图与文之间形成了一种奇妙的互文性①关系，从而扩大了文本的叙事空间，在图与文的双重阅读中文本的审美蕴涵不断延异、播撒，构成了一个复杂的意义增殖网络。

（二）李锐：《太平风物》的“超文体拼贴”

李锐是一个对语言和叙述高度自觉的作家，这使他在小说创作中不断寻求新的艺术表达形式。在《无风之树》《万里无云》等前期小说中，他以“独白”与“口语”的方式让吕梁山脉沉默的民众充当叙述人，自己讲述自己的故事，这不仅是对五四以来文学作品中那个居于启蒙立场的“代言人”——知识分子叙述者的反驳，也较为充分地展示了底层人民丰富的内心世界和生存体验。不过，吕梁山农民的语言毕竟是贫瘠的、含混的，它无法支撑起“矮人坪人”对世界的表述。正如有论者指出的，“当作者完全用口语和独白形式来展示他们的世界时，几乎无法使用思考性的、理性化的语言，吕梁山脉感性、混沌的语言形象地展示他们内在世界的声音，但同时，能指话语本身的混沌容易造成所指的模糊、复杂，这给小说意义的扩张带来一定的障碍，在某种程度上也导致了‘吕梁山脉’存在处境呈现出单薄的形象。”② 为了改变独白型小说所造成的审美蕴涵的贫瘠和单薄，李锐以“超文体拼贴”的样式推出了他的图文小说集《太平风物：农具系列小说展览》。他说：“农具系列小说现在的模样——图片和文字，文言和白话，史料和虚构，历史的诗意和现实的困境，都被

---

① “互文性”（Intertexuality），又译为“文本间性”。它是法国批评家朱丽娅·克里斯蒂娃根据巴赫金的对话理论创造出的一个概念。她指出：“任何文本都不可能完全脱离其他文本，而必须卷入文本之间的一种相互作用之中；文本中的语义元素在构成文本的历史记忆的其他文本之间，建立起了一套联结关系，一个网络”，这样一种文本内部的关系网络就是“互文性”。（见王先霈、王又平主编《文学理论批评术语汇释》，高等教育出版社 2006 年版，第 430 页。）其基本内涵是，每一个文本都是其他文本的镜子，每一文本都是对其他文本的吸收与转化，它们相互参照，彼此牵连，形成一个潜力无限的开放网络，以此构成文本过去、现在、将来的巨大开放体系和文学符号学的演变过程。

② 梁鸿：《当代文学视野中的“村庄”困境——从阎连科、莫言、李锐小说的地理世界谈起》，《文艺争鸣》2006 年第 5 期。

我拼贴在一起，也算是一种我发明的超文体拼贴吧。”

《太平风物》由16篇小说组成，除“附录”的《颜色》和《寂静》外，其他均采用“超文体拼贴”的样式。每个单篇的超文本由四部分组成：农具图片、《王祯农书》中的诗文、引自《中国古代农机具》的说明文和李锐写作的现代白话文小说。这四部分彼此独立却并非互不相关。从整体上看，置于小说开篇的农具图片给人以直接的感官冲击，而引自《王祯农书》和《中国古代农机具》中的诗、文则讲解该农具的样式、用途及历史演变，最后的小说便在这样的农具背景知识之上生发出来。初看之下，这些图文资料似乎都是为了增长读者的见闻，提升读者的感性体验，但读了小说的正文后再回读图片和史料，才会发现这图文背后农民的苦难及作者内心深处的悲悯情怀。因此，这四部分内容实际上构成了一个相互依存、互相映照的文本网络呈现结构。

《袴镰》是这类小说中的上乘之作，很有代表性。下面，我们就以《袴镰》为例，来分析“超文体拼贴”的审美效果。翻开小说，首先映入我们眼帘的就是一幅黑白古朴的袴镰农具图片。三把样式不同的镰刀铺陈在纸上，是古老而久远的农业文明的见证。李锐曾说：“我写这本书的时候，就想把农具作为我的主题，把它看作是我小说里的人物。我希望五千年的文明传统不仅能作为我小说的背景，而且要作为活着的东西根植在我的小说里。”① 可见，置于每篇小说开首的农具图片实际上扮演着一个“叙述者”的角色，它虽然无声无语，却不是可有可无的，而是以自己的历史“在场性”述说着久远的农耕文化，述说着曾经的和平、丰足与恬静。接下来，我们看到了《王祯农书》中对“镰”的解释文字：“镰，刈禾曲刀也……”并附有诗文“利器从来不独工，镰为农具古今同。芟余禾稼连云远，除去荒芜卷地空。低控一钩长似月，轻挥尺刃捷如风。因时杀物皆天道，不尔何收岁杪功？”诗中说明了镰作为农具的样式、功能和给农人带来的便利，透出一股丰收时的轻快、欢跃的调子。接下来的《中国古代农机具》的说明文字告诉我们镰的种类以及它的历史演变，说明它在“四千年左右前”就已经存在，并逐渐从石镰、骨镰、蚌镰、铜镰演变成铁镰。由上述图文资料，我们得

① 卜昌伟：《〈太平风物〉拼贴历史与现实　李锐新作讲述农具变异》，《大河报》2006年11月16日。

到一个初步的印象：农具以它的恒久常态展示着一派田园牧歌式的农业文明图景。就在这样的感观中，李锐的小说出场了。小说中，袴镰本是主人公有来收割玉茭的工具，却被他用来割下了村长杜文革的人头。所为何事呢？原来，保来、有来两兄弟掌握了村长在煤矿贪污的证据，怎奈村长一手遮天，在权力与法律的较量中，哥哥保来告状失败并最终丢掉了性命，弟弟有来也多次告状而未果，一个偶然的机会，有来去地里收玉茭，碰到了村长，村长拿有来的儿子进行威胁要他放弃告状，有来绝望的情绪终因村长嚣张的气焰而激化，用割玉茭的袴镰割下了村长的人头。在整个故事的叙述中，作者总是不动声色地克制着自己的情感，采用主人公有来的第三人称内聚焦叙事。有来割下村长人头之后，并没有感到杀人偿命的恐慌，相反，他异常平静，觉得终于为民除害、替天行道了。然而，村民们并没有把有来当作替天行道的英雄，相反，他们或者害怕官司缠身求他不要让自己作证，或者视其为凶神恶魔赶紧关门闭户。有来的生命体验和他观察到的村民的反应构成了强烈的对比。小说结尾，有来的叙述在警察的枪声中戛然而止。这时，作者叙述人出场了，与有来的尽情倾诉相反，作者的叙述是克制的、冷静的，没有一句表明立场的议论，只是说有来站起来不是拒捕，是因为看到了抱着儿子的媳妇。警察的枪击表明了国家机器对有来的误解，这误解打破了有来想象中真相大白的圆满结局，主人公叙述和作者叙述构成的反差呈现出有来生存处境的恶劣和荒诞。而这种恶劣、荒诞的生存处境又与图文资料中诗意、恬静的田园牧歌再一次构成对比和反差。具体来说，在《袴镰》中，图片是一重叙述，王祯的诗文是另一重叙述，小说中主人公是一重叙述，而作者是又一重叙述，这些不同的叙述同时并存，形成多声部的交响和复调①的审美效果：既呈现农具的古老和精致、古代农村的恬静和丰足，更呈现农具们的现代遭遇以及农民们的挣扎和血泪。这不

---

① “复调”是与“独白”相对而言的一个概念。原词在希腊语中指多种声音，巴赫金通过对陀思妥耶夫斯基作品的研究把它提炼成自己理论的核心术语。即：“作者意识不把他人意识（即主人公们的意识）变为客体，并且不在他们背后给他们作出最后的定论。作者的意识，感到在自己的旁边或自己的面前存在着平等的他人意识，这些他人意识同作者意识一样，是没有终结，也不可能完成的。”简而言之，复调就是指在一篇小说中有众多的各自独立而不相融合的声音和意识并存，造成一种多音齐鸣、多语杂处的效果。（见王先霈、王又平主编《文学理论批评术语汇释》，高等教育出版社 2006 年版，第 299—300 页。）

同文本之间的呈现虽然有差异和间隔，但它们的并置和拼贴不是在消解意义，而是在建构意义。每个组成部分都为其他部分提供建构意义的语境，意义在不同部分之间进行互证和对比、循环和延伸，因此而形成一个巨大的审美张力场，关于农村、农民、乡土、农具的各种情感体验和思想蕴涵在这个张力场中不断延异、播撒、衍生。

其他小说中的农具也在现代文明的冲击下打破农耕文化的常态而经历着功能上的变化。《铁锹》中本该挖土挖沙的铁锹成了民俗表演的道具；《桔槔》中曾大大提高灌溉效率的桔槔被大满小满兄弟用来偷耙火车上的焦炭；《樵斧》中砍柴用的斧头成了了断自我阉割的工具；《青石碨》中磨面用的青石先被废置后又被用来拴买来的媳妇；《扁担》中的扁担跟着主人进了城，非但没帮主人找到工作，还让主人丢了两条腿，最后又被主人截断充当了主人的腿；《犁铧》中耕地用的犁铧和主人一起被塑成雕塑，做了高尔夫球场的标志。通过文字与图片、历史和现实、真实与虚构的超文体拼贴，作者要向我们传达的是：在现在这个全球化、现代化突飞猛进的时代，农村、农民、乡土、农具这些千百年不变的事物正在经历一场前所未有的剧变。所谓历史的诗意、田园的风光早已经淹没在现实的挣扎和冷酷当中。尽管在偏远的乡村里，古老的农具还在被人们使用着，但人与农具的历史关系早已荡然无存。字里行间，处处透露出作者对农民的悲悯情怀。它不是廉价的道德感动，也不是对残酷现实虚假的诗意置换，而是对当下乡村生活现实的深深触及和至深忧思。

李锐曾说："真正的文学杰作，都有一个相同的特质，就是它所蕴含和传达的意味远远超出常规的理性、逻辑、习惯，远远超出了字面之外。就像庄子说的'天地有大美而不言'，那是一种深厚，辽远，阔大，迷蒙，难以言说之像。那是一个文字不断铺排，衍生，奔流，漶漫，渗透，升腾，闪耀的展开过程。"① 可以说，《太平风物》的"超文体拼贴"所产生的审美复调效果正是上述作者"虽不能至，心向往之"的审美境界，借着它，作者实现了"用方块字深刻地表达自己"的审美诉求。

---

① 李锐：《骆以军六问——与李锐对话录》，《太平风物——农具系列小说展览》，三联书店 2006 年版，第 161 页。

第三节　“文”随“影”动：文学文本的影像化延伸

自1895年12月28日，法国卢米埃尔兄弟在巴黎卡普辛路14号“大咖啡馆”的地下室第一次售票放电影，1936年11月2日英国广播公司在伦敦市郊的亚历山大宫正式开办世界上第一座电视台并播放电视节目，影视艺术由此而诞生。作为现代高科技产物和综合艺术结晶的影视艺术，它的诞生使艺术世界的格局发生了裂变，一个艺术的融合与重组、交往与对话、冒犯与越界的时代由此而来临。俄国作家列夫·托尔斯泰在电影诞生之初就预言了它对文学所产生的影响和冲击，“你们将会看见，这个带摇把的嗒嗒响的小玩艺儿将给我们的生活——作家的生活——带来一场革命。这是对旧的文艺方法的直接攻击。我们不得不去适应这影影绰绰的幕布和冰冷的机器。将需要一种新的写作方式。我已想到这一点，我能感到将要来临的是什么。”① 后现代理论家克洛克、库克则对电视的权威作出了论断：“凡是没有进入电视的真实世界、凡是没有成为电视所指涉的认同原则、凡是没有经由电视处理的现象与人事，在当代文化的主流趋势里都成为边缘，电视是‘绝对卓越’的权力关系的科技器物。”② 的确，电影和电视的问世使具有悠久传统的文学走上了喜忧参半的抗争与图存之路。一方面，在影视电子媒介的挤压与冲击之下，文学的中心地位旁落，文学阵地大部分“失陷”，文学读者被影视传媒或分流或改造；另一方面，文学又因影视强大的传播优势扩大了知名度和覆盖面。经典名著被改编成影视作品而热播，影视同期书在图书市场风生水起，作家纷纷踏上了“痛并快乐着”的“触电”之旅。影视到底是伤害了文学还是拯救了文学，文学的影像化延伸到底是坦途还是陷阱？这是一个亟待追问的话题，也是一个需要仔细辨析的问题。

---

① ［美］爱德华·茂莱：《电影化的想象——作家和电影·题记》，中国电影出版社1989年版。

② 转引自［英］汤林森《文化帝国主义》，冯建三译，上海人民出版社1999年版，第116页。

一 从小说到影视：小说的影视改编

作为艺术殿堂中的年轻成员，影视艺术要想成长壮大就必须从文学这个“母体”里吸取养分。就历史发展情形而言，文学从内容到形式几乎无一不被百年来迅速崛起的影视艺术所吸收、借鉴。美国导演大卫·格里菲斯曾宣称他从狄更斯那里学到了交叉剪接技巧。苏联电影导演和电影理论家谢尔盖·爱森斯坦则把蒙太奇和镜头构图说成是维多利亚时代的小说作品对他的赐予。他曾断言，对于电影这门“没有先例可循的艺术”，“必须从‘间接的’祖宗，从具有数千年悠久传统的文学、戏剧和造型艺术那里找寻材料，来构成电影表现形式”①。总之，文学“能够（而且首先能够）为真正的银幕创作提供丰富多样的题材和形式：神话和传奇、主题、情境、题材、风格、美学观念，尤其是语言风格、人物心理和读者心理等方面的宝贵经验”②。除此之外，影视剧的剧本也大部分来源于小说。小说与影视在“叙事”上的可通约性成为后者改编前者的美学依据。古今中外的大部分经典名著都被一次或数次改编而搬上荧屏，产生了广泛影响。远的不说，就拿“第五代”著名导演张艺谋来说，他的电影获得经典性成功几乎都来自于当代小说的改编。其导演处女作《红高粱》（1987）来源于莫言的小说《红高粱》（1986），《菊豆》（1990）源自刘恒的小说《伏羲伏羲》（1988），《大红灯笼高高挂》（1991）改编自苏童的小说《妻妾成群》（1989），《秋菊打官司》（1992）来自陈源斌的小说《万家诉讼》（1991），《活着》（1994）取材于余华的小说《活着》（1992），《摇啊摇，摇到外婆桥》（1995）改编自毕飞宇的长篇小说《上海往事》，《有话好好说》（1997）改编自述平的小说《晚报新闻》（1993），《一个都不能少》（1999）改编自施祥生的小说《天上有个太阳》（1997），《我的父亲母亲》（1999）据鲍十的小说《纪念》（1998）改编，《幸福时光》（2000）改编自莫言的小说《师傅越来越幽默》（1999）。对此，张艺谋说：“我首先要感谢文学家们，感谢他们写出了那么多风格各异，内涵深刻的好作品。我一向认为中国电影离不开中国文学……我们研究中国

① 罗姆：《爱森斯坦论文学与电影》，《电影艺术译丛》1956年第7期。

② ［法］艾·菲兹利埃：《文学和电影的关系》，《世界电影》1984年第2期。

当代电影，首先要研究中国当代文学。因为中国电影永远没有离开文学这根拐杖。……就我个人而言，我离不开小说。”[①] 这番话虽是大导演的自谦之词，但也道出了实情，在中国当代文学史上，从伤痕文学、反思文学、改革文学、寻根文学到新写实，文学引领着影视，从初兴到繁荣。张艺谋曾把这样的现象十分生动地形容为“文学驮着电影走”。

但是进入20世纪90年代之后，尤其是进入新世纪以来，文学与影视的这种关系已经在相当程度上被改变了。如果说从前的文学作品，多是因为其优秀而被改编，致使影视分享了文学的殊荣，那么，现在的文学作品，多是因被改编才驰名、畅销而传播于更多读者手中。因此，相对于以前的“文学驮着影视走”，现在则是一个“影视带领文学走”的时代。这可以从以下的几组数据中窥见一斑。据国家广播电影电视总局社会管理司统计，1995年生产电视剧7000余部集；1996年生产8000余部集……2000年，中国的电视剧产量则超过了20000部集；而2001年的电视剧规划数量年初就达到了22000部集。[②] 从《西游记》到《水浒传》，从《围城》到《雷雨》，从现实生活到历史题材，从情感剧场到侦破悬疑……90年代以来，中国电视剧制作几乎穷尽了可以开发的文化资源。在如此精彩的影视节目的轮番“轰炸”之下，文学书籍的命运又如何呢？1995年7月至1997年2月，日本日生基础研究所亚洲研究小组对东亚地区的上海、曼谷、雅加达、马尼拉四个城市民众的生活方式和生活意识进行了一个调查，其中有两项是欣赏影视与读书的数据。上海人看影视59%，读书20%；曼谷人看影视78%，读书20%；雅加达人看影视56%，读书19%；马尼拉人看影视82%，读书13%。[③] 而由中国出版科学研究所和浙江省新闻出版局共同主持的我国首次国民阅读与购买抽样调查问卷显示：每天看电视的人为92.39%，看书的人只占37.8%，看影视与读书的比例悬殊如此之大，那么文学在其中所占的比例就可想而知了。这说明，整个社会的阅读方式已经发生了整体性的变化，人们更喜欢欣赏影视而不愿意读小说。

---

① 李尔葳：《当红巨星——巩俐、张艺谋》，北京出版社1989年版，第167页。

② 参见尹鸿《意义、生产与消费——当代中国电视剧的政治经济学分析》，《现代传播》2001年第5期。

③ 李建强：《“看电影”为何排不上上海人的休闲日程》，《电影评介》1997年第4期。

当影视以其超强人气以及无限商机走向繁盛之时，小说不得不借助影视改编来扩大自己的受众面和知名度，作家也或主动或被动地踏上了“触电”之旅。作家“触电”的情况大致有以下四种：

一是作品被影视剧导演相中而搬上荧屏，如：苏童的小说《妻妾成群》、刘恒的《伏羲伏羲》和莫言的《红高粱》皆被中国导演张艺谋看中并搬上了银幕，池莉的“市民小说”《来来往往》《生活秀》《红唇》《水与火的缠绵》，毕淑敏的《血玲珑》《红处方》和王安忆的《我爱比尔》《长恨歌》等皆成为影视创作者竞相改编的小说文本。二是作家亲自参与影视剧编剧工作，具有作家和编剧的双重身份，比如：作家李冯作为编剧之一参与了导演张艺谋的大制作影片《英雄》；金仁顺不但是小说《绿茶》的作者，也参与了同名电影剧本的改编；作家东西将自己的小说《没有语言的生活》改编成电影《天上的恋人》；张欣将池莉的《生活秀》改编成同名电影。三是作家担任导演，亲自将自己的小说搬上荧屏。周梅森担任《国家公诉》的导演、编剧、制片人；刘恒在电视剧《少年天子》中编剧、导演一肩挑；刘毅然改编并执导林语堂小说《风声鹤唳》；朱文在《巫山云雨》《过年回家》中担任编剧之后，又亲自执导电影《海鲜》《云的南方》等。四是从事“影视同期书”的编写和传播。如郭敬明创作小说版《无极》。无论是哪一种形式的“触电”，对作家来说，都是名利双收的事情。因此，“触电”成为不少作家的自觉追求，也成为90年代以来的文坛“时尚”，其最突出的表现就是“影视同期书”的应运而生。

“影视同期书”实际上是文学和影视进行“套种”和“嫁接”的一种衍生形式。在这些衍生形式中，既有由影视剧本改写的小说，也有影视文学脚本，还有搭影视顺风车的原创小说。本书所述的“影视同期书”主要指由电影和电视剧改编而来的小说，它们通常又被称为“电影小说”和“电视小说”。毫无疑问，“影视同期书”作为营销策略其直接的目的就是商业利润的追求，它在影视剧播出前或热播的过程中或播出不久推出就是利用观众对于影视剧情节和人物命运发展的“好奇”“补缺”和“先睹为快”心理来促成图书的畅销。20世纪90年代以来，“影视同期书”几乎成了从中央到地方各社科、文艺类出版社争相涉足的出版领域。比较知名的影视同期书有人民文学出版社的《牵手》《大宅门》《橘子红了》《五星饭店》《无极》等；作家出版社的《绝对权力》《中国制造》《至高利益》《一场风花雪月的事》《拿什么拯救你，我的爱人》等；现代出版社的《刮痧》《大腕》《绝对情感》等“梦剧场”系列；群众出版社的《黑洞》《黑冰》等公安题材系列。

“影视同期书”作为一种文化现象到底应该怎样看待？有研究者将“影视同期书”分为两类：一类是以影视剧本为本位的影视同期书，它主要依附于相应的影视剧的播放而存在。比如：作家出版社出版的郭宝昌的《大宅门》、春风文艺出版社出版的赵琪的《最后的骑兵》、群众出版社出版的万方的《空房子》和钱林森、廉声的《大宋提刑官》等属于这一类的典型。另一类是以小说为本位的影视同期书，它既打影视与图书互动这张牌，又不放弃独立的小说阅读价值。王海鸰的《牵手》《中国式离婚》、张欣的《生活秀》、李冯的《英雄》《十面埋伏》、刘震云的《手机》和都梁的《血色浪漫》是这一类影视小说的代表。① 对于这两类影视同期书，我们应该分别对待。第一类以影视剧本为本位的影视同期书，由于“赶场”的需要，制作者往往心浮气躁，根本无法注意“立体”的影视和“平面”的文学之间进行“叙事转换”的艺术技巧，他们只是将剧中台词、场景照搬“克隆”下来，“肤浅的性格刻画，截头去尾的场面结构，跳切式的场面变换，旨在补充银幕画面的对白，无须花上千百个字便能在一个画面里阐明其主题”② 是这类影视小说的突出特点，它在更多的时候成为小说不像小说，剧本不像剧本的“四不像”书籍，很少有文学价值可言。第二类以小说为本位的影视同期书大多注意文学性的挖掘，去除影视的戏剧性因素而增加文学的心理刻画、场景描写等审美性因素，甚至在影视的基础上进行内容的扩充和主题的深化。比如：电影《无极》的导演陈凯歌在将该片的小说改编权授予郭敬明的授权仪式上，只拿出总共92场戏中的78场的剧本给郭敬明，该片最“华丽”的结尾段落要郭敬明自己独立完成，希望他能发挥自己天马行空的想

① 黄忠顺：《文学影视联姻擦出什么火花?》，《中国新闻出版报》2007年5月9日。

② ［美］爱德华·茂莱：《电影化的想象——作家和电影》，中国电影出版社1989年版，第306页。

象力，创造出一个不同的《无极》世界。而刘震云的《手机》无论是在主题意蕴上还是在叙事时空上都是对电影《手机》的再拓展。刘震云说："《手机》不是把剧本变成小说体。小说《手机》的结构极其后现代，三个部分是三个不同时期'说话'的故事，而电影《手机》只是小说的第二部分——主持人严守一在话语喧嚣的都市的故事。我把电影当作一个台阶，小说创作是顺着台阶往上走。电影在短短的一个半小时之内可能只能激发观众的第一反应，但小说要的是读者的第二反应、第三反应。"① 第二类影视同期书是以影视为"底本"进行的再创造，许多文学性的因素在二度创造中生成，增加了可读性和可想性。由此可见，在影视同期书的制作过程中，由于立足点的不同所导致的审美效果也是不一样的，尽管我们不排除这两种影视同期书都有商业追求的先在目的，但在遵循市场原则的同时如能兼顾文学的审美原则，也能造成影视与文学的双赢局面。

随着"触电"的深入，作家中的"影视专业户"也陆续"浮出水面"。比如：海岩、周梅森、王海鸰、陆天明等，他们的小说基本上都被改编成影视作品，并甫一播出就造成轰动效应，更多的读者是经由据他们的作品所改编成的电视剧，而不是他们的小说认识他们的。而海岩、周梅森更是成为影视剧产业中的知名品牌，造成了当代文化中无法忽视的"海岩现象""周梅森现象"。也许是由于这二人都有从商的经历，潜在的商业意识使他们更深谙当下的文化市场经济规律，将小说纳入影视文化"产业链"，当作产业来经营，从而获得了成功。被称作"中国政治小说第一人"的周梅森，随着《人间正道》《天下财富》《中国制造》《至高利益》《绝对权力》《国家诉讼》《我主沉浮》《人民的名义》等小说一部接一部地被改编为电视连续剧，他的小说也越来越成为专为电视剧量身定做的待加工产品。对此，他说，"我想我可能是为市场活着的，为广大热爱我的读者和观众活着，我在乎他们的想法和看法，我关注他们的收视率，关注他们的遥控器是不是锁定在我这个频道。"② 从当初以"纯作家"的身份出售小说版权，到后来担任自己作

---

① 鲍晓倩：《作家纷纷触电影视，创作心态各不相仿》，《中华读书报》2003 年 11 月 26 日。

② 李彦：《我要树立自己的品牌——周梅森访谈》，《大众电影》2004 年第 4 期。

品的编剧，再到做自己编剧的电视剧的制片人以及投资者，周梅森对影视行业的介入越来越深，他小说的纯文学属性也越来越模糊。对于将他的文学作品从笔下延伸到电视荧屏上，周梅森有一个形象的比喻：“这个过程，好比我种了麦子，然后再把麦子磨成面粉，后来再做成面包，这是一个产业链。”[①] 这一影视文化“产业链”在“海岩现象”中也清晰可见。从20世纪80年代的《便衣警察》到90年代的《永不瞑目》《你的生命如此多情》《黑洞》《拿什么拯救你我的爱人》《平淡生活》到新世纪的《玉观音》《深牢大狱》《河流如血》，可以说海岩的每一部作品都在文学与影视的结盟中获得了“双赢”的名利效果，他本人也因此而获得年度中华文学人物“最有影视缘的作家”的头衔。他的小说和由小说“衍变”出来的影视剧，如集束手榴弹，弹无虚发，每弹都“击中”了读者和观众的欣赏心理，可谓遍地开花。之所以产生如此效果，是因为从创作伊始，海岩就敏锐地把握了时代和读者阅读心理的变化。他说：“我们现在处于视觉的时代，而不是阅读的时代，看影视的人远远多于阅读的人，看影视的人再去阅读，其要求的阅读方式、阅读心理会被改造，对结构对人物对画面感会有要求”，因此，在从事文本创作时“应该考虑到读者的需求、欣赏、接受的习惯变化”[②]。在一次接受记者的采访时海岩说，从创作《永不瞑目》开始，他的小说创作便完全在配合影视创作的周期：“有冬景或夏景的话，就要在10月或2月拍，通常要在11月写完剧本，这样他们可以筹备开拍，选景、做分镜头等等，做预算。想在11月写完剧本，就要在七八月份写完小说；想在这个时间之前完成，那至少在三四月份开写。”[③] 海岩的小说和影视剧逐渐成为其收获市场效益的“唇齿相依型”的互动存在。透过影视“产业链”，我们既看到了影视传媒强大的整合能力，也看到了市场文化机制对作家的规训和重塑。在诸多权力的纠葛和诸多利益的诱惑之中，当代作家的创作呈现出复杂多元的状况。

---

① 丁杨：《作家“触电”：跨界已成寻常事》，《中华读书报》2005年9月14日。

② 鲍晓倩：《作家纷纷触电，影视创作心态各不相仿》，《中华读书报》2003年11月26日。

③ 李菁：《影视：品牌海岩》，http：//www. sina. com. cn 2004/02/19 19：09。

二 “小说影视改编”的利弊分析

关于作家“触电”、小说的影视改编，历来众说纷纭、莫衷一是。影视对文学的改编对文学自身的发展来说是好事还是坏事？它是削弱了还是增强了文学的审美蕴涵？文学与影视除了单面的影响之外是否还存在着双向互动的可能？这些都是我们必须思考的问题。

作为两种不同的叙事艺术，小说与影视的确存在着美学上的不可通约性。美国著名电影理论家乔治·布鲁斯东认为，“电影不是让人思索的，它是让人看的。”与电影相反，小说则是让人思索的。因此，“最电影化的东西和最小说化的东西，除非各自遭到彻底的毁坏，是不可能彼此转换的”①，虽然布鲁斯东的话有些绝对，但也说明小说与电影艺术本质的悬殊与差异。一方面，文学形象是不确定的，有待读者在接受过程中的补充和阐释，而电影形象是物化的、固定的。小说的电影改编将会削弱或忽视小说中点到即止的文学留白或语焉不详的联想踪迹。另一方面，文学语言具有心理内指性，而电影语言具有物质外现性，电影对小说文本的改编，将会遮蔽或流失文学的审美内涵或人文意蕴。此外，小说与影视还存在着个人创作与集体操作、艺术追求与商业利益之间的矛盾，这也导致了二者在改编过程中的分歧。因此，小说的影视改编实际上涉及一个权力关系的问题。存在着影视强势语言对文学弱势语言的挤压、篡改。有研究者就指出，“张艺谋在小说改编中往往只保留原著中的情节线索，而其历史、文化、人性的底蕴与深度，则被弃若敝屣。这种随心所欲中潜在地反映出一种等级关系，影视对文学的权威性、遮蔽式的驱遣造成了平等互动的交流的中断，文学的自主性在多重挤压下风雨飘摇。”② 电影《大红灯笼高高挂》的叙事集中到了两点：对中国人说，是提吊观看胃口的“一个男人和几个女人”的暧昧的性叙事；对西方人来说，是令他们颇感兴趣的东方文化的神秘和晦暗。电影在这两方面的大做文章，无疑削弱了原作《妻妾成群》作为先锋文本的艺术内涵。而电影《大鸿米店》对性与暴力极富商业气息的表现，

---

① 乔治·布鲁斯东：《从小说到电影》，中国电影出版社 1981 年版，第 51 页。

② 黄发有：《挂小说的羊头，卖剧本的狗肉——影视时代的小说危机》（上），《文艺争鸣》2004 年第 1 期。

则彻底销蚀了原作《米》对人性的探讨意义。无独有偶，在电视剧《血色浪漫》播出之后，原小说作者都梁就指出，导演“滕文骥没有真正理解剧本（指《血色浪漫》）的内涵，拍出的电视剧味道变了，人物关系变了，曲解了原作思想，呈现出的内涵则与剧本相差悬殊，整个就成了一出都市情感剧，无品位，低趣味。剧本中那个追求独立、自由精神的人物，在剧中却成了一个近乎丧失爱情伦理、整天为儿女之情打架斗殴的‘街痞’”①。像这样篡改或阉割原作思想的例子比比皆是。“改编者们都深得后现代主义法术的精髓，他们最拿手也是用得最多的手法，就是使原作平面化——失去让人遐想的空间纵深，平均化——削去原作的个性与深度，平淡化——剔除原汁原味、微言大义。这番抽筋剥皮、脱胎换骨之后，原作必然被弄得面目全非，甚或惨不忍睹。”②总之，影视作为大众艺术，就必须迎合大众口味，只有这样才能达到利益的最大值，这不可避免地会伤害文学原著的深度与个性。

影视改编除了会削弱或丧失原作的思想深度和人文意蕴之外，还会潜在地鼓励一种“趋影视体”的创作，从而恶化纯文学的生长环境。解读“海岩现象”“周梅森现象”，我们发现，他们的小说都是为影视量身定制的，以剧本化的艺术形式去迎合影视趣味，从而形成了一种时髦的“影视八股”。海岩的写作基本上是“命题式”的，如造成很大影响的《玉观音》，就是“一个西部开放的大背景，再加点爱情戏”构成了“西部+情感+缉毒”的模式。90年代后期以周梅森、陆天明的创作为代表的风行一时的反腐小说，作品的结构带有明显的分镜头痕迹，故事情节也大同小异：腐败分子多是居于高位的实权人物，又与黑恶势力纠结在一起，反腐败英雄则往往历经磨难，甚至遭到生命威胁，最后将腐败分子绳之以法……作家衣向东毫不讳言他在写作中就考虑到了如何适宜于影视改编。“我在写作时一般都会注意场景不要太宏大，场景变化不要太大，就是为了避免在影视制作时出现困难；而且我很注意画面感，有的人甚至说我的小说不用改就可以直接开拍；还有，在小说写作时我还采用影视手法，比如影视的对白、镜头的切换，避免了小说写作

① 《都梁不愿再与滕文骥合作》，《京华时报》2004年12月21日。

② 北塔：《从媚俗到卖俗——谈谈近期影视对文学名著的改编》，《北京日报》2004年4月4日。

中的拖泥带水，读起来不会让人感觉到累。”① 这种“趋影视体”的小说往往具有大众化、通俗化的题材，类型化、定型化的人物，公式化、雷同化的情节，它遵循工业化生产的法则，与小说的个人化创作传统是相悖的，这对于张扬个性与审美的纯文学创作是不利的。

但是，上述状况只是问题的一个方面，我们还应该意识到，文学并没有被动地在图像的合围中“等死”，而是充分利用了影视这一强势传媒的优势来为自身“造势”。小说在与影视结盟的过程中获得的最大益处就是为自己拓展了生存空间，文学插上影视的翅膀就能让“王谢堂前燕”飞入“寻常百姓家”。作家刘恒就说：“作为一种现代的表达方式，电影已经成为越来越重要的艺术，到了21世纪，作家的声音会越来越小，现代的传媒工具的影响会越来越大，仅仅依靠文字本身来传递信息是远远不够的了。”② 周梅森以他的同名小说改编的电视剧《绝对权力》为例做过一个计算：“它的收视率从5%开始往上走，四川创造的最高收视率达到32%，湖南达到25%。如果说全国的平均收视率为10%，那就意味着有1亿3千万人看我的戏。”③ 这些数据充分说明：影视借助视听文化特有的感官冲击力，正通过数亿台家庭电视机迅速地拓展文学的流通渠道和传播范围，开掘文学的潜在需求。所以刘震云说：“当下文坛排名前10位的作家，哪一个是没有与影视发生关系的？哪一个不是靠着影视声名远播？”④ 改编在给作家带来知名度的同时，更让他们得到了可观的经济收益。茂莱在研究了近20个西方现当代著名作家个案的基础上得出下述结论：“一位小说家一旦成名，他能从电影买卖中获得的钱数简直是无限的。今天的小说家所享受的合同待遇会使福克纳、菲茨杰拉德、斯坦贝克和海明威歆羡不已的。我们很难举出哪一个稍有才能的当代作家没有向电影界卖过作品或没有写过电影剧本的。”⑤ 这些经济收益成为作家“以文养文”的重要方式。比如，作家北村，

① 吴小攀、申霞艳：《文学影视“套种”的感觉真好？》，《羊城晚报》2005年7月9日。

② 张志雄：《文学影视谁当家》，《中华读书报》2001年7月18日。

③ 李彦：《我要树立自己的品牌——周梅森访谈》，《大众电影》2004年第4期。

④ 董彦：《刘震云 莫言 王朔 苏童 北村：让电影给我打工》。http：//www.southcn.com/ENT/yulefirst/200404200127.htm.

⑤ ［美］爱德华·茂莱：《电影化的想象——作家和电影》，中国电影出版社1989年版，第306页。

在电影《周渔的火车》之前，他和他的小说《周渔的喊叫》鲜为人知。但继《周渔的火车》之后，北村由原来的默默无闻一跃成为知名的作家。现在，北村一年中用3个月的时间来写剧本赚钱，再用剩下的时间来创作。从这个角度来看，作家“触电”所获得的经济保障使其在后续的创作中没有后顾之忧，从而保证了作品的质量。这对于一批脱离体制的“自由撰稿人”如朱文、潘军、东西、鬼子、李冯等尤其适用。

从艺术发展的角度来说，没有各艺术门类之间的相互利用和相互吸收，就没有艺术发展史的丰富多彩。所谓诗中有画、画中有诗，所谓建筑是流动的音乐，所谓中国文学起源于诗乐舞的统一，这些论断无不是不同艺术间可相互利用融合的明证。对于文学的发展来说，小说的影视改编为影视和文学两种艺术之间的交流和融合提供了契机。最直接的表现是一些作家加入编剧行列后积累了丰富的影视叙事技巧，拓宽了他们小说叙事的空间和视野。比如：东西的长篇小说《后悔录》，就借用了一些影视剧创作方法，如观察和描写的视觉角度，场景的描写和人物的对话等。与东西过去的小说相比，《后悔录》结构更为简洁紧凑，描写的角度和手法更丰富，人物的对话也更准确。石钟山也说：“作家做过了编剧，讲故事的能力会提高。……回过头来再写小说时，发现增强了小说文字的画面感，让小说更流畅，可读性也就更强了，而这种可读性并不意味着文学性就下降了。”① 扩展开来看，由于影视与文学的交融使得文学在潜移默化中发生了审美的转向和重构，使得“电影化的想象”在小说中“遍地开花”。正如茂莱所说的：“《尤里西斯》问世后的小说史，在很大程度上是电影化的想象在小说家头脑里发展的历史，是小说家常常怀着既恨又爱的心情努力掌握20世纪的‘最生动的艺术’的历史。”② 这里所说的“电影化的想象”不是前文中所说的“趋影视体”的小说对影视艺术的一味迎合而丧失了自身的艺术个性，而是指文学一方面吸纳影视叙事的优长（指影视艺术在成熟壮大之后所形成的一套相对独特稳定的镜头语言，如：蒙太奇、特写、剪接、空镜头、淡

① 姜小玲、李君娜：《石钟山：文学乃影视之本》，《解放日报》2006年10月23日。

② ［美］爱德华·茂莱：《电影化的想象——作家和电影》，中国电影出版社1989年版，第5页。

入、淡出、叠化等)；另一方面又在不放弃自身艺术个性的基础上对之进行改造和转化，从而使得小说的叙事既丰盈饱满又韵味独具。比如，电影的蒙太奇手法的引入使小说叙事更加扑朔迷离、摇曳生姿，电视剧的冲突美学的引入使小说叙事具有了节奏感和动态美，动漫游戏的奇诡想象和唯美画面的引入使小说叙事具有了奇幻空灵的意境。因此，对于影视（图像）与文学的关系，有研究者指出，“在遭遇图像以后，若说文学怎么发展，我认为它将用自己的文字部分来更加深入地探索人的精神世界的深刻与广阔，来表现更加丰富的人性丰富与复杂。它将吸纳图像，创造出图像时代文学的新辉煌。”① 下面，我们就以具体的作家、文本为例来分析影视与文学的互动给文学带来的“新辉煌”。

三 影文互动：文学叙事技法的丰富

（一）影视叙事与《回廊之椅》的电影化想象

影视艺术在不断探索和实践中逐渐形成了一套独特的艺术思维和叙事法则——蒙太奇。蒙太奇（Montage），原意组装、装配，是法语建筑学上的一个术语，借用到影视艺术中有组接、构成之意。蒙太奇有广狭义之分。狭义的蒙太奇专指镜头画面、声音、色彩诸元素排列组合的手段。即在影视后期制作中，将摄录的素材根据文学剧本和导演的总体构思精心排列，构成一部完整的影视作品。其中最基本的含义是画面的组合，通过不同画面的剪辑组合能够创造新的意义，带来意想不到的审美效果。广义的蒙太奇不仅指镜头画面的组接，也指从影视剧作构思开始直到作品最终完成整个过程中艺术家所特有的一种艺术思维方式，它是对现实生活的一种选择、概括和提炼，即“删掉现实生活中难以避免的只起连接作用的一切不重要的中间过程，而只保存那些鲜明的尖锐的片断，电影创作的基本方法——蒙太奇的感染力其实质就建立在这种去粗取精的可能性上。”② 影视蒙太奇的思维方式和叙事技巧给它曾经的“母体”——小说以诸多启示和借鉴，使其在叙事上打破传统的封闭式结构，采用多时空、多线索、多视点的方式来组织故事情节，加快叙述节奏，通过色彩对比、声画对位、运动造型、慢镜头、特写等镜头语言

① 卫岭：《从文学载体的变化看文学终结论》，《文艺争鸣》2006年第1期。

② ［苏］B. 普多夫金：《普多夫金论文选集》，中国电影出版社1962年版，第72页。

来强化文字叙述中的视觉效果，从而使小说叙事产生摇曳生姿而又立体饱满的动态之美。

影视叙事技巧在文学中的运用并非最近才有的事，最初可以追溯到20世纪30年代的“新感觉派”。新感觉派的代表作家穆时英、施蛰存、刘呐鸥等将电影的特写、叠印、闪回、交叉剪辑、短镜头组合等技巧运用于小说写作中，创作出一种以纷呈的物象、跳跃的结构、情景性对话、时空的不断切换为主要呈现形态的作品，不过他们对影视技巧的运用尚属模仿阶段，有硬性植入之感。20世纪40年代的张爱玲深谙电影技法，她在小说创作中娴熟地运用电影手法同时又能保持小说独特的叙事魅力，为电影技法与小说叙事的互动融合提供了极佳的范例。不过她的小说在当时仅属个案，还未形成潮流。新时期以来，随着西方现代文学思潮的涌入和本土“方法论”热的兴起，小说的话语系统变得日益复杂。出现了一批运用影视交叉剪辑技法来叙事的“东方式意识流小说”，如谌容的《人到中年》、宗璞的《我是谁?》、茹志鹃的《剪辑错了的故事》、王蒙的《布礼》等，这些小说对影视技法的借鉴还比较简单，也仅限于局部。20世纪90年代以来，由于视觉文化的兴起，文学与影视的互动日益频繁，影视叙事技法在文学创作中被广泛运用，形成了两类作品：一是以影视趣味为主导的电影小说、电视小说，这在前文中已经论述，从文学自身的发展来看，这类小说是影视对文学的负面影响，应尽量避免；二是作家自觉运用影像化叙事手法创作出来的独立于影视而存在的小说。爱德华·茂莱说：“如果要使电影化的想象在小说里成为一种正面力量，就必须把它消解在本质上是文学的表现形式之中，消解在文学地‘把握’生活的方式之中，换句话说，电影对小说的影响只有在这样的前提下才是有益的：即小说仍是真正的小说，而不是冒称小说的电影剧本。”① 以林白、王安忆、莫言、潘军等作家为代表，将影视叙事技法消融在“文学的表现形式”之中，一方面积极借鉴和吸纳影视的叙事技法，另一方面又注重对文学语言的雕琢，对意境与氛围的营造，对人物的微妙思想、意绪的传达，真正实现了影文互动，使读者既能享受到类似观影的“震惊”效果，又能品味到文学叙

---

① ［美］爱德华·茂莱：《电影化的想象——作家和电影》，中国电影出版社1989年版，第302页。

事的审美“灵韵”，为文学在视觉文化时代的发展作出了有益的探索和实践。下面，我们就以林白的《回廊之椅》为例来具体分析文学中的“电影化想象”。

林白在从事专业创作之前，曾经在广西电影制片厂有过将近五年的编剧经历，这段经历对她日后的创作产生了深刻的影响。在一次访谈中，林白说，在当编剧期间，曾到北京参加过一次国际电影讲习班并观看了大量的电影，这对她启发甚大，“使我从小说的线性叙事跳开了。《同心爱者不能分手》《子弹穿过苹果》就是这样最初的尝试，后者的标题就是一幅摄影的标题，写这个作品时，我的眼前有一个场面：高大的红木棉，蓝蓝的天，然后有一个马来女人从岸上走过。这是一个很明亮的电影画面”①。在自传体小说《玻璃虫：我的电影生涯》里，林白又一次谈到了电影对她的影响：“它们滋味各异，有的爽滑，有的奇涩，但它们各自的营养在我的体内暗暗滋生”②。如美国著名导演斯坦利·库布里克的《发条橘子》对她写《猫的激情时代》就产生了深刻影响，“《发条橘子》中美丽的乳房和令人惊异的洞，这种组合令人心碎，这个场面脱离了《发条橘子》，单独飞翔在黑暗中，它化作了一个露着乳房的女人，潜入我的梦境，有时猝不及防地出现在我的小说中。我的《猫的激情时代》中就有这样一个画面。”③ 另外，美国惊悚片开山鼻祖希区柯克的电影也对她的小说产生了深刻影响：“希区柯克对我的影响超出了我自己的预料，《蝴蝶梦》和《鸟》的画面在我毫无觉察的情况下潜入了我的长篇《一个人的战争》和中篇《致命的飞翔》，成为它们精彩片断的组成部分。”④ 还有西班牙导演路易斯·布努艾尔的电影《一条安达鲁狗》中“锋利的刀片……划破这只被掰开的眼球”的剧照直接酿成了《子弹穿过苹果》中“怪诞和暴力的场面”以及小说开头的刀片划破眼球的情节。⑤ 由此可见，那些电影中的经典画面、特殊氛围、特写镜头、慢镜头都潜隐或定格在林白的大脑中，成为她创作时的

① 林舟、齐红：《生命的守望与诗性的飞翔——林白访谈录》，《花城》1996年第3期。

② 林白：《玻璃虫：我的电影生涯》，作家出版社2000年版，第173—174页。

③ 同上书，第228页。

④ 同上书，第256页。

⑤ 同上书，第252、223页。

灵感源泉和直接素材。又由于林白是一个凭感觉写作的幻想型作家[①]，因此她总是能够充分运用诗化的语言来淋漓尽致地展示滞留在她脑海中的“电影感觉”，可以说，“电影化的想象”用在林白的小说中是再恰当不过了。发表于 1993 年的中篇小说《回廊之椅》是林白最满意的作品，也是她小说创作中“电影化想象”的最好例证，这种“电影化的想象”主要表现在以下几个方面：

首先，蒙太奇手法的运用。《回廊之椅》的故事情节并不复杂，讲述的是“我”在大学毕业后的一天，游历一个叫“水磨”的地方，在那里看到了细雨迷蒙中的一座红楼，出于好奇心“我”探访了红楼，在那里遇到了红楼曾经的女仆七叶，经七叶之口讲述了 20 世纪 40 年代红楼中发生的故事：章孟达革命的故事、七叶与章家三太太朱凉主仆之间的故事。整篇小说涉及三个时间段，按时间先后排列依次为：故事主人公朱凉和七叶生活的 20 世纪 40 年代；“我”大学毕业游历“水磨”途经红楼并知晓章家故事的 1982 年 12 月；“我”追忆这段游历往事的 1993 年 1 月的某天。作者不是按照通常的线性时间组织故事情节，而是以电影中的剪接组合技术将时间线条切割打乱，在不同时空场景之间自由切换、组合。具体事件与场景转换如下：“我”的追忆性叙述——1 章宅红楼（“我”寻访红楼）——2 糠行（七叶与朱凉邂逅）——3 镇公所审讯室（陈农审讯章孟达）——4 三楼楼廊（“我”初遇七叶）——5 审讯室（章希达告密）——6 小旅馆（“我”在旅游暂居处生病）——7 七叶的房间（“我”与七叶的交谈）——8 章宅（陈农带人抄家）——9 旅馆（“我”陷入想象之中）——10 章宅（朱凉将七叶从糠行领回）——11 朱凉房间（七叶帮朱凉洗澡）——12 镇上小学校（陈农单独提审朱凉）——13 红楼附近的山林（陈农带人寻找章孟达藏匿的枪支）——14 红楼前的河滩（章孟达兄弟被枪决）——15 旅馆（七叶看望病中的“我”）——16 章宅后园（“我”在梦境中看到夹墙中的朱凉人体标本）——“我”的追忆性叙述。在这个剪接组合的情节链中，故事的开头和结尾是“我”在 1993 年的追忆，1、4、6、7、9、15、16 是“我”在 1982 年寻访红楼时发生的事情，2、3、5、8、

① 参见张洪德《林白：在感觉叙事中飞翔》，《南方文坛》1997 年第 3 期。

10、11、12、13、14是20世纪40年代章家发生的故事。在不同时间、场景之间的切换采用的是电影中的闪回手法，即前于被述时间发生的场景插入到影片情节的顺时叙述之中。这是电影呈现追述与回忆/记忆场景的特定方式，也是电影建构、呈现心理时空的诸种方式之一。通过闪回消除了故事因时间久远而产生的距离感，给人以犹在眼前的惊险、刺激。电影剪辑组合技术的运用避免了线性叙事的沉闷呆板，使得小说叙事摇曳生姿、扑朔迷离，充满一种飘逸的流动感，同时，也扩展了小说表现生活的容量，形成一种文本的叙事张力。在讲述20世纪40年代的章家故事时，小说运用了交叉蒙太奇的手法。一条线索是朱凉和七叶这一对主仆之间隐秘的同性爱故事。另一条线索是章孟达、章希达、陈农三个男人之间的关于阴谋、革命、告密、枪决的故事。当男性对美丽的女人朱凉心有觊觎、图谋不轨时，两条线索又发生交叉、汇合，如：陈农单独提审朱凉、章希达在三楼的回廊隔着对角线欣赏朱凉等。陈农搜查章宅的场景则通过对比蒙太奇的方式来凸显男性世界与女性世界的迥异。当陈农带领一帮人搜查章宅时，纷乱涌动碰撞杂沓的人声充塞于空气中。与这幅杂乱狂欢的画面不同的是女性世界的优雅宁静，在男人们忙碌着屠杀与烹煮的时候，朱凉一步也没离开房间，她让七叶在房间各处点燃薰草，薰草的香气飘散开来，弥漫在房间中，将各种声音和气味拒于门外。两个场景形成鲜明对比：一个是女性世界，优雅宁静超然，相濡以沫，诗意葱茏，犹如一幅清幽淡远的水墨山景；一个是男性世界，与权力地位财富相关联，充满野心私欲暴力，肮脏龌龊。在两种话语的对比中，林白的女性立场凸显而出。此外，心理蒙太奇的运用在文中也比比皆是。如：章希达在决定是否告密时脑中闪过的朱凉美丽的容颜；章孟达在听说弟弟章希达告密之后幻觉中自己被枪决的场景；“我”在梦境中随着七叶来到章宅后园，看到了小门夹墙中的朱凉人体标本。这些幻觉、梦境、闪念通过画面镜头的组接形象地展示了人物的内心世界。

其次，类似惊悚片或悬疑片神秘氛围的渲染、铺陈以及悬念的设置，使小说疑窦丛生，极富刺激性。林白曾经讲过惊悚片鼻祖希区柯克的电影对她影响甚深，这使得她在《回廊之椅》中也有意识地设置重重悬念，铺陈渲染一种神秘惊悚的氛围。“我”探访红楼是出于一种好奇心和窥视欲，“我”通过七叶了解到存在于历史场景中未解的“谜”团：面目模糊的告密者，朱凉七叶隐秘的同性爱关系，朱凉的突然失踪，所有这些“谜”，令人费解，匪夷所思。于是，作为窥视者的“我”引领着读者，穿越回廊，推开重门，去寻找那“谜底”：

> 我跟在七叶身后，再次来到章家的红色宅楼，门无声地张开，我看见里面有一些衣着古怪的人，她们站在天井的夹竹桃树下，对我和七叶视而不见，像是有一种寂静的空间阻隔着她们。……七叶让我等着，她去找草药，然后一转身就不见了。我在陌生的后园拼命想找到七叶……我摸索着往深处走，我全身紧张手心出汗，我想我就要看到什么了。我隐约看到前面坐着一个女人，我大声喊七叶，却无人答应，那个女人像没听见似的一动不动，我壮着胆往前走近，那女人低着头，我看不清她的脸，只看见她穿着一件旧式旗袍，这旗袍使我想起了七叶枕边的那张照片，我想这人正是朱凉无疑了，我轻轻叫了一声，她还是没有抬头，我壮着胆伸出手碰了她一下，指尖上悚然感到一阵僵硬冰凉，我吓得转身就跑，忙乱中撞到了一个什么机关，这个人形标本（或是假的?）僵硬地抬起了脖子，发出一声类似于女人的叹息那样的声音。
>
> 我吓得魂飞魄散。

这个场景经过作家富有动作性的短句的铺陈渲染，就像惊悚电影一样，笼罩着一种阴森恐怖的气氛，让人透不过气来，牢牢地控制着读者的情绪。当“我”看到那个夹墙里朱凉的人形标本时，读者本以为朱凉失踪之谜终于解开了，但作家转而叙述道：“半夜里我在旅馆里醒来，暗暗庆幸这只是一个噩梦……”最终，读者依然身处事外，只留下一场虚惊过后的解脱与沉寂。这又是一个电影中惊悚片或悬疑片惯用的释解悬疑的方式。

再次，在小说局部，作家运用了大量的镜头语言，使行文具有视觉的美感和动感。当七叶在糠行等待她的继父时，作者通过七叶的视点写到了初遇朱凉时的情形：

> 她蹲在靠近屋檐的墙柱上，她看见一条黑色的裙子（那时候朱凉还未开始她的旗袍时代）从许多沾着泥、赤着脚的腿的缝隙中移动着，这裙子有一种说不出的洁净与高贵，柔软着、散发着隐隐的光……裙子慢慢移动，七叶看到了它的脚，它的鞋……这裙子和鞋在七叶的面前停了下来，七叶抬起头，看到一张美丽女人的脸正在向她迫近。七叶被朱凉的眼睛一把抓住……

上述描写完全可以转译为电影镜头语言。其中，裙子移动是一个跟镜头，紧接着是一个对裙子的特写镜头，然后裙子移动——脚——鞋，是一个后拉镜头，七叶抬起头来看到了朱凉的脸是一个上拉镜头，最后是一个特写镜头固定在朱凉美丽的脸和眼睛上。通过这些镜头语言，传达出七叶眼中朱凉的高贵、美丽、雅致，为后文的主仆情谊作好了铺垫。

又比如当“我”走上红楼的三楼时，作者这样写道：

> 朱凉每日坐在廊椅上看书或钩花，廊椅上永远放着一只暗红色的有五片花瓣图形的杯垫，杯垫有时托着一杯茶，有时空着。四十多年后我走上三楼，看到廊椅和茶杯，七叶从对面半敞着门的房间里无声地走出。……

这段描写也可以转化为相应的电影语言：先是中景镜头将时间闪回到40多年前，女主人朱凉正坐在廊椅上看书或钩花，然后镜头移动，固定在那只放在廊椅的茶杯上，接着是一个杯垫的特写镜头。随后，是杯垫上有茶杯和没有茶杯的两个镜头的叠印。接着，镜头切换到40多年后，首先是一个“我”走上三楼的中景镜头，然后镜头反切，“我”看到了廊椅和茶杯以及从门里走出来的七叶。在这段描写中，通过镜头切换和对比，我们感受到的不仅是四十多年岁月的流逝和变化，最令人动容的是通过特写、叠印等细节所透露出来的七叶对主人朱凉不变的情谊和追忆，时隔这么久了她还一如既往地照着主人的习惯在原来的位置上放置着茶杯。再一次表明了林白的女性立场：女人之间的不变情谊和女性生命体验的永恒性。

（二）动漫叙事与《幻城》的奇幻化书写

“动漫”，通俗地讲，就是动画和漫画的合称。动画（animation 或

anime）或者卡通（cartoon）是许多帧静止画面的连续播放，也就是我们俗称的动画片。漫画（comics 或 manga）一词在中文中有两种意思。一是指笔触简练，篇幅短小，讽刺、幽默、诙谐而又蕴含深刻寓意的单幅绘画作品。二是指画风精致写实，内容宽泛，风格各异，运用电影分镜头手法来表达一个完整故事的多幅绘画作品。前者被称为传统漫画，后者被称为现代漫画。“动漫”中的漫画，均指现代漫画。作为造型艺术的一个分支，动漫一直深受世界各地人们的喜爱。从迪士尼早期的《米老鼠与唐老鸭》到改编自莎士比亚名剧的《狮子王》，从充满浓郁日本文化色彩的《圣斗士》到为全球观众所共赏的《千与千寻》，从 20 世纪 60 年代手绘动画的经典《大闹天宫》到融合大量电脑特效的《宝莲灯》……这些生动活泼、个性鲜明的动漫形象以独特的艺术魅力给不同年代的人们留下了深刻印象。近些年来，随着大众娱乐日趋多元以及数码特效技术的不断创新，又出现了 FLASH 动画、三维动画、全息动画等崭新的动漫形式。动漫在许多国家和地区逐渐成为主流的文化艺术样式。在中国，最受欢迎的是日本动漫。1980 年，中央电视台播放了动画片《铁臂阿童木》，这是中国引进的第一部日本动漫作品。到 80 年代末，随着中国连环画的式微，日本漫画书如潮水一般涌向中国市场。90 年代之后，电子游戏机和个人多媒体电脑的普及又带来了日本动漫游戏的风靡。一项针对福建政和县漫画书销售和学生看漫画时间的调查显示：一个县城的 380—450 种漫画书中 95% 为日本漫画书。在 325 名从初一到高三的学生中，每天看漫画 4 小时以上者 18 人，3—4 小时，62 人；2—3 小时，11 人；1—2 小时，16 人；1 小时以内，218 人。① 由此可见，日本动漫已经相当程度地占据了中学生的课余时间。可以说，80 年代初中期以后出生的孩子是在铺天盖地的日本动漫熏染中成长起来的一代，他们是名副其实的“动漫一族”。

“80 后”的青春写手就是在这样的文化背景下出场的。在他们的文化资源中，影视、动漫、摇滚、电子游戏等是重要的几项。莫言在为张悦然的新书《樱桃之远》作序时曾指出：在张悦然小说的“形象和场景”上，“可以看到日本动漫的清峻脱俗，简约纯粹”。② 郭敬明也多次

① 吴月汕、陈胥：《日本漫画黑市流毒，非法引进暗箱操作》，《出版参考》2001 年第 7 期。

② 莫言：《樱桃之远·序》，春风文艺出版社 2004 年版。

在他的散文、小说中提及自己对电影、动漫的喜爱。这使他成功地将日式“动漫”的叙事元素融入文学的想象空间，用纯净而忧伤的文字创造了一个华丽、唯美、神秘的奇幻世界——《幻城》。尽管《幻城》被指认模仿了日本CLAMP的漫画《圣传》，但不可否认的是，《幻城》的确是一部动漫与文学在叙事上完美互动的作品。该作品的出现使一批批文学界大名鼎鼎的作家和批评家都看呆了眼。北京大学曹文轩教授在为《幻城》作序时虽担心“捧杀”却仍然情不自禁地极尽称赞，称“这是一本奇特的书”，它“对虚构的虚构”，“那种被我称之为‘大幻想’的幻想”，“使中国小说几十年如一日地平庸”出现了转机……“作品的构思，更像是一种天马行空的遨游。天穹苍茫，思维的精灵在无极世界游走，所到之处，风光无限”[①]。陈晓明则把郭敬明小说中的片段与梅特林克的并置在一起，暗示《幻城》有着可与文学大师平起平坐的地位。[②]下面，我们以《幻城》为例，具体分析动漫叙事在文学中的运用。

1. 奇诡想象。动漫是一种虚拟艺术，它不受时空限制，可以任意虚构、幻想。无论是神话、童话题材，还是科幻、魔幻题材，动漫叙事最大的特点就是天马行空、无拘无束的想象。奇诡的想象常常使动漫的人物变幻莫测、故事曲折离奇、场景似梦似幻。《幻城》就是这种“大幻想”的结晶。它的故事发生在“天界”而不是“地上”。火族与冰族的战争似乎以幻雪帝国的胜利而告终，但在冰族两位王子的身上却得到了延续。弟弟樱空释为了让哥哥卡索摆脱一国之王的枷锁重获自由而变得不顾一切。巫师泫榻的死亡、幻影天的大火、卡索未来的王妃岚尚被玷污而自尽，释的一系列冷酷无情的毁灭性举动，卡索并不理解，当他得知是弟弟樱空释所为后亲手杀死了弟弟，弟弟后来转世成了和卡索相对立的火族王子罹天烬，并且决心夺取卡索的一切。经过种种矛盾斗争到了最后罹天烬死时，卡索才发现他原来就是自己心爱的弟弟樱空释。除了虚构这么离奇的故事情节，郭敬明还虚构了一个白雪的帝国，那里的人有晶莹的瞳仁，白色的长发，倾城的容貌，千年的寿命和奇妙的幻术。还有那雪雾森林、刃雪城、幻雪神山、冰海人鱼宫……给人无尽遐

① 曹文轩：《喜悦与安慰》，春风文艺出版社2003年版，《幻城·序一》。

② 陈晓明：《别样年华，另类世界》，《文汇报》2003年6月20日第15版。

思。正如曹文轩所说："一部《幻城》让我们看到了幻想的美妙价值：空空如也，但幻想之光辐照于此，眼见着空白里出来了物象与生命，佛光点化之处，尽是大地上无法生存的奇花异草与各种各样的魅力无穷的生灵。经验以外的时空，竟然被文字牢牢地固定在了我们的眼前。而我们宁可信其有却不信其无。于是我们发达了，富有了。我们不仅拥有一个驳杂纷呈的现实的世界，我们还拥有一个用心灵创造出来的五光十色的天上世界。"① 尽管明知这个天上的世界是虚无缥缈的，但读过《幻城》的人却依然深陷其中，被那些忧伤柔美的故事所感动、折服，以至于一大批一大批的女生边合上书页边在网上大叫：《幻城》赚足了我们的眼泪。这一切，都来自于《幻城》中奇诡的想象，它将动漫叙事的"幻想"元素发挥到了极致。另外，《幻城》中"梦境"的设置也别出心裁，它来自漫画"番外篇"的巧妙运用。蝶澈、星轨、皇柝、离镜、剪潼、罹天烬分别在他们死后用灵力留下一个梦境，向活着的人讲述他们的内心世界和他们行为的动机，使读者如拨云见日，豁然开朗，既为前文制造的悬念释疑，又增强了小说情节的曲折性与丰富性，同时又深入透视了人物丰富复杂的内心世界。

2. 瑰丽画面。在现代电子科技和数码特技的完美演绎下，动漫的画面往往瑰丽绚烂，逼真动人，给人极强的视觉冲击力和愉悦感。《幻城》就是一部很注重画面感的小说。许多场面描写读起来就像是展现在眼前的一幅幅漫画。用郭敬明自己的话来讲"是按照电影分镜头或者漫画分镜头来写的"，是在"看图写话"，只不过那"图"是在他心里。②

> ……我看见了和我一起在雪雾森林中成长的岚笙，她是那么可爱的一个小女孩，天生有着强大的灵力，可是她也死了，死在一块山崖上，一把红色的三戟剑贯穿她的胸膛，将她钉在了黑色的山崖上，风吹动着她银白色的长发和白色魔法袍，翩跹如同绝美的舞步。

① 曹文轩：《喜悦与安慰》，春风文艺出版社 2003 年版，《幻城·序一》。

② 《我和我的幻城——郭敬明访谈录》，《幻城》，春风文艺出版社 2003 年版，第 247 页。

在这一段文字中，鲜明的色彩对比构筑了瑰丽绚烂的画面，给人强烈的视觉冲击。

> 落樱坡是幻雪神山下的圣地，漫山遍野长满白色的永不凋零的樱花，我和释经过了最后的考验，成为最顶尖的幻术师。我们要做的是将地上的雪扬起来用每片雪花击浇每片樱花花瓣，并用雪替换樱花的位置。

看着这段描写，让人不由自主地联想起张艺谋在评价他所导演的电影《英雄》中的那句话：你可以不记得情节，但那些打斗的画面你将记忆犹新。郭敬明很善于用细节来构筑画面。

> 我看到无数的绿色闪光蝴蝶从琴弦上不断地飞出来，飞出来。那些乐声竟然凝结成蝴蝶的样子纷飞在空气里面。我沉沦在琴声中无法自拔，那些早就沉沦在记忆深处的往事又全部都涌上来，如同白色的樱花瓣一瞬间飞遍了回忆的四壁。释在我眉毛上的亲吻，梨落高高地站在独脚兽上的样子，释倒在燃烧的幻影天中的样子，岚尚死在樱花树下的样子，梦境中梨落葬身冰海深处的样子，那只霰雪鸟撞死在炼泅石上的样子，红莲如火般盛开的样子……

破空悲鸣的霰雪鸟、如火焰般燃烧的红莲、纷纷飘落的樱花、漫天飞卷的雪花、黑色的炼泅石，这些美得令人心醉的意象勾连起一幅幅绚烂的画面，就像漫画分镜头一样一一在读者眼前闪过。尽管这些意象在小说中反复出现，但正是不断的重复才产生强烈的艺术感染力。

3. 唯美意境。《幻城》的唯美意境首先来自于情感的真挚。生活在幻雪帝国的人都是那样善良、执着，无论是亲情、友情还是爱情，为了成全这样一份感情而不顾牺牲自己的一切。尽管有时候人物的行为有些偏执，而且带来了悲剧结局，但在了解事情真相之后你却无法对他产生怨恨，而只是感佩于这份情感的真和美。樱空释为了哥哥的自由做着让人不可理喻的事，而最终满脸笑容的死在哥哥冰冷的剑下，念念不忘的依然是："哥，在我死之后，请你自由地……"卡索为了弟弟的重生毅然进入诡秘的幻雪神山，靠爱和信念战胜了自身的渺小和心灵的空洞。星轨为了能永远留在哥哥星旧的身边，不惜成为残忍的西方护法。迟墨只有妹妹蝶澈的关心，只因他是生活在冰族的火族人，而被人鄙视排斥。当蝶澈静静地问："哥哥，你寂寞吗？"迟墨也是静静地回答："有蝶澈在，我永远都不会寂寞。"《幻城》中的亲情像一棵树的主干，周围有分枝散漫，那一枝枝的分叉是友情、爱情等情感的物化。岚尚、梨落和卡索的爱情忧伤而真挚，辽溅、潮涯、月神、皇柝等人对卡索的友情表现为无怨无悔的守护和付出。尽管命运早就注定了一个悲伤的结局，但他们都爱得不惜一切，轰轰烈烈。郭敬明想通过文字还原一种最本色最纯真的人与人之间的情感，这种情感唯其真挚才更见其纯美。其次，凄美伤感而又华丽空灵的语言也有助于唯美意境的营造。郭敬明用诗一般的语言讲述着一个关于自由、孤独和爱的故事，在"文字的密林"中，丝毫不见"搜索词语的捉襟见肘"，而是任真挚的情感汩汩流淌，汇成一条纯美的小溪，无声地浸润和温暖着读者的心扉。

> 雪花的尽头，梨落高高地站在独角兽上，大雪在她旁边如杨花般纷纷落下，她从独角兽上下来，轻移莲步，跪在我面前，双手交叉，她全身有着银白而微蓝的光芒，她仰起头对我说，王，我接您回家……

> 风吹起花瓣如同破碎的流年，而你的笑容摇摇晃晃，成为我命途中最美的点缀，看天，看雪，看季节深深的暗影……

总之，郭敬明用诗化的语言将奇诡想象、瑰丽画面、唯美意境等动漫叙事元素有机地融入小说的叙事之中，创造了一个奇幻而奇特的文学世界，拓宽了小说的审美空间，开阔了读者的阅读视野，为小说与其他艺术形式的互动融合作出了积极探索。

第二章

文本图像：文学的图像化表征

上一章，我们考察了显在的文学图像化：图像文本。图像除了在外在形式、叙事技巧、传播方式等方面对文学产生直接影响之外，它的内在文化逻辑也具有强大的辐射与吸附功能，对文学创作形成了一种潜在的浸润与渗透，从而使文学的审美模式发生静悄悄地转型，出现了本章所说的“文本图像”，即隐在的文学图像化表征。

第一节　图像的感官美学与文学的欲望叙事

一　图像的感官美学：视听盛宴与欲望狂欢

从语言文化向视觉文化的过渡实际上就是从一种抽象（理性）思维向直观（感性）思维的转变。在视觉文化时代，人们更倾向于用一种感性直观的方式把握世界，更看重事物的表象、外观，而很少去追问事物背后所隐藏的意义或内涵。这个时代张扬一种“感官审美，一种强调对初级过程的直接沉浸和非反思性的身体美学，这被利奥塔称为‘形象性感知’，是与作为次级过程之基础的‘话语性认知’相对立而言的”①。图像的感官美学确实给人们带来了空前的审美愉悦和欲望满足。比如，电视是一场永无止境的视觉盛宴。从让人开怀的娱乐节目到催人泪下的悲情肥皂剧，从令人眼花缭乱的音乐 MTV 到让人屏声静气的体育直播，人们心甘情愿地做着“沙发上的土豆”，享受着电子图像所制造的廉价的喜怒哀乐；豪华购物中心琳琅满目、包装精美的商品则让人

---

① ［英］迈克·费瑟斯通：《消费文化与后现代主义》，译林出版社 2000 年版，第 179 页。

步入一个色彩斑斓的视觉“神话”世界，煽惑起无穷的消费激情和购买欲望。也许，最能说明视觉文化的快感体验与欲望满足的是视觉“大片”——奇观电影。与叙事电影相比，奇观电影弱化了电影的话语和叙事性因素，转而关注场面、画面等视觉性元素。周宪在《论奇观电影与视觉文化》一文中，归纳了当代电影的四种奇观类型，即动作奇观、身体奇观、速度奇观和场面奇观。① 动作奇观、速度奇观配合超保真的立体音响效果给人战栗、震撼的视觉体验；身体奇观通过特写镜头对准女性的脸、嘴、胸、臀、腿等身体部位的长时间凝视令人浮想联翩；或虚幻或壮阔的场面奇观通过色彩、灯光等效果的调配让人叹为观止、肃然起敬。每一种奇观元素的精心打造最终都以观影者获得快感与欲望的满足为旨归。综观《泰坦尼克号》《生死时速》《侏罗纪公园》《魔戒》《指环王》等好莱坞大片和《英雄》《十面埋伏》《神话》《无极》《满城尽带黄金甲》等国产大片，无不是用集束式铺陈的视觉奇观挑战观众的视听极限，使其得到欲望的满足。

美国社会学家丹尼尔·贝尔在《资本主义文化矛盾》一书中揭示了快感与欲望在当代消费社会凸显的深层原因。主要表现在两个方面：“其一，现代世界是一个一个城市世界。大城市生活和限定刺激与社交能力的方式，为人们看见和想看见（不是读到和听到）事物提供了大量优越的机会。其二，就是当代倾向的性质，它渴望行动（与观照相反）、追求新奇、贪图轰动。而最能满足这些迫切欲望的莫过于艺术中的视觉成分了。”② 前一个方面揭示了当代文化的趋向——都市文化，那是一个由电子媒介所制造的人造环境，为人们“看”提供了极多的机会，也为人们“看之欲望”的攀升创造了条件。后一方面则集中于视觉主体内在的欲望和冲动。贝尔把它概括成一种“当代倾向”。渴望行动取代了传统的审美静观，当下的即时反应代替了意味无穷的体验和回味，这必然转向“追求新奇、贪图轰动”。这种当代倾向正是消费社会的快感主义、享乐主义意识形态塑造出来的欲望的主体。在一个崇尚日常生活意识形态的消费主义时代，人们的生活呈现出快节奏、娱乐

① 周宪：《论奇观电影与视觉文化》，《文艺研究》2005 年第 3 期。

② ［美］丹尼尔·贝尔：《资本主义文化矛盾》，赵一凡等译，三联书店 1989 年版，第 154 页。

性、感官享受、物质主义的特征。而作为无深度、平面化、碎片式的视觉图像正好满足了大众的审美趣味，成为大众宣泄迷茫与紧张，摆脱压力与负担的方式。

鲍德里亚对这种“感官审美”表现出悲观的态度，他认为，“信息、记号和形象的超负荷，是对我们连缀记号为连续叙事的能力的威胁，而从表层的形象之流的紧张体验中，我们获得的是审美的满足：我们并未去寻求连贯而持久的意义。于是这必然出现象征的终结……文化的失序。”① 鲍德里亚是针对西方的文化状况而言的。在中国语境中，我们还是应该看到这一文化转变的积极意义。中国文化一直崇尚理性思维，就拿中国现当代文学来说，以启蒙叙事、革命叙事为主的理性主义一直占据主导地位，个人的情感、欲望一直被压抑、遮蔽或排斥，直到“文化大革命”的爆发，理性主义恶性膨胀并走向了异化。因此，视觉转向所带来的图像文化的感性张扬从某种程度上也可看作是对过度理性化所导致的压抑、专制的一种反驳和矫正，是对等级秩序和权威控制进行抵抗的重要资源，它是一种策略，一种战术。迈克·费瑟斯通就认为“纵欲的快感”是一种如中世纪狂欢节似的“心理阈限空间”，“在其中日常生活世界被颠倒了，禁忌和幻象有了实现的可能，不可能的梦想也可以得到表达。”因此，他认为感官欲望的狂欢“既不表明某种控制出现了失控，也不表明它就是某种更为严厉的控制，而是既掌握了正式的控制又把握着解除控制、并在这两者之间轻易地转换交切的一种弹性的潜在的生成结构”②。这些充斥着虚幻的人为影像的仿真世界，正为有控制的情感宣泄提供了一个世外桃源般的环境，它有效地消解了“欲望”失控的可能。在改头换面的“狂欢”中，人们有节制地释放了欲望，然后转身钻进那个依然由理性主导的潜在世界。

二 文学的欲望叙事：以“新生代”创作为例

邱华栋在小说《白昼的骚动》中的一句话很好地表达了当下人们的心声：“社会制度已允许每一个充满欲望的人释放他们所有的欲望，因

---

① ［英］迈克·费瑟斯通：《消费文化与后现代主义》，译林出版社 2000 年版，第 182—183 页。

② 同上书，第 32、39—40 页。

此每一个人都在干着自己想干的事。”正是在这样的历史文化语境下，文学对欲望的认同达到了“随风潜入夜，润物细无声”的地步，图像的感官逻辑在文学创作中得到了呼应，其典型表现是新生代的欲望叙事。

文学对欲望的书写并不是今天才有的。在“五四”文学中，对欲望的书写表现为性压抑和性苦闷，对性的大胆追求就成为个性解放和社会解放的表征，比如郁达夫的《沉沦》。新时期文学对欲望的书写更多地与文化的解放相关，欲望叙事隶属于启蒙人文叙事，比如张贤亮的《绿化树》和《男人的一半是女人》。只有到了90年代，文学中的欲望叙事才挣脱文化、政治的负累，成为纯粹的欲望或本体性的欲望。刘小枫将现代叙事的发展历程分为两种，即“人民伦理的大叙事”和“自由伦理的个体叙事”。前者“看起来围绕个人命运，实际上让民族、国家、历史目的变得比个人生命更为重要”，而后者则只是一种“个体生命的叹息或想象，是某一个人活过的生命印痕或经历的人生变故”。[①] 通过这两种现代叙事来观照文学中的欲望书写，我们就会发现，“五四”和新时期的欲望书写属于“人民伦理的大叙事”范畴，90年代之后的欲望书写则属于“自由伦理的个体叙事”范畴。前者虽表现欲望，但有文化或政治的意识形态目的。欲望的小叙事性质表现在两个方面：一是日常化；二是身体化。日常化的写作风格是从新写实小说开始的。在新写实小说中，个体的日常欲望成为生存的最本质体现，即“活着”的欲望。这样的欲望追求尽管卑微辛酸，但本质上仍然不是纯粹个体中心主义的，仍有责任、义务等社会性范畴在闪现，通过个体生活的无奈所展现的依然是人的社会性生存。这种生存的困境正是“新生代”写作的起点。“新生代”又被称为“晚生代”“六十年代出生作家群”“游走的一代”“文革后一代”等，其所指称的内涵与外延并不完全相同。在本书中，新生代作家是指60年代出生，90年代登上文坛的一群作家。大致包括朱文、韩东、鲁羊、张旻、毕飞宇、何顿、邱华栋、刁斗、述平、东西、鬼子、李冯等人。

（一）潜流与颠覆：欲望的微观政治学

“微观欲望政治”是德勒兹和加塔利在《反俄狄浦斯》一书中提出

① 刘小枫：《沉重的肉身——现代性伦理的叙事纬语》，华夏出版社2004年版，第6页。

的概念。德勒兹修正了通常的欲望概念，在拉康和弗洛伊德那里，欲望是由于欠缺而引起的一种主体心理状态，因而它是匮乏式的、收缩式的、否定式的。德勒兹则“将欲望诠释为本质上是非中心化的、片断的、动态的。欲望‘运作于自由的综合领域，在那里，任何事情都是可能的’，并且，它总是寻求超出任何社会体所能容许的更多的目标、接触和联系，追求‘游牧且多音的’而非‘隔离且单音的’流动”，不仅如此，德勒兹和加塔利还断言，正像福柯所说的权力一样，“欲望本质上也是积极的和生产性的，欲望的运作并非在于寻找其所欠缺的、能够满足它的客体，而是在它自己充沛的能量的驱动下去寻求常新的连接和展现”①。总之，通常的欲望是一种由于匮乏而引起的否定性的生理能量，而欲望的微观政治学则强调欲望是一种非中心、片段的、流动的生产性和革命性力量。

以城市为主要叙事对象的新生代作家在他们的创作中高扬欲望的大旗，在对欲望的张扬与描述中突出现代社会中青年人的生活形态与人生观念，正像林舟所说，“在当下的文化情境中，性作为叙事语码，似乎成了‘个人化’故事叙述的最后一个停泊地和竞技场，欲望化叙事法则正以空前的无羁与活跃，生成着关于人的存在的表象描摹和经验传达。”② 新生代的欲望叙事有：朱文的《我爱美元》《吃了一个苍蝇》《五毛钱的旅程》《段丽在古城南京》，韩东的《障碍》《交叉跑动》《利用》，何顿的《太阳很好》《就这么回事》，鲁羊的《黄金夜色》，毕飞宇的《与阿来生活二十二天》，张旻的《校园情结》《生存的意味》《情幻》，邱华栋的《新美人》《手上的星光》《颤抖的城市》等。“性”成为新生代小说情节不可或缺的基本因素。相对于“宏大叙事”与主流意识形态的勾连而表现出的微言大义和洞察一切，新生代的欲望叙事是远离主流意识形态的、边缘化的，是一种书写庸众日常沉沦的芜杂、琐屑的非知识分子话语。甚至因为其赤裸裸地表露了对性欲和物欲的渴求而被人斥为具有流氓腔的“流氓文学”“流氓作家”③。新生代的欲望

① ［美］道格拉斯·凯尔纳、斯蒂芬·贝斯特：《后现代理论》，中央编译出版社 1999 年版，第 112—113 页。

② 林舟：《生命的摆渡》，海天出版社 1998 版，第 248 页。

③ 简平：《你是流氓，谁怕你！》，《新民晚报》1996 年 5 月 6 日。

叙事通过非中心的、片段化的、流动性的欲望的潜流，将解构之刀伸向了传统的家庭、爱情、亲情、友情等最幽深隐微而又细枝末节的地方，具有极强的颠覆性和反叛性，这从评论家的过激反应中也可窥见一斑。因此，新生代的欲望书写是一种典型的“小叙事”，它“只对个别事件和现象提供一种局部的解释，而不声称能解释一切事物。……是碎片化的、非总体性的和非目的论的”①。这就是欲望的微观政治学。在新生代作家中，“断裂”运动的发起人朱文的欲望叙事无疑是最具有冲击力和颠覆性的一个。下面就以朱文的作品为例来剖析欲望的微观政治学是如何运作的。

在朱文的作品中，《我爱美元》是饱受争议的作品，也是新生代的代表作。朱文以极其夸张和谐谑的语言对传统道德观念进行了“激动人心”的挑战和颠覆。他借以达成颠覆目的的工具就是“美元”这一象征符码。作者首先对“美元”的价值本体性进行认可和还原：“美元就是美丽的元，美好的元。”“那种叫美元的东西，有着一张多么可亲的脸，满是让人神往的异国情调。”在这里，“美元”不是欲望的本体表述，而是欲望主体通往更高欲望的楼梯，是购买欲望的一张门票。最终的欲望指向是：身体、性。因此“我爱美元”就是对身体欲望——性——的换形表达。与“美元”被还原相一致，“性”也被改写了：

> 我们知道性不是坏东西，也不是好东西，我们需要它，这是事实。如果我们生活中没有，正好商场里有卖，为什么不呢？从商场里买来的也是货真价实的，它放在我们的菜篮里，同其他菜一样，我们不要对它有更多想法。就像吃肉那样，你张开嘴把性也吃下去吧，只要别噎着。

既然“性”就像吃饭一样，时时刻刻都需要，而“性”又是一件商品，可以在需要的时候用钱买到，那么，“美元”就特别值得“我”去尊重、热爱了。因此，“我”“渴望金钱，血管里都是金币滚动的声

① ［英］安德鲁·本尼特、尼古拉·罗伊尔：《关键词：文学、批评与理论导论》，广西师范大学出版社2007年版，第245页。

音”。沿着这个思路继续深入，我们就会看到，作者通过对金钱、性的还原，将颠覆的目标直指传统的伦理秩序、价值观念。在小说中，这一颠覆目的是通过“父子同嫖”事件来达成的。父亲出差顺便来看“我”和弟弟，弟弟不在，“我”就劝父亲解决一下“性问题”，“我”和父亲谈论性和女人，带父亲去舞厅找舞女，当父亲看到眼前与自己女儿一样年纪的妓女而产生心理障碍时，“我”又充当了父亲的启蒙老师，最后甚至劝自己的情妇与父亲睡觉，最终“父亲”没能解决“性问题”，其原因不是他不愿意，而是“我”身上带的钱不够。通过“性”，父亲这一形象被彻底解构。在小说中，父亲不仅是“我”生理血缘上的父亲，而且是传统情感、传统的家庭伦理、传统的价值观乃至传统的文学秩序的承载体。对父亲形象的解构就将上述一切都颠覆了。

福柯认为，解放的希望“并不存在于一次巨大的革命暴力中，而是存在于大量重视身体和快感之重要性的微观力量中，存在于性之中”，因此，“性，是权力运作和爆发对它的反抗行为的一个特别重要的领域”①。朱文正是运用“性”这个微观力量达到了颠覆和反叛的目的。正如陈晓明所说的，“‘性’是朱文一部分有挑战性的小说叙事的出发点、轴心和思想源泉。……性对于朱文是一个支点，一个阿基米德式的支点，他只需要这个支点就能把我们的世界颠覆”②。总体来说，在朱文的小说中，通过欲望叙事实现了以下几个方面的颠覆：一是性对情的颠覆。浪漫的爱情对小丁、陈青、王晴们来说是奢侈的，揭开爱的面纱，呈现出来的是赤裸裸的快感性爱或金钱性爱，这些都是交换的结果，与爱与美相隔十万八千里。二是对友情、亲情的颠覆。《去赵国的邯郸》中小丁们对老五的揭发，《吃了一个苍蝇》中小丁和朋友李自的妻子通奸，《单眼皮，单眼皮》中杨白的父亲对她的伤害。正是因为亲情、友情、爱情这些人间最美好的情感都被朱文一一颠覆了，那么对于小丁们来说，生活还有什么美好和希望可言呢？于是，导向了第三种颠覆：无奈现实对希望理想的颠覆。《什么是垃圾，什么是爱》《弟弟的演奏》《如果你注定潦倒至死》《让你尝到一点乐趣》中小丁们生活在

---

① ［美］乔治·瑞泽尔：《后现代社会理论》，谢立中等译，华夏出版社 2003 年版，第 91、90 页。

② 陈晓明：《异类的尖叫：断裂与新的符号秩序》，《大家》1999 年第 5 期。

一种无奈的现实之中，没有理想没有希望更谈不上超越，整天无所事事，四处游荡，靠无聊厌烦的性打发日子。

韩东对欲望的书写与朱文非常相似，他们都通过性与爱的分离来颠覆古典的爱情伦理以及友情、亲情。所不同的是，朱文对欲望的还原是以一种近乎狂热的激情立场和汪洋恣肆、粗鄙坦率的语言来进行的，而韩东则是以一种冷漠旁观的态度来对待欲望。叙述者与人物之间的距离以及显台词与潜台词之间的反差造成了一种反讽效果，将人物的自欺、怪诞或乖谬自行暴露出来。《障碍》是韩东的代表性作品。讲述了两个男人和一个女人的故事，主人公“我”和朱浩是好朋友，朱浩和王玉是情人关系。一次王玉因某种原因从远方来到了“我”所在的城市，“我”出于友情和义气，责无旁贷地担负起照顾王玉的任务，对于离婚独居、处于性饥渴中的“我”来说，王玉是一个实实在在的诱惑，但是行文之中，处处是“我”的自信和自我辩护：

> 由于朱浩的存在，我和朱浩的渊源关系，王玉和我之间是不会发生任何事情的。她不过是朱浩的女人，我要好好地对待她。
>
> 王玉放下杂志和我聊天。她得等头发干了才能睡，所以我不必觉得会打扰她。我也丝毫没有纠缠磨蹭的意思。我陪她聊天是出于好客的美德。我们不是正谈到明天开始怎么玩吗？到哪些地方怎么走找什么人我们在安排游览许城的日程，并不是没有实际内容，不是没话找话呀？

这是《障碍》中的“我”在与王玉发生肉体关系前的叙述，在无意识心理驱动下，“我”其实已经在逐渐地向内心的欲望靠近，但表面上“我”依然极力地为自己辩护。“我”越是喋喋不休地为自己开脱，就越是有一种“此地无银三百两”的味道，越是显露出“我”内心的惶恐不安和蠢蠢欲动，反讽的意味由此而产生。最终，欲望并没有如“我”想的那样消失，而是越来越强烈，“我”与王玉发生了性关系。在小说中，“我”面对双重“障碍”：朱浩和王玉的爱情成为“我”与王玉交往的障碍，“我”与王玉的偷情又成为“我”和朱浩交往的障碍。第一层障碍的消除颠覆了“朋友妻，不可欺”的传统伦理道德，第二层障碍的消除则更具有颠覆性。多年之后，“我”和朱浩在一次交谈中谈及此事，而朱浩却巧妙地表达了他的想法：

> 我听见他说：“我让她去许城找你就是那个意思。”我听明白了，朱浩指的是我当时拮据的单身生活，他指使王玉来找我就有输送女人的意思。

这样，在男人的兄弟情谊世界里，女性纯粹是男性个人欲望的发泄物，是“性”的代名词。

同样是新生代作家，同样是对日常生活经验以及欲望的书写，朱文、韩东与何顿、邱华栋之间还是有区别的。前者虽然也贴着地面行走，但既能融入其中，又能抽身而出，这样一来对物欲、情欲的表面赞扬、沉迷实际上被来自叙述内部的某种幽默、反讽力量消解了、颠覆了。相较之下，何顿、邱华栋则更多地沉潜于欲望的铺排与展示，沉迷于对当下生活的把玩和体味，那种从形而下到形而上的通道被割断了，呈现出真正的表象化、平面化写作趋势。

邱华栋小说中的价值立场比较复杂。纵观邱华栋的小说，他的人物都经历了这样一个人生轨迹：出走——奋斗——成功——失落。比如《生活之恶》中的尚西林、眉宁，《哭泣游戏》中的“我”、黄江梅，《环境戏剧人》中的龙天米，《手上的星光》中的杨哭、乔可、林薇、廖静茹，《闯入者》中的吕安、杨灵、赫建，《别墅推销员》中的沈方，《城市战车》中的那群流浪艺术家，等等。在没有发迹之前，这些人都是社会底层的小人物，除了青春、激情、爱情、理想之外，一无所有，但是他们不甘心于这样一种生活，于是如巴尔扎克小说中的拉斯蒂涅们一样，野心勃勃地从外省来到欲望的中心地带，开始奋斗历程。眉宁用初夜换来了一套结婚用的房子；尚西林为了仕途终于同意与自己讨厌的女人结婚；黄江梅在“我”的帮助下终于成为一个标准的都市丽人，拥有了一定的身价。但是，他们为此付出了代价，青春、激情、纯洁、爱情已经离他们远去，在某种意义上，他们成为历经沧桑的心灵老化者，再也无力感受幸福。如果奋斗的最终目的乃是使奋斗者失去自由，失去幸福的感受能力，那么，这种奋斗意义何在？如果对欲望满足的追求只能导致沦为欲望的机器，那么，这种追求价值何在？正是通过对上述问题的追问，邱华栋的小说实现了都市欲望对人的异化的批判，从而使其具有现实主义批判的文化关怀和存在主义的哲学之思的精神深度。但如果仅意识到这一点，似乎还不够揭示邱华栋小说的本质。实际上，仔细阅读他的小说，我们发现文本中存在着叙述上的裂隙和矛盾，他在控诉欲望的同时又表露出对欲望的由衷赞颂，在揭示欲望异化人的同时又对欲望的游戏法则表示认同，同时对都市奢华物质生活表现出深深沉迷。由此就不难理解邱华栋在小说中为什么总是津津乐道于众多物象或符码的罗列、铺排和炫示。在他的笔下，这一“以欲望为核心”的城市不是“一条肮脏的河流”，而是由300米88层的望京大厦、带有一个富丽堂皇酒吧的晶都酒店、拥有保龄球星的丽都假日饭店以及赛物莱购物中心、国际俱乐部、贵友商场、京伦饭店、建国饭店、中国国际贸易中心等到处都缀着金光闪闪的玻璃幕墙构成的不夜狂欢城。在这个钢筋水泥的河床中流淌的不是“肮脏的河水”，而是6缸凯迪拉克、奔驰SL600跑车、凌志，……大款、歌星、影星、画家、制片人、公关人、时装人、直销人，以及形形色色的“塑料花一样美”的年轻女孩，还有美式麦当劳汉堡包、炸鸡和牛肉面、土耳其和南韩烧烤、日式海鲜饺、意大利比萨饼、南非风味食品和法式大菜、黑风啤酒……所有这一切构成了一条欲望的洪流，在向每一个闯入者发出召唤：要想占有这一切，你就去奋斗吧，去不择手段地钻营吧。邱华栋这一写作动机在他与刘心武的一次谈话中表现得很明确：

刘心武：……像你的作品，表现出一种对现实的非常难能可贵的认同，同时又有一种青年人在当前激烈变革的社会中的焦虑感。你的焦虑感是因为城市中有那么多汽车、大饭店、别墅、豪华场所，而你小说中的主人公没有拥有或没有全部拥有。

邱华栋：我本人也非常想拥有这些东西，当然什么时候我才能得到就不好说了。我表达了我们这一代青年人中很大一群的共同想法：既然机会这么多，那么赶紧捞上几把吧，否则，在利益分化期结束以后，社会重新稳固，社会分层时期结束，下层人就很难跃入上层阶层了。[①]

这段对话暴露了邱华栋写作的文化真相，“这是一种赤裸裸的欲望中心主义，它的目的就是要张扬欲望，认同欲望，满足欲望，而不问欲望的性质、类别，更不问实现欲望的手段与造成的效果（试问‘捞几把’是怎样‘捞’，‘捞’的是什么，‘捞’的又是谁的?）。因此，邱华栋这种不无自得的‘代言’（‘我表达了我们这一代青年人中很大一群的共同想法’），在本质上不可能具备批判色彩的——它注定了邱华栋只能是城市镀金生活的一个廉价的赞颂者，他在我们这个转型期时代的唯一使命似乎便是：将任何欲望（主要是与‘跃上上层社会’的努力有关的）合法化。”[②] 弃绝历史与未来的瞬间性欲望狂欢与现代主义式的乡愁奇怪地拼贴在一起，构成了一个奇特的文本，显示了邱华栋小说中“哲学深度”的虚伪性与矫饰性。

相较于邱华栋作品的貌似深度、高下难辨，何顿的作品则可以一望无余。从何顿一系列小说如《我不想事》《生活无罪》《弟弟你好》《太阳很好》以及长篇《就这么回事》等，可以看出何顿的写作对存在与意识之类的复杂关系他一概弃之不顾，他的兴趣在于抓住当代生活的外部形体，在同一个平面上与当代生活融为一体。批评家郜元宝曾经感叹：“读‘断裂’作家的作品，常常想到契诃夫，这位20世纪怀疑主义先驱晚年创作的中篇小说《没意思的故事》，反复诉说一位俄罗斯老者在失去‘中心思想’之后精神上极度紧张、痛苦忍受和最后崩溃的过程，至今还像一块‘老石头’重重地压着我们的心。何顿们笔下也都是一些‘没意思的故事’，但他们显然并无契诃夫式的焦灼，倒是玩味的心态居多。这有两种解释：要么他们别具一副肝肠，可以抛开契诃夫式的焦灼与慌乱，从容愉快地吞食没意思时代的真实面包；要么他们过于麻木和浅薄，把‘不可承受之轻’当作真的轻松自在来享受了。”[③] 我觉得这段话很好地体现了何顿欲望叙事的特色。可以说，无论是何

① 刘心武、邱华栋：《在多元文学格局中寻找定位》，《上海文学》1995年第8期。

② 丁帆、许志英：《中国新时期小说主潮》（下卷），人民文学出版社2002年版，第699页。

③ 郜元宝：《在“断裂”作家“没意思的故事”背后》，《当代作家评论》2001年第1期。

顿，还是邱华栋，作家与现实之间都缺少一种距离，因而，尽管他们遭遇了我们这个时代，但他们却不能用小说来思考、发现和表达这个时代。当何顿、邱华栋们认同并沉迷于欲望和物质的表象化书写而放弃形而上之思时，标志着新生代的欲望叙事已经开始走向末路。

（二）游走与体验：感觉的碎片化呈现

欲望是一种“流”，它抵制一切试图驯服、限制、压抑欲望并把它封闭在一个固定结构中的辖域化规划，它以解辖域化为旨归，努力冲决一切指意符号系统带来的束缚和压抑。[①] 在新生代的欲望叙事中，欲望之“流”是如何播撒、延异并最终达到颠覆、解构之目的的呢？“游走”和“体验”是新生代作家所采取的叙述策略，在他们的笔下，通常都有一个游走者形象。白烨称其为“漂流者”，王干称其为“游走”，葛红兵称其为“奔跑”，王世城称其为“出走”。这样的小说很多，如朱文的“小丁系列”：《关于九零年的月亮》《吃了一个苍蝇》《飞行的大爷》《小羊皮纽扣》《少量的快乐》《到大厂到底有多远》《尽情狂欢》等（主人公名为小丁或第一人称的“我”），邱华栋的“出走”系列：《时装人》《公关人》《直销人》《持证人》等，相关的小说还有《我现在就飞》《交叉跑动》《三人行》（韩东）、《漂移》（荆歌）、《出去》（鲁羊）……这些游走者始终处于一种价值判断、理想追求、终极关怀缺失的漂流不定的状态中。朱文在《尽情狂欢》中逼真地描述了奔走者的场景：“我”在向前跑，但是没有对目的的渴望，没有对到达的想象，有的只是在奔跑中耗尽，在耗尽中虚无。正如葛红兵所言，“他们的‘奔跑’是一种抽象的生存方式，一种强迫症行为，一种无端的消耗感、隔阂感，是无法立定、停住、站住、守望、宁静、稳住的苦恼”。[②] 这种无止境的“游走”和“奔跑”正是价值悬浮和理想空缺的表征，小丁们在精神上处于一种无法被填满也无法被摆脱的虚无状态。为什么会导致虚无？这与新生代小说的叙事对象相关。他们书写欲望，将欲望当作人的本体性存在，欲

① 参见［美］道格拉斯·凯尔纳、斯蒂芬·贝斯特《后现代理论》，中央编译出版社1999年版，第122—123页。

② 葛红兵：《世纪末中国的审美处境——晚生代写作论纲》（中），《小说评论》1999年第5期。

望无限，而生存所能提供的满足却是有限的，由此导致存在的虚无之感，而每一次欲望满足只会遭到更大的空虚反噬，肉体臣服于这一无情的欲望逻辑，其最终结果是将存在者推向无底的虚无深渊。在韩东的《障碍》中，当“我”跨越伦理道德的禁忌，与朋友朱浩的情人王玉通奸后，“我”并没有得到应有的愉悦和充实，相反，在送别王玉的清晨，“我只想睡觉。我太疲倦了”。“我”唯一的感觉是：“然而此刻，某种无意义的感觉只属于我。”

对于虚无的一再强调，新生代作家有自己的想法。朱文认为“我觉得虚无不是彼岸，恰恰是起点。不虚无我觉得倒是奇怪的，对人生的这种感受，虚无肯定是基本的……我觉得遭遇虚无是基本的”[①]。韩东同样表明，“我们的小说就是要指向虚无”，“作为一个作家我们只有一条真实的，那就是指向虚无，并不在途中做任何踌躇满志的停留”[②]。这种存在即虚无的写作立场是否使新生代作品缺少终极关怀和思想深度呢？我们或许可以从吴炫的话中体会小丁们的生活意义以及作家的创作意义。“‘无聊’本身并不是病症，勿如说，这是孕育审美冲动的现代性土壤，关键是不能对‘无聊’漠视。一个产生无聊感的人，比那些沉浸在快乐的重复体验中而不自觉，因而被快乐所杀的人，更有希望成为有审美冲动的人。在此意义上，对无聊有感知的人，比那些乐天知命过日子而不觉得无聊的人，更可能建立当代性的审美生活。”这也印证了陈思和对朱文小说的评价：“低姿态的精神飞翔。”[③]是的，没有宏大叙事，不说公共话语，不以启蒙者、拯救者面目出现，但它并不意味着放弃精神关怀和存在之思。其实，在新生代小说中，否定的意向和寻找的激情是相反相成。它告诉我们：“在根本上没有可以确定的存在——信念、信仰、价值观，其所能做的只能是‘永久的悬置’，只能是以‘不是’去寻找也许并不存在的‘是’。”[④]

由于新生代作品记录的是主人公“在路上”的生活状态，是一

---

① 汪继芳：《断裂：世纪末的文学事故》，江苏文艺出版社 2000 年版，第 248 页。

② 林舟：《生命的摆渡》，海天出版社 1998 年版，第 54、56 页。

③ 陈思和、王光东、宋明炜：《朱文：低姿态的精神飞翔》，《文艺争鸣》2000 年第 2 期。

④ 林舟：《从〈爱情力学〉到〈扎根〉——韩东作品片论》，《当代作家评论》2004 年第 4 期。

种瞬间的情绪体验，一种随意的表象概括，这使得他们的小说没有首尾连贯、逻辑清晰的情节，而是冗长琐碎、零散杂乱的生活之流的连缀。刁斗就说："我的写作是跟着感觉往前走的，比如我写小说往往只是有一个题目，或者一句话，我感觉这个题目这句话很有意思就认为它应该是个小说，就是坐在那里往下写。我的写作是一个比较感性化的写作，推着往前走，想到哪儿写到哪儿。"① 朱文的写作也只是源于他对生活的一种瞬间的情绪或感受，最终呈现的文本状态完全是一种偶然的结果，是自然而然的。他的许多小说整体上都是他的情绪和感受的表达。像《吃了一个苍蝇》《两只兔子，一公一母》《飞行的大爷》《傍晚光线下的一百二十个人物》《像爱情那么大的鸽子》《女儿与正在盛开的鲜花》《因为孤独》《达马的语气》《大汗淋漓》《没有了的脚在痒》等，一看题目便知他是在描述某种感觉。可以说，感觉对他的创作至关重要。在与张钧谈到《丁龙根的右手》时，朱文说过，"在这篇小说里，我觉得真实的还是情绪，这一点我现在还有印象，整个小说的写作就是在一种情绪当中，一种节奏当中"。《到大厂到底有多远》也是因为他"不断地要在城市和大厂之间来来去去，这样一种切身的体验，这样一种情绪使我写出了这篇小说"。② 在与林舟的谈话中，朱文也强调了情绪对他小说创作的主导作用。他说，"情绪很重要。一篇小说的情节是否无可救药并不重要，只要坐下来恢复并进入一种情绪、触摸到那种情绪，一切就又能继续下去了"。"在写作中我依赖的是直感，是操作起来的手感，对自己采用何种方式可以说是不自觉的。"③《傍晚光线下的一百二十个人物》把小说舞台定格在一个没有名字的小烟酒店，作者就像一架全息的摄影机把傍晚这段时间在这个舞台上进进出出的众多人物动作、说话记录下来：小丁给烟酒店起了个"傍晚"的名字、店主李忠德与魏长顺闲聊、有两个人来约老板娘搓麻将、一群东北小伙到小店喝雪碧、李忠德为狗的事与仇老头

① 张钧：《小说家的立场——新生代作家访谈录》，广西师范大学出版社 2002 年版，第 306—307 页。

② 同上书，第 3—20 页。

③ 林舟：《在期待之中期待——朱文访谈录》，《花城》1996 年第 4 期。

争吵、店主的女儿小娟带回两个小混混吃饭……所记录的七个场景不构成故事，它们仅是随傍晚而流逝的七个没有中心的生活片断。此外，韩东的《去年夏天》、李洱的《悬铃木上的爱情》也一如日常生活本身，是一种没有框架的存在，一种漫无边际的拉拉扯扯。这种将来自于生活细节的感受转化为情绪再运用到小说创作中的创作机制，是一种体验性的创作方法，新生代大多数作家的小说不是遵循一种线性的抽象思维方式进行的，而是随着个体的瞬间体验、感受、情绪而变化而推进，整个小说就是这些体验的碎片式的接连，但正是在这微不足道、支离破碎的个人经验的情绪流动之中，作品最真诚地映现出我们时代里很多深层的内容，而这正是所谓的“宏大叙事”所容易忽视与疏漏的。阅读新生代的作品有类似观影的经验。在一个个片段的接连闪现中，你感觉时间是流动的，情绪也是流动的，但当你仔细回味，又觉得时间是停滞的，它凝固在那富有生活质感的场景和细节上，就像定格在我们脑海中的一个个幽深而饶有兴味的电影画面。因此，新生代作品无论是在精神向度上还是在美学风格上都与图像文化的感官逻辑有着深深的契合。

应该说，在“众声喧哗”而文学声音日渐式微的边缘化语境中，新生代的欲望叙事有其合理的一面，它通过生机勃勃的感性欲望的张扬对理性专制和其所代表的传统伦理秩序、价值观进行了一次无畏的反叛和颠覆，给低迷衰微的当下文坛注入了活力。但是，欲望叙事也有其限度，诸多作家充满快感的撕毁和颠覆是以女性的物化为基础的，因此，男性中心主义文化价值观依然主宰着新生代写作，这使欲望解放的宣言极有可能沦为个人欲望宣泄的幌子。另一方面，欲望的还原虽然对理性专制对人造成的异化形成了解构和批判，但过分地强调欲望又使人走向了另一维——纯生物性的存在，这同样是一种异化，因此，二元对立的极端思维在新生代作品中依然存在，它将严肃的文学问题简单化、情绪化了。以上种种，不仅转移了新生代小说家思想与艺术中的那些有价值的因素，也在某种程度上造成了人们对新生代小说家及其创作的误读与误解。

第二节 图像的平面美学与文学的表象叙事

一 图像的平面美学：历史断裂与当下体验

本雅明在摄影、电影诞生之初就预感到机械复制技术将导致传统艺术的“大崩溃”。在他看来，对艺术品的复制触及了一个最敏感的核心问题，即艺术品的原真性问题。“一件东西的原真性包括它实际存在时间的长短以及它曾经存在过的历史证据。由于它的历史证据取决于它实际存在时间的长短，因而，当复制活动中实际存在时间的长短摆脱了人的控制，一件东西的历史证据就难以确凿了。”① 以现代电子媒介为载体的图像文化，一个根本属性就是本雅明所说的“历史证据”的消失。复制或再现技术抹去了以往社会曾经以这种或那种方式保留信息的种种传统，它可以使图像从其出现时的时间与空间中分离出来，图像只在空间意义上向人们展示它的存在，而历史的纵深感消失了。对此，詹姆逊有更加深入细致的论述。在研究了晚期资本主义的文化逻辑之后，詹姆逊有一个重要发现：在现代主义阶段，艺术的主要模式是时间模式，它体现为历史的深度阐释和意识；在后现代主义阶段，文化和艺术的主要模式则明显地转向空间模式，它取消了历史记忆而关注当下的重要性，“当代社会系统开始渐渐丧失保留它本身的过去的能力，开始生存在一个永恒的当下和一个永恒的转变之中，而这把从前各种社会构成曾经需要去保存的传统抹掉。”② 历史感的丧失引起了后现代时间意识的变化。我们知道，现代的时间意识是：现在是过去发展并呈现出来的结果，它又指向未来，过去、现在和未来按时间的顺序展开，因此，连接过去、现在、未来的历史就显得尤其重要。与此相反，在后现代的时间意识中，历史感的消失打断了时间的连续性，过去和未来从时间的链条上消失了。为了更清楚地阐释后现代文化的特征，詹姆逊引入了拉康的“精

① ［德］本雅明：《机械复制时代的艺术作品》，中国城市出版社 2002 年版，第 86—87 页。

② ［美］詹姆逊：《晚期资本主义的文化逻辑》，生活·读书·新知三联书店 1997 年版，第 418 页。

神分裂”的概念。精神分裂（schizophrenia）这一术语是拉康的一个描述性而非临床意义上的词汇。在拉康看来，主体对时间的体验是通过语言来实现的：词语和句子在时间之轴上运作时，主体既可以感觉到现在，也能感觉到过去和未来。由于精神分裂患者无法掌握语言的言说，他们对时间的体验也就自然受到了影响；他们体验到的是一种缺乏连续性的时间感——一种永恒的当下，一种“孤立、断裂、不连贯的、无法通向一个连贯的系列的物质能指”。精神分裂症就表现为语言失序，即主体无法完全进入说话和语言的王国，无法到达所谓的“象征秩序”（the symbolic order），因此它是“符号链条的断裂”的体现。詹姆逊认为，和精神分裂患者一样，后现代主体体验的只是“纯粹的、孤立的现在，过去和未来的时间观念已经失踪了，只剩下永久的现在或纯的当下和纯的指符的连续”[①]。这样，由于时间的链条断裂了，历史意识丧失了，后现代文化就呈现出一种平面感和无深度性。

后现代文化的平面感或去深度性，又被詹姆逊用来描述图像文化（影像文化）的特点。他说：“真实的实在转化为各种影像；时间碎化为一系列永恒的当下片断。”[②] 关于这一点其实很好理解。因为，时间模式与理性和语言的关系是显而易见的，时间的线性结构和逻辑关联恰好符合语言运用理性运思的要求；相反，空间则对应于眼睛和视觉，它不可避免地将时间的深度转化为平面性。图像在空间层面上的实在性、现在性，使它的全部意义都集中在完全为它自身所限定的所指上，而不可能形成更大规模的审美能指空间。图像文化逻辑的空间性无疑破坏了艺术形态的传统结构。时间、历史，这些曾是构成一件艺术品之所以具有艺术气息的重要因素，如今已被空间的无限膨胀挤出了艺术的意识形态领域。许多原本都在时间之维上显示出意义的事物，现在都可经过大规模的工业化复制，以外形酷似的视像复制品形式，在无法预料的空间广度上呈现给大众。当这些“艺术品”变得越来越普及之时，整个时代的文化逻辑之时间与空间的位置就发生了颠倒。正如南帆所描绘的那样，在图像泛滥的年代里“时间的中断与空间的膨胀正在成为人们的基

---

① ［美］詹姆逊：《晚期资本主义的文化逻辑》，生活·读书·新知三联书店 1997 年版，第 292 页。

② ［英］迈克·费瑟斯通：《消费文化与后现代主义》，译林出版社 2000 年版，第 7 页。

本感觉”[①]。影视、广告、录像就是典型的空间膨胀的图像复制品，它们依托电子科技制造一个个亦真亦幻的形象或画面，通过色彩、音响等诉诸感官，人在观影时的审美方式和审美体验表现为破碎的、平面的、眩晕的、浓烈的、感官的刹那体验，“现在”“当下”成为唯一的关注焦点。比如张艺谋、陈凯歌的奇观电影往往画面美轮美奂，色彩鲜艳夺目，令人眼花缭乱，但时间的背景被有意识地抹去，只有单纯空间的拼贴和凸显，人物的生存变得轻飘荒诞，叙事的意义变得扑朔迷离。在此情景中，“观众们如此紧紧的跟踪着变换迅速的电视图像，以至于难以把那些形象的所指，连接成为一个有意义的叙述，他（或她）仅仅陶醉于那些由众多画面跌连闪现的屏幕图像所造成的紧张与感官刺激。”[②]正是在此意义上，我们说，图像文化是一种去深度的平面文化，它将时间碎化为一系列永恒的当下片段。

由于后现代主义呈现出历史断裂和平淡无深度的文化特征，后现代主义文艺也呈现出较之于现代主义文艺的独特风格。詹姆逊论述道，“后现代主义的作品似乎不再提供任何现代主义经典作品以不同方式在人们心中激起的意义和经验。例如，普鲁斯特，里尔克或乔伊斯这样的现代主义作家似乎有解释不完的意义，他们的渊源似乎探索不尽，对他们的评论和注释也没完没了。但后现代主义却完全相反，它一般拒绝任何解释，它提供给人们的只是在时间上分离的阅读经验，无法在解释的意义上进行分析，只能不断地被重复。”曾经是现代主义经典作品的重要主题之一的异化和焦虑感在后现代主义作品中也在慢慢地减弱、消失，并蜕变为一种吸毒者般的“幻觉，一种异常的欣快的恐惧”，一种“杂乱的意象堆积”，一种“东拼西凑的大杂烩”。[③] 这种写作风格被詹姆逊称为精神分裂式“书写体”（écriture），他是这样描述的：

> 首先，我们在毫无准备之下面临时间（性）的突然瓦解，当下

① 南帆：《双重视域：当代电子文化分析》，江苏人民出版社2001年版，第69页。

② ［英］迈克·费瑟斯通：《消费文化与后现代主义》，译林出版社2000年版，第8页。

③ ［美］詹姆逊：《晚期资本主义的文化逻辑》，生活·读书·新知三联书店1997年版，第288—292页。

> 便把眼前的一刻从一切活动和意念之中解放出来；时间（现在）并没有被置于应有的焦距以外，没法转化成为空间的实践。其次，时间（现在）被孤立起来以后，主体让眼前的一分一刻所笼罩，只觉浸淫于一片笔墨所难以形容的逼真感中。主体面临一种势不可挡、千真万确的具体的感官世界，其感官所及之物性，生动而有效地发挥了物质的威力——更准确地说，是文字的威力——意符在隔绝尘世后所发挥的威力。人间的意符、物性的意符，都能够以超然的姿态呈现于主体的眼前，主体的目前（现在）。其感性之强度、烈度，其动人之处，其神秘处，后现代的文化试图用否定的话语予以论证——焦虑难安、虚幻不实的感觉等种种尝试都大派用场。再次，我们事实上也能够用肯定的语言予以指述——诸如“the high”、即那种种高度强烈的情感，“the intoxicating”、那叫人身心麻醉的快感，“the hallucinogenic intensity”、那叫人疑幻疑真的激情；最后，都是欣狂喜悦（euphoria）的诸般表现。①

之所以这么长篇累牍地引用，是因为詹姆逊所描述的这种后现代精神分裂式“书写体”在我国当前的文学创作中也同样存在，它为剖析我国当前纷纭复杂的文学现象提供了一个理论参照和阐释维度。

二　文学的表象叙事：以“70后”创作为例

图像的平面逻辑对置身于图像汪洋之中的文学艺术的影响是潜在的也是巨大的。一个明显的事实是：文学叙事在空间上得到了大幅度拓展，而作为传统文学十分强调的“历史”或“历史感”则越来越稀薄，文学愈来愈多地向人们呈现当下的、“现在时”的生存景观。最典型的就是以卫慧、棉棉为代表的“70年代生女作家”（以下简称“70后”），她们“乐于使用表象拼贴式的叙事，倾向于表现个人的现在体验和转瞬即逝的存在感受，并且热衷于创造非历史化的奇观”，“对表象的书写和表象式的书写”构成了她们写作的基本法则，这使她们的写

① ［美］詹姆逊：《晚期资本主义的文化逻辑》，生活·读书·新知三联书店1997年版，第473—474页。

作呈现出“现在主义”的特征，因此，被陈晓明称为表象叙事。① 从总体上来说，这种表象叙事从来不诉诸形而上观念的批判性表达，而是限定在与生活息息相关的体验和感觉之中。非历史化的现在表象，转瞬即逝的个人化感觉，语言表达的任意喷涌，情绪宣泄的狂欢特征……所有这些都在建构一个无历史也无本质的“现在”的幻象。

（一）“历史”缺席：虚化“父亲”与魅化“西方”

中国是一个注重“史传”传统的国家。黑格尔曾不无惊讶地说：“没有一个民族像中华民族那样拥有数不胜数的历史编纂人员。其他亚洲民族也有古老的传统，但不是历史。”② 仅从文学对历史的表现来说，在古代，文史不分，史大于文，抒一己之悲欢离合的文章往往被视为雕虫小技，不足称道。在当代，作家也大都有史诗情结。且不说当代文学是以记载新国家的建立来开篇的，新时期文学是以讲述一段被禁止的史实来开场的，就连极负盛誉的先锋文学也自觉不自觉地把历史的记忆作为重新言说的对象，然而，当“70后”作家登场的时候，历史就开始走向“终结”。“现实中的历史不再显影于他们的文本中；历史中的现实也被有意地打上虚光，偷梁换柱而成个人的情感记忆或是当下的欲望指向；同时，时间的流转像万花筒一样碎裂了，关于未来图景的虚无化描述和刻意的回避使得通往未来的历史走向分外扑朔迷离，不复是一个整体。”③ “70后”作品中历史的“缺席”与她们的成长背景相关。身为“70后”作家中的一员，杨蔚然这样概括他们那一代人的共同经验：1970年至1979年出生的人，“文化大革命”对于他们来说，不过是影视作品中热热闹闹的杂耍。70年代末至80年代初，是他们变得懂事和开始想些事的时候。而此刻他们周身浮泛着怎样光彩华丽的巨大的泡沫呢？这一时刻，商品大潮不可避免地冲击着社会的各个角落，由此“崇高”“伟大”被无情地解构了。“现实留给70年代的作家不过是一些抓也抓不住的零星碎片，几乎没有一种社会事件、艺术样式及其价值观，

① 陈晓明：《表意的焦虑：历史祛魅与当代文学变革》，中央编译出版社2002年版，第143、144页。

② ［德］黑格尔：《东方世界》，《德国思想家论中国》，江苏人民出版社1995年版，第144页。

③ 杨俊蕾：《“新新人类”文学的精神走向——“七十年代书写”的文化分析》，《求是学刊》2002年第3期。

在他们心灵中产生恒定或深刻的影响”。[①] 的确，与前几代作家相比较，“70后”明显缺少深刻的历史记忆，他们既没有沐浴过抗日战争、解放战争的枪林弹雨，也没有经过三反五反、反右四清的政治运动，既没有亲历过“文化大革命”的红色风暴，也没有经受过上山下乡的蹉跎岁月，他们成熟于改革开放的现实社会中，所面对的是一个迅速变动的光怪陆离的世界：商品社会的日益繁华，物质消费的极度追求，西方文化的纷至沓来，传统价值的逐渐解体……北京大学教授陈晓明说她们是一批“历史失忆的文学精灵”，武汉大学教授於可训说她们是无“根”的一代。

在“70后”作品中，历史的缺席以两种形式表现出来，一是“父亲”形象的虚化，二是“西方”形象的魅化。前者标志着传统文化记忆的丧失，后者标志着民族文化记忆的丧失。

首先来看“父亲”形象的虚化。这里的“父亲”既指生理血缘上的父亲，也指传统文化、伦理道德、社会秩序这一“文化之父”。当“70后”试图以身体的存在和对物质的占有来证明自身的存在和价值时，就已表明她们在对“文化之父”的叛逃和颠覆上走得很远了。在现有文化观念中，“父亲”是理性、道德、权威、孝道、传统、信念等的代名词，象征着正统的价值观念和人生取向、主流的生存形式与生活方式，是训诫者、指导者、精神导师、行为典范，是高高在上的形象。从出生于60年代的那辈人起，传统文学中的在场之父的严厉形象就已开始被解构。葛红兵在谈到这一代人时借用了“红色时代的遗民”这个词，说他们的共同经历是站在激情主义的废墟上，激情、理想、正义……统统成了贬义词，离开激情之后，身体的物质性越来越大。而与“矛盾、犹疑”“身上有着强烈的过渡性”的新生代作家相比，“70后”作家则在更大程度上脱离了“父亲”的阴影，具有“更轻灵的美学”：纵情、随意、情调、派对，对金钱毫不矛盾的占有欲，活得更轻松、更一致，对今天的大众消费文化、对市场化中的一切，他们的接受毫无障碍。[②] 表现在其作品中就是这样两类相对立的

① 杨蔚然：《生于七十年代》，《芙蓉》1997年第1期。

② 参见葛红兵《障碍与认同——当代中国文化问题》，学林出版社2000年版，第28页。

人物形象：怯弱/缺席的“父亲”以及逃离和反叛“父亲”的“问题少女”。

在“70后”作品中，父亲总是无限期地缺失，她们像“空心草一样在这个城市自生自灭”（卫慧语）。魏微在小说中多次探讨“70后”一代与父辈的关系。《迷失在小城市的父亲和我》中的父亲在一个初夏的傍晚出去散步从此再也没有回来，父亲从“我”的生活中彻底消失了。在《父亲来访》中，主人公小玉的父亲要来南京看望她，她一直等待着，做了种种父亲来访的准备，可是父亲迟迟不露面，后来父亲突然改变主意，把见面的地点换成扬州，扬州对小玉父女来说是一个没有背景的城市，在这样的地方见面，父亲形象就表面化了。但即使这样，父亲也迟迟未来，一直到小说结尾，父亲都没有露面。也就是说，对于“70后”来说，“有”父亲与“无”父亲没有区别，因为他始终是一个缺席者。有时候，即使父亲出现了，也是一种矮化的形象。在卫慧的《像卫慧那样疯狂》中，那个可能给“我”精神皈依之所的生父却像影子一样在一次莫名其妙的“冤案”中消失了，代之出现的继父则是一个偷看“我”洗澡的猥琐男人，女主人公毫不掩饰对他的鄙夷不屑：“他那双呆滞的、闪着磷光的眼睛一眨也不眨”，“他不是我的父亲，他是一个住在我家里的陌生男人”，“他永远成不了我真正意义上的父亲”。棉棉的小说《告诉我通向下一个威士忌酒吧的路》中的父亲冷漠自私，“我失去了一个孩子对父亲的所有的信任”。对她们来说，父亲仅仅是一种经济的来源，卫慧小说《艾夏》中的父亲“从她一下地就逃之夭夭了”，只有邮局送来的神出鬼没的汇款单维系着脆弱的父女之情，“艾夏从心底最深处憎恨着那个叫艾仲国的男人。关于她生活中的所有不幸和错乱，该让他来承担”。棉棉的《糖》中“父亲”仅仅是一个为“我”提供婚姻经费的经济资助者。正是由于对父亲的嫌恶和鄙弃，她们成了一群反叛和逃离父亲所在的家庭和生活方式的“问题少女”。与父辈“日出而作，日落而息”的生活方式与作息准则不同，她们是生活在酒吧、迪厅、摇滚、西餐、毒品、派对以及放纵的性爱中的一群“公共的玫瑰”，她们的白天从黑夜开始，她们的身体在黑夜中沉沦。甚至，她们还质疑并消解“父亲”存在的意义。周洁茹在《回忆做一个问题少女的时代》中这样质询其父辈：“不能因为你们生了我们，你们给我们吃饱，我们就要感谢你们。你们给了我们幸福的生活，我们的精神却在痛苦，你们想过要给我们幸福吧？你们要我们活着，可我们活着一点儿也不快乐。”在她们看来，除了“幸福的生活”，父辈们什么都不能给予她们。因此，“一个个刚刚成年就主动断奶，主动割断与传统的血缘关系；一个个一听到父母的唠叨，就关上自己的房门，或者干脆远离父母独自生活”①。总之，在“70后”作品中，主人公往往缺乏责任感与信赖感，总是试图割断与历史和未来的所有联系，沉醉于当下的感官快乐。一旦生活中出现历史（卫慧《神采飞扬》中的母亲阿雅即是有历史的一种代表）与未来（如主人公一次次面临的结婚提议）的影子便逃之夭夭，历史于她们是一片空白，未来于她们是一片迷惘。

与虚化“父亲”对应的是魅化“西方”。“70后”成长于改革开放的年代，而她们中的大多数又生活在上海这样一个具有后殖民情调的国际化大都市里，“欧风美雨”的浸润培养了她们对西方文化天然的亲和感和认同感。卫慧曾颇为自得地说：“我的生活方式是很西化的。我做过咖啡店女招待，用纯正的英语和客人们聊天。我看国外的电影，读国外原版书。德语会说一些，但现在想学法语。我希望有一天可以用外语写作。”② 这隐在地说明：随着全球经济和文化日益一体化，中国文学的精神资源正在发生重大变化。从“70后”作家的创作中，我们明显看到，她们在关闭一扇门（中国传统文化）的同时又打开了另一扇门（当代西方文化）。她们一边享受着可口可乐、麦当劳、星巴克、锐舞派对、好莱坞大片等跨国资本，一边听西洋高雅音乐、欣赏现代抽象绘画、读普鲁斯特小说、谈论超现实主义诗歌，而且在她们的作品中，女主人公都无一例外地有一个外国情人或西方化的中国情人，如《上海宝贝》中的马克，《我的禅》中的muju，《糖》中从小在英国长大的赛宁，她们的语言中也夹杂着成串的“洋文”，让人不禁怀疑她们是生活在中国的一群西方人。与“父辈”们封闭单调的乡村生活方式不同，由酒吧、西餐、派对、摇滚、迪厅……组成的西化生活场景是“70后”“宝贝”们最引以为豪的时尚生活方式，“父亲”们在这新的生活场景

① 谢有顺：《〈“文学新人类”丛书〉序》，珠海出版社1999年版。

② 卫慧：《不是我太另类，而是他们太主流》，《中国青年报》2000年3月20日。

中已经无法继续崇高，他们在某种程度上已成为现代都市新生活的反衬物。因此，在“70后”作品中，魅化“西方”就是以操用西方的语言，模仿西方的生活方式，出入西方式的楼堂馆所，结交具有西方背景的人群为荣为乐，西方被涂上一层神圣、虚幻的油彩，成为她们的文化之父，供其膜拜、追逐。

(二)“现在”写作：感官欣快症与时尚展示秀

虚化“父亲”与魅化“西方”使“70后”遭遇了传统文化与民族文化的双重丧失，在“无根”的漂移中，“70后”沉醉于当下，遵循一种“刹那主义”的美感模式，即注重当下的瞬间体验而忽略过去与将来，时间的链条在此被打断，“当时间的链条破裂之后，对当前的感受就变得无比热烈、生动、物质化，并且大大提升了其强度。”① 在这种“现在”式写作中，“70后”纵情享受着后殖民文化带来的物质迷醉与感官沉沦，呈现出一派欲望狂欢的图景。

“70后”写作最突出的特点是对身体快感尤其是性快感的宣泄。卫慧笔下的“性”：“那一刻除了快乐就是快乐，所谓的幸福不也就是对痛苦烦恼的遗忘?” “趁我还年少时的激情，我愿意!”这样一种随“心”所“欲”的态度正印证了“70后”一代的“生活哲学”：“简简单单的物质消费，无拘无束的精神游戏，任何时候都相信内心冲动，服从灵魂深处的燃烧，对即兴的疯狂不作抵抗，对各种欲望顶礼膜拜，尽情地交流各种生命狂喜包括性高潮的奥秘，同时对媚俗肤浅、地痞作风敬而远之。”（卫慧：《像卫慧那样疯狂》）但是，同是将性作为欲望的书写对象，“70后”与“新生代”是有区别的。鲍德里亚在《消费社会》一书中对欲望与色情（erotic）这两个概念的区分可以帮助我们理解这一区别。鲍德里亚指出：“应该将作为欲望交换符号载体的色情身体与作为幻觉及欲望栖息处的身体区分开来。在身体/冲动、身体/幻觉中占主导地位的是欲望的个体结构。而在‘色情化’的身体中，占主导地位的则是交换的社会功能。在此意义上，色情的命令，和礼貌或其他诸如此类的社会礼仪一样，受到符号工具化编码规则的约束。”② 也

① ［美］弗雷德里克·杰姆逊：《后现代主义与消费文化》，转引自周小仪《唯美主义与消费文化》，北京大学出版社2002年版，第147页。

② ［法］让·波德里亚：《消费社会》，南京大学出版社2006年版，第103页。

就是说，欲望更多受生理本能的驱遣，欲望化的身体是纯肉体性的身体，它与文明教化无关，表现为纯粹的心理力量。而色情则不同，它是现代消费社会的一种交换尺度，它要接受来自符号的编码。因此，色情化的身体是欲望交换符号的载体，是社会性的身体。以此来观照，我们就不难理解在新生代小说中，那些被欲望煎熬的“小丁们”为什么“碰见一个女人，就立刻动手把她往床上搬”而从来不管这个女人的身份、地位，也不管她是否年轻、漂亮。因为，性欲的冲动来自生理的本能，它不受任何社会文化因素的干扰。同时，由于性欲的物质化，它总是不可名状、难以预测，就像是一股汹涌的暗流，总是裹挟着毁灭和破坏的力量。这样，新生代的欲望叙事又具有了颠覆既有意识形态的功能。而“70后”小说中的欲望则明显具有色情化的倾向，它往往与身份、地位、权力等社会符码联系起来。卫慧的《上海宝贝》是最典型的文本。在卫慧的哲学里“欲望”单纯地表现为一种奢华商品的占有欲，是中产阶级生活的表征。各种名牌商品、高级酒吧甚至酗酒、吸毒等生活方式都成为欲望的催生因素，但同时也是欲望的最终归宿，透过这种欲望我们并不能审视到主人公内心那种“原始的强力”。卫慧的小说中虽然充斥了大量的性描写但是我们注意到作者提倡的绝对不是一种滥交的生活。虽然卫慧通过倪可之口竭力让读者相信她爱的是天天，德国人马克不过是满足情欲的工具，但倪可的实际行动却告诉我们她选择马克作为性伴侣也不仅仅是看中了马克这个高大、健壮的德国男人本身。事实上，她与马克的头两次见面正是为一件局部色泽已经黯败的“从上海某资本家遗少手里高价买来的小领口三粒扣西服”所散发出的“昔日的贵族气”以及“法国式亲吻、意大利式拥抱”“锃亮气派的福特车”所吸引，而第一次性体验的快感则来自于“纳粹”“法西斯分子”“德语”这样的话语符号。卫慧是这样描绘倪可和马克的第一次性爱体验的：

> 痛意陡然之间转为沉迷，我睁大眼睛，半爱半恨地看着他，白而不刺眼带着阳光色的裸体刺激着我，我想象他穿上纳粹的制服、长靴和皮大衣会是什么样子，那双日耳曼人的蓝眼睛里该有怎样的冷酷和兽性，这种想象有效地激励着我肉体的兴奋。“每

个女人都崇拜法西斯分子，脸上挂着长靴，野蛮的，野蛮的心，长在野兽身上，像你……”把头伸进烤箱自杀的席尔维亚·普拉斯这样写道。闭上眼睛听他的呻吟，一两句含混的德语，这些曾在我梦中出现过的声音击中了我子宫最敏感的地方，我想我要死了，他可以一直干下去，然后一阵被占领被虐待的高潮伴随着我的尖叫到来了。

在这段描写中，我们不难看到，“我”的欲望的满足不是马克的身体给予的，而是马克所代表的白皮肤、蓝眼睛、日耳曼人、纳粹法西斯、德语这些象征符码给予的。如果说纯粹肉体的施虐和受虐是身体性的，至少还象征着对性规范的破坏，但在这里，受虐的快感已完全落入编了码的符号系统里，而纳粹的意象则再清楚不过地表明：这种符号化的受虐快感的背后，其实是对西方、资本和权力的崇拜。

魏微的小说《乔治和一本书》也是一个有趣的文本。香港人乔治是大学校园里臭名昭著的猎艳高手，他的性爱宝典是一本英文版的《生命中不能承受之轻》。每次向美丽的猎物们发动最后进攻之前，他都要先朗读这本小说中的片段，然后以小说中的男主人公托马斯的口吻命令道：“脱！”这一招从来没有失手过，在猎物们眼里，他看到了无限崇拜的眼光。然而不幸的是，乔治却把这本小说弄丢了，虽然那些片断他早已能倒背如流，但他却再也找不到先前的那种自信和权威，在猎物面前他变得胆怯而畏缩，终于一败涂地。魏微似乎想告诉我们：男性的权威是建立在符号力之上的，他们一旦失去这些符号的支援，也就会丧失支配女性的权力。且不管这种看法能否成立，至少在这个文本中，性爱冲动的产生及其满足都离不开符号，它受制于符号的工具化编码规则，所以这种冲动与其说是欲望，倒不如说是一种色情。

丹尼尔·贝尔曾指出：“由于批判了历史连续性而又相信未来即在现在，人们丧失了传统的整体感和完整感。碎片或部分代替了整体。人们发现新的美学存在于残损的躯干、断离的手臂、原始人的微笑和被方框切割的形象之中，而不在界线明确的整体中。……可以说，这种美学的灾难本身实际上倒已成了一种美学。”① “70后”的色情化叙事就是将时间的整一性打破，通过意象堆积和感官碎片的拼贴来构筑一种空间美学。

首先，在结构上，“70后”小说没有一以贯之的情节，而是通过从一个空间向另一个空间的转换来表现人物、叙写情景——大量事象在空间维度上聚集而非在时间维度上展开。并且，这种聚集往往缺乏逻辑关联，只呈现一种松散凌乱的堆集排列。比如卫慧的《愈夜愈美丽》描写的是一个都市女孩一天的生活。清晨6点，女孩在Morning Call中醒来，在床上给德国情人打电话，然后继续入睡。再醒来时已是中午，女孩把自己泡在浴缸里，在电子音乐的轰鸣中思考时代和人生的问题。下午，女孩走在美丽的淮海路上，在心中为这条充满浪漫情调的东方香榭丽舍而赞美不已。女孩来到拜倒在自己石榴裙下的另一位崇拜者Luke——一家德国投资顾问公司的主管——的写字楼下，在路人们艳羡的目光下与Luke一起来到一家仿30年代格调的咖啡馆，在那里，Luke正式向她求爱。随后是去溜冰、拍内衣广告（一阵突如其来的对自己美丽身体的骄傲让她放弃了这个想法）。黄昏时分，女孩逛超市买食物然后回家、就餐，在碟片的闪烁中昏睡过去。当她醒来时，电话铃及时地响起，把女孩拉到GROOVE的Party，纵饮狂舞。凌晨一点，女孩离开GROOVE回到家中。在镜子前，女孩轻解罗衫，为自己闪光的肌肤而着迷，电话铃响起，远在香港的Luke再次倾诉衷肠，女孩在他温情脉脉的声音里自慰，在高潮中飞翔。最后的镜头是：女孩站在镜子前最后看了自己一眼，暗自微笑，随手拉灭了那盏幽黄色的灯。这个故事没有一个连贯的情节，床上——浴缸里——淮海路上——Luke所在公司的写字楼下——咖啡馆——溜冰场——太阳雨影视广告制作公司——超市——家里——GROOVE的Party——家里，一个个场景、地点的转换将人物置于一种“永恒的现在”的情景之中，小说叙事呈现出明显的空间化趋势。还有卫慧的《上海宝贝》《床上的月亮》《像卫慧那样疯狂》《蝴蝶的尖叫》《我的禅》，棉棉的《糖》《啦啦啦》，周洁茹的《到常州去》等作品，都是在碎片化的场景描写中来表现主人公混乱而另类的

① ［美］丹尼尔·贝尔：《资本主义文化矛盾》，赵一凡等译，生活·读书·新知三联书店1989年版，第95页。

生活。

其次，在语言上，“70后”小说擅长于运用富有生命质感的语言来描写碎片化、瞬间性的感官体验。棉棉经常以不加剪裁、缺乏修饰的“毛坯状”语言来书写肉身的种种活动，她的小说大多以酒吧为背景，主人公大多是酒吧DJ或歌手，他们在各种各样的酒吧出入，高潮、同居、酗酒、失控、失眠、同性恋、hight……“我们经常在一起……他始终可以给我高潮。”“大麻的气味、TECHNO TECHNO，闪着荧光的发辫……”“酒喝到胃里是酸的，酒后失身比较自然。”“我的有空白感的黑皮靴，我的发炎的肚脐上的小银环，我的性爱的小玩意儿。”“闹情绪、懒得不想活、不负责任、失眠、记忆力衰退、闭经、虚弱。这是酗酒的生活。”“酒精和毒品让我们走入极端……我们成了两个危险分子，世界昏迷亲人暗自伤感……”在《香港情人》的首页有这样一段文字：你最近一次做爱在什么情况下发生的？什么时间？什么地点？什么人？男人？女人？新情人？旧情人？如何得手？如何脱身？有没有向对方说假话？对眼前的朋友说什么？有没有快感？有没有罪恶感？有没有罪恶快感？有没有交换名字？有没有虚报年龄？有没有假扮高潮？有没有心动？……这样的语言是“极为扎眼的”，它将大量叛逆、时髦而又充满情欲魅惑力的名词拼贴在一起，给人一种颓废的惊悚感。正如葛红兵所说，棉棉小说的语言在意象上有“一种流动、飞翔、迷乱、慵懒而又战栗的美感”①。卫慧的小说在叙述上也极富动感，她不断地写一些动态的事物：街景、闪现的记忆、破碎的光影、混乱的表情等，给人一种感官爆炸的晕眩感。正如陈晓明所说：“卫慧的叙事能抓住那些尖锐的环节，把少女内心的伤痛与最时髦的生活风尚相混合，把个人偏执的幻想与任意的抉择相连接，把狂热混乱的生活情调与厌世的颓废情怀相拼贴……卫慧的小说叙事在随心所欲的流畅中，透示出一种紧张而松散的病态美感。”② 总之，“70后”小说通过随心所欲的感觉化语言将酒吧、迪厅、咖啡室、居室等名词，性爱、狂歌、乱舞、酗酒、吸毒、争吵、自杀等动

① 葛红兵：《障碍与认同——当代中国文化问题》，学林出版社2000年版，第49页。

② 陈晓明：《表意的焦虑——历史祛魅与当代文学变革》，中央编译出版社2002年版，第377页。

词以及冷酷、绝望、痛苦、伤心等形容词拼贴在一起，表现出酒吧文化氛围中颓废、幽暗、疯狂的精神沉迷与肉体沉沦。

综上可见，“70后”小说呈现出一种物质主义的“泛审美”倾向。在这里，艺术与生活的界限消失了，日常生活被打上审美沉浸与欲望投射的光影；历史与未来消失了，处于“当下”的“肉身”被超负荷地运转透支，制造出一种震撼、冲击、同步的“零距离接触”效果；轻飘飘又千变万化、捉摸不定的情绪代替了深切的思考与关怀，正如卫慧在《我的生活美学》中所说，“我们无法回答时代深处那些重大的问题，但我愿意成为这群情绪化的年轻孩子的代言人，让小说与摇滚、黑唇膏、烈酒、飙车、credit card、淋病、fuck共同描绘欲望一代形而上的表情”，从而“以惊世骇俗的生活方式，在更大的程度上摆脱了政治性文本的影响”，呈现出“更轻盈的美学”。这种“轻盈的美学”使“70后”小说呈现出图像文化的典型症候，它强调：“后现代主义‘无深度’的消费文化的直接性、强烈感受性、超负荷感觉、无方向感、记号与影像的混乱或如漆似胶的融合、符码的混合及无链条的或漂浮着的能指”。[①] 可以说，“70后”写作就是詹姆逊所说的后现代的“精神分裂式写作”，它打碎了语言的能指与所指的符号链，通过物象的罗列和感官体验的铺陈拒绝深度意义，将时间定格在永恒的“当下”，那些弥散在她们作品中的感官碎片带给人“高度强烈的情感”“叫人身心麻醉的快感”“叫人疑幻疑真的激情”，总之，那是一种如吸毒般的幻觉和欣快症。[②]

斯捷潘·梅斯特罗维奇在他的《后情感社会》一书中指出，当代西方社会已进入“后情感社会”，在后情感社会，后情感主义成了人们生活的一条基本原则。“后情感主义是一种情感操纵，是指情感被自我和他者操纵成为柔和的、机械性的、大量生产的然而又是压抑性的快适伦理（ethic of Niceness）。”[③] “快适伦理”凸显出后情感社会的日常生活的伦理状况，它追求的不再是美、审美、本真、纯粹等情感

① ［英］迈克·费瑟斯通：《消费文化与后现代主义》，译林出版社2000年版，第34页。

② ［美］詹姆逊：《晚期资本主义的文化逻辑》，生活·读书·新知三联书店1997年版，第474页。

③ 王一川：《文学理论讲演录》，广西师范大学出版社2004年版，第198页。

主义时代的“伦理”，而是强调日常生活的快乐与舒适，即使是虚拟和包装的情感，只要快适就好。用这种“快适伦理”来解释“70后”小说也同样适用。“70后”作品中主人公的情感或欲望尽管被消费意识形态和商业逻辑所控制，但它依然奉行着快乐原则：“那一刻除了快乐就是快乐，所谓的幸福不也就是对痛苦烦恼的遗忘?”“趁我还年少时的激情，我愿意!”在对“性”的描述上，“70后”与倡导“私人写作”的女作家明显拉开了距离。魏微曾在《一个年龄的性意识》中以清醒的认识梳理了“70后”与上代小说之间的差异，她认为：“……林白、陈染等上辈女性小说，仍乐此不疲地写同性恋、手淫、自恋，带有强烈的女权主义倾向；她们是激情的一代，虽疲惫、绝望，仍在抗争。我们的文字不好，甚至也是心甘情愿地呆在那儿等死，不愿意尝试耍花招。先锋死了，我们不得不回过头来，老实地走路。她们是女孩子，有着少女不纯洁的心理。表现在性上，仍是激烈的，拼命的。我们反而是女人，死了，老了。”这种非时间线性的心理反差使她们放弃了以所谓抗争的方式去结构小说，而是以身体沉迷的姿态，快乐享受的目的，无知无畏也无谓的态度，消费小说中的“性”或一切可以也应该消费的东西，体现出典型的后情感社会的快适伦理倾向。阅读这样的小说，读者会不由自主地关闭起自己对冷峻的沉思和热切的体验的期待，而听凭急切颤动的视觉神经把自己牵引到舒适的快感情境中，将焦点凝定到碎片化的感官体验上，从而获得没有深度的即时快感或瞬间愉悦。

当然，从另一角度来说，“70后”创作也体现出挑战权威和规范的思想上的新锐和叙事上的新奇。英国文化理论家约翰·费斯克认为快感具有多义性。从“美学”意义上说，高雅崇高的快感反衬着低俗的享乐；从“政治性”意义上说，以反动的快感区别于革命的快感；从“话语方式”上说，创造意义的快感与接受陈腐定义的快感不同；从“心理学”意义上说，有精神的快感和身体的快感；从“规训”意义上说，有施加权力的快感和规避权力的快感。费斯克表示：“我也愿意承认快感的多义性，并能够采取相互抵触的形式；但我更愿意集中探讨那些抵抗着霸权式快感的大众式的快感，并就此来凸显在这二分法中通常被视为声名狼藉的那一项。”① “70后”创作正是以后现代的表层思维方式和微观化叙事策略对现代主义思维体系中强调本质、中心、整体、稳定性的深度思维模式构成了挑战与反驳，通过强调日常生活的快感体验以抵御虚假压抑的形而上理念世界，从而显示了它存在的意义。此外，通过“精神分裂式写作”，“70后”创造了一种断片式、感觉化、富有动感的新奇、独异的叙事方式和语言风格，这种叙事风格与视觉图像的平面美学水乳交融，显示出文学审美上的新症候。但另一方面，这种快感主义的审美取向又必须有一个限度，否则就因缺乏必要的反思与超越而割断了与历史的关联，跌入市场意识形态的陷阱之中，成为真正浅薄、媚俗的大众文本。

第三节　图像的仿真美学与文学的虚拟叙事

一　图像的仿真美学：类像与超真实

法国后现代主义思想家让·鲍德里亚（Jean Baudrillard）被誉为“后现代大祭师”和“后现代主义的巨头”，他宣称：由生产、工业资本主义以及符号的政治经济（学）所支配的现代性纪元已告结束，与此相对应，一种由类像和新的技术、文化和社会形式所构成的后现代性纪元业已降临。在鲍德里亚看来，后现代社会是一个通过电影、电视、广告、网络等大众媒介建立起来的图像社会，它的主要特点是仿真，即通过高科技制造的电子幻像（类像或仿象）营造一种超真实的审美幻境。严格地说类像社会只能看作是对后现代社会和文化的某个侧面的表达，而不是全面的理论分析，但是这个概念本身也综合了消费社会、信息社会、高科技社会、媒体社会等后现代情景，勾勒出一幅很典型的后现代社会景观。

为了更好地理解鲍德里亚的仿真理论，首先我们有必要了解一下“类像”这个概念。类像（simulation）又可译为：仿像、幻像、仿真、拟像等。鲍德里亚认为：

---

① ［英］约翰·费斯克：《理解大众文化》，王晓珏、宋伟杰译，中央编译出版社2001年版，第60页。

类像不再是对某个领域、某种指涉对象或某种实体的模拟。它无需原物或实体，而是通过模型来生产真实：一种超真实（hyper-reality）。

从今以后，那些通常被认为是完全真实的东西——政治的、社会的、历史的以及经济的——都将带上超真实主义（hyperrealism）的类像特征。(博德里拉《类像》)①

也就是说，类像是没有现实根据的、非真实的影像或幻觉，它是失去了原本的摹本。贝斯特和凯尔纳解释说："鲍德里亚将类像描述成用'虚构的'或模仿的事物代替'真实'的过程，也就是将电子或数字化的影像、符号或景观替代'真实生活'和在真实世界中的客体的过程。类象模型形成幻像，作为真实世界的替代它无所不在以至于因此无法分辨真实和幻像。幻像的世界对鲍德里亚来说恰如一个没有深度、来源或指涉物的后现代符号世界。"②

鲍德里亚曾用地图和地域的关系来比喻摹本与原本。原则上是先有地域再有地图，地图是对地域的摹写。相对应，先有现实才有对现实的摹写。但是现代影像技术已经创造了没有现实的摹本，影像被自身逻辑预先决定了，成为"没有地域的地图"。关于真实与虚拟，摹本与原型的关系的论述可以追溯到柏拉图时代。柏拉图指出了现实与理念之间的关系，现实中具体的事物都有一个模仿的终极原型。一种外在于经验的理念使现实的具体事物得以存在。尽管柏拉图的"模仿说"是一种唯心主义的观点，但他终究还是承认一个终极原型的存在。而鲍德里亚则认为，具体的形象不是由原型产生，而是由一个具有符号意义的模型生产出来的。鲍德里亚在《象征交换与死亡》中提出了"仿真的三个序列"说，他认为仿真的三个序列与价值规律的嬗变相对应，自文艺复兴以来，依次递进：

1. 仿造是从文艺复兴到工业革命的"古典"时期的主要方式。

① 转引自［美］凯尔纳、贝斯特《后现代理论——批判性的质疑》，中央编译出版社2001年版，第152页。

② ［美］贝斯特、科尔纳：《后现代转向》，南京大学出版社2002年版，第127页。

2. 生产是工业时代的主要方式。

3. 仿真是被代码主宰的目前历史阶段的主要方式。①

在仿造阶段，存在一个客观真实的外部世界，模仿的目的就是照原样复制客观现实。在这里，客观现实的先在性和决定作用是不容置疑的。在生产阶段，“生产”与马克思的政治经济学所建构的“生产”不同，它不是一个原创过程，而是一种借助机械成批地复制客体的特殊形式。生产出来的产品不再被看成是一个客观现实的复制品，而被看成由两个或者更多相同客体构成的系列中的等同成分，在这里，客观现实虽然存在但不受重视，只有众多复制品之间的对等关系。在仿真阶段，借助电子或数码技术，大量的符号、代码被虚拟出来，它们与客观现实没有任何关系，客观现实完全不存在了，符号的“能指”与“所指”完全分离，“能指”在漂浮中自由地游弋、嬉戏、繁殖和复制自身。在鲍德里亚的理论视野中，他关注的是第三个阶段的仿真，仿真所生产的就是类像——那些漂浮的能指。鲍德里亚的仿真理论意在表明：在后现代社会中，类像已经改变了它同真实（现实）的关系：是类像在构造现实，或者说类像就是现实，不再有超越于它的另一个真实世界。在现代社会中或许可以说，类像是根据现实复制的，但在后现代社会中，人们是根据类像在生产、构造现实。比如说，人们是根据万宝路香烟广告的牛仔形象在判断“真实的”男人；根据好莱坞的影星在判断“真实的”女人；根据电脑绘制的DNA模型在判断生命基本物质的“真正”构成。大众传媒不断地生产出大量的形象、符号和模型（即类像），人们根据这些类像生产出自己“真实的”生活。这也就是他所谓的“类像社会”。

诸多类像的产生构成新的社会秩序，其特点就是“超真实”（hyperreality）。超真实一词所指的是：真实与非真实之间的区分已变得日益模糊不清了。这个词的前缀“超”表明它比真实还要真实，是一种按照模型生产出来的真实。此时真实不再单纯是一些现成之物（如风景或海洋），而是人为地生产（或再生产）出来的“真实”（例如模拟环

① ［法］让·鲍德里亚：《象征交换与死亡》，见王逢振主编《2000年度新译西方文论选》，漓江出版社2000年版，第63页。

境)，它不是变得不真实或荒诞了，而是变得比真实更真实了，成了一种“幻境式的（自我）相似”中被精心雕琢过的真实。对鲍德里亚而言，真实被模仿到极度的“真实”就是一种超现实的真实，超真实是一种以模型取代了真实的状态。比如，迪士尼乐园中的美国模型要比社会世界中的真实美国更为真实，就好像是美国正在变得越来越像迪士尼乐园一样。在这个世界里，类像模型变得比实际的制度还要真实，不仅类像与真实之间的区别变得越来越困难了，而且，模拟出来的东西成了真实本身的判定准则。人们从前对“真实”的那种体验以及真实的基础均告消失。我们就这样被类像的幽灵所包围所塑造，在潜移默化中接受它的认知方式和价值判断。

在后现代图像时代，图像的仿真美学不仅在影视、广告、MTV等视觉艺术形式中有突出的表现，而且在文学创作中也越来越常见，这主要表现为文学从虚构走向了虚拟。虚拟与虚构是两个不同的概念。虚构以现实的社会生活为基础，是对社会生活的反映，作家虚构其作品的条件和依据是生活，人们理解作品的条件和依据也是生活，虚拟则意味着构建一个没有现实原本的超现实，它与任何现实无关。鲍德里亚在《拟像的进程》中指出：虚构基本依据再现现实的原则，再现是从符号与现实的对等原则出发的，相反，虚拟则是从这一对等原则的乌托邦出发，亦即始于对符号等同于价值的断然否定，始于作为任一指涉的颠倒和死刑的符号。图像的发展经过了四个阶段：

1. 它是某个深度真实的反映；
2. 它遮盖深度真实，并使其去本质化；
3. 它遮盖着某个深度真实的缺席；
4. 它与无论什么样的真实都毫无关联，它是自身的纯粹拟象。①

对文学而言，前三个阶段还是虚构，有生活基础或遵循生活的逻辑，而第四个阶段则走向了虚拟。在虚拟叙事中，作家不必拘泥于现

① ［法］让·鲍德里亚：《拟像的进程》，见吴琼编《视觉文化的奇观》，中国人民大学出版社2005年版，第85页。

实的限制，不必拘守于某种现实观念，甚至不必拘守于某种真实性的匡定，可以对故事、人物、情节、环境甚至历史自由虚拟。文学的虚拟叙事在20世纪90年代以来的小说创作中表现得非常明显，并渐渐成为一种时尚。一方面是对真实的实在、历史真实或者前文本的戏拟或戏仿。现实不再是作家模仿的对象，历史的真实与否无意于作品，前文本也失去了它的神圣性，历史、现实、前文本都碎裂成作品中的残片，成为作者任意拼贴、戏仿和颠覆的对象。比如：新历史小说、网络游戏小说、奇幻文学、大话、戏说等无厘头文学。另一方面，伴随着20世纪90年代的“怀旧”风潮，一些关于上海怀旧的作品迅速畅销。这类作品大都将视线投向20世纪三四十年代的老上海，通过讲述“金枝玉叶”们那“风花雪月”的“红颜遗事”构筑了一个个温馨、风雅、奢靡、浪漫的老上海神话，它与历史上“实存”的处于战乱和殖民统治下的上海形象相去甚远，与其说它是对老上海的缅怀与重温，毋宁说它是供怀旧的人们特别是正在崛起的中产阶级消费的一道文化餐点。

二 文学的虚拟叙事：以“上海怀旧”为例

20世纪90年代，伴随着都市化和全球化进程的高歌猛进，“一种潜在而深刻的身份认同危机在不同层面、不同程度上——生存或欲望，个人或民族，社群或地域，‘中国’或‘世界’——侵扰着当代中国人”[①]。“怀旧”便成为人们建立身份表述，获取文化认同的途径之一。怀旧风潮一经兴起，就成为流行的社会情绪和社会思潮。“从路边的老房子、老街道，到历经岁月磨去了原来光彩的旧式家具、祖传古董；从20世纪三四十年代的香烟牌子、电影招牌画，到二三十年前泛黄的老照片；从霉斑点点的绝版旧籍，到旧刊重印散发的淡淡墨香；从蓝天白云般清纯无瑕的童真拾趣，到不久前尚身在其中而如今却依然‘剪不断，理还乱’的昔日故事……”[②] 各种文体的怀旧文本成为90年代文坛的热点，“上海怀旧”便是这其中的一种。

---

① 戴锦华：《隐形书写——90年代中国文化研究》，江苏人民出版社1999年版，第125页。

② 王德胜：《流行“怀旧”》，《中国青年研究》1998年第2期。

上海的“怀旧热”最早的体现是文学领域中的“张爱玲热”，随后又扩展到对苏青等其他上海沦陷区作家的重新关注。90年代中期开始，上海的怀旧风潮逐渐蔓延、涵盖了城市生活的各个层面：从和平饭店的旋转门到淮海（霞飞）路上的法国梧桐；从张爱玲的旧公寓到茂名路上的1931’S咖啡馆；从张艺谋的《摇啊摇》到百乐门舞厅的重新开放；从网站上的“老上海风情专栏”到电台中再度响起周璇的《夜上海》……而文学领域里的“怀旧热”也如火如荼，蔚然成风。1994年，《上海文化》创刊，创刊号上题为《重建上海都市形象》等文章，将“怀旧”作为了“重塑”上海的最简洁的方式。此后，素素、陈丹燕、程乃珊等作家的怀旧散文、小说风靡一时。重量级的文学刊物《收获》在1999—2000年开设了“百年上海”专栏；《上海文学》也借助地缘优势同时开设了“城市地图”与“上海词典”两个追溯上海历史的专栏，其中绝大部分的内容集中于对三四十年代的老上海城市生活的追忆；2001年《上海文化》推出“想象上海”栏目。与作品密切相关的文学研究界也积极地为这一现象推波助澜：华裔学者李欧梵的《上海摩登——一种新都市文化在中国1930—1945》，从文化研究的角度重新梳理老上海的城市历史与文化；陈子善编辑的《夜上海》一书集合了新旧文人、中外文人对上海的书写，试图以此重绘三四十年代老上海的文化地图；出版于辽宁的文化刊物《万象》在1999年1月邀请到了黄仁宇、李欧梵、董乐山、鳗西等名家从各个角度进行“上海怀旧”……凡此种种，都力求塑造一个曾经似乎有过但又消失多年的旧上海身份。在这股来势汹汹的“文学上海”怀旧热中，我们不禁要问：为什么众多的作家都不约而同地把目光投向了三四十年代的上海而不是“新中国成立”后的上海或者“文化大革命”中的上海？这一选择有何意识形态目的？这种文学中的上海想象是对历史上实存的上海的一种复现还是虚拟？它于当今的上海重建意义何在？它能够通过触摸历史来抚慰当下进而推演未来吗？

（一）“上海怀旧”：从都市想象到都市仿像

王德威在《想象中国的方法》一书中说：小说之类的叙事文体，“往往是我们想象、叙述‘中国’的开端”，“小说不建构中国，小说虚构中国”。[①] 这一想法或许与本尼迪克特·安德森“想象的共同体”理论不谋而合。在《想象的共同体：民族主义的起源与散布》一书中，安德森指出：民族是一种想象的政治共同体，现代民族国家“认同感”的形成有赖于“想象的共同体”的催生，在一个有效的时空范围内，虽然人们未曾谋面，但某种共同体的“休戚与共”感却仍可以通过传播媒介——特别是想象性的如“小说”与“报纸”这样的“文艺”方式构建出来。[②] 哈贝马斯也曾认为，18 世纪英国民众讨论甚至参与政治、经济、思想和文化事务的公共领域得到空前的发展，而文学即是其中一个重要组成部分。而且这一时期被看作是早期现代英格兰文化的形成时期，其时，全社会正“忙于全面的构建——从民族国家……到文学市场和商品文化，到交通要道和现代主体”[③]。上述论述为文学中的上海想象提供了理论依据。因此，我们或许可以将 20 世纪 90 年代以来文学中的上海想象看作上海这座正在重建中的国际化大都市的“镜像”或“掠影”。

那么，20 世纪 90 年代以来，文学是如何想象上海的呢？在上海的都市题材中，作家们纷纷将目光与想象投回到三四十年代的上海：或追觅上海当年的繁华景象；或想象上海当年的精致生活；或在旧址旧物中构想上海当年的奢华场景；或在俗语旧词中品味上海当年的遗韵风情。素素的《前世今生》，程乃珊的《上海探戈》《上海 LADY》《上海女人》，陈丹燕的《上海的风花雪月》《上海的金枝玉叶》《上海的红颜遗事》《上海色拉》等成为有关上海怀旧想象的代表之作。素素在散文《前世今生》里对晚清妓女、上海女学生、女明星以及摩登太太们的时尚生活进行了活色生香的描绘，而作为“老上海后裔”的程乃珊显然对于旧上海的贵族生活情有独钟，她常常对上海的名门贵妇、洋场阔少等人的生活进行想象与描绘，旧上海的老克勒、交际花、金融家、卖笑女等身影常常跃动其笔底，老上海的咖啡馆、跑马厅、跳舞场、电影院等场景常常呈现其文中。虽然程乃珊偶尔也关注旧上海的保姆、鞋匠等

① 王德威：《想象中国的方法》，生活·读书·新知三联书店 2003 年版，第 1、2 页。

② 参见本尼迪克特·安德森《想象的共同体：民族主义的起源与散布》，上海人民出版社 2003 年版，第 5、26 页。

③ 转引自黄梅《十八世纪的英国女性小说家》，《中华读书报》2002 年 6 月 19 日。

下层人生，但在总体上她对于旧上海的想象洋溢着一种贵族色彩，这是对一种逝去了的旧上海的精致与典雅的想象与向往。陈丹燕从小就喜欢听老街坊讲有关上海过去的故事，她也以怀旧的视域想象过去上海的繁华与变迁。在《上海的风花雪月》里，她将旧上海奢华精致的生活细节一一寻出：30年代舞厅的爵士乐、街头的无轨电车、新出炉的法式面包、风情万种的各式旗袍、月份牌上细眉红唇的女子，她想象着赞美着这些已经消失或正在消失的风花雪月，在津津乐道中流露出或浓或淡的哀愁。在《上海的金枝玉叶》里，她以永安公司郭家小姐戴西为主角，描写这位家教出身甚好的美少女坎坷而曲折的人生，写她嫁给了风流倜傥的大学生后的多难生活，流露出对于郭家小姐不幸人生的哀婉与叹息。在《上海的红颜遗事》里，她以名演员上官云珠女儿姚姚的悲剧经历为题材，通过其坎坷苦痛的不幸命运，展现出黑暗年代的一段惨痛的历史。

对这批"上海怀旧"作品进行梳理归纳，我们发现，它们在场景、人物和叙事模式上有着惊人的相似。文本中的典型场景（地点）有：舞厅、夜总会，高档商店、百货店，西餐厅、跑马厅，官僚富商豪宅、名人故居。文本中的典型人物包括：官僚富商，名门闺秀、社交名媛，洋场阔少、老克勒（指精通英文与交际舞，懂得美食与追女人的旧上海的"绅士"）、ARROW先生（即拥有美国名牌ARROW衬衫及相应中产阶级生活的男士），文艺名人。文本中典型的叙事模式是：回忆上流社会昔日的奢靡生活及后来的没落、寻访昔日的名人故居或殖民地著名建筑、今日健在的老上海普罗大众对"好时光"的无限留恋和感慨。文学中的城市想象，一方面是对这个城市的地理或历史经验的映射，另一方面也与作家个人的身份、体验、情趣相关。应该说，不同作家笔下的城市会有不同的面影和轮廓，可是，这一批作家尽管身份不同、年龄不同、经历各异①，但却将笔触都指向了繁华上海具有传奇色彩的人物和故事，集中宣扬旧上海中产阶级精致优雅的生活和趣味，共同构建了

---

① 程乃珊1946年生于上海，有老上海家族背景，是地道的"老上海后裔"；陈丹燕1958年生于北京，8岁随父母迁居上海，属于"同志后代"；素素1972年生于上海，属于"新人类"，这些作家身份、年龄、经历大异其趣，对上海这座城市的观感应该会有所差异，但是在文本中却体现出惊人的一致。

一个“海上繁华梦”。这不禁令人疑惑：历史上三四十年代的上海是这样的吗？从一些文学作品和历史记载来看，有一点是很明显的：过去历史上真实存在的上海是一个多面体，无论政治、经济、文化、日常生活都是多面的。她既有茅盾在《子夜》里所描述的民族资本从崛起到边缘化的完整过程，也有“新感觉派”小说着力表现的现代都市的灯红酒绿、声光电色，还有“左翼”作家热衷颂扬的工潮、学运以及“鸳鸯蝴蝶派”调教出来的平庸却又鲜活的市民趣味，当然也少不了“孤岛”时期的张爱玲，她笔下的单身女人住在都市公寓里，享受着无聊的小资生活，咀嚼着无望的爱恨情仇。上述作家的作品都生动地表现了旧上海作为现代城市所具有的丰富性与异质性。学者王晓明也表示了自己的疑虑：“它是怀旧，却不会去怀两百年前那城墙弯窄的小县城的旧，也很少怀沦陷时期满街日本军警、路人动辄被搜身那样的旧，它的视线始终留恋在20和30年代，仿佛那之前和之后的事情都不曾发生。它是怀上海的旧，但它既不怀苏州河两岸工厂、仓库和棚户区的旧，也很少怀市南、市北那些弯弯曲曲的平房里弄中的贫民生活的旧，甚至也不大怀石库门里‘七十二家房客’式的拥挤生活的旧，它的目光只是对准了外滩、霞菲路（今淮海路）和静安寺路（今南京西路），对准了舞厅、咖啡馆和花园洋房。历史上的上海其实是一个多面体，即便是30年代罢，在琳琅满目的繁华旁边，也还有风雨飘摇的动荡，有逼仄破旧的贫穷；这城市的人们一面艳羡着发财和奢华，目睹灯红酒绿、夜夜笙歌，一面却也亲历着破产和逃难，担心闸北地区的炮轰移近家门。可是，在今日的怀旧风中，上海的历史被极大地简化了，而且是一面倒的简化：凡是悲苦的往事，能不提就不提，凡是豪华和繁荣的传奇，则一定着意渲染，详细铺陈。”①

由上可见，对上海的怀旧是经过刻意的过滤和层层筛选的。首先，将1949年到1992年之间的那段上海历史自觉不自觉地遗忘或者排除，而突出20世纪三四十年代的上海。正如陈丹燕在《时代咖啡馆》一文中所说的，“从美国定制来的黄铜大钟摆慢慢摆动，已经完全把从一九四九年到一九九二年之间的五十年轻轻略去。”（《上海的风花雪月》）

① 王晓明：《从“淮海路”到“梅家桥”》，《文学评论》2002年第3期。

其次，在三四十年代的上海故事里，将充满战争、血腥、动荡、贫穷的历史记忆排除，而突出老上海的繁华旧景。实际上，当时，太平洋战争的烈焰在燃烧，沦陷区无家可归的人们在哀号。再次，即使是“十里洋场”的上海，也并不仅仅只有今天的怀旧者所提供的那样一幅奢华、富裕、享乐的消费图景，也还有帝国主义殖民统治的铁血和压迫以及在那样的环境中所滋生的奴性和势利眼。经过这多重过滤，“上海怀旧”最后，提供给我们的就很难说是历史的镜像或掠影了，历史的“真实”已经从选择、过滤中被抽空、风干。由此，我们或许可以得出这样的结论：文本中的上海由想象走向了虚拟，从镜像变成了类像。它完全游离或无视历史经验而任意虚拟，从而为读者提供了一个精确的关于上海的公共想象，而不是个体性的对上海、对时代和世界的体验。这一公共的想象就是通过一组组失去了原本的摹本——类像来建构的。90 年代以来伴随着上海“怀旧热”的兴起，大量关于旧上海的画报、杂志、图文书、老照片、海报招贴画、电影、广告等大众媒介都参与了“上海类像”的建构和传播。比如：名门贵妇、洋场阔少、交际花、老克勒等人物类像，豪门旧宅、名人故居、夜总会、咖啡馆、跑马厅、西餐厅等场景类像，摩登时尚、奢靡浪漫、精致优雅等性状类像。这些上海类像就像深深扎入作家头脑中的一枚枚“钉子”，成为他们写作中无法逃避的一种“制度性想象”，“构筑着他们关于上海的想象性叙事”。[①] 正如前文所述，类像是失去原本的摹本，它与任何现实经验无关，而是一种虚拟的模型。通过这几组类像的拼接，我们看到的是一具光鲜而逼真的上海空壳。因此，我们就不难理解王安忆对“上海怀旧”现状的迷惑了。她从大批印刷精美的老上海的故事里，“看见的是时尚，不是上海”，“再回过头来”看现实，“又发现上海也不在这城市里”，“再要寻找上海，就只能到概念里去找了”。总之，“上海变得不那么肉感了，新型建筑材料为它筑起一个壳，隔离了感官。这层壳呢？又不那么贴，老觉得有些虚空”[②]。上海籍男作家孙甘露也认为，“那个上海（怀旧热中的上海）是不存在的”，“就我而言，上海在过去的一百年中，有四十年

① 郜元宝：《一种新的上海文学的产生——以〈慢船去中国〉为例》，《文艺争鸣》2004 年第 1 期。

② 王安忆：《寻找上海》，学林出版社 2001 年版，第 22 页。

是隐含着肉体错觉的，其余的六十年，则是一个镜像式的幻想体”①。

由上可见，关于上海的文学想象是一个根据不同的意识形态动机不断选择、过滤的过程，也是一个不断赋予其意义的过程。某一种意义的赋予（比如反殖民与独立的国家意义上的上海、从传统向现代过渡的现代化意义上的上海、时尚、繁华、富裕的消费主义意义上的上海）使得“文学上海”由实体多元的上海演变成单一的符号化的上海，这一符号化的上海就是一个关于上海的类像，它召唤着作家的创作热情，成为他们想象上海的凭借，这又反过来规约和塑造了我们关于上海的想象。

（二）纪实与虚拟：从历史重温到历史消费

上海类像虽然构成了对真实上海的遮蔽和遗忘，但是它并没有让读者感觉到子虚乌有，相反，它以活色生香、可触可感的形象赢得了不少怀旧之人的青睐和咏叹。这正是图像的仿真美学所营造的超真实效果。在“上海怀旧”作品中，这种超真实的效果是通过“纪实”的手法或“风格”来营造的。

在素素的《前世今生》中，她对晚清妓女、上海女学生、女明星以及摩登太太们时尚生活的“纪实”主要是“纸上得来”——来自某些老上海历史/逸闻掌故，如她自己所说的是“一个试销产品”，“书被催成墨未浓”②。到了陈丹燕的《上海的风花雪月》等作品中，这种纪实则衍化成了某种“现场”的“寻访”，作家用自己寻访的足印和现场的观感努力地营造出一种历史的“在场感”。恰如一些推介文字所言：“陈丹燕以一个探寻者和怀旧者的姿态徜徉于上海的百年历史中，寻访散落在街巷中的历史遗迹”，“在张爱玲、张学良、颜文梁等历史名人住过的老房子里，遥想他们的人生往事，慨叹于无尽的世事沧桑……”③ 陈丹燕自己也说：“这本书写得比较辛苦，从1993年开始，到1998年的春节后结束，总也有四年之久，为了这本书的写作，请教了多少人，采访了多少人……已不太能够一一回想起来。”④ 而作为

① 孙甘露：《我们的什么“旧”东西》，见《在天花板上跳舞》，文汇出版社1997年版，第161、131页。

② 素素：《前世今生·后记》，远东出版社1996年版。

③ 参见陈丹燕《上海的风花雪月》封底，作家出版社1998年版。

④ 陈丹燕：《上海的风花雪月·跋》，作家出版社1998年版。

“老上海后裔”的程乃珊，更是凭借着她的特殊身份和人际关系，在《上海探戈》等作品中信心十足地挖掘和“复活”着一个被历史的尘埃所掩埋的“如假包换”的“真上海”。作者在“前言”中这样交代：“为了令这本书更具魅力，我四下寻觅有关老上海的生活旧相片。历经‘文革’，我家的私人相片本几近毁灭，好在香港的亲友家尚存一些旧照片，另外，承蒙我的忘年交、美籍华裔二战退伍军人吉米钟慷慨借出许多他珍贵的具有历史价值的照片；前淞沪警备司令杨虎将军的儿媳余墨卿女士也借出她珍藏的‘文革’中劫后余生的照片……”[①] 王安忆则认为纪实是虚构得以实现的途径之一：“我在虚构的时候往往有一种奇妙的逆反心理，越是抽象的虚构，我越是要求有具体的景观作基础。”[②] 这一倾向在《长恨歌》中得到了有力的表现。抽象、虚构的上海弄堂由于王琦瑶“一生”的故事而变得可感可触了，王琦瑶的故事据说也是根据一则小报新闻虚构而成。王安忆关于纪实与虚构的创作理念想必在其他作家那里也是心照不宣的。因为，无论是“亲临现场”的采访，“前朝人物”老照片的佐证，还是“上海老克勒”身份的出示抑或存活于今的证人的“现身说法”，无非都是为了“历史感”的营造，以示其“真实”和“栩栩如生”。实际上，它也确实达到了作家们预期的效果，使人仿佛回到了风花雪月的老上海时光，重温那段繁华绮丽的旧梦。但是，正如前文中所论述的，这一历史“真相”是以部分历史的遗忘为代价的，它实际上是一种审美幻象，其本质是虚拟性的。正如陈惠芬所说，“对‘老上海’神话的迷恋已经相当程度上影响了人们对历史的观察和描述，同时阻隔了对未来真正丰富有力的想象。当注意力为‘神秘’和‘传奇’所吸引，历史的创痛就难以触及，历史与现实间真正富有张力的纠葛和对话也就难以展开。”[③] 再则，上海怀旧作品中某些文本的裂隙也在有意无意中暴露出所谓“历史真实”的虚拟本质。比如：80 岁了的永安公司郭家小姐摇着一头如雪的白发说：“那个时代早就结束了，不会再来了。”（《1931’S 咖啡馆》，见《上海的风花雪

① 程乃珊：《上海探戈 · 前言》，学林出版社 2002 年版。

② 王安忆：《纪实与虚构 · 跋》，人民文学出版社 1993 年版。

③ 陈惠芬：《想象上海的 N 种方法：20 世纪 90 年代“文学上海”与城市文化身份建构》，上海人民出版社 2006 年版，第 14 页。

月》）既然不会再来了，那又如何复现呢？即使复现了也终究是假的、虚的。而张爱玲公寓中守电梯的女人对前来寻访的“我”说：“老是有人来问张爱玲什么的，他们都找错了，那些台湾人什么的，还在错了的地方看，拍照片，像真的一样。我都没有告诉他们。”（《张爱玲的公寓》，见《上海的风花雪月》）台湾人找错了地方，却把它当真的一样拍照示人，那又怎么保证“我”所寻访的地方就一定是真的呢？怎么能保证守电梯的女人没有对“我”撒谎呢？也许是又一个“像真的一样”。而所有这些上海怀旧的作品几乎都采用了老照片作为佐证，谁敢保证这些照片就没有“造假”呢？

美国后现代文化理论家詹姆逊曾说：“无论基于何种特殊的原因，我们都注定要通过我们自己的流行形象和关于往昔的套话寻找过去的历史，而过去本身是永远不可企及的。”① 明知历史不可复现，上海怀旧的作品却通过纪实的方式营造了一个超真实的“历史在场”感，这里面有着怎样的写作动机呢？

首先，是源于一种身份认同的焦虑。上海的身份建构和认同在20世纪90年代显得迫切而紧要。因为，历史地来看，“上海从一个小渔村发展为一个现代都市至今不过百余年的历史，积累不足、‘底蕴’浮浅”，现实地来看，90年代初中期，上海“正处于一个‘空前绝后’的转型时期。‘空前’在于，长期的封闭造成了城市在物质和‘气质’上的匮乏，都市的经验和氛围几近于湮没；‘绝后’乃是，从‘大上海沉没’到重新进行结构性调整，虽然向‘国际化大都市’攀升的目标已定，……正在为之努力和付出代价的未来将是怎样的和能是怎样的？上海这张昔日的旧船票还能否赶上时代的新航班？都乃是未知的‘后事’”②。在这样的情况下，上海急需获得身份的认同，以重振雄风，跨入国际大都市的行列。这一身份认同的焦虑感使作家们不约而同地将眼光投向了三四十年代繁华的旧上海，这一时期的上海正是目前上海追赶的目标和效仿的榜样，后者希望在前者的引领下推进现代化进程的步

① ［美］弗雷德里克·詹姆逊：《文化转向》，胡亚敏等译，中国社会科学出版社2000年版，第10页。

② 陈惠芬：《想象上海的N种方法：20世纪90年代“文学上海”与城市文化身份建构》，上海人民出版社2006年版，第1—2页。

伐。于是，一股怀旧之情氤氲于纸上。在英语中，怀旧 nostalgia 一词，源于两个希腊词根 nostos 和 algia，nostos 是“回家”“返乡”的意思，algia 指的是“一种痛苦的状态”。17 世纪末，瑞士医生 J. 霍弗尔把这两个词根连接起来，首次使用了 nostalgia 一词，用来指称一种怀旧的心理疾病。西方对于怀旧的研究，经历了从病理学到心理学、社会学的转变过程。怀旧作为一个美学问题被讨论，是现代以来的事情，这主要是因为在现代背景下，怀旧的现象越来越普遍，并出现了一些新的特征。马尔科姆·蔡斯（Malconlm）和克里斯托弗·萧（Christopher Shaw）在《怀旧的不同层面》一文中认为：“构成怀旧的存在有三个先决条件：第一，怀旧只有在有线性的时间概念（即历史的概念）的文化环境中才能发生。现在被看成是某一过去的产物，是一个将要获得的将来。第二，怀旧要求某种现在是有缺憾的感觉。第三，怀旧要求有从过去遗留下来的人工制品的物质存在。”① 因此，怀旧是源于一种现实的匮乏和焦虑，是怀旧主体在历史遗留物的触发下，通过对历史进行追认、重建，对记忆进行遴选和改写，为现实的缺憾与失落提供的一种想象性的满足与精神抚慰，从而在历史中获得身份的认同。作家陈丹燕在描绘旧俄京城圣彼得堡时一语道出了怀旧与现实间的内在联系：“一个城市不被赞同的历史就用这样的方式存在于人的生活中，用自己凋败的凄美温润着他们的空想。于是在圣彼得堡，有了无边无际的忧郁，而在上海，有了无穷无尽的怀旧”。（《圣彼得堡与上海红色都市的浪漫》，见《上海的风花雪月》）对老上海的怀旧在理论上说是基于当下现实的，是为了未来上海的发展。但是一旦这种怀旧对历史的记忆窄化和美化以后，就会对现实的上海建设产生一种错觉和误导，从而遮蔽一切不利于未来发展的问题和缺陷，正是在这一意义上，人们越来越丧失了未来。因此，怀旧者缅怀历史，在制造出似假还真的海市蜃楼般的美丽景象的同时，与之相伴的是历史意识的消退和丧失。

其次，是源于消费主义的意识形态目的。基于身份认同焦虑的怀旧在消费主义的侵扰下迎合了正在崛起的中产阶级的消费趣味而成为一种消费时尚。上世纪 90 年代以来，作为一个新兴的阶层——中产阶级

① 转引自包亚明等《上海酒吧——空间、消费与想象》，江苏人民出版社 2001 年版，第 137 页。

（又被称为白领或小资）正在崛起。① 在“上海怀旧”的作品中，作家们只关注旧上海历史最浮华、奢靡的一面，正说明了这“物化的”“消费主义的”“充满中产阶级趣味的”的一切，是符合她们的“理想”的，是她们“上海怀旧”的真正的表达核心，因此，所谓的“老上海怀旧”，更多的是从当下的流行时尚、消费意识切入，对历史进行想象性的重构。正如有论者指出的，“老上海怀旧本身就是历史片面性的生动体现，因为这是一种意识形态的产物，是一部没有社会冲突的历史，一部浮华四溢的富人历史，一部绝对消费性的历史。”② 它对渴望物质的人提供奢华的诱惑力，对讲究格调的人奉献优雅的吸引力，对期待回到旧上海一游的人营造繁华的梦境，对希望“体验”这种现代城市文明的人构建想象的空间。怀旧作品动辄数万本的销量奇迹就充分证明了这一操作背后市场意识形态和消费意识形态的操控。因此，对海上繁华梦的重温实际上是借历史怀旧的幌子而消费历史，它于上海未来的建设没有任何意义。

再次，在文学的上海想象中，也有一些作家对物质主义和消费主义保持了高度的警惕。王安忆就是最好的例子。她是有意识地规避商业化和消费化的“上海怀旧”的。在《“文革”轶事》中，通过对青工赵志国对老上海怀旧的反讽指明了她对上海怀旧的态度：上海怀旧是虚无的。在后来的《长恨歌》中，她力图寻找的是“城市的街道，城市的气氛，城市的思想和精神”③。对于主流意识形态的疏离和消费主义的拒斥使《长恨歌》驻足于以“弄堂”为代表的“日常生活”的描摹与打捞，这使她有别于一般的上海怀旧读物，而显示出开阔的视野和平民的立场。同时，代表老上海的王琦瑶之死也似乎表明作家对“上海怀旧”的反讽性表达。王安忆自己也一再强调，《长恨歌》不是怀旧文本，而是一个现实的故事。④ 然而，造化弄人，写作意图和接受语境之

① 关于中产阶级作为一个阶层的崛起的论述可参见萧功秦《当今中国的白领阶层与知识分子》，《知识分子与观念人》，天津人民出版社 2002 年版，第 144—145 页。王晓明主编：《在新意识形态的笼罩下——90 年代的文化和文学分析》，江苏人民出版社 2000 年版。

② 包亚明、王宏图、朱生坚等：《上海酒吧——空间、消费与想像》，江苏人民出版社 2001 年版，第 70 页。

③ 齐红、林舟：《王安忆访谈》，《作家》1995 年第 10 期。

④ 王安忆、王雪瑛：《〈长恨歌〉，不是怀旧》，《新民晚报》2000 年 10 月 8 日。

间往往错综纠结。王安忆以批判上海怀旧为旨归的《长恨歌》却被当作了上海怀旧的经典文本，致使《长恨歌》反讽性地参与了怀旧景观的虚拟性再造。就连批评家王晓明也认为："在这个国家和资本力量犬牙交错，共同布下细密大网的时代，真正能够撕开一个口子、持久地游离在外的作家，又能有多少呢？就是王安忆罢，她的用力甚苦的长篇小说《长恨歌》里，不也有一些部分没能避免那怀旧的洇染，依然可以在一定程度上被人看作是那些老上海故事的巨型分册吗？"① 的确，王安忆努力把所谓的"弄堂"从大世界、大历史中独立出来，让它拥有独立的生存逻辑。当1946年上海的电影圈中孕育着革命的种子时，王琦瑶沉醉于自己的梦想之中；当抗日战争如火如荼时，王琦瑶参选"上海小姐"；当内战蜂起，王琦瑶独守爱丽丝公寓；"反右"斗争此起彼伏时，王琦瑶们却围着火炉有滋有味地过自己的生活；而"文化大革命"时期，就连一向"人在事外"的程先生都跳楼自杀了，有着复杂身世的王琦瑶却相安无事……这种完全疏离于火热现实和时代风云的"日常生活"不又在另一个维度上构成了一则老上海的传奇和神话吗？

最后，王安忆毕竟是清醒而有慧心的，在《长恨歌》之后，她将视线下移，以民间视角关注当下上海的弄堂、棚户区里的普通市民的琐屑、平凡、卑微而不无温馨、仁爱的生活。从《富萍》《上种红菱下种藕》到《桃之夭夭》，王安忆在不断地探索，也逐渐走出了"上海类象"的"幽灵"，创造了一个有别于繁华上海的更平淡、自然，然而也更本质、真实的上海形象。繁华落尽见真淳，王安忆的这一创作实践无疑是有价值的，正如张旭东所说："强调对于上海日常生活的具体性研究，有助于破除种种改写上海历史背后的神话统治，恢复人们对历史经验之丰富性和复杂性的感受与记忆。"②

---

① 王晓明：《从"淮海路"到"梅家桥"——从王安忆小说创作的转变谈起》，《文学评论》2002年第3期。

② 张旭东：《上海的意象：城市偶像批判与现代神话的消解》，《文学评论》2002年第5期。

第三章

图像与权力：文学场域“看”的解析

视觉文化的核心元素是“看”。贡布里希（E. H. Gombrich）认为，看就是“图式”的透射，一个艺术家决不会用“纯真之眼”去观察世界，否则他的眼睛不是被物象所刺伤，就是无法理解世界。① 伯格则指出：“我们观看事物的方式，受知识与信仰的影响。”② 可见，“看”并不是一种纯粹的生理行为，而是社会和文化建构的产物。我们能看到什么，或者说什么东西能被我们看见，这不仅取决于视觉能力，还取决于我们头脑中一套相对固定的价值和意义系统，正是依据这套系统，我们才选择“看”什么、以什么方式来“看”以及如何理解所“看”到的事物。因此，研究视觉文化就是研究与“看”的实践相关的种种问题。正如英国文化批评家霍普—格林赫尔（Hooper-Greenhill）所说：“视觉文化研究指向的是一种视觉性社会理论，它所关注的是这样一些问题，如是什么东西形成了可见的方面，是谁在看，如何看，认知与权力是如何相互关联的等。它所要考察的是作为外部形象或对象与内部思想过程之间的张力的产物的看的行为。”③ 既然“看的行为”是社会和文化建构的产物，那它又是如何建构起来的呢？在每一个社会和每一个时代，都会有一套与当时的政治、经济和文化状况相适应的支配性的观看方式，这种体系化、制度化的观看方式就是所谓的“视觉体制”（scopic regime）。“视觉体制”这一术语是法国电影评论家麦茨（Christian

---

① 范景中选编：《艺术与人文科学：贡布里希文选》，浙江摄影出版社 1989 年版，第 32 页。

② ［英］约翰·伯格：《观看之道》，戴行钺译，广西师范大学出版社 2005 年版，第 2 页。

③ 转引自吴琼《视觉性与视觉文化——视觉文化研究的谱系》，《文艺研究》2006 年第 1 期。

Metz）首先提出的，用来指某种表征形式的观看模式。马丁·杰（Martin Jay）在《现代性的视觉体制》一文中创造性地挪用了这个术语，把它重新定义为某个时代的特殊的视觉模式，即：一套以视觉性为标准的认知制度、价值秩序，一套用以建构从主体认知到社会控制的一系列文化规制的运作准则。马丁进而指出，在一个时代并非只存在着一套视觉体制，而是各种视觉体制之间的相互竞争与纠结。[①] 用福柯的话语/权力理论来观照，一套视觉体制实际上就是一种话语范型，也就是一种权力的表征。因此，视觉体制之间的关系也就表现为不同权力之间的斗争与纠葛。荷兰著名的文化理论家米克·巴尔（Mieke Bal）指出：不仅“看”的行为有视觉性的渗透，而且“听”“读”等其他基于感官的活动也有视觉性的介入，因此，“不能把文学、声音和音乐排除在视觉文化的对象之外”[②]。巴尔的这一观点对本书的研究极具启发意义。正是基于此，本章在前两章图像文本与文本图像的基础上进一步深化，将对视觉性/视觉体制的分析引入文学文本，考察文本图像化过程中各种“看”的行为，揭示这一看的行为在结构文本叙事的瞬间所生发出来的隐秘机制以及图像（化）文本背后各种权力意识形态的纠结、缠绕与共谋。

本章对图像文本的视觉性考察将以布迪厄的场域理论为前提和基础。在布迪厄看来，“一个场域可以被定义为在各种位置之间存在的客观关系的一个网络或一个构型。正是在这些位置的存在和它们强加于占据特定位置的行动者或机构之上的特定性因素之中，这些位置得到了客观的界定，其根据是这些位置在不同类型的权力（或资本）——占有这些权力就意味着把持了在这一场域中利害攸关的专门利润的得益权——的分配结构中实际的和潜在的处境，以及它们与其他位置之间的客观关系（支配关系、屈从关系、结构上的对应关系，等等）。”[③] 也就是说，场域是一个由众多次场所构成的关系网络，每个次场都有自己运作的支配性逻辑，这种支配性逻辑在各个次场之间是不可通约的。但是，作为

① 参见倪伟《视觉文化、现代性与中国经验》，《学术月刊》2007年第5期。

② 转引自吴琼《视觉性与视觉文化——视觉文化研究的谱系》，《文艺研究》2006年第1期。

③ ［法］布迪厄、［美］华康德：《实践与反思：反思社会学导引》，李猛、李康译，中央编译出版社1998年版，第133—134页。

各种力量活动的场所，场域同时也是一个“争夺的空间”，它是各种位置的占有者（行动者）们争夺权力与资本的场所。文学场域也是一个复杂的网络结构，其中作家、评论家、文学代理人等和报纸杂志、出版社与文学界等都是文学场域中的主要行动者。文学场域中的各种行动者的活动目标就在于争取与累积更多的文化资本，从而维持和发展其在场域中的占位。① 将图像文本的视觉性分析置于文学场域之中主要基于以下几方面的考虑：第一，文学场域是个结构性网络，将图像文本置于文学场域之中，不仅可以研究作为生产者的作家，而且也不会忽略那些赋予文学场域合法性的人，诸如作为阅读者的大众、出版商、批评家、报纸、政府文化部门等。同时，还可以将文学作品、文学家、文学的生产消费与传播等在文学场域中所占的位置都看作是结构的、相互影响与相互产生的。其次，文学场并非完全自主，它受到来自政治、经济等权力场的支配，因此，将图像文本置于文学场域之中，既可以考察文学场域内的自我调节和运作法则，又能凸显文学场与政治、经济等权力场之间的互动。

在对文学场域中的“看”进行具体论述之前，有必要明确以下几个问题：

第一，看什么？这涉及研究对象的问题。视觉文化将日常的视觉经验作为研究对象。世纪之交，各种文学现象、文学命名活动异常活跃，其原因也是多方面的。本章对文学场域中视觉体制（权力）的解析不可能穷尽所有的因素，因此，我们将根据世纪之交十分活跃的文学现象（这些文学现象越是活跃，引起的争论越多，聚焦于它的“视线”就越复杂，权力的纠结就越厉害），如“身体写作”“小资写作”“美女文学”等，提取出几种主要的视觉体制进行分析。分别是：性别视觉体制、消费视觉体制、市场（商业）视觉体制。虽然这些视觉体制之间是相互影响、相互贯通的，但是每一时代又有一种主导视觉体制。对当下的消费文化语境来说，这种主导视觉体制就是市场（商业）视觉体制（一切以获取经济资本为最终目的）。在这些视觉体制之间，大众媒介起着润滑剂和粘连剂的

① ［法］布迪厄、［美］华康德：《实践与反思：反思社会学导引》，李猛、李康译，中央编译出版社 1998 年版，第 139—142 页。

作用，媒介的参与使各种视觉体制的意识形态目的得以成功渗透和最终实现。

第二，怎么看？这涉及研究的立场和方法。在视觉文化领域，总是充斥着各种话语和权力的斗争，而这种斗争的局势则能在很大程度上左右人们的日常视觉经验。因此，对日常生活中的视觉事件和图像进行分析，需要坚持批判的立场，同时还要积极探索一些能够抵抗意识形态浸染的“看”的方式。具体到文学，就是要揭示这些流行文学现象背后所隐藏的意识形态目的。因此，对于文学现象就不应只局限于文本性解读，而应该把政治、经济、历史、文化、媒介等分析结合起来，这样才能从文学现象中读出更多的社会历史内容，对意识形态的批判也才能上升为一种文化批判和历史批判。

第三，谁在看？这涉及视觉主体的问题。实际上，每一种视觉体制都会设定一个与之相适应的主体。视觉体制不仅设定了其理想的观看主体，并且还在询唤主体，让人们来自觉地认同这个主体。而对于同一观看对象，在不同的观看主体眼里，其意义也是不一样的。这些都留待下文具体分析。

第一节 性别权力：凝视的快感

一 凝视的快感：女性形象的“看”与“被看”

凝视，按字面义理解即观看，指视觉交流。拉康将“凝视”看作一种双向互涉的行为，在他看来，“‘凝视’不只是主体对物或他者的看，而且也是作为欲望对象的他者对主体的注视，是主体的看与他者的注视的一种相互作用，是主体在‘异形’之他者凝视中的一种定位，因此，凝视……是看与被看的辩证交织”①。在“凝视”这一行为中，主体观看他者就意味着主体同时也在被他者所观看，主体与他者在互相对视中确证彼此的存在和身份。

虽然凝视是一种双向互涉的“看”，但是，在一定情境下，当观看主体优于观看客体时，凝视就不再是简单的“在看”，而带有了优势文

① 吴琼：《视觉性与视觉文化——视觉文化研究的谱系》，《文艺研究》2006年第1期。

化的掌控心态，具有探查、控制的意味。这一点在女性形象再现中表现得尤为突出，基于男性文化的优势地位，男女双方的互看被转化成男性对女性单向的观看。美国电影理论家劳拉·穆尔维（Laura Mulvey）在《视觉快感与叙事电影》一文中，从精神分析的女性主义角度，深入剖析了好莱坞主流电影中看与被看的关系，从而得出了一个重要结论：女性作为男性观众欲望的对象，在一种不平等关系中被置于被动的被人看和被展示的位置上，而男性则是主动的看的载体。① 英国艺术史家兼画家约翰·伯格则在《观看之道》一书中针对广告中的女性形象提出了“被看的女人”这一观点：“男性观察女性，女性注意自己被别人观察。这不仅决定了大多数的男女关系，还决定了女性自己的内在关系，女性自身的观察者是男性，而被观察者是女性。因此，她把自己变作对象——而且是一个极特殊的视觉对象：景观。”② 因此，“被看”是女人的命运，“看”的动作归于男人。这种基于性别权力的视觉霸权不仅在影视、摄影、广告等视觉媒介中广泛存在，而且在文学中也比比皆是。《作家杂志》在2001年第1期的“城市读本”栏目曾刊登了一篇题为《杭州美女地图》的文章，作者孙昌建将西湖周边各类女性逐一品味，勾勒出一幅杭州美女地图，并写下邂逅美女的若干游戏规则，一幅“杭州美女地图”俨然就是一幅“城市猎艳图”。该文一经登出就引起了强烈的反应，并引发了关于“美女地图”的性别论争。③ 无独有偶，在网

① 参见［美］劳拉·穆尔维《视觉快感与叙事电影》，见吴琼编《凝视的快感：电影文本的精神分析》，中国人民大学出版社2005年版。

② ［英］约翰·伯格：《观看之道》，戴行钺译，广西师范大学出版社2005年版，第47页。

③ 在孙昌建的《杭州美女地图》发表后不久，广州中山大学艾晓明教授组织中文系研究生，以美国女性创造的多媒体艺术创作“真实的女人”为参照，与“杭州美女地图”加以比较，并以《你的凝视击伤了我的脸》为主题发表了一组争论文章，刊登在《作家杂志》2001年第8期上。艾晓明说：“历朝历代，已不知有多少文人在‘美女’话题上引领风骚……我聚焦的问题是：什么叫美女？谁在定义美女？为什么男性总是把女性置于被看的地位？为什么女性被描述为风景的装饰、或者危险的、欲望的对象？有没有关于女性美的不同定义？”“我之所以要挑起这场争鸣，原因还在于，在中国，不止一家媒体，在别的问题上充满现代精神，唯独在对待女性的态度上不能免俗。”（艾晓明：《你的凝视击伤了我的脸》，《作家杂志》2001年第8期。）评论家李敬泽也支持艾晓明的观点，对于《杭州美女地图》的挨批，他说：“我只能说‘活该’。狎弄、轻薄、自命风流的‘才子气’是中国文人最令人齿冷的传统，这既涉及到男性权力，也暴露着书生们可笑的‘性自大’，所以诸如此类的‘图’还是藏着为好。”李敬泽还看到了问题严重的一面，他说“纸上文章只是冰山一角，在每日每时的电（转下页）

上一篇广为转贴的文章中，我们也同样感受到这种对于“男性观看女性的权力”不可论证的逻辑：在这篇题为《春天，女人身体的被看性》的文章中，作者这样写道：“女人的身体有极强的被看性，因为这是上帝在造物的时候对女人的恩赐，也是女人作为人类的杰作，最让人感到不可思议的美丽。也许就是这样的一个原因让男人们和男性的话语社会，对女人的被看成为一种自然的事情。”“女人身体的被看性，是男人对于女色的一种最基本的养眼方式，因为女人身体的被看性不是哪个男人决定的，而是女人在成为成熟的女人之时，就已经具备了被看的资本，因而人们说，女人的资本，就是女人的身体，这话一点也没有错。”① 该文以诗化、抒情化的语言传达了对“被看的女人”观念的最好例证。

面对上述情景，我们不禁要问：男性将女性置于“被看”的地位其心理依据是什么？换句话说，男性从凝视女性的行为中获得了哪些快感？

男性对女性的凝视首先是一种欲望的投射。既然看总是对要看之物的注视，那么，从精神分析的角度来说，看必然包含着种种潜在的欲望。依据弗洛伊德的理论，人格是一个充满内在冲突的结构，本我与超我的矛盾通过自我的调节得以缓和，因此，力比多的冲动借助“想象的替代物”而获得满足，这样就不至于和现有的社会道德、伦理规范产生冲突。② 观影就是这样一种满足男性潜在欲望的途径。穆尔维在《视觉快感与叙事电影》中就指出电影中女性在男性目光的凝视下被色情化了：

> 在一个由性别的不平衡所安排的世界中，看的快感分裂为主动的/男性和被动的/女性。起决定作用的男人的眼光把他的幻想投射

(接上页) 视广告里，女性形象就径直等同于物的形象。《杭州美女地图》其实是说了真话：我们的消费社会就是建立在‘看’与‘被看’的关系之上。女士们的战斗正未有穷期。”（李敬泽：《从卡尔曼到声嘶力竭》，《南方周末报》2001年8月31日。）

① 《春天，女人身体的被看性》，http：//yesee. qianlong. com/4010/2003 - 5 - 10/229@831810. htm.

② 参见［奥地利］弗洛伊德《创作家与白日梦》，见伍蠡甫主编《现代西方文论选》，上海译文出版社1983年版。

到照此风格化的女人形体上。女人在她们那传统的裸露癖角色中同时被看和被展示，她们的外貌因编码而具有强烈的视觉和色情感染力，从而能够把她们说成是具有被看性的内涵。作为性对象被展示出来的女人是色情奇观的主导动机：从封面女郎到脱衣舞女郎，从齐格飞歌舞团女郎到博斯贝·伯克莱歌舞剧的女郎，她承受视线，她迎合并指称男性的欲望。①

在电影中，常见的方法是观众通过和影片中的男性角色的认同，而实现对电影剧情和场面的符合欲望的安排。“当观众与男主人认同时，观众就把自己的视线投射到他的同类身上，他的银幕替代者，从而使男主人公控制事态的威力和色情的观看的主动性威力结合，两者都提供了全能的满足感。”② 这种满足感“是来自通过视觉使另外一个人成为性刺激的对象所获得的快感”③。而为了最大限度地满足这种视觉快感，当代电影不惜中断叙事或故事，将被男性眼光所追逐的女性呈现出来，将特写镜头定格在女性的脸、唇、胸、腿、臀等性感部位，从而导致了叙事与景观的分离。总之，在男性的凝视下，女性美的其他成分，如气质风韵的美、道德精神的美、理性智慧的美都被过滤掉了，只突出外表的美艳、身体的性感、眉目间的色情成分等，这种经过欲望之眼投射的女性形象实际上是一个“性”的符号，它是男性欲望满足的替代物。

其次，男性对女性的凝视又是一种权力的投射。凝视（gaze）这一概念实际上描述了一种与眼睛和视觉有关的权力形式，所以法国哲学家福柯有一个形象的术语——“权力的眼睛”。福柯认为，人类文明史充满了压制和暴力，眼睛作为最有效的权力器官施行着种种权力的机能。在《规训与惩罚》一书中，他以英国哲学家边沁（Bentham）所设计的“全景敞视监狱”作为现代社会建制的隐喻，来说明现代社会是如何运用无所不在的凝视机制实施对身体和心灵的规训的。全景敞视监狱以监

① ［美］劳拉·穆尔维：《视觉快感与叙事电影》，见吴琼编《凝视的快感：电影文本的精神分析》，中国人民大学出版社 2005 年版，第 8 页。

② 同上书，第 9—10 页。

③ 同上书，第 7 页。

视塔为中心，周围环绕着单人牢房。福柯指出：“全景敞视建筑是一种分解观看、被观看二元统一体的机制。在环形边缘，人彻底被观看，但不能观看；在中心瞭望塔，人能观看一切，但不会被观看到。”① 福柯认为它是一种重要的权力规训机制。凝视不仅是一种居高临下的权力掌控，它还是一部生产机器，通过将观看者的主观意志内化为对自我行为的控制和约束，被观看者成为听话、驯服的“身体”被生产出来。当男性观看女性的时候，女性被客体化、物化了，她成为一个依附于男性的附属物。如：孙昌建将杭州美女比作“龙井茶叶”“东坡肉”“叫化鸡”“很嫩”的“小白菜”。杭州美女对于杭州男人来说就是一张“活名片”，有幸将这张“名片”带在身上就彰显出男人的尊严和荣耀，男性正是在物化女性的过程中表现出驾驭女性的自信和从容从而确证了自身的存在价值。此外，男性对女性的凝视还隐喻着男性心目中理想的女性形象，从而使女性根据男性的审美标准来规训和改造自己的身体。正如福柯所说，“权力关系直接控制它，干预它，给它打上标记，训练它，折磨它，强迫它完成某些任务、表现某些仪式和发出某些符号……”“其目的不是增加人体的技能，也不是强化对人体的征服，而是要建立一种关系，要通过这种机制本身来使人体在变得更有用时也变得更顺从，或是因更顺从而变得更有用”。② 由于男性的不断凝视，女性对自己的身体越来越感到不满，总是处于身体焦虑之中，于是，我们看到丰胸、美臀、瘦身、美发等女性美容产业风生水起，一个个人造美女在迎合男性凝视的目光中闪亮登场。至此，男性关于女性美歪曲了的标准被女性内化了，成为她们的“圣经”，而女性也就在化蛹成蝶、完成美丽蜕变的同时成了一具具没有灵魂的躯壳，这一“规训的身体”正是男性权力的表征和结果。

二　“身体写作”：女性被看的宿命与男权文化的胜利

无论是欲望的投射还是权力的投射，女性都不再是“她自己”，而成为一个物化的“他者”。当报纸、影视、铺天盖地的广告以潜在的男

① ［法］米歇尔·福柯：《规训与惩罚》，刘北成、杨远婴译，生活·读书·新知三联书店1999年版，第226页。

② 同上书，第156页。

性观看方式将女性作为物的形象不断灌输给大众的时候，我们越来越面临着一个严峻的问题：女性该如何发出自己的声音？作为西方女性主义理论的“身体写作”似乎提供给我们某些启示。“身体写作”又译为“躯体写作”，它是西方女性主义反抗男权文化的一种文学（化）表达策略。法国女性主义批评家埃莱娜·西苏说：“我从未敢在小说中创造一个真正的男性形象，为什么？因为我以躯体写作。”[①] 在女性主义批评家看来，女性的身体感觉，以及女性被压抑的潜意识冲动的释放本身就是对菲勒斯（男权）象征秩序的反抗。因此，女性要发出自己的声音，就必须用“身体写作”。即：一方面要夺回自己的身体，“通过身体将自己的想法物质化”，“用自己的肉体表达自己的思想”；另一方面要冲破菲勒斯禁忌，大胆表现自己的欲望——“关于她们的性特征，即它无尽的和变动着的错综复杂性，关于她们的性爱，她们身体中某一微小又巨大区域的突然骚动”。[②] 正是在西方女性主义理论直接或间接的启示下，世纪之交的中国文学界，一群女作家用“以血为墨”的方式尝试“身体写作”[③]，试图逃脱男性目光的“凝视”，从而“找回我自己”，于是涌现出了一批以“身体写作”为特色的新女性小说，如林白的《一个人的战争》《回廊之椅》、陈染的《私人生活》《与往事干杯》、海男的《我的情人们》、徐小斌的《迷幻花园》《双鱼星座》等。这一股女性主义写作热潮似乎表明女性这一长期被压抑的群体终于“浮出历史地表”，但是在一个各种权力、视线互相交织、纠结的文学场域，这样一种自觉的女性主义写作姿态真能使她们摆脱“被看”的命运、冲出男权文化的藩篱吗？下文我们就通过追踪和辨析这些作品从生产到

---

① ［法］埃莱娜·西苏：《从潜意识场景到历史场景》，《当代女性主义文学批评》，北京大学出版社 1992 年版，第 232 页。

② 同上书，第 189—201 页。

③ 在谈论世纪之交中国文学中的“身体写作”时，有许多研究者将林白、陈染、海男等女性作家与卫慧、棉棉等“美女作家”放在一起谈论。虽然她们都热衷对女性身体、性经验的描写，但其写作动机、写作视角是不一样的。前者是以女性眼光观照身体，是对以男性为主导的市场的有意疏离；而后者则是以男性的视角在观照身体，是对男性眼光宰制下的市场逻辑的有意迎合。将二者放在一起就削弱甚至消解了“身体写作”本来的女性意识和颠覆意义。因此，本书将卫慧、棉棉等女作家排除在“身体写作”之外，而更倾向于将她们称作“美女作家”，这将在本章第三节市场权力中详细论述。不过，必要的时候，还是会以她们作为参照来谈论“身体写作”。

传播过程所遭遇的“目光”来试图回答这个问题。

（一）反凝视：“身体写作”对男性视线的逃离

在新女性小说中，女作家们以女性的视角和眼光来讲述女性自己的成长故事和身体经验，通过“身体写作”创造了一个女性自我观看和认同的空间，以此反抗和逃离男性视线的凝视和掌控。

首先，以女性视角漠视或消除男性的“在场”。女性的世界只有女人之间的目光交流，女人从彼此的视线中确认自己的存在，男性一般被置于“空缺”的位置，即或在场，也是一个虚化的形象。如：在林白的《回廊之椅》中，章梦达、章希达、陈农三个男人在朱凉、七叶两个女人的世界里几乎是不存在的或者不起作用的，她们主仆二人在相依相守、心心相印中享受着来自女性世界的温馨和宁静，自觉地将男性充满了革命、暴动、阴谋、杀戮的世界拒之门外。《瓶中之水》则讲述了两个女人由相互吸引到关系破裂的过程。二帕和意萍两个女人之间的关系暧昧而幽深，但最终当彼此从对方身上发现男人的成分（意萍不满于二帕像男人一样的工作狂，二帕不满于意萍像男人一样的支配欲）就导致了两人关系的破裂。这个故事告诉我们：一旦女性身上有男性特质出现，纯粹的女性世界就不复存在，这实际上从相反的角度说明男性永远无法侵入女性的世界。在陈染的小说中，对男人的情感比较复杂，“父亲”般的男性形象既是女主人公爱恋的对象，又是憎恨的对象，爱恋他是出于对女性完整世界以及“健康女人”的渴望，憎恨他则是出于对他所代表的男权的专制和暴力的反抗，但最终，憎恨的情感压倒了爱恋的情感而产生了弑父的冲动。《私人生活》中“我”对威严、专横的父亲既恐惧又憎恨，终于忍不住内心的冲动，用剪刀剪掉了父亲的毛料裤子，在想象中完成了弑父的壮举；《巫女与她的梦中之门》中“我”主动将自己的身体给了那个“有着我父亲一般年龄的男子”，然后利用他自己的欲望和羞耻心杀死了他。徐小斌的《双鱼星座》中，卜零在梦中以三种不同的方式不动声色地杀死了代表男权社会的三个男人——权力、金钱和性。虚化男性就是漠视男性的在场，杀死男性则是消除男性的在场，无论是前者还是后者，其最终目的都是对独立、纯粹的女性空间的守护和维系。

其次，以审美的身体消解男性的色欲幻想。在女性目光凝视下的女性身体是一具“去尽了男性欲望”（林白语）的审美化的身体，它以其高贵、神圣阻断了任何关于女性身体的色欲化想象。法国社会学家让—克鲁德·考夫曼将女人的身体分成三种：第一种是一般的身体，每个人都拥有的躯体，就像在一些非洲部落，女性都是裸露上身，因此，在其他文化中不道德的行为在这里也变得见怪不怪，习以为常了；第二种身体是色情的身体，在观者的眼光中包含着性的成分；第三种身体是审美的身体，在这样的身体面前，只有艺术、审美，色欲的成分自动消退。① 如果说男性凝视下的女性身体更多包含性的成分，让人不自觉地产生窥淫心理的话，那么，在新女性小说中，以女性眼光来凝视的女性身体就是一种审美的身体，它剔除了欲望、色情而显出高贵、纯净和不可侵犯的一面。比如：

> 她那美丽的裸体在太阳落山光线变化最丰富的时刻呈现在七叶的面前，落日的暗红颜色停留在她湿淋淋而闪光的裸体上，像上了一层绝妙油彩，四周暗淡无色，只有她的肩膀和乳房在蒸汽中，令人想到这暗红色的落日余晖经过漫长的夏日就是为了等待这一时刻，它顺应了某种魔力，将它全部的光辉照亮了这个人，它用尽了沉落之前的最后力量，将它最最丰富最最微妙的光统统洒落在她的身上。

这是《回廊之椅》中七叶眼中所呈现的朱凉在落日余晖下的裸浴图，朱凉的身体就像一幅美丽的油画，在落日余晖的映照下似真似幻。这样的身体还有多米眼中姚琼的身体（林白《一个人的战争》）、倪拗拗眼中禾寡妇的身体（陈染《私人生活》）等，这些美丽的身体散发出一种宁静、高贵、神秘的气韵，它像一道天然的屏障，将色欲的目光和非分之念统统抵挡在屏障之外，使得女性的身体神圣不可侵犯，并让人产生一种心灵净化的奇异力量。

除了观看她人的身体，女性还通过镜子来观看自己的身体，于是，产生了女性自我的镜像，它“最突出的特点是绝对地排除了男性的观

---

① ［法］让—克鲁德·考夫曼：《女人的身体，男人的眼光》，谢强译，社会科学文献出版社2001年版，第199页。

照——不论是用男性的眼光来观照还是为了男性而观照……在镜像中呈现出女性为自己而存在的心灵和肉体的本真，因而它也把一切男性的投影和视线阻挡在外，让女性沉浸在其中，细细观照和体认。”女性在镜子前裸露自己、抚摸自己、体认自己的过程，虽然不排除性的意味，但它不是男权社会男人判断女人的美的“性感”，而是女性确认自我存在的一种方式。“性的快感是使自己成为自己的对象，而不是成为他人的对象；是使自己为自己而存在，而不是为他人而存在；是使自己的身体成为自身的确证，而不是成为他人的确证。……自恋所表现出的自己对自己身体的亲和关系，也许正是女性从男性那里夺回自己的身体的表现。”① 女性主义的代表作家徐坤也曾说，女人对自我之镜像的迷恋和欣赏是“力图通过女人自己的目光，自己认识自己的躯体，正视并以新奇的目光重新发现和鉴赏自己的身体，重新发现和找回女性丢失和被湮灭的自我”②。在这里，女人通过镜像真正“找回了她自己”，她不再是男人权力烛照下的物化的他者。

再次，以幽闭的空间割断男性的窥视视线。女性的故事大多发生在幽闭的私人空间中，以此来避开男性的窥视。比如：林白的《回廊之椅》中朱凉和七叶的故事发生在暗门道道、回廊重重的红楼房间，将对朱凉的美丽心怀觊觎的男人们的目光有效地阻隔开来；陈染的《与往事干杯》中，“我”生活在“弥漫着苦痛的浓绿色的尼姑庵”里，这是远离“父亲”的地方，也是掩藏着少女隐秘的地方；陈染小说中的戴二小姐们则大多生活在窗帘低垂、房门紧闭、光线幽暗、走廊幽长的“寡妇屋”里，以此逃离男人们眼睛的窥望和以男性为主导的外界社会的侵扰。还有浴缸、更衣室等也是女人们欣赏、抚摸自己身体的最安全、最隐秘的地方。

通过上述写作策略，女性确实为自己创造了一个让男性凝视无法抵达或洞穿的纯粹女性空间，但是，这一纯粹女性空间的获得是以女性永久地待在“一间自己的屋子”里为前提的。也就是说，这些女主人公们只有隐蔽在自己的私人空间中，女作家的作品只有自己写给自己看，

---

① 王又平：《新时期文学转型中的小说创作潮流》，华中师范大学出版社 2001 年版，第 475—476、487 页。

② 徐坤：《双调夜行船——90 年代的女性写作》，山西教育出版社 1999 年版，第 17 页。

才可以避免被窥视。而如果这样的话，那女性就注定永远发不出自己的声音（因为这声音只能被自己听到）。女性的声音要想传达出来，可行的方式就是让这些作品走出女性的私人空间，进入公共的流通领域。而一旦“身体写作”曝光于竞争激烈的权力场，等待它的又将是怎样的命运呢?

（二）再凝视：“男权文化”对女性意识的篡改

“身体”是一个充满矛盾、竞争的领地，各种意识形态对它的争夺、收编一直没有间断过。当女作家用“身体写作”来挑战世俗世界的陈规时，就已经自觉或不自觉地落入了“男权文化”为其设置的性别圈套。

首先，在“男性阅读”中，“身体写作”的女性意识被误读和曲解。“身体写作”通过对女性身体的书写来表现女性的私人经验，它脱离了“民族”“国家”“阶级”“启蒙”等宏大叙事与公共话语，通过制造新的话语表达方式将女性的声音传达出来，不再被强大的男权文化机制所掩盖。因此，对于“身体写作”的女性文本，美国学者乔纳森·库勒建议：“避免作为一个男人来阅读，识别男性阅读的具体辩护及其变形，并加以批驳纠正。”库勒提倡的阅读公式是：“女人作为女人来读女人作为女人。”① 这个公式不止于“女人”作为女人，对于男人也同样适用。无论男女，都要用“女性的阅读”来解读女性文学文本，这对于理解女性写作具有决定性的意义。但是，在中国的历史文化语境下，积淀了几千年的根深蒂固的性别歧视已经固化在读者的潜意识里，使得无论是男性读者还是女性读者，都习惯于以一种男性的视角和心理去阅读作品，一不小心就会对具有女性意识的“身体写作”构成误读和曲解。最明显的例子是林白的《一个人的战争》的图文本。林白的《一个人的战争》以一个女性的视角描述了多米从小女孩成长为女人的故事，它突破了男性的话语和禁忌，“真实倾诉我作为一个血肉之躯的自己的体验”②，因此被认为是一部女性主义的代表作。2004 年，

① ［美］乔纳森·库勒：《论解构：结构主义之后的理论与批评》，陆扬译，香港天马图书有限公司 1993 年版，第 43、52—53 页。

② ［英］伍尔夫：《妇女的职业》，《女权主义文学理论》，湖南文艺出版社 1989 年版，第 91 页。

林白的《一个人的战争》出版了第 8 个版本，即：叶匡政所设计的“新视像读本”。这个版本与前 7 个版本的不同之处在于添加了画家李津的 200 多幅图画。该书的设计者叶匡政是男性，而画家李津也是男性，他们并不是像库勒建议的那样“避免作为一个男人来阅读”，尽管叶匡政对林白说，“李津的画似乎是专门为《一个人的战争》画的；《一个人的战争》也好像是为李津的画而写作”，林白刚听到这话“并不相信”，后来也承认“无论是先看图再看文，还是先看文再看图，都会发现一种有趣的吻合”①，但实际上，通过阅读图文本《一个人的战争》，我们依然感觉李津的绘画对林白的作品造成了一定程度的误读和曲解。李津是“新文人画”的代表，“深奥的藏传佛教形象，男女之间的亲昵画面”以及“姿态撩人的年轻半裸肖像”是他惯有的主题和画风。② 在图文本中，大量的绘画是全裸或半裸的女人身体，这些身体给人的感觉不像七叶眼中朱凉的身体那样高贵、美丽、神圣，而有一种邪媚、诡异、色情的成分，它是一个男性眼光凝视下的女性身体形象，这样的画面感觉给读者的阅读期待划定了方向，使他们对于文字文本的理解从阅读之初就偏离了作家的女性主义立场。小说开篇有两幅女性脸庞的拼贴图像，有一部分女性脸孔线条柔和、眼神纯净、低眉顺目，还有一部分面孔要么凶神恶煞，要么妖冶邪媚，这些图像也完全符合男权文化对女性形象的两种定位：天使和妖女。另外，在《一个人的战争》中，林白塑造了一个叫北诺的女子。从整部小说来看，作者所描绘的北诺是一个美丽、优雅、神秘，具有独立的女性意识和反叛精神的女子。然而图像所描绘的北诺形象却截然不同。文字旁的那幅女人图像由几个符号构成：象征工人身份的帽子，一张肌肉扭曲的脸，脖子上系的黑色领结，一件怪异的抹胸小礼服，衣服上诡异的花纹图案，性感的黑色网眼丝袜。工人帽与礼服之间构成强烈的视觉反差，黑色的领结将硕大的工人头颅与怪诞妖冶的身体分离。整幅图像传达给读者最强烈的信息就是一种怪诞、低俗的丑陋。这样的画面效果与作家所塑造的北诺形象是大相径庭甚至相互拆台的。

其次，在消费语境下，“身体写作”的女性意识被商业逻辑所篡

---

① 林白：《写在前面的话》，《一个人的战争》，北京十月文艺出版社 2004 年版。

② ［美］马芝安：《中国画家李津》，《荣宝斋》2003 年第 1 期。

改。1995年世界妇女大会在北京的召开为女性主义文学的张扬提供了契机，几乎一切有影响力的女作家都先后有文集出版，女性作家似乎真的如批评家所说的那样“浮出历史地表”了。但实际情形却并不容乐观。孟繁华就认为，消费文化语境下女性主体地位的获得是值得怀疑的，它是支配、控制与认同的文化政治，是一场对女性身体的争夺与战斗。在其背后隐含的是市场消费的逻辑和中产阶级的意识形态。[①] 女性身体在商业经济背景下具有极强的市场卖点，它为男性的窥淫欲和性幻想提供了出口，因此，女性“身体写作”的文本成为各大报纸杂志、出版商等竞相争夺的对象。为此，面对女性文学的出版热，陈惠芬尖锐质疑：“是谁在编辑？谁在出版？谁在指导和谁在观看？”[②] 的确，在当下的消费语境下，大众媒体、商业经济与男权文化达成了合谋，将男性设置为理想的观看主体，于是，“一个男性窥视者的视野覆盖了女性写作的天空与前景。商业包装和男性为满足自己性心理、文化心理所作出的对女性写作的规范与界定，便成为一种有效的暗示，乃至明示传递给女作家。如果没有充分的警惕和清醒的认识，女作家就可能在不自觉中将这种需求内在化，女性写作的繁荣，女性个人化写作的繁荣，就可能相反成为女性重新失陷于男权文化的陷阱。”[③] 事实的确如此，许多女作家的作品在出版过程中都受到了不同程度的篡改。正如戴锦华所说，“林白的《一个人的战争》被书商干脆安上了一幅春宫作为封面；海男的《我的情人们》的封面则是在女作家本人的照片上饰以若干着不同鞋、裤的男人的腿；须兰、赵玫合集的《武则天》，则是一幅被白纱裹着的裸体女人的躯干”[④]。凡此种种，都说明女性的“私人生活”一旦进入公共的传播领域，将面临的不仅仅是“无处告别”，更多的是无可逃遁的被粗暴改写的命运。

再次，男权视觉体制除了将男性设置为理想的观看主体，从而对女性意识进行篡改和消解，它还在询唤主体，让人们都自觉地认同这

① 贺玉高、李秀琴：《“身体写作与消费时代的文化症状学术讨论会”综述》，《文学评论》2004年第4期。

② 陈惠芬：《神话的窥破》，见陈厚诚、王宁主编《西方当代文学批评在中国》，百花文艺出版社2000年版，第453页。

③ 戴锦华：《犹在镜中》，知识出版社1996年版，第204页。

④ 王干、戴锦华：《女性文学与个人化写作》，《大家》1996年第1期。

个主体。以卫慧、棉棉等为代表的“美女作家”的所谓“下半身写作”“性器官写作”“胸口写作”等就是男权文化询唤的结果。“美女作家”从言语到行动都表现出对以男性为主导的商业文化的主动趋附。《作家》1998 年 7 月份的“70 年代出生的女作家小说专号”推出了卫慧、周洁茹、棉棉、朱文颖、金仁顺、戴来、魏微 7 位女作家的作品。尤为引人注目的是，每位作家名下均配发 2 张至 3 张照片，封 2、封 3 全是这些妙龄少女的玉照。那些照片不是一般的生活照，而是经过特殊处理的艺术照，一个个搔首弄姿，打破了作家在大众心目中一贯的老成持重形象，显得矫揉造作。由此可见，“美女作家”是自觉地将自己置于“被看”的位置，接受来自男性读者以及编辑色情化目光的窥视和抚摸。被置于领军“地位”的卫慧更在照片下题写道：“穿上蓝印花布旗袍，我以为就能从另类作家摇身一变为主流美女”。布迪厄认为，在文学场域中，行动者会根据其所占据的位置和特定的利益来作出自己的行为选择。卫慧正是为了实现从“另类作家”到“主流美女”的占位转变，才自觉接受男权文化和商业逻辑的询唤，而唯有如此，她的作品才能畅销，她才能获得更多的名和利，从而进一步优化她在文学领域中的占位。魏微也曾在她的小说中将她们这一代女作家与林白、陈染等前辈女作家自觉地区分开来。她说：“……林白、陈染等上辈女性小说，仍乐此不疲地写同性恋、手淫、自恋，带有强烈的女权主义倾向；她们是激情的一代，虽疲惫、绝望，仍在抗争。我们的文字不好，甚至也是心甘情愿地呆在那儿等死，不愿意尝试耍花招。先锋死了，我们不得不回过头来，老实地走路。她们是女孩子，有着少女不纯洁的心理。表现在性上，仍是激烈的，拼命的。我们反而是女人，死了，老了。”（《一个年龄的性意识》）如果说林白、陈染等的“身体写作”带有强烈的女权倾向，是对男权文化的抗争、颠覆，是在有意识地规避男性目光的凝视，那么，“70 后”的一群“美女作家”则是“心甘情愿”地接受男权文化的游戏规则。同样是对女性的身体感受和性经验的描写，前者与后者有着本质的区别。正如有论者指出的：“‘美女作家’……在生理性别上是女性，在心理体验上却是男性的，她们借助男人的标准来评判女性的身体和行为，她们低眉顺眼却假装新潮先进，她们思想受到束缚却假装身体自由。她们只是一群可怜的伪女性主义者。"① 康正果认为，"男人主导的商业和情色市场把女人的身体塑造成了情色的偶像，它不但被装扮成男人渴求的对象，而且身体被抬高到女人群起仿效，竞相崇拜的地步，最终是女人身体的性感成了女人自愿为自己购买的商品。消费的女人越是要拥有自己的身体，她们便越是从自己的身体异化出去。"② "美女作家"笔下的身体就是一具异化的身体，它失去了作为女人的身体的独特感受，而是男性欲望宰制下的一具消费的身体，因此，本书更愿意将这类作品称为"伪身体写作"。

综上可见，在"身体写作"的背后存在异常复杂的权力之争。用布迪厄的"场域"理论来解释，"身体写作"处于"限制性生产次场"，作家的写作是"为艺术而艺术"，更多接受形式的实验而不考虑受众的需要。比如陈染，她的作品就没有预设的特定的隐含读者，而"只写给自己，不必经营章法，不必顾及字迹的潦草，完完全全的放松到一个作家永无办法抵达的自由状态"③。这样的写作遵循"输者为赢"的颠倒的经济逻辑，虽然"处于文学场中经济上受统治的一极，但在象征意义上处于统治一极"④。也就是说她们的书籍虽然不可能畅销，但形式的实验导致了先锋艺术的诞生，这种艺术名望使作家获得了相应的象征资本从而巩固了其在文学场域的占位。"伪身体写作"则处于"大规模生产次场"，作家的写作是"为市场而艺术"，更多按照受众中既存的需要进行生产，而很少接受形式的实验。卫慧等女作家作品中大胆的身体暴露，工笔式的身体感受和性经验的描绘就是为了迎合读者潜在的窥淫欲和性幻想，从而使其作品获得了更多的经济资本，这在卫慧看来是一种炼金术，它"将消极、空洞的现实冶炼成有本质的有意义的艺术，这样的艺术还可以冶炼成一件超级商品，出售给所有愿意在上海花园里寻欢作乐，在世纪末的逆光里醉生梦死的脸蛋漂亮、身体开放、思想前卫的年轻一代"（《上海宝贝》）。从中透露了美女作家的消费主义价值取向和"身体"写作的商业策略。从"身体写作"向"伪身体写作"的

① 陈榕：《另一些好色的女人》，《信息时报》2004年2月27日。

② 康正果：《身体和情欲》，上海文艺出版社2001年版，第7页。

③ 陈染：《放松自己》，《阿尔小屋》，华艺出版社1998年版，第38页。

④ [法]皮埃尔·布迪厄：《艺术的法则——文学场的生成和结构》，刘晖译，中央编译出版社2001年版，第99页。

蜕变是文学场域中文学的“自主原则”遭到“市场原则”挤压、询唤的结果，也是女性权力和与商业权力、媒介权力同构的男性权力之间对抗、博弈的结果。从反抗凝视到再度被凝视，“身体写作”从对男权文化的颠覆走向了颠覆神话的坍塌和消解，由此说明男权文化的规训机制无处不在，它不仅对女性意识进行消解，而且导致了女性内部性别意识的分歧与瓦解，这对女性写作来说无异于釜底抽薪，也是女性文学在消费社会语境中不得不反思和超越的写作困境。

第二节　消费权力：“我消费故我在”

一　“我消费故我在”：符号消费与身份区隔

在西方，无论是关于后工业社会还是晚期资本主义的论述，消费都是贯穿其中的一个主题。法国哲学家鲍德里亚将这个主题抽绎出来，集中论述了消费社会的特征。从总体上说，具有后现代性的消费社会不同于以生产为主导的现代社会，它由消费来主导，个人通过消费来获取和确定自己在社会中的位置，并被有效地整合到社会系统中去。因此，启蒙时代的“我思故我在”在消费社会演变成了“我消费故我在”。

消费社会最突出的特点就是物的极大丰富。鲍德里亚描述道：“今天，在我们的周围，存在着一种由不断增长的物、服务和物质财富所构成的惊人的消费和丰盛现象。它构成了人类自然环境中的一种根本变化。恰当地说，富裕的人们不再像过去那样受到人的包围，而是受到物的包围。”[①] 走进百货商场、连锁超市，给人最大的感受就是眼花缭乱、目眩神迷，极度丰富的物质将我们重重包围，让我们难以选择。随着物对人的包围，人们的消费理念也发生了深刻的变化。据英国文化学者雷蒙·威廉斯的考察，消费（consume）一词，在几乎所有早期英文用法里都是指“摧毁、耗尽、浪费、用光”[②]。可见，在资本主义早期阶段，

① ［法］让·鲍德里亚：《消费社会》，刘成富、全志钢译，南京大学出版社 2001 年版，第 1 页。

② ［英］雷蒙·威廉斯：《关键词：文化与社会的词汇》，刘建基译，生活·读书·新知三联书店 2005 年版，第 85 页。

对物的消费还主要着眼于与生产相连的物的使用价值，即：物的实用功能。到了晚期资本主义的消费社会，情况发生了根本性变化。鲍德里亚在《物的体系》中给消费下了一个全新的定义："消费既不是一种物质实践，也不是一种富裕现象学，它既不是依据我们的食物、服饰及驾驶的汽车来界定的，也不是依据形象与信息的视觉与声音实体来界定的，而是通过把所有这些东西组成意义实体来界定的。……因此，有意义的消费乃是一种系统化的符号操作行为。"所以，"为了构成消费的对象，物必须成为符号"①。在鲍德里亚看来，"消费"不再是传统意义上与生产相对的对产品的吸收和占有，而是一种能动的关系结构，通过符号的操控，实在的物被赋予了意义，再通过消费，物成为连接人与社会的中介，将人整合进社会的意义结构之中，由此，人与人之间的关系就演变成人与物之间的关系，即消费关系。因此，在消费社会，消费的焦点由商品的使用价值转移到符号价值。换句话说，就是对商品的消费需求主要不是来自商品的具体用途，而是商品作为符号所指示的意义。比如，我们购买一辆小汽车，它不仅是为我们服务的交通工具，更是一个能带给我们安慰、威望、社会地位的物件。再比如，我们在电视广告上看到，一大群年轻人手捧可口可乐好像并不是为了享受那种碳酸饮料，更主要的是享受由它所带来的青春、健康、激情以及具有集体归属感的生活方式。后者才恰恰是消费的领域。

由于在商品构成的符号系统中，无穷无尽的商品表示着无穷无尽的意义的差别，消费就起到了把人们整合进社会的重要功能。如果说在早期资本主义社会人们是通过生产而进入社会的话，那么在消费社会人们则是通过消费而获取自己在社会中的位置。对不同价格、品牌商品的消费显示的是不同的社会阶层、身份地位和情调品位，商品的符号意义将消费者的身份区隔开来。由此，消费成为个体生命存在的前提，脱离消费语境或无法进入一定的消费语境，自我的身份认同便发生危机。正是看到了符号价值在消费活动中的重要意义，鲍德里亚才发出如此感慨："在今天，只有借助一种符号学理论，我们才能解释为什么商品会成为人们心醉神迷的欲望对象，为什么某些消费形式（如夸饰性消费）会

① 转引自罗钢、王中忱主编《消费文化读本》，中国社会科学出版社2003年版，第27页。

出现并长期存在，为什么一些商品比另一些商品更受欢迎，为什么消费在当代资本主义社会发挥着如此重要的功能。”① 在人与社会相连的消费活动中，大众媒介充当着煽惑起人们无穷消费欲望的工具。消费意识形态就是通过大众媒介的视觉说服激发人们永无止境的消费欲望，然后通过消费活动将人整合进由物构成的符号体系之中从而达到约束和控制人的行为的目的。

具体到中国的情境，情况则比较复杂。随着市场经济的推进、都市化进程的加快和媒介文化的兴起，一种享乐主义的消费意识形态正在发展、蔓延之中。同时，一个由（准）中产阶级和新富人阶层所组成的消费群体也正在日益壮大之中，他们是由影视、广告、报纸、杂志等大众媒介联合打造的所谓“成功人士”（从沿海地区的“大款”、大城市的“新贵”，到演艺界的“名流”、各行各业的“专家”）。西装革履、满面红光的“成功人士”通过自己的衣食住行引领着中国的消费时尚，通过“炫耀性消费”将自己与其他阶层区分开来，并在身份的区隔中不断炮制新的消费行为和消费方式。“成功人士”的生活方式、情调品位经由大众媒体向普通大众散布和传递，使他们在对“成功人士”的艳羡和模仿中不知不觉地接受了享乐有理、及时享乐的消费理念。于是，幸福化为具体的物质指标，名牌、名车、别墅这些消费的符号成为幸福的指数，狂欢式的物质消费主义大肆张扬，炫富、攀比、享乐之风大有泛滥之势。这似乎表明中国正在大踏步地向消费社会迈进。

但是，专家学者们对此现状并不持乐观态度。他们认为这是一个由传媒和意识形态联合打造的虚假繁荣的消费景象。作家韩少功指出，眼下，至少对有些人来讲，符号的压力大大地超过了物质性压力，但是在很多情况下，“传媒并不是一个真正的公共领域，它生产哪些符号是由特定的投资者和特定的消费群决定的”，“与我们的实用需求没有关系”，“在这里，贫困和贫困感开始分离，幸福和幸福感开始分离，成功和成功感开始分离，孤独和孤独感开始分

① 罗钢、王中忱主编：《消费文化读本·前言》，中国社会科学出版社2003年版，第27页。

离……这是一种新的现实，一种新的生活在出现”[1]。学者汪晖也已经敏锐地体察到消费文化的“霸权”性，他认为，“在90年代的历史情境中，中国的消费主义文化的兴起并不仅仅是一个经济事件，而且是一个政治性的事件，因为这种消费主义的文化对公众日常生活的渗透实际上完成了一个统治意识形态的再造过程；在这个过程中，大众文化与官方意识形态相互渗透并占据了中国当代意识形态的主导地位。”[2] 在西方，中产阶级是这个消费群体的主力军。在中国，构成真正的消费主体的并不是西方式的“中产阶级”，而是中国本土的“小资”阶层，他们是整个社会结构中的中上或中间阶层。据《当代中国社会阶层研究报告》分析，“中间阶层”是指“以从事脑力劳动为主，靠工资及薪金谋生，具有一份较高收入、较好工作环境及条件的职业就业能力及相应的家庭消费能力，有一定的闲暇生活质量；对其劳动、工作对象拥有一定的支配权；具有公民、公德意识及相应修养的社会地位分层群体”[3]。这一阶层处于中产阶级的边缘，但在经济上还没有完全达到中产阶级的水平，一般都是都市白领，如外企员工、广告从业人员、SOHO族、DJ、商业销售人员、新兴媒体知识分子、时尚杂志编辑和记者、自由撰稿人、摄影师等。类似于布迪厄所说的“新小资产阶级”和费瑟斯通所说的“新型文化媒介人”。“小资”就是传媒与主流意识形态“培育”出来的中国式的“中产阶层”。

二 “小资写作”：消费权力在文学中的渗透与表征

（一）利益的角逐与媒介的引爆：“小资”话语的暧昧出场

2001年，在《三联生活周刊》上发表了一篇署名为无忌妹妹的文章《成群结队的“小资”》。文章这样写道：

> 今年除夕，在丽江，我就看见了空前的小资队伍。新世纪钟声

① 韩少功：《冷战后：文学与写作新的处境》，《当代作家评论》2003年第3期。

② 汪晖：《死火重温》，人民文学出版社2000年版，第70页。

③ 陆学艺主编：《当代中国社会阶层研究报告》，社会科学文献出版社2002年版，第252页。

> 快响起来的时候，整个丽江古城里，小资多如过江之鲫，三五成群，游走在古城的各个角落里，在四方街上狂舞，在酒吧里畅饮。清一色的，他们都是GTX或者NORTHFACE的冲锋衣裤，NIKKO或者BIGPACK的背囊……①

这是一个颇具“小资情调”的“小资”描述“小资”的文字。它似乎表征了世纪之交“小资”作为中国都市的一个新族群的崛起与出场。伴随着成群结队的“小资”而来的还有各大时尚媒体、网络对“小资”的生活方式、情调、品味的讨论以及文化休闲类报纸、杂志、图书对“小资”系列读物的包装与推介。例如，《三联生活周刊》推出一个叫作《小资的自摸与十三不靠》的专辑，里面集结了关于小资的生活经验以及文化认同的诸多文章，分别就电影（如王家卫）、书籍（如村上春树、卡尔维诺等）与音乐（如电影配乐、爵士、NewAge等）方面具体罗列了小资的文化资源。《北京电视周刊》在《小资：你花多少钱买生活情调?》一文中，提出小资的界定标准：“经济基础+文化底蕴+艺术素养=小资”，并认定小资的经济基础是年收入4万元—10万元。到2002年、2003年，诸如《当代电影》《中国青年研究》《文化时空》《开放潮》《现代交际》《网络与信息》《商业时代》等五花八门的刊物从不同“切入点”纷纷言说小资，涉及与小资相关的电影、爱情、收入、网络、休闲、情趣等方面。作为“第四媒体”的网络，在各大门户网站上，关于小资的文章和讨论更是铺天盖地。搜狐有“小资专题”、e龙网站有“小资生活”、网易有“小资情调”专栏、新浪有“小资加油站”、就连DoNews. Com（IT写作社区）也有个“IT小资情调”。紧接着大街小巷的书摊上如雨后春笋般冒出一系列“小资宝典”，例如包晓光的《小资情调——一个逐渐形成的阶层及其生活品味》、黄海波的《小资女人》、劳乐主编的《亲爱小资》以及《风韵》编辑部编的《小资部落》等。小资们据说还有他们特定的刊物，比如《上海一周》（类似的还有《申江服务导报》《上海星期三》等）被认为是“上海最小资”的报纸，阅读该报纸是一些小资“每周的功课”。此外，

① 无忌妹妹：《成群结队的“小资”》，《三联生活周刊》2001年第18—19期（合刊）。

《时尚》《瑞丽》《追求》《风采》《今日生活》《现代服装》《上海文化》《上海服饰》《创意》《希望》《大众生活》《花溪》《城市画报》《流行音乐》《万象》等众多涉及现代城市文化生活的刊物，都参与到“小资”形象的建构工程之中，涉及饮食、华服、时尚、夜生活、家具、日常用品、室内装潢、旅行，乃至护肤、抽烟、喝酒、饮茶等小资生活的点点滴滴。① 正是在诸多媒体的众说纷纭、各说各话中，“它们成功地、耐心地、从无到有地培养和创造了属于自己的消费群体和趣味群体——‘中国小资’。而今精致的、微酸的、带点无害的做作的小资文化已经主宰了中国的城市青年”②。

为什么众多媒体都不约而同地将“小资”作为自己的话语对象进行包装、炒作？“小资”到底是一个“想象的共同体”，还是一个实存的族群或阶层？本书认为，在全球化、市场化和都市化的背景下，“小资”话语的浮现和流行是文化、经济、政治乃至跨国资本等各种意识形态在利益的权衡、角逐之后所作出的共同选择。

首先，“小资”这一概念的内涵具有不确定性，各种意识形态可以根据自己的目的对其进行改造、加工。李政亮在《平面媒体的社会身份想象与“舆论导向”的达成》一文中，对中国大陆都市文化语境中的中产阶级和小资进行了区分。一般而言，中产阶级是收入高于小资的精英群体，这一群体在中国还只占很少的一部分，小资显然在人口数量和族群分布上比中产阶级要多要广。此外，“小资”“这个名词与中产阶级的不同处在于中产阶级属于西方社会学的语汇，而何谓中产阶级又有基于社会科学方法论的客观标准；相较之下，小资属于大陆本土的语汇，这个语汇本身没有一个客观界定的标准，本身充满吸引人的不确定性”③。的确，“小资”作为大陆本土语汇虽然业已流行，但是它的具体所指却依然只可意会不可言传。它有一些社会学的阶层概念，但又不是严格以经济收入来定义，而更多地指向了某种“生活”的“文化”品味、情调与氛围。这样介乎经济与文化之间的用法和革命时代的“小资

---

① 以上材料来自郑坚《吊诡的新人——新文学中的小资产阶级形象研究》，百花洲文艺出版社 2005 年版，第 295—297 页。

② 李静：《入世后的文艺期刊》，《北京日报》2001 年 11 月 18 日。

③ 李政亮：《平面媒体的社会身份想象与“舆论导向”的达成》，来自“世纪中国”网站，2003 年 6 月 13 日发表。

产阶级”有异曲同工之处，在革命时代，“小资”除了是经济地位上“中国社会各阶级的分析”中的一类，又经常被用来批判知识分子的“多愁善感”“脉脉温情”等和革命要求不相符合的个人情感与意识。商业时代的大众传媒巧妙地继承、挪用了这个兼具经济与文化双重意味的概念，经过新语境的改造、加工与翻转，成为流行文化中的一个颇具生产性与集聚性的核心能指。围绕着这个能指，一系列关于衣、食、住、行、工作、娱乐、文化活动等生活方式的引导与指示得到了某种标识，“小资”话语也因此而流行开来。朱大可、张闳在其主编的《21 世纪中国文化地图》一书中适时地收入了“小资”这一词条。其内容为：90 年代后期，“小资”重新成为流行文化的褒义关键词，以取代过于激进的“前卫”，用来指称起源于上海的都市青年白领（准中产阶级）及其优雅趣味，成为流行趣味的最高代表，并与白领丽人、旗袍、个性时装、酒吧、卡布奇诺咖啡、孤独、忧伤、经典、格调等语词密切联系。某个网站在其主页上这样描述小资群体：“他们享受物质生活，同时也关注精神世界；他们衣食无忧，同时也梦想灵魂富裕；他们追求情调，另类，高雅，他们钟情品位，精致，浪漫；他们是时尚的先行者，是文化消费的主力军。”而批评者则认为，小资不过是后商业主义时代的消费群体，精心玩弄身份和面具，却从不创造什么。① 可见，对于“小资”，不同的人有各不相同的理解。正是“小资”这一概念的不确定性为各种意识形态的介入提供了一个再度阐释的张力空间。在主流意识形态看来，“小资”话语张扬了一种时尚的消费理念，符合刺激消费发展经济的意图。而在媒介意识形态看来，“小资”代表着都市中间阶层中一部分受过良好教育，收入中上阶层的生活方式和品位，这个阶层中蕴藏着巨大的经济购买能力，独特的文化背景又使他们的精神文化消费需求旺盛。因此，“小资”在经济和文化两个方面的特征使得他们成为最适合于被媒介建构的一个群体。而对于“小资”阶层来说，用布迪厄的区隔理论来看，他们在经济资本和文化资本上都占有一定优势，但是在政治上相对无权，这导致了“小资”对社会主流意识形态有一种自然的抵触。他们需要拥有自己的意识形态，发出自己的声音，塑造自己

---

① 参见朱大可、张闳主编《21 世纪中国文化地图》，广西师范大学出版社 2003 年版，第 229 页。

的形象。消费主义就成了“小资”特定的意识形态，满足了“小资”希望通过个性化消费方式和精致的生活品位来标识自身和彰显个性的需要。

其次，小资是“准小资”（“伪小资”）和中产阶级之间的一个“过渡带”，对于“小资”话语的建构可以使“准小资”也加入“小资”的消费队伍，扩大市场的消费群。“中产阶级”在目前中国的语境下还是一个人数甚少的阶层，他们由于社会“仇富”心理而有一种对暴力的恐惧，因而在实际的消费行为中他们是缺位的或者说是不积极的。因此，中国真正的消费主体是“小资”，他们是诸如情调、品位等高档时尚消费的主力军。“准小资”则是位于“小资”群体下方渴望凭借社会流动而实现地位上升的中下阶层。对“准小资”来说，模仿“小资”的生活情调和生活方式诸如喝杯咖啡，看场电影，听场音乐会等不像中产阶级的出有名车、入有豪宅那样遥不可及，在经济上无须太大付出就能实现。这样，“小资”就成为中下阶层迈向中产阶级道路上的一个过渡和缓冲，给了他们希望和劲头。因此，对“小资”话语的建构更符合中国的国情，能够调动更大人群的消费欲求。

综上可见，“小资”及其消费主义意识形态是在20世纪90年代以来的中国现代情境中各种意识形态在利益的取舍与角逐中形塑并成长起来的，也是90年代市场经济的深入发展所导致的中国社会阶层复杂化的产物。正是在多种合力的权衡、较量和推动之下，“小资”话语暧昧地出场了，它一经媒体引爆就如火如荼地铺衍开来，而“小资写作”正是在这样的背景下浮现出来的。所谓“小资写作”，用一句话来概括就是“小资”作家写给“小资”读者看的描写“小资”生活和“小资情调”的作品。“小资”作家大都是生活在都市里的年轻“小资”，他们自己对“小资”生活有深刻的体验，对时尚、品位也十分注重，因而能够较好地传达“小资”这一特殊群体的物质生活和精神世界。比如：被称为“小资写作”代表人物的安妮宝贝、石康、南琛等人，都不是传统意义上的依托主流文学期刊出名的作家，而是新兴的媒体知识分子、都市读物的写手、体制外的专栏作家以及网络作家等。他们作品的传播途径往往不是主流文学期刊，而是时尚报刊、网络社区、BBS和商业化的图书出版系统等，当然，有些作家如安妮宝贝，因其作品的畅销具有了一定的知名度和市场号召力，也会从“网上”走向“纸上”，被主流文学所接纳。“小资写作”作为众声喧哗的“小资”话语的建构者之一，以其特有的审美方式将消费意识形态经由“小资”形象及其生活方式的塑造传达给生活在都市以“白领”为主体的急需心灵抚慰和身份认同的“小资”和“准小资”们，从而刺激并促成了现实的消费热潮。

(二) 粉色的表情与感伤的蓝调：“小资写作”的文本策略

“小资”是讲究格调、品味的优雅人士，他们总是通过一些生活的细节显示出自己的与众不同。因此，在“小资写作”中，作家往往通过对精致物质的铺排和高雅文化的渲染，制造一种温馨、浪漫又不乏忧郁、感伤的情调和氛围。

首先，“小资写作”流露出三种情结。一是文艺情结。“小资”是受过高等教育的一群人，他们拥有较多的文化资本。在“小资写作”中，音乐、美术、文学、电影是小资们茶余饭后的谈资，也是男女主人公相互吸引、爱恋的前提条件。在安妮宝贝的《告别薇安》中，正是对帕格尼尼的音乐的共同喜爱，将林和薇安两个素不相识的年轻男女的心系到了一起，并开始了他们灵魂默契的网恋。在后来的网聊中，他们讨论过海明威的死、BEN的低音萨克斯风。在安妮的其他作品中，她与她的读者群分享着杜拉斯、村上春树、帕格尼尼、欧洲艺术电影等，也互相交换着衣着的品牌、ESPRESSO或CAPPUCCINO咖啡、哈根达斯冰淇淋、KENZO香水和在发达世界也“非主流”的前卫文化。二是都市情结。“小资”是生活在都市中的一群，他们的情调、品味只有在都市的土壤里才能生根发芽。咖啡馆、酒吧、宜家家具、写字楼……小资每一个浪漫场所几乎都是都市的产物；网球、自驾、笨猪跳（蹦极）、《城市画报》，小资话题中的每一件浪漫事物几乎都标有“都市制造”。正是都市带给小资以炫耀浪漫、标榜自我的可能，而小资也在都市的现代化进程中，变得越来越依赖于都市。在安妮的作品中，城市就是她所有情节和故事变动的主要场所。她曾这样写过：“所有我小说里面的故事，都发生在上海，只有上海。”“这个城市的气息，只有生活在其中的人才懂”。[1] 安妮笔下的城市背景是由一个又一个散落的场景连缀而成：咖啡厅、酒吧、地铁、迪厅、高层建筑，还有这些场所里昏暗的灯光、萎靡的音乐、做梦一样的网络、烟、酒、刀、药物等。无疑，安妮笔下的人物都是属于城市的，在他们身上似乎怀着某种城市情结，充满了对其“自由和繁华”以及迷醉气息的渴望。而这也正是安妮的读者群——城市“小资”们一个共同的心理状态。三是西方情结。在大多数关于“小资”的描述中，都认定目前的“小资”主体是20世纪70年代生人。他们在20世纪80年代的改革开放中度过童年和少年，在90年代和世纪之交陆续进入高校和步入都市社会，而此时正是全球文化、跨国资本向中国输入的高涨时期，小资作为都市“白领”也大多在外资企业、跨国公司工作，耳濡目染和潜移默化使他们对西方文化有一种天然的亲近感。且不说像冰淇淋、咖啡、酒吧、蹦极这些“小资”喜爱的都市物质元素其名称本身就已经是外来语，他们喜爱的时装、香水、咖啡也大多是外国品牌，就是小资们所钟情的音乐、话剧、电影、文学作品，大部分也是来自于西方经典。相对的，民俗、民乐、“四大名著”“唐诗宋词”这些国产经典，我们却很少能够在小资辞典中看到。此外，带有明显西化特征的都市本身也是小资们寄托浪漫理想的所在。作为“都市情结”与“西方情调”的结合体，上海这类“国际化大都市”最受“小资”青睐，是他们营造浪漫幻梦、显示高雅品位的最好场所。这就不难理解为什么李欧梵因在《上海摩登》中对上海都市感的呈现而“一不小心成了小资偶像”，而《上海摩登》一书也成了“小资”们倾心的读物。[2] 可以说，繁华富丽的国际化大都市“上海”与“小资情调”有着某种天然的想象和同构关系。因此，安妮的“小资”故事大都发生在上海。而上海女作家陈丹燕、王安忆、卫慧、棉棉的作品中也透露出浓郁的小资情调和趣味。

其次，“小资写作”营造了三种情绪，即优雅、浪漫、感伤。优雅是“小资写作”的情绪底色。在安妮的作品中，“小资”们津津乐道于王家卫的电影、村上春树的小说、帕格尼尼的音乐，讲究喝用上好咖啡豆现磨、现煮的咖啡，讲究调进威士忌，浮着厚厚鲜奶油和柳橙片类似

---

① 安妮宝贝：《城市情结·八月未央》，作家出版社2001年版，第133页。

② 萧宇：《李欧梵一不小心成了小资偶像》，《新周刊》2004年1月30日。

鸡尾酒的咖啡，并且能如数家珍般地以经验之谈的口吻说出各种咖啡的特点和口感，各种香水的气味和特点。优雅的情绪正是从“小资”们对生活品质的精细讲究中幽幽地透出来，氤氲于纸上。除了对生活品质的讲究，“小资”们的生活方式还富有浓郁的浪漫色彩，正同《现代汉语词典》对“浪漫”词条的第一义项一样：富有诗意，充满幻想。从追逐落叶到骑车出游，从采摘野花到喂养宠物，从自己写小说编剧本到打算自己过把导演瘾，主人公所热衷的活动都没有明确的功利目的。日常生活中人们为之忙碌的温饱、事业等似乎从来不曾出现在小资主人公的世界里。他们总是在网络、酒吧、咖啡馆不经意的邂逅之后编织起玫瑰色的浪漫幻梦。在各篇作品中，尽管小资个性各有不同，但他们都追求浪漫。浪漫情调正是小资们判断自己是否小资的一个重要标准。而文本中无处不在的感伤则源于主人公孤独忧郁的气质和无望无果的爱情。安妮相当敏感地捕捉到都市白领那疲倦、飘忽、冷漠与不安定的情感状态并将之呈现于笔下。从她的第一部小说集《告别薇安》到后来的《八月未央》《彼岸花》《二三事》，你会感觉到它们在重复着相仿的人物、情节、基调。她笔下的人物大都是生活在大都市里有着冷漠的神情和孤寂灵魂的“小资”们，在那里，你看不到温情脉脉、情意绵绵、海枯石烂、地老天荒，充斥其中的只是以“破碎”“离开”“告别”等为收束的支离破碎的爱情。短篇小说集《告别薇安》的所有篇章讲述的几乎是同一个爱情故事：美丽孤独的女子爱上一个干净落拓的男人，被伤害，然后离开；《八月未央》也不例外，小说中未央的疯狂自毁、乔的自弃沉沦、朝颜的不能承担决定了最后的结局——未央选择离开、乔选择自杀、朝颜背叛承诺。安妮最具代表性的长篇《彼岸花》更是展现了乔、南生、小至、森这样一群生活在自己世界里的人——灵魂孤独却又不甘于寂寞，感情丰富却又吝于付出的特点。安妮总是让她的故事以一副破碎的姿态示人，她的哲学是：唯有更深的绝望才能安慰绝望。这大概正是现实生活中“小资”们精神、爱情、生命最真实的表现。正是这些破碎的爱情使安妮的小说在浪漫之外又平添了几分感伤和忧郁。

从文本形式上看，“小资写作”营造了一个温情而忧伤的“小资”世界。浪漫而瑰丽的梦幻显示了它温情的一面，这是一种淡淡的粉色，给人安宁、满足；特立独行的孤独和寂寞显示了它忧伤的一面，这是一曲幽幽的蓝调，让人沉思、怀想。正是这样的文本营构，给那些生活在现代科层化体制网络中，受工具理性压抑控制甚深的白领“小资”一个逃逸控制、缓解压力的温馨去处，于文学的“白日梦”中品味那份独得的轻松。从思想意识上看，“小资写作”通过对中国现代化情境中小资的价值观念、生活态度以及他们特有的快乐和痛苦的描绘深刻地勾勒出一种生活在国际化大都市消费前沿的“小资”所特有的“城市感性”，即“一方面是现代性对人性侵犯，所引发的个人私域空间神经质的自怜和自恋；另一方面则是后工业时代资本主义商品美学的精致化、创意化、品位化；还一方面就是小资由进入发达资本主义生产体系和全球化想象培育出后现代的‘先锋感’、‘另类感’，使他们与第三世界本土彼此疏离而冷漠，所导致的虚无、悒郁和残缺的都会‘后现代’感。”[①] 这样一种“城市感性”满足了“小资”对自我身份的想象和认同，缓解了他们身份认同的焦虑。正是以上两个原因，使得安妮宝贝的“小资写作”真正达到了抚慰读者“灵魂”的目的，而图书市场上也涌现出无数以白领“小资”为主体的“宝贝迷”。

（三）丰富的单一与真实的幻象：“小资写作”的审美限度

虽然“小资写作”以粉红的表情、感伤的蓝调赢得了都市“小资”的情感认同和共鸣，但消费主义意识形态在文本中的渗透与弥散又使“小资写作”显露出一定的审美限度。这主要表现为作家没有以更开阔的视野和更深入的思考来面对“小资”的生活和情感，而是对之进行了时尚化处理，即过分关注人物外在身份的塑造而放弃对其心灵世界的深入剖析，从而使“小资写作”在时尚化符号标签的堆积中呈现出同质化、虚幻化的倾向。

读安妮宝贝的作品，给人最深刻的印象就是人物的身份意识非常强。行文中有许多对物质、品位看似不经意实则刻意的描写。比如：对男女主人公衣着细节的描述，对咖啡、红酒的种类、口感以及调配技术的讲解，对香水、香烟、冰淇淋等品牌的辨别，对西方经典音乐、文

① 郑坚：《吊诡的新人——新文学中的小资产阶级形象研究》，百花洲文艺出版社2005年版，第309页。

学、话剧、电影等的谈论等。为什么作家如此关注商品品牌和生活的细节？为什么人物总是在有意无意之间炫耀自己的品位、格调？用齐美尔的时尚消费理论或维布伦的夸示性消费（炫耀性消费）理论或许可以说明问题。齐美尔认为，“时尚是既定模式的模仿，它满足了社会调适的需要；它把个人引向每个人都在行进的道路，它提供一种把个人行为变成样板的普遍性规则。但同时它又满足了对差异性、变化、个性化的要求。……时尚只不过是我们众多寻求将社会一致化倾向与个性差异化意欲相结合的生命形式中的一个显著例子而已。”① 在齐美尔看来，时尚是一个矛盾的统一体，它具有统合和区分的双重功能。一方面，时尚通过普遍化和统合而获得某种群体性的归属感，进而产生一种逃避社会责任的安全感；另一方面，时尚又通过将自己与非时尚的人区分开来，进而使得自己的个性和自由获得某种表现。以此来看，“小资”们通过对咖啡、红酒、香水、电影、音乐、文学等时尚之物的消费将这一阶层的趣味、格调统合在一起，从而获得一种群体性的身份认同和归属感，并有效地缓解了因依附权力与资本（科层化工作环境中工具理性对其的制约）而生成的压抑和焦虑；另一方面，正是对这些时尚之物的消费将“小资”和“非小资”区分开来，显示了“小资”这一阶层独特的身份优越感。而维布伦“有闲阶级”的夸示性消费理论认为，“现代文明社会中，社会阶级之间的分界线已变得模糊不确定；在这样的情况下，上层阶级设定的名望标准总是很少受到阻滞，它一般总会从上至下波及整个社会结构，对各阶层施加强制性影响。这样带来的结果是，社会每一阶层都将上一阶层流行的生活模式当作自己最理想、最体面的生活方式，不遗余力地向它靠拢”。② “小资”是处于中产阶级下方的一个阶层，他们最大的理想就是成为中产阶级，迈入城市的精英阶层。因此，“小资”们对品牌、物质的反复述说和强调就体现了他们对“最理想、最体面”的生活方式（中产阶级）的向往，通过炫耀性消费来获得他人的承认和尊重。

---

① ［德］齐奥尔格·西美尔：《时尚的哲学》，费勇等译，文化艺术出版社 2001 年版，第 72 页。

② ［美］索尔斯坦·维布伦：《夸示性消费》，见罗钢、王中忱主编《消费文化读本》，中国社会科学出版社 2003 年版，第 14 页。

尽管通过大量消费符码的拼贴，安妮笔下的人物获得了身份的认同，但是，在这一身份归属下的人物行为却缺乏必然的心理动机。安妮的作品主要是描写爱情。小资男女因为气质上的互相吸引（这吸引是经由“小资”这一共同身份所表现出来的情趣、品位的投合和一致，在作品中很难看到“小资”与“非小资”的恋爱）而靠近而恋爱，或者发生性关系或者没有，但最终都不了了之。因为，女主角从一开始就具有既热烈又冷静的特质，她乐于沉湎于一段“都市夜归人”的互相取暖，但似乎深知此类爱情的不可靠，于是最后她总是清醒决绝地离去，并发出自艾自怜的喟叹：“我不知道有什么人是能够深深相爱的。也许他在非常遥远的地方，用一生的时间兜了个大圈子，却依然不能与他相会。”（《告别薇安》之《小镇生活》）“我们是没有未来的人，不断地寻找，不断地离开。”（《告别薇安》之《一个夜晚》）“爱情原来很像我们去观望的一场烟花。它绽放的瞬间，充满勇气的灼热和即将幻灭前的绚烂。”（《八月未央》之《冷眼看烟花》）“一场沉沦的爱情终于消失。”（《告别薇安》之《暖暖》）有论者曾指出：“安妮宝贝几乎没有解释女主角的性格特征与对爱情的悲观态度其来何自，环境如何培育、发展出她这种特质，由于一开始女主角的特质就是一个给定的事实，都市并没有与之形成一有机的互动，都市场景只是一个布景，中间的爱情也不过是一场在其间自虐虐人、自娱自乐的表演，类似于一华美的MTV，提供了符号、影像以及情调、气氛的消费，但没有提供思考的启发，基本上是一自我循环封闭的展现，而不是层层深入剥茧抽丝的挖掘。”① 这话犀利地戳到了安妮宝贝爱情小说的“痛处”。当破碎的爱情没有任何心理动机的呈示和挖掘就莫名其妙地走向了终结，那么对爱情的伤感就不是真正痛彻骨髓的情感体验，而只能是浮于表面的故作姿态的玩味。正如罗洛·梅所言：“感伤是伤感地思念而不是真正地体验它的对象。……感伤者以自己的感伤情绪作为一种荣耀，它始于主观，终于主观。”② 女主人公对爱情的感伤和喟叹毋宁被看作是她对自身“小资”身份的刻意强调和炫耀，因为，在世人眼中，“小资”除了有品

① 郑国庆：《安妮宝贝、“小资”文化与文学场域的变化》，《当代作家评论》2003 年第 6 期。

② ［美］罗洛·梅：《爱与意志》，国际文化出版公司 1987 年版，第 329 页。

位、有情调还必须是孤独的、寂寞的、伤感的。在这里，对伤感的反复品味、咀嚼这一行为本身也成了一种情调，一种艺术，抑或一个符号。

综上可见，“小资写作”通过大量消费符码的拼贴将“小资”原本可能丰富的生活演变成几个颇具时尚性的符号标签，经过拼贴组合炮制出一种所谓的“小资情调”，丰富的物质表象依然掩饰不了内质的单调和贫乏。正如贺绍俊所说：“小资写作大概都有一些基本的写作元素，比如几个成功人士，几幢优雅别墅，还有酒吧、上网，喝咖啡时的音乐，做爱前的谈心，等等，这些元素看上去都是当代都市生活的一部分现实，但问题在于，小资写作对此是进行一种时尚化的处理，将其变成一种缺乏丰富内涵的时尚符号，它带给读者的只是一种空洞的炫丽，感官的兴奋。”在这种“同一个腔调，同一个面孔，同一样的矫情，仿佛就像看同一个献媚者翻来覆去在你面前搔首弄姿”的小资读物面前，人们感觉到的只是腻味。① 此外，对人物的爱情只有行为结果的呈现没有行为动机的分析的处理方式，使人感觉“小资”的生活像烟花一样虽绚烂却是瞬间的精彩，真实的表象掩饰不了它虚幻的本质。因此，从总体上看，“小资写作”的视野是狭小的、局促的，好像“小资”们都只关注个人高尚生活的追求和高雅格调的营造，而不再关心个人所必然含有的人与人之间以及人与群体之间的联系与同情，这样，广阔的社会现实、驳杂的都市景观以及不同人群的生存境遇就无法在“小资写作”中得以呈现，即使偶然呈现也是被抽空了内质的一个华丽的布景和参照。

虽然“小资写作”在审美内涵上可圈可点，但从实际的效果来看，“小资写作”确实又达到了刺激商业消费的目的。首先，这些承载着流行时尚符码的小说成为图书市场上哄抢的“宝贝”，掀起一轮又一轮的购书热潮。其次，这些小说中所描写的物件、品牌、服饰以及“小资”的生活方式成为现实生活中“小资”或“准小资”追捧和效仿的对象。2000 年，安妮宝贝的小说风靡一时，一夜之间许多女孩竟然把自己打扮成安妮笔下“暖暖”的时尚形象——素面朝天，只用带着淡淡樱花味的兰蔻香水，手上戴着银镯子，穿纯棉的白布裙子，光脚穿着球鞋，头

① 贺绍俊：《都市化与文学时尚化》，《小说评论》2004 年第 1 期。

发披散地搭在肩上；还有一些读者迫不及待地收藏小说中提到的音乐唱片、电影碟片以及文艺书籍；而在一些个性化的潮流小店里，安妮宝贝的小说则和她笔下人物所喜欢的手工银镯子、皮包等物件一起陈列在原木的展览架上。凡此种种，似乎昭示着消费权力对作家、文学以及文学读者的规训无处不在。

第三节　市场权力："你消费，我快乐"

一　作为商品的文学：市场经济下的文学嬗变

20世纪90年代以来，随着社会主义市场经济体制的逐步确立，我国的社会生活发生了深刻的变化。这不仅反映在政治、经济领域，也反映在文化/文学领域。一个庞大的文化市场开始出现，所有的文化产品只有转化为商品，进入文化市场，才能得到大规模的消费和流通。伊格尔顿认为："艺术可以如恩格斯所说，是与经济基础关系最为'间接'的社会生产，但是，从另一种意义上说，也是经济基础的一部分；它像别的东西一样，是一种经济方面的实践，一类商品生产。"① 文化市场的确立，使曾经神圣高贵的文学走出了纯净的象牙塔，被迫纳入到受商品价值规律制约与支配的文化生产体系。虽然文学脱离了政治权力的束缚，作家可以在市场所创造的空间自由地翱翔，但是，文化市场残酷的竞争机制和利润法则就像一柄达摩克利斯之剑高悬于作家头上，使他们意识到："市场并非浪漫想象的产物，……市场给予个性的自由十分有限。市场包含了另一种权力关系，只不过这种权力的象征从某些机构转向了资本。"② 正是在"市场"这支无形大手的操控下，文学从生产、传播到消费的整个环节都发生了革命性的转变。

从文学生产来看，首先，作家的身份地位和创作取向发生了变化。在计划经济体制下，作家是被国家包养起来的一群人，他们作为"人类

① ［英］伊格尔顿：《马克思主义与文学批评》，人民文学出版社1980年版，第64页。

② 南帆：《全球化与想象的可能性》，《文学评论》2000年第2期。

灵魂的工程师”，处于社会意识形态的中心地带，社会地位高于其他人，经济上有保障，他们的任务就是通过文学创作替国家代言立说，担负起治国安邦、启蒙大众的神圣使命。但是，在市场经济环境下，一向以高雅自居的严肃文学很难被文化市场所接受，因而“失去了轰动效应”，创作严肃文学的作家也从中心沦落到边缘，生活上陷入困顿状态。强烈的生存焦虑逼使作家进行价值的重新确认和创作的重新定位。作家由国家体制内衣食无忧的精英知识分子转变成靠写作谋生的文学生产者，他们对创作的定位也从启蒙大众的“立人”转变为取悦大众的“娱人”。在这个转变过程中，有些作家无法适应角色的转换，因而弃笔经商，也有一些作家勉力支撑，但生活得清贫尴尬，大部分作家则接受现实，积极调整自己的心态，表现出对市场法则的顺应和趋附。比如，最早走向文化市场的作家之一王朔就一再申明，文人并不比其他人高明多少，无非是用笔写字，编出些故事悦百姓的行当，他戏称自己只是个“码字工”。正是由于把写作当作一种谋生的职业，那么就无法再藐视读者的存在。因为，“从商品的角度着眼，唯一真正的读者是书籍的购买者。”① 这样，读者就成为裁决作品的上帝。基于此，一些作家自觉地把迎合读者的口味作为自己的艺术追求。王朔毫不讳言他的作品都是根据读者的消费趣味来创作的。“《渴望》是给老头、老太、家庭妇女看的，招老百姓掉眼泪儿的。”“《编辑部的故事》不过就是一部逗笑开心的通俗喜剧，只载些笑声和轻松。”而“我的小说有些是冲着某类读者去的。……《顽主》这一类就冲着跟我趣味一样的城市青年去了，男的为主。《永失我爱》、《过把瘾就死》，这是奔着大一大二女生去的……”②总之，市场经济下的文学尽管仍然葆有各种抽象的美学意义，但就其现实的运转方式而言，已被纳入市场和消费领域，作家首先必须为发表（出版）而写作。其次，文学作品的评价标准发生了变化，从文学自主原则向市场原则倾斜，从审美价值向经济价值偏移。这从20世纪末出现的浩浩荡荡的文学期刊“改版潮”中可以窥见端倪。以《北京文学》为例，1996年，它的办刊宗旨是“展示一流文学、召唤一流作家、面向一流读者”，虽然它也强调“面向读者”，但又严格以

---

① ［法］罗贝尔·埃斯皮卡：《文学社会学》，浙江人民出版社1987年版，第57页。

② 王朔：《我是王朔》，国际文化出版公司1995年版，第55页。

"一流"限定读者定位，可见，它走的依然是精品路线，"审美"依然是《北京文学》评价和筛选作品的第一标准。到了1998年，《北京文学》编辑部发表了《我们要好看的小说——〈北京文学〉吁请作家关注》的"公告"，终于直接喊出了"好看"的口号，并明确标示要把杂志从"圈里"转向"圈外"，即从满足"一流"读者的审美趣味到满足"大众"读者的消遣娱乐。"好看小说"的概念一经提出，就在文学流通领域产生广泛影响，"好看"遂成为评价文学作品的一个重要标准。究竟什么样的小说才算是"好看的小说"？这个模糊的概念正像作家毕淑敏所说，是个"简陋的接受美学命题"，"判决权"全在读者手里，"读者觉得好看，它就好看，读者觉得不好看，它就不好看"。"好看"标志着读者被确立为真正的"上帝"，只要读者觉得"好看"，那么作品肯定会"好卖"，正是基于这样的商业逻辑，文学作品的价值评判系统发生了从审美原则到市场原则的根本性转变。这一评判标准不仅得到了作家的认同，也得到了官方的认可。承担着图书出版方向示范引导作用的国家级别的"三大奖"——国家图书奖、中国图书奖和"五个一工程奖"在近几年的评选中都注意了"经济效益"，如自1999年以后，"五个一工程"评奖要求参评图书在申报材料中注明印数，并将之作为一项重要的参评标准；中国图书奖在强调科学性、权威性的同时，也越来越强调为读者喜闻乐见的群众性，印数也是参评标准之一。由此可见"好看"的作品评价标准已深入人心。① 正是基于"好看"的标准，我们看到，近十年来，作家在文学创作中自觉地弃雅从俗，迎合大众读者的审美趣味，于是，一股股"旋风""热潮"不断在文坛涌起。如：由《绝对隐私》刮起的"隐私"旋风；由《雍正皇帝》引发的"帝王热"；由《第一次亲密接触》掀起的"网络热"；由陈丹燕的"上海怀旧系列"引发的"怀旧风"；以海岩为代表的言情"配方小说"的热销和流行，等等。这些作品自诞生之日起就有着自身明确的美学定位：不是文学艺术的审美欣赏，而是茶余饭后的娱乐消遣。就其实质而言，这类迎合世俗生活意味的闲适文学大都是非主流意识形态的，它们作为商品去生产，也作为商品去出售和消费。棉棉在小说《告诉我通向下一个

① 参见邵燕君《倾斜的文学场——当代文学生产机制的市场化转型》，江苏人民出版社2003年版，第77—97页。

威士忌酒吧的路》中有这样的话：“我说在接近本世纪末的时候，我希望我的作品像麦当劳，并且我要做到任何人看完我的作品都不需要再去看第二遍。”这种“看过即扔”的作品是典型的“文化快餐”，具有明显的商业化和消费化倾向。面对市场经济背景下的文学生产现状，批评家南帆指出，“人们在白天按时抵达各种型号的流水线，完成预定的工作量；返回窝后，人们可以心安理得地享用另一种流水线上生产出来的文化产品。”①

从文学传播来看：一是大众传媒在文学传播、流通过程中发挥着越来越重要的作用。在文化市场业已形成的今日，文学要走向市场、走向大众，要赢得更多的读者，就必须借助大众传媒来宣传、传播、推销自身。于是，我们看到：“文学界通过制造一个个事件、官司、纠葛、风波、内幕，而向新闻界频送秋波，发布信息，力图成为新闻传媒热点，引起社会关注。作家通过频频接受采访、在电视上亮相、签名售书、向新闻界发表讲话、出席各种被媒体报道的集会等方式，使自己成为‘新闻人物’、‘公众人物’、‘电视知识分子’。文学作品从选题酝酿、内容构思到发表、出版，各个阶段都有新闻传媒的参与。”② 正是文学与大众传媒的“联姻”使得文学在传播过程中被事件化、新闻化、娱乐化，以此来达到吸引“眼球”、聚集“人气”的目的。二是通过“作家附照片”的图文书形式来吸引眼球，推销作品。如今，图文书在图书市场非常流行，这有赖于影视、广告等视觉媒介潜在地培育起来的一大片读图市场。作家附照片这种包装策略是从女作家开始的。1994 年，海男曾把自己的照片设计到了长篇小说《我的情人们》的封面上。1995 年，王蒙主编的“红罂粟丛书”共有 22 位女作家入选，每一位作家的单行本里都有自己 15 幅左右从小到大成长全过程的生活照。1998 年，《作家》第 7 期在推出“七十年代出生的女作家小说专号”时，不仅把 7 位女作家的玉照分别置放于封二和封三，而且还在每位作家的作品前或作品中配发了至少 3 张（朱文颖多达 10 张）不同时期或不同风格的照片。1999 年，《小说界》新添了“往事与随想”栏目，“准备约请一些人到中年而创作有成的

① 南帆：《膨胀的“泡沫文学”》，《文艺理论研究》1996 年第 3 期。
② 黄书泉：《文学转型与小说嬗变》，安徽教育出版社 2004 年版，第 87 页。

作家来参与，就写自己，配上一些从小到大的照片，会很好看”。《大家》杂志社新推出192开本的《约会文学》，记者声称：“以大家风范取胜的《大家》力图通过掌中书这种极端小的形式引起读者的好奇，并在好奇中进入作家和作品的阅读。作为一种新的尝试，这套收录海男、宣儿、虹影、藏棣等作家作品的丛书收集了这些作家大量的生活照片，以求寻找新的市场卖点。”① 2000年，作家出版社推出的陈染的两部散文集《声声断断》《不可言说》以及林白的《玻璃虫》也在书页之间镶嵌了大量的生活照。女作家为什么愿意把自己的照片公之于世？除了出版社、杂志社商业包装和作家自我包装的需要外，主要还是因为现在的女作家普遍长得“好看”。有媒体记者称：“这些年轻的女作家与上一辈的作家不同，她们的外貌或清秀或亮丽，衣着举止处处流露出都市中现代派女性的前卫和时髦。”② 如果女作家的“好看”之说比较客观公允的话，那么文学期刊和出版社把“好看”之作家作为自己刊物或书籍“好看”的一个包装思路也就不足为奇了。但是，人的“好看”与作品的“好看”有什么实质的联系呢？有人作了这样的解读：“在这些小说中，女作家似乎就是‘我’，所有的口吻是一致的，目的也很明显，就是要以自己的故事吸引读者，希望以自我形象出场，小说、自传加上朦胧照，一起给人视觉上的冲击，让好奇的文学读者得以记住自己化妆后的脸和不俗的名字。”③ 尽管这样的解读不免情绪化，但我们还是可以明白：作家或商家有意无意地向读者暗送秋波，其行为背后的商业动机是显而易见的。三是畅销书机制的引入。畅销书是在市场经济大潮冲击下，图书走向市场的产物。它用事实告诉我们：图书是一种商品，而畅销书是图书商品中的紧俏商品，是赢得市场、占有市场的生力军。因此，文学作品要走向市场，具有较高的消费价值，就要努力使自己成为畅销书。有研究者提出畅销书的内在形成机制是“三向认同”④，即：作者意图（表现在图书内容上）、出版者动机与读者阅读心理的三向价值认同。以

① 施诺：《掌中书以小搏大》，《中华读书报》1999年7月7日。

② 邢晓芳：《一批年轻女作家崭露头角》，《文汇报》1998年5月21日。

③ 赵波：《做女人容易，做女作家更容易》，《海上文坛》1999年第6期。

④ 黄书泉：《文学转型与小说嬗变》，安徽教育出版社2004年版，第57页。

春风文艺出版社的“布老虎”丛书为例，从它的选题策划、读者定位到广告宣传都经过了精心的组织策划：“布老虎”有自己的创作理念——追求良知，诚实、正直、善良与爱的主题，“创造永恒、书写崇高，还大众一个梦想”；有明晰的读者定位——城市的“白领”阶层；有明确的“使用价值”——满足读者的阅读快感，引发其“正常”的“俗”心理；有相对稳定的创作群体——一批签约的“加盟作家”；有创作内容的大致框定——城市背景、情爱故事、浪漫精神。[①]由此可见，“布老虎”完全符合畅销书的“三向认同”机制，是一个商业逻辑下作家、出版者、读者三方共谋的产物。“布老虎”的成功使此后的文学出版活动竞相模仿。90年代以来风行一时的余秋雨散文、张中行散文、《王朔文集》《废都》、“留学生小说”“美女文学”“少年（文学）军团”等，在不同程度上，都带有把文学作品视为商品进行制作和包装的性质。这些作品的发表和出版，不再单单是作家的“个人”创作，而是与策划、出版、评奖和流通等所有环节“共谋”的结果，是市场的“集体创造”。

从文学消费来看，消遣娱乐、追求快感成为文学消费的新趋势。市场经济和城市文明带来的直接的结果就是闲暇时间的增多。广大市民打发闲暇时光往往会选择消遣娱乐性的文学书籍来阅读。从历史情境而言，在中世纪的法国，以爱情和冒险为题材的虚构性小说是广大市民（特别是妇女）每天的必需品。在17世纪的英国，有着大量休闲时间的市民（尤其是妇女），对英国近代小说的兴起，以及这一时期小说的内容和形式都产生了决定性的影响。在我国，宋元城市经济的繁荣和市民阶层的兴起促成了宋元话本小说的盛行。从现实情景而言，现代社会，人们的生活节奏越来越快，工作压力越来越大。在闲暇时刻，人们最需要的是松弛一下绷紧的神经，抚慰一下疲惫的身心，而不是钻进高雅的文学象牙塔里作劳心费神的形而上的思考。读者对文学的阅读因此不再停留在充满深度哲理和社会内涵的作品上，更不会去阅读充满神秘、艰涩、荒诞的文本。相比之下，他们更喜欢通俗易懂的、充满感官愉悦的，能在最短时间内获得最佳阅读享受的

① 参见安波舜《“布老虎”的创作理念与追求——关于后新时期的小说实践与思考》，《南方文坛》1997年第4期。

作品，哪怕得到的只是一种虚幻的精神影像也可以让他们在虚构的游戏中获得消费的满足和快感。此外，自改革开放以来，西方消费主义文化思潮如潮水般涌入国内，极大地更新和改变了国人的思想观念，同时也引进了诸多现代生活和文化时尚，诸如快餐文化、时装表演、影视歌曲、流行音乐等。这些先后兴起的文化时尚不仅凸显了这个崇尚消费的年代所特有的社会生活特色，同时也解放了大众长期以来被各种规范和理性压抑束缚着的感官和欲望，表现出世俗化的价值取向。而大众媒介又通过光怪陆离的视觉影像潜移默化地引导、塑造着公众的消费趣味，使快感的追求取代美感的追求成为新的消费时尚。正是以上种种原因，使得消遣娱乐性的大众文学成为当代商业社会最有影响力的文化形式之一，在市场经济条件下，文学消费也越来越朝着娱乐性、快感性、多样性的方向发展。

总之，在市场经济背景下，文学的商品化在带来文学市场繁荣，文学消费兴盛的同时，也模糊了文学产品与一般商品的界限，填平了高雅文化与大众文化之间的鸿沟。市场就像一只无形的巨手，笼罩在作家、读者、评论家、期刊编辑、出版商、大众媒介等文学场域中的每一个行动者头上，使得文学从生产、传播到消费的整个环节都渗透了资本运作的商业逻辑，作家的个性、文学的独立性则显得微乎其微。世纪之交，中国文坛最引人注目的文学现象之一“美女文学”就是一次文学与市场的成功合谋。

二 “美女文学”现象：一次文学与市场的合谋

（一）聚焦：“美女作家”的命名“诡计”

如今，“美女作家”这个术语在文学界已是尽人皆知，只要是比较年轻时尚的女作家，大都被冠以“美女作家”的称号。“美女作家”表明什么？说明作家是个美女？可漂亮的脸蛋与她笔下的文章又有什么关联呢？何况这些女作家也并不见得个个都是大美人。因此，所谓的“美女作家”只是一个意义暧昧的时尚名词。下面，我们就通过对“美女作家”命名过程的剖析来揭示这一命名行为背后的“诡计”。

“美女作家”这一称谓最先是从文学期刊中流行开来的。1996 年第 3 期的《小说界》推出了一个叫作“70 年代以后”的栏目，“70 年代以后”这个称谓让人很容易联想到文坛已经存在的“60年代出生作家”这一群体。两者最大的不同是两个作家群体在性别构成上的差异。“60年代出生作家”以朱文、韩东、邱华栋、刁斗、张旻、东西、李冯、鬼子等男性作家为主，而“70年代以后”则呈现出明显的“阴盛阳衰”趋势。据统计，从1996年到1998年的一年半时间里，《小说界》在“70年代以后”这一栏目中共发表了9位作家的14篇作品，其中有6位是女作家。她们分别是弥红、卫慧、棉棉、赵波、魏微、赵彦。[①] 1998年第7期的《作家》推出了“七十年代出生的女作家小说专号”，该专号彻底打破了《小说界》至少在表面上尚“平衡自然”的性别格局，集中推出了卫慧、周洁茹、棉棉、朱文颖、金仁顺、戴来、魏微7位女作家的作品。非常引人注目的是，每位作家名下均配发两三张照片，封二、封三全是这些妙龄少女的玉照，整体排出，给人一种强烈的“美女作家”之感。事后，该专号的策划者宗仁发、李敬泽、施战军谈起筹划经过时称，它缘起于一次有“密谋气氛”的谈话。虽然在谈话中他们特别推重男作家丁天，认为他以优秀的创作为“70年代人”赢得了很大的声誉，但最后出专号时，还是抛开了他，以清一色的女作家冲击文坛。[②] “女作家专号”的推出不但比《小说界》的“70年代以后”专栏产生了更大的轰动效应，而且，以十分感性的方式创造了“美女作家”的概念。该栏目的策划者李敬泽等人也被媒体称为“美女作家”一词的创造者。[③] 1999年第4期的《芙蓉》推出了“重塑‘70后’”栏目，该期同时发表的署名李安的文章《重塑“七十年代以后”》指出，“目前，‘七十年代以后’的命名实质上完全被‘时尚女性文学’的现实所替代”。“‘七十年代以后’的写作现实远非如此时尚而单调，如果他们的写作就这样被我们的文坛所遮蔽，那不仅是对当下的中国文学的不忠实，也是对将来的中国文学不负责任”。在此意义上，他郑重呼唤：“重塑‘七十年代以后’。”不过，这次“重塑”的努力并没有达到预期的效果。事实上，“时尚女性文学”已以一种不可遏制的

① 邵燕君：《“美女文学”现象研究》，广西师范大学出版社2005年版，第6页。

② 宗仁发、施战军、李敬泽：《关于“七十年代人”的对话》，《南方文坛》1998年第6期。

③ 参见《走进搜狐聊天室》，《天津青年报·阳光周刊》2001年11月4日。

势头发展起来。“美女作家”不但完全取代了“七十年代以后”，而且经过纸媒加网络的热炒，成为社会上广为人知的流行词汇。1999 年以后，“美女文学”的打造“主力”已经从纯文学杂志转为图书出版业。随着王干主编的“突围丛书”（花山文艺出版社，2000 年）和谢有顺主编的“文学新人类丛书”（珠海出版社，1999 年）的出版，“美女作家”的作品成了书商争相哄抢的“宝贝”，而其代表人物卫慧、棉棉更是频频出书，成为传媒爆炒的对象。① 而饶有兴味的是，就在图书出版界介入“美女作家”的炒作并获得丰厚收益的时候，最早策划“美女作家”相关栏目和专号的期刊编辑魏心宏和宗仁发、施战军、李敬泽又先后发表文章和谈话，批评书商与传媒对“美女作家”的恶炒是刻意制造的、荒谬的“媒体阴谋”，把年轻作家当“摇钱树”，不关心他们的真正成长，对“70 年代人”构成了严重的遮蔽。②

在上述围绕“美女作家”这一命名的论争中，我们发现，无论是期刊编辑、策划者还是图书出版人或书商，他们关注的焦点都不是女作家的作品，而是“美女”这一性别身份。“美女”和“作家”这两个毫不相干的名词被硬性缝合在一起，就是为了给男权社会的受众制造一个噱头。因为，正如前文已经论述的，在男权社会，女性形象永远处于“被看”的位置，通过展示女性的美貌身体（照片）来满足男性读者的性幻想和窥淫欲，而这样做的直接结果就是创造了报纸杂志的“轰动效应”和图书出版的“销售神话”，这其中的经济动机昭然若揭。论争中，期刊编辑们所表现出来的暧昧游移、“五十步笑百步”，甚至有点“酸葡萄心态”的言辞暗含了这样一种矛盾心理：一方面，他们希望通过不断的命名，拿“美女”说事来为困顿低迷中的纯文学期刊制造“热点”，争取市场份额；另一方面，他们以向市场妥协为代价而推行的策略不仅不能使纯文学期刊真正脱离困境，而且在传媒和书商的介入下越来越脱离了文学的轨道而呈恶性膨胀之势，对这一因自己而引发的商业炒作倾向，他们虽自觉难辞其咎却又无能为力。从中，我们多少可

① 以上材料参见邵燕君《“美女文学”现象研究》，广西师范大学出版社 2005 年版。

② 参见宗仁发、施战军、李敬泽《被遮蔽的“70 年代人”》，《南方文坛》2000 年第 4 期；魏心宏《为什么叫他们“七十年代以后”（代后记）》，《七十年代以后小说选 · 纸戒指》，上海文艺出版社 2001 年版。

以看到市场经济下文学期刊艰难、尴尬的生存处境。

如果用布迪厄的文学场域理论来思考“美女作家”的命名现象，我们发现，这一命名活动不过是文学场域中各个行动者之间为了自己在场域中的位置与占位以及这一位置背后的经济利益而进行的争夺和斗争。布迪厄在文学场域中看到，“新来者在他们借以存在，也就是说取得合法差别，乃至一段或长或短的时间内取得绝对合法化的运动中，只能将他们与之较量的生产者，进而将他们的产品及与之关联的人的趣味，不断打发到过去”。[①] 这样，我们就不难理解：为什么《小说界》《作家》《芙蓉》等文学期刊关注的焦点都是那一部分时尚前卫的女作家，但每一次推出其作品却又要采取不同的命名方式，而且后者总认为自己比前者正确、权威。因为，正是通过不断地命名、不断地否定，将“竞争者”的命名活动“打发到过去”，“新来者”彰显了自己的文化资本，从而证明了自己在场域中存在的合法性和权威性，并巩固、优化了自己的占位。而占位的殊异本身又是判断经济资本多寡的一个依据和标准。比如：在“大规模生产次场”（作家的创作是为市场而艺术），作家/期刊占位越高，其获得的经济资本就越多。而“美女作家”的命名虽然最初由纯文学杂志推动，但它却超出了纯文学的范畴，成为一次编辑、作家、出版商、媒体甚至读者共同参与炒作的大众文化事件。因此，各个行动者之间的争夺虽是为了优化自己在文学场中的占位，但最终却都指向了经济利益。

综上可见，对“美女作家”的命名不是求得对文学现象的归纳和概括，而是文学刊物、批评家、媒体、作家为了吸引眼球而联合策划的行动，商业利润是其共同旨归。

（二）解读：“美女文学”的写作“配方”

在众生喧哗的命名活动中，“美女作家”出场了。撇开一切文学之外的因素，“美女作家”到底为读者奉献了怎样的作品呢？通过对“美女作家”文学作品的解读，我们发现，市场的逻辑在这里依然肆意横行。归纳起来，“美女文学”的“写作配方”主要包括以下几个方面：

---

① ［法］皮埃尔·布迪厄：《艺术的法则：文学场的生成和结构》，刘晖译，中央编译出版社2001年版，第194页。

第一，身体景观。法国哲学家鲍德里亚指出：“在消费的全套设备中，有一种比其他一切都更美丽、更珍贵、更光彩夺目的物品——它比负载了全部内涵的汽车还要负载了更沉重的内涵。这便是身体。”这一身体又“特别是女性身体”。① “美女作家”正是将女性身体当作最美的消费品展示给读者大众。这一身体符码有两层含义。一是色情的身体。“美女作家”大都以身体经验作为其写作资源。但是，她们对身体的描写不是像其前辈林白、陈染那样，为了颠覆男权文化的神话，而是对性经验的渲染和展示。棉棉就明确宣称，“‘我’长达十年的‘残酷青春’就是一场身体的历险。身体在寻找快乐的过程中终于发现高潮才是唯一的追求。但高潮却总是于男人的伤害相伴而来，这才是青春最残酷之处。于是‘我’幻想有一天能够不靠男人而自己达到高潮。这一场‘痛’而‘快’的尤利西斯之旅看似包含对性别政治的颠覆，实则不然。‘我’只想享受高潮中那种飞翔的感觉，在快乐中遗忘自我乃至身体本身，而无意去改写‘我’与世界的关系。”② 与林白、陈染等拒绝男性介入的“身体写作”不同，“美女作家”的作品中，总有一个死心塌地或一群垂涎欲滴的男人围绕在女主角的身边。尽管女人游走于玩弄男人的游戏之间，自觉占有心理优势，但男人却“重金”在握，它给女人提供生活的来源，也是女人与之进行情感游戏的前提条件。实际上，男人依然主宰着女人的世界。这样的故事情节依然是建立在陈旧的男/女、看/被看、主体/客体模式之上的，女性色情化的身体展示就是自觉地将自己置于“被看”的位置，以吸引眼球。二是消费的身体。女性的身体不仅成为男性窥视的对象，而且通过名牌服装、香水、首饰的包装，成为一具精致时尚的消费的身体。在“美女作家”的身体展示中，处处显示出物质的魅力。鸦片香水、CD 唇膏以及 Chanel、Gucci 等著名时装品牌把这具身体装扮成一朵娇艳馥郁的鲜花，这朵花是夜之精魂，只摇曳开放在酒吧、迪厅、俱乐部等香艳场所，并且只为那些具有雄厚经济资本和高贵身份的男人而开放。这样一具精心打造的身体成为奢华的商品，也成为文本中亮丽的卖点，满足读者的消费欲望。“在

---

① ［法］让·波德里亚：《消费社会》，刘成富、全志刚译，南京大学出版社 2005 年版，第 99 页。

② 倪伟：《论“七十年代后”的城市“另类”写作》，《文学评论》2003 年第 2 期。

陈染、林白的世界里，身体象征着对传统性别政治的苍白而羸弱的抵抗；而在卫慧、棉棉们的世界里，身体却是盛开的‘公众的玫瑰’，欲求在公众的凝视下沉醉、再沉醉，升值、再升值。身体仅仅展现为景观，而且毫无抵抗地接受了消费主义意识形态的再编码，这是卫慧、棉棉们与陈染、林白的不同所在。”①

第二，自传体。“美女作家”的小说大都采取自传或半自传的形式，在作品中寻求一种真实与虚构的内在模糊，突出作家本身在作品中的位置，表现作家的个人经历或某种生活方式。卫慧的《上海宝贝》封面就有“一部女性写给女性的身心体验小说”“一部半自传小说”“一部发生在上海秘密花园的另类情爱小说”的广告词，“后记”中又有从德国打来的长途电话，与小说女主人公的德国情人遥遥呼应。而《像卫慧那样疯狂》则直接将作家的名字作为小说主人公的名字，并且和作家本身有着相似的生活经历。周洁茹则在小说《一天到晚散步的鱼》中宣称：“我的小说就是我的生活。我关注我身边的男女，他们都是一些深陷于时尚中间的年轻人，当然我也是他们中间的一个，从我们出生的那一天起，众多的新鲜事物就开始频繁出现，我们崇尚潮流，自我感觉良好，我以为我看见了很多东西，我想叙述它们。”棉棉在《糖》的扉页上题示：“给我所有失踪的朋友。”在其他小说中，其主人公的生活也与棉棉曾经的生活经历非常相似。比如：吸毒、流浪、做DJ、外国男友等。魏微则在她的作品中多次塑造一个在南京读大学，然后在租住的廉价房里靠写作来维持生计的女孩形象。这与她本人的经历不谋而合。“美女作家”采取自传体的形式写小说，一方面是源于她们的写作资源就是她们有限的个人经历，因此，尽可能地将自我投射到作品之中，抒发某种“私人化”的情绪，来表达她们关于生活、世界、性以及成长的感受。另一方面是为了通过写作来排解个人焦虑和拯救自我灵魂。生于“70年代”的“美女作家”是一个社会位置“尴尬”的群体——前面有“60年代出生”的作家要超越，后面“80后”的青春写手在追赶——稍不留神就会被社会所淘汰，而写作是她们缓解焦虑的“救命稻草”。正如周洁茹所说：“我怎么觉得我很老了，你看，那些十

① 倪伟：《论“七十年代后”的城市“另类”写作》，《文学评论》2003年第2期。

六七岁的孩子，他们那么活泼，……我一直在想只要我放松，他们就会从我的后面飞过去，超过我，他们会回过头来嘲笑我。"① 有些作家虽年轻，但生活经历坎坷，在岁月"风尘"的侵蚀之下，身心早已伤痕累累，通过自传体写作可以实现灵魂的自我救赎。比如，有着"残酷青春"的棉棉，就在创作谈《礼物》中写道："我的人生是虚弱的，但我很幸运，写作带着医生的使命进入了我的生活，我因此可以期待自己不破碎，我蒙昧的身体因此而渐渐透明。……我残酷的青春使我热爱所有被蹂躏的灵魂，我为此而写作。我写作，直到有一天，没有任何一种感受可以再伤害我。……我坚信由于我的写作，爱会成为一种可能，生活的废墟将变成无限的财富。"② 除此之外，还有一种情况不得不考虑，那就是通过（准）自传体写作，可以在真实与虚构之间造成一种模糊的审美效果，在某种程度上使接受者产生审美上的纪实错觉，一方面为大众制造一种自述式幻觉，使其身临其中，获得沉沦的快感；另一方面，又满足了读者对"美女作家"的窥私心理，给无聊的生活平添一点刺激的佐料。而这一个方面正是"美女作家"的自传体写作吸引眼球的原因所在。

第三，符号幻觉。在"美女作家"的写作中，笼罩着一整套"意识形态幻觉"，比如：通过外国情人、夹杂洋文的口语、西化的生活场景营造出来的浓郁的西方情调制造了一种全球化的文化想象；通过物质、品牌精心包装的时尚身体营构了一种消费主义的诗学和哲学；以吸毒、滥交、同性恋、手淫等前卫、另类的生活方式构筑了一种"特立独行"而骨子里意得志满的"个性"姿态，等。这套通过符号标签建立起来的意识形态幻觉，恰为"由'白领'而'金领'的'成功人士'，在从'非常小资'到'忽然中产'的阶段，提供了一个新的神话"③。因此，得到了都市"白领"阶层的青睐。

正是通过以上三个写作配方的组合，"美女文学"找到了敲开市场大门的"钥匙"。而具有"一流敏感"的出版商也正是抓住这几个方面进行大肆炒作，从而创造了"美女文学"的销售佳绩。

---

① 周洁茹：《你疼吗·飞》，长江文艺出版社2000年版。

② 棉棉：《礼物》，《作家》1998年第7期。

③ 邵燕君：《"美女文学"现象研究》，广西师范大学出版社2005年版，第17页。

（三）反思：市场“神话”与文学遮蔽

综观上述“美女文学”的生产过程，我们发现，“市场”是一个控制全局、无往不利的“大赢家”。首先，从“美女文学”现象产生的社会语境来看，20世纪末的中国正笼罩在“美女经济”的亮丽辉光下。视觉文化时代是一个大众视觉欲望急速膨胀的时代，也是一个“眼球”经济主导的时代，顾盼生情、风情万种的美女便成为精明的商家追逐的对象，因为他们从消费者那流连忘返的目光中看到了养眼怡情的美女所蕴藏的巨大的经济价值。于是，五花八门的“美女行当”如美女表演、美女公关、美女广告、美女促销、美女作托等被开发出来，成为商家牟取暴利的工具。“美女作家”正是在“美女经济”蔚然成风的情况下诞生的，因此，也可看作“美女经济”之一种。其次，从“美女文学”的生产过程来看，“美女作家”的出场就是几个文学期刊编辑为了给市场经济下备受冷落的纯文学期刊制造“轰动效应”而进行的一次商业策划行为。《小说界》杂志的副主编、“70年代以后”栏目的策划者魏心宏尽管在谈到该栏目创立的动机时，强调“初衷非常单纯”，就是为20世纪90年代以来“无主潮”“缺少亮点”“缺少大突破”的当代文坛推出新人①，但是从该栏目后来发表的文章来看，策划者一直将焦点放在女作家个人隐私体验尤其是性体验的披露上。如姨母与甥女之间的乱伦加同性恋（弥红《红闲碧绿》）、月经初潮（卫慧《艾夏》）、同性恋及“另类”男女关系（棉棉《一个矫揉造作的晚上》）、以散文笔调写作的性观念的自白（魏微《一个年龄的性意识》、赵波《关于性，与莎莎谈心》）。这说明《小说界》在有意无意地引导和鼓励女作家披露个人隐私，以吸引读者眼球。这里，策划者的商业动机还处于犹抱琵琶半遮面的状态。而《作家》在1998年第7期推出“七十年代出生的女作家小说专号”时则带有明显的商业“密谋的气氛”②，其卖点就是以女作家的亮丽照片来冲击文坛。不仅在封二、封三以及页中刊登这些妙龄少女的玉照（每人至少3张，多的达10张），而且在该专号的封底

① 魏心宏：《为什么叫他们“七十年代以后”（代后记）》，《七十年代以后小说选·纸戒指》，上海文艺出版社2001年版。

② 宗仁发、施战军、李敬泽：《关于“七十年代人”的对话》，《南方文坛》1998年第6期。

还转载了一则媒体记者的报道，该报道称这些年轻的女作家外貌“或清秀或亮丽”，衣着举止更是“处处流露出都市中现代派女性的前卫和时髦”，文风多数“极端个性化、私人化”，“热烈而无所顾忌”。① 这样，大量刊登的“明星照”和封底如“软广告”的报道便交相辉映，形成了一种“互文效果”，它引导着读者进行“互文式”阅读，以“调动读者的双重欲望：美女作家书写的是货真价实的浪漫经历，她们既是欲望的创造者，也可以直接作为欲望的对象”②。在这里，策划者的商业动机不辩自明。再次，在“美女文学”的生产过程中，“美女作家”自身角色的变化也不可忽视。当“美女作家”初登文坛，在期刊杂志上发表文章时，都是源自个人生命体验的有感而发，虽有自爆隐私之嫌，但从中也可见出作家的真淳、诚挚和对艺术的追求。但是，当书商介入后，“美女作家”特别是卫慧、棉棉被越炒越红火，在名利的诱惑和“出名要趁早”的心理支配下，这些年轻作家很难再静下心来从容地酝酿、构思和写作，而庞大的稿约压力，逼使她们不得不自我重复，互相模仿。比如：棉棉的长篇《糖》就是以前写的各个短篇的集合，而《啦啦啦》《黑烟袅袅》与《每个好孩子都有糖吃》讲述的都是“我”和“赛宁”大同小异的故事。卫慧的小说大都在重复着同一个欲望故事，那些描写欲望的意象，同性恋、高潮、尖叫总是和卫慧的读者不期而遇。那些被精明的出版商抽绎出来作为市场“卖点”的银光闪闪的符号，如：全球化的文化想象、消费主义的哲学、另类、前卫的个性等，在她们后期的作品中被大肆地夸张、渲染和描摹。有论者指出：“1998 年前后她们的作品是有精神指向的，并不是简单地认同和沉迷，或者说是有某种批判立场的。尽管她们抛弃了烦琐和沉重，但描摹出了‘不能承受之轻’。后来由于商业性引导她们更多地夸张、渲染物质、畸形、病态的生活本身，这是对文学本质的背离。”③ 除此之外，她们还自觉地配合媒体进行自我炒作。比如卫慧在《上海宝贝》一书的生产、炒作过程中就始终扮演着一个相当活跃的“能动者”角色，她大胆的言辞和出位的行动遭到了一片掌声或骂声，而《上海宝贝》的销

① 邢晓芳：《一批年轻女作家崭露头角》，《文汇报》1998 年 5 月 21 日。
② 邵燕君：《“美女文学”现象研究》，广西师范大学出版社 2005 年版，第 9 页。
③ 宗仁发、施战军、李敬泽：《被遮蔽的“70 年代人”》，《南方文坛》2000 年第 4 期。

量也在掌声和骂声中节节攀升。

“美女文学”经过商业化的包装和炒作，在文学整体行情低迷的情况下创造了图书市场的“神话”，这的确让人振奋。但是，令人感到无奈的是，文学本身也在市场的巨大阴影下被不同程度地遮蔽了。首先，“美女作家”对“70后”男作家构成了遮蔽。如今，人们一提起“70后”就会不由自主地想起那些活跃在人们视线中的前卫、时尚的“美女作家”，实际上，除了这些“美女作家”之外，还有为数众多的男作家在文学园地里辛勤耕耘。像丁天、李修文、陈家桥、巴乔、刘玉栋等男作家，其作品或激情洋溢、或温柔敦厚、或细致精微、或锐利疏野，都具有自己的特色，但由于他们的写作都比较“规矩”，缺乏一种“表面的光辉”，这与媒介所定位的前卫另类、病态刺激的大众阅读口味有一定的距离，因而被媒体所冷落。其次，对卫慧、棉棉之外的其他女作家构成遮蔽。实际上，即使在“美女作家”内部，她们之间的写作风格也是迥然有别的。周洁茹的小说与卫慧、棉棉的小说就很不相同，她的小说与传统的关系更近，也更贴近日常现实。她把个人的心理与外部现实的情状描写结合得相当和谐、细腻、纯净而不失一种棱角。同时，在她的小说中，有一个独异的叙述人的声音存在。她总是把叙述人作为表现的主体，其他的人物语言和感觉都被压制到最低限度，从那个轻微而尖细的说话的声音中，我们可以感觉到都市生活中时刻飘荡着的欣快和伤痛，这是周洁茹小说的特色所在。朱文颖也是一样，她从人到文都透露出一种古典气质，她的小说大都以散文的笔调对都市生活中男女之间以及人与人之间的关系进行哲理思索，颇具古典情怀。魏微的小说则少了些浮躁，多了些朴实，让人感觉清新俊逸又不失稳沉厚重，这些风格差异很大的女作家却被媒体硬性归并到时尚另类的“美女作家”名下，这在无形中遮蔽了她们的作品风格。再次，即使卫慧、棉棉自己的作品，也被作了时尚化的处理。棉棉小说最吸引人的地方是，她以诡异、魅惑、碎片式的语言写出了残酷青春具有切肤之痛的生命体验，卫慧的小说叙事总是在随心所欲的流畅中，透露出一种紧张而松散的病态美感。那种能给人带来感官爆炸效果和吸毒者般欣快症的“精神分裂式写作”是她们小说最独特的魅力，这些构成了一种青年亚文化的叙事风格，显示了“70后”这一代人独有的精神面貌和情感状态。但是，经过媒体和书商的包装、炒作，小说中原本丰富、复杂的生活被抽绎成几个时尚化标签，这实际上是对她们作品的一种遮蔽，也是对新一代中国青年（新新人类）生活的遮蔽。

从总体上说，文学与市场接轨对当代作家来说既是机遇，也是挑战。商业逻辑对艺术规律和日常生活的侵入带来了高雅文化与大众文化界限的消失，否认物质功利对艺术生产的影响，显然是不现实的。进入市场后的当代作家的主要收入是稿酬和版权，这使得作家的创作自主性和积极性明显增强。然而，我们在看到文学生产的方式为文学提供了生成空间和生产场所的同时，还应该看到它也在不断地限制文学生产的自由与个性，作家如何进入市场并以什么样的方式发言，往往要受到市场逻辑的约束和操控，这又使得作家自主性的发挥极其有限。市场本身就是一个庞大的“过滤器”，留下的往往是非文学性的东西，面对市场，作家应该有更多的警醒和坚持。如何调节文学与市场之间的关系，让文学既适应市场，又超越市场？如何最大可能地发挥市场价值规律的积极作用，充分实现文学的社会效益和艺术效益，同时又尽可能地将市场带来的负面影响降低到最低程度？这些都是市场经济背景下的文学必须思考的问题，对这一问题的解决也是一个长期而艰难的过程。

第四章

图像的限度：读图时代的文学隐忧

图像文化的发展是人类文明的结晶，是不可阻挡的历史趋势。正如美学家艾尔雅维茨断言："无论我们喜欢与否，我们自身在当今都已处于视觉成为社会现实主导形式的社会。"① 必须承认的是，图像文化的勃兴给文学带来了前所未有的发展契机，文学从生产方式、审美样式到运作模式都发生了巨大的调整和改变。但吊诡的是，人类创造了图像文化，也同时创造了被图像文化所包围的生活。一方面，以影视为主体的图像文化正在潜移默化地改变人们认识世界、接受信息和审美感知的方式，使人对图像的依赖日益加剧。另一方面，图像文化的机械复制性、消遣娱乐性、商业牟利性也在侵蚀和消解着传统文学的审美精神和审美理念。这些给文学的创作和阅读带来一定的损害。

第一节　读图时代的文学创作隐忧

一　类像幽灵与文学创作的真实性匮乏

（一）类像幽灵：超真实对艺术真实的消解

众所周知，文学是对现实生活的审美能动反映，因此，反映得像不像，真不真，就成为衡量文学艺术价值的一个标准。文学作品只有具有了"真实性"品格，才能使读者在自我生活经验确认的基础上产生信任感和认同感，形成强烈的情感共鸣，从而获得思想上的教益与精神上的享受。否则，就会被读者所拒斥。对此，法国作家巴尔扎克的论述颇

---

① ［斯］阿莱斯·艾尔雅维茨：《图像时代》，胡菊兰等译，吉林人民出版社 2003 年版，第 5 页。

具代表性。他说："当我们看书的时候，每碰到一个不正确的细节，真实感就向我们叫着：'这是不能相信的！'如果这种感觉叫的次数太多，并且向大家叫，那么这本书现在与将来都不会有任何价值了。获得全世界闻名的不朽的成功的秘密在于真实。"①（当然，一时不被接受者认可、不能流传的作品未必就真无价值，这另有原因，可另当别论，不在本书的讨论范围之内。）可见，"真实性"是文学作品成功与否的试金石，是文学的生命所在。巴尔扎克因为表现了文学真实而成为法国社会的"书记官"；托尔斯泰因为表现了文学真实而被誉为俄国革命的一面镜子；鲁迅因为表现了文学真实而成为中国现当代作家的精神导师。文学真实虽然是对生活真实的反映，但它并不直接等同于生活真实，而是一种艺术真实。"艺术真实是以生活真实作为基础，通过概括集中、加工提炼、变形想象等手法创造出来的、具有审美效应的具体生动的艺术形象状态，它表现出社会生活的某些本质、意蕴和规律，包含着客观真实和主观真实两个基本方面。"② 一方面，文学创作必须以现实生活为依据和本源，不可能离开生活真实而随意创造。另一方面，文学创作又不是对现实生活的简单模仿和庸俗比附，而是经过了作家的审美加工和提炼，投射了作家的主观情感和意志，与人类求真向善的审美大前提相契合的一种能动的审美创造活动。经过能动的审美创造，文学作品能够反映生活的普遍规律，揭示普遍的人生和人性，获得丰富而深刻的社会文化蕴涵，这样，文学既源于生活又高于生活。文学真实正是这种客观真实与主观真实的辩证统一。它既要求尊重生活客体的本源性，又要求尊重创作主体的能动性。那种抛弃生活本源或者不顾生活事实的随意编造都是对文学真实性的消解和扭曲。

检视中西文学发展的历史，无论是现实主义美学、浪漫主义美学，还是现代主义美学，尽管它们在表现"艺术形象状态"上有所不同，现实主义美学强调模仿再现的真实，浪漫主义美学和现代主义美学通过夸张、变形、象征、荒诞手法强调情感表现的真实，但它们都或从外部或从内部尊重和服从于文学的真实观。而 20 世纪 60 年代之后（指西

① 转引自《文学理论学习参考资料》，春风文艺出版社 1981 年版，第 764 页。

② 董学文、张永刚：《文学真实的范畴厘定和价值探微》，《北京大学学报》2000 年第 4 期。

方），传统真实观则遭到了前所未有的挑战和质疑。其中以法国思想家鲍德里亚建基于后现代视觉文化的类像理论——“以超真实取代真实”最为惊世骇俗。类像理论对传统真实观的颠覆和消解表现为两个方面：第一，类像理论取消了“原本”与“摹本”的对应关系并颠覆了“原本”与“摹本”的等级秩序。在传统真实观中，模仿是以某一实体的“原本”为参照的，是“摹本”对“原本”的模仿，因此，“原本”是判断“摹本”价值的唯一标准，同时，“原本”因为其独一无二性和此时此地性而具有本雅明所说的“光韵”，这是人工模仿或机械复制的“摹本”所不具有的。而仿真是失去“原本”的模仿行为，是一种不以客观现实为基础的符号生产和行为过程。因此，传统意义上的“原本”与“摹本”的对应关系被消解了，客观现实变得无足轻重。不仅如此，传统真实观中“原本”相对于“摹本”的权威和“灵韵”在毫无差别的类像面前也消失了。第二，类像理论以“超真实”取代“真实”，导致了“真实”的历史性退场。以电子虚拟技术为依托的类像不是真实的客观再现，但它比真实更真实，因此，在类像面前，自然的真实宣告死亡。更进一步，超真实的类像将现实的逻辑和规则遮蔽与粉碎，宣扬它自己的逻辑和规则，使人们相信它才是最真实的，自然的真实反而成了超真实的幻像。

在中国，进入20世纪90年代之后，视觉文化迅速扩张，电子报纸杂志、电影电视广告、DVD、VCD、VR、互联网等大众视觉媒介以其无限的热情和能量制造了铺天盖地的类像对人们围追堵截、轮番轰炸，人们不是自愿而是被迫地生活在一个“图像增殖”的“景观社会”（德波语）。类像对真实观的消解在一定程度上也改变着作家的创作理念。首先，以技术真实代替经验真实的创作开始流行。现代资讯的发达为作家提供了海量的信息，这些以类像形式存在的信息成为许多作家创作时随手拈来的素材，这样一来，以往创作中特别强调的现实生活的体验价值被削弱了，作家们不再身体力行地去体验生活，获得丰富鲜活的第一手写作素材，而依靠大众媒介所提供的第二手资料进行闭门造车式的创作。这样创造出来的作品貌似真实，却是一种人为的技术性真实，它与作家沉入生活，通过与生活的“血肉搏斗”而获得的真知灼见有着本质区别。它终因与生活的隔膜与疏离而显得苍白空洞，也因缺乏现实的烛照而在阅读接受时不具有说服力和可信度。其次，以虚拟代替虚构的创作开始流行。虚拟与虚构都需要想象力的参与才可完成，但二者有明显的区别。虚构以现实生活为原本，在此基础上进行合乎情理的想象，这种想象因为有真实的内在价值尺度，所以能够让读者获得真实感。虚拟则是脱离现实生活的恣意狂想，它与任何现实无关。由于丧失真实的内在价值标准，虚拟往往流于虚妄，严重失真。这两种情况在中国当前的文学创作中都或多或少地存在着，使得当前的文学呈现出真实性隐忧。

(二) 虚拟现实：文学创作中的真实性匮乏

当下文学创作的真实性匮乏主要来自作家对现实生活的疏远和隔膜。现实生活是文艺创作取之不尽、用之不竭的源泉，在实际生活中深入探寻、开掘，从而获得真实的创作素材、艺术感觉和审美直觉，这对于作家来说是弥足珍贵的，还能促使作家产生创作欲望与冲动，在此前提下生成的艺术形象、艺术细节才可能是真实、独特、鲜活的。而当今许多作家创作所凭借的只是一种媒介制造的“虚拟现实”，不是原始状态、原生态的现实生活，更不用说生命的体验了。

在“上海怀旧”作品中，作家陈丹燕、素素、卫慧、朱文颖等对20世纪三四十年代的上海不可能亲自体验，在经验层面上显然是陌生的，因此只能借助影视、报刊、网络等大众媒介所制造出来的旧上海类像加以体认。那是他人生活目光的折射，不是生活本身，不是作家的自我发现。尽管怀旧作品所呈现的上海形象光鲜照人，但总给人恍若隔世的虚幻之感。部分“新生代”作家的创作也不是来自现实经验，而是对仿真现实的复制。批评家陈晓明就指出，何顿笔下的那些故事“可以在南方各个中小城市的日常现实中找到，可以在晚报新闻和道听途说一再流传，那些故事就是已经传奇化了的现实本身。何顿的书写就是把现实文本再次加以重建，它们是现实符号化在文学领域里的延伸”。而邱华栋一再地写到城市的那些表象体系，城市的形状、建筑、人群和生活流向。“他的叙事本身是对已经艺术化的、虚构化的或审美的生活现实的表现。邱华栋反复的书写再也捕捉不到‘原初’的生活现实，一切都已经被审美幻象化了，现实本身已经成为超现实。邱华栋的艺术虚构不过是对超现实的审美化现实的复写而已。”①

对于那些“80后”的更年轻的作家来说，生活经验的贫乏是最突出的，假借虚拟幻象进行创作而导致失真的情况也格外明显。比如：“玄幻文学”“网络游戏文学”等的作者大部分是“80后”的青春写手，这些小说的素材都不是来自现实生活，而是高度技术化了的电子游戏世界。陶东风指出，《诛仙》《小兵传奇》《坏蛋是怎样炼成的》等玄幻小说通过魔法、妖术来“装神弄鬼”，它只是“掩盖艺术才华之枯竭的雕虫小技，只有在想象力畸形发展或受到严重误导的情况下才会大量出现”。尽管作品“把神出鬼没的魔幻世界描写得场面宏大、色彩绚烂，但最终呈现出来的却是一个缺血苍白的技术世界”②。在“80后”作家中，张悦然的创作颇具代表性。张悦然出生于教授之家，一直在校园中度过童年、少年时光。因此，对于她的创作来说，唯一的生活资源就是校园经验和少女经验，与春树将残酷疼痛的青春体验和郭敬明将忧伤明媚的校园生活当作写作素材不同，张悦然不喜欢在作品中表达个人的直接经验。这使她面临着写作资源的匮乏问题。在成名之后，张悦然的生活更被庞大的稿约压向了一个极为狭小封闭的写作空间。在《十爱》一书的自序《写给令我废寝忘食的爱》里她仔细描述了她的写作状态：“我常常是两天或者三天没有出房门，冰箱里的食物早已被吃光了，但仍旧不肯出门来买。从床走到浴室大约是十米，从床走到写字桌的电脑前面，大约是十五米。我就是在这二十五米的距离里活动。写得倦了就去床上，床头有丰富的书和杂志，还有缓解疲倦的眼药水。除了接几个电话，一天里我不必说话，渐渐陷入一种失语的状态。”如此状态下生活写作，生活经验又怎么能时时补足、更新呢？为了解决创作资源的匮乏，张悦然转而从中外电子视听艺术中寻找灵感。莫言在为张悦然的小说《樱桃之远》所作的序言中说：“她轻灵精巧地捕捉这个时代赋予的每一个有价值的信息符号，而后完美细致地将之整合在自己的小说中。在故事的框架上，我们可以看到西方艺术电影、港台言情小说、

---

① 陈晓明：《仿真的年代：超现实文学流变与文化想象》，山西教育出版社1999年版，第19、20页。

② 陶东风：《中国文学已经进入装神弄鬼时代？——由“玄幻小说”引发的一点联想》，《当代文坛》2006年第5期。

世界经典童话等的影响。在小说形象和场景上，我们可以看到日本动漫的清峻脱俗，简约纯粹；可以看到西方油画浓烈的色彩与雅静的光晕；时尚服饰的新潮的朴素与自由的品位；芭蕾舞优雅的造型和哥特式建筑惊悚的矗立。在小说语言上，她有流行歌曲的贴近和煽情，诗歌的意境和简洁，电影经典对白悠长的意蕴和广阔的心灵空间。这代青少年所接触的所有有关的文化形式，基本被她照单全收，成为她的庞杂的资源。"[①] 尽管莫言是从对各种艺术资源的整合和吸纳上来谈论张悦然小说的优点，但是，我们也可以从中看到张悦然小说暴露出来的危机，即：没有丰厚的现实生活体验作为参照，而又要将各种艺术资源整合进小说中，这只会在无形中助长作家畸形的想象力的发展，正如她经常提到的一位编辑朋友对她的评语，说她不是一个贴着地面走路的人，写着写着文字就会飞离现实本身。[②] 这种无边的玄想最终导致了她的作品"生冷怪酷"的风格："她笔下的故事离切身的感受越来越远，情节也越来越离奇，人物的性格也越来越怪异，作品里充满暴戾的血腥残酷，而作者的叙述态度也越来越冷漠。"[③] 图文小说《红鞋》讲述的是一个职业杀手和一个变态的"穿红鞋的女孩儿"之间虐恋的故事。男人不断地杀人，女孩以不断地虐杀动物并拍照为乐，还恶作剧般地拔光了邻居小男孩的牙齿。《小染》中小染每天买水仙花然后用剪刀刺它的根把它弄死，最后，为了赴一场约会，她用刀子杀死了父亲并且用鲜血将自己苍白的嘴唇涂红。《竖琴，白骨精》中妻子白骨精为了丈夫自虐地奉献自己的一切，将自己的骨头取下为丈夫做竖琴，而丈夫则在无知无觉的状态中冷漠自私地享受着一切奉献。她的许多小说都是从视觉艺术中攫取一点"闪光的碎片"或缥缈的情绪、意象，然后根据无边的玄想来构造离奇、夸张的故事，完全脱离了生活的逻辑和规律。无边的玄想一方面表现了她丰富的想象力，另一方面也说明了她现实生活体验的缺乏。正是因为缺乏真切的生活体验和丰富的人生阅历，她无法通过鲜活的场面描写和具有现实触感的细节描述来推动故事情节发展，只能抓住

---

① 莫言：《樱桃之远·序言》，春风文艺出版社 2004 年版。

② 张悦然 vs 七月人：《〈十爱〉一爱》，《那么红，青春作家的自白》，中国文联出版社 2005 年版。

③ 邵燕君：《"美女文学"现象研究》，广西师范大学出版社 2005 年版，第 118 页。

平时留存在脑子中的各种各样的电子图像的碎片，以虚拟的方式将其放大从而推动故事进展。这样的情节设置和结构安排尽管精巧，但总给人华丽而不真实的感觉，仿佛建筑在沙漠中的海市蜃楼，由于“地气”的缺乏而有轻飘之感。

除了上述年轻作家的作品暴露出真实性危机之外，当下文坛一些早已声名远播的中年作家也面临着写作资源耗尽而又无法及时更新的窘境。这在当下乡土叙事的小说中表现得尤为明显。乡村历来是作家精神驰骋和审美想象的重要领地，乡村叙事也一直是文学表现时代生活的一个“宝库”。回顾 20 世纪文学中关于乡土的叙事，从鲁迅等开创的“乡土小说”，到赵树理、周立波、柳青、浩然、王汶石等反映农业合作化运动的农村题材小说，再到 80 年代以贾平凹、路遥为代表的反映农村改革的小说，作家们或以深刻的乡村记忆，或以火热的现实生活体验准确地把握了时代变迁中乡村精神风貌和人物心灵的变化，达到了写作的深度和广度。但是，自 20 世纪 90 年代以来，随着市场经济的推行，都市化和全球化进程的加剧，乡村打破了以往田园牧歌式的宁静和诗意，呈现出混乱、骚动、失序的景观，权力的更迭、城乡的融合、外来文化的渗透使底层农民的生活状况和精神面貌都发生了深刻变化。上述社会主义新农村的变化在当下的乡村叙事中却没有得到全面而深刻的表达。

拿阎连科来说，出生于河南农村的阎连科对农村的贫穷、闭塞、苦难有切身体会，正是这种生活经历和情感体验使他在早期的作品中以令人疼痛和战栗的方式，书写了河洛地域耙耧世界底层乡民苦难的生存本相，表达了当代中国社会最底层的艰辛屈辱的人生挣扎，从而被美誉为描写苦难的“圣手”。1995 年，阎连科因腰椎病卧床，这给了他一个借口（或理由），使他不再亲近乡土，而是将乡土人生变成了储存在记忆中的创作资源仓库。“阎连科渐渐与乡土陌生了，并且滋生了一个当代成功作家对乡土的轻忽和矫情。乡土人生依然是他主要的创作资源，原有的元素都还存在于他的作品中，但是，意味变了，价值变了，作用变了，它们不再是与作家内在生命血脉相连的元素，不是作家爱着、恋着、恨着的东西，而是作家可以随意操纵的小说材料。”[①]《黄金洞》写

① 肖鹰：《真实的可能与狂想的虚假——评阎连科〈受活〉》，《南方文坛》2005 年第 2 期。

父子三人在淘金世界争夺一个风流女人的传奇故事。《耙耧天歌》写一位生了四个傻儿女的母亲，在丈夫不堪忍受这悲苦的生活投水自杀后，不仅艰辛地把四个儿子抚养长大，而且最后用自己的身骨熬药汤为儿女治病。在《日光流年》中，作者将超级狂想发挥得淋漓尽致。这部小说写耙耧山中的三姓村，村民都活不过40岁，这种短命人生在老村长蓝百岁治下的岁月中，形成了淫乱的村风——男人卖皮、女人卖肉。到了2004年出版的小说《受活》中，他又进一步将苦难推向了极致，生活在“受活庄”里的村民全都是些瞎子、聋子、瘸子、哑巴、侏儒。除了生理上的苦难外，他们还得面对六月下雪、严冬酷暑的自然环境的苦难和粮荒、饥饿、死亡以及出卖尊严、人格等的社会苦难。应该说从《日光流年》为界，阎连科对乡土的叙述在艺术表现方法上出现明显的变化，即从现实主义向现代主义的转向。他将最重最实的命题作了轻化和虚化的处理，夸张、变形、戏谑、荒诞、黑色幽默等是他常用的手法，这虽令批评家的眼睛不断闪亮，博得如潮好评，却也让读者感到“缺乏最起码的可信性”①。虽然作家对“受活庄”世界的设定有寓言意味，但让我们感到的不是作家深入乡土大地的血泪写作，而是对农民苦难的集中展示和把玩，是一次形式的炫技和实验。作者阎连科将自己写作这部小说叙述为“寻找超越主义的现实”的文学悲壮之举。在《受活》的“后记”中，作者是这样说的：“真的，请你不要相信什么‘现实’、‘真实’、‘艺术来源于生活’、‘生活是创作的惟一源泉’等等那样的高谈阔论。事实上，并没有什么真实的生活摆在你的面前。每一样真实，每一次真实，被作家的头脑过滤之后，都已经成为虚假。当真实的血液，流过写作者的笔端，都已经成为了水浆。真实并不存在于生活之中，更不在火热的现实之中。真实只存在于某些作家的内心。来自内心的、灵魂的一切，都是真实的、强大的、现实主义的。”② 当然，在写作中表现心灵的真实也未尝不可，但是脱离了现实体验和现实参照的心灵真实则滑向了臆想和编造。阎连科所奉行的“超越主义的现实”就是超越一切现实经验和真实感而追逐自我放纵的狂想臆撰。在这里，

① 李陀、阎连科：《〈受活〉：超现实写作的重要尝试——李陀与阎连科对话录》，《读书》2004年第3期。

② 阎连科：《受活·后记》，春风文艺出版社2004年版。

“超越主义”就是“狂想主义”，即“现实”不过是其“狂想”。这与类像抛弃现实“原本”而依托电子技术制造虚拟真实的理论如出一辙，它所导致的结果就是对“真实的谋杀”。

与阎连科将农村生活极端苦难化相反，还有一些作家将农村描绘成一个淳美诗意的人间乐园。极力地渲染农村生活中温馨的情调和人性的真、善、美。这一点在迟子建的小说中表现最为明显。在她的笔下，乡村是一个美丽的所在，她笔下的房屋、牛栏、猪舍、菜园、坟冢、山川河流、日月星辰以及人物无不沾染一种诗意的幻美色彩，那里很难看到底层人民生活的艰辛、苦涩，即使有也是一笔带过或作淡化处理，那里没有阿谀讹诈，没有提防猜疑，即使是偶尔的罪恶也消融在人间的温情和人性的良善之中。在王新军的小说创作中（如：《乡长故事》《大地上的村庄》），也总是在强调或者干脆不自觉地陷入对乡土的迷恋和诗意叙述当中。主题最终都是指向人性的善，指向乡村的诗意和纯净，而忽略了对内涵、主题以致艺术层次的提升，逐渐放弃甚至消解了“真实”。当然这种对生活的温情表达是美好的、必要的，它让人看到了生活中积极、向上的一面，但是这种表达也不应该是无限度的。它有时会阻遏作家对时代本质的发掘和对人性之恶的更深一层的探究和揭示。我们应该更多地看到，处于全球化时代并且被市场经济全面渗透的今日乡村，传统的伦理道德已经土崩瓦解，新的道德规范尚未建立起来，从贫困中爆发出来的致富欲望在激发农民的勤劳智慧的同时也使他们失去了往日的淳朴善良，而变得贪婪狡黠。那种“诗意地栖居”的乡村乌托邦在今日农村是否依然存在是值得画上一个问号的。作家张浩文指出，无论是出于何种目的，审美乌托邦式的乡村叙述都是有害的，在乡村日益凋敝，城乡差别、贫富差别日益扩大的今天，这种叙述难免会有意无意地遮蔽现实，甚至有意无意地参与到某种利益集团的权力话语构建中。[①] 如果作家任由这诗意乌托邦在笔间驱遣而没有必要的节制和反省，就会在无意之间成为某种利益集团的权力话语的合谋者，制造一种太平盛世的虚假景观来遮蔽现实达到抚慰人心的目的。

---

① 参见张浩文《去隔与贴近——当前农村题材文学创作的问题与应对》，《文学报》2006年6月1日。

如何真正走进农村内部、走进农民的灵魂，把握时代脉搏，描绘新世纪新农村新农民的特有风貌，成为新的时代命题，也是当下作家迫切需要解决的问题。值得庆幸的是，现在，不少作家都意识到农村生活体验对于乡村叙述的重要性。作家叶广芩、孙惠芬、韩少功、李锐、陈应松等也都以不同的方式回到农村，和农民生活在一起，写出了一些反映当下农村生活的厚重之作，如：《上塘书》《歇马山庄的两个女人》（孙惠芬）、《山南水北》（韩少功）、《太平风物》（李锐）、《马斯岭血案》（陈应松）等都获得了广泛的关注和好评。由此可见，只有当作家们把自己的“根”扎回到这片依然苦难深重的大地后，广大农村劳苦人真实的血泪和欢笑才会丰盈他们已逐渐干涸、轻飘的笔，创造出真正反映时代特色的新农村、新农民的真实、深刻、厚重的作品。

二　复制梦魇与文学创作的原创性匮乏

（一）复制梦魇：文化工业对艺术原创的消解

原创性也是衡量文学作品艺术价值的一个重要标准，甚至文学真实性也是文学原创性的题中应有之义。著名学者钱理群就以此标准来衡量鲁迅在中国现代文学史上的成就：“每一个民族都有自己的一些大师级的思想家、文学家，他的思想与文学具有一种原创性，后人可以不断地向其回归、反省，不断地得到新的启示，激发出新的思考和创造。”① 在钱理群看来，鲁迅思想和文学的原创性就在于它能给后人带来启示，激发新的创造，这主要是从文学价值的角度来谈论原创。马相武则从文学审美的角度来阐释原创，他指出：“创作的原创性和原创力，本身就包含着十分丰富的内涵。在文学艺术范畴中，它指的是审美的别具一格性、独一无二性，它表现在作品的内容和形式的丰富多彩和别出心裁中，表现在对生活和世界的审美感受的深度和超凡脱俗中，表现在对复杂现象的评价和诠释的真知灼见中。”② 简言之，具有原创性的作品就是表现了创作主体独特个性，具有独特的形式、风格和审美蕴涵的作品。

---

① 钱理群：《鲁迅作品十五讲》，北京大学出版社2003年版，第1页。

② 马相武：《当前创作的原创性问题》，《光明日报》2006年12月27日。

在古典时期和现代时期，文学艺术无不以对独创性的追求为最高旨趣。但是，到了以文化生产为主导的后现代时期，机械复制技术和大众传媒的发展却带来了传统艺术的大崩溃。文化工业作为一种市场化、商业化、技术化的文化生产，对传统艺术最大的冲击就在于导致了传统艺术独创性的失落。关于这一点，瓦尔特·本雅明最早有所警觉，在《机械复制时代的艺术作品》一文中，他一方面积极肯定机械复制的革命性意义，另一方面，又不无忧虑地指出："在机械复制时代消亡了的是艺术作品的韵味。……复制技术把被复制物与传统的领域分开。它通过多重复制，用大量的复制品来替代一个独特的存在。它允许复制满足处在自身特定情境中的观看者或听者，从而使被复制对象复活。这两个过程导致了对传统的极度破坏。"① 后来阿多尔诺在分析文化工业时对技术对艺术的伤害作了进一步的发挥，指出在技术的逻辑支配之下形成的艺术技巧与在艺术的逻辑支配之下形成的艺术技巧有着截然不同的性质，他说："技巧这个概念在文化工业中，只是名义上与艺术创作技巧相同。在后者，技巧涉及对象本身的内在组织，涉及它的内部逻辑。相反，文化工业的技巧一开始就是机械复制的技巧，因此总是外在于它的对象。"② 文化工业的技巧就是以大规模的机械复制来生产标准化、同质化的文化产品以最大限度地满足大众的文化需求，它首先考虑的是文化产品的商业利润而不是审美个性。当然，文化工业也并非不看重艺术的独创性、丰富性和多样性，但是这种重视只有在不妨碍其市场效益的情况下才是真诚的，一旦艺术的追求与利润的追求发生龃龉，它对利润的关注必定压倒对艺术的关注，艺术的独创、个性必然遭到挤兑、压制。詹姆逊则从另一方面指出："在现代时代，主体即使是异化了，也还是集中或统一的；而在后现代时代，自我已经分散，零散化了。用美学术语来说，这种二元对立意味着在现代时代，在'高压的现代主义观念中'，有着'独特的'和'个人的'风格。而在机械复制发挥着重要作用的后现代时代，只有'自由漂浮的、非个人'的情感，'个人风格越

① 王先霈、王又平主编：《文学理论批评术语汇释》，高等教育出版社 2006 年版，第 605 页。

② 转引自姚文放《文化工业：当代审美文化批判》，《社会科学辑刊》1999 年第 2 期。

来越难以存在'。"① 归纳起来，文化工业对文学艺术原创性的颠覆和消解主要体现在以下方面：一是技术性的机械复制消弭了在传统的非技术性的个人创作中所附丽的艺术家的个性、气息和灵韵。二是批量化、规模化、系列化的文化工业生产滋长和鼓励了文艺创作中的类型化、同质化倾向，使作家的创造力和想象力受到极大威胁。三是文化工业生产的海量信息和快捷、便利的机械复制技术为文学创作中的仿写、复制、拼贴甚至抄袭现象提供了信息与技术上的支持。在此情形下，文学创作中的原创性失落在所难免。

尽管机械复制对文学原创造成了极大的损害，但是，复制也并非与原创截然对立。从人类文化学的角度来看，绝对的、完全的原创性几乎是不存在的，因为人类的历史、文化、艺术都是具有影响和传承关系的。艾略特就指出："假如我们研究一个诗人，撇开了他的偏见，我们却常常会看出，他的作品中，不仅最好的部分，就是最个人的部分也就是他前辈诗人最足以使他们永垂不朽的地方。"② 可见，真正具有原创性的作品往往受到了传统艺术的恩泽和滋养。弗莱也认为，"富有创造性并不能使艺术家脱离传统，反而使他更加深入传统，服从艺术自身的规律性。"③ 用"互文性"的理论来解释，就是任何一个文本都受到前文本的影响。既然如此，我们又该如何认识复制与原创之间的关系呢？詹姆逊对现代主义的戏仿与后现代主义的拼凑的区分或许可以给我们某些启示和借鉴。詹姆逊认为，后现代主义是一种拼凑（也被译为剽窃、抄袭等）的文化，"跟拼凑法极为接近的另一种创作方式是较易让人接受的模仿法（即戏仿——笔者注）。不过我们必须把两种方式严加分辨"④：

---

① 王先霈、王又平主编：《文学理论批评术语汇释》，高等教育出版社2006年版，第605页。

② ［英］艾略特：《传统与个人才能》，见赵毅衡编《新批评文集》，百花文艺出版社2001年版，第28页。

③ ［加拿大］诺斯诺普·弗莱：《原型批评：神话理论》，见叶舒宪编选《神话——原型批评》，陕西师范大学出版社1987年版，第170页。

④ ［美］詹明信：《晚期资本主义的文化逻辑》，陈清侨等译，生活·读书·新知三联书店1997年版，第451页。

从某些方面来看，拼凑法跟戏仿法一样，都要模仿及抄袭一个独特的假面，都是用僵死的文字来编织假话。所不同者，拼凑法采取中立的态度，在仿效原作时绝不多做价值的增删。拼凑之作绝不会像戏仿品那样，在表面抄袭的背后隐藏着别的用心。它既欠缺讥讽原作的冲动，也无取笑他人的意向。作者在实行拼凑时并不相信一旦短暂地借用了一种异乎寻常的说话口吻，便能找到健康的语言规范。由此看来，拼凑是一种空心的戏仿——一尊被挖掉眼睛的雕像。现代文艺中的所谓“空心反讽法”这种实践，大可与批评家布斯（Wayne Booth）在论18世纪文学时所倡导的“稳固讽喻法”互相对应，两者之间的关系，也正如拼凑之于戏仿那样，有手法上的基本差别。①

在詹姆逊看来，“戏仿”和“拼凑”虽然都是对“母本”的模仿，但是“戏仿”在“母本”的基础上有“价值的增删”，“背后隐藏着别的用心”，有“讥讽原作的冲动”，这正是戏仿的个性、风格所在，从而显示出一定的原创精神。而“拼凑”却没有戏仿的隐秘动机，没有讽刺倾向，没有笑声，是失去了幽默感的戏仿，因此，“拼凑是一种空心的戏仿——一尊被挖掉眼睛的雕像”。法国文论家热拉尔·热奈特在《隐迹纸本》中也从形式上区分了“戏仿”和“拼凑”。热奈特认为：此两者都含有对前文本的戏谑成分，但“戏仿”对“母本”进行了文本改造，而拼凑则是纯粹的模仿。②可见，与“母本”相比，“拼凑”没有提供任何有创造性的新东西，纯粹是对母本的僵死复制和抄袭，这意味着“拼凑”是一种独创性丧失的写作风格。如果硬要说“拼凑”有什么创新的话，那就是形式上的拼贴，将不同的母本拼凑在一起，让人产生一种新奇感和震惊感。回到复制与原创的关系上来，我们可以说，如果摹本对母本的复制有主体情感的灌注，能够在母本之外提供某种新的东西，那摹本在某种意义上说

① ［美］詹明信：《晚期资本主义的文化逻辑》，陈清侨等译，生活·读书·新知三联书店1997年版，第453页。“Parody”在原文中被译为“模仿”，通常情况下我们将其译为“戏仿”，为免引起歧义，在本引文中，笔者认为改译为“戏仿”更合适。

② 转引自林元富《后现代戏仿：自恋式的作业？——关于弗雷德里克·詹姆逊理论的一些争论》，《福建师范大学学报》2006年第6期。

也就具有了一定的原创性。反之，如果摹本在母本之外没有提供任何新的内容，产生新的审美意义，那么摹本就是对母本的拼贴、抄袭，意味着摹本原创性的丧失。

（二）过剩与枯竭：文学创作中的原创性匮乏

当我们以上述理论来检视中国当下的文学创作时，原创性的匮乏就成为一个不容忽视的问题。尽管文坛每年新人辈出、作品倍增，看似热闹繁荣，但仔细思量，即使一个职业的文学批评家，恐怕也很难马上说出一个众人服膺的“鲁迅式”的具有原创力的当代作家，很难立即举出10部最具有原创性的当代作品。我们不得不接受的一个事实是：在轰轰烈烈的文坛喧哗之后，除却少数脱颖而出、让人印象深刻的精品力作，大多作品从形式到内容都乏善可陈。据统计，20世纪90年代年均产长篇小说800部左右，真正以艺术质量进入评论范围的每年只有几十部，大量注水、或千书一面，用几个模式可以一言道尽的，比比皆是。陈晓明用过剩与枯竭来解释此种文坛现状，他说：“当今时代文学生产、传播都处于过度发达的地步，过度也就是过剩，严重的生产过剩，阅读过剩，消费过剩，一切都变成了消费。而消费的原意就是挥霍，就是过度、就是耗尽。过剩的另一面就是枯竭，一切都是重复生产，重复阅读，重复传播，这就是严重的过剩。而原创性、创造性却是枯竭了。”①雷达也对文坛的盲目跟风、缺乏独创不无忧虑：“这些年我们目睹了一个又一个‘复制浪头’，一个时段什么故事吃香，什么题材耸人，这类作品像事前商量的一样，联袂而出，而且发行业绩出奇地好；而命意独特的深思之作，往往受到冷落。流行总是压倒独创。千篇一律的偷情故事，千篇一律的受难故事，遮住作者名字，你是绝对看不出有啥区别的。不少名家，渐渐形成万变不离其宗的结构‘秘方’，把几种他最熟络的审美元素拿来调制一番，就能调出一盘色香味俱全的美味佳肴。其实他永远在写着同一部作品。”为此，他对当前文学创作症候作出诊断：“缺少宝贵的原创能力，却增大了畸形的复制能力。”②

原创性危机的主要表征就是作家想象力和创造力的匮乏。在视觉文化时代，大众传媒异常发达，报纸、影视、网络等大众媒介源源不断地

---

① 陈晓明：《枯竭中再生——当代文学原创性笔谈·引言》，《长城》2007年第6期。
② 雷达：《当前文学创作症候分析》，《光明日报》2006年7月5日。

将各种相同或不同的信息向大众传播。这些信息在不断的报道和传播过程中逐渐大众化、一体化，成为一种审美幻象。生活在其中的人们每天都接受着同样的信息，个人对生活的体验也就同一化了，个人独异的想象力则在趋同的体验中被逐渐销蚀、磨损。尽管被称为“第四媒介”的网络由于其匿名性和人机对话性在一定程度上显示了民主、自由的一面，为当代大众提供了一个众生狂欢的平台，一个新型的公共领域，然而“高科技虽然能解决许多问题，但不能解决所有的问题”（阿伦·卡普劳语）。不但网络上泥沙俱下、良莠不齐的混乱现象需要更多的思考与选择，网络和现实之间的落差也产生了种种悖论。另外，网络在为人们提供更加自由的创作和批评空间的同时，也为拼贴、复制与无意义重复提供了技术上的便利。这样，一方面是作家由于想象力、创造力的匮乏而导致的对现实生活缺乏独立思考和精神的超越，另一方面是大众传媒的发达为作家创作提供了信息复制的便利，此外，身处市场经济下的作家还面对着各种利益的诱惑。这多方面的原因联合磨损着作家的原创精神和创造能力。于是，在消费占据主导地位的当下语境中，个人的特征“一一瓦解、脱落了”，“就形式而言，真正的个人‘风格’也越来越难得一见了。今天，‘拼凑’（pastiche）作为创作方法，几乎是无所不在的、雄踞了一切的艺术实践”。[①] 结合具体的文学创作来看，文学原创性危机主要表现在以下几个方面：

其一，对技术经验的复制仿写。传媒大师麦克卢汉有句名言：“媒介是人的延伸”。20 世纪 90 年代中后期以来，传媒和科技的飞速发展大大丰富和延伸了人类的接触界面，计算机、互联网、电影、有线电视、VCD、DVD、手机短信等虚拟机器源源不断地生产各类虚拟经验，它们为创作资源匮乏的当代年轻作家提供了绝佳素材。于是，文学擅长的人性经验倾诉蜕变为对技术经验的复制仿真。随着全球化文化交流的日益频繁，国外同步电影、光盘（以盗版 VCD、DVD 影碟居多）和本土其他艺术门类所传达的经验、情节链、故事元素成为中国当代作家汲取叙事经验“营养”的最佳捷径，作家们直接把从影像中获得的叙事经验转化成用文字表达的文学叙事，许多作品完全可以看作影视剧的文

① ［美］詹明信：《晚期资本主义的文化逻辑》，陈清侨等译，生活·读书·新知三联书店 1997 年版，第 450 页。

学克隆版，只不过进行了本土化的加工和改造。文学评论家周冰心先生就指出，著名作家方方在2003年《当代》第1期上发表的中篇小说《水随天去》挪用复制了2002年播出的电视剧《命案十三宗》的情节，“70后”代表作家戴来发表于2003年第7期《人民文学》上的短篇小说《茄子》获得了2003年度《人民文学》短篇小说奖，并被《小说选刊》转载，但它却抄袭了马克·罗曼尼克导演的美国电影《一分钟快照》的故事链。而戴来此前发表的小说《我们都是有病的人》的故事情节更是与1998年美国好莱坞出产的电影《楚门的世界》惊人的一致。① 这种现象几乎在每一个年轻小说家的创作中存在，我们经常可以从他们的小说中找到熟悉的电影画面和情节，王家卫、梁朝伟、张曼玉、陈凯歌、基斯洛夫斯基、安东尼奥尼等人物也成为他们笔下经常出现的符号，影视所提供的复制经验已经成为很多作家创作力枯竭后的一个重要的经验来源，电影经验的奇观化、戏剧化被直接复制到他们的文学叙事中，在这些作品中，我们看不到主人公内心的挣扎、焦虑、抗争，也看不到作者对社会现状、生命终极的思考和人物灵魂的拷问，而只看到了乱伦（《水随天去》）、二奶、外遇（《茄子》）、偷窥（《我们都是有病的人》）等具有煽惑性的故事情节和故弄玄虚的心理活动，而这些因素也最能撩起本土读者的“窥私”欲望和猎奇心理，其投机性、世俗性仿写的动机昭然若揭。

其二，对他人作品的模仿。学习与借鉴他人的创作经验与成果本无可厚非，文学史上许多著名作家在创作之初都经历过模仿、借鉴的阶段。远的不说，就拿20世纪80年代中后期兴起的寻根文学和先锋文学来说，就是在借鉴西方作家成果的基础上诞生的。马尔克斯的《百年孤独》被“寻根”作家奉为圭臬，《花园里的交叉小径》更是被中国第一代先锋作家如格非、余华、孙甘露等反复称颂。那时，几乎每一个先锋作家的背后都矗立着一个或几个西方大师的身影，博尔赫斯、卡夫卡、马尔克斯、海明威、福克纳、塞林格以及稍后的米兰·昆德拉、普鲁斯特、玛格利特·杜拉斯等等作家的作品都成为中国作家互相交流实践的有力资本。中国文学的模仿历史由来已久，每一

① 周冰心：《仿写时代：文本与影像的互文现象——以方方和戴来的创作为例》，《文艺争鸣》2004年第3期。

个时代的文学潮流都或多或少或浓或淡的有模仿成分，但这些模仿都只是叙事方式上的借鉴或精神气质的模仿，都能在“母本”之外产生新的审美内涵和意义结构，因而还能够不同程度地显示作家的创造力。而在部分年轻一代的作家中，对他人作品的模仿则从情节结构、人物关系到语言风格、细节设置都同出一辙，以至于引起知识产权的诉讼，问题就比较严重了，那完全蜕变成抄袭、剽窃。这一点在“80后”作家中表现尤为明显。首先应该承认的是，80年代人成长于漫画、影像、网络的时代，他们所接触的媒体信息之广，是任何一代人都无法比拟的。《米老鼠与唐老鸭》《圣斗士星矢》《忍者神龟》等欧美或日本动漫伴随他们度过童年；金庸、古龙的武侠和琼瑶、席娟的言情是其枕边书；王家卫的电影与村上春树的小说教给了他们小资情调；王朔、王小波让他们领略了语言的魅力；网络是他们乐不思蜀的家园；传奇、CS、泡泡堂是他们的游戏世界；BBS与QQ、微信是他们的交流方式。“80后”已经能很娴熟地把这些属于他们的时代资源整合进他们的文学创作，表达他们异质的经验与想象。以至于著名作家莫言对张悦然的作品赞赏有加，而郭敬明的《幻城》出来后更是让曹文轩、陈晓明等文学界颇有影响的批评家看“懵”了，惊讶于其想象力的丰富和叙事经验的奇特。殊不知，对于“80后”的同代人来说，这些叙事经验只不过是他们耳熟能详的童话故事和动漫故事的文字转译本。虽然《幻城》是否模仿日本CLAMP的漫画《圣传》尚存争议，但可以确定的是，不仅《幻城》的想象世界与《圣传》的想象世界存在源流关系，而且，文本内部还有许多细节上的相似之处。比如，《圣传》里有擅长音律的干达婆王，随身带的一把琴，到了关键时刻能当武器用；《幻城》里有会弹琴的潮涯，继承上古神器无音琴，巫乐族的王，他的琴后来也成了厉害的暗器。《圣传》中的阿修罗和《幻城》里的星轨都反复说“我是个不该出生的孩子”这句话；《圣传》中有“姐，请你自由地……”《幻城》中有“哥，请你自由地……”发行量超过100万册的《梦里花落知多少》因与庄羽《圈里圈外》情节的相似而被告上法庭，二者在人物名字及人物形象上也有很多相似之处，《梦》俨然是《圈》的“克隆版”。此外，孙睿的《草样年华》之于石康的《晃晃悠悠》、胡坚的《愤青时代》之于王小波的《黄金时代》、胡坚的《宠儿》之于王朔的《动物凶猛》、韩寒的《三重门》之于钱钟书的《围城》、李傻傻的《红 X》之于宁肯的《蒙面之城》和塞林格的《麦田里的守望者》、春树的《北京娃娃》之于卫慧的《上海宝贝》等，都存在着明显的模仿痕迹。

其三，作家的自我重复、拼贴。作家的自我重复现象成为当下中国作家所面临的创作上最大的尴尬和无奈。许多实力派作家曾经写出了轰动一时的具有原创精神的力作，但是在既往的生存经验被一部部作品消耗光资源后，这些作家没有及时地潜隐到生活的深处，作更深层次的观察、体验和思考，因而无法在后续创作中表现出“精神探寻的递进性”(雷达语)，而是噩梦般地重复或拼贴着自我曾经的创作。近来，阎连科在一篇文章里谈到了自我重复问题。他说，他面对写作时出现新的重复，明知重复却又无可奈何。早期写作，最重要的重复表现为故事与人物的重复，可当这些重复在努力中还没有完全克服时，新的重复又渐渐显现和突出了。比如《受活》《日光流年》《丁庄梦》，它们在故事人物结构上都有差别，都有个性，但在作者认识生活的方式上却没有本质的不同。[①] 作为描写乡土境遇颇有深度的作家之一，阎连科尚且如此，可以看出，在当代作家中，自我重复、缺乏原创性的问题已经多么普遍和严重。比如，以“西部系列小说”而蜚声文坛的新疆作家董立勃在刚推出小说《白豆》时赢得一片叫好声，该小说在《当代》2003 年第 1 期上发表，据说发表之前全编辑部的男女老少编辑竞相传看且一致叫好，并说把他们感动得铭心刻骨。《白豆》也确实是反映新疆生活小说的一个重大收获。随后，董力勃又陆续推出了《米香》《清白》《烈日》等反映新疆建设兵团的系列小说，但这些小说却存在着明显的自我复制倾向。而在林白、陈染的作品中，也难以摆脱自我重复的阴影，林多米和戴二小姐的故事总是在多部小说中与读者不期而遇，有些语言或段落甚至一字不漏地重复出现。在“70 后”作家的作品中，自我重复简直成了沉疴顽疾难以根除。卫慧的《上海宝贝》在几年前就以毫无顾忌的性描写引起各界的广泛关注，并最终遭到封杀。《我的禅》虽加入看似清新寡欲的禅宗意象，但在深刻性上并未有所提高——向世人献媚的姿态一以贯之，性描写依然我行我素。赵波的《萍水相逢》和《异地

① 雷达：《当前文学创作症候分析》，《光明日报》2006 年 7 月 5 日。

之恋》叙写的都是一对陌生男女之间发生的勾引与抗拒的故事。周洁茹的小说几乎都围绕着两个年轻女性的微妙关系而展开，《我们干点什么吧》《点灯说话》《飞》《抒情时代》都絮絮不休地说着相同的人和事。棉棉的《啦啦啦》《黑烟袅袅》和《每个好孩子都有糖吃》都以“我”和“赛宁”为主角讲述了一段疯狂放纵的爱情故事。《每个好孩子都有糖吃》和《一个矫揉造作的晚上》的最后一节一模一样。《九个目标的欲望》和《香港情人》的人物部分重合。至于其他短篇中雷同的语句和对待生命的态度就更不胜枚举了。难怪棉棉会在《告诉我通向下一个威士忌酒吧的路》中底气不足地发言：“我把我仅有的那点故事都写成小说了，其实我向来反对女作家写真人真事，但是写作确实没有赐予我虚构生活的权利。我费尽心思在我的故事里寻找感觉，毁灭性地找，企图化腐朽为神奇。”一个作家完全依附于自我经历进行创作无异于画地为牢。个体的经历毕竟有限，而似乎聪明的拼贴式写作不过是提前将自己送入了写作的坟茔。当一个作家感到创作力疲惫的时候，硬写自然无益。通过体验生活、与外界交流，不断改善和提升自我的想象力和关怀意识才是冲出思想和创作牢笼的有效途径。

面对上述情境，有研究者指出：“原创‘虚构’在中国的死亡、腐烂早已不是什么危言耸听的新闻了，它呈现出当下中国一个个实力派作家在既往生存之痛、生存经验被一部部作品消耗光资源后，又没有作更深层次的精神终极思考，更没有潜隐到生活、灵魂的最底层作现实主义拷问，随即就堕入了另一个后工业时代‘机械复制’与‘技术仿写’的怪圈，靠后工业时代提供的无孔不入无所不在的发达资讯来生成‘伪经验’，继而‘形成’自己的叙事‘资源’，以‘媚俗’的姿态参与文化‘叙事’‘消费乐’。如果说，在中国当前现代社会 20 世纪 80 年代曾出现过一些风格迥异带有元话语文学特质、独创性很强的文学作品，且是中国新时期以来所收获的文学‘原作’的话，那么，在今日后现代社会，中国文学‘原作’原创性早已不复存在，已陷入后现代主义文学‘类像’遍野的处境，大批‘类像’文学作品正在成为没有区别的‘仿制品’、‘拟真品’，‘群像’是描绘中国当下文学最贴切的字眼，

‘速朽’成了中国当下文学面临的根本归属。”① 应该说这段话比较准确地概括了图像时代类像幽灵笼罩下的文学创作现状。如何沉入现实生活，潜心观察、体验，以抵御类像幽灵的侵蚀，提高想象力和创造力，完善“想象中国的方法”，是摆在当下作家面前的头等大事，也是当下文学必须克服和超越的困境。

第二节 读图时代的文学阅读隐忧

一 阅读现状：读者的分化与观者的崛起

（一）从纸媒到电媒：载体之变与读者的分化

德国思想家本雅明在写于1936年的一篇文章《讲故事的人》中慨叹道：“虽然这一称谓我们可能还熟悉，但活生生的、其声可闻其容可睹的讲故事的人无论如何是踪影难觅了。他早已成为某种离我们遥远——而且是越来越远的东西了。……讲故事这门艺术已是日薄西山。要碰到一个能很精彩地讲一则故事的人是难而又难了。”② 同一年，本雅明又写了另一篇重要文章《机械复制时代的艺术作品》。他敏锐地感觉到：随着摄影、电影等机械复制艺术的兴起，将带来传统艺术的大崩溃。将上述两文对照阅读，我们就会得出这样的结论：信息传播载体的更替将导致文化艺术样式和文化接受方式的变化。在口传时代，讲故事是主要的文化表达方式，而听众则是文化接受者；到了印刷时代，讲故事的人被小说、诗歌、戏剧等文学作品取代，而听众也成了沉醉于书海墨香的文学读者；到了电子时代，文化传播由文字符号中心转向了声像中心，影视、网络等电子媒介则从小说等文学书籍那里夺取了相当数量的读者或潜在读者，传统意义上的文学阅读者被视像观看者所取代。

据中国出版科学研究所公布的全国国民阅读率抽样调查结果显

---

① 周冰心：《想象力缺失：中国当代文学面临的窘境——论当下中国文学的虚构危机》，《南方文坛》2003年第6期。

② 本雅明：《讲故事的人》，见陈永国等编《本雅明文选》，中国社会科学出版社1999年版，第291页。

示：6年来，我国国民阅读率持续走低。1999年首次调查发现国民的阅读率为60.4%，2001年为54.2%，2003年为51.7%，而2005年为48.7%，首次低于50%。我国国民中有读书习惯者仅占5%。[①] 这一调查结果实在令人担忧。中国是一个历史悠久的文明古国，传统的价值观从来就是“万般皆下品，唯有读书高”，何以在强调提高国民素质的今天，读书的人会越来越少？而在这仅有的有读书习惯的5%的人群中，阅读文学书籍的人可想而知就少之又少了。有人曾选取了100部中外知名的及优秀的文学作品作了一次“现代受众了解文学作品的途径调查”。这100部作品均先后被改编成电影、电视、广播和戏剧，调查对象是40岁以下的大学生、中学生及文化程度高中以上的成年人。调查结果表明，有60.5%的人是先从电视、电影或其他媒介传播中（非文字传播）了解这些作品的，其中，有18.5%的人在影视等媒体上看了以后，再去看原著，而其余的人看了影视、戏剧后就不再看原著了。[②] 与此同时，近年来我国国民网上阅读率正在迅速增长，上网阅读率从1999年的3.7%增加到2003年的18.3%，再到2005年的27.8%，7年间增长了7.5倍，每年平均增长率为107%。[③] 由此可见，以互联网为代表的新媒体的迅速崛起，对传统阅读造成了巨大冲击：它拓宽了人们获取信息的渠道，占用了人们有限的阅读时间，改变了人们的阅读习惯，并不可遏制地分流了一部分现有读者甚至包括潜在读者。很明显，新媒体将会进一步发展壮大，许多业内人士认为，阅读率还将进一步走低，媒体多元化对阅读的影响还远未达到峰值。

与传统纸质媒介的文字传播不同，影视、网络等电子媒介主要采用图像传播的方式。在抽象、间接的文字文本与直观、形象的影像之间，追求感官刺激的现代人自然会选择后者。这就是丹尼尔·贝尔所说的“当代倾向的性质”，“它渴望行动（与观照相反）、追求新奇、贪图轰

① 来自中国出版网：《图书阅读率持续走低网络阅读率大幅增长》。http：//www.chinapublish.com.cn.

② 赵抗卫：《文学作品与现代传媒》，《文艺理论研究》2000年第5期。

③ 来自中国出版网：《图书阅读率持续走低　网络阅读率大幅增长》。http：//www.chinapublish.com.cn.

动。而最能满足这些迫切欲望的莫过于艺术中的视觉成分了”①。关于这一点，前文中已有过多论述，在此不再赘述。美国学者 J. 希利斯·米勒对电子媒介时代“读图”取代“读书”的状况作了极为形象生动的描绘，恰是对上述论断的一种印证：

> 像电视和电影、连接或配有音箱的电脑监视器不可避免地混合了视觉、听觉形象，还兼有文字解读的能力。新的电信时代无可挽回地成了多媒体的综合应用。男人、女人和孩子个人的、排他的“一书在手，浑然忘忧”的读书行为，让位于“环视”和“环绕音响”这些现代化视听设备。而后者用一大堆既不是现在也不是非现在、既不是具体化的也不是抽象化的、既不在这儿也不在那儿、不死不活的东西冲击着眼膜和耳鼓。这些幽灵一样的东西拥有巨大的力量，可以侵扰那些手拿遥控器开启这些设备的人们的心理、感受和想象，并且还可以把他们的心理和情感打造成它们所喜欢的样子。因为许多这样的幽灵都是极端的暴力形象，它们出现在今天的电影和电视屏幕上，就如同旧日里潜伏在人们意识深处的恐惧现在被公开展示出来了，不管这样做是好是坏，我们可以跟它们面对面，看到、听到它们，而不仅仅是在书页上读到。②

总之，在一个声音、影像、文字全息传播的电子媒介时代，“一书在手，浑然忘忧”的读书境界再也找不回来了，取而代之的是“沙发上的土豆”或“赛博空间的网虫”。

（二）从阅读到观看：读图风潮与读者的重塑

现如今，大众电子媒介释放出越来越多的图像冲击着人们的眼膜和耳鼓，人们越来越醉心于浑然忘忧地欣赏影视节目、随心所欲地浏览图文书，那种青灯黄卷、凝神静思的读书生活似乎离现代人越来越遥远。从文学阅读者转变为视像观看者，读者在思维方式、审美趣味、主体地

① ［美］丹尼尔·贝尔：《资本主义文化矛盾》，生活·读书·新知三联书店 1989 年版，第 154 页。

② ［美］J. 希利斯·米勒：《全球化时代文学研究不会继续存在吗?》，《文学评论》2001 年第 1 期。

位等方面都进行了重塑，出现了一些新的症候，对文学经典的接受构成了威胁。具体表现如下：

其一，思维方式的重塑。漫画家戴逸如曾说：画家以画眼看山，能见山之态；诗人以诗眼看山，能得山之神。这一说法形象地表达了“语言文化”与“视觉文化”的差异。“语言文化”以“语言”为媒介，语言的展开是线性的，读者只有读完全文才能明了语言所提供的信息，然后将“语言”信息在头脑中经过概括、选择等理性思维的转化生成“形象”。整个思维过程中，“语言”充当中介，所追求的是“神似”而不是“形似”，因此它是一种抽象地把握世界的方式。而在“视觉文化”中，“图像”不需要线性展开，它在瞬间就可以将事物的外貌、形态、神韵纤毫毕现，即图像无须任何中介，它既是手段又是目的，它更多地依靠感性思维的参与，满足于逼真直观的“形象”而无意深究形象背后的“神韵”，因此，它是一种直观地把握世界的方式。“读书”向“读图”的过渡实际上就是从一种抽象（理性）思维向直观（感性）思维的转变。人们更倾向于用一种感性直观的方式来把握世界，更看重事物的表象、外观，而很少去追问事物背后所隐藏的意义或内涵。因此，有人说“视觉转向”带来的是一个感官消费和形象消费的时代。①虽然“感官审美”更符合人之天性，也使忙碌、紧张的现代人在身心的愉悦中得到了精神的放松和压力的释放，但是，鲍德里亚对这种“感官审美”依然表现出悲观的态度，他认为，“信息、记号和形象的超负荷，是对我们连缀记号为连续叙事的能力的威胁。而从表层的形象之流的紧张体验中，我们获得的是审美的满足：我们并未去寻求连贯而持久的意义。于是这必然出现象征的终结……文化的失序。”② 鲍德里亚的担忧是有一定道理的，长期读图，会使人们逐渐丧失理性把握世界的能力，而蜕变为感性的动物。美术评论家杨小彦也认为，“当读图成为一种视觉的消费方式时，我们是不愿意对图本身有所深究的。我们不仅消灭了图的意义，我们还理直气壮地消灭阅读，消灭以阅读为代表的思

① 舒也：《媒体的视觉化转型》，《福建论坛》2001 年第 3 期。

② ［英］迈克·费瑟斯通：《消费文化与后现代主义》，译林出版社 2000 年版，第 182—183 页。

考。”[①] 试想一下，当一个文学阅读者放弃了思考或不会思考了，那是多么可怕的事情，古今中外经过时间淘洗和沉淀而遗留下来的那么多经典名著又怎么能引起人们的共鸣，展示其特殊魅力？

其二，审美趣味的嬗变。“语言文化”与“视觉文化”由于表意符号的不同而导致了审美方式的差异。“语言文化”的审美是审美主体与审美对象有距离的观照，是一种传统美学所说的“静观”。阅读乃是这种静观的最典型形式，此时，审美主体采用“沉入式”的审美，不断地体验作品的深刻含义，反复地吟咏和解读，形成主客体的交融，恰似本雅明所描述的那种对“韵味”的把握，也正如中国传统审美所追求的“象外之象”“境外之境”“韵外之旨”。正是在这种有距离的阅读中，读者的审美想象才能充分展开，而能动的审美创造也由此产生。而“读图”则相反，图像在作为“媒介”的同时也是“目的”，审美主体与审美对象之间的距离消失了，主体直接进入对象，失去了想象的空间和余地。于是，“体味”被“体验”所代替，审美“韵味”被“震惊”“惊颤”的感官体验所代替。丹尼尔·贝尔指出，这种“把直接、冲击、同步和轰动作为审美的——和心理的——经验方式的结果就是把每时每刻都戏剧化，把我们的紧张增加到狂热的程度。然而这却没有留给我们决心、协调或转变的时刻，即没有那种仪式之后的净化”[②]。从“读书”向“读图”的转变使当代审美理念从超功利化和精神升华（净化）的传统模式里走出来转而满足于日常的欲望释放和快感追逐，短暂性、平面化和时尚化代替了韵味悠长、意境幽远和个性独特，沉重的形而上追思和精致典雅的美学趣味被轻飘的形而下享受和身体感官的愉悦所取代。概言之，就是从对美感的追求转向了对快感的追求。审美趣味的嬗变带来的一个直接的文化后果就是浅阅读的盛行。人们没有时间也没有耐心静下心来仔细品味经典名著，而是将目光投向商业电影、流行出版物、电视肥皂剧、通俗歌曲、地摊书刊、卡通制品等形式直观、内容浅显又具有充分娱乐性的快餐文化样式。浅阅读的消费特点是快速、快感、快扔，它符合大众流行文化与消费文化的基本特质，是一种快餐

① 杨小彦：《话说读图时代》，《天涯》2001年第1期。

② ［美］丹尼尔·贝尔：《资本主义文化矛盾》，赵一凡等译，生活·读书·新知三联书店1989年版，第167页。

文化。由此导致的非导向性阅读、缺乏“主流阅读”、功利性阅读等现象，不可避免地会对读者特别是青少年的人格成长、精神发育、知识训练乃至价值观、世界观塑造等产生不良影响。长此以往，人的思维能力也许将由于得不到有效的锻炼而趋于萎缩。目前，这种走马观花、泛泛而读、不求甚解的浅阅读已经开始表现出妨害文学经典接受的征兆。在北京市文联和《北京文学·中篇小说月报》杂志社联合举办的“图像时代与文学经典阅读”研讨会上，《北京文学》杂志社社长章德宁坦言，她在《北京文学》招聘编辑和对北京部分大学的抽样调查中发现，众多的大学生，即使是汉语文学方面的硕博士研究生，也缺少阅读文学经典的习惯与兴趣。北京大学谢冕教授也不无忧虑地指出：在这个读图时代，“我担心，有一天，我们的耳朵将无法欣赏美妙的高雅的音乐，我们的眼睛将无法欣赏凡·高画卷中那美丽动人的金黄色”[①]。

其三，主体地位的转变。当读者由对着书本凝神静思转变为对着影视屏幕发傻发痴的时候，就意味着其主体地位发生了转变。即由主动审美转变为被动观看，由对话交流转变为听话独白。传统阅读不受阅读内容、方式、时间、地点、速度的限制，给予读者的自主性和自由度非常大，读者与文本之间是一种主动审美、对话交流的关系。而基于视觉文本的阅读，阅读主体的自由性、主动性变成了被动受控性，阅读内容、方式呈现出空前的趋同性，阅读主体的个性化特征也随之消解。从表面看，人们在观看视像的时候，一手拿遥控器，一手点击鼠标，就可以在不同通道、不同窗口之间实现瞬间的切换，每个人对阅读内容的选择似乎非常自由。然而，图像文化被市场逻辑所利用和控制，往往遵循同一价值体系、同一审美趣味而生产出来，人们只能被动地感知影视制作者借助复制技术加工后的艺术形象，“他始终只是被驱逐在产品之外的，在这个幻象中不扮演任何角色。他失去了创造者的权力，或者只是一个纯粹的接受者”[②]，作为一个听话者，他接受着来自导演的独白，由一个主题奔向另一个主题，由一个画面转到另一个画面，来不及思考和想象。此外，视觉文化还越来越表现出欲控制读者的观赏心理和阅读效应

① 李浩：《图像时代，谁还在阅读文学经典？——“狼来了”的焦虑与反思》，《北京日报》2006年8月1日第14版。

② 罗岗、顾铮主编：《视觉文化读本》，广西师范大学出版社2003年版，第89页。

的企图。如在观赏阅读过程中，观众何时应沉默、何时应流泪、何时应捧腹大笑、何时应报以热烈的掌声，有时竟作出不厌其烦的提醒或暗示。如此，读者失去的不仅仅是阅读的主动性、自由性和个性化特征，而且也多少会产生一种被奴役的感觉。长此以往，读者便培养出一种倦怠心理，疏于思考也懒得思考了。

二 阅读隐忧：创造力的退化与想象力的掠夺

在传统阅读行为中，读者是一个自律、理性的阅读主体，他不受阅读时间、地点、环境等条件的限制，任自己的个性、想象、思考和审美创造自由发挥。通过能动性的阅读活动，读者得以在浩渺的文学长河中探求宇宙人生的哲理奥秘；与古今中外的智者仁人进行心灵的交流与对话；不断提高自身的艺术欣赏水平和理性思辨能力。然而，在图像文本的阅读中，读者的创造性、想象力却受到严重的压抑、消解，乃至被掠夺。下面，我们就通过分析图文书和影视剧中的图、像在阅读过程中对读者的影响来具体论述这一问题。

（一）图在文中：图文书之图对文学阅读的引导

图文本文学作品的阅读与纯文字文学作品的阅读情况大不一样。图文本由图片和文字混排而成。在未阅读之前，图文本小说中的图、文关系还是静态的，可以理解为不相互依赖。但当读者的阅读行为实际发生时，图文关系便被链接、激活。读者势必要依赖图像去理解小说，或者说图像引导着读者对小说的理解。下面，我们就以海峡文艺出版社2003年出版的著名女作家刘索拉耗时七年写就的长篇小说《女贞汤》的图文本为例，来进行分析。

在《女贞汤》中，图文设计者进行了超大容量的图像粘贴，在120多万字、236个页面里，竟有140多页挤满了大大小小、花花绿绿的各式插图170多幅。有研究者将其插图的特点归纳为“五多”：插图多、种类多、形式多、作者多、现成品多①，从而对传统的插图理念进行了彻底的颠覆。如此繁多的图片剥离了高度抽象的语言文字代码，将本需诉诸想象方可生成的文学形象予以图像化，从而强行剥夺了读者想象、

① 杨学是：《读图时代的文学与图——以〈女贞汤〉为个案》，《当代文坛》2004年第2期。

创造的权利。

其一是人物的图像化。《女贞汤》中，各类人物形象大都被图文设计者图像化了，越是重量级的人物，就被图像化得越严重。如人物之一的莲英（希撒玛），其配图就有八九帧之多。她一会儿是娇艳的美妇人，一会儿是刚烈凶猛的豹子，一会儿又是秀色可餐的裸奔女。莲英在各种场合、情境中的形象都被一一图解了。比如在《女贞汤》的第48页，有一幅古代淑女图，而与这幅图匹配的文字正是最早被新大岛议事会派去继合家打探虚实的张蒙眼里的莲英形象："这妇人……睁开眼时一对瞳仁儿似豹锋利惊觉，眯上眼后两弯吊眉像云雾升腾。笑时多情风骚千娇百媚，怒时杀气腾腾银牙渴血。恍惚间，好似一只背上长了黑线的银灰色母豹正扑将过来；定睛看，却是一个绝色女子站在眼前，搅得人心惊肉跳，坐立不安。"这段文字叙述提供给读者的想象空间非常大，由于语言文字具有模糊性和不确定性，读者在阅读的过程中必须通过丰富的想象，才可完成现实形象的转化。这正应合了"有一千个读者，就有一千个哈姆雷特"的说法，莲英娇媚、风骚而又妖冶的形象通过读者的审美创造而跃然纸上。但这样一幅淑女图却将文字叙述中莲英丰富复杂的形象具体化、固定化了。读者经由图片的引导不得不接受眼前所看到的莲英形象，因为直观、形象的图像相较于间接、抽象的文字，具有强烈的视觉冲击力。一旦具体可视的图像植入读者的脑中，它就不可能再被想象（如果还能想象的话）的形象所覆盖，也不可替换。也就是说，读者如果试图抛开可视形象去另外想象出一个形象而不受可视形象的干扰，几乎不可能。正是在这一意义上，法国社会学家罗贝尔·埃斯卡皮指出，"视听阅读……是一种强制性的阅读，然而当今地位最稳固的阅读非它莫属。"① 正是图像阅读的强制性，使得图文本的阅读留给读者想象的空间十分有限，那种在纯文字阅读中"有一千个读者，就有一千个哈姆雷特"的效果被"有一千个读者，只有一个哈姆雷特"的事实所取代。

其二是情节的图像化。情节是小说中的核心要素，情节的发展往往蕴含着人物性格的变化、叙事的因果逻辑以及作家所赋予小说的深刻意

---

① ［法］罗贝尔·埃斯卡皮：《文艺社会学》，浙江人民出版社1987年版，第95页。

义。因此，对情节的理解直接关系到文本审美价值的高下，需要读者主体精神的参与。如果说人物的图像化还只是部分遮蔽了读者的想象空间的话，那么情节的图像化则是对读者想象力的一种无情扼杀和剥夺，此时，文字与图像只剩下一种“按图索骥”的关系，读者完全由图说的情节引导着展开阅读以及文本的理解。如果图解不当，还会误导读者，以图害文，作家在写作过程中所赋予小说的深意也就无法完满地传达给读者。难怪刘索拉在初看到这本满眼花花绿绿的图文本小说时，“差点儿没晕过去”，甚至有打算“不出（书）了”的想法。①

其三是图片对读者实施心理暗示的过程牵制了想象力的发挥。《女贞汤》中的图片是根据图文设计者个人对文字文本的理解而配制的。因此，读者对图文本的阅读就是对设计者意图的揣测和适应，在纯文字本中读者的主动审美变成了图文本阅读中被动的接受暗示。例如小说作者在《女贞汤》里虚构了一个公元四千年后发生的故事，但展开故事情节的具体时代背景却比较模糊，这为读者的想象留下了余地，不同读者可以作出不同的解读。而《女贞汤》的图文设计者则根据自己对小说文本中时代代码的解析，通过现成图片拼贴的方式（即有意选择了具有鲜明时代特征的图像元素作为插图）给读者以强烈的时代暗示和现实认同。例如小说“第一部：民间传说”的插图里，大部分的人物都是清末民初的衣着打扮，这即是在向读者暗示大岛人的生活时代。在后来的几部里，黄埔军打扮的人物照片、电影胶片与月份牌擦笔年画（此画种流行于20世纪的20年代至60年代）里的人物形象交替出现，也成功地暗示出了故事的年代。特别是小说最后两部（第五部、尾声）里，老漫画家李滨声的20多幅表现老北京风土、人情、生活的漫画、速写的出场，更是把继氏家族后来的岁月定位（复原）得几乎可以说出年份来。② 此外，图文设计者还将小说中的部分文字摘取出来，附在图片的旁边，作为该图片的说明文字，从而利用文字叙述进一步对读者实施心理暗示。在图片与文字的双重“锚定”下，读者哪还有定力跳出这种暗示？尽管图文的锚定给了读者某种虚拟的“现场感”，但平面、浅

① 刘索拉：《女贞汤·出版前言》，海峡文艺出版社2003年版。

② 参见杨学是《读图时代的文学与图——以〈女贞汤〉为个案》，《当代文坛》2004年第2期。

直的画面却使读者在逼真的现场体验中部分丧失了思考和想象的能力，对文字深刻内涵的体验也付诸东流，而阅读纯文本小说时那反复玩味、渐入佳境及通透畅快的感觉再也找不回来了。

当然，也有一些图文书充分考虑了图与文的媒介特性，尽量使图片少而精，不对文字形成妨害，既有适当的留白，也有适时的引导，这样，既为读者留下了想象的空间和余地，也增添了阅读的意趣和观感，真正做到了图片与文字的交融互渗，相得益彰。比如本书第二章所分析的潘军的《独白与手势》和李锐的《太平风物》，都是不可多得的图文书精品。只不过，在目前的情况下，这样成熟的图文书还比较少见，而由于商业盈利的目的，许多粗制滥造的图文书却挤占了图书市场，从而导致了传统纯文本阅读中想象力和创造力的被掠夺和消解。

（二）图在文外：影视剧之像对文学阅读的牵制

如果说图文书中图的存在对读者阅读文字构成了引导，使其想象力、创造力受到了限制的话，那么同名影视剧的观看对文学原著阅读的牵制性更强，使读者想象力、创造力的流失更严重。主要表现如下：

其一，文学阅读行为的发生不是自主选择的结果，而是同名影视剧的热播所引发的“补缺”行为。正如前文引用的调查数据显示，目前，对于经典文学名著的阅读大多数是在观看了由其所改编的影视剧之后。这说明，读者的阅读行为不是发自内心的对文学的热爱，而是对影视剧情节和人物命运的重温、回味和补缺，这是一种影视剧的二度消费。最明显的例证是，商家为了追求利润的最大化，在影视剧热播的前后和同时推出影视同期书，而影视同期书作为影视剧的补充版，由于“赶场”的原因，无论故事还是语言都极度贫乏。肤浅的性格刻画，截头去尾的场面结构，跳切式的场面变换，旨在补充银幕画面的对白，一览无余的主题阐释是其主要特征。这样文学性极低的作品却依然热销，受到读者的追捧，从中不难看到在影像引导下的读者阅读心态的变化：对小说的阅读不再是纯粹审美的需求，而是对影视剧细节的重温，是好奇心的满足，这对传统阅读心境构成了破坏。

其二，文学阅读的过程不是凝神静气的深阅读，而是在影视剧影像牵制下的浅阅读。文学名著之所以历经岁月的淘洗依然散发馨香，是因为它留给读者的阅读空白更多，想象空间更大，因此，在阅读的过程中，需要读者全身心地投入，仔细地体味思索，与作者进行灵魂的交流和对话，才能对经典的韵味心领神会，智性的思考才能转化为精神的快感。但是，大多数读者却颠倒了阅读的顺序，先看影视剧再阅读名著。先影视后名著的信息获得模式所存在的弊端在于：我们对世界的理解过分依赖于眼睛和视觉再现，而忽略甚至抛弃了个体的情感体验和深度思考，易受影视中已定格的人物形象模式（如某一演员所演的人物形象）的影响和控制。当我们再回过头来阅读文学作品时，先前影视中比较单一的立场和角度则往往会暗示和影响我们，我们的阅读空间和向度则会受到限制。此外，使得阅读呈现出跳跃性、碎片化、随意性的特点。那些最能体现文学性的复杂微妙的心理描写、烘托主题的环境描写、独具风格的语言描写往往被读者跳过或忽略，而那些情节、动作、对话则成为读者竭力搜寻的目标。比如，钱钟书先生的《围城》作为经典名著，其最突出的特色就在于它机智幽默的语言，丰厚深邃的思想，而这些都是需要慢慢品味才能显示其味道的，大多数读者在看了电视剧《围城》之后再看原著，往往对方鸿渐和几个女人的情感纠葛更感兴趣，而对机趣的语言却无心领略，对方鸿渐作为一代知识分子的精神遭遇和性格变迁也无暇深思，这实在是对名著的一种怠慢和亵渎。对此情景，德国哲学家西美尔说得很明白，批判的锋芒也很尖锐：“现在没有哪一种刺激物能比感官的愉悦和神经的麻痹更值得享受。还有谁想要了解严肃和安静的艺术？这种艺术必须用灵魂来觅才能完全心领神会，而灵魂是这个欣赏者所必须首先拥有的。今天我们所要求的快感是能以某种方式刺激那些神经的快感……所有稍稍深刻的内容都必须加以排除，这样，思维自身就无须为了到达核心而冲破外壳或者另辟蹊径。这就是为何一切可以被提供的东西都是表面上的东西，这也是为何是感觉而非沉思主宰了全局。”①

其三，更为重要的是，就目前的情形来说，由文学名著而改编的影视剧往往并不那么令人满意，或多或少存在着对原著思想的扭曲、阐释的肤浅等倾向。有学者一针见血地指出：“经典文学作品的影视改编似乎永远都是不能令人满意的——假如我们事先已经熟悉这部文学作品的

① ［德］齐奥尔格·西美尔：《时尚的哲学》，费勇等译，文化艺术出版社2001年版，第116页。

话。事实上没有一部影视改编作品能真正呈现出优秀文学作品文字背后那些深刻的意义和含义。我们观看的总是不如文学经典已经让我们在想象中体验过的，这正是文学辉映下的影像的宿命。"[①] 这不仅是影视的宿命，更是文学经典的宿命。因为既然先影视后名著的文学接受模式在当下已成为时尚，那么影视剧是否能准确传达原著精髓就显得尤为重要，否则就不仅对读者形成误导，而且影像的幽灵控制着读者的阅读进程，对深入理解原著构成障碍。

通过上述论述，我们有理由相信："对于文学的存在，图像的增殖及其对于主体的解构可能是致命一击。一方面，当大众满足于图像的轻松观览，语言或语言的文学就会因其消费难度被冷落；另一方面，也是更严重的，图像或拟像解除了语言依其本性所造就的主体的深度阅读、反思能力和批判精神。""图像的直观性和自然在场性，进一步说，图像包含有更多的现实性和反解释性，将构成对诗或语言之间接性和抽象性的逼视和质难。"[②] 久而久之，读者的语言思维能力和审美创造能力就会慢慢退化，并显示出审美麻痹和迟钝的危机。这不是危言耸听，日本作家池田大作在与英国历史学家汤因比的对话中，就流露出对信息时代人类前途的无限忧虑，他说："我很担心不断传来的信息会使人们懒得再进行深刻的思索和考察，而陷入一时的冲动。而且我还担心，人们为了要顺应时代急速发展的潮流，还会陷入被动的生活方式，而越来越忽视对创造精神的培养。"[③] 舒尔茨则更进一步，他指出：现代社会中，在媒体视觉、听觉和技术的强大整合之下，社会生活的视觉化倾向导致了特有的"近似文盲"的出现。[④] "近似文盲"是指习惯于视像化生活方式和思维方式的一群人，对语言文字反应迟钝、理解力下降："他们可以理解简单的句子"，但是在理解需要较严密的理性思维逻辑能力的复杂句子时则出现困难。这一担忧似乎正在演变为今天的事实，当代青少年已经出现了偏好读图、淡漠文学经典的倾向，这不得不引起我们的

---

① 彭亚非：《图像社会与文学的未来》，《文学评论》2003 年第 5 期。

② 金惠敏：《图像增殖与文学的当前危机》，《中国社会科学》2004 年第 5 期。

③ ［英］A. J. 汤因比、［日］池田大作：《展望二十一世纪——汤因比与池田大作对话录》，荀春生等译，国际文化出版公司 1985 年版，第 166 页。

④ ［美］舒尔茨、田纳本、劳特朋：《整合营销传播》，内蒙古人民出版社 1998 年版，第 33 页。

警醒和关注。

一时代有一时代之文学。站在文化发展的角度来看，视觉文化时代，文学的图像化是文学谋求生存与发展的途径和策略，显示了文学开放性和可塑性的一面。但是，站在传统文学的立场来看，文学在图像化的过程中又的确对传统文学的艺术理念、阅读理念构成了威胁和损害。在这里，论述读图时代的文学隐忧并不是彻底否认图像文化，而是为了将潜在的或可能的危机呈示出来，引起人们的关注，以归正谬误，引导文学的未来发展，使具有外视性、空间性的图像文化与具有内视性、时间性的语言文化能够交融互补，既显示其现实的活力，又保持其诗意的永恒，从而维护健康而和谐的文学生态。

结　语

图像社会与文学的未来

在大众传媒异军突起、消费意识形态日益显现的当今时代，现代图像艺术凭借先进的传播技术和商业化大潮的助推在世纪之交得到迅猛发展。图像文化的勃兴将人们卷入了一个“图像增殖”“景观堆积”的表象世界，并对人们的信息接受方式、审美感知方式乃至思维方式形成了潜移默化的影响和重构。图像文化对文学的冲击也是显而易见的。传统文学长期以来形成的从意识形态话语到大众审美话语中的中心地位和权威身份已被颠覆，并迅速走向边缘化。面对纯文学市场的缩水、文学创作队伍的分化、文学阅读者的流失以及文学精神的消解等多重问题，整个文学界普遍滋生强烈的挫败感和生存危机感。有学者惊呼读图时代正在进行一场没有硝烟的图文战争①，有的甚至认为读图时代正在通过改变文学存在的前提和共生因素而把文学引入终结②。对此情景，一方面，我们必须承认，这是历史发展的洪流不可阻挡，文学在此洪流的裹挟下也的确面临着种种危机，但另一方面，我们并不因此而认同“文学的黄昏已然来临”“文学走向了终结”的论调。一则，在前文中，我们已经论述过，视觉文化并不排斥语言文化，相反，它需要吸纳语言文化的优势来深化其内涵，提升其品位；二则，文学的终结是一个需要辩证看待的问题。终结与新生是相辅相成、互为转化的，文学的终结同时又是文学新生的起点。因此，视觉文化时代，文学的图像化就不啻为文学谋求生存发展的一种途径或策略，它将为处于尴尬困顿中的文学带来新的发展机遇和空间。

---

① 周宪：《读图时代的“图文”战争》，《文学评论》2005年第6期。

② ［美］J. 希利斯·米勒：《全球化时代文学研究还会继续存在吗?》，国荣译，《文学评论》2001年第1期。

文学的图像化主要在两个层面发生。一是显在的文学图像化。除了文学期刊、杂志越来越突出视觉元素，注重外观的装帧设计和内里彩绘插页的调节以及影视评论、视觉空间艺术类栏目的设置之外，我们发现，图片还与文字一起共同参与了文学叙事。在此情况下出现的“图文书”与传统意义上的“文学插图”（古代“绣像本”）在图文关系上有了本质的区别。以前，图像在文学文本中只是限于装饰，除了用于装帧的饰图，充其量也就是有关人物或场景的插图，对理解人物性格及作品起到辅助作用。现在，图文书中的图像成为文学文本的有机构成，甚至直接承担起文学的叙事、抒情、解说功能，连同语言文字，共同发挥文学的审美和非审美效应。即：“图”一改以往对“文”的辅助、依附地位而与“文”并驾齐驱，共同完成文本叙事，这样图—文互动，产生互文性效果，既扩大了文学的叙事空间，又丰富了文学的审美蕴涵。文学显在的图像化还表现在小说的影视改编现象越来越普遍，小说成为影视文化产业链中的一个环节，从而扩大了文学的传播范围和受众面，使文学不再是精英知识分子的小众艺术。由于作家与影视之间的联系越来越密切，许多影视、动漫的叙事技法被作家借鉴，有机融入小说叙事，从而使文学呈现出新的审美特质。如：动态的画面感、冲突的美学、奇幻的境界等。而新的文学样式，如：影视文学、摄影文学、网络文学、博客文学、手机短信文学、微信体文学等也陆续“浮出水面”，尽管因其媒介的特点而存在着许多审美缺憾，但却使文学的活力得到前所未有的张扬。二是隐在的文学图像化。图像除了在外在形式、叙事技巧、传播方式等方面对文学产生直接影响之外，它的内在文化逻辑也对文学创作形成了一种潜在的浸润与渗透。图像文化所张扬的感官美学、平面美学、仿真美学对文学来说极具蛊惑力。文学创作的世俗化、大众化倾向越来越明显，以身体感官、性意识的张扬为表征的欲望化叙事、以历史意识消退后的当下体验为表征的表象化叙事、以营造超真实的历史类像而借以表达怀旧之情的虚拟化叙事，携带着时尚化的符号特征在文学界掀起一波又一波的热潮，并对文学的精神气质和审美模式进行重构。虽然，我们无法判定图像美学对当下文学叙事构成了直接影响，但图像社会作为文学生存的大环境对后者潜移默化的渗透和浸润却是不争的事实。

客观地说，视觉文化的感官美学、平面美学、仿真美学对普通大众来说具有天然的亲和性，它在消解精英文化光环的同时，也通过高雅文化的泛化促成了更为公平的文化共享空间的形成，这无疑是一种文化的整体进步。同时，视觉文化在一定程度上促成了大众文化与精英文化、日常生活与艺术之间界限的消弭以及融合趋势，矫正了文学在语言逻各斯统治下的理性专制和沉闷压抑倾向，表现出现实的活力和潜能，对于更加多元、民主、和谐的文化生态的建构大有裨益。但必须指出的是，视觉文化的“形象即商品”又昭示着它是一种具有强烈商业诉求的文化形态，它所张扬的感性美学以及对肉欲的尊重和认同在颠覆了文学场域旧的政治意识形态的“文化霸权”以后，又易被市场逻辑所利用和支配，呈现出商业主义的“文化霸权”趋势。这样，视觉文化本身所主张的文—图互补、“文”提升“图”的精神理念没有得到充分贯彻和体现，相反，出现了文—图分离、扬“图”抑“文”的现象。比如：盲目插图、胡乱拼图的劣质图文书的出现，过分强调视觉冲击力，抛弃语言深度模式的奇观电影（视觉大片）以及“趋影视体”创作的出现，过分强调感官体验而放弃深度追求和精神超越的“色情写作”“伪身体写作”的出现等，这些都使文学在图像化的过程中呈现出浅薄、媚俗乃至鄙俗的一面。上述种种，与视觉文化的内涵是背道而驰的。作为一种文化策略，视觉文化一方面是对过分强调“语言”的理性思维、忽视“图像”的感性思维的反拨；另一方面又是在“语言”与“图像”之间寻求一种平衡，以发扬图像文化的优势而弥补语言文化的不足。

文学在图像化的过程中之所以无法与理想的视觉文化精神达到契合，其根本原因在于视觉文化的核心元素——“看”是一种很复杂的行为。文学的图像化呈示是看与被看的结构关系以及生产看的主体的机器、体制、话语之间的相互作用的结果。因此，在对文学的图像化趋势和表征进行论述之后，深入图像背后视觉性的分析，揭示视觉行为在结构文本叙事的瞬间所生发出来的隐秘机制就显得尤其必要。本书将世纪之交的文学热点现象如“身体写作”“小资写作”“美女文学”等放在文学场域之中进行考量，分析种种观看主体的看的行为。我们发现，作家、读者、批评家、出版商、文学代理人甚至政府文化部门等各个观看主体之间构成了一个复杂的关系网络。在此网络中，性别权力、消费权力、市场权力三种权力话语都利用图像的"眼球经济效应"大做文章，彼此纠结、缠绕乃至达成共谋，大众传媒在其中发挥着润滑剂和粘连剂的作用，它的参与使各种视觉体制的意识形态目的得以成功渗透和最终实现。而文学的审美意义则在图像逻辑的控制下稀释消隐：审美经验变成了欲望和快感的张扬，精神符号变成了消费符号对人的控制，文本的超越和批判价值日渐稀薄，文学审美所内在的对自由主体的张扬受到了资本逻辑和消费价值的严重制约。

当然，就目前的情形而言，视觉文化还是一种正在发展中的文化形态，文学的图像化也还处于探索、起步阶段，出现一些暂时背离视觉文化精神的不良偏向是可以理解的。为了保证文学在图像社会向更健康积极的方向发展，使文与图之间调适、互补，形成一个良性互动的审美空间和格局，我们有必要达成以下共识：

第一，积极应对视觉文化时代的到来，建立全新的文学批评范式和话语体系。20 世纪初，在"语言学转向"的深刻影响下，人文科学和社会科学的各个领域普遍采用了语言学模式作为研究方法。词语、句子、语法、句法关系、修辞比喻等本来属于语言学领域的概念，被广泛地运用到文学、哲学、历史学、社会学、心理学、人类学、艺术学等各个领域，甚至对视觉文化和大众传媒的研究也受到了语言学霸权的制约。这正是米尔佐夫深感忧虑的问题。视觉文化时代，文学的存在方式、创作方式、艺术手法、审美取向、阅读方式等各个方面都发生了深刻变化，因此，对视觉文化语境下的文学研究显然需要建构与之相适应的、新的批评方法和话语体系。米尔佐夫指出："观看（看，凝视，瞥一眼，查看，监视和视觉快乐）或许与各种形式的阅读（破译、解码、翻译等）一样，是个很深刻的问题。'视觉经验'或'视觉教养'用文本模式是不可能得到全面解释的。"① 观看影像有许多不同于阅读文字的特征，图像化文本也不同于纯文字文本，它们需要在新的视觉文化的范式内加以解析，才能更好地对其审美特征和文本内涵加以阐释，而不能简单地套用语言学模式来说明。"从这个意义上说，视觉文化的兴起

① ［美］米尔佐夫：《什么是视觉文化?》，王有亮译，见陶东风等主编《文化研究》第 3 辑，天津社会科学院出版社 2002 年版，第 4 页。

不仅是一种新的文化形态的出现，而且要求一种新的思维范式。”① 这种新的思维范式就是视觉思维范式。

第二，提高视觉素养是图像化时代建立视觉思维范式的当务之急。视觉文化的核心元素是“看”，但“看”不是一件简单的事情。在大众媒介时代，既然媒介是人体的延伸，那么，眼见就不一定为实，“看”不等于“看见”，“看见”不等于“看懂”，“看懂”也不等于“看好”，因此，观看的过程充满学问。所谓视觉素养，就是“人类通过观看以及结合其他感官体验发展出的一种综合的视觉能力，这是人类认知发展的先决条件之一。具备此种能力的人，可以辨别和理解周围环境中各种自然的或者人工的视觉行为、物体、符号。同时还可以通过创作性使用这种能力，得以更好地与他人沟通，并且通过灵活运用这种能力，在视觉传播中对大师作品获得更深入的理解和更多的享受”②。也就是说，具备了视觉素养，就能让人们更好地理解视觉信息内涵意义与形式表征之间的关系，帮助人们展开和各种视觉作品、视觉文本的交流以及人与人之间的交流，还可以展开视觉化的写作，形成立体化的表达方式。总之，只有具备了视觉素养，人们才能在视觉化时代更好地进行视觉思维、视觉交流和视觉创造活动。

第三，把握图—文平衡和文—图互动的视觉文化精神，实现图像文本的审美增殖。文学与图像的区别在于二者在能指/所指结构上的不同。在文学的能指与所指之间有一个稳定的结构，能指背后有所指，它既以形象化的一维连接着我们的感性经验世界，同时也以理性化的一维导向对现实的分离与超越，从而构筑起人类的精神家园，并永恒、诗意地栖居。而图像在能指与所指之间存在诸多变异的可能。图像的形象性、平面化和超强可复制性使它的能指急剧膨胀、无限增殖，所指则悄然隐退、无迹可寻，这导致了大量虚幻的电子类像的存在，只有此岸世界的刺激、狂欢而无法抵达彼岸世界的净化与超越。因而，在把握文、图平衡的情况下，用语言文字来规范、锚定图像的意义，提升其内涵和品位就显得紧迫而必要。在此意义下，我们坚信，文学不会走向终结，它将

① 周宪：《“读图时代”的图文“战争”》，《文学评论》2005 年第 6 期。

② 任悦：《视觉传播概论》，中国人民大学出版社 2008 年版，第 217 页。

为人类的精神救赎、诗意栖居指明方向和路径。

视觉文化批评范式的具体内涵是什么？应该如何操作？文、图之间如何调适才能达成最佳状态？这些问题都还有待于进一步的思考和探讨。时代语境在变化，成熟、经典的图像文本也还有待时间的积淀和考量而生成，文学的图像化走势虽日趋明朗但最终指向是什么却是无法预料也无法定论的事情。总之，图像社会，文学的未来任重而道远。

参考文献

一、著作

[斯] 阿莱斯·艾尔雅维茨:《图像时代》，胡菊兰等译，吉林人民出版社 2003 年版。

[法] W. J. T. 米歇尔:《图像理论》，陈永国等译，北京大学出版社 2006 年版。

[英] 马尔科姆·巴纳德:《理解视觉文化的方法》，常宁生译，商务印书馆 2005 年版。

[美] 尼古拉斯·米尔佐夫:《视觉文化导论》，倪伟译，江苏人民出版社 2006 年版。

[英] 理查德·豪厄尔斯:《视觉文化》，葛红兵等译，广西师范大学出版社 2007 年版。

[美] 道格拉斯·凯尔纳:《媒体文化》，商务印书馆 2004 年版。

[英] 约翰·伯格:《观看之道》，戴行钺译，广西师范大学出版社 2005 年版。

[英] 约翰·伯格:《视觉艺术鉴赏》，戴行钺译，商务印书馆 1999 年版。

[匈] 巴拉兹·贝拉:《电影美学》，何力译，中国电影出版社 2003 年版。

[美] 爱德华·茂莱:《电影化的想象——作家和电影》，邵牧君译，中国电影出版社 1989 年版。

[法] 马塞尔·马尔丹:《电影作为语言》，吴岳添等译，中国社会科学出版社 1988 年版。

[英] 欧纳斯特·林格伦:《论电影艺术》，何力等译，中国电影出版社

1979 年版。

[美] 约翰·菲斯克：《电视文化》，祁阿红等译，商务印书馆 2005 年版。

[美] 罗伯特·休斯：《新艺术的震撼》，上海人民美术出版社 1989 年版。

[美] 保罗·梅萨里：《视觉说服：形象在广告中的作用》，王波译，新华出版社 2004 年版。

[美] 保罗·M. 莱斯特：《视觉传播：形象载动信息》，霍文利等译，北京广播学院出版社 2003 年版。

[美] 卡罗琳·凯奇：《杂志封面女郎——美国大众媒介中视觉刻板形象的起源》，曾妮译，天津人民出版社 2006 年版。

[法] 罗兰·巴尔特：《符号学原理》，王东亮等译，生活·读书·新知三联书店 1999 年版。

[法] 罗兰·巴特：《神话——大众文化诠释》，上海人民出版社 1999 年版。

[美] 弗·杰姆逊：《后现代主义与文化理论》（精校本），唐小兵译，北京大学出版社 2005 年版。

[澳] 约翰·多克：《后现代主义与大众文化》，吴松江等译，辽宁教育出版社 2001 年版。

[英] 安吉拉·默克罗比：《后现代主义与大众文化》，田晓菲译，中央编译出版社 2006 年版。

[英] 迈克·费瑟斯通：《消费文化与后现代主义》，刘精明译，译林出版社 2000 年版。

[德] 彼德·科斯洛夫斯基：《后现代文化》，毛怡红译，中央编译出版社 1999 年版。

[美] 乔治·瑞泽尔：《后现代社会理论》，谢立中等译，华夏出版社 2003 年版。

[英] 多米尼克·斯特里纳蒂：《通俗文化理论导论》，阎嘉译，商务印书馆 2001 年版。

[英] 约翰·斯道雷：《文化理论与通俗文化导论》（第二版），杨竹山等译，南京大学出版社 2001 年版。

[英] 吉姆·麦克盖根:《文化民粹主义》，桂万先译，南京大学出版社2001年版。

[美] 约翰·菲斯克:《解读大众文化》，杨全强译，南京大学出版社2001年版。

[美] 约翰·菲斯克:《理解大众文化》，王晓珏等译，中央编译出版社2001年版。

[美] 理查德·凯勒·西蒙:《垃圾文化——通俗文化与伟大传统》，关山译，社会科学文献出版社2001年版。

[美] 尼尔·波兹曼:《娱乐至死》，章艳译，广西师范大学出版社2004年版。

[英] 斯图尔特·霍尔编:《表征——文化表象与意指实践》，徐亮等译，商务印书馆2003年版。

[英] 西莉亚·卢瑞:《消费文化》，张萍译，南京大学出版社2003年版。

[德] 瓦尔特·本雅明:《发达资本主义时代的抒情诗人》，王才勇译，江苏人民出版社2005年版。

[德] 瓦尔特·本雅明:《技术复制时代的艺术作品》，胡不适译，浙江文艺出版社2005年版。

[美] 道格拉斯·凯尔纳、斯蒂文·贝斯特:《后现代理论：批判性的质疑》，张志斌译，中央编译出版社2004年版。

[美] 道格拉斯·凯尔纳、斯蒂文·贝斯特:《后现代转向》，陈刚译，南京大学出版社2002年版。

[英] 特里·伊格尔顿:《后现代主义的幻象》，华明译，商务印书馆2000年版。

[美] 道格拉斯·凯尔纳:《媒体奇观：当代美国社会文化透视》，史安斌译，清华大学出版社2003年版。

[加拿大] 马歇尔·麦克卢汉:《理解媒介——论人的延伸》，何道宽译，商务印书馆2005年版。

[美] 马克·波斯特:《第二媒介时代》，范静哗译，南京大学出版社2005年版。

[法] 让·波德里亚:《消费社会》，刘成富等译，南京大学出版社2006

年版。

［美］阿瑟·阿萨·伯格：《通俗文化和日常生活中的叙事》，姚媛译，南京大学出版社 2000 年版。

［美］赛佛林等：《传播理论：起源、方法与应用》，郭镇之等译，华夏出版社 2000 年版。

［美］詹姆斯·罗尔：《媒介、传播、文化——一个全球性的途径》，董洪川译，商务印书馆 2005 年版。

［法］罗贝尔·埃斯卡皮：《文学社会学》，于沛选编，浙江人民出版社 1987 年版。

［德］马尔库塞：《单向度的人——发达工业社会意识形态研究》，刘继译，上海译文出版社 2006 年版。

［德］哈贝马斯：《公共领域的结构转型》，曹卫东等译，学林出版社 1999 年版。

［美］马泰·卡林内斯库：《现代性的五副面孔：现代主义、先锋派、颓废、媚俗艺术、后现代主义》，顾爱彬等译，商务印书馆 2002 年版。

［美］丹尼尔·贝尔：《资本主义文化矛盾》，赵一凡等译，生活·读书·新知三联书店 1989 年版。

［芬］尤卡格·罗瑙：《趣味社会学》，向建华译，南京大学出版社 2002 年版。

［德］齐奥尔格·西美尔：《时尚的哲学》，费勇等译，文化艺术出版社 2001 年版。

［英］乔安妮·恩特维斯特尔：《时髦的身体——时尚、衣着和现代社会理论》，广西师范大学出版社 2005 年版。

［美］泰勒·考恩：《商业文化礼赞》，严忠志译，商务印书馆 2005 年版。

［美］本尼迪克特·安德森：《想象的共同体：民族主义的起源与散布》，吴叡人译，上海人民出版社 2003 年版。

［法］皮埃尔·布迪厄：《艺术的法则——文学场的生成和结构》，刘晖译，中央编译出版社 2001 年版。

［美］弗雷德里克·詹姆逊：《文化转向》，胡亚敏等译，中国社会科学

出版社 2000 年版。

[美] 苏珊·桑塔格：《反对阐释》，程巍译，上海译文出版社 2003 年版。

[美] 鲁道夫·阿恩海姆：《视觉思维——审美直觉心理学》，腾守尧译，光明日报出版社 1986 年版。

[美] 鲁道夫·阿恩海姆：《艺术与视知觉——视觉艺术心理学》，腾守尧等译，中国社会科学出版社 1984 年版。

[美] 戴安娜·克兰：《文化生产：媒体与都市艺术》，赵国新译，译林出版社 2001 年版。

[加拿大] 阿尔维托·曼古埃尔：《阅读史》，吴昌杰译，商务印书馆 2002 年版。

[法] J. J. 德卢西奥—迈耶：《视觉美学》，李玮等译，上海人民美术出版社 1990 年版。

[美] 卡洛琳·M. 布鲁墨：《视觉原理》，张功钤译，北京大学出版社 1987 年版。

[英] 格列高里：《视觉心理学》，彭聃龄等译，北京师范大学出版社 1986 年版。

[美] 詹明信：《晚期资本主义的文化逻辑》，陈清侨等译，生活·读书·新知三联书店 1997 年版。

[瑞] 费尔迪南·德·索绪尔：《普通语言学教程》，高名凯译，商务印书馆 1980 年版。

罗岗、顾铮主编：《视觉文化读本》，广西师范大学出版社 2003 年版。

吴琼编：《视觉文化的奇观：视觉文化总论》，中国人民大学出版社 2005 年版。

吴琼编：《凝视的快感：电影文本的精神分析》，中国人民大学出版社 2005 年版。

吴琼、杜予编：《形象的修辞：广告与当代社会理论》，中国人民大学出版社 2005 年版。

吴琼、杜予编：《上帝的眼睛：摄影的哲学》，中国人民大学出版社 2005 年版。

孟建、[德] Stefan Friedrich 主编：《图像时代：视觉文化传播的理论诠释》，复旦大学出版社 2005 年版。

周宪：《视觉文化的转向》，北京大学出版社 2008 年版。

任悦：《视觉传播概论》，中国人民大学出版社 2008 年版。

路文彬：《视觉文化与中国文学的现代性失聪》，安徽教育出版社 2008 年版。

曾军：《观看的文化分析》，山东文艺出版社 2008 年版。

徐巍：《视觉时代的小说空间——视觉文化与中国当代小说演变研究》，学林出版社 2008 年版。

肖伟胜：《视觉文化与图像意识研究》，北京大学出版社 2011 年版。

高燕：《视觉隐喻与空间转向：思想史视野中的当代视觉文化》，复旦大学出版社 2009 年版。

商世民：《土家族民俗事象与视觉传播研究》，中国社会科学出版社 2015 年版。

李鸿祥：《视觉文化研究——当代视觉文化与中国传统审美文化》，东方出版中心 2005 年版。

陶东风等主编：《文化研究》第 3 辑，天津社会科学院出版社 2002 年版。

王岳川主编：《媒介哲学》，河南大学出版社 2004 年版。

胡智锋主编：《影视文化前沿——“转型期”大众审美文化透视》，北京广播学院出版社 2004 年版。

陈犀禾选编：《电影改编理论问题》，中国电影出版社 1988 年版。

李恒基、杨远婴主编：《外国电影理论文选》，上海文艺出版社 1995 年版。

李幼蒸：《当代西方电影美学思想》，中国社会科学出版社 1986 年版。

俞吾金等著：《现代性现象学——与西方马克思主义者的对话》，上海社会科学院出版社 2003 年版。

盛宁：《人文困惑与反思：西方后现代主义思潮批判》，生活·读书·新知三联书店 1997 年版。

包亚明主编：《权力的眼睛——福柯访谈录》，严锋译，上海人民出版社 1997 年版。

包亚明主编：《文化资本与社会炼金术——布尔迪厄访谈录》，包亚明译，上海人民出版社 1997 年版。

陆扬等选编：《大众文化研究》，上海三联书店 2001 年版。

陆扬、王毅：《大众文化与传媒》，上海三联书店 2000 年版。

谢少波、王逢振编：《文化研究访谈录》，中国社会科学出版社 2003 年版。

罗钢、刘象愚主编：《文化研究读本》，中国社会科学出版社 2003 年版。

罗钢、王中忱主编：《消费文化读本》，中国社会科学出版社 2003 年版。

陶东风主编：《文化研究精粹读本》，中国人民大学出版社 2006 年版。

王逢振主编：《网络幽灵》，天津社会科学院出版社 2000 年版。

王逢振主编：《视觉潜意识》，天津社会科学院出版社 2002 年版。

王逢振主编：《电视与权力》，天津社会科学院出版社 2000 年版。

李宏图选编：《表象的叙述——新社会文化史》，上海三联书店 2003 年版。

金元浦主编：《文化研究：理论与实践》，河南大学出版社 2004 年版。

余虹等主编：《问题 2》，中国人民大学出版社 2003 年版。

王先霈、王又平主编：《文学理论批评术语汇释》，高等教育出版社 2006 年版。

于文秀：《“文化研究”思潮导论》，人民出版社 2002 年版。

杨魁、董雅丽：《消费文化——从现代到后现代》，中国社会科学出版社 2003 年版。

许文郁：《解构影视幻境》，中国社会科学出版社 2005 年版。

贾磊磊：《影像的传播》，广西师范大学出版社 2005 年版。

郑也夫：《后物欲时代的来临》，上海人民出版社 2007 年版。

张岩冰：《女权主义文论》，山东教育出版社 1998 年版。

高小康：《时尚与形象文化》，百花文艺出版社 2003 年版。

王杰、廖国伟等著：《艺术与审美的当代形态》，人民文学出版社 2002 年版。

肖鹰：《形象与生存——审美时代的文化理论》，作家出版社 1995 年版。

欧阳友权：《网络文学论纲》，人民文学出版社 2003 年版。

王岳川：《中国镜像——90年代文化研究》，中央编译出版社2001年版。

孙立平：《断裂——20世纪90年代以来的中国社会》，社会科学文献出版社2003年版。

李欧梵：《中国现代文化与现代性十讲》，复旦大学出版社2002年版。

李今：《海派小说与现代都市文化》，安徽教育出版社2000年版。

盘剑：《选择互动与整合——海派文化语境中的电影及其与文学的关系》，浙江大学出版社2006年版。

洪子诚：《中国当代文学史》，北京大学出版社1999年版。

王又平：《新时期文学转型中的小说创作潮流》，华中师范大学出版社2001年版。

程文超：《新时期文学的叙事转型与文学思潮》，中山大学出版社2005年版。

王晓明主编：《二十世纪中国文学史论》（修订版）（上下卷），东方出版中心2003年版。

陈晓明：《现代性与中国当代文学转型》，云南人民出版社2003年版。

曹文轩：《二十世纪末中国文学现象研究》，作家出版社2003年版。

吴秀明：《转型时期的中国当代文学思潮》，浙江大学出版社2001年版。

陈晓明：《表意的焦虑：历史祛魅与当代文学变革》，中央编译出版社2002年版。

陈晓明：《仿真的年代：超现实主义文学流变与文化想象》，山西教育出版社1999年版。

孟悦、戴锦华：《浮出历史地表》，中国人民大学出版社2004年版。

林舟：《生命的摆渡——中国当代作家访谈录》，海天出版社1998年版。

张钧：《小说的立场——新生代作家访谈录》，广西师范大学出版社2002年版。

丁帆、许志英主编：《中国新时期小说主潮》（上下卷），人民文学出版社2002年版。

王一川：《文学理论讲演录》，广西师范大学出版社2004年版。

葛红兵：《障碍与认同——当代中国文化问题》，学林出版社2000年版。

葛红兵、宋耕：《身体政治》，上海三联书店 2005 年版。

金元浦：《叩问仿真年代》，山东友谊出版社 2002 年版。

黄发有：《准个体时代的写作：20 世纪 90 年代的中国小说研究》，上海三联书店 2002 年版。

黄发有：《媒体制造》，山东文艺出版社 2005 年版。

祁述裕：《市场经济下的中国文学艺术》，北京大学出版社 1998 年版。

黄书泉：《文学转型与小说嬗变》，安徽教育出版社 2004 年版。

南帆：《双重视域——当代电子文化分析》，江苏人民出版社 1999 年版。

邵燕君：《倾斜的文学场：当代文学生产机制的市场化转型》，江苏人民出版社 2003 年版。

邵燕君：《美女文学现象研究——从“70 后”到“80 后”》，广西师范大学出版社 2005 年版。

赵静蓉：《抵达生命的底色——老照片现象研究》，广西师范大学出版社 2005 年版。

陈霖：《文学空间的裂变与转型——大众传播与 20 世纪 90 年代中国大陆文学》，安徽大学出版社 2004 年版。

郑崇选：《镜中之舞——当代消费文化语境中的文学叙事》，华东师范大学出版社 2006 年版。

孟繁华：《众神狂欢——世纪之交的中国文化现象》，中央编译出版社 2003 年版。

戴锦华：《隐形书写——90 年代中国文化研究》，江苏人民出版社 1999 年版。

戴锦华主编：《书写文化英雄——世纪之交的文化研究》，江苏人民出版社 2000 年版。

王晓明主编：《在新意识形态的笼罩下——90 年代的文化和文学分析》，江苏人民出版社 2000 年版。

贺仲明：《中国心像——20 世纪末作家文化心态考察》，中央编译出版社 2002 年版。

孟繁华：《传媒与文化领导权——当代中国的文化生产与文化认同》，山东教育出版社 2003 年版。

金惠敏：《媒介的后果——文学终结点上的批判理论》，人民出版社

2005 年版。
杜书瀛：《文学会消亡吗？——学术前沿沉思录》，中山大学出版社 2006 年版。
徐俊西主编：《世纪末的中国文坛》，上海文艺出版社 2002 年版。
齐振海、贾红莲：《21 世纪中国文化走向——市场经济与文化建设的哲学探索》，北京师范大学出版社 2003 年版。
徐坤：《双调夜行船——九十年代的女性写作》，山西教育出版社 1999 年版。
王绯：《画在沙滩上的面孔——九十年代一世纪末文学的报告》，山西教育出版社 1999 年版。
艾云：《用身体思想》，江苏人民出版社 2003 年版。
包亚明：《上海酒吧——空间、消费与想象》，江苏人民出版社 2001 年版。
陈惠芬：《想象上海的 N 种方法——20 世纪 90 年代"文学上海"与城市文化身份建构》，上海人民出版社 2006 年版。
李欧梵：《上海摩登：一种新都市文化在中国》，北京大学出版社 2001 年版。
王宏图：《都市叙事和欲望书写》，广西师范大学出版社 2006 年版。
王进：《魅影下的"上海"书写》，广西师范大学出版社 2006 年版。
郑坚：《吊诡的新人——新文学中的小资产阶级形象研究》，百花洲文艺出版社 2005 年版。
朱大可、张闳主编：《21 世纪中国文化地图》（第一卷），广西师范大学出版社 2003 年版。
朱大可、张闳主编：《21 世纪中国文化地图》（第二卷），广西师范大学出版社 2004 年版。
朱大可、张闳主编：《21 世纪中国文化地图》（第三卷），广西师范大学出版社 2005 年版。
白烨主编：《2003 年中国文情报告》，社会科学文献出版社 2004 年版。
白烨主编：《中国文情报告（2004—2005）》，社会科学文献出版社 2005 年版。
白烨主编：《中国文情报告（2005—2006）》，社会科学文献出版社

2006年版。

白烨主编：《中国文情报告（2006—2007）》，社会科学文献出版社2007年版。

二 期刊论文

赵勇：《视觉文化时代的文学状况——2008年文化研究学术前沿报告》，《贵州社会科学》2009年第3期。

陆涛：《从语象到图像——论文学图像化的审美逻辑》，《江西社会科学》2013年第3期。

史洁：《后现代媒介时期文本转变探究》，《云南社会科学》2012年第2期。

刘巍：《图像时代的文学之变》，《当代文坛》2013年第2期。

张晶：《文学的审美特性与视觉文化的提升》，《江海学刊》2010年第1期。

周宪：《现代仿像对传统审美趣味的消解》，《文艺理论研究》1997年第2期。

周宪：《反抗人为的视觉暴力——关于一个视觉文化悖论的思考》，《文艺研究》2000年第5期。

周宪：《符号政治经济学视野中的"视觉转向"》，《文艺研究》2001年第3期。

周宪：《视觉文化语境中的电影》，《电影艺术》2001年第2期。

周宪：《视觉文化与消费社会》，《福建论坛》2001年第2期。

周宪：《看的方式与视觉意识形态》，《福建论坛》2001年第3期。

周宪：《日常生活的"美学化"——文化"视觉转向"的一种解读》，《哲学研究》2001年第10期。

周宪：《视觉文化的转向》，《学术研究》2004年第2期。

周宪：《视觉文化的消费社会学解析》，《社会观察》2004年第11期。

周宪：《论奇观电影与视觉文化》，《文艺研究》2005年第3期。

周宪：《视觉文化的三个问题》，《求是学刊》2005年第3期。

周宪：《从视觉文化观点看时尚》，《学术研究》2005年第4期。

周宪：《"读图时代"的图文"战争"》，《文学评论》2005年第6期。

陈晓明：《异类的尖叫：断裂与新的符号秩序》，《大家》1999 年第 5 期。

陈晓明：《挪用、反抗与重构——当代文学与消费社会的审美关联》，《文艺研究》2002 年第 3 期。

于德山：《视觉文化与叙事转型》，《福建论坛》2001 年第 3 期。

舒也：《媒体的视觉化转型》，《福建论坛》2001 年第 3 期。

朱存明：《视觉与人的生存》，《江苏社会科学》2001 年第 5 期。

朱存明：《图腾・图像・仿像——论视觉文化的历史范型》，《文学前沿》2002 年第 4 期。

孟建：《视觉文化传播：对一种文化形态和传播理念的诠释》，《现代传播》2002 年第 3 期。

刘成付：《视觉文化传播：从现代性到后现代性》，《现代传播》2005 年第 1 期。

[美] J. 希利斯・米勒：《全球化时代文学研究还会继续存在吗?》，《文学评论》2001 年第 1 期。

李衍柱：《文学理论：面对信息时代的幽灵——兼与 J. 希利斯・米勒先生商榷》，《文学评论》2002 年第 1 期。

朱国华：《电影：文学的终结者?》，《文学评论》2003 年第 2 期。

彭亚非：《图像社会与文学的未来》，《文学评论》2003 年第 3 期。

赵维森：《视觉文化时代人类阅读行为之嬗变》，《学术论坛》2003 年第 3 期。

金惠敏：《图像增殖与文学的当前危机》，《中国社会科学》2004 年第 5 期。

王璜生：《记忆的图像和思考的图像》，《文艺研究》2005 年第 9 期。

赖大仁：《图像化扩张与“文学性”坚守》，《文学评论》2005 年第 2 期。

高建平：《文学与图像的对立与共生》，《文学评论》2005 年第 6 期。

蒋述卓：《消费时代文学的意义》，《文学评论》2005 年第 6 期。

斯炎伟：《图像文化逻辑与当前文学的生存》，《文艺理论研究》2005 年第 2 期。

吴琼：《视觉性与视觉文化——视觉文化研究的谱系》，《文艺研究》2005

2006 年第 1 期。

卫岭：《从文学载体的变化看文学终结论》，《文艺争鸣》2006 年第 1 期。

肖翠云：《文学的终结论：修辞制造的幻像》，《文艺争鸣》2006 年第 1 期。

张晶：《图像的审美价值考察》，《文学评论》2006 年第 4 期。

管宁：《后现代消费文化及其对文学的影响》，《文艺理论研究》2005 年第 5 期。

杨学是：《读图时代的文学与图——以〈女贞汤〉为个案》，《当代文坛》2004 年第 2 期。

张永清：《视觉文化时代的文学策略》，《求是学刊》2005 年第 3 期。

张晶：《视觉文化时代文学何为？》，《求是学刊》2005 年第 3 期。

耿文婷：《主客反转与非切身性——关于影像文化的两点思考》，《求是学刊》2005 年第 3 期。

孙海芳：《视觉文化作用下的文化断裂与困惑》，《中州学刊》2005 年第 5 期。

梅琼林：《囚禁与解放：视觉文化中的身体叙事》，《哲学研究》2006 年第 3 期。

徐沛：《国内视觉文化研究的范式及其特征》，《内蒙古社会科学（汉文版）》2006 年第 1 期。

马中红：《视觉文化：广告女性形象的看与被看》，《深圳大学学报》2004 年第 6 期。

田春：《图像在文学变革中的应用》，《华南师范大学学报》2005 年第 4 期。

陶东风：《镜城突围：消费时代的视觉文化与身体焦虑》，《中国广告》2004 年第 9 期。

杜骏飞、小海、刘立杆等：《影像时代的文学命运》，《上海文学》2002 年第 6 期。

黄发有：《危机情境与危机美学——世纪之交中国小说的文化反思》，《山花》2003 年第 1 期。

杨俊蕾：《类像时代中的写作策略》，《山花》2003 年第 4 期。

南帆：《话语与影像——书写文化与视觉文化的冲突》，《花城》1995 年第 2 期。

林舟：《影像霸权与小说危机》，《花城》2004 年第 2 期。

宗仁发、施战军、李敬泽：《关于“七十年代人”的对话》，《南方文坛》1998 年第 6 期。

宗仁发、施战军、李敬泽：《被遮蔽的“70 年代人”》，《南方文坛》2000 年第 4 期。

倪伟：《论“七十年代后”的城市“另类”写作》，《文学评论》2003 年第 2 期。

周冰心：《想象力缺失：中国当代文学面临的窘境——论当下中国文学的虚构危机》，《南方文坛》2003 年第 6 期。

郑国庆：《安妮宝贝、“小资”文化与文学场域的变化》，《当代作家评论》2003 年第 6 期。

潘军、林舟：《视觉叙事的魅力——关于〈独白与手势〉的对话》，《南方文坛》2000 年第 5 期。

陈平原：《从左图右史到图文互动——图文书的崛起及其前景》，《学术界》2004 年第 3 期。

王立静：《试论图文书的现状及前景》，《中国出版》2006 年第 2 期。

钟金花：《读图时代的新型权力纠结》，《理论与创作》2008 年第 1 期。

陆道夫：《视觉文化中受众的“凝视”快感与文化表征》，《广东技术师范学院学报》2008 年第 1 期。

张雪梅、谢默生：《时间，又是时间——论读图时代的小说叙述时间》，《当代文坛》2008 年第 2 期。

张杰：《视觉文化时代文学阅读的审美意义》，《贵州社会科学》2008 年第 3 期。

三 学位论文

高娟：《当代图文书启示录》，硕士学位论文，华中师范大学，2003 年。

高资英：《论世纪之交文学影像化叙事潮》，硕士学位论文，武汉大学，2004 年。

李柳莹：《视觉文化时代的文学生产及其话语重构》，硕士学位论文，闽南师范大学，2013年。

徐巍：《视觉文化语境中的八九十年代小说创作》，博士学位论文，复旦大学，2004年。

丁莉丽：《共谋与斗争——“视觉文化”时代的影视风景》，博士学位论文，浙江大学，2004年。

申载春：《小说：在影视时代》，博士学位论文，南京师范大学，2004年。

刘琛：《图像叙事：当代文化的视觉转向》，博士学位论文，北京语言大学，2006年。

陈文育：《图像时代的美学批判》，博士学位论文，南京师范大学，2007年。